EL LADRÓN DE TUMBAS

Antonio Cabanas

Barcelona • Bogotá • Buenos Aires • Caracas • Madrid • México D.F. • Montevideo • Quito • Santiago de Chile

1.ª edición: marzo 2004

© Antonio Cabanas, 2004
© Ediciones B, S.A., 2004
 Bailén, 84 - 08009 Barcelona (España)
 www.edicionesb.com

Printed in Spain
ISBN: 84-666-1431-1
Depósito legal: M. 3.548-2004

IMPRESO EN ARGENTINA - PRINTED IN ARGENTINE
ISBN: 84-666-1890-2

Depósito legal: Depositado de acuerdo a la Ley 11.723

Supervisión de Producción: Carolina Di Bella.
Impreso en papel obra Copybond de Massuh.
Impreso por Printing Books, Mario Bravo 837,
Avellaneda, Buenos Aires, en el mes de septiembre de 2004.

Todos los derechos reservados. Bajo las sanciones establecidas
en las leyes, queda rigurosamente prohibida, sin autorización
escrita de los titulares del *copyright*, la reproducción total o parcial
de esta obra por cualquier medio o procedimiento, comprendidos
la reprografía y el tratamiento informático, así como la distribución
de ejemplares mediante alquiler o préstamo públicos.

El ladrón de tumbas

Antonio Cabanas

*A mi esposa Inma,
que ha resultado
ser la mejor de las compañeras.*

Nota del autor

La realización de la presente obra ha supuesto un considerable esfuerzo, debido a la extensa bibliografía que ha sido necesario emplear a fin de dotarla del mayor rigor posible. Una ardua tarea durante la cual recibí el constante apoyo de mi esposa Inma. Brindo a ella la mayor de mis gratitudes.

También quiero dar las gracias a Manuela, que tan amablemente me ofreció su ayuda y consejos a la hora de mecanografiar el manuscrito original, así como a Cristina, por dar vida al sueño de ver publicada la presente novela.

No quisiera finalizar sin dedicar unas líneas a mis padres. A mi madre, como reconocimiento por toda una vida de desvelos, y en particular a la memoria de mi padre, hombre de una lucidez extraordinaria que me transmitió, desde temprana edad, su amor por la literatura. Su recuerdo sigue vivo entre los que le amábamos.

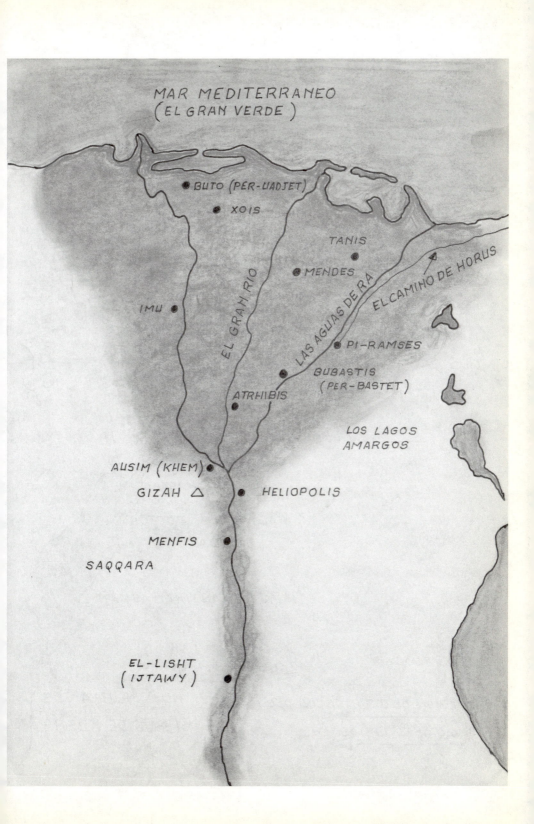

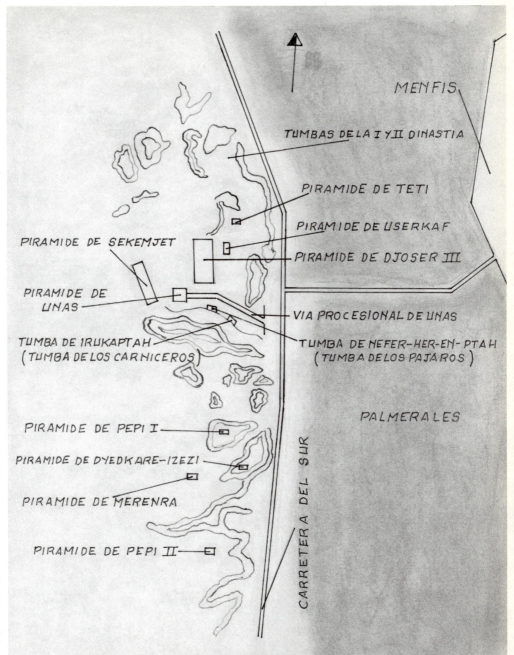

Prólogo

Reyes, nobles, grandes guerreros, prohombres, dioses... La mayoría de las veces que leemos una novela histórica, alguno, si no la totalidad de estos personajes, suelen ser protagonistas directos de ella. Nada nuevo, sin duda, pues ya en los albores de nuestra civilización grandes poemas épicos cantaron las gestas de los héroes inmortalizándolos.

Habitualmente es inusual encontrar obras de este género en las que los protagonistas pertenezcan a los estratos más bajos de la sociedad de su tiempo. Indudablemente, cuando se trata de novelas ambientadas en el Antiguo Egipto, ocurre lo mismo. El lector está acostumbrado a los relatos acerca de los faraones que gobernaron esa tierra o de los notables que en ella vivieron; sin embargo, muy pocas veces tenemos ocasión de conocer cómo era la vida del pueblo llano, o la de las clases más bajas.

Sin pretender emular a Hesíodo, éste fue el motivo que me animó a escribir esta novela, eligiendo para ella actores que pertenecieran a la peor condición social posible; parias entre los parias.

Ésta es la historia de Shepsenuré, el ladrón de tumbas, hijo y nieto de ladrones, y la de su hijo Nemenhat, digno vástago de tan principal estirpe, quienes arrastraron su azarosa vida por los caminos de un Egipto muy diferente al que estamos acostumbrados a conocer, en los que la miseria y el instinto de supervivencia les empujaron a perpetrar el peor crimen que un hombre podía cometer en aquella tierra, saquear tumbas.

En ningún caso esta obra pretende ser un tratado de historia sobre el Antiguo Egipto, aunque trate de plasmar lo más fielmente posible el tipo de vida y las costumbres de aquel pueblo. Por ello, el libro tiene profusión de términos escritos tal y como los expresaban los antiguos egipcios, y que son convenientemente explicados en notas a pie de página. Para aquellos nombres conocidos actualmente por su traducción griega, me he limitado a transcribirlos en su forma original egipcia, sólo como una mera curiosidad, empleando después el nombre con el que, generalmente, se conocen hoy en día.

La historia que aquí se cuenta es ficticia, aunque el marco en el que se desarrolla la acción, primeros años del reinado del faraón Ramsés III, es verídico.

Asimismo, la mayoría de los protagonistas de esta novela son imaginarios; no así los personajes históricos, que sí existieron. Ramsés III, obviamente, gobernó Egipto en aquel tiempo, y su hijo, el príncipe Parahirenemef, fue leal servidor de su padre y le acompañó a las guerras que emprendió éste, como auriga; tal y como se cuenta en esta obra.

Todos los sucesos históricos que acompañan a la trama son igualmente ciertos, y hasta donde este autor alcanza, han sido relatados lo más fielmente posible a como realmente debieron ocurrir.

Como expliqué con anterioridad, los actores de esta trama son ficticios, aunque no ocurra igual con sus nombres. La mayoría de ellos son reales y pertenecieron alguna vez a alguien en la dilatada historia de la civilización egipcia.

Para las mujeres, me he tomado la libertad de bautizarlas con nombres de reinas, princesas, o... diosas.

ANTONIO CABANAS HURTADO
Madrid, noviembre, 2002

El calor era insoportable. Aunque el verano no había llegado todavía, el sol, que se había puesto ya hacía varias horas, había dejado la impronta de su sello como un poder pesado y asfixiante del que era imposible sustraerse. Dentro, la angustia era todavía mayor; implacable y letal, parecía haber quedado atrapada en aquel lugar oscuro y silencioso que hubiera desagradado incluso al mismo Set*.

Sin embargo, a aquellas tres personas el hecho no parecía importarles demasiado. El más joven, un niño aún, miraba nervioso hacia la angosta salida. Los otros dos, hombres ya, se movían con extremada cautela en la agobiante penumbra del interior de aquella tumba.

Como sabedores de que no podrían permanecer demasiado tiempo allí, actuaban con la celeridad y concisión propias de quienes estaban habituados a tan tenebrosas prácticas; fruto, sin duda, de sórdidos años de experiencia.

El niño permanecía quieto, observando ensimismado los murales inscritos en las paredes hacía siglos. Siempre le pasaba igual, aquellas imágenes ejercían sobre él un magnetismo inexplicable que le abstraían de todo cuanto le rodeaba y solían producirle extraños sueños que, en ocasiones, le desasosegaban. Los jeroglíficos, repletos de letanías que contenían los usuales ritos mágicos para el eterno descanso del difunto, las escenas de su vida cotidiana, los dioses que le acompañaban a lo largo de los muros, la gran serpiente Apofis**; los monos... Sobre todo estos últimos le fascinaban, hasta el punto que un gran

* Set, dios del Antiguo Egipto hijo de Geb y Nut, y hermano de Osiris, Isis y Neftis, del que también era esposo y al que, entre diversos aspectos, se representaba como dios del desierto.

** Apofis, serpiente de gran tamaño que simbolizaba a las fuerzas del mal, que desde el Más Allá amenazaban a la barca solar en su periplo para llegar al nuevo día.

sentimiento de respeto se apoderaba de él haciéndole avergonzarse por encontrase allí. Mas él no entendía nada de lo que significaban aquellas imágenes; no sabía quién era Apofis ni lo que representaban los monos baboon, ni mucho menos descifrar aquella escritura.

—¡Cuánto me gustaría conocer el significado de todos estos símbolos! —se decía para sí mientras con su pequeña lámpara iluminaba la pared.

—¡Nemenhat, deja de holgazanear y ven a alumbrarnos! Por todos los genios del Amenti*. ¿A qué crees que has venido? —maldijo uno de los hombres.

El niño dio un respingo y se volvió presto tropezando con algunos de los objetos que se hallaban por el suelo; uno de los vasos canopos que contenían las vísceras del difunto cayó con estrépito haciéndose añicos. Fue como si la bóveda celeste se abriera sobre sus cabezas y todos los dioses al unísono les gritaran señalándoles con su dedo acusador. Kebehsenuf**, uno de los guardianes de los «Cuatro Puntos Cardinales» y protector de los intestinos del muerto, yacía por los suelos roto en pedazos.

—¡Isis*** nos proteja!, hasta el superintendente de la necrópolis ha tenido que oírlo desde su casa. ¿Qué te ocurre hoy?

—Lo siento, abuelo, son las imágenes que me abstraen de este lugar.

—Imágenes, imágenes... Basta de tonterías y ayúdanos de una vez.

—Padre, esto es un mal augurio —dijo el tercer hombre.

—No temas, Shepsenuré, no es la primera vez que se rompe uno de los vasos; pero tendremos que hacer ofrendas a las cuatro diosas custodias****. Y en cuanto a ti, Nemenhat, vas a aprender a moverte sin romper nada aunque tenga que molerte el trasero a bastonazos. Ahora acabemos cuanto antes.

El chiquillo obedeció y casi reptando se introdujo junto a ellos en el rincón más recóndito de la tumba.

Dentro, la sensación de claustrofobia era absoluta. El aire parecía no existir y el poco que pudiera haber era propiedad de aquella lámpa-

---

* El Amenti era una de las muchas formas con que los egipcios designaban al mundo de los muertos.

** Kebehsenuf, uno de los «Cuatro Hijos de Horus» encargados de proteger las vísceras del difunto. En concreto guardaba los intestinos en el interior de uno de los vasos canopos en el que estaba representado con cabeza de halcón.

*** Isis, esposa de Osiris y madre de Horus, y una de las diosas principales del Antiguo Egipto. Representaba a la magia, a la esposa ejemplar y a la gran madre.

**** Nombre con el que eran conocidas las diosas Isis, Neftis, Neit y Selkis, que eran las encargadas de vigilar los vasos canopos.

ra cuya tenue luz daba a sus cuerpos sudorosos un aspecto tan tenebroso como lo era el lugar.

El más viejo escrutó entre la penumbra con mirada experta. Allí parecía haber poco que llevarse. Quizás en alguno de los cofres encontraran algo de valor; pero todo apuntaba a que en la hora de su muerte aquel difunto no poseía fortuna alguna.

El abuelo, Sekemut, había sido el primero en encontrarla. Había rastreado el Valle de los Nobles durante meses en busca de algún hallazgo, hasta que finalmente dio con un hipogeo* que tenía los sellos intactos. Ello le había hecho conferir fundadas esperanzas de sacar algo provechoso de su descubrimiento, pues la tumba de un noble siempre ofrecía buenas expectativas; mas ahora que recorría su vista por el interior sintió la habitual frustración por el trabajo baldío.

Sekemut llevaba robando tumbas desde hacía cuarenta años. Era su oficio, como lo fue de su padre, lo era también de su hijo y seguramente lo sería de su nieto. Era sumamente diestro en su trabajo, y el hecho de que en los últimos tiempos proliferara tanto aficionado en lo que consideraba un arte, le llenaba de tristeza. Tenía razón cuando decía que ya no había orden en Egipto. Corrían tiempos en los que todo estaba trastocado y cualquiera podía asaltar una tumba dejándola después como un muladar encendiendo a su vez la ira de los dioses. Porque, eso sí, Sekemut era muy respetuoso al respecto, poniendo gran cuidado de no romper nada en el interior, y si por desgracia alguna vez ocurría, se apresuraba a hacer ofrendas en su descargo. Además, tenía por costumbre no desvalijar las tumbas por completo, dejando siempre al difunto los bienes imprescindibles que necesitaría para su vida diaria en el Más Allá.

Su padre no había sido de la misma opinión y los dioses le castigaron. Fue detenido y condenado en tiempos del faraón Merenptah que mandó que le descoyuntaran por tamaños sacrilegios; así era el Maat**.

Su hijo, Shepsenuré, alumno aventajado donde los hubiera, había acompañado a su padre en sus saqueos desde su más tierna infancia, aprendiendo con aprovechamiento todo cuanto Sekemut tuvo a bien enseñarle.

—Los oficios hay que aprenderlos de niños —había oído decir a su abuelo a menudo.

* El hipogeo era un tipo de tumba excavada en la roca cuyo uso se generalizó a partir del Imperio Nuevo.
** Diosa que encarnaba a la justicia y la verdad cuya pluma de avestruz, que portaba sobre su cabeza, servía de contrapeso en el pesaje del alma. Representaba el orden del cosmos.

Y a fe que tenía razón el viejo, pues Shepsenuré podía tenerse por digno sucesor de sus ancestros. Mas, con buen criterio, su padre también decidió que aprendiera una profesión respetable y le envió al taller de Hapu, el carpintero, donde en sus ratos libres, el muchacho aprendió el oficio.

Junto a ellos, Nemenhat, el hijo de Shepsenuré, daba sus primeros pasos a fin de convertirse en un futuro en garante de tan lúgubre tradición. Para él, aquello no dejaba de ser un juego, macabro sin duda, pero un juego; muy diferente a los que solía practicar con los otros niños de su edad, pero también mucho más interesante. Sentía emociones extraordinarias, por ello era habitual verle mirar boquiabierto todo cuanto el mundo de los muertos le revelaba en el interior de aquellas tumbas.

Los hombres se acercaron al sarcófago de madera y lo observaron en silencio.

—Este hombre era casi tan pobre como nosotros, padre —murmuró Shepsenuré.

Sekemut asintió en silencio.

—No merece la pena ni que forcemos el ataúd —dijo éste suspirando—. Dejémosle al menos lo poco que poseía.

—¿Cuánto crees que lleva enterrado?

—Poco más de cien años —contestó Sekemut mientras miraba en rededor.

—No hay duda de que era un noble venido a menos —dijo Shepsenuré casi para sí.

Sekemut no hizo caso del comentario a la vez que reparaba en unos arcones próximos.

—Nemenhat, acerca la lámpara —ordenó el viejo inclinándose sobre los cofres.

El niño obedeció y se agachó junto a su abuelo; éste asió el candil y lo pasó sobre ellos. Eran de madera con algunas incrustaciones de marfil que les daban cierta gracia, aunque no resultaran nada del otro mundo.

Abrieron el primer cofre y su desilusión fue patente. Sólo contenía varios vasos de alabastro y algunos efectos de aseo personal. En el segundo no había nada digno de mención salvo un juego de *senet** y otros artículos de ocio. Por fin al abrir el tercero sus caras se iluminaron.

Destellos dorados surgieron límpidos ante ellos; Sekemut pasó la lámpara muy despacio y sonrió. El pequeño arcón se hallaba re-

---

* Juego de mesa muy popular en el Antiguo Egipto.

pleto de collares, pulseras y brazaletes de oro, lapislázuli y pasta vidriada.

Sekemut cogió algunos con cuidado y los sopesó.

—Bueno, al menos no nos iremos de vacío. Hijo, trae el saco y démonos prisa.

Entre los tres fueron sacando las joyas del viejo arcón hasta que no quedó nada en él; luego se aproximaron al último de ellos y también lo forzaron. Éste sólo contenía unas pequeñas figuras en forma de momia. Eran los *ushebtis**, los contestadores, aquellos que cuando se requería al difunto desde el Más Allá para realizar tareas como sembrar campos, llenar canales de agua u otros menesteres, contestaban: «Aquí estoy.» Solían tener pequeñas herramientas, algunas pintadas sobre la misma figura, necesarias para cumplir con su cometido. Había más de una veintena y eran todas de loza pero exquisitamente hechas.

—Esto es sagrado, así que no lo tocaremos —dijo Sekemut haciendo un gesto con la mano para que se marcharan.

Cerraron pues el cofre y como si de reptiles se trataran, se deslizaron por la entrada de la cámara mortuoria; luego, y tras recorrer el pequeño pasillo, salieron de la tumba.

Lo hicieron con precaución, casi con timidez; mas afuera no se oía nada. El silencio era absoluto, como si profesara el mayor de los respetos al lugar donde se hallaban. Por su parte, la luna había decidido abandonar a su suerte a las tierras de Egipto y la noche era negra, sin más luz que las lágrimas de Isis que en forma de estrellas brillaban en el firmamento.

Ya en el exterior, sintieron el estimulante frescor que fue como la vida para aquellos hombres que, todavía encorvados, llenaban sus pulmones una y otra vez intentando acaparar todo el aire que el valle les ofrecía. Después, como figuras venidas desde el Amenti, bajaron por la escarpada ladera hasta desaparecer en la oscuridad.

Un chacal aulló en los cerros, quizá fuera Upuaut**, el dios chacal

---

* Los *ushebtis* eran pequeñas figuras utilizadas en las sepulturas para realizar los trabajos encomendados al finado en los Campos del Ialu, nombre con el que se conocía al paraíso. Eran algo así como esclavos que evitarían al muerto el hacer ningún trabajo. Los ricos y nobles se hacían enterrar con un gran número de ellos, mientras que los pobres apenas ponían alguno.

** Upuaut, dios con forma de chacal, a menudo confundido con Anubis. Conocido como «Aquel que abre los caminos», era el encargado de acudir a las necrópolis para conducir al difunto al Más Allá.

que acostumbraba a merodear por las necrópolis, dándoles su triste despedida como único testigo de cuanto allí había ocurrido.

Aunque era natural de Coptos, Shepsenuré había permanecido poco tiempo allí; de hecho no recordaba nada de los años pasados en la ciudad y siempre que miraba hacia atrás se veía junto a su padre, Sekemut, recorriendo los caminos de Egipto.

Deambularon por buena parte del país durante más de veinte años, huyendo de la ira del faraón tras la condena y ajusticiamiento de su abuelo, y sin más bienes que los que sus regulares rapiñas les proporcionaban. Poca cosa, teniendo en cuenta los resultados, pues al cabo de todos aquellos años eran casi tan pobres como al principio.

Por el camino fue perdiendo lo único valioso que en realidad poseía, su familia. Madre, hermanos, tíos; todos fueron desapareciendo víctimas de las penalidades de la vida errante a la que los enojados dioses les empujaban. Criado en semejante ambiente y sin enraizar su vida en ningún lado, Shepsenuré se hizo hombre sin sentir apenas apego alguno por su tierra, y con el corazón rebosante de desprecio por los dioses y el orden que éstos establecieron en aquel país en los albores de su civilización.

Un día, feliz donde los hubiera, conoció a Heriamon, una hermosa joven de familia humilde, natural de la santa ciudad de Abydos, de la que quedó prendado desde el mismo momento en que la vio. Shepsenuré llevaba varios meses junto a su padre en la ciudad, buscando cualquier enterramiento del que pudieran sacar algún beneficio. No en vano, aquella población había sido elegida por los antiguos faraones tinitas para construir sus tumbas; y ya se sabía, donde se enterraba un rey, se enterraban también sus nobles. Sin embargo, las buenas perspectivas apenas dieron frutos y, como en otras ocasiones, Shepsenuré tuvo que trabajar como carpintero para poder ganarse el sustento.

Pero en aquella oportunidad la suerte pareció sonreírle, pues Heriamon se enamoró de él perdidamente, y al poco tiempo la tomó por esposa. Fueron momentos dichosos para el joven, pues nunca antes había sentido tanta felicidad, trabajando en lo que buenamente pudo mientras amaba a la bella Heriamon con todas sus fuerzas. Pronto ésta quedó encinta dando a luz un hermoso niño al que pusieron por nombre Nemenhat.

Para Shepsenuré, aquel niño resultó el bien más preciado que pudiera poseer. Ni mil tumbas que robara le proporcionarían tesoro mayor, pensaba alborozado. Su hijo le daría fuerzas para abrirse camino e intentar así ofrecerle un futuro mejor.

Pero el inmediato resultó no ser precisamente bueno; el trabajo escaseaba y no había demasiadas posibilidades de encontrar botín alguno en la ciudad de Osiris*, por lo que otra vez se volvió a encontrar en los caminos en busca de fortuna. Ahora eran cuatro las bocas que alimentar, así que, con buen criterio, el abuelo Sekemut decidió que se dirigieran a Waset, el cetro; el nomo** III del Alto Egipto, donde en su capital, Tebas, tendrían mayores oportunidades.

Allí pasaron cinco años con diverso sino. Sekemut, que conocía muy bien el lugar, hizo algunos hallazgos provechosos con los que pudieron mantenerse holgadamente, a la vez que su hijo instalaba un pequeño taller de carpintería donde realizaba pequeños encargos. Por su parte, Heriamon resultó ser una mujer abnegada donde las hubiera y, aunque se daba perfecta cuenta de cuanto sucedía, jamás tuvo una palabra de reproche hacia su marido. Ella sabía de sobra lo dura que podía resultar la vida para alguien que, como ellos, procedían de los estratos más bajos de aquella sociedad.

Nemenhat evidenció ser un niño muy despierto, aunque algo retraído, que prefería acompañar a su abuelo y a su padre por la necrópolis a los juegos con los otros chicos del barrio. Sentía adoración por su padre y no había cosa que le atrajera más que unirse a él en sus macabras aventuras. Observaba todo cuanto hacían en el interior de los túmulos y se sentía subyugado; presa de una fascinación que iba más allá de lo racional. En aquellos momentos, el niño creía tener muy claro a lo que se dedicaría cuando fuera mayor; saquearía tumbas como ellos.

Con el tiempo, las cosas volvieron a empeorar. Egipto atravesaba momentos difíciles y los asaltos a las tumbas de la necrópolis tebana empezaron a proliferar. Se formaron bandas organizadas que se dedicaron al expolio incontrolado de cuantos hipogeos encontraban, destrozando todo cuanto en ellos había sin ningún tipo de escrúpulo. Tebas ya no era un lugar seguro para Shepsenuré y su familia, y mucho menos el sitio adecuado para aventurarse entre los cercanos cerros del oeste***, al otro lado del río. Los inspectores de la necrópolis habían intensificado su vigilancia, y en semejantes circunstancias lo mejor era cam-

* A Abydos se la conocía por ese nombre porque se creía que allí se encontraba la tumba del dios Osiris.
** Los nomos eran los nombres que recibían las provincias en el Antiguo Egipto.
*** En el Antiguo Egipto las necrópolis se encontraban situadas al oeste de las poblaciones, lugar por donde se pone el sol y donde comenzaban los dominios de Osiris, el dios del Más Allá.

biar de nuevo de residencia, pues corrían un peligro que conocían bien.

Para colmo de males el abuelo cayó enfermo, y lo que empezó como una simple tos, se fue transformando en interminables accesos con esputos sanguinolentos que a la postre acabaron con la vida de Sekemut. Shepsenuré lloró la muerte de su padre, el hombre al que había acompañado en su desgracia durante tantos años, y que representaba el último eslabón con su pasado. Un eslabón que yacía roto para siempre y al que decidió dar el más decoroso de los entierros posibles. Para ello, no tuvo más remedio que vender la mayor parte de sus exiguos bienes y así poder procurarle el adiós que se merecía; al fin y al cabo, el viejo Sekemut siempre había sido devoto de los dioses, aunque fuera a su manera.

Ya nada le retenía en Tebas; así pues, una mañana muy temprano, abandonó la ciudad junto a su mujer e hijo con el propósito de encaminarse hacia el norte, a las tierras del Bajo Egipto.

Heriamon, que estaba de nuevo embarazada, no puso objeción alguna. Ella seguiría a su marido allá donde se dirigiera con el mejor de los ánimos y el corazón henchido de gozo por poder permanecer junto a él.

Partieron con los pocos enseres que les quedaban, un hatillo con alguna ropa, y una pequeña caja donde Shepsenuré llevaba sus herramientas de carpintero; suficiente, pues él estaba convencido de que podría mantener a su familia con pequeños trabajos hasta establecerse definitivamente en el lugar apropiado. Así fue como atravesaron los nomos de Los Dos Halcones, El Cocodrilo y El Sistro*, en los que se ganaron la vida sin dificultades sacando lo justo para poder seguir su camino.

Una mañana, tras meses de viaje, Heriamon comenzó a sentir los primeros dolores del parto, por lo que Shepsenuré se apresuró a buscar un lugar adecuado donde poder asistirla. Caminaron durante todo el día. Heriamon, sin emitir un solo quejido, arrastraba los pies por el camino ayudada por el brazo de su esposo mientras Nemenhat, ajeno a todo cuanto sucedía, no paraba de corretear de acá para allá.

Por fin, al atardecer, llegaron a una aldea otrora importante llamada Tinis, donde fueron cobijados, y en la que una comadrona atendió el alumbramiento del que nació una niña.

Permanecieron por espacio de un mes en el pueblo. Durante este

---

* Nomos V, VI y VII del Alto Egipto respectivamente cuyos nombres egipcios eran: Harui, Aati y Seshesh.

tiempo, Shepsenuré se ganó el pan arreglando el *shaduf** de algún campesino del lugar, en tanto su amada esposa se recuperara; pero ésta no se recuperó. A las pocas semanas comenzó a subirle la fiebre y dos días más tarde la pequeña también enfermó. Nemenhat observaba a su madre postrada sobre el jergón apretando a su hermanita junto a su pecho, consumiéndose día a día. Él se les acercaba y con su mano les acariciaba aquella piel que ardía. Mientras, su padre, desesperado, invocaba a Hequet** y Tawaret, la diosa hipopótamo de grandes pechos que era protectora de los lactantes. Pero todo fue inútil y al cumplirse un mes justo murieron las dos.

El niño no comprendía bien el alcance de todo aquello, sólo veía a su padre postrado junto a su madre sollozando con las manos entrelazadas, y cómo los pobres aldeanos intentaban darle ánimos inútilmente. Sin embargo, aquellas imágenes le acompañarían durante toda su vida.

Como no disponía de bienes suficientes, Shepsenuré trabajó durante un tiempo en Tinis todo cuanto pudo, a fin de ganar lo suficiente para poder fabricar un sarcófago para su esposa e hija. Asimismo, contrató a un aldeano que hacía las veces de embalsamador en el lugar, que al menos pudo inyectarles un líquido graso procedente del cedro*** por el ano, secando después sus cuerpos sumergiéndolas en natrón.

Los féretros fueron conducidos hasta una antigua tumba abandonada que era utilizada por la mayor parte del pueblo y que se hallaba casi repleta. No hubo ofrendas, ni tan siquiera banquete funerario, y la gente que acudió al entierro acompañó a padre e hijo con actitud resignada. Shepsenuré colocó dentro del ataúd de su esposa las sandalias de papiro que ella misma había trenzado. Dentro del de la pequeña tan sólo pudo derramar sus lágrimas; al menos habían sido sepultadas dignamente.

Shepsenuré y su hijo continuaron su camino hacia el norte hasta llegar a Zawty****, capital del Árbol de la Víbora Superior, que era como se llamaba el nomo XIII del Alto Egipto; punto de partida de

---

* El *shaduf* era un artilugio de madera utilizado para sacar el agua del río, que todavía se sigue utilizando en las zonas rurales del país.

** Hequet era una diosa con cabeza de rana, protectora de las parturientas y los recién nacidos.

*** Debido a este aceite, los intestinos salían disueltos, posteriormente, del organismo.

**** La actual Asyut.

las caravanas que se dirigían al oasis de Ain-Amar*, en el sur. Allí, el desierto occidental asediaba tenazmente las tierras de cultivo estrangulándolas inmisericorde; pero era una población que ofrecía posibilidades y un buen lugar donde permanecer mientras el chiquillo creciera. Así que, después de deambular durante unos días por la ciudad, Shepsenuré encontró ocupación en un taller de manufactura de muebles donde, en poco tiempo, se ganó la confianza del capataz.

Éste pareció apreciar su trabajo, pues enseguida empezó a encargarle los pedidos de las familias principales que, al parecer, quedaron muy contentas. Ello le ayudó a adquirir cierta reputación, acumulándosele los encargos, lo que le hizo prosperar notablemente hasta el punto de poder ahorrar lo suficiente como para comprar un burro y olvidar momentáneamente sus pasadas penalidades.

Durante cuatro años permaneció en Zawty llevando una vida honorable, incluso a los ojos de los dioses, en los que aprovechó para iniciar a su hijo en el oficio, tal y como su padre había hecho con él. Por primera vez, Shepsenuré llevó una vida ordenada, llegando a pensar que las viejas heridas de su alma se hallaban restañadas por completo.

Pero su estancia en Zawty no fue sino un paréntesis más en su interminable peregrinaje; el trabajo empezó a flojear y en su corazón volvió a sentir la irracional atracción por las oscuras inclinaciones de otro tiempo. Sus raíces no fructificarían allí. Tenía que continuar al corazón de Kemet**, allá donde los dioses*** antiguos reinaron hacía mucho tiempo y donde construyeron sus eternas moradas; él las saquearía.

Una mañana, cargaron sus pocas pertenencias sobre el asno y se dirigieron hacia Ijtawy, la que en otro tiempo fuera capital del Imperio Medio, y donde gobernaran los grandes faraones de la XI y XII dinastía. La distancia era larga y, en aquellos tiempos, los caminos en Egipto no eran en absoluto seguros. Esta circunstancia hizo que Shepsenuré prefiriera no utilizar la carretera principal y sí, en cambio, las veredas y pequeños caminos que surcaban los campos de cultivo.

Así, se despidieron pues de Zawty cruzando al poco el gran brazo

---

* Hoy conocido como El-Karga.

** Con este nombre denominaban los antiguos egipcios a su país. Kemet significa: «La tierra negra», en referencia al color de la tierra al ser anegada por el limo que arrastraba el Nilo durante la inundación.

*** Los egipcios llamaban a sus reyes, dioses, pues se les consideraba como una reencarnación del dios Horus. La palabra faraón deriva de una terminología griega empleada durante la Época Baja.

fluvial que se separaba del Nilo y dirigía parte de su caudal al Lago Meridional, She-resy; una extensa depresión extraordinariamente fértil con una exuberante vegetación, en la que los cocodrilos eran particularmente abundantes y en donde Sobek* señoreaba entre los demás dioses.

Avanzaron por el Alto Egipto recorriendo sus provincias, deteniéndose aquí y allí lo imprescindible para reponer sus fuerzas y poder seguir su camino. Como en ocasiones anteriores, Shepsenuré se vio obligado a realizar algún que otro trabajo con el que poder sufragar sus gastos, mas enseguida se ponía de nuevo en marcha hacia el añorado norte.

Cruzaron cinco nomos sin sufrir ningún contratiempo hasta que un día, próximos a la ciudad de Per-Medjed, capital del nomo de Los Dos Cetros, un extraño sentido que le hacía reparar en lo imperceptible, le obligó a detenerse súbitamente.

—Hijo, escóndete entre los cañaverales y no salgas veas lo que veas ni oigas lo que oigas. ¿Has entendido?

—Sí, padre, pero...

—No preguntes y haz lo que te digo.

Le entregó sus herramientas de carpintero y una bolsa con algunas cebollas y pan de trigo; luego el muchacho desapareció.

No pasó mucho tiempo hasta oír que alguien se aproximaba y así, al poco, unos hombres de aspecto siniestro aparecieron entre la maleza.

—Por los testículos de Set. ¿Quién eres tú? —dijo el más corpulento con voz cavernosa.

Shepsenuré permaneció impertérrito mientras les observaba en silencio.

—¿Es que no tienes lengua? ¿Adónde crees que vas?

—Soy un campesino que va a Ijtawy a reunirse con su familia.

El que parecía ser el jefe le miró de arriba abajo con expresión burlona.

—¿Tienes permiso para pasar por aquí? —le preguntó al fin.

—¿Permiso? No sé a qué os referís —contestó Shepsenuré.

—En ese caso tendrás que pagar —sentenció otro.

—¿Pagar? Si no tengo nada.

Aquellos hombres prorrumpieron en carcajadas.

—¿Nada dices? Yo creo que sí —dijo el rufián acercándosele con un

---

* Dios cocodrilo con múltiples aspectos, venerado en el Antiguo Egipto desde las primeras dinastías.

enorme bastón en las manos—. Eres un atrevido. ¿Acaso no sabes quién soy? —preguntó mientras hacía ademán de utilizar el bastón.

—Perdonadme —se apresuró a decir Shepsenuré haciendo un acto reflejo con sus brazos para protegerse del posible golpe—. No soy de estas tierras pero seguro que sois persona principal.

Los hombres estallaron de nuevo en risotadas.

—¿Principal? Desde luego, soy Gurma, y ésta es mi corte —dijo señalando a los demás que volvieron a reír.

—Qué gran honor —contestó Shepsenuré haciendo una reverencia—, en lo sucesivo no lo olvidaré.

—Seguro que no —respondió Gurma derribándole de un tremendo bastonazo—. Eres un perro atrevido y además un mentiroso. Tus manos no son las de un campesino, pero te vas a acordar de mí.

Dicho esto, comenzó a golpearle repetidamente entre los quejidos de Shepsenuré y las risas de los otros.

—Llevaos el pollino y todo lo que lleve encima —aulló el energúmeno mientras seguía golpeándole—. Ah, y la ropa también.

Y con gran algarabía despojaron a Shepsenuré de las pocas prendas que llevaba, incluido su faldellín, dejándole totalmente desnudo.

—Así es que vas a Ijtawy —dijo Gurma secándose el sudor de su frente jadeante—. Allí no hay más que apestosos y tú no desentonarás.

Entonces, metiendo su mano bajo el calzón, extrajo su miembro y se puso a orinar sobre él.

—Si te preguntan dónde compraste el perfume, recuerda que Gurma te lo dio a buen precio —dijo entre carcajadas.

Luego se dio la vuelta y desapareció junto a los demás por donde habían venido llevándose al asno de las riendas.

Allí quedó Shepsenuré. Vejado y tendido sobre el fino polvo; desnudo y apaleado. Verdaderamente, los dioses habían vuelto a abandonarle.

A duras penas pudo Nemenhat hacerse cargo de su padre. Unos campesinos que acertaron a pasar por el lugar, se apiadaron de ellos y les recogieron en su casa hasta que Shepsenuré se repuso de la paliza. Afortunadamente, las gentes que poblaban las zonas rurales de aquella tierra eran proverbialmente hospitalarias y siempre dispuestas a ayudarse en sus desgracias; algo que Shepsenuré agradeció reparando cuantos aperos de labranza lo necesitaban y colaborando en las tareas cotidianas allí donde fuera necesario.

Un día, con el maltrecho ánimo restituido y sus fuerzas repuestas, se puso de nuevo en camino para continuar, junto a su hijo, su eterno viaje hacia el norte. Esta vez no hubo encuentros desafortunados, ni sobresaltos que les obligaran a detenerse más de lo necesario, y así, tras atravesar dos provincias más, entraron en el nomo XXI del Alto Egipto, el del Árbol Narou Inferior, en donde se encontraba Ijtawy.

La primera vez que Nemenhat vio una pirámide, se quedó estupefacto. Boquiabierto, la miró como si fuera un espectro gigantesco; con respeto y con temor. Shepsenuré tampoco había visto antes ninguna, aunque sabía de su existencia; como también sabía que en su interior descansaban los poderosos señores que un día dictaron la ley en Egipto, con todas sus riquezas y pertenencias.

Ante ellos se alzaba, como una torre, la inconfundible perspectiva de Meidum.

La que, otrora, fuera pirámide orgullosa erigida por Snefru o quizá por su padre Huni durante los tiempos antiguos*, aparecía ahora semiderruida mostrando una forma escalonada que le daba un aspecto extraño.

—Padre, ¿qué es eso?

—El poder sobre la tierra, hijo, el desafío de los dioses. Pero no te dejes engañar, ella, como tú y yo, también es vulnerable.

Nemenhat no respondió, pero siempre recordaría aquella pirámide y la impresión que le causó.

Por fin, una tarde llegaron a Ijtawy. La que, en otro tiempo, fuera capital principal, no pasaba ahora de ser una población de segundo orden. Su pasado glorioso se advertía en los restos de los monumentales edificios erigidos durante el Imperio Medio, monumentos que luego caerían sepultados en el olvido cuando los invasores hiksos conquistaron el país durante el segundo período intermedio cambiando su capital a Avaris. Desde entonces, la ciudad ya nunca recuperaría su esplendor, quedando relegada a una mera población sin importancia.

Insuflado de nuevos ánimos, Shepsenuré buscó trabajo por toda la ciudad convencido de que un nuevo horizonte se les abriría con prodigalidad. Pero, como de costumbre, salvo algún trabajo aislado, no encontró nada permanente. Otra vez la usual penuria se cernía amenazante, como en tantas ocasiones, recordando a Shepsenuré que no era precisamente el favorito de los dioses.

---

* No se sabe con certeza quién construyó esta pirámide. Aunque se suele atribuir su erección a Snefru, primer faraón de la IV dinastía, hay quien opina que fue edificada por su padre Huni, último rey de la dinastía anterior.

«Nací abandonado por ellos, así que poco respeto les debo», pensaba mientras regresaba de la taberna a la que cada tarde acudía a ahogar sus penas.

Mas al menos tenían un techo donde cobijarse, aunque fuera un simple establo, y la firme determinación de cambiar su suerte, con o sin ayuda divina.

Sin embargo, en el papel que le había tocado representar en el teatro de la vida, Shepsenuré aún debía bajar nuevos escalones, a fin de llegar al final del profundo pozo en el que se desarrollaba su existencia. Y así, una noche, mientras volvía ebrio de la taberna dando traspiés por las callejuelas, cayó víctima de la «corvada»; la temible leva utilizada por el sistema económico egipcio para reclutar mano de obra con la que realizar los grandes proyectos nacionales. Para cuando Shepsenuré estuvo lo bastante sobrio, el escriba de la recluta ya le había inscrito como obrero para trabajar en la construcción de canales.

Aquello resultó terrible, y por más que abogó por sus derechos, que como carpintero tenía, no consiguió sino la burla de los funcionarios.

¡Él era un artesano, y en principio estaba exento de tales trabajos! Pero todo fue inútil, le llevaron a los campos cercanos para canalizar los regadíos convenientemente, cultivar los campos y abonarlos llevando arena del este al oeste.

Un año entero estuvo sufriendo estos rigores, cubierto de barro de la mañana a la tarde, hasta que gracias a la fabricación de unos muebles para la casa de uno de los funcionarios locales, consiguió liberarse de su ingrato cometido y ejercer de nuevo su profesión al ser contratado como parte de la cuadrilla de escultores, canteros y dibujantes destinada a la realización de obras públicas en la ciudad. Fue retribuido por ello con cuatro *khar** de trigo y un *khar* de cebada diarios, con lo que no sólo pudo hacer pan y cerveza, sino también cambiarlos por otros artículos de primera necesidad, e incluso conseguir un lugar decente en el que hospedarse con su hijo.

Todos los días cuando iba a trabajar las veía. Altivas e indiferentes a los mortales, se elevaban uniformes y aisladas junto al desierto occidental.

Aunque más pequeñas que la que vio en Meidum, las dos pirámides conservaban su forma inicial intacta, y Shepsenuré pensó que ha-

---

* El *khar* era una unidad de peso que equivalía a unos 180 g.

bía llegado el momento de ir a visitarlas. Así pues, una tarde, acompañado de su hijo, se encaminó hacia ellas.

Eligió la situada más al sur, que era algo más grande y había sido construida por Kheper-Ka-Ra*, segundo faraón de la XII dinastía, hacía más de ochocientos años. Fue llamada «la que domina los dos países»; aunque naturalmente, Shepsenuré desconociera todo esto.

El complejo funerario había estado rodeado por un muro de ladrillo que prácticamente no existía ya y en cuyo interior, además de la pirámide real, habían existido otras diez pirámides subsidiarias pertenecientes a familiares del faraón y miembros de la nobleza de las que sólo quedaban ruinas. Abandonado hacía ya mucho tiempo, el recinto se encontraba en un estado lamentable, y sólo servía ahora como refugio de serpientes y escorpiones.

—En su día debió de ser magnífico —se dijo Shepsenuré mientras caminaba por donde, en épocas lejanas, existiera un corredor que daba acceso a una soberbia columnata.

Más allá, un pequeño templo interior que todavía se encontraba en pie, le hizo imaginar con mayor realismo el esplendor que, en un tiempo, debió de tener el conjunto.

Se dirigió hacia él y traspasó la entrada que en otro tiempo permaneció vedada. Dentro, en la sala, inmortalizado en piedra caliza, se hallaba sentado el faraón. Shepsenuré le observó con curiosidad. Se mostraba impasible, sereno, distante... perfecto. Era como si todo el orden de la tierra pasara por él. Representaba el poder absoluto, la ley para los vivos y, sin embargo, poseía una cierta mirada piadosa.

«¿Piedad? —pensó Shepsenuré—. ¿Qué es piedad?»

En su vida sólo la había conocido entre los que sufrían, entre los que necesitaban de ella, entre los que alegremente araban los campos, o entre los que comían una simple cebolla y gustosos la compartían; Egipto estaba lleno de esa piedad, la otra, la de los dioses, los reyes, visires y nomarcas, ésa, ésa no la había conocido nunca, y su camino había sido trazado por ella. No le quedaba nada, sólo en su hijo creía; estaba resignado, como tantos otros y sin embargo, él era una persona alegre como la mayoría de sus paisanos. Cuando Ra** salía por el horizonte cada mañana él lo sentía dentro de sí, y hasta le contagiaba de un cierto optimismo.

* Kheper-Ka-Ra fue el nombre con el que se coronó Senwsret I (Sesostris I). Significa el alma de Ra nace.

** Dios solar del panteón egipcio considerado el padre de todos los dioses. Cuando el sol salía en el horizonte, los egipcios consideraban que era el dios que regresaba tras su viaje nocturno.

«Hoy se abrirá una nueva senda para mí», pensaba.

Pero al llegar la tarde, aquélla siempre era la misma e inalterablemente le llevaba a la taberna, el único lugar donde podía sentir momentos de euforia. Al día siguiente el sabor en su boca siempre era ácido.

Nemenhat, por su parte, había crecido mucho, y aparte de ayudar a su padre en su trabajo cotidiano, le tendía un cierto manto protector, impensable en un muchacho de diez años y que en resumen no era sino el resultado de su niñez vagabunda. Después de padecer todas las penalidades por las que su padre había tenido que pasar, su corazón se hallaba colmado por un sentimiento de comprensión. Esto era lo que Nemenhat sentía, y Shepsenuré lo sabía.

Shepsenuré salió de su abstracción y volvió a concentrarse en aquella sala. Estaba llena de restos de cerámica rota, así como de escombros de todo tipo. Era obvio que allí habían entrado ya hacía mucho tiempo, pero sentía curiosidad por ver la cámara mortuoria; quien sabe, quizás encontrara algo. Llegó a la antecámara, una habitación pequeña en la que no había absolutamente nada; allí acababa todo. No existía ningún pasillo más allá de aquel lugar, aunque Shepsenuré supiera que tenía que existir uno que condujese al mismo centro de la pirámide. Tras una atenta mirada reparó en la falsa puerta de granito situada al fondo; comunicaba con la cámara funeraria, mas sólo el *ka** del faraón podría pasar a través de ella. Sonrió y recordó las enseñanzas de su padre:

—Siempre hay un segundo camino, lo hacen así; es fácil, sólo tienes que imaginártelo.

Miró a su hijo que le observaba con evidente excitación y le hizo un gesto para que saliera presto. Juntos comenzaron a rodear la pirámide en busca de algún indicio que les permitiera acceder a su interior.

La señal resultaba clara. Justo en la cara norte, bajo el pavimento de lo que en su día fuera una capilla de ofrendas, se encontraba la entrada a un oscuro corredor. Tenía tan sólo unos dos codos de sección** y parecía descender en una suave pendiente.

Shepsenuré cogió su lámpara de aceite y se introdujo por el estrecho agujero; tras él, Nemenhat se apresuró a seguirle.

Avanzaron por el angosto túnel arrastrándose como reptiles. La sensación era terrible, pues parecía que todo el peso de la construcción

---

* El *ka* es un concepto complejo que podríamos definir como la fuerza vital del individuo.

** El codo egipcio medía aproximadamente 53 cm.

gravitaba sobre ellos estando a punto de desplomarse. Luego, estaba aquel calor, pesado y sofocante que se volvía más inaguantable a cada paso que daban. Aquel pasadizo parecía llevar a la mismísima entrada del Amenti y Nemenhat, aterrorizado, empezó a gimotear.

Con un siseo su padre le mandó callar.

—No tengas miedo y respira suavemente; ya falta poco.

El muchacho apretó los dientes y obedeció, hasta que al fin, bañados en sudor y boqueando, llegaron al final de la galería y entraron en una sala; era la cámara sepulcral. Se incorporaron y Shepsenuré atrajo para sí a su hijo tranquilizándole. Permanecieron así durante un tiempo que les resultó indefinido, y del que tomaron realidad al comenzar a sentir un singular hormigueo; era una sensación extraña pero a la vez vivificante, que les hizo recuperar el ánimo y concentrarse de nuevo en cuanto les rodeaba.

Shepsenuré movió la lámpara y echó un vistazo. La pequeña habitación se encontraba vacía; tan sólo un viejo sarcófago, justo en el centro, la decoraba.

Se aproximó con lentitud, casi con respeto; notando cómo a cada movimiento se le erizaba el vello de su cuerpo como si una fuerza desconocida le rodeara por doquier. Nunca había experimentado algo así. Pareciera que el dios que en otro tiempo allí yaciera, hubiera tejido una invisible tela de araña que se le adhería ferozmente. Entonces experimentó cierto temor.

Sobreponiéndose se acercó al féretro, era de cuarcita y estaba vacío; lo tocó y súbitamente se sintió supersticioso. Debían irse ya.

Se dirigió de nuevo a la entrada del pasadizo. Seguramente fue utilizado para introducir en la cámara el ataúd más pequeño, el que contenía a la momia; ése era el motivo de su angostura. En un lateral vio otro corredor; era el que conducía, por la falsa puerta, a la antecámara en la que se hallaba la estatua del faraón.

Agarró al muchacho por el brazo dispuesto a salir, cuando un movimiento imperceptible hizo que Shepsenuré se detuviera. Había alguien más allí y no había reparado en ello. Entonces se volvió con cautela y oyó un siseo.

Antes de dirigir su lámpara en aquella dirección ya sabía lo que era, y alzándola con precaución su luz la iluminó de lleno. Wadjet*, la diosa del Bajo Egipto, la que adornaba la corona de los faraones; vieja como la tierra, reina del desierto, llena de poder y de muerte, se en-

---

* Diosa cobra que representaba al Bajo Egipto, al cual tutelaba.

contraba ante él. Desafiante, la cobra le miró con aquellos ojos agudos y penetrantes irguiéndose en todo su tamaño. Era enorme, pero Shepsenuré no se amedrentó y poniéndose en cuclillas ante ella le sostuvo la mirada. Fueron instantes eternos en los que no movió un solo músculo; ni tan siquiera pestañeó, y en los que recordó como, en ocasiones, había visto a su padre acercarse a ellas e incluso cogerlas sin que nada ocurriese.

—No es a ti a quien he venido a buscar, señora de Egipto. Déjame marchar y queda en paz —dijo en un susurro sin dejar de mirarla.

Quedaron los dos frente a frente quizá comunicándose en el ancestral lenguaje que algunos hombres en aquella tierra aún conocían. Ella por su parte pareció comprender pues, remolona, comenzó a balancearse en tanto su lengua bífida se movía sin cesar, echándose de nuevo al suelo para dar al fin media vuelta y arrastrarse hacia la penumbra donde acaso tuviera su nido.

—Salgamos de aquí, hijo mío, coge la lámpara y ve tú delante.

Obediente, Nemenhat se introdujo de nuevo en el pasaje y seguido de su padre comenzó a reptar, esta vez hacia la luz, allá al fondo. Estaba impresionado por todo lo ocurrido y no sabía si se dirigía a la salida, o si por el contrario se hallaba en algún mundo desconocido dentro de aquel escenario de ultratumba. No podía dejar de pensar en aquella cobra dominante ante la que se había sentido impotente; y el hecho de que pudiera encontrarse con alguna otra en su camino le descomponía. Otra vez volvió a notar el calor, aquel horrible calor que le atenazaba los nervios y le hacía jadear. Sentía que le ardían los pulmones, por lo que levantó un poco la cabeza buscando algo más de aire; pero no había más. Entonces miró la lamparilla y su luz empezó a distorsionarse ante sus ojos.

Shepsenuré se percató de ello y con una mano hizo bajar la cabeza de su hijo al tiempo que le tranquilizaba.

—Ten calma, ya casi hemos llegado.

Nemenhat tragó saliva mientras continuó arrastrándose por aquella rampa infernal. Cuando al fin, casi exhaustos, llegaron a la salida, una luz cegadora les recibió alborozados. Permanecieron abrazados durante largos minutos acaparando todo el aire que fueron capaces. Luego, todavía inmóviles, se miraron sin decir nada, reconfortados por la brisa que desde el este les avisaba de la proximidad del crepúsculo.

Pasaron varias semanas hasta que volvieron de nuevo. No había duda que los ladrones habían saqueado el lugar hacía ya mucho tiempo, pero alrededor de aquellas pirámides se extendía una gran necrópolis en la que yacían los restos de miembros de la familia real y los de numerosos nobles y sacerdotes. Shepsenuré estaba convencido que su suerte cambiaría, y de que tarde o temprano daría con alguna tumba.

Todos los días, al acabar su trabajo se dirigía a aquel lugar y, concienzudamente, lo recorría en busca de algún signo revelador. Alrededor de la pirámide de Senwsret había otras diez de reducidas dimensiones que, efectivamente, pertenecían a familiares del rey y que ya habían sido abiertas. La otra pirámide real, situada a dos kilómetros de distancia, perteneció al padre de Senwsret I, Amenemhat I, y tampoco tenía nada que ofrecer. El panorama no podía presentársele más desalentador, pero Shepsenuré no se rindió y así, una tarde que, desanimado, regresaba a su casa, por casualidad la encontró.

El atardecer se ofrecía espléndido y Shepsenuré se sentó sobre unas piedras a contemplarlo. Desde allí, majestuoso, el Nilo fluía incontenible arrancándole a la tarde su luz más íntima que, en forma de destellos, se reflejaba en sus aguas en una variedad de colores sin fin, dando vida a un valle que parecía ser eterno.

Fue entonces cuando, embriagado de tanta belleza, Shepsenuré reparó en un montón de cascotes apiñados junto a un pequeño muro que no sobresalía más de un codo sobre el suelo. Se aproximó con curiosidad y comenzó a quitar aquellas piedras con cuidado hasta que quedó al descubierto un pequeño pozo; en ese momento su corazón le dio un vuelco.

Aunque la tarde caía con rapidez, sabía muy bien que no podía regresar sin conocer la naturaleza de aquel pozo que inesperadamente había surgido de entre los cascotes; así pues, amarró su cuerda de palma trenzada a un bloque de piedra próximo, introduciéndose con decisión por el agujero. Con cuidado, fue descendiendo mientras con su lámpara buscaba el anhelante suelo. El pozo parecía profundo, y ya empezaba a pensar que quizá no tuviera cuerda suficiente cuando, súbitamente, el piso surgió de la oscuridad vagamente iluminado. Permaneció quieto, inspeccionando con ansiedad cada palmo del terreno. No quería volver a encontrarse con ninguna desagradable sorpresa, así que, todavía sujeto a la cuerda, observó cualquier indicio de movimiento sobre el oscuro piso. Pero allí no había nadie.

Se deslizó los últimos metros y llegó al suelo; luego alzó su candil y miró a su alrededor. Los ojos de Shepsenuré, curtidos en penurias sin fin, repararon enseguida en una de las paredes del profundo pozo en la que parecía haber una puerta. Se aproximó con cautela y la examinó poseído de un extraño presentimiento. No había duda, allí había una puerta, y a juzgar por el aspecto, parecía sellada. Con evidente nerviosismo, recorrió con su mirada cada fragmento de ella escrutando con ansiedad cada palmo de aquella pared. Al poco, pasados unos momentos de angustiosa incertidumbre, el egipcio se separó de la puerta mientras esbozaba una sonrisa. ¡No había duda, estaba sellada! Aquélla era la entrada de una tumba; había encontrado una vieja mastaba*. Exultante, tuvo ganas de gritar pues ante aquella pared, su sino cambiaba. Aunque no sabía descifrar el significado de los jeroglíficos, estaba seguro de que aquella tumba debía pertenecer a algún noble o alto dignatario, y aparentemente, no había sido violada. Volvió a sentir la vieja excitación tantas veces experimentada durante su vida ante la perspectiva de que nadie hubiera entrado allí todavía. Cuando finalmente se calmó, tenía una idea clara de lo que debía hacer. Había que salir y cubrir de nuevo el pozo con cuidado; la noche siguiente volvería.

Afuera le esperaba la noche. La diosa Nut** extendía su cuerpo sobre toda la bóveda celeste inmensa e inconmensurable y las estrellas refulgían por doquier. No había cielo como aquél y a Shepsenuré en aquella noche le pareció más bello que nunca.

Shepsenuré no pudo conciliar el sueño en toda la noche. Pensaba, reflexionaba, especulaba en suma con el descubrimiento realizado. Todo parecía indicar que se acercaba al final de sus penurias, pero ¿y si no hubiera nada dentro? A veces ocurría que algunas sepulturas eran violadas y vueltas a sellar. Rechazaba la idea una y otra vez y de nuevo ésta regresaba angustiándole inmisericorde. La llegada del alba fue un alivio para él; despertó a su hijo y después acudieron juntos a su quehacer diario.

No fue sino hasta bien entrada la tarde que Shepsenuré contó al muchacho su hallazgo. Éste, entusiasmado, empezó a brincar a su alrededor enardecido ante la proximidad de lo que para él significaba la más audaz de las aventuras. Luego su mirada se tornó medrosa ante la remembranza de su visita a la pirámide.

—Esta vez será diferente, Nemenhat —dijo su padre leyéndole el pensamiento—. No se trata del sepulcro de ningún antiguo dios.

* Tumbas de estructura rectangular fabricadas con guijarros, adobe o piedra, utilizadas por los altos dignatarios durante el Imperio Antiguo e Imperio Medio.

** Madre de Osiris, Set, Neftis e Isis, esta diosa representa a la bóveda celeste, y aparece representada, a menudo, con sus brazos sobre Oriente y sus pies sobre Occidente, y el cuerpo repleto de estrellas.

—¿Y no tendremos que arrastrarnos por ningún pasadizo, padre?
—No, hijo, ni tampoco nos encontraremos con serpientes.
—Y si hay un gran tesoro, ¿dónde lo esconderemos? —inquirió el muchacho con gesto preocupado.
—No debemos inquietarnos por eso. Es posible que no haya ningún tesoro ahí dentro, pero si encontramos alguno, ten por seguro que nadie nos lo quitará.
—¿Y cuando iremos padre?
—Esta noche, hijo, esta noche.

Con las primeras sombras, furtivos como dos figuras espectrales en medio de la necrópolis, padre e hijo se encaminaron hacia la tumba.
Era ya noche cerrada cuando llegaron. En silencio, Shepsenuré levantó la cabeza y escudriñó en todas direcciones. No se oía nada, sólo la brisa producía un leve murmullo ahogado por la incertidumbre que sufría; estaban solos. Con cuidado volvió a desescombrar el pozo y ató firmemente la cuerda a uno de los bloques; cuando estuvo listo hizo señas a su hijo.
—Dame la lámpara, yo bajaré primero. Luego cogerás una saca vacía y me seguirás.
Dicho esto, asió uno de sus martillos y un escoplo e introduciéndolos entre el faldellín, se descolgó por el oscuro hueco.
Abajo todo seguía igual. Padre e hijo permanecieron inmóviles, sin emitir un solo ruido, integrados en aquel mundo de silencio; no se oía nada. Shepsenuré aproximó su exigua luz y volvió a examinar la antigua puerta pasando sus manos por ella. Bastó el que presionara con sus dedos sobre un lateral, para que la vieja argamasa se desconchara; luego cogió sus herramientas y tragó saliva mientras colocaba el cincel con cuidado sobre la zona agrietada. Instintivamente miró a su alrededor, encontrándose con la figura de su hijo que le contemplaba anhelante con los ojos muy abiertos. Volvió a concentrarse en su tarea en tanto sentía el sudor resbalar por su cuerpo y a la vez su boca seca como el desierto de Occidente. Por fin tomó el martillo y con resolución descargó el primer golpe.
La cripta retumbó ante el tremendo mazazo descargado en tanto Shepsenuré sentía como un escalofrío le recorría por entero. Era como si todo Egipto hubiera escuchado aquel estruendo; como si hubiera llamado a la puerta de los dioses y éstos la abrieran con severidad. Volvió a golpear, esta vez si cabe, con mayor furia, y el segundo martillazo

resultó terrible. A éste le siguió otro, y otro; como poseído por una locura interior incontrolable, Shepsenuré descargaba su desdichado pasado una y otra vez contra aquella puerta que le separaba de un futuro de esperanza. Mientras, la piedra bramaba.

El buril la traspasó finalmente y Shepsenuré cesó en su agitación respirando aliviado. Ya más calmado, comenzó a ensanchar aquel orificio hasta que fue lo suficientemente grande como para poder echar una ojeada al interior.

—Nemenhat, dame la lámpara.

Éste obedeció sin pestañear presa de una incontenible agitación mezcla de ansiedad y miedo.

Shepsenuré acercó la luz a la abertura y miró. Durante interminables segundos permaneció impasible, sin hacer ni un solo gesto. En medio de aquel pesado silencio, Nemenhat se agitaba nervioso y expectante.

—¿Qué ves, padre, qué ves?

—Hijo mío, cosas maravillosas*.

Shepsenuré agrandó la abertura lo suficiente como para poder deslizarse al interior; al fin había llegado el tan ansiado momento, respiró profundamente y seguido por su hijo entró en la tumba. Una vez dentro se mantuvieron inmóviles, con todos sus sentidos alerta, capaces de captar el menor movimiento. Pero sólo sintieron el enrarecido aire que les rodeaba.

Shepsenuré levantó la bujía e iluminó la estancia; todo parecía permanecer en un caótico orden. Miró a su derecha, justo a la entrada original del sepulcro; allí se encontraba la divinidad tutelar, Anubis**, echado sobre sus patas traseras cumpliendo su función de fiel guardián de la tumba.

Con cautela se fueron adentrando en el interior del lugar, mientras Nemenhat observaba boquiabierto todo a su alrededor impresionado al contemplar tanta belleza. Por primera vez, se hallaba dentro de una sepultura intacta, que además poseía una frescura y vivacidad en su decoración exquisita; todo parecía indicar que hubiera sido terminada

---

* Espero que el lector sepa perdonar la veleidad del autor al emplear esta frase. Fue la que utilizó H. Carter cuando, también por un agujero, vio por primera vez el tesoro que contenía la tumba de Tutankamon, que él descubrió. Sirva como reconocimiento a su formidable hallazgo.

** Dios egipcio con múltiples asimilaciones. Entre ellas, era tenido como el señor de la necrópolis menfita, así como dios protector de los embalsamadores. Junto con Horus, era el encargado de acompañar al difunto para que le pesaran el corazón asegurándose que la balanza se encontrara correctamente equilibrada.

recientemente, y sin embargo había pasado mucho tiempo. Como de costumbre, las paredes estaban repletas de símbolos y caracteres extraños, así como de figuras de formas monstruosas que le atemorizaban. Por todas partes se veían imágenes que debían representar la vida cotidiana del difunto. Se le podía ver en compañía de su mujer navegando plácidamente por el Nilo mientras eran servidos por sus criados; o personificado en un banquete en el que una esclava vertía bálsamos perfumados sobre su señor.

Según avanzaban, Nemenhat iba descubriendo un mundo que jamás pensó que existiese; y por el que se sentía fascinado.

A ambos lados de la sala se encontraban dos nichos con sendas estatuas en cada uno de ellos, simbolizando al finado y a su esposa y más allá, había una hermosa figura de granito gris de un escriba sentado con sus útiles de trabajo. Pictogramas con la barca solar navegando por las aguas celestiales, gobernada por el difunto y acompañado por Isis, Thot* y Khepri**; representaciones en las que se podían observar al finado conducido por el dios Thot, inventor de la escritura, «soberano del tiempo» y ayudante de los muertos ante Osiris, portando en su brazo izquierdo el *djed*, símbolo que da estabilidad a quien lo posee; en tanto el dios acompañante llevaba en su mano izquierda un cálamo y una caja de pinceles mientras en la derecha sostenía el «ankh», la cruz egipcia que representa la vida eterna.

Los ojos del muchacho iban de una pared a la otra intentando asimilar todo lo que su ignorancia le permitía. Los murales situados al fondo de la tumba le sobrecogieron. Allí estaban de nuevo los dos esposos adorando a las divinidades del Más Allá, y en la parte superior justo en el semicírculo formado por la bóveda, se hallaban dos figuras de Anubis como protectores de las puertas ultraterrenas, y sobre ellas dos enormes ojos que le impresionaron. Era el *udjet*, el «ojo de Horus***», símbolo de clarividencia de la suprema divinidad que les observaba acusadoramente ante el terrible sacrilegio que estaban cometiendo; o al menos eso pensaba él. Por último se encontraba Osiris, con su cuerpo cubierto por un sudario con las manos y la cara de un

---

* Thot fue el dios que inventó la escritura y todas las ciencias conocidas por el hombre. Era tan grande su conocimiento que fue considerado mago. Era el patrono de los escribas. Se le representaba como un hombre con cabeza de ibis.

** Dios representado como un hombre con cabeza de escarabajo, simboliza el renacimiento.

*** Hijo de Osiris e Isis con numerosas asimilaciones. Protector de la realeza, se consideraba que se reencarnaba en la figura del faraón.

intenso color verde símbolo de la renovación. Sostenía entre sus manos el báculo *(hega)* y el flagelo *(nekheh)*, representación del poder real; y sobre su cabeza portaba el Atef, la corona hecha de juncos trenzados que acababa en un disco solar, y que estaba flanqueada a su vez por dos plumas. El dios se encontraba entre dos pieles de animales enrolladas en sendos báculos que representaban a Anubis, y sobre todo el conjunto, aquellos ojos que le observaban inmisericordes.

Retrocedió inconscientemente tropezando con varios objetos que se hallaban en el suelo provocando un gran estrépito. Su padre lanzó un juramento.

—¡Maldita sea, Nemenhat! ¿Crees que alguien nos habrá escuchado ya, o piensas hacer más ruido?

—Perdóname, padre, pero esos ojos me asustaron —dijo señalándolos.

—Déjate de tonterías y ayúdame, aquí hay mucho que hacer.

Y en verdad que así era. La tumba abundaba en piezas de todo tipo; vasijas, vasos, platos maravillosos, collares, brazaletes, pulseras de oro, turquesas, lapislázuli, cornalina, y anillos de las más diversas formas, exquisitamente trabajados. Todo refulgía con reflejos dorados a la pobre luz de su lámpara. Arcones conteniendo útiles para el aseo personal de un finísimo alabastro, muebles de delicadas tallas...

«¡Todo es magnífico! —pensaba Shepsenuré mientras intentaba calibrar su valor—. Y ahora es nuestro.»

Allí había suficiente oro como para no preocuparse durante el resto de sus vidas. Shepsenuré cerró los ojos con fuerza y los volvió a abrir. No podía creerlo, no podía ser cierto; en tan sólo un instante su existencia había cambiado por completo.

Como oscuras sombras a la pobre luz del candil, formas siniestras se dibujaban en el fondo de la tumba. Se acercaron con cautela. Shepsenuré reparó en la estatua de granito representando a un escriba sentado; junto a ella, en un pequeño baúl, se hallaba una paleta de escriba hecha de esquisto junto con un tintero de fayenza y una espléndida navaja de bronce de las utilizadas por los funcionarios para cortar el papiro, o afilar sus cálamos, según sus necesidades. Más allá había un precioso tablero del juego del *senet* de ébano y marfil, y multitud de enseres que habían pertenecido al finado y que ahora le acompañaban para que pudiera seguir disfrutando de ello en el otro mundo.

También había gran cantidad de *ushebtis* diseminados por doquier, siempre prestos para cumplir con algún arduo trabajo en caso de que su amo se lo requiriese. Y como no, formando parte insustituible de aquella liturgia ancestral e inmutable, se hallaban los vasos canopos; cuatro hermosas piezas de piedra calcárea con inscripciones jeroglíficas, encargadas de la protección de las vísceras del difunto y del correcto funcionamiento de las constantes vitales de su *ka*. Simbolizaban a los cuatro hijos de Horus y, representados con cabeza humana, estaban situados cada uno de ellos en uno de los cuatro puntos cardinales, guardados a su vez en una bellísima arqueta.

Shepsenuré los examinó pensativo. Él sabía perfectamente lo que contenían, pero todos los que había visto con anterioridad tenían cabezas de diferentes animales.

Hapi, con cabeza de mono, contenía los pulmones y se situaba al norte; Duamutef, con cabeza de chacal, guardaba el estómago y estaba al este; Kebehsenuf, con cabeza de halcón, almacenaba los intestinos y su posición era el oeste; y Amset, el único con rasgos humanos y que portaba el hígado, se hallaba al sur.

Pero ¿por qué en este caso estaban todos representados bajo apariencia humana? Shepsenuré reflexionó sobre esta circunstancia. Todas las tumbas a las que había entrado con anterioridad estaban en el Alto Egipto y no eran muy antiguas; ésta por el contrario sí lo era, de esto estaba seguro, aunque no pudiera precisar cuanto. Quizás en tiempos pasados fuera corriente dicha simbología, mas en cualquier caso esto no le importaba demasiado, pues no era más que una mera curiosidad dentro del fantástico hallazgo en el que se encontraba. Así pues, se encogió de hombros y su mirada se dirigió directamente hacia la pieza principal del sepulcro; aquella que se distinguía de las demás y que contenía los restos del señor de aquella tumba.

Padre e hijo se acercaron muy despacio, casi reverentemente, hasta quedar situados junto a él. Luego Shepsenuré aproximó una de sus manos y con cuidado tocó el sarcófago.

«¡Qué magnífico es!», pensó admirado.

Todo hecho en madera y tallado magistralmente como nunca hubiera visto antes.

Por unos momentos sintió un respeto absoluto ante aquella soberbia obra que contenía cientos de símbolos y fórmulas de ofrenda realizadas con una destreza que, como carpintero que era, sabía de su dificultad. En la parte superior y cubriendo la casi totalidad del féretro, la diosa Neftis* extendía sus alas protectoras sobre el difunto.

---

* Diosa que solía custodiar los sarcófagos. Era hermana de Isis, Osiris y Set, del que también era esposa.

Nemenhat, entretanto, observaba en silencio lleno de admiración. ¿Qué significaría todo aquello? Nunca pensó que en una tumba pudiera haber semejantes cosas. Miró a su padre y le vio acariciar aquel ataúd con devoción, casi con idolatría; pero no comprendió nada. Al punto le preguntó:

—¿Y ahora qué haremos, padre?

Éste apenas se inmutó, abstraído como se encontraba; mas al poco miró a su hijo y volviendo a la realidad le contestó:

—Vamos a abrirlo.

Aquella idea no le gustó mucho al muchacho. Una cosa era entrar en un lugar como aquel que ya de por sí le producía escalofríos y otra muy diferente abrir el sarcófago y sacar el cadáver que había dentro. Este pensamiento le horrorizó de tal manera que empezó a sentir que se le descomponía el vientre. Su padre le advirtió con severidad:

—¿Qué diablos te pasa ahora, Nemenhat? Ven y ayúdame.

—Es que me da miedo, padre.

—¿Miedo? Dentro no hay más que un muerto, hijo mío. Miedo debería darte si alguien descubriera que estamos aquí.

—¿Y si dentro hubiera algún genio que...?

—¿Genios? Hijo, los genios están fuera; en los caminos esperando a que personas como nosotros pasen para hacerse presentes y despojarles de cuanto lleven. Así es que no temas y ayúdame a levantar la tapa.

Aunque no le convenciera en absoluto, Nemenhat calló y acudió junto a su padre.

—Cuando te diga, empuja con todas tus fuerzas —dijo Shepsenuré.

El chiquillo le miró y tragó saliva.

—Ahora, Nemenhat, empuja.

Con ímpetu, padre e hijo intentaron desplazar la tapa, pero ésta ni se movió.

—Creo que nos va a costar un poco, hijo. Volvamos a intentarlo de nuevo.

Con nuevos bríos trataron de deslizarla, y esta vez la madera crujió.

—Nemenhat, haremos fuerza los dos en el mismo punto. Empuja.

Ahora la tapa se movió de su asiento con un lúgubre sonido que hizo gimotear al muchacho.

—Calla y no dejes de empujar, un último esfuerzo, hijo.

Éste obedeció y siguió presionando allí donde su padre le indicaba mientras una cacofonía de horripilantes crujidos le hizo cerrar los ojos. Él no vería lo que saliera de allí.

Pero no salió nada; su padre le ordenó parar y juntos recuperaron el aliento. Habían abierto un pequeño hueco por donde Shepsenuré pudo introducir una palanca. Ayudándose de ella, desplazó todavía más la pieza hasta que logró meter las manos y deslizarla hasta la mitad del sarcófago.

Quedáronse inmóviles mirándose en silencio. El muchacho, con el rostro desencajado, se hacía mil preguntas que nunca tendrían respuesta.

—Dame la lámpara, Nemenhat —oyó que le decía su padre con autoridad.

Con manos temblorosas, se la ofreció.

Shepsenuré la asió firmemente y volviéndose hacia el ataúd iluminó su interior. Dentro, envuelta en sus linos eternos se hallaba la momia.

El desagradable olor a rancio que salía de ella hizo que Shepsenuré apartara la cara con repugnancia.

—Déjalo, padre —suplicó Nemenhat—, aquí ya tenemos suficiente.

—¡No! —contestó aquél—. Debemos terminar lo que comenzamos.

—Pero, padre, los dioses nos castigarán por esto —protestó Nemenhat.

—Ellos ya nos han castigado. Acércate, necesito que me alumbres —dijo con severidad mientras le ofrecía la lámpara con gesto imperioso.

—Por favor, padre, no me obligues.

—¡Basta, Nemenhat! —respondió aquél con irritación—. Haz lo que te digo o no saldremos nunca de aquí.

El chico tomó el candil y con manos temblorosas lo levantó sobre el ataúd a la vez que cerraba los ojos. ¡Él no vería lo que iba a ocurrir! Por otra parte, no entendía la ofuscación de su padre ni su interés por violar aquel cadáver.

Shepsenuré, ajeno a los pensamientos de su hijo, se concentró en su macabra tarea; sacó un pequeño cuchillo y, situándolo junto al cuello, comenzó a cortar los vendajes de la momia. Al principio lo hizo muy despacio, con un atisbo de respeto por aquel cuerpo inerte. Pero al poco, se vio acometido por un frenesí imparable que le impulsaba a cortar el lino casi con desesperación, allí donde debía encontrarse una de las piezas más valiosas de aquella tumba; el collar del difunto.

Cuando terminó de sajar las vendas, se vio empapado en sudor y respirando con dificultad. Miró por el rabillo del ojo a su hijo y le vio con los ojos cerrados mientras trémulo, sujetaba la lamparilla. Shepsenuré parpadeó e inspiró aquel aire enrarecido cargado de muerte que durante siglos había permanecido allí inmutable. Volvió a poner atención en su labor, pues el cuchillo parecía haber topado con algún objeto duro. Con cuidado, introdujo sus dedos hasta tocarlo; no había duda, allí estaba el collar. Ya sin reservas, Shepsenuré desgarró el sudario hasta que al fin quedó a la vista.

El egipcio no pudo reprimir una exclamación. Allí, sobre aquel cuerpo sin vida y rodeado de lienzos perpetuos, se hallaba la joya más magnífica que hubiera visto jamás. Con creciente excitación y sin ningún miramiento, introdujo un brazo por debajo del cadáver e incorporándolo abrió el broche que engarzaba aquella alhaja. La levantó entre sus manos y la acercó a la tenue luz circundante. El oro, finísimo, junto con aquellas maravillosas piedras, centellearon como si Isis las hubiera cubierto con sus lágrimas; y en verdad que así parecía. Observó de nuevo al difunto tendido en su ataúd. «Este cuerpo seco y consumido no es merecedor de conservar algo tan valioso», pensó convencido. Con delicadeza, depositó la joya junto al féretro, después se volvió hacia la momia y se inclinó sobre ella; había una cosa más por hacer. Debajo de los linos, sobre el corazón, hallaría el amuleto más sagrado de todos, Khepri el escarabajo; y a Shepsenuré no le cabía duda que sería extraordinario.

De nuevo asió su puñal apuntándolo sobre aquel pecho a la vez que dirigía una fugaz mirada de soslayo a su hijo. Éste le observaba con los ojos muy abiertos. Había en su expresión súplica contenida, impotencia ante aquellos hechos, asombro por lo que había visto, y temor, un incontenible temor que con voz atronadora le decía en su interior que sería maldito para siempre. Todo esto leyó su padre en su semblante*.

Si se llevaba el escarabajo sagrado, cometería un terrible pecado, ya que el difunto podría perder el paso a una nueva vida y a la inmortalidad.

Lentamente, Shepsenuré se irguió en tanto sus oscuros ojos seguían penetrando en aquella alma que su hijo le mostraba ansioso; se acercó en silencio y abriendo sus brazos estrechó con fuerza al muchacho.

—Tienes razón, hijo mío, dejemos algo para él. Aquí hay más que

* Cuando los egipcios veían al escarabajo transportar su bola de inmundicia, creían ver en ello una explicación del ciclo solar. Khepri era Ra en el horizonte cuando el sol salía al amanecer. Observando aquella bola de excrementos en la que estaban depositadas las larvas y de la que a los veintiocho días salían pequeños escarabajos, aparentemente con espontaneidad, pensaban que se creaban a sí mismos y que como el sol, comenzaban un nuevo ciclo. Por todo ello Khepri simbolizaba la resurrección.

suficiente para que no suframos penurias nunca más; no olvides jamás este momento y recuerda que el escarabajo quedó aquí.

—Sí, padre, pero no quiero volver a este lugar.

Éste sonrió para sus adentros. «Si supieras cuán extraños son los caminos del destino; ellos te llevarán a sitios mil veces peores que éste.»

—Ahora, Nemenhat, debemos colocar la tapa en su lugar y luego llenaremos la saca con lo más valioso que podamos llevar.

El mozo movió la cabeza afirmativamente y ayudó a su padre a cerrar el sarcófago. Después, juntos, comenzaron a saquear la tumba.

Durante las tres noches siguientes volvieron a la cripta y robaron todo lo que fueron capaces de transportar, dejando tan sólo los objetos grandes y las piezas de menos valor. Shepsenuré decidió que lo mejor sería que todo aquello permaneciera guardado allí para siempre; quizá si algún día necesitaran de ello, volverían para recuperarlo.

—Nemenhat, recuerda este lugar —hablole con gravedad—. Si te vieras obligado alguna vez a llegarte hasta aquí, no olvides que dentro todavía hay suficiente riqueza para que vivas dignamente.

Éste asintió vivamente al tiempo que observaba los alrededores. Si tuviera que volver, reconocería el lugar; estaba seguro.

Antes de irse disimularon la entrada del pozo lo mejor que pudieron. Al terminar, Shepsenuré asintió satisfecho, nadie repararía en ella.

Al día siguiente comenzaron a preparar la partida. Aunque no tenían a ciencia cierta sitio adonde ir, Shepsenuré pensó que lo mejor sería dirigirse hacia el norte; allá, a la zona del Delta, y establecerse en ella. Mas como había comprobado, los caminos de Egipto eran peligrosos, y el aventurarse solos por ellos con tales riquezas hacían del trayecto una misión muy arriesgada; esto le hizo fruncir el ceño. Distraídamente miró hacia el este; el río, allí estaba, fluyendo incansable desde el principio de los tiempos. El egipcio sonrió aliviado; viajarían por él.

Shepsenuré estaba eufórico. Sentado frente a una mesa en la que una jarra de vino parecía siempre esperarle, acariciaba ésta mientras sorbía con deleite aquel néctar del que, en lo sucesivo, pensaba no prescindir. Con los ojos algo vidriosos sacó un pequeño anillo y lo puso sobre el tablero. Era espléndido, de oro y turquesa con una pequeña inscripción en su interior. Lo hizo girar entre sus dedos mientras lo miraba hipnotizado. ¡Y aquello no era nada comparado con lo que poseía! Se sintió flotar; nunca antes lo había experimentado, por lo que aquello debía de ser lo que algunos llamaban felicidad, o acaso tan sólo el comienzo del camino que conducía a ella. Ahora podría poseer cosas en las que jamás hubiera pensado; pero debía de ser cauto. Volvió a beber y siguió jugando despreocupadamente con la sortija, tamborileando con los dedos sobre la mesa ajeno al bullicio general que le rodeaba en la taberna.

Pero más allá, al fondo, alguien le observaba. De hecho llevaba toda la tarde haciéndolo, y por su cuidado aspecto se diría que era persona principal. No le quitaba el ojo de encima mientras degustaba una jarra de cerveza, y por supuesto, había reparado en la joya que distraídamente Shepsenuré manejaba entre sus dedos, al tiempo que calibraba al tipo de hombre que la llevaba. Al fin, despreocupadamente, terminó su bebida y levantándose se le acercó.

—¿Puedo acompañarte, artesano?

Shepsenuré dio un respingo y observó a aquel individuo que vestido a la moda con un faldellín hasta el pecho, le pedía sentarse. Dio un largo sorbo y chasqueando la lengua hizo un ademán de invitación con la mano, mientras guardaba el sello entre sus dedos.

—Perdona mi atrevimiento, me llamo Ankh-Neferu, escriba adscrito al catastro de Menfis, aunque todo el mundo me conoce como Ankh.

Shepsenuré le miró y guardó silencio mientras volvía a beber.

—No hace falta que me digas tu nombre —continuó el escriba con amabilidad—, es suficiente con saber que eres artesano.

—¿Cómo sabes que soy artesano? ¿Acaso me conoces?

El funcionario sonrió con astucia.

—Conozco esas manos y son las de un artesano, ¿quizá carpintero o tallista?

Shepsenuré hizo un gesto ambiguo.

—Y apuesto a que muy bueno —siguió el escriba—. Seguro que tus obras son bien recompensadas, ¿verdad?

—Quizá —contestó Shepsenuré receloso.

—Lo suponía —continuó Ankh—. Es indudable que hiciste un buen trabajo a cambio del anillo que llevas. ¿Puedo verlo?

Instintivamente, Shepsenuré asió con fuerza el sello escrutando dentro de aquellos sagaces ojos que le miraban penetrantes. Durante un momento, aquellos dos hombres permanecieron estudiándose en silencio. Por fin Shepsenuré alargó el brazo y se lo entregó.

—Gracias. Es magnífico, digno de un dios —murmuró el escriba en tanto lo examinaba a la pobre luz de la cantina—. ¿Sabes lo que pone aquí, artesano?

—No, recuerda que soy artesano.

—Claro —dijo Ankh riendo—, es lógico que no lo sepas. Pero yo sí. Quien te lo dio seguramente tampoco lo sabía, ¿verdad, artesano?

—Seguramente —replicó éste.

—Ya —asintió riendo el escriba—. Y seguramente que tendrás más objetos como éste; claro está que honradamente ganados a cambio de tu labor...

Shepsenuré permaneció en silencio, él ya sabía del problema que esto representaba, aunque de momento no se hubiera preocupado por él. Mas obviamente, no era tan insensato como para dar salida al mercado a la gran cantidad de joyas que atesoraba. Era conveniente contar con algún tipo de distribución que le ayudara a aliviar el peso de aquellas riquezas y pudiera ser que los dioses hubieran cruzado en su camino a la persona indicada. Aquel hombre era todavía mucho menos honrado que él; quizá fuese el medio que necesitaba. No tenía duda de que entrañaría riesgos, mas tales riquezas podían obligar a correrlos.

—Tampoco conviene exagerar, escriba.

—Je, je, je. Ya veo, artesano. Te darás cuenta de que no te va a ser tan fácil encauzar debidamente este tipo de objetos. La Administración se está volviendo muy puntillosa y hay ojos vigilantes en todas partes. Incluso objetos honradamente ganados, como éstos, pueden ser susceptibles de investigación.

Shepsenuré permaneció en silencio.

—Claro que quizá yo pudiera ayudarte —continuó Ankh.

—¿Ayudarme? No veo cómo, funcionario.

—Digamos que conozco a la persona adecuada para este tipo de negocios, ¿sabes? Alguien que sabría apreciarlo todo en su justa medida.

—¿Y cuál es la tuya, escriba?

—Pongamos que la tercera parte de esas pequeñeces que dices poseer, sería satisfactoria para mí.

—Ya lo imagino —respondió Shepsenuré divertido—, pero no para mí.

—Mira, artesano, permaneceré por espacio de dos días hasta resolver los asuntos que aquí me han traído, después partiré hacia Menfis. ¿La conoces?

Shepsenuré movió la cabeza negativamente mientras volvía a sorber más vino.

—Sabes, Menfis es una gran ciudad llena de gentes de los más diversos lugares. Allí es fácil pasar desapercibido, nadie se mete en la vida de nadie y todo el mundo es feliz. El sitio ideal para que alguien como tú pueda desarrollar su labor y hacerla fructificar, ¿comprendes? —dijo Ankh mirándole fijamente a los ojos.

—Me muestras el paraíso, escriba —exclamó Shepsenuré con una mueca de socarronería.

—No, te propongo el comienzo de una relación comercial que te hará próspero. Recuerda que Menfis es antigua como los dioses y muchos reposan allí.

Shepsenuré escrutó a través de aquella sagaz mirada que esgrimía su interlocutor.

—Ya veo —musitó seguidamente—. Pero no creo que el trato valga más de la cuarta parte, escriba.

Éste lanzó una carcajada.

—Sea así pues, artesano. Pero no olvides una cosa —dijo acercándosele lentamente—. Si en algún momento tratas de engañarme, te destruiré.

Shepsenuré, sin duda ayudado por el vino, mantuvo imperturbable aquella implacable mirada. Agarró de nuevo la jarra y volvió a beber, tras lo cual se limpió la boca con el dorso de la mano y replicó:

—Si eres tú el que lo haces, yo te mataré.

Quedaron por unos instantes fijos el uno en el otro, silenciosos, midiendo aquellas palabras en medio del general alboroto. Luego Ankh hizo un gesto con los brazos sonriendo ladinamente.

—Queda claro, artesano; el pacto está sellado. —Y diciendo esto bebieron del mismo vaso.

»Ahora debo marcharme —siguió el escriba—. Permíteme que te invite. No quisiera que un anillo como éste fuera desperdiciado como parte del pago en una taberna.

Shepsenuré hizo un gesto de consentimiento con la cabeza y le respondió:

—Puedes quedártelo como adelanto de tu parte.

Ankh lo contempló lleno de avidez.

—Veo que no me he equivocado contigo —prosiguió mientras se levantaba de la mesa—. Recuerda que debes estar listo para dentro de dos días. Mi barco partirá en esa fecha.

Shepsenuré asintió.

—Ah, a propósito —dijo Ankh riendo entre dientes—, el anillo es muy antiguo y perteneció a un tal Neferkaj, escriba real e inspector de escribas, al fin y al cabo es justo que algo así vuelva a manos de un colega después de tanto tiempo, ¿no te parece?

Reclinado sobre un viejo tronco, Shepsenuré comía distraídamente una cebolla. Era grande y jugosa, con ese suave regusto dulzón que hacía de aquella hortaliza egipcia la mejor de su época. Masticaba con fruición, disfrutando con cada bocado de aquel sencillo manjar, que representaba el alimento cotidiano para los habitantes del país. Sin duda estaba deliciosa, aunque para Shepsenuré las cebollas tebanas eran incomparablemente mejores; más fuertes y sabrosas. Al terminar tomó un buen sorbo de cerveza y se pasó la mano por la boca limpiándose los restos de su frugal almuerzo; luego chasqueando la lengua comenzó a hurgarse entre los dientes.

«Uhm —pensó Shepsenuré—. No parece que estéis en muy buenas condiciones, incluso me faltan varias muelas, creo que en cuanto llegue a Menfis me haré poner alguna pieza de oro en su lugar; quién sabe, hasta puede que la comida sepa mejor y, además, todos los días me los enjuagaré con *bed**.»

Al fin y al cabo no estaba tan mal para la vida que había llevado. Tenía treinta años, y a esa edad la mitad de la población había muerto ya, o se hallaba prematuramente envejecida. Él, sin embargo, no tenía mal aspecto; incluso podría decirse que era atractivo. Poseía una indudable serenidad en su rostro, y sus grandes y oscuros ojos tenían la dureza de largos años de supervivencia.

—Si he aguantado hasta hoy, el camino que me quede estará más claro —se dijo acomodándose mejor bajo la sombra del sicomoro.

Miró a su alrededor. A su derecha el barco de Ankh se mecía perezoso junto al pequeño muelle en tanto que el sol del mediodía abrasaba más allá de su sombra; no se veía a nadie.

Junto a él, su hijo devoraba con avidez la enésima oblea de miel.

—¿Falta mucho para marcharnos, padre? —preguntó con la boca llena.

—Eso no está en nuestra mano, Nemenhat, deberías saberlo. Hay que esperar que llegue el escriba y eso es lo que haremos.

—¿Y si no viene hoy? No quiero pasar el resto del día en este lugar —protestó el muchacho.

Shepsenuré le miró fijamente.

—Escucha, hijo, él vendrá hoy y en tanto que llega, espero que no me importunes a no ser que quieras probar la vara del junco.

Refunfuñando, Nemenhat volvió a concentrarse en dar fin de la deliciosa torta. A decir verdad aquello no era asunto suyo, por lo que

---

* Sal esterilizante.

sería más prudente no atosigar a su padre; y menos en un día como aquel en el que el calor apretaba de firme.

Imperturbable, Shepsenuré entrecerró de nuevo sus ojos a la vez que hacía tamborilear sus dedos sobre el viejo arcón de madera que tan celosamente guardaba a su lado. En su interior se hallaban todas aquellas joyas que, por su tamaño, podían ser transportadas con facilidad. Después de haberlo pensado bien, el egipcio había decidido hacerlo así y dejar en la tumba la mayor parte del tesoro. Llevaba suficiente oro como para empezar una nueva vida en el Delta llena de comodidades. Cuando fuera necesario regresaría al sepulcro y tomaría lo que gustase, no en vano Menfis sólo se encontraba a poco más de una jornada de viaje.

La tarde fue cayendo inexorablemente conforme el sol descendía desde su zenit. En su eterno peregrinar, Ra se encaminaba de nuevo hacia su viaje nocturno. Así había sucedido siempre desde el principio de los tiempos, y así seguiría ocurriendo cumpliendo con un orden cósmico que era inmutable.

Las sombras comenzaron a alargarse ansiosas de cubrir aquella sagrada tierra y aliviarla de los rigores a los que el día la había sometido. Imperturbable Shepsenuré seguía esperando.

Al fin se oyeron voces, y unos hombres aparecieron por el vecino sendero. Eran cinco, y uno de ellos no dejaba de dar instrucciones a los demás que asentían en silencio. Pareció entonces reparar en las dos figuras apostadas bajo el viejo árbol, y se acercó.

Cubierto de polvo, Ankh pasó su mano por la sudorosa frente.

—Hola, artesano —saludó riendo entre dientes.

—Hola, escriba —contestó éste ofreciéndole con un ademán la jarra de cerveza—. El agua del río la mantuvo fresca.

Ankh se relamió y la aceptó de inmediato echando un buen trago.

—Ah, bendición divina, no hay cosa mejor para apagar la sed de toda una jornada como la de hoy —dijo volviendo a beber.

Luego devolviéndole el recipiente le miró con ese cierto aire burlón que poseía.

—¿Fue larga la espera, artesano?

—Escriba, la espera nace con nosotros en este país. Esperamos que Hapy* sea generoso y el río crezca cada año lo justo para que su limo nos dé la oportunidad de hacer una buena siembra. Esperamos que el grano germine y crezca vigoroso y que ningún elemento o plaga lo destruya. Luego también esperamos que la recolección se haga

---

* Dios que representaba la fertilidad y que era responsable de la crecida del Nilo.

correctamente y así los dioses puedan beneficiarse de ello; aunque tú de esto sabes mucho más que yo, ¿verdad?

—Cierto, artesano, y en verdad que este año habrá buena cosecha, Ptah* en su infinita sabiduría hará que sus graneros estén repletos. Pero no sabía que te preocupara tanto la buena marcha de nuestra agricultura, pensé que estabas más interesado en otro tipo de asuntos —dijo Ankh con malicia.

—Oh, pues así es, y además tanto como a ti, noble escriba —contestó Shepsenuré—, y estarás de acuerdo conmigo en que es merecedora de espera.

—Sin duda, sin duda —respondió el escriba, y reparando en el cofre situado frente a él continuó—, también veo que eres un hombre juicioso y prudente, algo que en estos tiempos, se me antoja imprescindible para llegar a viejo.

—Llegar a viejo en Egipto es una ironía de los dioses, escriba. No aspiro a tanto, pero sí quisiera dejar de patear los caminos de esta tierra; mis pies forman ya parte de ella, ¿sabes?

—Lo supongo, artesano, lo supongo. Pero qué quieres, a veces los senderos que seguimos son extraños y tortuosos, no sólo para ti; incluso los míos también lo son. No juzgues sólo al caminante por el polvo que lleve encima. La misión del servicio a los dioses es sumamente compleja y avanzar en ella no es fácil.

Shepsenuré rió entre dientes, a la vez que acariciaba el cofre distraídamente.

—No te rías —prosiguió Ankh—, siempre estamos a expensas de que la caprichosa suerte se digne alguna vez a recibirnos.

—Hasta hoy no he sido precisamente su hijo predilecto —replicó Shepsenuré.

—No tientes a la ira del divino Ptah, artesano. Nuestras direcciones se han cruzado en este lugar y corren ahora juntas. Tu camino está trazado, pero piensa en el de tu hijo, él es tu mayor fortuna, ¿no es así?

Shepsenuré mantuvo la mirada de aquel hombre que era un pozo de ambición, y en aquel momento supo que debía de andarse con mucho cuidado. Finalmente movió los brazos entre cansino e impotente, y se levantó con desgana.

—Puesto que debemos ser compañeros en este viaje, espero que en tu barco haya cerveza fresca para que mi reseca garganta no te importune demasiado.

---

* Ptah, dios creador patrono de Menfis y también de los artesanos.

Ankh lanzó una carcajada y con un ademán le invitó a seguirle.

Aunque de pequeñas dimensiones, a Nemenhat, el barco le pareció extraordinario.

Había visto muchas veces cómo las embarcaciones de los grandes de Egipto recorrían orgullosas el Nilo abriéndose paso entre las falucas que se dedicaban al transporte cotidiano de mercancías. Pero nunca pensó que algún día, él pudiera subir a bordo de una de ellas; por tanto, presa de una gran excitación el muchacho no paraba de recorrer el velero.

—¡Nemenhat, quieres parar de una vez! —le conminaba su padre.

Pero aquél no tenía oídos para nadie; y así, cuando la nave comenzó a deslizarse perezosa por aquellas sagradas aguas, Nemenhat tuvo otra perspectiva de Egipto. Apoyados sus brazos sobre la borda, observaba ensimismado el atardecer de su tierra. Moría Shemu, la estación de la cosecha, y los campesinos se afanaban en la recolección de todo un año de trabajo. Más allá de las riberas, las espigas se afinaban en montones cuidadosamente dispuestos que eran diligentemente anotados por los escribas, los cuales contabilizaban hasta el último grano. Éste era medido por medio de unos grandes cucharones de madera con una capacidad de 1 *hekat* (4,87 l), y luego se transportaba en grandes embarcaciones hacia los graneros donde era vuelto a pesar para comprobar que no se había robado durante el traslado. Nada escapaba al control de los templos.

El poder que ostentaban éstos era enorme, hasta el punto que eran capaces de sumir a Egipto en el caos utilizando toda clase de intrigas con tal de conservarlo. Cuán lejos quedaban ya las épocas antiguas donde el gran dios gobernaba con omnipotencia sobre las Dos Tierras como único eslabón entre los hombres y los dioses. Pero con el tiempo, la creación de la nobleza y los privilegios dados a ésta y al clero habían acabado transformando el orden inicial en otro donde los intereses del Estado apenas contaban. Sólo la aparición de los grandes faraones fue capaz de frenar tan desmedidas ambiciones.

Desgraciadamente, Egipto estaba sumido en el caos. Desde que muriera el gran dios User-Maat-Ra-Setepen-Ra* (Ramsés II), el poderoso toro, las cosas habían ido de mal en peor. Aún con su sucesor Merenptah, el imperio había podido, a duras penas, mantener sus fronteras; aunque tuvo que hacer frente a una invasión de una coalición de

---

* Nombre con el que fue coronado Ramsés II. Significa: «Poderosa es la Justicia de Ra-Elegido de Ra.» Ramsés era su nombre de nacimiento.

pueblos, que desde la Cirenaica, intentaron penetrar en el país al mando de un príncipe libio. El faraón salió a su encuentro y les derrotó, obligándoles a huir en «la profundidad de la noche».

Sin embargo, la crisis política interna iba en aumento. Desde que el gran Ramsés hiciera construir su nueva capital en Pi-Ramsés, las antiguas rivalidades entre el Bajo y Alto Egipto fueron creciendo paulatinamente. Ramsés II las aplacó hábilmente con los enormes donativos que hizo al clero de Amón en Tebas. Pero eran tiempos de abundancia; tiempos en los que las riquezas entraban en Egipto por doquier, a la vez que sus fronteras se extendían como nunca en toda su historia. Mas a la muerte del gran faraón, la situación comenzó a deteriorarse gradualmente, y ya al final del reinado de su sucesor, los príncipes tebanos maniobraron hábilmente para no perder el poder preponderante que habían ostentado durante los últimos cuatrocientos años.

Merenptah tomó como esposa real a Isis-Nefert, a la sazón hermana suya, que le dio dos hijos, Seti-Merenptah, y una niña llamada Tawsret; siendo el primero el heredero al trono del país de Kemet.

A su vez, entre las mujeres del harén había una llamada Tajat que no tenía sangre real y con la que tuvo un varón de nombre Amenmés. A la muerte del rey, el clero tebano por medio de su sumo sacerdote Roi, hombre dotado de una gran inteligencia y poseedor de un enorme poder e influencia, impuso a Amenmés en el trono como ilegítimo faraón de Egipto. Durante tres años, el país continuó debilitándose. Las arcas de Amón acapararon riquezas y la aristocracia tebana mantuvo sus parcelas de poder. Mientras, los príncipes del Delta, contrarios a aceptar la supremacía que de nuevo les imponían desde el sur, iniciaron desórdenes a la vez que apoyaban al legítimo heredero Seti-Merenptah; como en pasadas ocasiones, Egipto se encontraba al borde de la guerra civil. Pero al cumplirse el primer trienio de reinado, Amenmés murió repentinamente de forma misteriosa, y Seti tuvo el camino libre para poder proclamarse señor del Alto y Bajo Egipto. Sin embargo, su subida al poder tampoco solucionó los problemas que abrumaban al Estado, y de la grandeza de los ramésidas, sólo tuvo el nombre con el que reinó; Seti II.

En aquellos sombríos momentos, un extranjero natural de Siria y de nombre Bay ascendió vertiginosamente dentro del aparato del gobierno, convirtiéndose en Gran Administrador del sello real, y como Seti II murió a los seis años de reinado, Tawsret, su hermana y gran esposa real, quedó sola agobiada por los problemas de un Estado que se descomponía ante las reiteradas presiones provenientes del Alto Egipto. Tenía la alternativa de desposarse con su administrador real, y dejar sobre éste todo el peso del Estado. Pero Bay era extranjero, ¿cómo iba un extranjero a ocupar el trono de las Dos Tierras? Tawsret eligió otra vía, e hizo coronar a un hijo real menor de edad llamado Siptah, con la esperanza de que fuera fácilmente manejable y así continuar, junto con Bay, moviendo los hilos del poder. Sin embargo, Tawsret se equivocó.

Siptah tenía catorce años cuando fue proclamado faraón dándose la circunstancia de que, a su juventud, el nuevo rey unía además el hecho de sufrir una penosa enfermedad desde su infancia, ya que padecía poliomielitis. A pesar de todo esto, el joven, que se hizo coronar con el nombre de Siptah-Merenptah, no estaba dispuesto a permitir que los negocios del Estado continuaran en manos de la reina madre y poco a poco fue controlando con energía las riendas del país, para lo cual y como primera medida, envió generosos regalos a los funcionarios nubios y nombró un nuevo virrey para esta provincia, de nombre Seti. Con esta hábil maniobra, el faraón logró que toda la nobleza tebana quedara entre dos fuerzas, con lo que las revueltas quedaron sofocadas y la nave egipcia pudo navegar por aguas más tranquilas.

Pero lamentablemente, a la edad de veinte años Siptah dejó de existir y de nuevo Tawsret se hizo con el gobierno. Junto a su valido que desde la sombra detentaba para sí más poder a cada día que pasaba, la reina continuó dictando la ley en el país durante dos años, pero al cabo, la reina murió y Bay se erigió en príncipe y obligó al país entero al pago de tributos saqueando, junto con sus seguidores, todos los bienes y haciendas e igualando a los dioses con los hombres; asimismo, prohibieron las ofrendas en los templos, y la anarquía se apoderó de Egipto.

Mas como en tantas otras ocasiones los dioses se apiadaron de nuevo de su pueblo, acudiendo en su socorro. Y lo hicieron en la figura de un viejo general natural de la región del Delta que, con determinación, se alzó en medio del caos tomando el control absoluto del país. Sus tropas acudieron en socorro de ciudades y templos, hasta que depuró todo atisbo del poder creado por Bay. En sólo unos meses, nada quedaba de los desórdenes inducidos por los asiáticos y el país estaba otra vez en paz.

Fue coronado como el nuevo Horus viviente con gran pompa y elevado al trono de Egipto con el nombre de Usi-Khaure-Setepen-Ra; o lo que es lo mismo: ¡Poderosas son las manifestaciones de Ra, elegido de Ra!; aunque el pueblo lo llamase por su nombre de pila, Setnajt. Con él comenzaba una nueva dinastía, la XX.

Todo regresó a la normalidad de antaño y el valle del Nilo se convirtió de nuevo en el lugar apacible donde los dioses volvieron a ser venerados y las viejas tradiciones respetadas.

Pero el viejo Setnajt, falleció a los dos años y su hijo Ramsés le sucedió. El general había preparado bien este momento, haciendo que su hijo gobernase en corregencia con él durante su último año de vida. El cambio de faraón supuso tan sólo un traspaso de poderes oficial, pues Ramsés ya gobernaba Egipto de hecho. Corría el año 1182 a.C., y con él iniciaba un reinado de treinta y un años, el que sería último gran faraón de Egipto; Ramsés III.

Nemenhat no sabía nada de esto y distraído, observaba a los campesinos que recogían sus pocas pertenencias para regresar a sus casas. Después de un duro día de trabajo parecían contentos, pues podía oírles cantar con alegría. Había habido una excelente cosecha y no pasarían hambre.

En el corto recorrido que les separaba de Menfis, la mayor parte de las tierras eran administradas por el templo del dios Ptah. Sus sacerdotes eran dueños del ocho por ciento de las tierras de Egipto lo cual, aunque representaba una cantidad enorme, no era nada comparada con las posesiones del dios Ra, quince por ciento, o del dios Amón que con un sesenta y dos por ciento controlaba más de la mitad del país.

Aunque teóricamente todo pertenecía al faraón, en la práctica esto era muy diferente ya que, además de las propiedades de los grandes templos antes reseñadas, estaban las de los organismos de la Administración y la de los particulares.

Las tierras del Estado, llamadas *rmnyt*, eran trabajadas por particulares a los que se les entregaba una parte de la cosecha. Luego estaban los campos *(hata)*, tierras dadas a soldados, sacerdotes, etc., con la condición de que no dejaran de ejercer su oficio y sobre las que no tenían ningún derecho, hasta el punto de que si el heredero no ejercía la misma profesión, las tierras les eran quitadas. Todo estaba previsto; incluso los impuestos pagados por los agricultores diferían unos de otros. No era lo mismo trabajar una tierra normal *(kayt)*, que una tierra fresca *(nhb)* o una cansada *(tny)*, por lo que los tributos eran también distintos.

Dentro de aquel orden inmutable establecido por un estado burócrata, el país seguía su camino con paso cada vez más cansino, en el que la inercia de más de dos mil años de andadura disminuía paulatinamente.

Los cantos fueron haciéndose más distantes hasta que se unieron al silencio del crepúsculo y todo quedó callado. La oscuridad invadió el Valle y se hizo dueña de las tierras del Nilo.

Allí, echado sobre la toldilla Shepsenuré contemplaba ensimismado el cielo de Egipto. La brisa suave y perfumada le traía olores que desconocía y que a su vez hacíanle mover su nariz para disfrutarlos por completo. Nunca pensó que existieran, o ¿acaso los habría inspirado con anterioridad? Quién sabe, Egipto todo era un perfume que sólo algunos podían aspirar. Entornó los ojos y siguió soñando bajo el manto eterno que un día los dioses tejieron con sus invisibles manos. ¡Qué hermosa estaba la noche! Junto a él, su hijo dormía profundamente. Lo acarició y suspiró aliviado; para el muchacho la vida no sería tan dura; al menos eso esperaba. Luego se acordó de su esposa y sus ojos brillaron como espejos. ¡Hacía ya tanto tiempo! Qué pena que no estuviera allí junto a él; ahora que hubiera podido ofrecerle el bienestar que nunca tuvo. Parpadeó y algunas gotas saladas rodaron por sus mejillas; las limpió con el dorso de la mano y volvió la cara hacia el río. Era el Maat.

Ra-Kephri*, el sol de la mañana, se alzó vivificador como cada día, derramando espléndido su luz. No había otra igual, y los hombres, sabedores de esto, salieron para impregnarse de ella; tal era el gentío que se hacinaba en las riberas. A su vez innumerables embarcaciones surcaban el río cruzándose en ambas direcciones repletas de mercancías de toda índole.

Nemenhat estaba encantado de verlas pasar tan cerca, y las saludaba alegre con la mano mientras saltaba gozoso.

Al doblar un recodo del río la ciudad se mostró ante ellos.

—¿Estamos ya en Menfis, padre?

Éste sonrió feliz, mientras Ankh asentía con su cabeza.

—Sí, hijo, estamos en Menfis.

—Parece enorme...

—Y antigua —aseguró Ankh con gravedad—. Antigua como los mismos faraones, pues fue aquí donde el unificador de las Dos Tierras, Menes, estableció la primera capital hace ya más de dos mil años.

—¡Dos mil años! —repitió con asombro el muchacho.

—Sí; claro que en aquel entonces no se llamaba así.

—Y ¿cómo se llamaba? —preguntó el rapaz.

—Ineb-Hedj, «la muralla blanca», en evocación a la residencia fortificada que se construyó y que hoy todavía puedes ver**. Pero de aquellos tiempos poco más queda aparte de las necrópolis, claro —apuntó con retintín el escriba en tanto miraba de reojo a Shepsenuré.

* Para los antiguos egipcios, Ra-Kephri representaba el sol en la mañana. Ra-Horakhty, el sol del mediodía, y Atum el de la tarde.

** No en vano al nomo al que pertenecía la ciudad se le llamaba El Muro. Más tarde, en tiempos de los Sesostris (Imperio Medio) se le llamó Ankh-Tawy (la que une las Dos Tierras).

Éste no se inmutó haciendo caso omiso del comentario.

—Esta ciudad ha ido cambiando muy deprisa, y sólo el divino Ptah permanece fiel a los principios que la crearon. Hoy está llena de sirios, libios, fenicios e incluso de gentes del otro lado del gran mar —concluyó Ankh.

Y así era en efecto; debido a su situación privilegiada en el Delta, la ciudad se había convertido en un auténtico emporio comercial en el que los barcos del mundo conocido recalaban para hacer sus transacciones. No era extraño, pues, que se hubieran establecido en ella colonias extranjeras dedicadas al comercio floreciente y a los buenos negocios que diariamente se hacían. Colonias que, por otra parte, se habían integrado totalmente en el país conservando en parte sus costumbres y el culto a sus dioses.

La orilla occidental del río era una amalgama de embarcaciones amarradas en los innumerables diques que poseía la ciudad. Ancladas en doble y hasta triple fila, descargaban sus mercancías mediante largas hileras de hombres que, ya en tierra, las agrupaban convenientemente para que el escriba del fisco pudiera calcular el impuesto correspondiente.

Menfis había sido capital del país durante los tiempos antiguos, y aunque posteriormente fue desplazada por Tebas como ciudad principal, los últimos faraones de la XVIII dinastía volvieron a instalar su corte en Menfis. Fue curiosamente un rey procedente de una familia del Delta, Ramsés II, el que volvió a cambiar de capital, para lo cual hizo construir una nueva ciudad en el Delta oriental a la que llamó Pi-Ramsés, y desde la que el señor de las Dos Tierras gobernaba en la actualidad. Sin embargo, toda la Administración del Estado seguía permaneciendo en Menfis, donde la más rancia aristocracia poseía espléndidas villas, y en la que grandiosos palacios, construidos por reyes ya desaparecidos, la embellecían por doquier.

La nave de Ankh se dirigió por aquel laberinto de falucas y esquifes hasta el embarcadero que el templo de Ptah utilizaba para amarrar sus embarcaciones.

Nemenhat saltó a tierra como una exhalación.

—¡Nemenhat, no te alejes de mí! —gritó Shepsenuré.

Pero el muchacho no le escuchaba, nunca había visto tanta gente en su vida ni una ciudad tan grande, y así vivaz, se aproximó a un corro de hombres que discutían con gran alboroto.

—¡Baal me dé paciencia ante tanta injusticia! —gritaba un comerciante sirio llevándose ambas manos a la cabeza.

—Deja a Baal en paz y dime de donde viene tu nave —preguntó

con voz cansina un hombrecillo egipcio que con su cálamo no dejaba de tomar notas.

—Ya te lo he dicho mil veces, vengo de Biblos, y ya pagué el tributo de aduanas en las bocas del Delta.

—Entonces, enséñame el recibo de pago.

—¡El recibo de pago! Te juro por todos los dioses protectores que se cayó al río y se perdió.

—Ya, pues en ese caso tendrás que pagar de nuevo.

—Thot sapientísimo agudiza el entendimiento de este escriba y no permitas que se haga en mí tal atropello —clamó el mercader con grandes aspavientos.

—El divino Thot nos ilumina en nuestros quehaceres diarios —contestó el egipcio con indiferencia—, es por eso por lo que hacemos cumplir las normas; y éstas dicen que toda nave que arriba de puerto extranjero debe pagar el impuesto correspondiente.

—¡Pero si ya lo he hecho! En el puesto de Djedet pagué hasta el último deben*. Oh honorable cumplidor de las leyes de esta tierra, soy un honrado comerciante que arriesga su mercancía a través del gran mar lleno de peligros para que tu glorioso país las disfrute.

—¡Y para tu provecho! —gritó uno de los hombres que le rodeaban entre un estruendo de carcajadas.

—Lenguas viperinas, áspides del desierto —bramó el sirio—, llevo años comerciando aquí y nunca había visto algo semejante. Aquí todo el mundo me conoce...

—¡Claro, por eso te dicen que pagues! —exclamó alguien. Nuevas risotadas estallaron alrededor.

—Te juro que es cierto, escriba; pregunta, pregunta a Perhu, tu colega, él me conoce bien, ¿sabes quién es?

—Por supuesto que sí —contestó el egipcio clavando sus ojos maliciosos en él—. ¿Tienes tratos con Perhu, mercader?

—Bueno, tratos no, pero él conoce la verdad de mis palabras.

---

* Los antiguos egipcios no conocían el dinero, por lo que las transacciones las hacían por medio de intercambios. Para ello utilizaban un valor de referencia en forma de peso, el deben, con lo que cada artículo tenía su precio en deben. Así, si por ejemplo alguien quería comprar un asno, ofrecían diversas mercancías, que entre todas sumaran el precio del pollino. A su vez el deben se subdividía en quites.

El peso del deben varió a través de la historia de Egipto, más en el período que nos ocupa, Imperio Nuevo, su relación de peso era como sigue:

    1 quite = 9 g   10 quites = 90 g   1 deben = 10 quites.

A su vez el deben podía ser de oro, plata o cobre.

—Ya veo —prosiguió con suavidad el funcionario—. Creo que hoy has tenido mala suerte. Perhu debería estar aquí, pero su mujer se puso de parto y he tenido que venir a sustituirle; a veces las cosas no ocurren como nosotros esperábamos, ya sabes, es el Maat. Así pues, deberás pagar.

—¡Eso te pasa por esperar dos días en los canales para que tu escriba estuviera de turno! —gritó otro de los concurrentes entre la algarabía general, en tanto el mercader sirio se tiraba de los pelos y pateaba el suelo enfurecido.

Nemenhat miraba a su padre sorprendido. Éste a su vez observaba la escena mientras Ankh con una mordaz risita comentaba jocoso:

—No hay duda, estamos en Menfis.

Inmóvil entre las frescas sombras del patio, Irsw soportaba la canícula lo mejor posible. Ni el constante zumbido de las molestas moscas le hacía inmutarse. Ni tan siquiera un esclavo, que tras él trataba de apartarlas con su gran abanico importunando más que otra cosa, le sacaba de su apatía general.

De vez en cuando entreabría los ojos y contemplaba indiferente el ir y venir de la servidumbre en sus quehaceres domésticos, cerrándolos de nuevo; sólo el verles le hacía sudar. Hundido en aquel mullido diván con sus gordezuelas manos sobre su regazo, más bien parecía una imagen rediviva del divino Bes. A no ser por su cuidada barba y rizada cabellera, se le hubiera podido confundir con el grotesco dios protector de los niños; sin embargo, era Irsw, sirio por más señas y uno de los hombres más poderosos de Menfis.

Hijo de un humilde comerciante de Arama, surgió de la nada cuando la reina Tawsret se declaró corregente y su amante el canciller Bay tomó el control del país. A la sombra de su paisano, Irsw subió como la espuma aprovechando los tiempos oscuros en los que el país se sumió. Fueron años en los que no había más ley que la que Bay dictaba, en los que se cometieron toda suerte de atropellos por muchos clanes de extranjeros adeptos, que corrompieron el Estado. Mas cuando Siptah se alzó en el trono, Irsw obró con gran habilidad, y no sólo se libró de las persecuciones que hubo contra los afines al régimen anterior, sino que salió reforzado de todo ello aumentando su poder mientras la sangre corría por Menfis.

Ahora Irsw era dueño del comercio de la plata que desde Chipre fluía al país del Nilo. Sus naves navegaban desde Fenicia cargadas de madera de la mejor calidad y sus caravanas llegaban a los confines de la tierra de donde traían el preciado lapislázuli. Por todo ello, naturalmente, había tenido que pagar un precio. Pero el astuto mercader era buen conocedor de la naturaleza humana y ¿qué es la voluntad del hombre cuando su vista se recrea con semejantes bienes si éstos son regalados en su justa medida? Así, había creado un entramado de tal magnitud, que pocas eran las puertas que no se le abrían en Egipto.

Un criado apareció en el patio y con una reverencia anunció con voz queda:

—Mi señor, el escriba Ankh aguarda licencia para veros.

Irsw apenas se movió, sólo un imperceptible ademán fue suficiente para otorgar su venia.

Al momento entró el escriba, silencioso como un felino.

—Seas justificado ante los dioses y que éstos te den sus venturas —saludó Ankh.

Irsw movió la cabeza asintiendo con desgana.

—Mucho calor nos mandan hoy, y estas malditas moscas están más pesadas que nunca —contestó el sirio mientras daba un manotazo al aire.

—Qué quieres, estamos en la estación, pero estas sombras no son un mal lugar para resignarse.

El mercader suspiró y con la mano invitó al escriba a tomar asiento.

—Hacía tiempo que no venías a verme.

—El divino Ptah ha requerido mis servicios y, como muy bien sabes, la estación de Shemu me impide visitarte como te mereces. He estado recorriendo los campos durante casi dos meses. Mucho polvo para mis pies —dijo Ankh cansino.

—Demasiado en unos tan hábiles como los tuyos —contestó Irsw burlón.

—Así debe ser si se quiere tener un control preciso sobre la recolección.

Un criado se acercó con una jarra de vino recién desprecintada, ofreciéndosela al escriba.

—¡Uhm! —paladeó después del primer sorbo—. Sigues teniendo el mejor vino del país; ahora que mis quehaceres me lo permiten prometo visitarte más a menudo.

De nuevo se llevó la jarra a los labios y bebió largamente. El fresco vino blanco era como terciopelo en su garganta; no en vano procedía de los viñedos del Delta oriental, célebres desde tiempos inmemoriales. En su elaboración se le endulzaba en su justa medida con dátiles de la región, que hacía del resultado final un elixir digno de reyes.

—Este año la cosecha ha sido espléndida —volvió a decir el escriba—. Creo que se puede lograr una cantidad notable de excedente de grano.

El mercader seguía sin inmutarse ante su interlocutor.

—Veo que ni las buenas noticias son ya capaces de sacarte de tu abulia, Irsw.

—Ya no estoy interesado en el negocio del trigo y a decir verdad en los últimos tiempos hay pocas cosas que me interesen.

—Deberías salir más de tu casa. Afuera todavía podrías encontrar alguna cosa interesante. Fíjate en esto —dijo ofreciéndole un pequeño envoltorio.

Con cierto fastidio, Irsw lo tomó y apartó la tela que lo cubría con parsimonia.

El brillo del oro le borró la indiferencia de su cara, miró a Ankh y después examinó atentamente la figura. Era un escarabajo de oro macizo que, aunque de pequeño tamaño, resultaba espléndido. Irsw supo al instante que era muy antiguo.

—No es una joya corriente. No sabía que el templo hiciera donaciones de este tipo a sus siervos predilectos.

—Digamos que Ptah en su infinita sabiduría interpuso mis pies en su camino.

—Eres un zorro, Ankh. Al mostrarme esto supongo que tienes algo que proponerme, ¿verdad?

—Je, je, seguramente; sobre todo si te digo que dispongo de objetos más preciosos que éste.

—¿De dónde los sacaste? ¿No me dirás que algo así crece espontáneamente en los campos que tú inspeccionas? ¿O acaso algún buen campesino ha cosechado más de lo que tu registro dice?

—Desgraciadamente no es posible encontrar algo así en las tierras de los templos.

—¿Dónde, pues? —preguntó el sirio.

—¿Te interesa el tema?

—Quizá, si conociera más detalles...

—Puede que hayamos dado con la llave para abrir las tumbas de Saqqara —explicó Ankh con gravedad.

—No me digas que ahora andas en tratos con profanadores —se burló Irsw—. Pensé que los escribas del divino Ptah erais incorruptibles.

—A veces tus bromas son de lo más inoportunas; que yo sepa mis negocios contigo te han proporcionado pingües beneficios.

El sirio rió quedamente.

—¡Hablo en serio, Irsw, hay más de cuarenta kilómetros de necrópolis!

—Que han sido rastreados por ladrones desde tiempos inmemoriables.

—No todas las tumbas han sido encontradas; hay algunas tan antiguas como Menfis, de las que se desconoce su paradero.

—Magnífico, creo que durante tus próximas siete vidas tendrás todo tu tiempo ocupado excavando, Ankh.

—No era eso lo que había pensado —contestó éste mientras daba otro sorbo de la jarra—. Es más, dispongo de la persona idónea para tal cometido.

Irsw enarcó una de sus cejas escrutando con atención al egipcio.

—¿Dónde conociste a ese sujeto?

—En la peor taberna de Ijtawy —contestó divertido Ankh.

—Un lugar muy adecuado para tus negocios. En Ijtawy ya no quedan más que serpientes y chacales.

—En efecto, has puesto un símil perfecto; creo que nuestro hombre es un auténtico superviviente.

—Estás muy seguro de conocerlo bien.

—Sabes lo poco que me equivoco en estos asuntos.

—¿Es acaso garantía suficiente?

—Tú lo has dicho. Antaño, Ijtawy estuvo llena de gloria. Fue capital del país y allí fueron enterrados grandes reyes de la XII dinastía. Pero todo fue saqueado hace ya muchos años; sólo la arena señorea en aquel lugar. Sin embargo, este hombre fue capaz de hallar una tumba intacta, y a juzgar por lo que he visto, bastante rica.

—Espléndido, ya tienes pues quien trabaje, ahora sólo necesitarás tener paciencia.

Ankh suspiró resignadamente y alzó los ojos haciendo un gesto teatral.

—Figúrate que hace algún tiempo estaba yo husmeando en los archivos del templo, cuando por una rara casualidad encontré en un viejo arcón un papiro muy antiguo —continuó Ankh con cierta reserva.

Irsw le observó fijamente, pero esta vez no dijo nada.

—Tan antiguo que es contemporáneo del viejo rey Djoser, fuerza, protección y estabilidad le sean dadas. ¿Tienes idea de la fecha a la que me estoy remontando?

El sirio rió maliciosamente.

—La cronología de los reyes de esta tierra no está al alcance del pueblo llano, ¿no es así como deseáis que sea?

Ankh hizo un mohín de fastidio.

—Mas te diré que en este caso, sí puedo hacerme una idea de la antigüedad de tu hallazgo —continuó el sirio—. ¿Mil quinientos años quizá? No en vano el legado que Djoser nos hizo hará que sea recordado incluso por un neófito como yo.

—La pirámide escalonada. La que significó el comienzo de una época de esplendor en la que las más grandiosas obras de Egipto fueron levantadas para memoria del género humano. ¿Sabes?, hasta los dioses quedaron satisfechos.

—En el caso de Djoser fue su arquitecto Imhotep el que más satisfecho quedó —dijo con sorna Irsw—. Él fue quien la construyó, ¿no?

—Así es —replicó Ankh respetuosamente—. Y en reconocimiento fue hecho dios entre los hombres, y su memoria será venerada por siempre como encarnación de sabiduría. Pero no olvides que erigió la pirámide para gloria del faraón, y que en el país de Kemet todo le pertenece a éste.

—En verdad que me sorprendes, Ankh. Veo que te has convertido en celoso guardián de las tradiciones de esta tierra. Pero dime, ¿acaso los templos pertenecen al faraón?

—¡No blasfemes Irsw! —contestó el escriba perdiendo en parte su compostura.

Era curioso, pero a veces afloraban en el escriba sentimientos hacía tiempo olvidados, y las buenas enseñanzas aprendidas en la Casa de la Vida surgían espontáneamente, sobre todo, cuando alguien comprometía la magnificencia de la historia de su pueblo.

La vida había hecho que su senda se desviara del camino de la fe pura, al cual era sabedor que nunca podría volver. Lejos quedaban las lecciones que sobre los consejos morales del prístino sabio Ptah-Hotep le fueron dadas. Era obvio que él no las seguiría jamás, mas no por eso dejaba de respetarlas, como también respetaba el orden milenario creado por sus dioses, y del cual, como egipcio, formaba parte.

Ankh permaneció pensativo durante unos instantes, pues a la postre, Irsw era extranjero, y jamás podría entenderlo; aunque ello tampoco le importara demasiado. En el fondo de su corazón, el escriba sentía un profundo desprecio por el mercader sirio que, aunque necesario para llevar a cabo sus futuros proyectos, representaba el centro de un mundo corrompido del cual él también formaba parte.

—Hace demasiado calor para este tipo de cuestiones —replicó Irsw volviendo a su tono monótono—. ¿Qué decías acerca de un viejo papiro?

Ankh volvió de su abstracción parpadeando repetidamente, y adoptó de nuevo su postura natural en la que la astucia dominaba su mirada.

—El pergamino en sí no tiene mucho valor, a no ser porque en él se hace referencia a la situación de numerosas tumbas pertenecientes a antiguos sacerdotes.

—Tumbas que es probable que hayan sido violadas hace ya mucho tiempo.

—No lo creo, Irsw. El tiempo las ha sumido en el olvido. Además se construyó sobre ellas un pequeño templo, tiempo atrás abandonado, del que todavía quedan algunos restos. Si las sepulturas se encuentran intactas, algo que veo factible, éstas deben de estar repletas de joyas de incalculable valor. ¿Te interesa el negocio?

El sirio se acarició la barba con parsimonia, calculando el riesgo de la operación.

—Iríamos a partes iguales y tendrías que dar salida a la mercancía, pues de seguro habrá piezas que podrían comprometernos demasiado —continuó el escriba.

—Eso no supondría ningún problema. Pero ¿qué hay del ladrón?

—Uhm, eso no debe de inquietarte lo más mínimo. Al aceptar venir a Menfis conmigo, su destino me pertenece; tardará poco en darse cuenta de ello. Por lo demás parece un hombre prudente, un hombre prudente capaz de atender a nuestras... razones.

—Como siempre, lo tienes todo pensado. Está bien, acepto tu oferta —dijo Irsw—. Pero si en algún momento nos causara problemas, tú te encargarás de eliminarlo.

Ankh hizo un gesto de aquiescencia y levantó la jarra formulando el brindis.

—Pongamos a Shu* por testigo. El trato queda sellado.

Del bermellón al azul zafiro, del violeta a un negro casi azabache; la luz jugó con toda su gama en el lejano horizonte, hasta que la última noche del año llegó a Egipto engalanada con más de mil luceros que,

---

* Dios que simbolizaba el aire que hay entre el cielo y la tierra, y en determinados aspectos la fuerza que anima al universo.

animosos, titilaban al verse mecidos por la divina mano con la que Nut quería agasajar a su pueblo. Éste, gozoso, contemplaba alborozado aquel presente que la diosa, como cada año, les regalaba. Nadie en Menfis dormía aquella noche.

Shepsenuré disfrutaba de ello percibiendo sensaciones largo tiempo olvidadas. Desde la terraza de su casa, veía como los vecinos salían de sus viviendas dispuestos a llenar las calles con su algaraza. Mientras, los cantos de alabanza surgían acá y allá en tanto la música callejera subía de tono.

No hacía un mes que Shepsenuré había comprado aquella casa que, aunque no era excesivamente grande, al menos sí era digna. Sin duda podría haber adquirido una villa en el distinguido distrito situado junto a Ankh-Tawy (la vida en las Dos Tierras), nombre con el que se conocía al palacio real y sus anexos; pero su prudencia le hizo decidir por instalarse en un barrio popular como era el de los artesanos, lleno de gente sencilla que a su vez representaba la esencia misma de la ciudad. No en vano el dios tutelar de Menfis, Ptah, era su patrono.

Allí emplazó su vivienda, una casa de dos pisos en la que ocultó sus bienes en un pequeño pozo bajo el suelo de una de las habitaciones de la planta baja, habitándola después como taller de carpintería; oficio al que sólo dedicaría el tiempo imprescindible para parecer un honrado artífice.

Las calles continuaban llenándose de un público que, aunque alegre y bullicioso, mantenía un cierto recogimiento. No era una festividad como la del Feliz Encuentro o la Fiesta de la Ebriedad, en la que el vino y el *shedeh* (un embriagador licor con propiedades afrodisíacas) corrían por doquier durante quince días. Ahora las fuerzas de la naturaleza iban a manifestarse en toda su magnitud y el pueblo las reverenciaba sabedor de que Egipto no era nada sin ellas. Era pues motivo de dicha y, para la ocasión, se acostumbraba a intercambiar regalos entre los familiares y amigos.

Nemenhat estaba encantado, pues su padre le había regalado un estupendo bastón de caza; una especie de bumerán como los que había visto, en ocasiones, en algunas tumbas en las que se representaban escenas de cacerías.

Apoyados ambos en el pretil de la terraza, esperaban que las primeras luces pregonaran el acontecimiento. Justo antes del amanecer, la estrella Sepedet (también conocida como Sothis o Sirio), que no se veía desde hacía mucho tiempo, se alzaría en el horizonte anunciando con ello la llegada del Año Nuevo. «La estrella del perro», nombre con el que también era conocida Sirio al formar parte de aquella constelación, se observaba en las noches próximas al solsticio de verano, «el nacimiento de Ra», y significaba el inicio de la inundación.

En tan señalado acontecimiento, padre e hijo recibieron los saludos y amables felicitaciones de sus vecinos que, con natural alegría, celebraban un fenómeno que se repetía desde los albores de su civilización y que era sinónimo de que las leyes naturales por las que se regían seguían inalterables. Nada sin duda importaba tanto al egipcio, como que el orden primigenio establecido se mantuviera inmutable a través de los siglos. Hasta tal punto esto era así, que cuando el año se presentaba revuelto con sus meses desordenados y el verano sustituía al invierno, el pueblo se lamentaba consternado tomando el hecho como una gran calamidad. Incluso habían bautizado ese año de desventuras con el sugerente nombre del «año cojo» (*Renpit gab*). «Líbreme dios del año cojo», se oía con frecuencia maldecir a los campesinos. Sin embargo, todos festejaban la última noche del año en la seguridad de que el próximo ciclo sería próspero y lleno de venturas. Para él también tenían un nombre en el que habían depositado todas sus esperanzas; lo llamaban «el año perfecto» (*Renpit nefer*).

Cuando las luces del alba se hicieron patentes y la estrella se elevó al fin nítida sobre el horizonte, la alegría se desbordó desde todos los corazones. Ni una nube pudo empañar aquel orto tan vital para el país de las Dos Tierras. En un cielo límpido y con la cercana compañía de Orión, Sirio trajo el año nuevo en tanto Ra surgía poderoso desde el reino de las doce horas de la noche*. Aquel acontecimiento tan esperado resultó a la vez efímero y el astro acabó, a la postre, sucumbiendo devorado por la luz del sol. Mas ya nada importaba, todo se había desarrollado según dictaba la más antigua tradición y para el pueblo no había duda respecto a que tendrían un *Renpit nefer*; un año perfecto.

—¡Kasekemut espera! —gritaba Nemenhat.

—Date prisa o no encontraremos un sitio desde donde podamos verlo —le contestó aquél mientras corrían calle abajo.

La gente, cada vez en mayor cantidad, hacía que ambos muchachos realizaran continuos regates en su alocado descenso; hasta que por fin llegó un momento en el que se hizo difícil poder avanzar. Ka-

---

* El viaje del sol por las doce horas nocturnas fue detallado en una obra llamada Duat, al que los egipcios llamaron también: «El libro de la Cámara Secreta.»

sekemut frenó bruscamente y giró a la derecha hacia una de las múltiples callejas que atravesaban el barrio. Continuó velozmente un buen trecho hasta que al volver la cabeza y no ver a su amigo, se paró con disgusto. Al poco éste apareció, y Kasekemut le gritó:

—¡Eh, Nemenhat, eres más lento que el pollino del viejo Inu!

Nemenhat venía resoplando con el rostro congestionado y el cuerpo empapado en sudor como si de una fuente inagotable se tratara. Mas en cuanto se aproximó a su amigo, éste volvió a salir corriendo por la callejuela. El pobre Nemenhat no tuvo más remedio que continuar medio encorvado, tocándose el pecho con las manos pensando que le estallaría de un momento a otro.

Así anduvieron durante un buen trecho con Kasekemut en cabeza zigzagueando por un intrincado laberinto de calles, por las que perderse era sumamente fácil. Sin embargo, Kasekemut callejeaba por ellas como si fuera algo que hiciera cotidianamente; incluso saludaba a algún que otro transeúnte al cruzarse con él. Nemenhat, en cambio, era la primera vez que se aventuraba por allí, y aunque calculó que debían de encontrarse cerca del río, pensó que no podría aguantar mucho más. La mañana se encontraba lo bastante avanzada como para empezar a buscar el cobijo de la sombra y eso fue lo que hizo; paró en su carrera y caminó junto a una de las paredes que le resguardaban del sol mientras respiraba con dificultad. Por fin, al doblar la siguiente esquina, vio a Kasekemut que le esperaba jadeante mientras, al fondo, un infranqueable muro humano les cerraba el paso.

—¡Te dije que llegaríamos tarde, Nemenhat!

Éste se aproximó a su amigo con un cierto mohín de fastidio.

—¿Y ahora cómo vamos a pasar? —preguntó.

—No sé, tendremos que abrirnos paso. Sígueme y no te separes de mí —ordenó Kasekemut.

Conforme había dicho, atravesaron las primeras filas que el enorme gentío formaba, no sin antes recibir patadas, golpes e insultos de un público que bastante tenía con soportar la solanera matinal. A fuerza de empujones pudieron hacerse un hueco entre aquel tumulto; pero poco más. Por mucho que porfiaron, no fueron capaces de ver sino las sudorosas cabezas que les rodeaban.

—¡Maldita sea!, por qué no os vais a jugar al cabrito a tierra* y dejáis de pisarnos —aulló un hombrecillo mientras se llevaba las manos a uno de sus pies.

* Juego popular entre los niños del Antiguo Egipto.

—Tienes razón, así podremos librarnos de tus piojos —contestó Kasekemut.

La gente que les rodeaba hizo bromas del asunto.

—No seas cascarrabias, Huni —dijo una voz—, y deja pasar a los muchachos.

—Mira —dijo Nemenhat señalando la copa de una acacia próxima—, lleguémonos a ella e intentemos subirnos.

Esta vez la muchedumbre no puso tanta resistencia y los dos amigos alcanzaron su objetivo y se sentaron sobre las ramas del árbol. Desde allí, pudieron comprobar la magnitud del acontecimiento que se estaba celebrando. La multitud les rodeaba como si de una marea humana se tratara, atestando la gran explanada en la que se encontraban. Tan sólo la vía que la atravesaba, y que desde el templo de Ptah llegaba hasta el río, se hallaba despejada por las filas de guardias situados a ambos lados. La celebración del año nuevo era más que una fiesta en sí, era el final de un período y el comienzo de otro en el que Egipto se preparaba para un nuevo renacimiento que llenaría de vida sus tierras.

A miles de kilómetros de distancia hacia el sur, en el África Ecuatorial, el lago Victoria desagua en un río que corre en dirección norte y que es la cuna del Nilo. Rodeado de espesas selvas tropicales, este río recoge el agua que diariamente cae sobre esta zona y que forma riachuelos y arroyos que confluyen en él junto con tres afluentes principales, dando lugar al Nilo Blanco que atraviesa todo el Sudán. Es en este punto donde su hermano el Nilo Azul se une a él formando una única corriente que atravesará Nubia y Egipto hasta llegar al mar. Pero en la época de verano, fuertes lluvias de tipo monzónico caen sobre las altiplanicies de Etiopía y el Nilo Azul que, procedente de los montes de Abisinia atraviesa aquella zona, ve aumentado su caudal en más de cuarenta veces. A su paso recogerá rocas volcánicas y riquísimas sustancias minerales e inundará paulatinamente todo Egipto, dejando sobre él su limo benefactor en forma de aluviones de un color negruzco, que dará nombre a aquel país, Kemet (la Tierra Negra).

La llegada de este momento era esperada por aquel pueblo, que sabía hasta qué punto dependían de que la inundación se produjera correctamente y fuera generosa. Era por ello que, en aquella explanada, el gentío guardaba cierta devoción ante la solemnidad del acto que iba a desarrollarse pues el mismísimo faraón estaría presente.

—Mira, allí está la corte —dijo Kasekemut, señalando a un grupo de personas situadas en las escalinatas junto al río.

—¡La corte! —exclamó Nemenhat.

—Sí, ésos no tienen que ingeniárselas todos los días como tú o yo. Llenan su barriga con suculentas aves e incluso comen carne de buey.

Nemenhat no contestó y se limitó a observar a aquel grupo que, con sus blancos atuendos y brillantes joyas, permanecían separados del resto del pueblo, ocupando los lugares asignados por la más estricta etiqueta.

—Algún día, cuando sea *mer-mes* (general), también estaré entre ellos durante las celebraciones —dijo Kasekemut con gesto de ensoñación—. Y comeré carne de buey siempre que quiera.

No cabía duda de que la vocación militar del muchacho iba más allá del mero juego, pues ponía en todos sus actos un ardor y entusiasmo encomiables. Todo estaba perfectamente definido en su mente. Las cosas estaban bien o mal y el camino del Maat (la verdad) sólo era uno. A menudo soñaba junto a Nemenhat, en cómo devolver a Egipto su pasada gloria combatiendo por ella hasta los confines del mundo. Nemenhat le sonreía y se dejaba llevar por la vehemencia de su compañero de juegos, mas no sentía ninguna necesidad de pelear por nadie; de hecho, hasta le desagradaba el verse inmiscuido en las disputas que, frecuentemente, Kasekemut creaba con otros chicos del barrio. Era evidente que su carácter se encuadraba dentro de un perfil más típicamente egipcio que el de su amigo, ya que por lo general, este pueblo siempre mostraba una actitud pacífica y conciliadora; y una clara muestra de todo esto, era el hecho de que Egipto no dispusiera realmente de ejército.

Desde sus inicios, Egipto fue un país que vivió relativamente al margen de sus vecinos. Rodeados por dos grandes zonas desérticas, el país se encontró naturalmente defendido y sus acciones bélicas se limitaron a campañas contra las colindantes tribus de Libia y Nubia. Pero al terminar estas campañas, el ejército se licenciaba y no se mantenía más que una pequeña parte junto con oficiales de alto rango. Con la subida al poder de los faraones guerreros de la XVIII dinastía, Egipto se expansionó y con ello dejó de ser el fértil valle en el que convivían las Dos Tierras, para convertirse en una potencia de primera magnitud. Ello trajo consigo innumerables campañas en las que los enemigos capturados pasaron con el tiempo a formar parte del ejército del faraón. Así, durante el reinado del gran Ramsés II, su propia guardia estuvo formada por mercenarios llamados *shardana*, que pronto se vieron rodeados de una aureola como cuerpo de elite. Todos estos mercenarios constituían en realidad la mayor parte del ejército en activo, y sólo en caso de conflicto el Estado llamaba a filas a sus soldados licenciados o recurrían a las levas si era necesario. Todos buscarían la gloria en el campo de batalla, a la espera de que el faraón les recompensara con tierras de labranza por su heroísmo.

Todo esto lo sabía Kasekemut, pero él no quería acabar sus días convertido en un agricultor más; él sería *seshena-ta* (comandante de una región) y combatiría junto al dios de las Dos Tierras.

El sonido lúgubre y prolongado de las trompas sacó de su ensimismamiento a los muchachos, convirtiendo a su vez el general alboroto tan sólo en murmullos.

Al segundo toque, el silencio más absoluto se apoderó de la plaza, e hizo a toda aquella gente adoptar una postura de profundo recogimiento.

El tercero sonó tan próximo, que Nemenhat forzó su vista al fondo de la explanada intentando descubrir su procedencia.

—Por allí vienen —susurró Kasekemut excitado, haciendo una seña hacia su amigo.

—¿Por dónde?

—Allá, en la calzada que baja desde el templo —repitió Kasekemut con cierta impaciencia.

Nemenhat movió la cabeza nerviosamente hacia donde le indicaba, pero no vio sino las miles de cabezas que abarrotaban ambos lados del camino. Entonces un dorado reflejo le hizo fijar su atención, y al fin los vio.

Allí estaban, soberbios, avanzando envueltos en una fastuosidad que ignoraba que existiese; el divino cortejo se acercaba lenta y solemnemente, llevando consigo a los más sagrados dioses de Egipto.

La comitiva era grande, pues en ella participaban sacerdotes de las más importantes deidades del país. Amón, Ra, Ptah; todos se hallaban debidamente representados y, aunque no eran los protagonistas de aquella celebración, participaban plenamente de ella como oficiantes.

La figura por la que se conmemoraba el acto era la de Hapy, el dios de la inundación anual del Nilo, el que se decía que habitaba en Ker-Hapy, la cueva sagrada situada en la primera catarata junto a la isla Elefantina y donde la leyenda popular aseguraba se hallaban el Mu-Hapy, las fuentes del Nilo. Hapy era un dios atípico dentro del panteón egipcio, ya que no poseía templo alguno o capilla donde rendirle culto; sin embargo, se le veía representado en los santuarios dedicados a otros dioses y todo el país celebraba su fiesta. Su apariencia era, si se quiere, grotesca, pues se le representaba con grandes pechos y vientre abultado y sobre su cabeza acostumbraba a llevar un tocado de plantas acuáticas, bien fueran de lotos o de papiros, según simbolizara al Alto o al Bajo Egipto. Para el pueblo encarnaba la viva imagen de la abundancia, no sólo por su aspecto, sino también porque solía vérsele rodeado de ofrendas de todo tipo. Era conocido como aquel que lleva la vegetación al río, o como el señor de los peces y pájaros de los pantanos y se decía que los dioses cocodrilos pertenecían a su séquito y que poseía todo un harén de diosas ranas con cabellos trenzados.

Nemenhat vio al cortejo entrar en la explanada y con él el rumor de miles de gargantas que advertían de su llegada. Como si aquello fuese una señal, al instante aquel gentío cayó de rodillas y se hizo el silencio.

Nemenhat, que observaba con ansiedad, miró a su amigo sin comprender.

—Se acerca el dios —le susurró éste.

Nemenhat volvió de nuevo su cabeza hacia la plaza convertida ahora en una alfombra de sudorosas espaldas que brillaban bajo el poderoso sol; entonces las trompas volvieron a sonar. Esta vez lo hicieron muy cerca, emitiendo un retumbo sobrecogedor que erizó la piel del muchacho. Le llegaron claramente las letanías de los sacerdotes cantores, sus loas, alabanzas e invocaciones:

—«Padre de los dioses, el único que se autogenera y cuyo origen se ignora... Señor de los peces, rico en granos...»

El séquito se encontraba ya tan próximo, que ambos amigos pudieron distinguir con nitidez la figura que destacaba sobre todas las demás. A Nemenhat no hizo falta explicarle de quién se trataba, pues era tan magnífico su porte e irradiaba tal majestad, que su mente resolvió que en verdad no era de este mundo. Se encontraba tan próximo, que pensó que era el ser más afortunado de la tierra por poder ver al hijo de Ra.

Se acercaba el Toro fuerte, el perfecto de nacimiento, *ka-nakht tut-mesut*; el de las dos Damas, el que fuerza las leyes, el que pacifica las Dos Tierras, el que propicia todos los dioses, *Nebty Nefer-hepu seqereh-tawy sehetep-netjeru nebu*; Señor de todo, *Neb-er-djer*, Horus, *Her nebu*, Rey del Alto y Bajo Egipto, *Nesu-bity, User-Maat-Ra-Meri-Amón*, Poderosas son la verdad y la justicia de Ra, el amado de Amón, nacido de Ra; Ramsés III, fuerza salud y vida.*

---

* Este tipo de frases eran corrientes al hablar de la realeza, y prácticamente comunes a todos los faraones.

Avanzaba con todos los atributos de la realeza, la doble corona y el ureus*, y a su paso el pueblo permanecía postrado sin osar siquiera levantar levemente la cabeza, pues nadie podía mirar al faraón a no ser por su expresa voluntad.

Desde su privilegiado escondite, ambos muchachos pudieron observarle sin ningún recato y cuando estuvo a su altura, lo que vieron fue un rostro surcado de arrugas, de nariz aguileña y barbilla prominente, y en el que las negras líneas del *khol***, que rodeaban sus ojos, no hacían sino resaltar una mirada ausente que terminaba por hacer que su aspecto resultara del todo inescrutable.

Aunque contaba con treinta y cinco años, bien pudiera decirse que parecía mayor; sin embargo, para los dos amigos el ser que pasaba junto a ellos no tenía edad, porque ningún dios la tiene y él era la reencarnación del Horus viviente, parte fundamental que aseguraba el orden cósmico. Por eso la muerte del faraón era algo terrible para su pueblo. Se sentían perdidos, en la más absoluta oscuridad pues pensaban que sin él, el caos se adueñaría de la tierra. Al subir al trono un nuevo rey volvía el hálito creador y de nuevo el universo quedaba en armonía.

El dios pasó finalmente de largo, camino del muelle real, y tras él, su oficiante séquito que detentaba el auténtico poder en el país.

Al llegar a las escalinatas del río, la corte en pleno se postró de hinojos ante su rey que, gravemente, les hizo levantar con un ademán invitándoles a participar en la ceremonia en honor del dios del Nilo. Ceremonia que, por otra parte, era seguida muy devotamente por Ramsés y en la que ofrendaba al río cantidades ingentes de alimentos. De hecho, se hallaban preparadas para la ocasión, no menos de cincuenta vacas que alborotaban mugiendo instintivamente contra su predestinado final.

El público, puesto en pie, observó cómo el faraón bajó por la escalera hasta situarse hasta el nivel de las aguas. Alzó solemnemente los brazos y comenzó a cantar el Himno sagrado de Hapy.

Nemenhat aguzaba el oído atentamente intentando escuchar las palabras del dios:

¡Salve Hapy!, tú que has surgido de la tierra.
Que has venido para dar la vida a Egipto.

---

* Representación de la cobra que los faraones llevaban en sus tocados.
** Polvo negro extraído de la galena o la antimonita con propiedades desinfectantes y que los egipcios se aplicaban en los párpados. Los egipcios lo llamaban *mesdemet*.

Creación de Ra para vivificar a todo el que padece sed.
Señor de los peces que permite que vayan hacia el sur las aves migratorias.
Cuando él se desborda, la tierra se llena de júbilo.
Y todos los seres se alegran.
Conquistador del Doble País, que llena los almacenes.
Que agranda los granos, que da bienes a los indigentes...*

Éstos eran algunos de los versos que recitaba Ramsés, que formaban parte de un antiquísimo protocolo y que desde su privilegiada situación, Nemenhat acertaba a escuchar.

El faraón continuó declamando continuas alabanzas y finalizó enumerando las ofrendas que donaba al dios y que se le consagrarían en todos los templos del país en cantidades enormes, y que en aquella ocasión ascenderían a la increíble cifra de diez mil panes, diecisiete mil dulces y más de tres mil medidas de diversas frutas. Además, el ganado que resignado esperaba su suerte, sería sacrificado**.

Cuando el terminó de hacer sus sagradas peticiones, se acercó a un pequeño altar donde, en presencia de la corte y del pueblo, sacrificó una ternera; luego cogió una estatuilla de oro del dios Hapy y otra de su sagrada esposa Repyt, y las lanzó al río para que con su unión fecundaran las aguas. El pueblo estalló en un clamor y todos se felicitaron convencidos de que Hapy se sentiría satisfecho. Finalmente recogió un papiro sellado que contenía textos mágicos que aprobaban aquella alianza entre el faraón y el río y se encaminó hacia el barco real donde embarcaría a la cercana Iunnu (Heliópolis). Toda la corte se apresuró a su vez hacia sus naves privadas para acompañar a su señor hacia la antigua capital, en tanto el pueblo corría gozoso hacia los malecones para efectuar también sus ofrendas. Todos portaban sus figuras representativas, unos las llevaban de plomo o cobre, otros de porcelana o simplemente de barro cocido, y los más hacendados de turquesa o lapislázuli. De hecho se habían fabricado miles de estatuillas para la ocasión y no todas representaban a Hapy y a su esposa; las había que simplemente encarnaban a un hombre y a una mujer para que, al ser lanzados juntos al río, pudieran unirse en el rito de la fecundación.

Los dos amigos bajaron raudos del árbol y se apresuraron hacia la

* Extracto de El Gran Himno a Hapy.
** Se sabe que durante su reinado, Ramsés III llegó a inmolar más de 2.500 vacas en este tipo de actos como muestra del fervor real.

orilla; sacaron un par de figuritas de madera que el padre de Nemenhat les había hecho, y las arrojaron en medio de la euforia general.

Con este acto, se inauguraba oficialmente el año y comenzaba la primera estación, Akhet (la inundación), que duraría cuatro meses; dentro de dos el río alcanzaría en Menfis su nivel máximo inundando todos los campos y convirtiendo el valle entero en un verdadero mar. Habría que esperar a que las aguas alcanzaran su nivel óptimo que, en la capital del Bajo Egipto, debía de ser de unos dieciséis codos (8,4 metros). Si éste estaba por debajo de los trece codos, el pueblo sufriría privaciones y hambre; y si era superior a diecisiete, sería desastroso. Lógicamente en otros puntos del país los niveles variaban; así, el nilómetro de Elefantina en la ciudad de Swenet (Assuán), que era el primer punto donde llegaría la crecida, debería indicar unos veintiocho codos y en Per-Banebdjedet (Mendes) situada en el Delta, éste no debía ser superior a seis.

Después de estos cuatro meses de inundación y cuando el agua abandonara los campos, llegaría la estación de la siembra (Peret), en la que los campesinos labrarían y sembrarían aquella tierra antes de que se endureciese demasiado. Durante los cuatro meses siguientes deberían regar lo sembrado, hasta que llegara la estación de Shemu, en la que deberían aprovechar para recoger la cosecha, y que constituían los cuatro meses restantes del año.

Era pues un momento de alegría ante la perspectiva de todo un año por delante y el pueblo sentíase partícipe de él, pues no en vano se trataba de una tradición milenaria. Situados en los márgenes del río y abarrotando los muelles, observaban como la espléndida flota real navegaba río abajo. Trompas y clarines sonaban por doquier y saludaban su elegante singladura, vitoreando su paso. A su llegada a Heliópolis, el faraón se dirigiría al templo de Ra-Horakhty y, en presencia de todos sus nobles y dignatarios, arrojaría a su lago sagrado *Kebehw* el mágico papiro; el Libro que hace desbordar al Nilo de sus fuentes, con lo que el pacto entre el soberano y el Nilo quedaría sellado. Habría una buena crecida.

Muy de mañana, Shepsenuré se encontraba en la azotea reparando una persiana, cuando oyó voces que le llamaban desde la calle. Se asomó a la barandilla y vio a Ankh que, junto a dos sirvientes, aporreaban su puerta.

—No sabía que acostumbraras a hacer visitas a horas tan tempranas —le gritó desde la balaustrada.

Ankh levantó la cabeza ajustándose a la vez su rizada peluca.

—Ya sabes lo ocupado que estoy siempre, y con este calor no es prudente andar por la calle después de media mañana.

Shepsenuré bajó la escalera y abrió la puerta a su visitante.

—Que inesperado honor me haces, escriba —le saludó con ironía invitándole a entrar con un ademán de su mano.

—Je, je, ya suponía que te alegrarías mucho de verme —le contestó con el mismo tono mientras entraba en la estancia.

Shepsenuré permaneció en pie junto a la puerta e hizo un gesto hacia los criados.

—Ah, no te inquietes por ellos, les gusta disfrutar del frescor de la mañana; esperarán fuera. A propósito, veo que has vuelto a dedicarte a tu oficio —dijo Ankh echando un vistazo a su alrededor.

—He decidido establecer aquí mi taller y como verás tengo algunos encargos —contestó señalando una mesa que se encontraba a medio hacer.

—Ajá —contestó el escriba a la vez que examinaba una de sus patas en forma de garra de león.

—Pero siéntate, Ankh; hacía mucho que no te veía.

—Gracias —dijo éste acomodándose en un taburete—. En verdad que no he estado muy sobrado de tiempo, pero había que tener finalizado el resultado anual de la cosecha de los campos del templo, antes de la llegada de la estación de la inundación. Labor un poco tediosa, pero todo sea por el divino Ptah.

Shepsenuré le miró con esa mueca burlona que solía adoptar con frecuencia durante sus conversaciones con el escriba. Éste, como siempre, le correspondió con su habitual mirada llena de astucia.

—¿Acaso me echabas de menos? —le preguntó.

—Sabes que no; es sólo que me extrañó no saber de ti en todos estos meses. ¿Se habrá olvidado de mí?, me llegué a decir.

—¿Olvidarte? Oh, no te preocupes por eso, no podría, ¿crees que hubiera llegado a ser escriba del templo si fuera olvidadizo? Verás, si miramos al pasado veremos que éste está formado por ciclos que comienzan y acaban; unos son buenos y otros no tanto, pero todos ellos se hallan engarzados por la sabiduría de los dioses y ¿sabes qué tienen en común todos ellos?; nosotros. El hombre se amolda a los tiempos en los que vive, pero su esencia es siempre la misma; permanece. Muchos hombres sabios nos han hablado de ella desde hace miles de años, si olvidáramos sus palabras ¿qué nos quedaría?; nada aprenderíamos entonces y siempre permaneceríamos en el mismo ciclo. Si miras a tu alrededor observarás que esto es lo que le ocurre a la mayoría de la gente, ellos olvidan con prontitud pero yo no —dijo adoptando un tono severo—, Ankh no olvida nunca.

—Eso tendría fácil solución, escriba. Mostradnos todas esas enseñanzas milenarias; ¿por qué no lo hacéis en vez de acapararlas sólo en los templos?

Ankh miró fijamente a Shepsenuré con un gesto serio que fue suavizando paulatinamente.

—Ah, querido artesano, si estuviera en mi mano. Pero desgraciadamente los dioses no lo han dispuesto así y su voluntad, que alcanza más allá de nuestras palabras, debe ser respetada, ¿comprendes?

—Perfectamente, escriba. Os comprendo desde mucho antes de conocerte a ti. Es por eso por lo que este ciclo, como tú lo llamas, no lo viviré con arreglo a las normas de los dioses.

—Espléndido, artesano —exclamó Ankh mientras daba palmas—. Es sin duda uno de los motivos por los que me encuentro hoy aquí ¿cómo si no podría hacer negocios contigo?

Shepsenuré le miró molesto, ¿cómo podía hablarle con tal cinismo? A él, que durante toda su vida había sido un paria, nieto de un reo ajusticiado por ladrón de tumbas por orden del faraón, y del que sólo pudo aprender el oficio de sobrevivir a duras penas. El escriba estaba a punto de proponerle alguna oscura empresa y lo hacía manifestando su alabanza a los dioses, a la vez que se congratulaba del poco respeto que Shepsenuré sentía por ellos. Nunca hasta entonces había conocido a alguien así y su sentido común de nuevo le advirtió que debía irse de allí. «¡Vete de Menfis! Hazlo ahora que todavía puedes!»

Eso significaba volver de nuevo al polvo de los caminos de Egipto. ¿Por qué no podía vivir en paz como el resto de sus vecinos? ¿Acaso los dioses le castigaban por sus grandes pecados? Shepsenuré hizo un mohín de asco; él siempre se recordaba como penitente, pero no estaba dispuesto a cumplir su condena de acá para allá. Por primera vez tenía una casa, un techo propio que poder ofrecer a su hijo, un lugar donde establecerse al fin. Ésta era una sensación gratificante que no había sentido nunca y que le invadía cuando se veía entre aquellas paredes llenándole de paz. Una perspectiva nueva sin duda y a la que no estaba dispuesto a renunciar.

Sin embargo, al salir de su ensoñación y mirar al escriba sintió una cierta zozobra que no había experimentado con anterioridad, a la vez que presentía que ya no era dueño de su destino. Su mirada se cruzó con la de Ankh y volvió a escuchar en su corazón aquellas palabras ¡«Vete, márchate de Menfis!».

—¿Te preocupa algo? —preguntó quedamente Ankh.

—¿Acaso debería de hacerlo? —contestó Shepsenuré sin mucha convicción.

—Uhm, no por el momento y en todo caso confío en que nunca tenga yo que ser la causa, artesano.

Éste le observó intentando escrutar lo inescrutable, mas tan sólo fue capaz de ver en su rostro la astucia que el escriba no se molestaba en ocultar. Fijó sus ojos en los del funcionario y sintió que Ankh le leía hasta el alma.

Sobreponiéndose, Shepsenuré cogió una silla y se sentó frente al escriba.

—Bien, Ankh, tú dirás a qué se debe tu visita, ¿o quizás es de simple cortesía? —preguntó sarcástico.

—Las cortesías están bien y son incluso recomendables cuando acompañan a un buen acuerdo, y tú y yo tenemos uno, ¿no es así?

—Creo recordar que en cierta ocasión hicimos negocios, mas no sé qué puedo ofrecerte ahora.

—En esta oportunidad no serás tú quien ofrezca, sino yo. Claro que, habrá que cambiar las condiciones del trato anterior.

Shepsenuré le observó sin decir una palabra.

—Me parece que cuando decidiste venir a Menfis, lo hiciste no sólo por pasar como un honrado artesano más, ¿no es así? No en vano —continuó Ankh— estamos rodeados de kilómetros y kilómetros de tumbas, y supongo que para un hombre como tú este hecho debe resultar ciertamente muy sugestivo.

—Tanto como para ti según veo, escriba.

—Je, je, ya que lo que he de proponerte parece que nos puede interesar a ambos, te lo expondré pues al punto. Tengo indicios más que sobrados para conocer la situación de varias tumbas de alguna antigüedad —continuó Ankh con suavidad a la vez que observaba el rostro de su interlocutor.

Éste permaneció impasible.

—¿Te interesa el tema? —preguntó el escriba con malicia.

Shepsenuré guardó silencio.

—Bien —prosiguió Ankh—, veo que te interesa. Como te decía, conozco el emplazamiento de algunas tumbas que creo se hallan intactas y que, de ser así, sin duda guardarán en su interior magníficos ajuares; piezas únicas, que quisiera que tú sacaras a la luz.

—Si conoces el paradero, no veo para qué me necesitas, escriba.

—Oh, vamos, artesano, de sobra sabes el peligro que supondría para mí el aventurarme por la noche en semejantes parajes. ¿Te imaginas lo que podría llegar a pensar el divino Ptah al verme deambular entre los restos de sus antiguos sacerdotes? ¡El inspector del catastro del templo, vagando entre sepulturas! Tendría que correr un gran riesgo, y Ankh no corre riesgos; en cambio para ti sería como coser y cantar.

—¿Cómo has accedido a semejante revelación? —inquirió Shepsenuré.

—El cómo ha llegado la información a mi poder no viene al caso, pero he de decirte que ésta es auténtica. ¡Escucha, si das con ellas te aseguro que no sabrás en qué gastar tanta riqueza!

—¿Sabe alguien más este asunto?

—¡Nadie! Sólo tú y yo; te lo aseguro —exclamó Ankh con cierta teatralidad.

El semblante antes dubitativo de Shepsenuré tornose ahora reflexivo. Por descontado que no se fiaba en absoluto de Ankh. Seguramente habría alguien más en el secreto, pero esto no era lo que le hacía recelar; él había actuado durante toda su vida solo, en su propio provecho y la idea de participar con alguien más le hacía sentirse extrañamente inseguro. Examinó al escriba sin disimulo. Para él simbolizaba todo aquello que más aborrecía, la respuesta al porqué de todos los males por los que su país se había visto aquejado. Aún como despreciable saqueador, era consciente de las leyes que durante miles de años habían hecho posible el armónico equilibrio de su tierra; incluso hasta sentía cierto respeto por el faraón como vértice en el que confluía aquel orden. Sin embargo, Ankh personificaba la simiente que poco a poco había ido descomponiendo el Estado. No era un problema nuevo, puesto que durante muchos años esa simiente había fermentado hasta llegar a corromper los estamentos jerárquicos.

Así veía pues Shepsenuré al escriba allí sentado que, desde su rango superior, le empujaba con todo el peso que su poder le confería, hacia un incierto sino. Era un desafío para quien, como él, no había tenido oportunidad de elegir; y decidió aceptar.

—Y bien, ¿qué me dices? —preguntó Ankh enarcando una de sus cejas.

—Que acepto —contestó Shepsenuré con un suspiro.

—¡Espléndido, artesano, espléndido! Veo que sabes lo que te interesa. Aunque hay una cuestión que debemos considerar, que no es otra que las condiciones del acuerdo —dijo el escriba clavando sus ojos en su anfitrión.

—Pensé que las condiciones habían sido aclaradas entre nosotros hace tiempo.

—¡Sin duda! Pero debes comprender que las circunstancias actuales difieren sobre manera. El lugar es conocido, no habrá búsqueda por tu parte pues tan sólo tendrás que encontrar la entrada y tener un mínimo de precaución. Digamos por tanto que el valor de tu trabajo alcanzaría la cuarta parte del total.

—Ja, ja, supongo que estarás bromeando. No creerás que voy a arriesgarme por tal cantidad.

—¡Piensa en la totalidad de ajuares funerarios que debe haber enterrados! —exclamó el escriba juntando sus manos con fuerza—. La cuarta parte supone una cuantía enorme, artesano.

—Nada comparado con las tres cuartas partes que tú te quedarás mientras duermes tranquilamente en tu casa.

—Bien, en ese caso quédate con la mayor parte e inunda el mercado de joyas. ¿Cuánto tiempo crees que tardarías en ser descubierto? Vamos, artesano; un hombre juicioso como tú sabe que ni tan siquiera yo podría colocar adecuadamente algo tan comprometedor. Son necesarios determinados contactos que indudablemente tienen un precio.

—¿Y si las tumbas se hallan vacías?

—Imposible. Estoy seguro de que debe haber media docena de enterramientos por lo menos.

—¿Y si no es así?

—En ese caso, ¿que perderías? Tan sólo una noche en tan augusta necrópolis.

Shepsenuré pensaba con toda la rapidez de que era capaz. Evidentemente aquel asunto se le escapaba de las manos; él era la punta de una daga de empuñadura muy larga. Percibía que no tenía alternativa, al menos de momento, por lo que era conveniente no crear recelos y obrar con más astucia que el escriba.

—Queda claro que las condiciones que me propones en nada afectarán a nuestro anterior contrato.

—Por supuesto, artesano. Eres libre de andar cuanto quieras por Saqqara; y en ese caso nuestro anterior acuerdo seguiría vigente.

—Bien, entonces accederé por la tercera parte.

—¡Nefertem divino!* —exclamó Ankh levantándose de un salto y haciendo aspavientos con los brazos—. ¿Has dicho una tercera parte? Eso es un abuso.

---

* Hijo del dios Ptah y la diosa Sejmet. Su nombre se traduciría como «El Loto».

—Yo no lo veo así, Ankh. Claro que, si sabes de alguien en esta ciudad capaz de hacer el trabajo mejor que yo, quizá lo puedas contratar por mucho menos. Aunque, en ese caso, te aconsejo que elijas bien; no sabes los destrozos que he visto en muchas tumbas causados por aficionados.

Ambos mantuvieron la mirada por un momento, luego, tras parpadear, Ankh comenzó a acariciarse la barbilla.

—Está bien —dijo al fin—, será como tú deseas.

—La tercera parte del total, Ankh. Ni un deben menos.

—Je, je. Convenido, artesano. De más está decirte —continuó el escriba— que guardes la más absoluta de las discreciones; confío en que utilices tus ganancias sabiamente. En fin creo que es hora de marcharme, tendrás noticias del lugar y la fecha con suficiente antelación —dijo mientras se ajustaba correctamente su peluca.

Shepsenuré le abrió la puerta y la luz cegadora entró a caudales obligándoles a entrecerrar los ojos.

—Ah, se me olvidaba —dijo Ankh echando un último vistazo por la habitación—. Tengo una partida de pino del Líbano ideal para tu negocio. Por desgracia los dioses decidieron que no hubiera buena madera en nuestro país, artesano. Recuérdame que te la envíe.

La noche se echó tenebrosa y llenó Saqqara de una inmensa oscuridad. Sin duda que no había podido ser elegida mejor, pues tan sólo las estrellas allá arriba, daban luz a un firmamento por lo demás impenetrable.

Shepsenuré llevaba caminando más de dos horas en aquella noche sin luna, y a cada paso sentía que la oscuridad le devoraba un poco más. Ni tan siquiera el inmenso mar de arena que le rodeaba le ayudaba a ver algo. La suave brisa que le había acompañado a su salida de Menfis hacía rato que le había abandonado, dejándole solo en aquel desierto; todo estaba en calma.

Un chacal aulló no demasiado lejos y el egipcio se detuvo. Se envolvió en su frazada e intentó atisbar a su alrededor, pero no observó nada; la gran necrópolis parecía dormida bajo sus pies con el pesado sueño que daban más de mil años.

Sintió que el frío nocturno propio de aquel lugar le calaba hasta los huesos y decidió continuar su camino.

—¡Viejo zorro! —masculló a la vez que lanzaba un escupitajo.

Y es que Ankh había sido muy cauto con los preparativos, no

entregándole sino esa misma mañana los planos del lugar, haciendo hincapié en la conveniencia de que aprovechara la luna nueva para mayor seguridad. Es más, si así lo hacía, le había asegurado que no se encontraría con ninguno de los vigilantes que a veces deambulaban por allí.

—¡Medio Menfis debe saber que estoy aquí! —exclamó para sí mientras apretaba el paso—. Parezco un funcionario más a sueldo de la Casa de la Vida cumpliendo con su trabajo. —¡Justo lo que más aborrecía! Bah, sería mejor olvidarlo y concentrarse en la caminata que ya empezaba a exasperarle; porque nunca imaginó que aquella necrópolis pudiera ser tan grande. ¿A cuántos difuntos podría cubrir aquella inmensidad? En los tiempos antiguos (Imperio Antiguo), cuando Menfis era la capital absoluta del país, la mayoría de la gente se hacía enterrar allí; aunque a la vista de tan vasta extensión no veía nada fácil el poder encontrar una tumba interesante—. En el fondo quizás hasta no sea tan mala idea el empezar sobre algo más seguro —se dijo para animarse.

Hundido hasta los tobillos, continuó arrastrando sus pies por la helada planicie rodeado por unas tinieblas que apenas le dejaban ver más allá de unos pasos. Shepsenuré forzó la vista una vez más y percibió unas formas que parecían levantarse frente a él.

«Aquél es el lugar, sin duda», pensó animado mientras recorría los últimos metros que le separaban.

Volvió a detenerse y observó prudentemente el paraje con aquella sensación de ansiedad que se le originaba siempre que se encontraba en las proximidades de alguna tumba, y que tan bien conocía. Nada se escuchaba, ni rumor, ni céfiro, ni tan siquiera murmullos, ¿o quizás el corazón animado por su impaciencia se lo impedía? No, allí no había nadie y no le extrañaba, pues el templo o lo que quedaba de él se encontraba en el más absoluto de los abandonos. Casi derruido en su totalidad, sólo mantenía en pie algunas columnas que formaban un pequeño kiosko.

Se introdujo en él con cautela y encendió su lámpara al cobijo de las únicas paredes que quedaban. La tenue luz hizo dibujar en ellas extrañas formas que hiciéronle contener la respiración por un instante. Sin moverse apenas, Shepsenuré permaneció alerta. Aquel lugar pertenecía a Sokar, el señor de la región misteriosa, dios con cabeza de halcón, patrón de la necrópolis situada al oeste de Menfis y por el cual sentía tan poco respeto como por el resto de los dioses del panteón egipcio.

No era el temor a ellos lo que le hacía adoptar aquella actitud. Había un peligro mucho más real entre las ruinas digno de tener en cuenta; alguien que pertenecía al mundo de los vivos y que, como bien sabía, llevaba dentro de sí la misma muerte; la cobra egipcia, cuya presencia era mejor evitar.

Tras acostumbrarse a la débil claridad, examinó el lugar donde Ankh le había indicado que estaría la tumba. Shepsenuré comenzó a apartar los cascotes que lo cubrían con sumo cuidado. Cuando terminó, quedó ante una superficie cubierta de fina arena, que se había ido acumulando a través de tanto tiempo. Echó un último vistazo a su alrededor y sin dilación comenzó a cavar.

Más de dos horas le llevó dejar las losas del suelo al descubierto.

—¡Y menos mal que esta parte queda protegida por las únicas paredes que están en pie! —exclamó para sí mientras se secaba el sudor de la frente con el dorso de la mano—. Si no, el viento del desierto habría acumulado tal cantidad de arena que habría sido imposible poder quitarla.

Tras recuperar el aliento examinó las baldosas con atención. A pesar de haber estado al abrigo de la tierra que las cubrió durante muchos años, éstas se encontraban muy desgastadas, signo inequívoco de su antigüedad. Shepsenuré se arrodilló y con su bastón empezó a golpear las losetas pendiente de la más leve diferencia entre los tonos. Con infinita paciencia fue batiéndolas una por una esperando ese leve matiz que le indicara cuál de ellas se encontraba cubriendo algún hueco; pero no observó nada.

Si los datos de Ankh eran ciertos, la entrada tenía que encontrarse en algún lugar debajo de aquella sala, y al estar el piso tan desgastado no sería difícil distinguir en qué parte se hallaba; sin embargo, no advirtió ninguna diferencia. El egipcio no se desanimó. Su instinto le decía que se hallaba muy cerca; quizá no hubiera prestado la suficiente atención, se dijo animadamente. Esto le llevó de nuevo a inspeccionar el pavimento y al hacerlo reparó en una de las esquinas, en la que las baldosas eran mucho mayores que las de alrededor. Se acercó y repitió la operación golpeando aquí y allá, pero por más que aguzaba el oído, no notaba nada.

«Qué extraño», pensó mientras se sentaba.

Aquellas losetas eran lo suficientemente grandes para poder tapar la entrada. Si había una tumba bajo aquellas ruinas, el acceso debía encontrarse allí.

Caviló durante unos instantes acariciándose la barbilla con gesto adusto y la mirada clavada en el embaldosado; entonces, súbitamente, el rostro se le llenó con una sonrisa.

—Pero ¿cómo puedo ser tan estúpido? —se dijo agachándose de nuevo sobre el piso—. Estas losas son tan grandes que si golpeo junto a los laterales no podré distinguir ninguna diferencia; debo batir en el centro.

Fue tan sutil la diferencia, que al primer golpe ni tan siquiera la notó. Sin embargo, allí estaba, y al repetir la acción por tercera vez, el tono vagamente distinto fue percibido tan claramente por el egipcio, que sintió de nuevo cómo la ansiedad crecía en él irrefrenable.

Utilizando una palanca, Shepsenuré trabajó arduamente hasta que al fin, con sumo esfuerzo, consiguió levantar la baldosa sintiendo a la vez cómo un aire seco y cálido le llegaba desde abajo. Lo notó extrañamente viciado y cargado de misterio, pues no en vano había envuelto aquel panteón, en una comunión milenaria. Shepsenuré lo conocía bien, y no es que le agradara, pero con el tiempo había aprendido a soportarlo como una compañía necesaria. Dejó pasar unos minutos y acercó la lámpara al agujero. Allí había unos escalones, mas no acertaba a ver adónde llevaban. Aseguró una soga alrededor de una de las grandes piedras que, dispersas, cubrían el lugar y tras respirar profundamente desapareció bajo tierra.

Descendió por los escalones muy despacio, sintiéndose envolver paulatinamente por aquella atmósfera pesada y midiendo cada paso; escudriñando con precisión el terreno, alerta ante cualquier indicio que le hiciera suponer de la existencia de alguna trampa. Llegó al último peldaño como una alimaña del desierto, encorvado y vigilante; y más parecía un chacal en busca de su carroña que un hombre.

Un pozo le cerró el paso y esto le hizo fruncir el ceño. No le gustaban nada los pozos, siempre que bajaba por ellos tenía la sensación de que no regresaría; además, en la mayoría de ellos el aire se llegaba a hacer irrespirable. Iluminó la entrada con su lámpara pero no se veía el suelo; así que, con un par de tirones probó la tensión de la soga que llevaba atada a su cuerpo y comenzó a descender.

El pozo no resultó muy profundo y afortunadamente era lo suficientemente ancho como para poder respirar el aire de la noche que, renovado, entraba poco a poco. Mas hasta que no llegó al suelo y estuvo ante la puerta sellada, no resopló aliviado.

Era la tumba más extraña que había visto en su vida. Un corredor central con tres capillas a cada lado formaban su conjunto; pero estaba claro que originariamente había sido diseñada con una sola cámara y que el resto habían sido añadidas con posterioridad para albergar a cinco difuntos más.

Él sabía de la existencia de estos enterramientos múltiples llevados a cabo por los sacerdotes para esconder momias cuyas tumbas habían sido saqueadas; pero era la primera vez que encontraba algo así, y ello le produjo cierto interés. Tan sólo el corredor y una de las cámaras estaban decoradas completamente, el resto sólo tenían el enlucido y algunas imágenes pintadas sobre unos murales que habían sido apresuradamente terminados y adecuados para acoger unos inesperados huéspedes.

—Bueno, me da lo mismo quienes sean y por qué les metieron aquí —se dijo el egipcio—. El caso es que sus enseres se encuentran intactos.

Y en verdad que así era, pues todas las cámaras se hallaban repletas de todo tipo de objetos; desde los necesarios para la vida del difunto en el otro mundo, hasta los que habían constituido sus bienes más queridos en éste.

Le llamó la atención el magnífico mobiliario de una de las celas, que contenía camas, arcones, sillas y una pequeña mesa que a Shepsenuré le pareció de gran belleza. Sin duda el artista que la hizo dominaba bien su trabajo.

También la decoración de las paredes del pasillo y la de la capilla original era muy hermosa y diferente a todas las que había visto antes, pues en general se hallaban repletas de textos en escritura jeroglífica muy utilizados en épocas antiguas y de cuyo poder mágico había oído hablar. Él, por supuesto, no era capaz de leerlos pero sí de admirar aquella miríada de símbolos esculpidos en enigmática simetría. Junto a ellos, diversas escenas en relieve representaban a los capataces de las granjas rindiendo cuentas ante un sacerdote que, seguramente, sería el finado.

«¡Tiempos distantes y a la vez tan parecidos!», pensó Shepsenuré.

El resto no eran sino más fórmulas de invocación y algunas estatuas de un hombre de baja estatura envuelto en un sudario con un pilar *djed* (símbolo de estabilidad) entre sus manos y un pequeño bonete sobre su cabeza. Era el dios Ptah, a quien el egipcio conocía bien, pues no en vano era el patrono de los artesanos.

Fijó entonces su atención en las siniestras sombras que se alargaban por la tumba, y al poco se vio registrando cada palmo con una impaciencia que acabó por convertirle en un ser que, frenético, revolvía todo cuanto se encontraba a su alcance. Estuvo a punto de gritar, y hubo un momento en que el corazón pareció salírsele del pecho ante la vista de tantas riquezas. Oro, plata, magníficas joyas de piedras maravillosas de sorprendentes diseños; nunca pudo imaginarse nada igual. No tenía comparación posible con la tumba que descubrió en Ijtawy, pues era tal la cantidad de objetos que allí se hallaban, que bien podría ser digna de un faraón. De rodillas, junto a su modesta lámpara, Shepsenuré llenó sus manos con aquellas alhajas contemplando el extraño brillo que la tenue luz les daba y lanzó una carcajada que retumbó en la cripta con tal estrépito, que pareció llegada del infernal Amenti.

—¿Por qué no vamos esta tarde a la casa de la cerveza? —preguntó Kasekemut.
—Pero si fuimos hace dos días —protestó Nemenhat—. Además volveremos ya anochecido y mi padre me hará probar su bastón.
—Te prometo que estaremos de vuelta antes de que se haga de noche. Venga, Nemenhat, no quiero pasarme toda la tarde de nuevo jugando al cabrito a tierra.
—Tú sabes que regresaremos tarde y me molerán a palos.
—Si vamos, seguro que podremos ver a esas mujeres —dijo Kasekemut en tono malicioso.
—Tú no quieres ver a las mujeres, Kasekemut; lo que quieres es ver a los soldados.
—Bueno, la otra tarde no vimos a ninguno porque era un día adverso, y nadie en su sano juicio se atrevería a acercarse a las mujeres por temor a contraer alguna enfermedad.
—Había algunos mercenarios libios...
—Buah, no me hables de ellos; el viejo Inu tiene razón al decir que son unos inconscientes blasfemos y que no guardan ningún respeto por nuestro calendario.
—Ni por nada —continuó Nemenhat adoptando un aire muy digno.
—Tienes razón —dijo Kasekemut lanzando un escupitajo—. Si pudiera, les echaría a todos de nuestra tierra.
Nemenhat le miró alelado. Se quedaba boquiabierto cada vez que veía a su amigo hablar de aquel modo y, como realmente no sentía en su interior el más mínimo de los patriotismos, se encontraba hechizado al escuchar la vehemencia de las palabras de Kasekemut.
—¿Y quién nos dice que hoy no ocurrirá lo mismo, y sólo veamos a esos mercenarios? —preguntó Nemenhat.
—Imposible, ¿no sabes qué día es hoy? Es veintiuno del primer mes de Peret*, día favorable donde los haya ya que la diosa Bastet protege a las Dos Tierras.

* Tobe, que corresponde a nuestro noviembre-diciembre.

—¿Estás seguro?

—¡Claro! —contestó categórico—, me lo dijo el viejo Inu.

Y es que para Kasekemut, el viejo Inu representaba toda la sabiduría que un hombre era capaz de poseer, por lo cual le visitaba con cierta frecuencia. En su juventud, Inu aprendió el oficio de alfarero, al que se dedicó toda su vida; pero tenía algunos conocimientos sobre todo tipo de moralejas, que gustaba de recitar a quien le escuchara. Además se ufanaba de conocer la totalidad de los días favorables y adversos de todo el calendario anual. No en vano afirmaba haberlo aprendido de un primo segundo que, según él, había llegado a ser sacerdote web* (purificado) en el templo de Ra en Heliópolis.

—Hablas de él como si fuera el Jefe de los Observadores** —replicó Nemenhat distraídamente.

—¿Acaso has oído al «Jefe de los Observadores» darnos buenos consejos? Él no sale de su templo a ver a Kasekemut, ni a nadie de nuestro barrio; pero el viejo Inu siempre tiene una recomendación a mano para quien desee recibirla.

—Bah, está lleno de supersticiones y me parece un viejo gruñón. No deberías dejar que te llenara la cabeza con sus quimeras.

—Más te valdría atenderlas alguna vez —contestó Kasekemut enfurecido— si no acabarás siendo como los que vienen de Retenu (Canaán).

Nemenhat no terminaba de entender el porqué de aquella animadversión hacia los extranjeros pues, que él supiera, ninguno había ocasionado molestia alguna a Kasekemut o a alguien de su familia. Por otro lado, en Egipto se les trataba con hospitalidad y la convivencia con ellos era en general buena. Pero Kasekemut sólo pensaba en devolver a su pueblo una gloria perdida hacía ya mucho tiempo. Vivía obsesionado con las hazañas de los grandes dioses guerreros, Tutmosis III o el gran Ramsés II, a los que, por otra parte, siempre tenía en su boca. En realidad entre ambos muchachos había poco en común, si acaso, el que los dos fueran huérfanos de madre, cosa por otra parte bastante corriente entre los niños de su edad. Pero Nemenhat no soñaba con conquistar ningún pueblo, ni mucho menos en sojuzgarle; para él las cosas estaban bien como estaban, sobre todo cuando recordaba las penurias de los años pasados. Así que no tenía intención de pasarse la vida guerreando contra nadie; y no es que fuera cobarde, que no lo era, simplemente no sentía el menor amor castrense. A él lo

* Sacerdotes de rango menor.
** Nombre con el que se conocía al sumo sacerdote de Ra.

que de verdad le gustaba era acompañar a su padre a las tumbas; ése era su gran secreto, y nadie lo sabría jamás. No en vano los dioses le habían favorecido con una virtud inestimable, la prudencia.

A pesar de sus diferencias, mantenían una buena relación, en la que Kasekemut no dejaba de reconocer el sentido común de su amigo que constantemente moderaba su alocado ímpetu.

Nemenhat acabó cediendo y consintió en acompañar a su amigo a la taberna. Como ésta se encontraba junto a los muelles y el trecho era largo, decidieron ponerse en camino de inmediato. La tarde, aunque soleada, era fresca pues la brisa del norte, a la que los egipcios llamaban «el aliento de Amón», soplaba con persistencia. Era por eso por lo que a su paso, muchas mujeres y niños se afanaban en recoger el estiércol que caía en la calle y que más tarde mezclarían con paja para calentarse en las noches de invierno. Las funciones orgánicas eran vistas como algo natural, por lo que la gente solía realizarlas en alguna esquina de la calle o en cualquier lugar algo apartado sin ningún tipo de pudor. Esto era motivo de broma para ambos amigos, que se enzarzaban con otros niños lanzándoles los excrementos que encontraban a su paso. En esto, Nemenhat era un auténtico virtuoso, y los arrojaba con tal precisión que no fallaba ningún blanco; ello naturalmente, producía un gran regocijo a Kasekemut que celebraba cada diana con grandes carcajadas.

Era ya más de media tarde cuando llegaron a la taberna. Atendía al nombre de «Sejmet está alegre», lo que no dejaba de ser paradójico, pues Sejmet* no se caracterizaba precisamente por su buen carácter; pero éste era el nombre y el lugar estaba de moda entre la soldadesca. También solían acudir algunos extranjeros, pequeños comerciantes y gentes de paso que encontraban, aparte de una buena cerveza y un vino decente, un lugar donde solazarse; porque, a diferencia de otros países, en Egipto las prostitutas no trabajaban en las calles, acostumbrando a ofrecer sus servicios en establecimientos de este tipo.

En la puerta había una gran aglomeración entre los que entraban y salían y como éstos solían hacerlo totalmente ebrios, eran apartados a empujones lo que provocaba alguna que otra disputa.

—¡Lo ves!, ya te dije que hoy habría mucha gente. El viejo Inu no se equivoca nunca —exclamó Kasekemut.

---

* Diosa con cabeza de leona. Era hija de Ra, esposa de Ptah y madre de Nefertem. Fue muy venerada en Menfis durante el I. Nuevo. En ella se acumulaban poderes benéficos junto con fuerzas destructivas. Era diosa de la guerra y tenía fama de sanguinaria cuando se encolerizaba. Se decía que era la causante de las enfermedades y las epidemias. También era patrona de los médicos.

—Pero no veo muchos soldados —replicó Nemenhat.
—Suelen venir algo más tarde; con un poco de suerte hasta quizá veamos a Userhet. Tiene por costumbre aparecer cuando acaba su jornada en la escuela de oficiales, ¿sabes?
—A lo mejor ya ha llegado.

Esto hizo aflorar un gesto de duda en el rostro de Kasekemut y de inmediato se acercó a uno de los que salían de la taberna.

—¿Está Userhet dentro? —preguntó a un extranjero mientras le tiraba de su túnica.
—¿User... qué? —balbuceó éste.
—Userhet, Userhet, ¿acaso no sabes quién es? —exclamó Kasekemut asombrado.

El desconocido bizqueó, se encogió de hombros y se alejó dando traspiés.

—Bah. ¡Es inútil hablar con esta gente, Nemenhat! ¿Te das cuenta cómo tengo razón?
—Quizá deberías preguntar a algún soldado.

Kasekemut se rascó la cabeza y sonrió.

—Tienes razón. Será la única forma de saberlo.

Así pues, se sentaron en el suelo y esperaron a que saliera alguno.

—¿Por qué tienes tantas ganas de ver a Userhet? —preguntó Nemenhat a la vez que tiraba piedrecillas contra un muro cercano.
—Porque es el guerrero más fuerte que hay en Egipto —contestó categórico.
—¿Y tú cómo lo sabes?

Kasekemut le miró confundido.

—Pues porque lo sé. Todo el mundo lo sabe —continuó algo exasperado—. En los torneos de lucha ha derrotado a todos los campeones que hay en el ejército. Dicen que hasta el dios le honra con su amistad.

Luego, mirando extrañado a su amigo, continuó:

—¿De verdad que no has oído hablar de él?
—Antes de conocerte a ti, no.

Kasekemut se acarició la barbilla desconcertado y Nemenhat, que le observaba por el rabillo del ojo, sonrió en su interior en tanto que continuaba lanzando piedrecillas. No había duda de que, a veces, disfrutaba con el azoramiento de su amigo, que veía la vida de forma tan diferente. El hecho de haber pasado su niñez vagando de un lado a otro, sin ocasión de establecerse, hacíale adoptar la mayoría de las veces una actitud distinta a la de su compañero; no había oído hablar nunca de héroes y tampoco le importaba si había uno más fuerte que los demás.

A menudo, Kasekemut le preguntaba por su pasado, por lo que no tenía más remedio que inventar historias acerca de él. Le contó que había vivido en Coptos y que a la muerte de su madre, su padre, abatido por la desgracia, había decidido enterrar también sus recuerdos y abandonar la ciudad. Esto solía causar un gran efecto en su amigo, pues al ser también éste huérfano de madre, se hacía cargo de su dolor y no le preguntaba más.

—¿Entonces en el Alto Egipto, Userhet no es famoso? —insistió Kasekemut.

Su amigo movió la cabeza negativamente.

—En Coptos, donde vivíamos, no oí nunca hablar de él; tan sólo los príncipes guerreros son conocidos allí —contestó dándose importancia.

Esto dejó muy pensativo a su compañero, hasta que unas fuertes voces le devolvieron a la realidad.

—Mira —dijo señalando Nemenhat—. Ahí salen varios soldados.

Éstos, que lo hacían dando traspiés y formando gran alboroto, se encontraron con Kasekemut que, raudo, se había acercado a preguntarles.

—¿Userhet?, vaya no sabía que tuviera interés por los muchachos —dijo uno de ellos lanzando una carcajada—, ¿acaso ya no calma su *henen* en los morteros?

Los demás soldados acompañaron con grandes risotadas la ocurrencia.

Kasekemut en cambio se sonrojó azorado por la ordinariez que le habían dicho, ya que el *henen* era la palabra con la que se denominaba al órgano sexual masculino, y el mortero, al que llamaban *kat*, era la forma con que designaban a la vagina.

—Seguro que un chico como tú es capaz de darle mayores alegrías —continuó el soldado en medio del jolgorio.

Mas pasada su inicial confusión, Kasekemut se encaró con él.

—Eso lo dirás por ti, cara de *ben* (glande), hijo de un sirio y una perra libia.

—¡Maldito mocoso! —masculló el soldado mientras le lanzaba una bofetada.

Pero Kasekemut, que se lo esperaba, esquivó el golpe y aquél, debido a la inercia y al vino ingerido, cayó al suelo con estrépito.

La algazara fue entonces general, en tanto que sus compañeros le animaban divertidos.

—Vamos, Heru, dale una buena lección.

Éste se levantó sacudiéndose el polvo y buscó al muchacho con la mirada.

—¡Estoy aquí! —le gritó Kasekemut—, puedo oler tu apestoso aliento a *hedjw* (cebolla).

El tal Heru se abalanzó contra él enfurecido, pero el mozalbete se apartó y le puso la zancadilla, cayendo de nuevo clamorosamente.

—¡Heru, el cachorro tiene garras afiladas! —le gritaban sus compañeros con sorna.

—¡Quizá necesites la ayuda de tu mujer! —le dijo alguien de entre el pequeño tumulto que se había formado alrededor.

El comentario enfureció al soldado, que parecía no ser capaz de dar dos pasos seguidos. Intentó alcanzar a Kasekemut, pero éste le esquivaba una y otra vez, haciendo que la gente se burlara con mayores chanzas.

—¡Heru, toma un poco más de vino a ver si así se te agudiza el ingenio! —le gritaban entre mofas.

Heru resoplaba colérico tratando de arrinconar al muchacho, que daba saltos de un lado a otro buscando una salida.

Astutamente, el soldado hizo un amago y se lanzó con los brazos abiertos cayendo con todo su peso sobre el mozalbete, derribándole.

—¡Vamos, Heru, ya le tienes! —le azuzaron sus compañeros.

Éste, presa de una furia desatada, comenzó a lanzar terribles golpes, que Kasekemut a duras penas podía evitar.

—¡Deja ya al chico, no ves que le vas a matar! —le increpó alguien de entre el gentío.

Pero Heru, ofuscado en parte por los vapores del vino, y en parte por la ira, atenazó con sus manos el cuello de Kasekemut al tiempo que le zarandeaba.

—¡Suéltale te digo! —le chillaron de nuevo.

Mas con la cara congestionada, el soldado seguía apretando con rabia.

Entonces, algo se estrelló en su cabeza. El impacto de la piedra fue tan grande, que Heru cayó al suelo como un fardo.

Hubo un momentáneo silencio, sólo roto por las toses de Kasekemut mientras trataba de levantarse. Pero pasados aquellos instantes de perplejidad, la gente comenzó a buscar curiosa al autor de la pedrada. Por fin uno señaló hacia lo alto de un muro, donde Nemenhat se encontraba en cuclillas.

Nemenhat se balanceaba con una piedra en cada mano, observando fijamente desde su ventajosa posición. Desde que comenzó el jaleo, sabía muy bien que la cosa acabaría mal; soldados borrachos saliendo de una taberna sólo podían significar problemas, pero no dejó de sorprenderle el singular arrojo mostrado por su amigo para hacer frente a la situación, que se volvió sumamente comprometida y que necesitó finalmente de su intervención ante la general pasividad.

Heru yacía en el suelo con el rostro cubierto de sangre, en tanto sus compañeros trataban de reanimarle.

—¿Está muerto? —preguntó alguien.

A lo que aquéllos respondieron moviendo la cabeza negativamente. Uno de ellos miró torvamente a Nemenhat, y se fue directo hacia él con actitud amenazadora.

Fue entonces cuando parte del público allí congregado se hizo a un lado y, entre murmullos, dejaron paso a una figura imponente.

—¿Tú también vas a luchar contra un muchacho? —preguntó el recién llegado.

El soldado se quedó petrificado; intentó contestar algo pero sólo fue capaz de balbucear un nombre: Userhet.

Éste levantó una de sus cejas mirándole con evidente desprecio desde sus más de 190 cm de altura (una estatura enorme para la época, ya que la media en Egipto no sobrepasaba los 165 cm).

—¿Quizá desees pelear primero conmigo? —volvió a preguntarle Userhet.

Su interlocutor tragó saliva con dificultad, en tanto miraba temeroso a aquella hercúlea figura.

—¿Qué me dices? —insistió de nuevo a la vez que con su mano izquierda agarraba al soldado del cogote.

Éste, sin atreverse a mirarle a la cara siquiera, se encogió cuanto pudo. Userhet lo lanzó como a un guiñapo, a la vez que le daba una patada en el trasero.

—Puaf... no valéis ni para limpiar los excrementos de las cuadras. Recoged a ese perro y desapareced de aquí u os aseguro que os muelo a palos.

Kasekemut, que ya se había recuperado, le observaba fascinado. Mirar la potente musculatura de Userhet, le hacía sentirse el más insignificante de los hombres y no era para menos, porque este hombre, natural de la Baja Nubia, era una verdadera fuerza de la naturaleza.

Kasekemut pensaba que estaba ante una aparición inmortal; los músculos en aquella piel oscura brillaban, bajo el sol del atardecer, como si Atum en su viaje vespertino pasara a través de su cuerpo. Cuando se le acercó, no pudo evitar el estirar un brazo para tocarle; él también quería llenarse con su luz.

Una voz profunda le sacó de su ensimismamiento.

—Aquí tenemos a un joven capaz de enfrentarse en lucha desigual.

Kasekemut no dijo nada y se quedó mirando fijamente «el oro del valor» que Userhet llevaba al cuello.

—Algún día, yo tendré uno como el tuyo —dijo señalando tímidamente la condecoración.

—¿De veras? ¿Y cómo lo harás?

—Devolviendo a nuestra tierra la grandeza que no debió perder.

—Necesitarás algo más que tu brazo para conseguir eso.

Irguiéndose orgulloso, el muchacho prosiguió.

—Sí, soldados que no se pasen el día ociosos en las tabernas.

Userhet lanzó una carcajada que enseguida corearon todos los curiosos allí presentes.

—Tienes razón —dijo riendo todavía—, la vida cómoda es el peor aliado del guerrero. Pero según veo, tú lo vas a cambiar.

—Cuando sea oficial, no tendrán demasiado tiempo libre para beber.

—El vino también es necesario para el soldado.

—Sí, pero sólo para celebrar el valor de la victoria.

—Bien, ya que vas a devolvernos nuestro perdido imperio, dinos al menos tu nombre.

—Kasekemut, hijo de Nebamun.

—¿Habéis escuchado? Es Kasekemut, él volverá a ensanchar nuestras fronteras —continuó mientras se oían risas por el sarcasmo.

—Si les quitas el vino, no te seguirán ni a Iunnú* —dijo alguien.

Ahora las risotadas fueron generales.

—No les quites también a las mujeres, o tendrás que marchar detrás de ellos —se volvió a escuchar en medio del jolgorio.

El nubio levantó la mano pidiendo silencio.

—Bueno, si hay alguien capaz de hacer lo que dice, seguramente será él —continuó adoptando un tono más serio—. No podemos negar que el muchacho tiene valor; pero según parece un amigo le ayudó.

Hasta aquel instante, nadie se había vuelto a acordar de Nemenhat. Todas las miradas repararon entonces en él, mientras éste se aproximaba con cautela.

—¡Y por cierto, que con certera puntería! Muchachos, Userhet os invita a la taberna; si sois capaces de derrotar a la infantería, también podéis entrar en la casa de la cerveza —dijo con solemnidad.

---

* Heliópolis, localidad muy cercana, que era capital del nomo XIII, conocido como Cetro Próspero.

Y así fue, como en medio de aplausos, risas y comentarios procaces de los allí congregados, los dos amigos conocieron por primera vez lo que era una taberna.

El tabernero, un individuo del Delta, de Hut-Taheryib (Atribis), capital del nomo X del Bajo Egipto, por más señas, les atendió como si de príncipes se tratara. Su nombre no importaba, pues allí todo el mundo le llamaba Sheu, que significa odre; y en verdad que era un apodo apropiado, pues tenía pequeña estatura y un vientre tan enorme, que nadie entendía cómo podía mantenerse sobre sus cortas piernecillas. Sin embargo, no paraba de moverse de acá para allá y cuidaba de que no faltara de nada a Userhet, cliente asiduo al que reverenciaba, el cual, por cierto, apuraba las jarras de vino a una velocidad asombrosa. Acompañado por varias de las mujeres del local, acabó desapareciendo con ellas, según dijo, para «levantar tiendas», que era como vulgarmente se denominaba el acto sexual.

Cuando abandonaron el local, el sol se había puesto hacía un buen rato, y Nemenhat sólo pensaba en los bastonazos que iba a recibir de su padre cuando volviera a su casa.

Caminaba derecha avanzando sus pies con parsimonia, moviendo sus caderas con un ritmo cadencioso y sensual en busca de las devoradoras miradas de la calle. Llevaba un vestido de lino blanco con tirantes que se ceñía a su cuerpo de forma exagerada, resaltando sus rotundos pechos y sus nalgas respingonas. Su piel, suavemente tostada, parecía de almíbar y resaltaba a través de la tela transparente con provocadora claridad. El pelo negro y suelto le caía libremente por sus hermosos hombros, envolviendo una cara de rasgos de exótica belleza.

Andaba sin inmutarse ante las constantes lisonjas y frases procaces que le decían al pasar y que la hacían sentir una íntima satisfacción. Apenas movía la cabeza, pero sus grandes ojos oscuros no paraban de mirar a un lado y a otro parándose siempre lo justo para obtener su propósito. A veces acompañaba este gesto humedeciendo con la lengua sus labios carnosos, lo que traía inevitablemente alguna palabra desvergonzada que solía provocarle un interno gozo.

Pero ella continuaba su camino acaparando halagos y más miradas, y muy complacida de originar tales revuelos. Kadesh, así se llamaba. Nombre extraño para una egipcia, aunque ella sólo lo fuera a medias, pues su padre había sido un sirio de los muchos que se instalaron en Menfis durante el reinado de la reina Tawsret.

Sin duda debió ser devoto de Kadesh, una diosa de origen asiático, que no era más que una forma de Astarté, que tan íntimamente estaba relacionada con el amor. En realidad, el nombre no podía haber sido más apropiado, pues la muchacha era de naturaleza ardiente y al despertar la pubertad, surgió en ella un fuego interior que la abrasaba. Kadesh tenía catorce años y era la misma tentación.

Su padre murió cuando todavía era una niña víctima de la bilarciasis (sangre en la orina), llamada por los egipcios *aa* y dejó algunos bienes a su viuda, Heret, y a su hija. Con ellos, Heret puso una panadería, negocio que había proliferado mucho en aquellos tiempos* y con él podían vivir dignamente. Tenían dos trabajadores que se encargaban de hacer el pan diariamente bajo la supervisión de Heret, que a su vez lo despachaba. Por su parte, Kadesh se ocupaba de ayudar a su madre y llevaba en una cesta los pedidos de los clientes a sus casas. Como el pan que hacía era de muy buena calidad y no tenía casi arena**, enseguida se hizo muy popular en el barrio. Heret amasaba el pan blanco al estilo antiguo, es decir, en forma cónica, el famoso «t-hedj» y también al estilo que imperaba en aquellos tiempos, trabajando la masa en forma de figuras, bien fuera de animales, humanas o incluso en formas fálicas, a las que solía aromatizar con sésamo, grano de anís o frutas.

Heret era consciente de la belleza de su hija, y al estar ésta en edad casadera, alimentaba la esperanza de que podría obtener un buen partido por ella. Sin embargo, madre e hija no tenían la misma opinión de lo que representaba un buen partido. La seguridad y comodidades que Heret deseaba para su hija estaban en un segundo plano en el esquema de ésta; a ella le gustaban los hombres fuertes y dominantes, dueños de un poder diferente del que su madre deseaba. La complacía sobremanera ver a los soldados y pasar junto a ellos; y cuando observaba a algún apuesto joven oficial que la miraba sin disimular su deseo, un profundo deleite la embargaba haciendo que su corazón no tuviera dudas sobre aquello que ella ambicionaba.

Aquella mañana, como de costumbre, Kadesh salió muy temprano para hacer el reparto diario. Con el cesto repleto de pan sobre su cabeza, caminaba con paso rápido, muy espigada ella. El día había despertado hermoso, sorprendiendo a aquellas calles con sus rutilan-

---

* Hasta el Imperio Nuevo, el pan era hecho por las amas de casa en su domicilio; pero a partir de este período comenzaron a aparecer las grandes panaderías.

** Era muy corriente que la harina que se extraía de los morteros tuviera gran cantidad de arena.

tes luces. La brisa, que llegaba del río, soplaba suave y envolvía al viejo barrio con una sutil fragancia que parecía arrancada de algún arbusto de alheña. Respirar aquel aire era un placer al que pocos egipcios estaban dispuestos a renunciar, y así, abandonaban sus casas a primera hora empapándose del resplandeciente don que Ra les ofrecía. Era lógico que se sintieran revitalizados con semejante ofrenda; aquellos primeros rayos creaban una atmósfera radiante y clara que llenaba de optimismo a todo aquel que la disfrutaba. Y Kadesh lo hacía en su totalidad, saboreando despacio aquel espléndido regalo con el que los dioses les bendecían a diario. Inspiraba con ansia, llenando sus pulmones con aquella esencia que no era sino la vida misma; ni el *shedeh** hubiera podido embriagarla de semejante manera.

Como la mayoría de las chicas de su edad, Kadesh hacía tiempo que había dejado de ser niña, pero ardía en deseos de convertirse en mujer; cada noche soñaba en ser poseída por alguno de aquellos musculosos oficiales que tan a menudo la halagaban al pasar. Aquel pensamiento solía llenarla de un frenesí que acababa por desesperarla. Anhelaba un hombre que la cubriera con sus caricias y la colmara de gozo noche tras noche; pero al mismo tiempo, era consciente del poder que su belleza le confería y que no quería perder entregándose al primero que se lo pidiese. Había en ella una sórdida lucha entre la conveniencia, y una pasión que la consumía y a duras penas podía contener. Su actitud, por ello, no podía dejar de ser ambigua, mostrándose indiferente ante la excitación que tan íntimamente sentía.

—¿Has visto alguna vez a la luz abrirse paso en una mañana tan clara, compañero? —decía alguien al verla pasar.

Otros preferían ser más procaces.

—¿Me vendes alguno de tus panes? —le preguntó un viejo maliciosamente—; veo que llevas varios de diferentes formas —continuó en clara alusión a unos que tenían forma de falo.

Kadesh siguió su camino sin contestar, lanzándole una de aquellas miradas con las que gustaba provocar y que hizo que el hombre gimiera enardecido.

—¡Véndele un buen bálano al viejo, así creerá que es el mismo Min** redivivo! —le gritaron con sorna desde la acera.

Aquello era lo de todos los días, ella pasaba y se originaba el re-

---

* Recordar que era un licor de gran contenido alcohólico derivado del vino.

** Dios muy antiguo, al que se representaba con el falo erecto y que entre otras acepciones, era símbolo de fecundidad.

vuelo de rigor; jóvenes, maduros, solteros o casados, todos le hacían sus picantes comentarios, mas la cosa no pasaba de ahí. La muchacha, mientras, iba dejando su mercancía a los clientes y cuando terminaba, regresaba a la panadería de su madre regocijada por el barullo que había provocado en el vecindario.

Aquella mañana se encontró con Siamún, un rico comerciante de vinos natural de Bubastis, gordo y cuarentón, al que aborrecía. Sin embargo, era muy bien visto por su madre a la que había visitado en alguna ocasión, haciéndole ver el interés que sentía por ella. Venía sentado en una silla de mano y cuando la vio, empezó a ajustarse una peluca pasada de moda, que a Kadesh le pareció ridícula. Al aproximarse mandó detener la silla.

—Ni Hathor* luciría más bella en una mañana como ésta —saludó galante el comerciante.

Kadesh se detuvo de mala gana.

—No blasfemes, Siamún.

—La blasfemia es ofensa a los dioses y la belleza un don que recibiste de ellos. Hathor no se molestará por ello —dijo con afectación.

—Debo continuar mi camino, todavía tengo encargos que entregar —contestó la muchacha algo azorada.

—Es una lástima; unos pies como los tuyos teniendo que recorrer estas calles a diario para repartir el pan a esta chusma. Sabes que si quisieras, no tendrías por qué hacerlo; serías llevada en silla de mano por donde gustases y no pisarías jamás el polvo de los caminos. Serías bañada a diario con perfumadas aguas y ungida por suaves óleos; vivirías en una hermosa casa, rodeada de magníficos jardines en los que disfrutarías de plantas de exótica belleza y aspirarías el aroma de fragantes flores. Naturalmente, tú serías señora de todo ello.

Kadesh se envaró orgullosa.

—Te equivocas conmigo, Siamún, si crees saber lo que me conviene. Mis pies seguirán manchándose de polvo y por el momento yo misma me aplicaré los perfumes.

Dicho esto hizo un mohín y dando media vuelta continuó su camino con paso decidido.

—Recuerda que hasta la flor más hermosa acaba marchitándose; piénsalo bien —gritó Siamún molesto.

Después, al darse cuenta que la gente lo miraba divertido, se colo-

---

* Diosa representada como una mujer con cabeza de vaca, que entre sus muchas representaciones, simbolizaba a la diosa de la belleza.

có de nuevo la peluca y se recompuso un poco los pliegues de su túnica de blanco lino.

—A casa de Heret —ordenó acto seguido a sus porteadores.

Ya avanzada la mañana, las calles, que formaban aquel singular mercado, eran un hervidero de comerciantes que, con sus puestos, daban vida a uno de los barrios más antiguos de la ciudad. Vendedores de pescado, carne, especias o frutas convivían entre aquellas callejuelas sin ningún orden establecido. Así, junto a un pescador que ofrecía sus mújoles, mórmidos o clarias, se encontraban otros que ofrecían carne, verduras, aves o unas simples sandalias. Asnos cargados con grandes fardos iban y venían interponiéndose, en ocasiones, entre los que compraban y vendían. Aquel aparente caos era, sin embargo, un bullicio festivo; una alegría para el corazón de aquellas gentes que no se incomodaban lo más mínimo por ello.

Kasekemut y Nemenhat iban calle abajo formando gran alboroto.

—Cuando tu padre se entere de que no irás a ayudarle hoy, te dará una zurra, Kasekemut.

—¿Una zurra? Ja. El viejo Nebamun no está muy sobrado de fuerzas para ese menester; yo diría que tiene las justas para poder coger la navaja de afeitar.

—Claro, por eso necesita tu ayuda.

—¿Mi ayuda? Ni hablar, eso es cosa de mis hermanos; yo no pienso pasarme la vida afeitando cabezas. Algún día, cuando sea oficial, también mi padre dejará de hacerlo.

—Puede que a él le guste su oficio.

—Jamás —contestó deteniéndose bruscamente—. El padre de un oficial egipcio no afeitará más cabezas que la suya.

Nemenhat se encogió de hombros pues no tenía ninguna intención de discutir por semejante cosa. Si Nebamun afeitaba o no en un futuro, era algo que le traía sin cuidado, sin embargo las súbitas reacciones que tenía su amigo, le dejaban perplejo. Había en su interior una vena colérica que, últimamente, a duras penas podía contener y que hacía que tuviera una idea demasiado drástica de las cosas.

Siguieron caminando entre la algarabía del mercado enredando entre los puestos, cuando Nemenhat la vio a lo lejos.

—Mira, allí está Kadesh.

Kasekemut se detuvo al oír tan mágicas palabras; Kadesh, sinónimo de infinita belleza, representación de los Campos del Ialu* en la vida terrena; paradigma de perfección a la que ni la misma Hathor podría comparársela. Ella era su segunda obsesión.

La conocía de mucho tiempo atrás, pues ya de niños habían participado de los juegos comunes que se hacían en el barrio, mas cuando Kasekemut entró en la adolescencia, Kadesh dejó de ser considerada como una niña para él, y no había día en que no quisiera verla, aunque fuera de lejos.

A Nemenhat le ocurría algo parecido, y al ser algo mayor, sentía un ardor creciente cada vez que pensaba en ella y que a duras penas podía disimular.

—Vayamos a saludarla —dijo Kasekemut.

Y sin tan siquiera ver si su amigo se daba por enterado, salió corriendo calle abajo en su busca.

Ella les vio llegar de reojo, pero continuó su camino como si nada ocurriese.

—Hola, Kadesh, si quieres te llevamos la cesta —dijo Kasekemut jadeando.

Sin detenerse, Kadesh se la dio mientras acentuaba, más si cabe, su andar cadencioso.

—¿Habéis jugado mucho hoy, Kasekemut?

—Ya no somos niños para jugar —contestó éste apretando los dientes.

—¿Ah no? ¿Y entonces qué hacéis?

—Disfrutar de esta mañana luminosa y complacernos con tu compañía —intervino Nemenhat que acababa de llegar resoplando.

—Que hermosas palabras. ¿Acaso estás siendo educado por algún destacado escriba? ¿Quizá nos sorprendas entrando en la Casa de la Vida? —preguntó Kadesh sin disimular su ironía.

—Bien sabes que a mi edad no podría entrar en la Casa de la Vida, algo que mi padre hubiera querido para mí; pero nuestro camino hasta Menfis resultó largo.

—Sí, según tengo entendido tu padre tiene un negocio próspero y un oficio respetable con el que tú podrás continuar en el futuro. Siempre es agradable a los ojos de los dioses el continuar con el oficio de nuestros padres. Supongo que tú, Kasekemut, estarás adiestrándote en el arte del barbero —prosiguió con sonrisa burlona.

—¡Nunca! —contestó éste congestionado por la cólera—. De sobra conoces que mi destino estará al servicio de las armas.

* Nombre con el que los egipcios solían llamar al paraíso.

Regocijada por el resultado de sus palabras, Kadesh continuó:

—Sí, ya recuerdo; serás oficial e incluso llegarás a general de los ejércitos del dios. ¿Y cuándo ocurrirá eso? Según creo en la escuela de oficiales se entra a temprana edad; quizá sería más fácil para ti alistarte como simple soldado, quién sabe, incluso podrías llegar a suboficial.

Aquello era demasiado para Kasekemut, que se paró con el cesto entre las manos.

—Escucha, Kadesh —dijo fulminándola con la mirada—. Yo seré oficial, conduciré ejércitos, me llenaré de gloria y tú me acompañarás porque serás mi esposa.

Ella lanzó una carcajada y siguió caminando.

—¿Yo tu esposa?, sueñas demasiado. ¿Qué puedes ofrecerme sino las cuchillas de cobre del buen Nebamun? No tienes más que vagos proyectos; yo decidiré de quién seré esposa —continuó con desdén—, pero hoy por hoy, hasta Nemenhat tiene más posibilidades que tú. Claro que a él quizá no le guste, ¿no es así?

Como siempre, llevaba a los muchachos con calculada malicia justo a donde quería; complaciéndose de la ira de Kasekemut y del azoramiento de Nemenhat, en cuyos ojos había leído ya hacía tiempo el deseo.

—Tan cierto como el sol que luce, que no hay día que pase que no piense en ti —contestó el muchacho con la cara roja de vergüenza.

—Ah, ¿entonces también has decidido que debo convertirme en tu esposa, Nemenhat?

Éste bajó los ojos con timidez incapaz de responder.

—Bien, quién sabe —continuó—, es posible que cuando seáis hombres considere vuestro deseo.

Al oír estas palabras Nemenhat se sintió abrumado, puesto que estaba incircunciso y por un momento tuvo la sensación de que ella lo sabía.

—Escucha, Kadesh —dijo Kasekemut con su natural aplomo—, tus palabras son fatuas y no están dichas con el corazón, que antes o después me pertenecerá.

Dicho lo cual le devolvió la cesta y dando media vuelta se marchó calle arriba.

Por un momento, ella quedó turbada ante la inesperada reacción del muchacho, pero enseguida se sobrepuso adoptando su postura natural; después, haciendo uno de sus seductores mohínes envolvió a Nemenhat con una acariciadora mirada dejándole al cabo, solo en aquella calle del mercado.

Siamún rehusó con un ademán los pastelillos que le ofrecía Heret.

—Espero que sepas disculparme, pero tu hija me quitó el apetito.

—Es terca como un pollino, y créeme si te digo que a menudo agota mi paciencia, pero debemos de esperar. Pronto pasará la difícil edad en que se encuentra y podrá darse cuenta de lo que le conviene.

—Llevo demasiado tiempo esperando, Heret. Mi paciencia también se agota.

—Te ruego que aguardes un poco más. Estoy segura de que, a la postre, Kadesh te aceptará por esposo. Yo le quitaré todas esas absurdas ideas que tiene, y que no son, sino consecuencias de la edad.

—No estoy dispuesto a esperar eternamente por ella. Un hombre de mi posición no tiene por qué hacerlo. Puedo acceder a cuantas mujeres me plazca y tú lo sabes.

Heret se aproximó zalamera.

—Te digo que es cuestión de poco tiempo el que ella cambie de opinión. Pronto se dará cuenta que un cuerpo como el suyo está hecho para ser adornado con toda suerte de costosas joyas que ningún petimetre podrá proporcionarle.

—Más vale, porque estoy decidido a tener descendencia cuanto antes. Como bien sabes, mi edad no es precisamente favorable para tener más dilaciones. Quiero hijos y si no es con Kadesh, será con otra, Heret.

—Te comprendo, Siamún. Sabes de sobra lo que deseo esa unión. Pero a la fuerza no conseguiremos nada. El momento propicio llegará antes de lo que pensamos; después te darás cuenta de que el retraso mereció la pena.

Siamún miró a Heret y lanzó un sonido gutural de clara impaciencia.

—Piensa en la belleza de Kadesh. No hay una joven igual en todo Menfis; cuando al fin sea tuya, te volverás loco de pasión —continuó Heret con malicia—. Su cuerpo arde por dentro; te aseguro que en ocasiones hasta me asusta.

Al comerciante le brillaron los ojos por la ansiedad contenida. Poseer a la muchacha, le obsesionaba.

—De acuerdo, esperaré. Pero no mucho más. El tiempo se acaba, Heret, y si quieres ver a tu hija rodeada de lujo y riqueza el resto de su vida tendrás que poner todo de tu parte para convencerla. Es cuanto tengo que decirte.

Heret puso a todo el panteón egipcio por testigo de que haría todo lo humanamente posible para que el asunto se resolviera según sus deseos. Le despidió asegurándole que no debía preocuparse y que su hija sería de él o de nadie más.

Siamún se marchó de mejor humor y Heret suspiró aliviada. Estaba dispuesta a dar a aquel hombre cuantas largas fueran necesarias, hasta poder hacer entrar en razón a su hija. Nunca renunciaría a las riquezas que Siamún podría proporcionarles.

Como cada mañana, Nebamun atendía a su clientela bajo su carpa. Su vieja navaja curva de cobre pasaba una y otra vez sobre aquellos rostros con los mecánicos movimientos de toda una vida de dedicación. Sus manos, con claros signos de artrosis, habían perdido la habilidad que en otro tiempo tuvieran y que le hicieran granjearse cierta fama en el oficio. Sin embargo, las gentes del barrio continuaban yendo a diario para que Nebamun les rasurara. Algunos mantenían una fidelidad absoluta, puesto que no habían visitado a más barbero que a él. Otros gustaban de acudir para comentar todo tipo de rumores, mientras esperaban su turno en animada charla; y como Nebamun era un hombre de naturaleza discreta y de pocas palabras, se explayaban a gusto sin temor a mayores comentarios.

—Buenos días, Nebamun —decía el cliente mientras se sentaba en el viejo taburete.

—Buenos días, hermano.

—Parece que la mañana está fresca.

—Estamos en la época.

—He oído que este año los dioses nos reservan una buena cosecha.

—Ellos proveerán.

—Ya sabes, hoy me afeitas como de costumbre.

—Como de costumbre, hermano.

Y de ahí no salía Nebamun más que para asentir de vez en cuando, en corroboración a alguna categórica frase. Cierto es, que su forma de actuar no le había granjeado nunca enemistades, mas por otra parte su falta total de ambición, tampoco ayudaba a creárselas. Era barbero como lo había sido su padre y su abuelo; incluso su navaja le había sido legada por ellos, y no había tenido nunca aspiración a ser otra cosa. El hecho de que ninguno de sus hijos fuera a seguir la tradición, tampoco le molestaba, pues no sentía amor alguno por su oficio. Eso sí, se aplicaba en su rutina diaria haciendo que todo el mundo quedara satisfecho con su tarea.

Cuando le llegó el turno, el gigante se sentó en el viejo taburete de tres patas. Era la primera vez que Nebamun le veía pero se abstuvo de preguntarle acerca de su identidad. Sus insignias le identificaban como portaestandarte de los ejércitos del faraón y eso era todo lo que le importaba; ni tan siquiera el «oro del valor», que aquel hombre colgaba de su poderoso cuello, le hizo inmutarse.

—¿Deseas algún afeitado en particular? —preguntó al fin con voz cansina.

—Barba y cabeza; y apúrame bien, barbero.

Éste asintió dándose por enterado al tiempo que removía en la palangana el *swabw*, una pasta solidificada que contenía una sustancia desengrasante, que mezclaba con arcilla de batán para hacer espuma.

Como siempre, Nebamun se tomó su tiempo a fin de que aquel compuesto adquiriera la consistencia adecuada, tras lo cual, comenzó a extenderlo con parsimonia. Se aplicaba metódicamente en su trabajo, cuando fue interpelado súbitamente por su cliente.

—¿No tienes acaso quien te ayude en tu tarea?

—Mis manos son mi única ayuda —contestó el barbero imperturbable.

—Tus hijos deberían considerar eso.

Aquello hizo que Nebamun se detuviera por un momento, mientras medía las palabras de aquel extraño. Acto seguido prosiguió con su labor sumido en un cauteloso silencio.

—No me malinterpretes, barbero. Te digo esto porque ejerces un oficio honorable, bueno a los ojos de los dioses, puesto que con tu navaja nos purificas ante ellos.

—Sus designios son a veces extraños para nosotros y de nada vale oponerse.

—Por Satis* que es una gran verdad eso que dices. Mi padre era pescador al sur de Elefantina y como ves, yo he terminado en el servicio de las armas a las órdenes del dios. Convendrás conmigo que también es un oficio honorable.

—Vida, protección y estabilidad le sean dadas al dios y a todos los que tan noblemente le sirven.

—Me agrada sobre manera oírte hablar así. Escucha, Nebamun, como soldado que soy me gusta ir directamente al fondo de las cuestiones y, francamente, te diré que el asunto que hoy me ha traído aquí no ha sido el de afeitarme.

Nebamun le observó en silencio.

—Si no me equivoco tienes un hijo de nombre Kasekemut, ¿verdad?

---

* Esta diosa está relacionada con las zonas del sur y con los arqueros de Nubia.

—Así es —contestó el barbero al tiempo que le dirigía una mirada llena de desconfianza.

—Oh, no tienes por qué preocuparte —se apresuró a decir el nubio—, tu hijo es un buen muchacho; tan bueno, que creo no equivocarme al pensar que sería un digno servidor en los ejércitos del faraón.

Nebamun le miró estupefacto, ¿Kasekemut soldado? De sobra conocía la obsesión de su hijo por ser militar, pero él nunca le dio excesivo crédito, al pensar que no eran más que ideas de chiquillo que, por otra parte, no sabía de dónde habían podido salir; porque él, Nebamun, era la antítesis de lo que pudiera ser un soldado y no tenía el más mínimo interés en que su hijo lo fuera. La vida del soldado era extremadamente dura, como bien sabía todo el mundo.

—No me malinterpretes —continuó el nubio, que parecía haberle leído el pensamiento—, no te hablo de que Kasekemut se convierta en un simple soldado, me estoy refiriendo a la posibilidad de que ingrese en la academia de oficiales.

Nebamun se quedó perplejo ante estas palabras.

—¿Ingresar en la escuela de oficiales? Tenía entendido que se accedía a temprana edad.

—Y así es; tu hijo ha sobrepasado con creces ese tiempo, pero eso puede arreglarse. ¿Sabes? Todavía en Egipto un portaestandarte puede interceder en estos asuntos. Digamos que sería una apuesta personal, siempre y cuando dieras tu beneplácito.

Ahora Nebamun sí estaba realmente confuso y no era para menos. Un oficial de alta graduación se presenta de improviso para rasurarse y le hace una proposición poco menos que asombrosa. Trató de ordenar lo antes posible sus ideas, mientras finalizaba su tarea. Ni en el más optimista de sus sueños hubiera podido imaginar algo semejante; porque, no nos engañemos, él no poseía la influencia necesaria para ofrecer un futuro así a su hijo. En sus modestas posibilidades había intentado encauzarle; primero enseñándole el oficio que a su vez su padre le había enseñado a él y luego intentando que trabajara en las diversas ocupaciones, que muchos de sus clientes se mostraron dispuestos a darle. Pero todo había sido inútil. Kasekemut era como un potro incontrolable al que se sentía incapaz de domar. Hacía mucho tiempo que estaba resignado a lo que los dioses quisieran depararle, pero nunca pensó que fuera algo semejante. «Ptah bendito», la mismísima Sefjet-Abuy* había ve-

---

* Diosa cuyo nombre significa «siete cuernos». Está relacionada con la suerte que se obtiene con el conocimiento de la escritura.

nido hoy a verle. «Oficial del Ejército», el futuro que se le abría a partir de ese momento era sumamente halagüeño.

—Creo que ya hemos terminado, y en cuanto a lo que me propones doy gustoso mi beneplácito —dijo Nebamun con un suspiro.

—Sabia decisión, barbero —contestó el gigante incorporándose—. Tu hijo deberá presentarse mañana antes de caer la tarde, en la Escuela de Menfis; yo, Userhet, le estaré esperando.

—Antes de que el sol se oculte, estará allí.

—Bien; ahora dime qué te debo por el afeitado.

—Sabes muy bien que he cobrado de sobra. Hoy me has pagado por los afeitados de toda una vida. Vuelve cuando quieras.

Ocurre en ocasiones que la vida nos sorprende con algún hecho insólito que, no por largamente esperado, deja de sorprerdernos; y casi siempre, lo hace de improviso, con el tiempo justo de asimilarlo y continuar nuestro camino.

Para Kasekemut esto no entrañó ningún problema. Él tenía su equipaje preparado hacía ya mucho tiempo; sólo necesitó de lo indispensable para despedirse de Nemenhat y Kadesh.

A su amigo le abrazó conteniendo a duras penas las lágrimas que se le venían y a las que finalmente se sobrepuso. Hicieron votos de eterna amistad y se separaron dando por hecho que aquello era algo que, tarde o temprano, habría de pasar.

A Kadesh, como tantas veces hiciera, la abordó en la calle y, aunque ella le trató con su habitual desdén, Kasekemut la paró en seco.

—Escucha con atención, hoy me incorporo al ejército del dios de donde saldré oficial como juré que lo haría. No te comprometas con nadie, pues será inútil. A no mucho tardar nuestros caminos serán uno y estarán iluminados por la bendición de los dioses. Guárdate, Kadesh, pues volveré pronto.

Y dicho esto, como en tantas otras ocasiones, el muchacho diose la vuelta y se alejó sin esperar siquiera una palabra de su amada.

Shepsenuré se encontraba en un estado de total abulia y él conocía el motivo. El impulso que le había movido durante toda su vida, la miseria, se había acabado. Su pasado venía a su mente lejano y extraño con frecuencia, reparando en lo distante que estaba de su vida actual. Durante las últimas semanas, su gran preocupación había sido encontrar un lugar donde esconder el tesoro hallado en la vieja tumba; lo cual no había resultado nada fácil. Ante la imposibilidad de poder guardarlo en su totalidad en su casa, había buscado febrilmente un escondite capaz de pasar desapercibido a los agentes de Ankh, convencido de que sus pasos eran constantemente vigilados por ellos. La única garantía para su seguridad era mantener todas aquellas riquezas fuera del alcance del escriba. Mientras estuvieran ocultas, él seguiría vivo.

Por fin, encontró el lugar idóneo más allá de la pirámide de Sekemjet. Era un viejo pozo alejado de los caminos que atravesaban la necrópolis y en el que, difícilmente, nadie repararía.

Prudentemente había esperado la llegada de la siguiente luna nueva para transportar el botín a su nuevo escondrijo. Cuando terminó, tapó el pozo con tablones y lo cubrió con la fina arena de Saqqara. Seguidamente tomó referencia del lugar con respecto a las ruinas cercanas y se marchó.

Esto le animó durante un tiempo pero al poco, entró de nuevo en su habitual estado de apatía, que trataba de ahogar acudiendo todas las tardes a una casa de la cerveza próxima, a la que acabó por aficionarse en demasía.

«Hathor está en fiesta» era su nombre, rimbombante y pretencioso sin duda, y aunque no era en modo alguno un cuchitril, tampoco podía decirse que se tratara del mejor local de Menfis.

Shepsenuré gustaba de sentarse al fondo del local; un lugar discreto en el que podía beber sin ser molestado. Desde allí, miraba sin ver el ir y venir de la clientela, absorto en quién sabe qué pensamientos. Ni la llegada del dueño le hacía inmutarse. Éste, un individuo natural de El-Kab de mirada fría y mal encarado, se limitaba a traerle vino del Delta macerado con dátiles, tras lo cual regresaba a sus quehaceres sin intercambiar palabra alguna. Nadie sabía su nombre con exactitud, aunque todo el mundo le llamaba Anupu, en honor de uno de los protagonistas del famoso cuento de los dos hermanos que, habiendo sorprendido a su adúltera mujer, la mató con una lanza y arrojó su cuerpo a los perros. Tal se rumoreaba que había hecho el tabernero al que, como en el cuento, su mujer trató de engañarle con su propio hermano.

Allí fue donde conoció a Seneb, el viejo embalsamador; un individuo bajo y enjuto, al que le faltaban la mayoría de los dientes y que, como él, acudía diariamente a la taberna. Aunque eran más o menos de la misma edad, Seneb bien podía aparentar ser su padre, pues debido a su extrema delgadez, su cara más se parecía a una calavera cubierta de fina piel, que a un rostro. Esto no dejaba de ser motivo de chanzas entre el vecindario, en el que se decía que su esquelética figura era producto de una lavativa erróneamente administrada*.

Era Seneb un hombre sumamente reservado, pues la vida le había enseñado lo prudente que es callar lo que uno sabe. Entró a temprana edad en la Casa de la Vida de Ptah, donde adquirió conocimientos de lectura y escritura para, posteriormente, ser mandado al Nabet (lugar limpio) del templo, lugar donde aprendió su sagrado oficio. Empezó como los demás alumnos, lavando cadáveres en la Tienda de Purificación, para después pasar a la divina sala de Anubis, el recinto de embalsamamiento. Fue así como se convirtió en Niño de Horus, nombre con el que eran conocidos los ayudantes del jefe de embalsamadores, el Canciller del dios. Bajo sus órdenes aprendió a preparar ungüentos y a procurar el agua, la natrita, el incienso, el vino de palma y la mirra o la resina necesaria para preparar el cuerpo del difunto. Vio a los embalsamadores extraer las vísceras por la incisión hecha en el costado izquierdo y como rompían el etmoides para sacar el cerebro por la nariz. Pasó su juventud entre vendas de fino lino y cuerpos sumergidos en natrón, el *netjry*, la sal divina; escuchando las letanías de un ritual complejo, en el que Anubis resucitaría a Osiris.

Los dioses le habían honrado dándole su sabiduría y él se esforzaba día a día en aprender aquellas técnicas que le eran transmitidas en el más absoluto de los secretos. El Canciller del dios estaba satisfecho.

Pero un mal día, Seneb se vio envuelto en un terrible pecado, pues un embalsamador había cometido fornicación con el cadáver de una hermosa joven delante de él. Seneb, horrorizado, anduvo varios días sin saber qué hacer, hasta que al fin denunció los hechos. Era un feo asunto, no había duda, aunque por otra parte nada nuevo, pues si bien no era práctica habitual el yacer con los difuntos, desde siempre se habían dado casos de necrofilia**. El problema fue que Seneb resultó injustamente envuelto en la trama. El culpable se las compuso para enredarle en el caso y proclamar en cambio su inocencia. El escándalo fue mayúsculo y el mismo Supervisor de los Secretos del Lugar, la mayor

---

* En referencia al embalsamamiento de segunda clase, en el que se inyectaba aceite de cedro por el ano, para que disolviera los órganos.

** La necrofilia no fue una práctica habitual en el Antiguo Egipto, pero sí es cierto que se dieron algunos casos. Existen pruebas de mujeres hermosas, que al morir, fueron retenidas durante tres días por sus familiares, antes de entregarlas a los embalsamadores por temor de aquéllos, a que se pudiera dar algún acto de necrofilia. Pasados tres días desde la muerte del difunto, éste ya había iniciado su proceso de descomposición, con lo que se evitaba la posibilidad de tal aberración; o al menos eso creían.

jerarquía dentro de la casta sacerdotal a la que pertenecían los embalsamadores del templo, tomó cartas al respecto.

Sólo la intercesión del Canciller del dios, abogando en su defensa, pudo evitar el castigo terrible que, aquél, estaba dispuesto a imponerles. Mas a cambio, Seneb hubo de abandonar el templo para siempre, maldito mil veces ante los dioses.

Al principio aprovechó sus conocimientos de escritura, para ganarse la vida allí donde alguien necesitara de sus servicios. Escribió cartas entre particulares e incluso llevó la contabilidad de una pequeña compañía de carga en el puerto; pero nada oficial, puesto que al no ser escriba, no podía llevar ningún asunto de la Administración. Esto trajo consigo que el pago recibido fuera muy inferior al estipulado, por lo que a los pocos años lo dejó.

Por aquel tiempo, empezaron a aparecer embalsamadores que realizaban su trabajo al margen de los templos*, y Seneb decidió establecerse por su cuenta, para ejercer el oficio en el que había sido instruido. Anduvo de acá para allá con una tienda portátil que cambiaba de lugar un par de veces al año en función de sus necesidades. Por fin, acabó instalando su negocio al oeste de Menfis, en una colina en el límite con el desierto, junto a uno de los múltiples canales que salían del gran Nilo y por donde el finado podía ser trasladado en su barca funeraria por sus familiares, para que el embalsamador pudiera hacerse cargo de él en la Tienda de Purificación.

Seneb se fue a vivir al barrio de los artesanos, donde enseguida se hizo muy popular entre el vecindario. Como era de corazón bondadoso y siempre estaba solícito para ayudar a quien no pudiera pagar sus servicios**, se ganó el respeto de sus convecinos aunque, a veces, hicieran algún que otro chiste sobre él.

Seneb iba siempre acompañado por el hombre de ébano; un negro gigantesco, poseedor de una fuerza colosal, que no se separaba jamás de él. Nadie sabía su nombre, tan sólo que era natural de los confines de la tierra, muy al sur del país de Kush y que, por alguna extraña razón, servía a Seneb con la mayor de las fidelidades. Todo el mundo se refería a él como Min, el dios itifálico, que era como él quería que le llamaran; y

---

* Hasta finales de la XX dinastía, todo el proceso de embalsamamiento se realizaba en los templos.

** En el Antiguo Egipto existían tres tipos de embalsamamientos. El de primera clase, que era muy caro y al que sólo tenían acceso la realeza, grandes dignatarios y clase pudiente. El de segunda categoría, accesible a la clase media y el de tercera que era el utilizado por el pueblo bajo.

esto, claro está, traía todo tipo de comentarios procaces con los que Min se sentía encantado. Seneb no sabía de dónde había podido sacar este nombre, aunque reconocía lo acertado de la elección ya que, como Min, vivía en un constante estado de erección y poseía además una desmedida afición a la lujuria*.

Como Shepsenuré, Seneb gustaba de sentarse también al fondo de la taberna donde, silencioso y taciturno, bebía varios cuencos de cerveza; quizás el único alimento que tomaba durante el día**. Observador como era, pronto le llamó la atención la actitud de Shepsenuré, siempre callado y solitario y sin contacto ninguno con las mujeres que ofrecían sus servicios en el recinto. Además había algo en su persona que le causaba curiosidad.

«Este hombre es diferente —pensaba—. Capaz de compartir silencios.»

Y eso le gustaba.

Así pues, lo que al principio fueron saludos y más tarde conversación acabó con el tiempo convirtiéndose en amistad. Pronto descubrieron numerosas cosas en común que les habían acaecido en sus azarosas vidas; empezando porque los dos habían perdido a sus esposas de la misma forma, durante el parto.

El único que no estaba dispuesto a compartir silencios era Min, pues a su naturaleza alborotadora unía una pasión desmedida por la bebida, lo que, en ocasiones, le podía llegar a convertir en un tipo peligroso. Su problema era la falta de mesura y cuando bebía más de la cuenta era harto difícil de sujetar. En realidad, más bien parecía que todos los vicios anidaran en él, pues a su afición por el vino, unía una lascivia insaciable que le hacía acosar constantemente a cuantas mujeres se ponían a su alcance.

Dentro de «Hathor está en fiesta», las prostitutas le rehuían como al demonio, pues aparte de las «virtudes» ya mencionadas, Min era poseedor de un miembro tan descomunal, que la mayoría de ellas no estaban dispuestas a aceptar ni por todo el oro del Sinaí.

Sólo Seneb era capaz de frenar tan bárbara naturaleza.

* En realidad el dios Min no tenía nada que ver con la lujuria. Era un dios antiquísimo que se representaba bajo la forma de un hombre que portaba un casquete en la cabeza con dos altas plumas y un brazo levantado en el que sujeta un látigo. Tiene las piernas juntas y el falo en erección. Realmente era un dios generador, dios de la vegetación, artífice de la fecundidad del suelo. Tomaba diversas formas, entre ellas, la de Kamutef (el toro de su madre), con la que fecundaba cada día a su esposa Jentiiabet, diosa del cielo (la que preside el Oriente), tras lo cual el sol renacía cada mañana de ella.

** La cerveza egipcia era una bebida con un gran valor energético.

—¡Min, maldito sodomita, mañana te sacaré el corazón y lo arrojaré a los chacales!

Aquéllas eran palabras mágicas, pues producían un efecto instantáneo. Min abría los ojos desmesuradamente y quedaba paralizado. En su mente imaginaba al viejo haciéndole una abertura, como las que le veía practicar a diario en los cadáveres en el lado izquierdo de su abdomen, para meter después la mano en busca de su corazón, que arrancaba sin compasión. Luego lo extraía y con una carcajada lo lanzaba para que lo devorara Ammit (la devoradora de los muertos)*.

Esto hacía sumirle en un prolongado silencio cual pecador penitente. Su alma estaba condenada.

Con el tiempo, Shepsenuré y Seneb ganaron en confianza y pronto hicieron referencia a su aventurado pasado, incierto presente y esperanzador futuro.

Shepsenuré se dio cuenta enseguida de que Seneb era un hombre de grandes conocimientos, por lo que anduvo muy cauto a la hora de hablar de su vida procurando no conversar sobre temas comprometedores.

Aun así, Seneb fue capaz de advertir un cierto poso de amargura en las palabras de su amigo. Un inconsciente tormento que a veces mezclaba con una rabia fugaz, pero a la vez incontrolable. El hecho de que Shepsenuré no reprimiera su irreverencia hacia los dioses era considerado por Seneb como algo singular, aunque en modo alguno fue óbice para cultivar su incipiente amistad. Una relación paradójica en sí misma, pues unía a dos individuos procedentes de estratos bien diferentes. Seneb había sido educado desde su niñez en el interior de los templos, el único lugar capaz de proporcionar conocimientos a un hombre en aquellos tiempos, y había sido iniciado en complejos ritos que requerían una profunda sabiduría, no solamente del panteón egipcio, sino de las diversas liturgias encaminadas a la salvación final del alma. Sin embargo, para Shepsenuré, el mejor alivio para el alma era el magnífico vino de Per-Uadyet (Buto).

—Mi *ba*** se siente dichosa al paladear este elixir —decía Shepsenuré entrecerrando los ojos—. Créeme si te digo que no hay nada mejor que los dioses pudieran ofrecerme.

---

* Diosa monstruosa con cabeza de cocodrilo, parte delantera de león y trasera de hipopótamo, que se encontraba presente en la sala del juicio final, donde se pesaba el corazón del difunto. En uno de los platos de la balanza, se colocaba el corazón, y en el otro la pluma de la diosa de la justicia, Maat. Si el corazón pesaba más que la pluma el difunto era condenado y Ammit le devoraba. Por ello era denominada «la devoradora de los muertos».

** Nombre con el que los egipcios designaban al alma.

—No digas eso y mira a tu alrededor. Los dioses no paran de ofrecerte cosas maravillosas, pero tu alma no las ve —contestaba Seneb.

—Será porque ya ha visto suficiente y es con lo único que queda en paz.

Seneb torcía la boca en un gesto muy característico que le daba una expresión grotesca a su ya de por sí sombrío aspecto.

—Te equivocas al decir eso, la paz del vino es efímera como todo lo demás aquí. Sólo el tribunal de Osiris te dará el sosiego eterno.

—Ya sabes lo que opino de eso, Seneb. Pruebas en mi vida terrena, juicios en el Más Allá, pesaje del alma, inocencia o culpabilidad; para al final ser devorado por Ammit. Quien me devorará con toda seguridad serán los gusanos si tú no lo remedias.

—No creas que me escandalizan tus palabras, ni tampoco voy a intentar convencerte de la conveniencia de estar en armonía con los dioses. Pero me entristece el que te niegues a la inmortalidad; vivir así, sin expectativas...

—Ellas siguen su camino, Seneb.

—¿Y cuáles son? ¿Adónde te llevan? Haces magníficos muebles y sin embargo ello no es suficiente; y si no eres capaz de darte cuenta que formamos parte de un todo, nunca lo será.

—Lo siento, Seneb —dijo mirándole francamente a los ojos—. Has sido educado desde niño en las ancestrales enseñanzas que hacen a nuestro país tan diferente a los demás y ello te da una perspectiva distinta de cuanto nos rodea; pero yo no soy como tú. Como la mayoría, no sé leer ni escribir y no creas que me avergüenzo de ello. Mas no tengo el menor respeto por los dioses, y la posibilidad de ganar los Campos del Ialu hace mucho tiempo que la perdí.

Cuán extrañas sonaban aquellas palabras en los oídos de Seneb, principalmente, al no venir de ningún extranjero. Extrañas sin duda, pues era bien sabido que el egipcio era, con diferencia, el más religioso de los pueblos. País de dioses sin fin, que le insuflaban su hálito vital manteniéndole en constante renacimiento. ¿Qué ocultas razones habían llevado a Shepsenuré a pensar así?

«Algo oprime su corazón —pensaba Seneb—. Algo que ofusca su razón*, hasta el punto de negar a su alma la salvación. ¿Un egipcio que renuncia a la otra vida? Inconcebible.»

---

* Los egipcios pensaban que en el corazón residía el raciocinio. El cerebro creían que sólo era un productor de mocos.

Para Nemenhat, la marcha de su amigo había supuesto un gran cambio en su vida. Ahora pasaba más tiempo ayudando a su padre en el taller, lo cual hizo que alcanzara un nivel más que aceptable.

—Debes tener algún oficio a los ojos de los demás para poder disfrutar de los bienes acumulados —solía decirle su padre.

Él movía la cabeza afirmativamente, aunque no sintiera el más mínimo interés por la carpintería. Sólo se encontraba feliz vagando por los campos en los lindes del desierto y acompañando a su padre al interior de alguna tumba. Éste, que conocía de sobra las aficiones de su hijo, solía advertirle seriamente.

—Olvídate de eso, Nemenhat. Tienes riquezas suficientes para toda tu vida, la de tus hijos, y la de los hijos de tus hijos. Si eres imprudente, tarde o temprano serás descubierto; recuérdalo siempre, los tiempos de desesperación ya pasaron.

Pero no era el ansia de acumular tesoros lo que seducía a Nemenhat, no; era otra cosa. Era el seguir el rastro de alguna tumba largo tiempo perdida, el ser capaz de hallar su entrada, el ser el primero en poder entrar en ella desde tal vez más de mil años; admirar sus murales y magníficos ajuares con la permanente excitación que lo prohibido produce; eso era lo que le fascinaba.

Las visitas que de vez en cuando rendía Seneb a su casa, hizo que con el tiempo el muchacho le cogiese afecto. Además sentía una gran curiosidad por su oficio, siempre rodeado de misteriosas ceremonias.

Así que, cuando podía se encaminaba hacia la Tienda de Purificación en las afueras de Menfis, ansioso de poder averiguar algo sobre tan antiguos ritos. Mas siempre se encontraba con el gigantesco negro que le cortaba el paso, prohibiéndole la entrada.

—Vamos, Min, déjame pasar, te prometo que no diré nada de cuanto vea.

—Imposible; aquí sólo pueden entrar los iniciados o los muertos —contestaba el africano adoptando un aire petulante.

—Es que quiero que Seneb me inicie, ¿comprendes?

—Claro, pero como traspases esa puerta lo que iniciarás será una caída hasta el canal que pasa bajo la colina.

—Sólo quiero ver un poco por encima, Min. Nadie se enterará.

—Yo me enteraré.

—Si me dejas pasar te enseñaré a manejar mi honda, ¿sabes que puedo acertarle a un blanco a doscientos codos?

Min enarcaba una de sus cejas mientras le miraba burlón, pues aunque conocía la destreza del muchacho, le gustaba mortificarle.

—Secretos por secretos; si me dejas entrar yo te contaré cosas que te pueden interesar.

—¿Qué puede interesarme de ti? —contestaba el hombre de ébano despectivo.

—Ya te digo, cosas. Conozco todo lo que ocurre en el barrio, y sé de buena fuente que podría haber alguna mujer interesada en ti, ya sabes...

Ahí acertaba de lleno sobre el corazón de Min, que se revolvía furioso.

—Maldito mocoso, no juegues con eso si no quieres sentir mi furia en tus carnes —bramaba incontrolable.

El muchacho se desternillaba de risa y comenzaba a hacerle todo tipo de burlas originando un gran revuelo.

A veces era el viejo embalsamador quien salía del recinto a amonestarle gravemente.

—Sabes que no te está permitida la entrada aquí; sé un buen egipcio y respeta nuestras tradiciones.

Con esto quedaba zanjada la cuestión y Nemenhat solía dar la vuelta y regresaba a Menfis lanzando piedras a todo lo que se movía.

Seneb tenía una hija que se llamaba Nubet, último vestigio de su amada esposa a la que perdió durante su parto. Ni que decir tiene que Seneb la adoraba; era luz en su camino y cauce del infinito amor que su corazón sentía por ella.

La había educado lo mejor que pudo, lo cual supuso una instrucción muy superior a la de la mayoría; haciéndola comprender desde temprana edad, la tierra en la que vivía y la obligada veneración hacia sus dioses. Creció en la seguridad de la existencia de un equilibrio inmutable que había de respetar y mantener. Un equilibrio con el que, desde los arbores de su civilización, los dioses habían bendecido a su país construyendo la base sobre la que se sustentaban la verdad, la justicia y la armonía. Todo esto quedaba definido por una sola palabra, Maat, en cuyas reglas había sido aleccionada.

Siendo Seneb, como era, tan apegado a las costumbres y viejas tradiciones del país de Kemet, no pudo por menos que elegir para ella un nombre de rancio abolengo; Nubet. Nombre de princesa antigua; quintaesencia de sabores ya casi olvidados, que se perdían en la leyenda de los dioses pretéritos. Esposa, madre y bisabuela de faraones*.

* Nubet fue esposa de Keops, madre del faraón Dyedefre y bisabuela de Userkaf.

«Cuando camina, lo hace con el porte de la reina que tuvo su nombre; bendición de Isis para un pobre viejo», suspiraba Seneb.

Dos años menor que Nemenhat, Nubet se encontraba en una adolescencia consagrada por completo a su padre. Ella se ocupaba de los quehaceres diarios de la casa. Iba al mercado temprano disfrutando del aire fresco que la mañana le traía desde los palmerales, mientras se mezclaba entre la gente. Le encantaba pararse ante los puestos y ver cómo los comerciantes hacían del regateo un arte. Ese espíritu festivo que se respiraba era el alma de su pueblo, como había oído decir muchas veces a su padre.

Cuando regresaba a su casa, ya avanzada la mañana, amasaba pan y cocía algunas tortas en el pequeño horno que tenían, y hacía un hatillo junto con un poco de queso tierno y algunos dátiles para llevárselo a su padre. Tan frugal tentempié era más que suficiente para el viejo Seneb, al que el hecho de ver a su hija, le satisfacía más que el mejor de los bocados. Otra cosa bien distinta era Min, poseedor de un apetito devorador. Según él, había pasado tantas penurias durante su niñez, que necesitaría toda la vida para poder resarcirse. Por ello era usual que, al regresar al atardecer, Nubet le tuviera preparado algún menú suculento que comía hasta no poder más. Min reverenciaba a la muchacha, guardándola como si de una hermana se tratara y velando por ella en todo momento.

A veces se encontraba con Nemenhat, que había estado merodeando y volvía cariacontecido al no haber podido entrar. Nubet le conocía de verlo deambular por el barrio en compañía de Kasekemut por quien sentía, dicho sea de paso, una irremisible fobia; y es que la vehemencia del muchacho no se encontraba precisamente entre las virtudes que Nubet valoraba. Por Nemenhat sentía cierta curiosidad, pues solía comportarse, por lo general, con una reserva y prudencia que eran la antítesis de su amigo. De hecho, ella no comprendía como podía existir aquel vínculo de amistad entre dos personas tan dispares.

Al verla, Nemenhat dejaba de tirar piedras y adoptaba un aire digno con el que ocultaba la timidez que sentía hacia ella. Era el paso normal por la adolescencia; su cuerpo avanzaba hacia la madurez más deprisa de lo que lo hacía su mente, lo que le daba una inseguridad manifiesta ante Nubet que, aunque de menor edad, ya pensaba como una mujer.

Al cruzarse con ella, el muchacho balbuceaba algunas palabras de saludo y seguía su camino, pues era tal el respeto que sentía por Seneb, que inconscientemente evitaba a su hija.

Nubet, que se daba cuenta de esto, le sonreía levemente al pasar, correspondiendo al saludo sin detenerse. Ella había llegado ya a la edad en que la mayoría de las egipcias elegían marido, pues era costumbre en el país de Kemet, que las mujeres celebraran su boda durante la adolescencia. Pero mientras el resto de chicas no tenían otra cosa en la cabeza más que el momento en que se desposaran, ella pensaba en lo feliz que habría sido si hubiera podido ingresar en los templos como adoratriz de Isis o incluso como concubina de Amón*; mas como bien sabía, dichos puestos estaban reservados para los familiares de los sacerdotes y altos cargos del Estado**. Hasta las mismísimas hijas del faraón rendían servicios ante el dios Amón; siendo considerado además como un gran honor hacia ellas.

Cierto que hubiera podido entrar al servicio de algún templo, como cantora o bailarina, pero no era su deseo el amenizar banquetes, funerales o cualquier otra celebración de este tipo, organizada por los templos. Su única ilusión era el poder convertirse en Sacerdotisa del dios, en *hemet-neter*.

Pero como solía decir su padre:

—Hija mía, a veces no podemos elegir el camino que nos gustaría recorrer; por eso debemos valorar lo que los dioses nos han dado sin pensar en irrealizables quimeras. Nada es lo que parece, sólo el que es fiel a la Regla, colma de felicidad su corazón; recuérdalo.

Sabios consejos sin duda, aunque internamente se revelara ante la idea de acabar como la mayoría de las muchachas, buscando marido y amamantando niños. Y no es que no le gustara, puesto que adoraba a los niños; no era eso, era el hecho de poseer conocimientos muy por encima de los de la mayoría y no poderlos utilizar más que para sí misma.

«Porque, ¿de qué me vale —pensaba— el poder descifrar los textos que los dioses antiguos nos dejaron grabados en la piedra? ¿O el recitar secretas liturgias que sólo se aprenden en la Casa de la Vida y que mi padre me ha enseñado durante años? Y es que, para traer un hijo al mundo cada año, como es común; ocuparme de los quehaceres domésticos y cuidar de un esposo, no necesito el haber estudiado tanto. ¿De qué me vale?»

Luego pensaba en su incapacidad para comprender la senda que los dioses le habían trazado y se resignaba.

---

* El concepto de concubina no tenía nada que ver con el que tenemos actualmente, ya que la relación que había con el templo era puramente mística.

** Como ejemplo tenemos a la esposa real de Ramsés III, Isis III; que llegó a ser Gran Adoratriz.

Pasó el tiempo, y un día, al final de la estación de Shemu, de regreso hacia su casa a la caída de la tarde, Nubet encontró a Nemenhat que, sentado en un altozano junto al camino, miraba distraídamente hacia el valle. Parecía ensimismado, quizá captando los innumerables matices que la vista le ofrecía. Y es que desde su posición, cualquiera podía darse cuenta de la bendición que aquella tierra suponía. Tan sólo a unos cientos de metros de distancia, el terreno yermo se convertía súbitamente en el más fértil de los campos. Frondosos palmerales, que apenas permitían ver el suelo, se extendían hasta donde alcanzaba la vista; allá hacia el sur. Junto a éstos, los campesinos se afanaban en recoger las últimas cosechas antes de que el río comenzara a subir de nivel.

Los canales que se formarían anegarían toda aquella tierra para llenarla de nuevo de vida, el aliento de Hapy, para un pueblo en constante comunión con sus dioses.

Nemenhat se dio cuenta de la proximidad de la muchacha, pero permaneció sentado.

—Dentro de dos meses el agua lo cubrirá todo —dijo la muchacha deteniéndose un instante.

—Aun así seguiré viniendo; me gusta este lugar —contestó él con ensoñación.

—Desde aquí puede verse al río perderse hacia el lejano sur —comentó Nubet poniéndose una mano sobre la frente a modo de parasol.

—Sí, hacia el sur; la tierra de mis mayores.

Nubet hizo un pequeño mohín y se dirigió de nuevo hacia el camino.

—He de continuar; la tarde está cayendo ya.

—Si quieres te acompaño —dijo Nemenhat levantándose con presteza.

Ella le miró y le hizo un gesto de invitación con la mano.

—Así que tu familia procede del sur.

—Sí, de Coptos. ¿Lo conoces?

—No he ido más allá de Meidum. Debe de ser un lugar bonito.

—Bueno, no tengo muchos recuerdos de Coptos; era muy pequeño cuando me fui. Pero mi padre, a menudo, me cuenta cosas sobre la ciudad. Es un enclave comercial muy importante, pues de allí salen las caravanas que van por el Uadi-Hammamat hacia el puerto de Tanu, en el mar Rojo.

—Seguro que es una ciudad alegre y opulenta; ¿por qué vinisteis a Menfis?

Nemenhat adquirió inconscientemente un aire reservado, que no pasó inadvertido a la muchacha.

—Todos en mi familia murieron allí; nada nos quedaba por hacer.

—Todos morimos —respondió Nubet—. Es bueno estar cerca de nuestros antepasados y honrar su memoria.

—Te digo que nada teníamos que hacer allí —repitió con cierta brusquedad—. Sólo vivir entre nostalgias y recuerdos de una felicidad pasada.

Hubo unos momentos de incómodo silencio mientras caminaban y Nubet se dio cuenta que había algo extraño detrás de aquellas palabras; pero prudentemente decidió no preguntar más.

Alcanzaron las primeras casas de la ciudad que se preparaba para la noche. Las mujeres encendían los fuegos en sus hogares para cocinar la comida familiar. Dentro de poco, sus maridos volverían del trabajo deseosos de encontrarse de nuevo con su mujer e hijos, felices de compartir la cena juntos, una vez más. No había, sin duda, nada mejor para un egipcio que la vida familiar.

Muchos vendrían del campo, después de una dura jornada bajo un sol que en aquella época del año era abrasador, en la que el capataz, de seguro, les habría apremiado para que acabaran la recolección antes de que el río empezara a subir de nivel. Y llegarían cansados, pero dichosos de haber contribuido a mantener con su trabajo el orden impuesto desde tiempos inmemoriales, y del que tan orgullosos se sentían.

Nubet andaba ahora entre aquellas calles con el semblante radiante. Era obvio que se sentía satisfecha de pasear por allí. Es más, parecía abstraída dentro de la confusión de toda aquella gente que iba y venía ante la proximidad del crepúsculo.

Nemenhat, a su lado, la miraba de reojo en silencio. Sin duda le parecía hermosa pero a la vez distante, y al caminar junto a ella tuvo la extraña sensación de que todo el desierto les separaba.

—Me gusta pasear por aquí a la caída de la tarde —suspiró Nubet—. Esta luz; el trajín del gentío que llena estas calles de alegría; la vida misma.

Nemenhat permanecía callado. Al fondo unos chicos jugaban mientras disputaban entre sí.

—Esta luz —musitó él quedamente.

Nubet se volvió hacia él presta con mirada inquisitiva.

—Sí —contestó al instante—. Esta luz me atrapa con los quince siglos de historia de nuestro pueblo. Los dioses nos bendijeron al elegirnos, y el orden que ellos pusieron está por todas partes. Debemos venerarles por ello.

Aquello no le gustaba nada al muchacho. Aunque todavía adolescente, Nemenhat tenía una idea bastante clara sobre todo lo que le rodeaba. No en vano, su padre se había encargado, inconscientemente, de inculcar en su hijo una visión bien diferente de las cosas. Las desventuras de toda una vida, Shepsenuré no había sido capaz de borrarlas, ni tan siquiera con los hallazgos que posteriormente le dieron riquezas; Nemenhat se daba perfecta cuenta de eso, y de cómo su padre se consumía día a día entre extraños pensamientos. Y luego estaba el tema de los dioses, de los que el chico no era precisamente devoto, lo que le hacía sentirse extraño entre sus paisanos. Por eso no pudo reprimirse al replicarla.

—¿Elegidos? Elegidos para qué —dijo con calma.

Ahora Nubet le fulminó con la mirada.

—¿Acaso no miras a tu alrededor? ¿Es que no ves las maravillas que los dioses nos han regalado? Todo Egipto es un don.

—Supongo que al hablar de dones no pensarás en los que ellos reciben —dijo señalando a uno de los campesinos que volvía de arar.

—Ellos forman parte inseparable de ese orden, sin su participación nada sería posible, ¿es que no te das cuenta? —replicó claramente excitada.

—El orden al que tú te refieres, poco me dice. Esta gente trabaja los campos de los templos de sol a sol por un poco de comida. Éstos sí han recibido un verdadero don, puesto que la mayoría de las tierras les pertenecen; tierras con personas y animales incluidos.

La muchacha se detuvo.

—Eso es una maledicencia. Los templos son garantes de que las leyes divinas se cumplan, utilizando todos los medios a su alcance, bajo la supervisión de la reencarnación de Horus en nuestra tierra; el faraón.

—Me temo que el faraón fiscaliza lo justo —dijo él mientras continuaban andando—. Su poder ya no es absoluto en el país de Kemet.

—¿Qué quieres decir? —preguntó ahora la muchacha abriendo los ojos desmesuradamente.

—Que el Estado está corrompido; que son otros los poderes que controlan el país. Familias enteras gobiernan los templos y dominan los puestos clave en la jerarquía de las Dos Tierras; Egipto se descompone.

Aquello era demasiado para Nubet.

—Eso son blasfemias. Hablas así por desconocimiento de las sagradas reglas que el creador hizo con los hombres y que Thot nos transmitió con su palabra, enseñándonos la escritura sagrada en la que quedaron plasmadas para siempre. Harías bien en observarlas.

—¿Observarlas? Para ello debería poder leerlas, y que yo sepa, sólo en los templos y en las Casas de la Vida enseñan a hacerlo. ¿Por qué no tiene acceso el pueblo a ellas?

—Creo que no entiendes nada —dijo con cierta rabia la muchacha—. Sólo los iniciados pueden tener el conocimiento suficiente para comprender el significado de tales preceptos, y el poder que a la palabra confiere su lectura.

Casi sin darse cuenta habían llegado a la casa de Seneb. Allí, junto al quicio de la puerta ambos quedaron frente a frente.

—En ese caso te felicito, pues según tengo entendido sabes leer. ¿Acaso te iniciaron en la Casa de la Vida? ¿O fue que tuviste la fortuna de tener un padre del que aprender?

Nubet miró con furia al muchacho.

—Pero tú, ¿de dónde vienes? —le preguntó exasperada.

Nemenhat la miró impasible un momento.

—De un lugar que ignoras que existe, pero que está por todas partes. Te rodea y no lo ves, pero aun sin saberlo formas parte de él. Vives en una quimera; el Egipto del que me hablas hace ya muchos años que desapareció. Adiós, Nubet.

Después, Nemenhat se dio la vuelta y desapareció por la callejuela acompañado por los lejanos ladridos de algún perro sin cobijo, y con la noche como dueña absoluta de la ciudad mostrando su oscura faz repleta de estrellas de inquietante fulgor.

A la mañana siguiente, Nemenhat salió temprano de su casa para dirigirse al mercado. Su padre le había encargado algunas hortalizas y frutos secos y le pidió que regresara pronto, pues necesitaba su ayuda para finalizar un encargo. Afuera, hacía rato que la luz se desparramaba por las calles como una bendición venida del este y la ciudad cobraba una nueva vida. Mientras caminaba iba absorto en un pensamiento que últimamente le asediaba, Kadesh.

Kadesh; su solo nombre le hacía experimentar sensaciones desconocidas hasta entonces, que se veía incapaz de controlar.

Había visto a la muchacha con cierta frecuencia y siempre en el recorrido habitual de ésta. Nemenhat la solía acompañar, ayudándola a llevar la canasta con los panecillos; siempre entre las bromas de los comerciantes y las miradas lascivas. Ante los comentarios procaces, él notaba que su cólera crecía y sentía deseos de lanzar el cesto sobre alguno de aquellos hombres. Pero al mirarla, se daba cuenta de que ella aceptaba encantada toda aquella retahíla de barbaridades; eso sí, manteniendo un semblante serio, que tan sólo era una máscara. A cada comentario, acentuaba más la cadencia de sus andares, cimbreándose inmisericorde entre aullidos y juramentos.

Nemenhat la miraba de soslayo y comenzaba a sofocarse. Observaba sus pechos moviéndose al compás de los andares de aquella diosa reencarnada. ¡Y qué pechos, Hathor bendita! Ni grandes ni pequeños, turgentes, desafiantes, plenos; bamboleándose orgullosos sobre todas aquellas miradas ansiosas. ¿Y las areolas? Aquello era la culminación de una obra de arte viva, una invitación permanente para los sentidos que adivinaban en ellos la quintaesencia de los más finos manjares. Nemenhat a veces se quedaba hipnotizado ante tanto esplendor, lo que en más de una ocasión le había hecho tropezar produciendo el jolgorio general.

Mas le daba lo mismo, pues entraba en un estado de absoluto atontamiento que, más tarde, de regreso a su casa, solía reprocharse con fastidio; a Nemenhat no había nada que le produjera tanto enojo como perder el control de sí mismo.

La vio en medio de la muchedumbre meciéndose cual junco del río. Era curioso ver a ésta abrirse ante ella para dejarla pasar en una calle tan estrecha, sin tocarla ni tan siquiera un pliegue del faldellín.

Al acercarse, Kadesh le sonrió con cierta malicia a la vez que le ofrecía el cesto de los panes.

—Hoy vienes justo a tiempo, Nemenhat, pues ya estaba algo cansada de llevarlo.

—Sabes que lo hago con gusto y...

—Sí, sé que eres muy servicial, aunque tan sólo sea para llevar el canasto —le cortó con cierto desdén.

Nemenhat tragó saliva un poco azorado mientras Kadesh le observaba con disimulo. La encantaba ver al muchacho confuso por el efecto de sus palabras, así que, últimamente había tomado la costumbre de provocarle hasta el límite.

—Si tú quisieras, te serviría en lo que desearas —le dijo algo aturullado.

—¿Ah sí?, ¿en todo?

—Sí, en todo.

Kadesh lanzó una risita que al muchacho le pareció insufrible.

—No seas presuntuoso. Hay determinadas cosas para las que nunca me servirías.

—¿Como cuáles? —preguntó él impaciente.

—¿De verdad no lo sabes? Bueno —continuó pensativa—, es lógico, ya que eres todavía un joven imberbe, sin experiencia alguna en el amor; ¿o acaso tienes alguna que no me has contado?

—Todavía no —dijo algo avergonzado.

—Entonces no veo cómo puedes servirme en el amor. Quizá si fueras un hombre...

—Qué crees que soy pues —dijo Nemenhat claramente irritado mientras se paraba en plena calle.

—Vamos, no te enfades —respondió Kadesh cogiéndolo suavemente por el brazo, e invitándole a continuar—. No digo que en el futuro no puedas satisfacer a cualquier mujer, es tan sólo que aún no has pasado tu pubertad; ¿o me equivoco si digo que aún estás *kerenet**.

Aquellas palabras sonaban desconsoladoras para Nemenhat porque, en el fondo, Kadesh tenía razón. Debido en parte a la vida trashumante que había llevado y al desapego que su padre sentía por las tradiciones egipcias, el muchacho no había sido circuncidado todavía; algo insólito para un país en el que, todos los varones al llegar a la adolescencia se sometían a dicha operación. Un hecho, por otra parte, de suma importancia, pues los egipcios consideraban a los pueblos incircuncisos como impuros. Además, debido a esto, en los últimos meses, Nemenhat sufría una gran desazón cada vez que tenía una erección, lo que a veces ocurría con más frecuencia de la que él quisiera.

Continuaron caminando en silencio. Ahora el muchacho parecía realmente afligido, sobre todo por el hecho de que ella lo supiera.

Kadesh que se percataba de todo, se tornó conciliadora.

—No debes preocuparte mucho por eso, pues el tiempo dará solución al problema.

—Yo daré solución al problema —respondió raudo.

—Bien, en ese caso, quién sabe, tras tu *sebu***, hasta puede que todo sea diferente —agregó maliciosa.

---

* Palabra utilizada por los egipcios para designar a los jóvenes sin circuncidar.
** Palabra utilizada para designar la ceremonia de la circuncisión.

Shepsenuré daba los últimos remates a una pequeña mesa de tocador que le habían encargado. El resultado era bueno, bastante bueno según su opinión, aunque no le hiciera sentirse satisfecho. Porque, en los últimos tiempos, Shepsenuré no parecía sentirse satisfecho con nada. Ni tan siquiera los esporádicos trabajos que, como éste aceptaba, le complacían. Si acaso el hecho de ver a su hijo trabajando junto a él, suponía un motivo de alegría. Le observaba y sentía como su corazón se llenaba de cariño y nostalgia a la vez de tiempos pasados. Porque al margen de las penalidades sufridas, recordaba los buenos momentos que había pasado viendo crecer al muchacho y que parecían haber llenado toda su vida. Pero el tiempo había pasado inexorablemente y Nemenhat se estaba haciendo un hombre.

Le causó cierta extrañeza el no haberse dado cuenta de ello antes; sin embargo, al verle ahora cepillando con delicadeza el interior de uno de los cajones del mueble, advirtió el cambio que estaba dando.

La noche anterior, Nemenhat le comentó su deseo de ser circuncidado, e inmediatamente experimentó un vago sentimiento de culpabilidad. Shepsenuré se preguntó cómo era posible que hubiera olvidado algo tan importante como aquello, e interiormente pidió disculpas por ello. El muchacho había cumplido ya los dieciséis años, habiendo sobrepasado con creces la edad a la que se solía realizar la circuncisión y lamentó que su desvinculación de la mayoría de las viejas costumbres de su tierra pudiera influir negativamente en su hijo. Ni por todos los tesoros ocultos, deseaba que la vida de éste y la suya se parecieran en absoluto. Era por esto que aquella noche le costó conciliar el sueño, mas después de mucho pensar, suspiró aliviado, pues él conocía a la persona que solucionaría el problema.

Seneb paladeaba con fruición el vino mientras mantenía la vista fija en el tablero del *senet*.

—Uhm, excelente vino —se decía para sí—. Vino de la octava vez, propio de los viñedos reales. —E inmediatamente dio otro sorbo de aquel elixir saboreando la plenitud de sus matices.

Luego frunció el ceño fugazmente, aquello le quitaba concentración en la partida y le molestaría considerablemente perderla. Pero era tan bueno aquel vino, que le resultaba imposible resistirse a su seducción, así que tomó otro trago y lanzó los cuatro palos*.

---

* A falta de dados, los egipcios lanzaban unos palos con una parte lisa y otra redondeada.

«Dos partes lisas hacia arriba», aquello le permitía avanzar dos casillas, mas tendría que ceder el lanzamiento a su oponente. Si hubiera sacado un uno, un cuatro, o un seis, podría haber seguido tirando; pero había salido un dos y su turno había terminado. Y bien que lo sentía, pues la situación estaba complicada. De sus cinco fichas, cuatro se protegían entre sí al ocupar dos cuadros consecutivos en diferentes zonas del tablero, y la disposición de las piezas del rival no hacía prudente el moverlas por temor a que fueran capturadas. Tendría que mover la quinta ficha y eso no le hacía ninguna gracia, porque iría a parar a la casilla veintisiete, marcada por el signo τ, el pozo, que le mandaría automáticamente retroceder a la posición quince; pero no tenía otra opción.

Miró un instante a Shepsenuré antes de mover y se encontró con la sonrisa burlona de éste.

—¡Maldita sea Ammit y los cuarenta y dos genios, Shepsenuré; este vino tuyo me está embotando las entendederas!

—No te quejes, no probarás nada igual en Menfis. Además no pretenderás beberte mi vino y encima ganarme la partida.

—No digo que seas un mal jugador, pero jamás vi tanta suerte —exclamó mientras movía el peón a la casilla veintisiete y retrocedía hasta la quince.

Seneb, como observador de la mayoría de las tradiciones egipcias, era un fanático de sus entretenimientos. Gustaba practicar el antiguo juego de la serpiente, el de perros y chacales, y sobre todo el del *senet*; antigua distracción de faraones, pero que últimamente se había puesto de moda entre las demás clases y del que se consideraba un maestro. Por eso, mientras veía como Shepsenuré frotaba los palos para lanzarlos, sentía cierto fastidio pues la situación no estaba nada clara.

—¡Un cuatro! —exclamó exaltado—. Por Harsiase* y sus siete escorpiones que nunca vi nada igual; con esto, metes un peón en la casilla treinta** y encima repites tirada.

Su rival reía abiertamente.

—Tú saliste con las negras, Seneb, así que tenías ventaja.

—No hay ventaja que valga ante esto, siempre sacas los puntos que necesitas.

—Deja de refunfuñar y ríndete a la evidencia. Esta partida la tienes definitivamente perdida —decía Shepsenuré mientras lanzaba de nuevo.

---

* Dios unido al mito de Osiris, que estaba protegido por siete escorpiones.
** La casilla treinta era la última del juego.

—¡Un seis! —exclamó de nuevo Seneb—. No hay duda de que fuerzas malignas obran sobre estos palos.

—Quizá sea el mismo Set quien los gobierna —contestó Shepsenuré burlón a sabiendas de la animadversión que el embalsamador sentía por esta deidad.

—No digas más, pues su mano se ve en ello; maldito sea mil veces, pues maldito nació al desgarrar el cuerpo de su madre Nut al venir al mundo en la ciudad de Ombos.

—Bueno, algunos de nuestros faraones no lo han visto así, e incluso han sido fervientes devotos suyos*.

—Bah, modas nefandas y nada más. ¿Qué podemos esperar de alguien que se vale de todo tipo de engaños para perpetrar la muerte de su propio hermano?**

—Eso son mitos del pasado, Seneb —contestó Shepsenuré mientras volvía a frotar los palos para lanzarlos.

—¿Mitos? La esencia de nuestra razón de ser se encuentra en aquellos hechos. Set nació con un espíritu violento que nunca le abandonó.

—No será para tanto —continuó Shepsenuré mientras sacaba un cuatro.

—¡Increíble! —exclamó Seneb dando una patada en el suelo—. No hay duda de que los palos tienen toda suerte de sortilegios. En cuanto a Set, qué quieres que te diga. ¿Qué pensarías de alguien que es capaz de sodomizar a su sobrino?***

Ante este comentario, Min, que estaba cómodamente sentado contemplando la partida mientras apuraba el magnífico vino vaso tras vaso, no pudo evitar soltar una libidinosa risita.

Seneb se volvió furioso.

—Pervertido insaciable. No tienes el menor respeto por nuestros

* En clara alusión a los primeros ramésidas, que adoraron a este dios con convicción.

** En referencia a la leyenda, según la cual, Set, envidioso del benefactor reinado de su hermano Osiris, le invitó a una fiesta donde, junto a otros setenta y dos conjurados, le encerraron en un cofre y le tiraron al Nilo. Tras múltiples peripecias el cofre llegó hasta Biblos donde Isis, su esposa, lo recogió. Mas Set volvió a apoderarse de él y descuartizó a su hermano en catorce pedazos que diseminó por todo Egipto. Isis fue buscando cada una de estas partes, encontrando todas menos el falo.

*** Horus fue el hijo póstumo de Osiris e Isis. Cuando se hizo hombre retó a su tío Set para vengar la muerte de su padre. Hubo terribles combates entre ellos, en uno de los cuales tras tenerlo a su merced, Set le sodomizó. En la última lucha, Set arrancó un ojo a su sobrino, pero Horus lo cogió de nuevo volviendo a colocarlo en su lugar, para finalmente vencer a Set y castrarle.

dioses; y la culpa la tengo yo por permitírtelo, pero no consentiré que te burles del mismísimo Horus ante mí.

—No saquemos esto de quicio —intervino Shepsenuré conciliador—, pues estoy seguro que Min no tiene intención de burlarse de Horus, pero has de reconocer que no deja de ser singular que un tío sodomice a su sobrino, Seneb.

—Singular o no, es como poco una aberración, y para colmo cometida en la persona del mismísimo hijo de Osiris.

—Vamos, Seneb; Set tiene también un lado positivo, sin él no existiría, en contraposición, el bien. Además, él ató las plantas simbólicas del Alto y Bajo Egipto junto con Horus, en una ceremonia que representaba la unificación del país.

Nada más pronunciar aquellas palabras, Shepsenuré se arrepintió de haberlas dicho y para evitar su confusión dio un largo trago de su vaso*.

—En efecto —dijo con calma Seneb mientras clavaba los ojos en su anfitrión—. El *Sema-Tawy*, la unión de las Dos Tierras; pero dime, Shepsenuré, ¿en dónde viste esa representación?

—En Gebtu (Coptos) ciudad de donde soy originario, como ya sabes, en un pequeño kiosko que Sesostris I levantó en honor a Horus —dijo con toda la indiferencia de la que fue capaz.

—Ajá, Gebtu, la capital del nomo V del Alto Egipto, Haruri (Los Dos Halcones). Uhm, no me extraña que se venere en él a Horus, pues aunque la divinidad local es Min —dijo mientras miraba con el rabillo del ojo al gigantesco negro—, la ciudad siempre ha estado asimilada a las dos deidades; aunque francamente, es difícil encontrar dicha representación fuera de los templos.

Shepsenuré se encogió de hombros y volvió a tirar.

¡Otro cuatro! La partida la tenía ya prácticamente ganada, por lo que cambió hábilmente el filo de la conversación.

—Por cierto, Seneb, ¿tienes alguna noticia respecto al muchacho?

Aquél le miró con ese aire de sabio despistado que a menudo tenía.

—Perdona, pero se me había olvidado por completo —dijo golpeándose la frente con la mano—. El juego me ha absorbido de tal forma que me distraje de todo y de todos. De hecho era uno de los motivos de mi visita, pero convendrás conmigo que una buena partida de *senet* y un vino como éste son capaces de hacer relegar a un segundo plano cualquier asunto; incluso uno tan importante como éste. Te pido disculpas y estoy seguro que me las aceptarás, puesto que tengo buenas nuevas al respecto.

---

* Shepsenuré había visto representada en algunas tumbas dicha escena.

Shepsenuré le miró fijamente mientras sorbía de su copa.

—¿Y...?

—Creo que tu hijo tendrá una ceremonia propia de una familia principal. Nemenhat será circuncidado en el templo de Ptah, por un maestro sacerdote; por un *Khery-Heb*.

Shepsenuré le miró incrédulo.

—Pensé que el pueblo no tenía acceso al interior del templo.

—Y así es, pero las viejas amistades cuando son auténticas obran milagros. No en vano Kaemwase y yo aprendimos a escribir juntos en la Casa de la Vida, siendo aún muy niños.

—¿Kaemwase? Qué nombre tan extraño.

—Y que lo digas. Ya en la escuela había muchas bromas con ello, pero qué quieres, su familia era un poco estirada y no se les ocurrió otra cosa que llamarle así en honor de uno de los hijos del gran Ramsés.

—¿De veras? Nunca oí hablar de él.

—Bueno, fue un individuo misterioso que pasó su vida en busca de reliquias arqueológicas. Aunque su padre le nombró visir, su pasión era buscar tumbas perdidas.

Shepsenuré no pudo evitar dar un respingo.

—¿Tumbas perdidas?

—Sí, estaba obsesionado con el tema. Se dice que poseía una biblioteca en la que almacenaba todo el saber que un hombre puede poseer. Tenía papiros que abarcaban todo tipo de materias, como medicina, matemáticas, arquitectura... e incluso magia. Cuentan que ésta no tenía secretos para él.

—¿Y qué fue de él?

—Era sucesor al trono, pero murió en extrañas circunstancias y le sucedió su hermano Merenptah. En fin, qué puedo decirte, hay gente para todo, aunque yo jamás hubiera puesto a un hijo semejante nombre.

Shepsenuré asintió en silencio.

—Nombres aparte, te diré que es un reputado médico que trabaja a las órdenes del templo de Sejmet*, y que operará a tu hijo en ceremonia privada**; y si no te importa me he tomado la libertad de elegir el día.

Hubo una leve pausa, lo justo para que cruzaran una breve mirada.

—Ya que estamos en el primer mes de la estación de Akhet (la inun-

---

* Diosa de la medicina.

** Era costumbre que la circuncisión entre el pueblo se realizara en grupos de varios muchachos cada vez.

dación), aprovecharemos que el día diecinueve es el más favorable, para realizar la intervención; puesto que la Eneada* estará en fiestas ante Ra y será una fecha muy propicia. La circuncisión tendrá lugar en una pequeña capilla dedicada a Sejmet, situada en la primera sala hipóstila del templo. Sería conveniente que el muchacho ayunara el día antes.

—Nos haces un gran honor, Seneb. Haremos escrupulosamente cuanto nos pidas.

—Bien —dijo levantándose de la silla—, no vale la pena que continuemos jugando; la partida la tengo perdida. Espero poder resarcirme la próxima vez.

—Prometo ofrecerte un vino más joven —contestó Shepsenuré con ironía.

Seneb le dio unas palmaditas en la espalda mientras se encaminaba a la puerta en compañía de su inseparable Min.

—Queda con los dioses —dijo mientras salía—, y que Atum te proteja, amigo.

Hacía ya un buen rato que la luz de la mañana bañaba Menfis, cuando llegaron al recinto del templo. A Nemenhat le impresionó vivamente, pues aunque había pasado algunas veces por allí, nunca se había parado junto a las enormes murallas que lo circunvalaban. El templo de Ptah era la representación de un poder que se extendía mucho más allá de lo estrictamente religioso. No en vano el templo representaba, aproximadamente, un tres por ciento del control económico del país. Esto, qué duda cabe, no era nada comparado con el omnímodo dominio que el clero de Amón ejercía sobre Egipto y que, amén de las innumerables tierras, era poseedor de más de cuatrocientas cabezas de ganado y unos ochenta mil servidores. Mas para el templo de Ptah, esta diferencia en el poder económico no representaba un gran problema. Eran, junto con el clero del dios Ra, el culto más antiguo; instaurados en los remotos tiempos en que Narmer unificó las Dos Tierras** y fundó la ciudad de Menfis. A través de aquellos dos mil años, los sacerdotes de Ptah habían socavado poco a poco el poder que los primeros faraones habían ejercido sobre el país, llegando a controlar con el tiempo, los hilos de la Administración.

* Término que sirve para definir un conjunto de dioses englobados en una familia que está bajo las órdenes de un demiurgo.
** Aproximadamente en el 3000 a.C.

Es indudable que durante tan largo período hubo fases en las que perdió claramente su influencia, alcanzando ésta su punto más bajo durante la XVIII dinastía, en favor del templo de Amón. Mas a comienzos de la XIX dinastía, los primeros ramésidas construyeron en el Delta la ciudad de Pi-Ramsés (Avaris), y Ramsés II decidió abandonar Tebas para trasladarse allí y declararla nueva capital en un intento claro por alejarse del ascendiente que los sacerdotes de Amón tenían sobre él. Esto potenció de nuevo el clero de Ptah, que volvió a infiltrarse en la Administración política, haciendo un esfuerzo por salvaguardar sus intereses frente al poder descomunal que el dios de Tebas había acumulado.

Menfis era por aquel tiempo una ciudad muy floreciente, que poseía un puerto fluvial de primer orden. Peru-Nefer (el buen viaje), que así se llamaba, era lugar de referencia para innumerables naves que, desde distintos puntos del Mediterráneo, traían todo tipo de mercancías con las que comerciar. Todas las transacciones realizadas eran escrupulosamente anotadas por toda una legión de escribas, casi todos adscritos al templo de Ptah, que daban fe de que los negocios se habían realizado con arreglo a la ley y se habían pagado los impuestos correspondientes.

Este aumento de la burocracia, redundó lógicamente en favor del templo de Ptah, pues mantenía un control de primer orden sobre todas las operaciones de compra venta que se hacían en la ciudad. Las arcas del templo subieron rápidamente y con ello, un incremento en los nombramientos de personas afines al templo para los puestos de responsabilidad en la Administración; hasta el visir del Bajo Egipto estuvo, en ocasiones, estrechamente ligado al dios Ptah*. Todo ello contribuyó al fortalecimiento de la posición del clero del dios. Posición que pudo mantener posteriormente, en los difíciles tiempos en los que el país se desmembró, al acabar los sacerdotes de Amón con el poder de los faraones de la XX dinastía y fundar una nueva; la de los sumos sacerdotes tebanos, uno de los cuales llegó a ser coronado como rey**.

Al margen de las anteriores consideraciones, Ptah gozaba de una gran devoción en Egipto, no solamente en Menfis donde era considerado demiurgo, sino también en otras ciudades como Tebas o la sagrada Abydos. Además, la gran antigüedad que tenía, era motivo de orgullo

---

* Valga como ejemplo el de Kaemwase (hijo de Ramsés II) que fue además de visir del Bajo Egipto, sumo sacerdote de Ptah.

** Su nombre fue Herihor.

para todo aquel que le reverenciaba. Era garante de las más profundas tradiciones del país y su clero tenía a gala el que un miembro de la misma familia, se hubiera mantenido al frente del templo como Gran Artesano*, generación tras generación desde los tiempos de Imhotep**.

Cuando Nemenhat volvió a mirar aquel augusto santuario, pareció sentir todo lo anterior, y por un instante se quedó sobrecogido. Aquello, más que un templo era una ciudadela. Miraba una y otra vez las altas murallas almenadas con torres incrustadas en ellas en todo su perímetro. No era un templo lo que allí veía, sino una fortaleza; la fortaleza del dios.

El público no tenía acceso al interior del complejo, sólo el faraón y dignatarios o servidores del dios podían entrar; por lo que si querían realizar alguna rogativa, debían hacerla extramuros. Para ello, se había esculpido una gran oreja humana en lo alto de cada torre, y entre torre y torre, en las murallas, estaban grabadas frases que Nemenhat no entendía.

—¿Qué dice ahí? —preguntó a Seneb.

—Uhm, es una invitación a la oración: «Rezadle en el gran corredor exterior, desde aquí se oirá la oración.»

Al oír estas palabras el muchacho se sintió absolutamente insignificante y miró a su padre. Éste, que le venía observando desde hacía ya rato, le sonrió.

—Éste es el armazón del Estado, hijo mío —dijo poniéndole una mano sobre el hombro—. Templos como éste son el sostén de la terrible burocracia que lacra al país.

—No blasfemes —cortó Seneb—. El equilibrio del país se ha mantenido gracias a los hombres que hay tras esas murallas. Ellos son guardianes de las reglas dadas por los dioses.

—Seneb, las palabras escritas sobre estas murallas no hacen sino alimentar mi agnosticismo.

Hubo un instante de incómodo silencio mientras los dos hombres se miraban fijamente.

—No discutamos más. Hoy es un gran día para el muchacho y no debemos estropeárselo. Min y tú, debéis esperarnos fuera —dijo Seneb mientras cogía por el brazo a Nemenhat y se encaminaban hacia la puerta.

Entonces, Nemenhat pudo observar con más detenimiento el en-

---

* Nombre con el que se denominaba al Sumo Sacerdote de Ptah. También se le denominaba como Jefe de los Artesanos.

** Imhotep fue el arquitecto que construyó la pirámide escalonada del faraón Djoser III.

clave del santuario. Vio un gran lago junto a las murallas en la parte norte, donde navegaba la barca del dios durante las procesiones rituales celebradas en los días de fiesta. El recinto estaba rodeado de bellos palmerales, emplazados entre magníficos jardines y hermosos edificios, como el palacio que el faraón Merenptah se hizo construir al este, hacía más de cuarenta años. Estatuas sedentes, esfinges de alabastro, colosos de granito, engrandecían el conjunto. Se quedó embelesado ante las dos enormes estatuas de granito rojo, que flanqueaban la entrada meridional del recinto.

—Son de Ramsés II —le dijo Seneb—. El más grande de los reyes de esta tierra.

Conforme se aproximaron a la gran entrada, observaron una mayor afluencia de gente, que se dirigía a los corredores exteriores situados junto a las murallas. Allí harían sus ruegos al dios.

Cerca de estos corredores, había puestos donde se vendían todo tipo de estatuillas votivas y conjuros para combatir cualquier mal.

Al llegar al gran pórtico que daba acceso al complejo, una solitaria figura se aproximó a ellos.

Seneb se adelantó y ambos se dieron un abrazo; se dijeron algunas palabras de afecto y el viejo hizo una seña al muchacho para que se les acercara.

—Éste es Kaemwase, maestro entre los médicos de este templo; él será quien lleve a cabo la ceremonia.

Nemenhat apenas pudo disimular la viva impresión que Kaemwase le causó. Aunque había visto con anterioridad a algún sacerdote, nunca a uno como éste. La figura que tenía ante sí desprendía poder y dignidad y la esparcía a su alrededor de tal forma, que era como un perfume que nadie podía ignorar. Iba totalmente rasurado de la cabeza a los pies, incluso las cejas y pestañas habían sido depiladas lo que le daba un aspecto extraño, como de otro mundo. Llevaba una túnica de lino inmaculado como jamás Nemenhat pensó que existiese. Ninguna joya o abalorio adornaban su cuerpo, tan sólo el báculo que portaba iba ornamentado en su extremo por un pilar *djed* de marfil, extraordinariamente trabajado.

El muchacho, azorado, le miró sin poder disimular su timidez y se encontró con unos ojos cuyo magnetismo le dominó por completo. La mirada de aquel hombre le hizo sentir un escalofrío y luego una sensación de abandono que recordaría durante toda su vida. No tenía explicación, tan sólo era consciente de que su voluntad no existía ante él.

Aquel hombre hizo un ademán de invitación y los tres entraron en el recinto del templo. Nemenhat no había visto nunca nada igual. El primer pilono se abría ante él como un mundo nuevo del cual ignorase su existencia. Era un patio enorme en el que reinaba una febril actividad. Cientos de personas, todos al servicio del templo, se afanaban en sus innumerables quehaceres diarios. No en vano el templo de Ptah, como también ocurriese con el de Karnak, era totalmente autónomo. Producían todo lo necesario para su mantenimiento diario, lo cual incluía lógicamente el trabajo de los campos y el almacenamiento del grano. Los graneros del templo eran enormes y guardaban todo lo que aquella tierra podía darles. Había un control exhaustivo sobre las entradas y salidas de aquellos productos, así como de todo lo necesario para el correcto funcionamiento del templo; nada había sido dejado al azar. Todo estaba donde debía de estar y atendía a un orden que le había hecho perdurar durante dos milenios.

En el centro de aquel pilono discurría una amplia calzada de alabastro flanqueada por grandes columnas papiriformes de capitel cerrado, que comunicaban con la puerta de acceso al recinto interior del templo, formado por varios pilonos más hasta llegar a la morada del dios*. Este acceso se encontraba enclavado en medio de una pared amurallada, donde hondeaban varios gallardetes con emblemas alusivos al dios y a la realeza; a ambos lados de dicha puerta, dos figuras de Ptah montaban su pétrea guardia. Representaban al dios en su apariencia típica; un hombre con bonete envuelto en un lienzo, portando con sus dos manos un cetro terminado en un pilar *djed*, y el símbolo del poder, *was*.

Traspasar esa puerta, estaba vedado a todo el mundo salvo a los servidores autorizados y al Hem-netjer-tepy (el primer servidor del dios, en este caso el Gran Artesano)**.

---

* La configuración de estos pilonos estaba hecha de tal forma que a medida que se avanzaba hacia el interior del templo, la luz iba disminuyendo paulatinamente hasta llegar al sanctasanctórum, la morada del dios, que se encontraba en la más absoluta oscuridad. Todo el complejo estaba ingeniosamente diseñado, de tal manera que los techos iban disminuyendo en su altura, hasta llegar a la sagrada naos, confiriendo así una sensación de recogimiento.

** En realidad según se avanzaba hacia el santuario del dios, el paso se iba limitando incluso a los servidores. De tal forma, que al interior de éste sólo tenían acceso el faraón (como reencarnación del dios y representante de éste en la tierra), el sumo sacerdote, y todos aquellos sacerdotes auxiliares que tenían que hacer los servicios diarios, tal como lavarle, ungirle, vestirle o presentarle las ofrendas, entre otros.

A la derecha de la entrada, había una larga columnata que comunicaba con otras dependencias anexas al templo. Kaemwase hizo una señal para que le siguiesen a través de ellas, y pasaron a otro amplio patio en el que se encontraban dos capillas. Una dedicada a Sejmet, esposa de Ptah y otra a Nefertem, el eternamente joven e hijo de ambos y al que se veía sentado con una flor de loto sobre la cabeza

Seneb y el muchacho siguiéronle en medio de una atmósfera de absoluto silencio tan sólo rota por el pisar de las blancas sandalias del sacerdote, y se dirigieron directamente hacia un edificio anexo al pequeño templo consagrado a la diosa leona (Sejmet), donde se desarrollaban todo tipo de actividades médicas. Una vez dentro, pasaron por un amplio corredor que comunicaba con diversas cámaras y que llevaba a un patio columnado en cuyo centro se encontraba una estatua de la diosa. Desde allí, Sejmet confería su protección a todas las dependencias para que las curaciones efectuadas fueran eficaces.

Al fin llegaron a una habitación donde todo parecía estar preparado. Había un lecho de alabastro con incisiones en la piedra donde se habían acoplado pequeños recipientes con desconocidas pócimas, y junto a él, una pileta de granito con agua clara. Asimismo, y sobre una mesa de piedra, se veían gran variedad de herramientas, como cuchillos de diversos tamaños y formas, pinzas o fórceps. Olía a incienso recién quemado y un individuo de aspecto torvo parecía estar esperando su llegada. Intercambió unas breves palabras con Kaemwase, y de inmediato ofreció a Nemenhat una poción que éste bebió sin rechistar. Estaba terriblemente amarga, pero al poco sintió que un estado de somnolencia le invadía por completo. A partir de aquel momento todo fueron vagos recuerdos en la mente del muchacho; tan sólo recordó la pila de granito cuando el sacerdote se lavó las manos y cómo después cogió un cuchillo ceremonial de sílex y se aproximó a él.

«El cuchillo —pensó—. ¿Cuántos prepucios habrá cortado?» Mas era incapaz de razonar nada que fuera más allá.

Sintió que unas manos le sujetaban férreamente los brazos y que le despojaban del taparrabo. Miró estúpidamente al acólito que le agarraba con firmeza y se encontró con unos ojos carentes de la menor expresión, que parecían mirar sin ver. Cada vez más difusamente, escuchaba una extraña letanía que Seneb y el sacerdote cantaban a coro. Eran palabras extrañas, palabras que nunca antes había escuchado, palabras que formaban frases inconexas en un idioma que parecía desconocido para él; y, sin embargo, en lo más profundo de su mente sonaron naturales y agradables.

Observaba a Seneb que, con un viejo papiro en la mano, recitaba aquellas frases y como Kaemwase contestaba mecánicamente con aquella voz profunda que le parecía venir del Amenti. Entonces comprendió que estaban hablando en un egipcio muy antiguo.

«Quizás estos papiros tengan miles de años», pensó.

Casi al final se concentró y reconoció palabras pronunciadas con diferente acento, luego su mente se embotó y ya no escuchó nada.

—¿Será un sueño? —se dijo confuso mientras una figura vestida de blanco se agachaba y cogía su miembro entre las manos.

Difícil de contestar para quien se sentía como un ser intemporal, carente de la más elemental capacidad de reacción; y mientras tanto, allí estaba Kaemwase arrodillado, cortándole la piel alrededor de su miembro. Todo era difuso e irreal, incluso el corte que estaba recibiendo le pareció algo lejano, mas en el fondo de sí mismo su propia esencia constataba que estaba allí y que aquello no era ningún sueño.

¿Cuánto tiempo pasó? Cómo saberlo; tan sólo sentía la lejana manipulación del médico y su voz profunda y poderosa que le hablaba, aunque no entendiese lo que decía. Intentó responderle pero fue incapaz de articular palabra; en ese momento Nemenhat se sintió desamparado.

Mas unas manos le dieron a beber otra pócima. Ésta le supo fresca y estimulante.

—Es una tisana de algarrobos; tómala —creyó oír en la distancia.

Al poco rato su mente comenzó a relacionar cuanto veía, aunque se sintiera aturdido. Otra vez escuchó las extrañas invocaciones recitadas por aquellos hombres y que parecían formar parte primordial en el ceremonial llevado a cabo. Después, y mientras enrollaba el papiro entre sus manos, Kaemwase miró fijamente al muchacho y pronunció con voz solemne:

—¡Nemenhat, eres puro a los ojos de los dioses!

Aquellas palabras parecieron coincidir con una regresión, pues Nemenhat era capaz de darse cuenta de cuanto acontecía en aquella sala. Luego, observó cómo el médico colocaba un apósito sobre su miembro.

—Es una mezcla de incienso, pulpa de vaina de algarrobo y grasa de buey —oyó que decía el médico a Seneb—. Esto le secará la herida. Para que cicatrice convenientemente, aplicadle un poco de cera y grasa de rebeco junto con la anterior mezcla y luego dejarlo secar al aire.

Seneb asintió en silencio, y fueron después sus brazos los que se hicieron cargo de él, ayudándole a dar los primeros pasos.

Abandonó la sala renqueante y al salir, su mirada volvió a cruzarse con la de Kaemwase, quien le hizo sentir de nuevo su poder dominador.

Ya en el patio, camino de la puerta principal, comenzó a notar un ardor terrible en el pene.

Al oír el leve quejido, Seneb le miró.

—Es el precio de la pureza —dijo quedamente.

—La pureza; soy puro a los ojos de los dioses —balbuceó Nemenhat repitiendo mecánicamente las palabras del sacerdote.

Luego atravesaron el primer pilono y salieron del templo. Afuera, Min y Shepsenuré esperaban sentados a la sombra, junto a unas adelfillas y al verles venir, con el muchacho dolorido, se levantaron prestos para ayudarle. Shepsenuré no pudo evitar el sentir cierta emoción dentro de sí, pues estaba claro que su hijo se haría hombre en poco tiempo.

Mientras esperaba, había reconsiderado algo su postura, y es que no había tenido que pagar ni un solo quite por la operación. Era la primera vez en su vida que alguna institución hacía algo por él, y esto le llevaba a experimentar cierta jovialidad; sobre todo porque un médico como aquél le hubiera costado no menos de veinte deben de cobre.

—¡Genios del Amenti!, jamás vi destreza igual —exclamaba Kasekemut alborozado.

Nemenhat le miraba con una mueca burlona, mientras sacaba otra flecha del carcaj y la ponía en el arco. Observaba de reojo a su amigo mientras tensaba la cuerda y luego lanzaba el proyectil acertando de lleno en el blanco.

—¡Es increíble! —volvía a exclamar Kasekemut—. Haces diana todas las veces. Dime la verdad y reconoce que has hecho un pacto con el mismísimo Montu*; no hay duda que él es quien guía tu brazo.

Nemenhat reía encantado ante el entusiasmo de su amigo. En realidad, él mismo estaba enardecido con la nueva diversión que aquél le había proporcionado. Nunca antes había tirado con arco, pero al verle parecía que llevara toda la vida haciéndolo.

—¡Es inaudito! —repetía Kasekemut mientras se rascaba la cabeza—. Está claro que has nacido para esto, colocas las flechas donde te

---

* Dios guerrero del nomo tebano que se caracteriza por su gran fuerza, con la que somete a los enemigos de Egipto.

propones. ¡Y a más de doscientos codos! Deberías enrolarte en el ejército; créeme si te digo que no he visto a nadie tirar como tú.

—No creo que fuera muy feliz allí —respondió mientras apuntaba cuidadosamente—. Además estoy seguro de que pueden prescindir de mis servicios —dijo lanzando de nuevo.

—Eneada bendita; Userhet debería ver esto. Estoy seguro de que si lo hiciera te reclutaría hoy mismo.

—Entonces espero que no se entere, amigo —contestó sonriendo mientras le devolvía el arco—. Si él estuviera aquí te aseguro que mi puntería se resentiría.

—Pues es una pena —replicó con resignación—. El mismo faraón te incorporaría a su servicio; quién sabe, puede que incluso compartieras con él su carro.

—Dejemos eso para los guerreros —respondió Nemenhat mientras se sentaban a la sombra del frondoso palmeral—, yo no tengo alma de tal. Tú en cambio te has convertido en uno; ya eres un *w'w* (soldado raso) y por algo se empieza.

—Sí —contestó Kasekemut mientras mantenía su mirada perdida entre el follaje—. Pero te aseguro que algún día seré *mer mes* (general). Estoy convencido que lo más difícil quedó atrás. Para gente como nosotros, el problema es poder acceder a la escuela de oficiales; pero una vez dentro, el camino se aclara como la luz de la mañana. El período de reclutamiento ya ha pasado, y a partir de ahora sólo espero la oportunidad de distinguirme.

—Bueno, para ello Egipto necesitará de alguna guerra.

Hubo un incómodo silencio, aprovechado por los pájaros para hacer oír sus trinos. Seguidamente, Kasekemut adoptó un aire reservado y miró con cautela a su alrededor.

—Es posible que ésta venga antes de lo que imaginas —aseguró con voz queda.

—Ya he oído esos rumores en la ciudad y no creo que haya que darles mucha importancia. Si hiciéramos caso de todos los que circulan a diario, viviríamos en un puro sobresalto.

—No es de un rumor de lo que te hablo. Una amenaza real se cierne sobre nosotros, y sólo es cuestión de tiempo el que nuestros ejércitos marchen al combate.

Ahora Nemenhat miró a su amigo con desconcierto.

—Lo siento amigo, pero no puedo decirte mucho más. Tampoco es que disponga de información de primera mano, como comprenderás; pero sí puedo decirte que en los cuarteles no se habla de otra cosa.

—Al menos la amenaza tendrá un nombre.

—Los pueblos que viven en el Comienzo de la Tierra —dijo Kasekemut con desprecio.

—¿Te refieres a los libios?

—Sí, los *libu* y los *mashauash* —contestó escupiendo al suelo.

—Que yo sepa, el faraón Merenptah les dio una buena lección.

—Pues ya ves que no fue definitiva; habría que solucionar el problema de otra forma.

—Y según tú, ¿cuál sería la solución?

—Exterminarlos —contestó mientras mordisqueaba distraídamente un tallo de hierba.

—¿Hablas en serio, Kasekemut? Llevamos siglos peleando contra los libios; son nuestros vecinos y es normal que tengamos disputas con ellos. Además, no creo que pudiéramos exterminarlos.

—Pues si no lo hacemos —dijo escupiendo la hierba de la boca—, ellos acabarán por apoderarse de nuestro país.

—Y dime ¿cómo lo haríamos?; según tengo entendido nuestro ejército está lleno de mercenarios libios. ¿Crees que acabarían con sus hermanos?

—En efecto, nuestra infantería está bien surtida de ellos. Son los *qahaq*, buenos soldados y casi todos sirven en la división Ra, «la de los numerosos brazos»*. ¿Ves por lo que te digo que un peligro cierto se cierne sobre nosotros? Nuestro ejército está lleno de mercenarios, no solamente libios, sino también *shardana*, sirios, palestinos, nubios... y gente del más variado pelaje. Chusma, Nemenhat, auténtica chusma vendida al mejor postor; en este caso a nuestro divino faraón. No es posible la gloria para un país soportado por semejantes pilares.

—Pero, los mercenarios son algo habitual en nuestro ejército desde hace muchísimos años y siempre dieron muestras de una lealtad ejemplar.

—Sí, ya sé que el más grande de los dioses vivientes que ha pisado nuestra sagrada tierra, Ramsés II, incorporó a estos soldados a nuestros ejércitos. Incluso puso a los *shardana* como guardia personal. Pero créeme cuando te digo que esta gente a lo único que tienen lealtad es al deben.

Nemenhat observó con atención a su amigo. Su mirada, siempre orgullosa, estaba llena de desafío. Desafío que acentuaba con aquella forma de hablar, siempre rigurosa y cortante. Además, había adquiri-

---

* Con este sobrenombre era conocida la división Ra.

do la costumbre de levantar el mentón cuando lo hacía y al tener la mandíbula tan cuadrada, el gesto le hacía parecer poseedor de la única verdad; sin posibilidad de derecho a réplica.

—Tus palabras tiñen de sombras nuestro futuro, Kasekemut; aunque puede que las hagas más largas de lo que son.

—Si acaso, quedarían cortas —contestó con sorna.

—Entonces ¿qué deberíamos hacer?

—Sería estúpido por mi parte el decir que yo tengo la solución, aunque te aseguro que conozco el camino para lograrla.

—Ah, pues si conoces el camino a seguir, no veo por qué debemos preocuparnos —dijo ahora Nemenhat con burla.

—No frivolices, Nemenhat —saltó Kasekemut con vehemencia—. El hecho de ser consciente de un problema puede llevar a soluciones para resolverlo.

—Pues escucharía encantado esas soluciones.

—Bueno —dijo Kasekemut volviendo al tono cauto del principio—. No hay duda que éstas me sobrepasan; no soy más que el último *w'w* del ejército, por el momento.

Nemenhat le miró sonriendo.

—Pero existe una posibilidad real, Nemenhat. Créeme, ahora es el momento propicio para conseguirlo. Hacía ya muchos años, demasiados, que el país no tenía un dios viviente como el que hay. Nuestro faraón está decidido a emular a los grandes reyes que nos han gobernado y sabe que sólo con un ejército poderoso se pueden salvaguardar nuestras fronteras de los chacales que las rodean. Un ejército formado por soldados egipcios, que garanticen su lealtad en todo momento.

—Ése sí que es un problema, Kasekemut, pues por lo que yo sé, nuestros paisanos no están muy decididos a alistarse.

—Claro, por la mísera paga que dan nadie está dispuesto a pasar penalidades sin límite por amor a Sejmet*. Pero si a cada soldado se le asegurara un poco de tierra donde vivir en su jubilación, y un mejor porcentaje en los botines, te aseguro que el problema desaparecería.

—Pero aparecería otro, porque la mayoría de la tierra cultivable que tenemos pertenece a los grandes templos; y no creo que ellos estén dispuestos a regalarla así como así. La tierra que el faraón les podría ofrecer sería la cercana a las necrópolis —dijo Nemenhat mordaz—. Ya pasaron los tiempos en los que el dios favorecía a sus valientes con buena tierra.

---

* Refiriéndose al aspecto guerrero que también poseía esta diosa.

—Pues debemos volver a ellos.

—¿De veras? ¿Y cómo convenceréis al clero para ello? ¿Les diréis al templo de Amón o al de Ptah, que deben comprender la necesidad de que donen parte de su hacienda para regalarla a simples soldados?

—Estoy de acuerdo en que el clero es hoy un lastre terrible para nuestro país; no sólo por sus posesiones. Incluso en las contiendas hacen acopio de la mayor parte del botín. Hay que cambiar eso, Nemenhat.

—Otros lo han intentado antes inútilmente; dicen que hubo un faraón que se opuso a ellos con la fuerza que le confería su rango. Pero al final fue destruido*; destruido y borrado de la memoria de nuestra tierra porque, no te engañes Kasekemut, ellos son el poder, el auténtico poder en Egipto.

Kasekemut miró a su amigo con expresión de ausencia y sus ojos parecieron estar en lo más profundo de un insondable pozo.

Nemenhat creyó ver en ellos la sombra de la angustia. Una angustia de la que, obviamente, desconocía su origen, pero que parecía haberse adueñado del espíritu de Kasekemut. De hecho, durante aquel año de ausencia, éste había experimentado un evidente cambio; no sólo físicamente, desarrollándose extraordinariamente, sino también en el plano personal. Poco quedaba ya del muchacho que, gozoso, corría entre las estrechas callejuelas haciendo travesuras sin fin. Un año en el ejército había hecho de Kasekemut una persona diferente. Las perspectivas de su vida poco o nada tenían que ver con las de su amigo. El enfoque que daban a determinados asuntos era, en ocasiones, diametralmente opuesto y Nemenhat, de por sí siempre dado a razonar, comprobaba con consternación cómo su amigo zanjaba súbitamente las cuestiones cuando se quedaba sin argumentos.

Sin embargo, Nemenhat seguía sintiendo un gran cariño hacia él; un cariño como el que hubiera sentido hacia el hermano que nunca tuvo y al que a veces tanto añoraba.

Kasekemut pareció salir del trance en el que se encontraba.

—Deberíamos irnos ya —dijo lacónicamente—. La tarde comienza a caer y quisiera estar en Menfis antes del anochecer.

Luego con una sonrisa pícara, añadió.

—Tengo algunos asuntos que tratar. Vamos, te lo contaré por el camino.

---

* En referencia al faraón Akhenaton.

Los asuntos a los que se refería, no quedaban reducidos sino a uno solo: Kadesh. Kasekemut quería aprovechar el permiso dispensado, para comprometerse definitivamente con la muchacha; y para ello había urdido un plan en toda regla.

Lo primero, lógicamente, era conseguir el favor de Kadesh; aunque esto, francamente, no le preocupaba lo más mínimo, pues en su arrogancia no tenía la menor duda de que lo obtendría.

Lo segundo que debería hacer era apartar de su amada a la multitud de parásitos que, últimamente, la asediaban. Bastaría hacer un escarmiento en uno de ellos, para que el resto reconsiderara su postura. Tampoco esto le inquietaba e incluso, si le apuraban, hasta le divertía la idea.

Lo tercero ya era más complicado, puesto que requería la conformidad de la madre de la muchacha y esto sí era un problema, porque Heret no estaría dispuesta a entregar a su hija en manos del último oficial del ejército del faraón. Para convencerla había pensado en que Userhet le apadrinara. El hecho de que un héroe nacional le recomendara, le hacía sentir ciertas posibilidades, aunque sus esperanzas estaban puestas fundamentalmente en la tozudez de Kadesh.

Al principio, a Nemenhat todo esto le dejó perplejo; pues su amigo había convertido un proyecto de boda en una campaña militar. Daba igual cómo se desarrollara ésta, lo importante era el resultado final: Kadesh. Mas luego le embargó el desencanto, pues en su infinita suficiencia, Kasekemut no contemplaba la posibilidad de que alguna otra persona pudiera acceder al amor de la muchacha; incluido él mismo. De hecho, había noches en las que no podía apartarla de su cabeza, soñando en cubrirla de caricias y poseerla hasta la extenuación, y aunque no se hiciera ilusiones en conquistar su cariño, tampoco le gustaba la forma prepotente con que su amigo había decidido enamorarla.

Aquella misma noche fueron a la taberna. A Nemenhat no le apetecía lo más mínimo, pero ante la insistencia de su amigo, no tuvo más remedio que aceptar.

No había vuelto por allí desde hacía mucho tiempo pero, «Sejmet está alegre», se encontraba igual. En el interior varios hombres les esperaban y al verlos, Kasekemut se llenó de alborozo.

Nemenhat pudo reconocer entre ellos a Userhet; a los otros, también soldados, era la primera vez que los veía y esperaba que fuera la última, pues su aspecto era realmente atemorizador. Nunca había visto caras con tantas cicatrices, ni miradas tan aviesas; y más parecían ánimas del Amenti que personas.

Nemenhat aguantó el tipo lo mejor que pudo, que ya fue bastante, pues nunca imaginó que ser humano alguno pudiera beber lo que allí se bebió aquella noche. Uno de ellos, un kushita* poseedor de unos hombros como capiteles, no despegó la jarra de sus labios en toda la velada.

Sheu, el bodeguero, comenzó por servirles cerveza cada vez más especiada, y terminó por ofrecerles todo el vino que fueron capaces de beber, que fue mucho. Como sabía de sobra que a la hora de pagar habría problemas, les dio el peor de los vinos que tenía almacenado, lo que contribuyó a que cogieran una borrachera monumental. Allí, entre jarra y jarra, trazaron lo mejor que pudieron las líneas maestras del plan de Kasekemut y terminaron discutiendo la posibilidad de perpetrar todo tipo de obscenidades en la figura de Heret, la futura suegra. Incluso el kushita, que no había dicho una palabra en toda la noche, dijo estar dispuesto a casarse con ella; lo que provocó que Kasekemut casi se muriera de risa.

Cuando Nemenhat comprobó que sus mentes embotadas eran incapaces de reconocerse a duras penas, y que sus ojos miraban sin ver, se levantó lo más discretamente posible y abandonó la casa de la cerveza dando algún traspiés a su pesar.

Camino de su casa, todavía fue capaz de comprender que la senda de los dos amigos se había separado y sintió nostalgia de los tiempos pretéritos en los que tan felices fueron. Pero nada permanece pues, en el ciclo natural, los hombres cambian. ¿O acaso éramos nosotros los que no acertábamos a ver lo que ahora vemos?

El mes de Thot, primero de la estación de Akhet (junio-julio), se presentó como de costumbre; tórrido. Por eso la gente se levantaba con las primeras luces del alba, para poder aprovechar las frescas horas de la mañana en realizar sus quehaceres cotidianos. Al llegar el sol a su zenit, las calles quedaban desiertas y los ciudadanos se refugiaban en las sombras de sus casas para resguardarse del insoportable sofoco. Era por ello por lo que, con la primera claridad, los mercaderes empezaban a preparar sus puestos con el fin de tener todas sus mercancías listas con la amanecida.

Kasekemut deambulaba calle abajo con dificultad. Sentía un terrible dolor de cabeza, que con cada paso parecía le iba a reventar. Era

---

* Habitante del país de Kush (Nubia).

como si todos los genios infernales estuvieran reunidos allí dentro, festejando una frenética danza en honor de la abominable Apofis. Por supuesto, él sabía que nada tenían que ver los demonios con aquel dolor y que éste era obra exclusiva de Sheu el tabernero.

—¡Ammit devore su alma! —exclamaba entre dientes mientras caminaba.

De vez en cuando un ardor insoportable se apoderaba de su estómago y Kasekemut volvía a jurar por lo bajo.

—No volveré a beber vino en mi vida —se prometía arrepentido.

Luego pensaba que no sólo había sido el vino la causa, pues el maldito Sheu les había puesto de todo en la bebida. En realidad el bodeguero, en cuanto vio el estado alarmante de embriaguez de los soldados, optó por darles el peor vino que tenía y les puso un poco de *shedeh* para acelerar la reacción. Mas no contó con el aguante sobrehumano de Userhet que, como perro viejo, se percató de la maniobra y montó en una cólera tal, que ni todas las sagradas cosmogonías juntas hubieran podido aplacar.

El ciclópeo nubio comenzó a dar manotazos a diestro y siniestro, lanzando cuanto tenía a su alcance sobre el despavorido tabernero. Bramando cual toro enardecido intentaba alcanzarle, lo cual era harto difícil, pues aquella figura no paraba de moverse en su aturdida cabeza. El kushita se unió en la persecución con idéntica brutalidad.

—Esto no se lo beben ni las bestias del desierto —rugía Userhet mientras seguía lanzando proyectiles.

Sheu, aterrorizado en un rincón, veía cómo sillas y mesas volaban por doquier y cómo aquellos dos energúmenos agarraban una de las vigas de madera que soportaban el techo, dispuestos a derribarla.

—¡Isis bendita, protégenos! —aullaba el tabernero—. ¡Salgamos de aquí, van a derribar el techo!

La taberna se convirtió en un completo tumulto. Gente que corría hacia la salida en vista de lo que se les venía encima, soldados que se cobraban pendencias pendientes aprovechando aquella confusión, y el bodeguero intentando abrirse camino hacia la puerta a sabiendas de que su negocio estaba listo. Y en medio de aquel alboroto, los dos amigos agarrados firmemente a la columna de madera, intentando sacarla de su basamento.

Ésta pareció empezar a moverse y el kushita trepó por ella como un auténtico mandril, comenzando a zarandearla con un frenesí inaudito. Estaba claro que aquello se venía abajo; Userhet dio un alarido y haciendo un esfuerzo descomunal partió la madera por la base. Se oyó un crujido seco y la viga cayó al suelo con el kushita todavía agarrado a ella; luego aquello fue el desastre, pues como era de esperar, parte del techo de adobe se desplomó sobre el local, que se convirtió en una confusión de lamentos entre el polvo.

Definitivamente, Sejmet había demostrado su auténtica naturaleza y ya no estaría más en fiesta en aquel lugar.

—Al fin y al cabo, la diosa ha cumplido con su cometido —se dijo Kasekemut entre dientes mientras sonreía maliciosamente.

Kasekemut tropezó con un fardo y lanzó un juramento. El pobre tendero que se afanaba en poner sus hortalizas en el puesto le miró confundido, pero, al ver el gesto desafiante que el joven le mostró, optó por seguir en su faena como si nada hubiera pasado.

Desde luego, no era el mejor día para llevar a cabo una misión de tal importancia, pues con un humor como el que tenía, Kasekemut podía tener algún acceso de ira que echara por tierra todo su futuro proyecto. Mas su determinación estaba por encima de su estado de ánimo y hacía que siguiera caminando a pesar de su malestar general.

La mañana se asomaba ya clara, cuando llegó Kasekemut. Ya para entonces la calle se encontraba tan concurrida, que se hacía difícil el caminar por ella, teniendo que sortear todo tipo de obstáculos, bien fueran tenderetes, mercancías, personas o animales. Como todavía era temprano, Kasekemut optó por tomar una oblea de miel y leche de cabra recién ordeñada, en uno de los puestos situados en la parte alta de la calle. Desde allí, podía divisar todo el ir y venir del gentío, de modo que cuando apareciera le sería fácil distinguirla. Mientras masticaba, pensaba en la forma más adecuada de abordarla, aunque después de meditarlo un poco, se dijo que aquello no tenía demasiada importancia y que su natural decisión sería suficiente.

Tras el frugal refrigerio se sintió mucho mejor, incluso fue capaz de hacer alguna broma con unos mercaderes cercanos que se empeñaban en venderle unas sandalias de cuero blanco, como las que solían usar los sacerdotes.

—Mis pies serán lo último que purifique —les contestó con una mueca burlona—. Mi alma está mucho más necesitada de sandalias.

Los vendedores próximos celebraron la chanza y aprovecharon para hacer todo tipo de comentarios, y de paso contar algún que otro chiste a los que tan aficionados eran.

Atisbó de nuevo entre la gente, intentando descubrir algún signo que le informara sobre la presencia de la muchacha. Pero tan sólo fue capaz de observar un auténtico laberinto comercial, en el que se hacían transacciones y ventas del más variado pelaje; y todas en medio de un ensordecedor griterío.

Miró al cielo y los primeros rayos del sol le dieron de lleno en su cara. Aspiró profundamente como si quisiera alimentarse de ellos, mientras cerraba los ojos. Era capaz de notar cómo el divino Ra llegaba así hasta el lugar más recóndito de su cuerpo, nutriendo con su energía hasta el último de sus miembros. Aquél era un placer que gustaba de experimentar cada mañana y en el que él decía llenarse de todo el Egipto; aquella tierra que tanto amaba.

Hizo un intento por abrir los ojos pero volvió a cerrarlos de inmediato negándose así a renunciar a aquel placer. Se abandonó en un placentero letargo, en el que el tiempo dejó de tener sentido. Aquellos benefactores rayos eran cuanto necesitaba en ese momento y él se olvidó de lo demás. ¿Cuánto duró? Nunca lo supo, quizá sólo un instante; mas le daba igual, pues aquella sensación era del todo intemporal. Al cabo suspiró y parpadeó regresando al mundo tangible.

Al principio todo le pareció igual, mas al fondo, calle abajo, vio como la gente se abría paso para dejar pasar a alguien. Al poco, el griterío se fue apagando pues las gargantas, que a voz en cuello vendían sus mercancías, enmudecían súbitamente al paso de aquella figura.

Ahora Kasekemut pudo distinguirla con claridad y al hacerlo, sintió que su pulso se aceleraba cual si fuera a entrar en combate.

Era la mujer más hermosa que había visto nunca la que se abría hueco entre el gentío; sin necesidad de pedirlo, la calle se abría ante ella, porque sin duda aquélla le pertenecía.

—Es la reina, la reina indiscutible de todas las calles de Menfis —se decía alborozado.

En ese año de separación, aquella muchacha hermosa de turgentes formas se había convertido en una mujer de rotundas proporciones. No era extraño que todos callasen un momento para ver pasar a semejante hermosura. Instantes que no se podían contar y en los que más de una lengua humedecían los labios de aquellas bocas abiertas. Luego sus ojos seguían fijos, inmóviles en aquella figura que se alejaba con el cesto de pan sobre la cabeza moviendo las caderas con voluptuosa cadencia. Un delirio para cualquier hombre de aquella tierra.

—No hay duda de que tu padre fue Knum* —se alzó una voz poderosa entre la multitud.

---

* Dios creador que, con su torno de alfarero, modela a los hombres para introducirlos después en el claustro materno mediante el semen.

—Sí —corearon algunos—, Knum el alfarero, el creador de toda vida fue tu padre, pues tú eres diosa entre los hombres.

—Nunca vi belleza igual —gritaban otros.

Y Kadesh a todo esto, continuaba con paso regio calle arriba henchida de orgullo y con el aplomo propio de quien posee una esencia divina. En verdad que la calle la pertenecía.

Era curioso como el populacho había encumbrado a Kadesh al panteón egipcio, pues lo que empezó como una broma, se había convertido en un hecho diario y había quien aseguraba que sólo el dios Knum pudo haber sido su padre y haber esculpido con su barro una figura de tal perfección.

—Porque, no nos engañemos —decían algunos—. Su madre, la pobre Heret, es más bien feíta; ¿de dónde si no salió tal beldad?

Kasekemut se plisó los pliegues del faldellín y con ambas manos peinó su negro cabello hacia atrás.

Aunque los egipcios solían llevar el pelo corto, tanto por comodidad como por higiene, el muchacho se lo había dejado crecer abundantemente a la moda de los príncipes tebanos que, durante la XVII dinastía, expulsaron a los invasores hiksos tras cruentos enfrentamientos, en los que aparte de grandes muestras de valor, muchos dejaron su vida.

—La gloria de Egipto vino con ellos —se decía a menudo—, pues de ellos nació la XVIII dinastía que llenó su tierra de grandeza como ninguna otra.

Es por esto que se sentía orgulloso de llevar el pelo a la moda de aquellos valientes guerreros; aunque ya hubieran pasado cuatrocientos años.

Así que, tras mesarse los cabellos de nuevo, se compuso lo mejor posible para su ansiado encuentro.

El encuentro, por inesperado, hizo que Kadesh se detuviera sorprendida. Al último que hubiera esperado ver entre toda aquella gente era a Kasekemut, y sin embargo allí estaba; plantado ante ella con aquella resolución que le caracterizaba y que tan diferente le hacía del resto de personas que conocía.

Al verle sintió un desasosiego en su interior que, por nuevo, Kadesh no fue capaz de explicar. Poco quedaba del chiquillo que, no hacía mucho, había partido a los ejércitos del rey en busca de fortuna y gloria. Frente a ella se hallaba ahora un hombre de amplio pecho y fuertes brazos, y que percibía venía dispuesto a hacer cumplir su promesa de antaño. Al mirarle a la cara notó que la zozobra que sentía se incrementaba, pues de inmediato quedó subyugada.

No es que Kasekemut fuera el más hermoso de los hombres, pero poseía un indudable atractivo. Tenía unas facciones varoniles bien definidas, con un cuadrado mentón que siempre mantenía erguido bajo sus labios plenos, y que solía levantar a menudo en un rictus característico de su natural resolución. Pero eran sus ojos, sin duda, los que expresaban su auténtica personalidad. Grandes y oscuros; poseedores de una mirada de la que surgía la fuerza del ser indomable que llevaba dentro y que utilizaba con su natural dominancia.

Kadesh, sabedora de que todos los ojos de la calle estaban pendientes de ella, siguió su camino; mas Kasekemut no estaba dispuesto a darle la más mínima concesión y rápidamente se puso junto a ella cogiéndole el cesto, y aunque su primer impulso fue mantenerlo sobre su cabeza, la muchacha no pudo conseguir que sus manos la obedecieran.

—Tus días de venta ambulante están contados, Kadesh.

Ésta, sobreponiéndose todavía a la primera impresión, soltó una pequeña carcajada.

A Kasekemut le sonó hermosa y a la vez embaucadora y fatua. Risa de quien está acostumbrada a conseguir sus caprichos con ella, sin importarle nada más.

—¿Pretendes acaso que cambie mis hábitos?

—He vuelto como juré que lo haría, y sabes muy bien con qué intenciones —contestó mirándola fijamente.

—¿Intenciones?, ya veo. ¿Y son acaso buenas para ti o para mí?

—No voy a entrar contigo en juegos de palabras, quiero que seas mi esposa.

Kadesh volvió a reír.

—¿Y qué te hace pensar que yo esté dispuesta a ello?

—El saber que me amas tanto como yo a ti.

—Desde luego eres un presuntuoso, Kasekemut; de eso no hay duda —contestó divertida.

Éste no se inmutó y siguió caminando junto a ella.

—¿Acaso tú me amas? —le preguntó maliciosa.

—Sabes que desde el primer día que te vi.

—Bueno, eso les ocurre a otros muchos hombres —contestó veleidosa.

—Pero no pueden ofrecerte lo que yo.

—¿Ah no? —exclamó sorprendida a la par que volvía a reír abiertamente—. ¿Y qué me ofreces tú, Kasekemut? ¿Tu amor?

—En cierto modo debería bastarte —replicó con dureza—. Ya sé que tu corte de admiradores halagan tus oídos con todo tipo de promesas de bienestar.

—¿Lo sabes? —le cortó con sorna.

—De sobra. Pero tú necesitas mucho más que eso para ser feliz.

Kadesh se paró súbitamente y le fulminó con la mirada.

—¿Cómo te atreves a hablar de mis necesidades? Jamás vi tal osadía.

El joven permaneció imperturbable mientras su brazo la invitaba a continuar.

Siguieron caminando en silencio por un tiempo, durante el cual Kadesh repartió algunos de los panes a sus clientes.

—Créeme si te digo que yo puedo satisfacerlas todas —dijo Kasekemut rompiendo por fin el silencio.

—Eres asombroso. Desapareces cerca de un año y ahora regresas con tu distintivo de *w'w*, dispuesto a orientar mi vida y cubrir mis necesidades —dijo Kadesh volviendo a reír, ahora burlonamente.

—Esa risa no será mi enemiga —cortó Kasekemut mientras seguían avanzando—. Ya sé que podrías haberte convertido en la esposa de algún rico mercader que cubriría tu vida de sueños y regalos, pero eso no sería suficiente.

—No tienes ni idea de lo que es o no suficiente para mí.

—Te equivocas, Kadesh —dijo el joven mientras se paraba en mitad de la calle y con una mano asía fuertemente el brazo de la joven volviéndola hacia él—. Lo sé muy bien; llevo pensando en ello días, meses, noches enteras en las que la única luz que veían mis ojos era la tuya. Eres tan hermosa que mereces más que ninguna otra el cubrir tu cuerpo con las mayores riquezas; pero ardes por dentro, lo sé muy bien, por mucho que trates de disimularlo conmigo. ¿Te imaginas todas las noches junto a tu obeso y rico marido incapaz de poder tomarte en tu lecho porque su barriga no se lo permite?

Kadesh dio un fuerte tirón para desprenderse de él, pero aquella mano la sujetó con mayor fuerza.

—Escúchame bien —dijo lentamente mientras la miraba a los ojos—. Yo te colmaré de todo lo que anhelas; te amaré cada noche con la desesperación del sediento en busca de agua en los desiertos de Occidente, y te verás poseída con tal frenesí, que para ti será un alivio la llegada del alba. Hoy sólo soy un simple *w'w*, pero muy pronto mis insignias serán bien diferentes y te juro que algún día llegaré a general de los ejércitos reales. Te ríes al oír que nadie puede ofrecerte más que yo, pero es verdad; porque yo te ofrezco Egipto entero. Egipto corre por mis venas, Kadesh, y yo lo pondré a tus pies.

La joven le miraba hipnotizada, confusa ante aquella explosión de sentimientos vertidos sobre ella y que la habían transportado, por un momento, al filo del abandono. Ahora mirándole, tuvo la sensación de que sólo un pequeño cordón hacía que su voluntad no dejara a su alma entera desamparada en brazos de aquel hombre.

Por un momento estuvo a punto de claudicar pero una voz, en la lejanía de su abstracción, vino en su ayuda acabando con el hechizo.

—Paso, paso a Siamún.

Kadesh parpadeó a la vez que se deshizo de la mano de Kasekemut.

—Paso a Siamún —se volvió a escuchar ahora muy cerca.

«Siamún —pensó Kadesh—, cómo te aborrezco. Sin embargo, sin querer hoy me hiciste un buen servicio.»

—Paso a Siamún —se oyó de nuevo.

El gentío se abrió ante ellos y apareció Siamún en una silla junto a sus dos porteadores.

Al ver a la pareja, aquél mandó detenerse.

—¡Isis divina!, la mañana se ha vuelto más clara a mis ojos —dijo a modo de saludo. Luego reparando en Kasekemut continuó—: Ah, ya veo que hoy tienes un siervo que te lleve la cesta. Sin duda te doy mi aprobación, querida; tu cuerpo no debería llevar nada pesado que no fueran hermosas joyas.

Kasekemut se dio la vuelta para mirarle fijamente.

—¿Es con alguien así con quien quizá te desposes, Kadesh? —preguntó burlón.

—Lo debería haber hecho ya —cortó Siamún petulante mientras se miraba las uñas de las manos—. Pero ya se sabe que la juventud lleva implícita, digamos, cierta terquedad.

—No más que la tuya por lo que veo. Según parece llevas tiempo insistiendo.

Siamún se acomodó mejor en su silla entrecerrando los ojos.

—Uhm, ya veo —dijo al fin—. Aquí tenemos a un mozalbete que te corteja, y por lo que parece es un soldado. Puedo augurarte toda suerte de desdichas si te desposas con él.

—Yo te las auguro a ti —contestó Kasekemut fríamente.

La gente, que hacía todo tipo de transacciones a su alrededor, calló por un momento observando la escena.

—Oh, ¿quizá mandes a tu compañía contra mí? Ah, olvidé que eres un simple *w'w* y que sólo obedeces.

Kasekemut se le aproximó lentamente.

—Escuchad a este hombre —gritó de repente—. No hay duda que

en hombres como él está el futuro de nuestro pueblo. Los pilares que lo mantendrán estarán hechos con mimbres como éste.

—El comercio hace florecer a los pueblos... —empezó a decir Siamún.

—Tu barriga es la que florece con tu comercio —dijo alguien mientras la gente estallaba en una carcajada.

—Danos un poco de tu vino y así también floreceremos nosotros —dijo otra voz.

De nuevo la ocurrencia fue alabada con risas.

Siamún vio que no tenía nada que ganar y se dispuso a seguir su camino.

—Deberéis ir entonces a casas principales, pues es allí donde se degusta —contestó con soberbia.

—¡Y en Bubastis*, tu pueblo! Según dicen, allí no tienen medida —se volvió a escuchar entre el jolgorio general.

—¿Eres de Bubastis, Siamún? —preguntó Kasekemut.

Éste le miró sin contestar.

—¡Fijaos, esto es lo que os decía! —exclamó Kasekemut dirigiéndose al pueblo—. La riqueza de Egipto está en manos de estos desnaturalizados; ved en lo que se ha convertido la antigua Per-Bastet**. Hoy no habitan allí sino gatos*** y sodomitas.

La gente prorrumpió en un clamor mientras algunos se desternillaban de risa.

—¡Cómo te atreves! —dijo Siamún con la cara enrojecida por la cólera—. No tienes idea de con quién hablas, soldado. Dentro de muy poco te encontrarás montando guardia en el lugar más perdido del país de Kush.

—¿Me amenazas, Siamún? —replicó el muchacho sereno.

Por toda contestación, el comerciante hizo un gesto a los porteadores para que se pusieran en marcha a la vez que miraba a Kasekemut con desprecio.

—¡Eh, Siamún! —exclamó éste, enigmático; devolviéndole la mirada—. Recuerda: *Montuhirkopeshef* (el brazo de Montu es fuerte)****.

---

* Bubastis era célebre por las fiestas del vino que se celebraban en esta ciudad y en la que se cometían todo tipo de excesos.

** Nombre con el que los egipcios denominaban a la ciudad de Bubastis.

*** Bastet, la diosa gata, era muy venerada en Bubastis. En sus templos era costumbre el criar enormes cantidades de gatos.

**** En referencia a la condición guerrera de este dios.

El comerciante hizo un gesto de calculada indolencia y continuó calle abajo entre las voces de sus porteadores reclamando paso.

Alrededor de los dos jóvenes la gente volvió a su quehacer habitual, como si nada hubiera pasado.

—Anda con cuidado, muchacho —le advirtió alguien—, Siamún es un hombre con muchas relaciones.

Kasekemut no dijo nada; cogió a Kadesh por el brazo y la invitó de nuevo a seguir caminando.

Ésta, que no había abierto la boca durante el encuentro con el comerciante, continuó en silencio.

Llegaron a una plaza al final de la calle, donde la gente se afanaba en sacar agua fresca de un pozo. Kasekemut se aproximó a por un poco.

—Toma, bebe —dijo ofreciéndole un pequeño cuenco—. El sol está ya alto y pronto hará calor.

La muchacha dio algunos sorbos y luego le devolvió el vaso. Kasekemut lo cogió y sin dejar de mirarla puso sus labios donde los había tenido ella bebiendo con fruición. Luego la invitó a sentarse a la sombra de un gran sicomoro cercano.

—Siamún te causará problemas —dijo Kadesh rompiendo el silencio.

—Ya veremos —contestó Kasekemut lacónico con la vista fija en el pozo—. En verdad que no podría imaginarte con alguien así —continuó mientras se volvía para mirarla.

—¿Por qué? —preguntó ella con tono frívolo.

—Es imposible que pudieras amar a ese hombre, además...

—¿Amar? El amor puede ser algo efímero, pero la riqueza no; y Siamún me la ofrece.

—No creo que seas capaz de casarte con él por eso.

—¿Ah no? —dijo ella riendo—, ¿tan bien crees conocerme?

—Si hubieras querido, ya lo habrías hecho. Sabes que tengo razón en lo que te dije esta mañana.

Ella levantó una ceja mientras le miraba coqueta. Él se incorporó y se puso frente a la muchacha. El sol incidió entonces sobre su cabeza dibujando multitud de reflejos en su larga cabellera.

A Kadesh la pareció que, en aquel momento, Kasekemut era el más atractivo de los hombres. Sus ojos. Aquellos labios sensuales a los que se estaba resistiendo. El pelo que le caía como una cascada de destellos sobre sus poderosos hombros. Aquel cuerpo que parecía ser poseedor de un vigor inagotable.

No le cabía duda de que Kasekemut iría hasta el final para conseguir sus propósitos; o moriría en el empeño por ello. En cierto modo, se sintió insignificante ante él y a la vez extrañamente segura. Le miró profundamente a los ojos, y notó que los más primarios instintos se apoderaban de ella. De nuevo la invadió la misma sensación de zozobra que tuvo en el mercado; así que se levantó súbitamente dispuesta a regresar.

Pero Kasekemut no estaba dispuesto a que aquello acabara así, y sin perder un instante, la cogió por ambos brazos y la besó.

Lo inesperado del acto hizo que Kadesh se resistiera e intentara zafarse del joven, pero éste no cejó y la apretó aún más contra sí mientras su boca intentaba abrir la de ella.

Kadesh sintió que su voluntad la abandonaba a su suerte y que aquel débil cordón que la unía a ella, se rompía. Aquellos ardientes impulsos volvieron, esta vez, con fuerza renovada y Kadesh fue consciente que ya no podía pararlos. Sus brazos se deslizaron por el cuello de Kasekemut aferrándose con vehemencia y sus labios se entreabrieron, permitiéndole explorar con su lengua cada rincón de aquella boca de la que él se había apoderado. Juntó su cuerpo y notó el miembro del joven que la esperaba duro como la piedra con que su madre molía el grano a diario.

Lo imaginó erecto e inflamado por las ansias de penetrarla; desesperado por hacer que sus dos cuerpos fueran uno solo, hora tras hora. Esto la llevó al paroxismo y sintió cómo ella misma se humedecía ante aquella fuerza que se desbordaba en su interior.

Fue Kasekemut el que separó sus labios, en un intento de mandar oxígeno a una cabeza que se le iba sin remisión; pero ella le volvió a atraer hacia su ávida boca, haciendo de nuevo que sus lenguas se encontraran impetuosas.

Las puertas a un insondable vacío se abrieron entonces para ellos, desinhibiéndoles de todo lo que les rodeaba y transportándoles a un estado que ignoraban que existiese.

Cuando al fin recuperaron el aliento, el sol caía de plano sobre ellos. Algunos de los que pasaban por allí los miraban y sonreían maliciosos, o hacían algún comentario; pero para los dos amantes no existía nada que no fueran ellos mismos.

Volvieron a la realidad después del enésimo beso, y cogidos de la mano emprendieron el camino de regreso.

Kadesh pensó que todo aquello no era más que uno de los sueños que tan a menudo tenía; que no era posible que hubiera podido ocurrirla algo así. Ella, que tanto gustaba de jugar a la ambigüedad y que tan bien creía controlar sus impulsos. ¿Cómo podía haberse entregado así, de repente, a un hombre al que hacía casi un año que no veía? Y además, a un soldado que, poco o nada tenía que ofrecerle.

Y, sin embargo, sentía una extraordinaria sensación caminando junto a él con sus manos entrelazadas. Al mirarle y verle tan sereno, percibió que algo mágico exhalaba de su persona; parecía como si estuviera por encima de todo. En cierto modo él tenía razón, Egipto corría por sus venas y se lo pondría a sus pies. Fue en aquel momento cuando Kadesh decidió apostar por él. Su calculadora naturaleza se convenció que Kasekemut llegaría a general, como se había propuesto.

Las últimas notas musicales hacía ya tiempo que se habían apagado. Los invitados fueron saliendo paulatinamente, mientras se ahogaban los postreros ecos de las risas de lo que había sido una bulliciosa velada. Los porteadores acomodaban en sus sillas lo mejor posible a sus rezagados amos que, ebrios, se resistían a abandonar el lugar; luego una vocinglera comitiva se puso en marcha entre fantasmagóricas antorchas que alumbraban su camino. Al poco rato las luces de la casa se apagaron y el jardín quedó a oscuras. Todo estaba en calma.

Un perro ladró a lo lejos y de inmediato fue contestado por ladridos más cercanos; después de nuevo el silencio.

Algo se movió entre unos arbustos de alheña. Al principio fue casi imperceptible, similar a un leve roce casual. Luego pasaron unos instantes, durante los cuales todo estuvo quieto, pero al poco las ramas se movieron de nuevo, esta vez claramente. Después, súbitamente, los matorrales se abrieron entre leves crujidos y dos figuras surgieron de entre ellos cual tenebrosas ánimas.

Durante horas habían permanecido agazapados al cobijo del aquel frondoso seto, observando cada movimiento en la entrada de la casa. La duración de la fiesta les había hecho la espera poco menos que insufrible, no consiguiendo sino aumentar su malhumor.

Con cautela, cruzaron el camino y se acurrucaron junto al muro de adobe que rodeaba la finca. La noche sin luna envolvía aquellas formas en una oscuridad en la que sólo el brillo del estrellado cielo era visible.

Treparon por aquella pared con agilidad pasmosa, encaramándose en su borde como si de monos se tratara; después, con la misma facilidad, se dejaron caer hacia el jardín.

Durante breves momentos se mantuvieron quietos, escrutando las negras sombras; pero nada se movía. Distinguieron las difusas siluetas del palmeral situado junto a la casa, que durante el día la cobijaba bajo su fresca sombra. También repararon en un grupo de narcisos cercanos, aunque más por el perfume que de ellos les llegaba que por su forma. A una señal, las dos figuras se pusieron en movimiento.

Avanzando como dos felinos en noche de cacería, llegaron hasta la vivienda sin hacer un solo ruido. Observaron de nuevo con atención, pero todo continuaba en silencio. Uno de ellos se subió sobre los hombros del otro y tomando impulso saltó aferrándose a los pilares de la balaustrada del piso superior. Balanceándose un instante, cogió impulso y se alzó con habilidad sobre ella. Luego, una vez arriba, cogió la cuerda que llevaba enrollada a su cuerpo y la ató fuertemente por uno de sus extremos sobre el pasamanos, lanzando el otro al jardín. Su compañero asió aquella soga y escaló sin perder un minuto hacia el piso de arriba.

Ambos se encontraron en aquel pequeño balcón en el que una gran puerta daba acceso a la casa; con discreción se acercaron a ella. Se encontraba totalmente abierta, sin duda para permitir el paso del fresco de la noche a su interior y desde dentro, un ruido acompasado llegó claramente a sus oídos. Apartaron suavemente los visillos que cubrían la puerta mirando con cautela. Allí dentro, la oscuridad no era absoluta, puesto que una bujía se mantenía encendida en un rincón de la estancia. Mas la luz era tan tenue, que hacía de la habitación un lugar lóbrego, que en realidad no era.

Casi en cuclillas se introdujeron al interior avanzando muy despacio. El ruido que desde dentro les llegaba era ahora nítido y cercano; al cabo, y tras un momento de espera, ambos se incorporaron con cuidado.

Uno de ellos miró hacia el débil candil que desde su rincón dibujaba toda suerte de caprichosas formas en la penumbra; después, tras una leve seña, se aproximaron hacia el lugar de donde procedía aquel sonido. Allí había una cama y, sobre ella, Siamún roncaba plácidamente.

Kasekemut volvió a mirar a su alrededor; sus ojos, acostumbrados ya a aquella media luz, observaron con curiosidad la habitación. No había duda que a Siamún le gustaba vivir rodeado de lujo, pues la estancia estaba ricamente decorada con magníficos muebles. Hizo un gesto, y su compañero sacó un cuchillo como los que solían utilizar los soldados en campaña; luego, acercándose lentamente, puso su afilada hoja sobre el cuello del comerciante.

Al sentir la primera presión, Siamún gruñó suavemente como si aquello formase parte de sus sueños; pero al continuar sintiendo aquella molestia, sus ojos se abrieron con pereza a la vez que con su mano trataba de apartar aquello que le incomodaba. Por un instante dudó si en verdad estaba despierto, mas realmente fue sólo eso, un instante, lo que tardó en comprender que ya no dormía. Una mano mucho más fuerte que la suya le tapó la boca, a la vez que el cuchillo presionaba con más fuerza su garganta; entonces sus ojos, antes perezosos, se tornaron grandes y angustiados. A menos de dos palmos, alguien le observaba fijamente.

Intentó atisbar su cara, mas sólo pudo distinguir el blanco de unos ojos entre aquella penumbra.

—*Montuhirkopeshef* —dijo Kasekemut con suavidad.

Al oírlo, el comerciante volvió la cabeza en aquella dirección sintiendo de inmediato un leve corte sobre su piel, que le hizo dar un grito rápidamente ahogado por la poderosa mano que sellaba sus labios como una losa.

—El próximo corte será definitivo —continuó Kasekemut—. Así que, si haces un solo ruido eres hombre muerto; ahora, conversemos un poco.

Hizo un gesto con la cabeza y Aker, el kushita, quitó su mano de aquella boca.

—¿Tú? —exclamó levantando algo la voz.

Al hacerlo sintió de nuevo la afilada hoja sobre su cuello.

—¿Tú, pero cómo es posible? —volvió a balbucear ahora quedamente.

—Ya te lo dije, Siamún —dijo el joven sentándose en el borde de la cama—. El brazo de Montu es fuerte; quizás ahora comprendas a qué me refiero.

—¿Qué es lo que quieres? —preguntó Siamún casi inaudiblemente.

—Verás, Siamún. La otra mañana me dejaste algo preocupado y, ¿sabes?, no soy hombre al que le guste vivir con preocupaciones.

—No sé a qué te refieres.

—¿De verdad? Ja, ja, eres peor que una víbora. Lo mejor sería matarte aquí mismo; mi amigo está deseando hacerlo.

Al oír dichas palabras, el mercader miró a éste con ojos despavoridos y pudo ver como el blanco de sus dientes se mostraba en una siniestra sonrisa.

—Pero yo no te he hecho nada malo; no he...

—Te equivocas en eso —cortó Kasekemut— y sabes muy bien a lo que me refiero. Lo sabes, ¿verdad? —continuó haciendo un gesto para que Aker presionara de nuevo con su cuchillo.

—Está bien, está bien. Si el motivo de tu enojo es Kadesh, puedes quedarte con ella; te doy mi palabra de que no la volveré a ver.

—Tu palabra —escupió el joven mientras se levantaba de la cama—. Tu palabra vale bien poco para mí; creo que tendré que matarte.

—No, no por favor —se precipitó atemorizado—. Si es dinero lo que quieres te daré lo que me pidas, soy muy rico; te daré cuanto quieras, pero no me mates.

Kasekemut le miró con desprecio mientras se acercaba a una pequeña mesa próxima. Allí cogió una jarra dorada y vertió su contenido en una copa.

—Uhm —dijo mientras lo probaba—, es delicioso. Tu vino es excelente —continuó mientras escanciaba otra copa y se la acercaba a Aker.

El kushita se movió para cogerla y entonces la débil luz del candil se reflejó plenamente en su cara. Al ver aquel negro rostro marcado de cicatrices, Siamún se estremeció hasta los huesos.

Aker bebió el vino de un trago y luego hizo una mueca mezcla de sonrisa y agradecimiento que al comerciante le pareció espeluznante. Al observar la catadura de aquel tipo, pensó que tenía los minutos contados y sintió que su cuerpo se aflojaba sin control

Enseguida el nubio se volvió hacia él con cara de repugnancia.

—¡Qué asco! —dijo Kasekemut mientras se tapaba la nariz—. ¿Acaso piensas presentarte sucio al pesaje de tu alma? Bueno —continuó al momento—, pensándolo bien no serías el primero que lo hiciera.

Los gordos mofletes de Siamún chorreaban de sudor mientras gemía lastimeramente.

—Mira, Siamún —prosiguió tras chasquear la lengua después de otro trago—, Kadesh ya me pertenece; además, al lugar al que vas a ir, lo más parecido que verás a ella será a Ammit, la devoradora.

Esto hizo que Siamún volviera a gimotear moviendo sus piernas incontroladamente.

Aker lanzó una suave carcajada.

—¿Le mato ya? —preguntó después.

—No, por favor, no me matéis; Isis divina, Osiris redivivo, Atum bendito; tened piedad.

—Chissst —volvió a cortar Kasekemut poniendo un dedo sobre sus labios—. Nada de escándalos; no sabía que fueras tan devoto. Pero dime, ¿a quien solicitarás clemencia?, ¿a los dioses o a nosotros?

—A vosotros, a vosotros. Tened piedad y haré cuanto me pidáis.

—Creo que deberíamos matarle de una vez —insistió Aker—. Así dejamos zanjado el problema.

Siamún volvió a lloriquear.

—No, no lo hagáis. No ensuciéis vuestras manos conmigo, os juro...

Al escuchar sus palabras, al kushita casi le dio un ataque de risa.

—¿Ensuciarme las manos? —decía mientras hacía ímprobos esfuerzos por no lanzar otra carcajada—, ¿contigo? En todo caso las lavaría de todos los cuellos que he cortado —le susurró ahora muy cerca.

Siamún sintió como se aflojaba de nuevo.

—Uf, qué peste —protestó de nuevo Aker—; terminemos cuanto antes y salgamos de aquí.

—Tienes razón en eso de ensuciarme las manos —intervino Kasekemut sin hacer caso a su amigo—. Pero qué quieres, tenemos pocas opciones...

—Te equivocas, te equivocas —cortó ansioso el comerciante—, las tenéis todas, te lo juro.

—Bien, dinos entonces cuáles son.

—Ya te dije que haré lo que queráis. No volveré a molestar a Kadesh; renuncio a ella. Os daré dinero...

—¿Renuncias a ella?

Al oír aquella pregunta, el astuto comerciante se dio cuenta de las pretensiones del joven.

—Completamente. Iré a casa de su madre y le diré que mi interés por ella ha desaparecido. Créeme, nunca más me cruzaré en su camino.

Aquello era lo que quería Kasekemut. De nada le valía matar a Siamún allí mismo, aunque ganas no le faltaran; mas necesitaba que fuera a casa de Heret y hacerle ver que ya no sentía ninguna inclinación por su hija. Esto le allanaría el terreno para lograr su propósito; de otro modo, sería imposible que Heret diera su beneplácito ante la posibilidad de emparentar con el rico comerciante.

Kasekemut se acarició la barbilla fingiendo pensar en la propuesta.

—Te juro que lo haré; mañana mismo iré a ver a la vieja y renunciaré irrevocablemente. Le diré que voy a casarme con otra mujer... Sí, eso haré —exclamó al fin atropelladamente.

—Deberás hacer algo más.

—Lo que quieras, te lo juro.

—Olvidarás quiénes somos y que hoy estuvimos aquí. Y quítate de la cabeza la idea de mandarme a un puesto en la frontera de Nubia.

Simplemente para ti no existo, porque si lo haces, nunca volverás a dormir tranquilo, y una noche, alguien vendrá a terminar el trabajo. Ese día, te aseguro que no habrá piedad. ¿Lo has comprendido?
—Perfectamente.
—Bien, me alegro de que así sea, entonces creo que ya no tenemos nada más que hacer aquí —continuó mirando con curiosidad la habitación—, será mejor que nos vayamos. Por cierto, que tienes un vino magnífico; deberías obsequiarnos con un ánfora como prueba de tu hospitalidad por la visita.
—Por supuesto, por supuesto. Podéis tomar cuanto queráis.
—Con ésta será suficiente —respondió cogiendo una que había junto a un arcón—. No somos huéspedes que gusten de abusar. Espero que no tengamos que volver a vernos, Siamún.

Éste, todavía asustado, se limitó a hacer una mueca estúpida a modo de despedida, mientras los dos amigos salían de nuevo de la estancia hacia la noche estrellada.

En el año quinto del reinado del dios Useer-Maat-Ra-Meri-Amón, Ramsés III, los vientos de guerra soplaban de nuevo sobre Egipto; y como siempre que esto sucedía, el país se llenó de todo tipo de rumores. De hecho, Menfis entero era un rumor que crecía día a día y que no hacía sino alterar el ritmo social y económico de la ciudad.

Las noticias del avance de un poderoso ejército libio hacía que el nerviosismo cundiera entre la población. Y no era para menos, puesto que la proximidad de la ciudad al desierto occidental la hacía muy vulnerable a cualquier invasión por aquel punto. En realidad, Menfis ya había sufrido a lo largo de su historia alguna correría por parte de aquellas tribus, que sometieron a la ciudad a pillaje, dejando amargo recuerdo. Era por eso que la población se sentía siempre sensible ante cualquier noticia acerca de la proximidad de dichas tribus, acudiendo si era necesario a reforzar las defensas de la ciudad.

Las confrontaciones con los pueblos del oeste habían tenido lugar durante toda la historia del país; no en vano dichos pueblos formaban parte de los «nueve arcos», frase con la que se denominaban a los enemigos tradicionales de Egipto. La mayoría de ellas fueron cantadas como gestas victoriosas por numerosos faraones e inscritas en los muros de los templos como un recuerdo imperecedero.

Mas el peligro que se cernía ahora sobre Egipto era de naturaleza diferente.

Todo había empezado más de un siglo atrás cuando algunas tribus libias comenzaron a instalarse en determinadas zonas del Delta occidental.

Lo que en un principio no fueron sino débiles asentamientos, con el tiempo acabaron convirtiéndose en una verdadera emigración que, poco a poco, se fue instalando en el ramal occidental del delta del Nilo. En su época, Seti I ya tuvo que enfrentarse seriamente con ellos, pero la cuestión no quedó del todo zanjada, recrudeciéndose el problema con el paso de los años.

Corría el año quinto del reinado de Merenptah, hacía ahora cuarenta años, cuando una confederación de tribus, conocida con el nombre de *tchehenu*, invadió los oasis septentrionales desde donde realizaron continuas razzias a la parte central del Delta. Dichos *tchehenu* englobaban a dos tribus, los *libu*, que habitaban la zona desértica interior y los *mashauash*, que vivían en la franja costera mediterránea y que tenían contacto permanente con otros pueblos del litoral. Fue el jefe de los *libu*, Meryey el que, al mando de un respetable ejército en el que, además de su tribu hermana, contó con la adhesión de los *shardana*, *shkalesh* y hasta los *lukki*, se dirigió hacia los graneros de Egipto. Merenptah salió a su encuentro y los derrotó completamente entre una fortaleza en Pi-Yer, y un punto llamado «el comienzo de la tierra».

En aquel combate, Merenptah dio muerte a más de nueve mil *tchehenu*, consiguiendo además un rico botín. Mas a la muerte de este faraón, el Estado se fue debilitando de nuevo favoreciendo de este modo los asentamientos que antaño se habían producido, quedando de nuevo las cosas más o menos como estaban.

El advenimiento de una nueva dinastía hizo frenar el claro declive al que se veía abocado el país. Primero Setnajt y luego su hijo Ramsés III, intentaron reparar la pesada maquinaria que representaba aquella Administración. Además ambos, como militares que eran, reorganizaron y potenciaron de nuevo el ejército, haciéndole operativo a semejanza del que tuvo en tiempos Ramsés II, rey en el que estos faraones se miraron.

Gracias a ello, el país podía hacer frente con garantías a la amenaza que le acechaba y que era, con mucho, mayor que la que tuvo que afrontar Merenptah.

De nuevo un ejército *tchehenu*, esta vez de más de treinta mil hombres, había entrado en Egipto. Al mando, iba de nuevo un jefe *libu* de nombre Themer, que contaba además de con los *mashauash*, con la ayuda de los *thekel* y los *peleset**, y que evitando la zona de fuertes fortificaciones situadas en el noroeste del Delta, se extendieron a lo largo del nomo III, el llamado Amenti-Occidente. Primero desde su capital Imu, se apoderaron de todas las ciudades situadas al oeste del ramal oriental del Nilo** y luego fueron penetrando hacia el Delta central, despojando las ciudades del nomo VI, Ka-Senef (el toro de la montaña); llegando también hasta su capital Khaset.

Qué duda cabe que todos estos acontecimientos no hicieron sino alimentar todo tipo de chismes entre la población. La ciudad de Menfis era un hervidero de comentarios, la mayoría de ellos infundados que, ciertamente, lo único que conseguían era angustiar a sus ciudadanos. Además, como ya había ocurrido con anterioridad en situaciones similares, el comercio se resentía al disminuir la llegada a los muelles de los barcos mercantes que, cargados de existencias, arribaban desde los más diversos puertos. Ante estas circunstancias, Egipto entero imploraba a su señor una acción inmediata que desbaratara aquella amenaza.

Fue en medio de aquel estado de crispación general en el que Kasekemut tuvo que ir a pedir la mano de Kadesh. No era el momento más propicio, mas no tenía elección ya que, aquella misma tarde, se debía de incorporar urgentemente a los cuarteles menfitas.

No había podido preparar la visita como hubiera querido, pero el ejército del dios le reclamaba para ir al combate y él se sentía eufórico. Aquélla era la oportunidad que llevaba esperando toda su vida, y la sentía tan cerca, que nada ni nadie le impediría llenarse de gloria. En cierto modo, se decía, puede que hasta aquella guerra hubiera llegado en el momento oportuno.

Por su parte, Kadesh había comunicado su decisión de casarse con él a su madre, lo que casi logra el que Heret tuviera que presentarse precipitadamente ante el tribunal de Osiris. Fue tal el disgusto que se llevó, que anduvo un par de días sin poder articular palabra, llegándose a pensar que se había quedado muda. De sobra conocía la tozudez de su hija y que no habría manera de hacerla cambiar de opinión; pero es que aquello era demasiado para ella.

Ver a su hija, la muchacha más hermosa de Menfis, casada con un soldado, ¡Hathor divina! Esto era inadmisible, y ella nunca bendeciría tal unión.

---

* Pueblo que se estableció junto a la frontera de Gaza y que conocemos como filisteos.
** Desde Hutkapah hasta Querben.

A los pocos días se presentó Siamún en su casa, lo cual le hizo concebir algunas esperanzas, mas enseguida comprendió los verdaderos motivos de la visita y cuando el mercader la anunció su próximo enlace con cierta mujer de Heliópolis, Heret rompió a llorar desconsoladamente; definitivamente los dioses de Egipto le habían retirado su protección.

En los siguientes días, Heret se negó sistemáticamente a aceptar un encuentro en su casa para discutir los términos del enlace.

Kadesh, por su parte, insistió e insistió haciendo oídos sordos a las amargas quejas de su madre, así como de los consejos acerca de la desgraciada vida que le esperaba si se casaba con un militar. Ni las advertencias sobre los largos períodos de tiempo que pasaría sola, con Isis sabe cuántos hijos esperando la incierta llegada de su esposo; ni la posibilidad de que no regresara jamás, hizo cambiar de opinión a la joven.

Para terminar de una vez con todo aquello, Kadesh amenazó a su madre con el hecho de abandonar la casa y unirse a aquel hombre sin su consentimiento, lo cual fue de nuevo motivo de llantos y juramentos; pero a la postre, Heret no tuvo más remedio que considerar la inutilidad de sus quejas y aceptar la visita por parte del novio.

Kasekemut sabía de sobra que su posible suegra era el último escollo a salvar para ganar aquella batalla, y comprendió que de nada le valdría un enfrentamiento abierto con ella. Era necesario, por tanto, llevar a Heret al terreno en donde a ella le gustaba estar. Debería hacer ver a la señora, que su boda con Kadesh podría reportarle beneficios en los que quizá no hubiera reparado.

Decidió para ello, presentarse acompañado de un padrino que le diera ciertas garantías, para lo cual ya había acordado con anterioridad el que Userhet se prestara a ello. Aker, el kushita, insistió mucho en acudir también a la cita y a duras penas pudo ser convencido para que no lo hiciera.

—Creo que os equivocáis —decía muy serio—, pues si la vieja pone problemas, yo me la llevo y asunto solucionado.

—¿Quieres decir que la raptarías?

—Bueno, enviudó hace ya muchos años, ¿no? Una buena noche de fornicación y seguro que verá las cosas de otra manera.

«Y por todos los genios del Amenti que es muy capaz de hacerlo», pensaba Kasekemut imaginando el lío que podía organizar su amigo.

A Userhet, como siempre, le divertían las ocurrencias del kushita; mas esta vez se puso muy en su papel de serio valedor del novio y zanjó el asunto haciéndole ver que era costumbre en Menfis, que sólo el padrino acompañara al futuro marido a la pedida.

Cuando llegaron aquella mañana a casa de Heret, el recibimiento fue todo lo gélido que se podía esperar; con una cara que mal podía disimular su disgusto, la viuda apenas se dignó saludarles.

Kasekemut pensó por un momento que tal vez debieran haber traído a Aker, y haber terminado con aquello definitivamente. Pero haciendo ímprobos esfuerzos, trató de hacer caso omiso a aquel desprecio y mostrar su cara más amable, dadas las circunstancias.

Userhet, por su parte, supo llevar el asunto muy hábilmente. Estaba imponente con sus mejores galas y sus insignias que le acreditaban como *Tay-Srit* (portaestandarte). Además, lucía los distintivos que le vinculaban a los *kenyt nesw*, «los valientes del rey»; el cuerpo de elite del ejército del faraón del que formaba parte.

Mas aquello no pareció impresionar demasiado a Heret; ni tan siquiera el hecho de que el mejor guerrero de Egipto la honrara aquella mañana con su visita, le interesó. Fue otra cosa la que hizo cambiar de inmediato su gesto adusto por otro más amable, y que con el paso de la conversación tornose hasta risueño.

Kasekemut notó sorprendido el cambio, mas enseguida reparó en el motivo. Éste no era otro que la profusión de collares de oro que el nubio llevaba alrededor de su poderoso cuello. ¡Allí portaba una fortuna! Las más prestigiosas condecoraciones, impuestas por el faraón en persona, caían sobre su pecho. Nadie en Egipto poseía tantas como él. Esto hizo que algún mecanismo en la mente de Heret la hiciera pararse a considerar la situación; escucharía por tanto la propuesta sin comprometerse a nada.

Userhet diose también cuenta del cambio obrado en la mujer y de cómo sus ojos observaban una y otra vez el oro que llevaba encima, como tratando de calibrar su valor. Así que continuó comportándose con exquisita cortesía, a la vez que comenzó a reseñar las excelencias del joven al que vaticinaba que llegaría a general.

—Si Set se lo permite, estamos seguros de que llegará a donde se proponga.

—¿Te refieres que puede llegar a ser jefe supremo del ejército? —preguntó Heret con cara llena de incredulidad.

—Para ser *mer meswr* (general en jefe) hay que tener sangre real. Sólo los príncipes acceden a semejante cargo; pero sí puede llegar a mandar una división. Te aseguro que el poder de un *mer mes* es enorme, Heret, y nunca se sabe —continuó bajando la voz—, pero recuerda que el padre de nuestro faraón, el gran Setnajt, era general.

Estas palabras hicieron removerse incómoda a Heret en su asiento. No estaba preparada para escucharlas y por el momento no fue capaz de asimilarlas; así que no consiguieron sino sembrar su cabeza de nuevas dudas.

—Qué duda cabe que el camino se hace más empinado según se quiere llegar más alto; pero no olvides algo, el rey recompensa largamente a los que le sirven bien.

Tampoco significaron mucho estas frases para la viuda, pues eran más conceptos vagos que otra cosa. Como poseedora de un pequeño negocio, ella sólo entendía de transacciones y del valor comercial de las cosas. Comprar un artículo a un precio y venderlo a otro sí representaba un resultado tangible; lo otro no era más que humo.

Sus ojos, que habían permanecido fijos en algún lugar indefinido, se movieron un instante para mirar a su hija. Ésta había permanecido callada durante toda la conversación, escuchando sin hacer el más mínimo gesto. Heret clavó su mirada en ella, intentando hacerla ver el disparate que cometería si aceptaba a aquel hombre por esposo. Sus ojos la imploraron durante interminables segundos para que reconsiderara su postura; pero Kadesh más parecía un cuerpo inerte que un ser vivo capaz de devolverle aquella mirada. Nada, ni el más leve signo que pudiera infundirle esperanzas salió de su hija. En aquel momento tuvo que hacer grandes esfuerzos por no romper a llorar.

«Neftis protectora, sólo me queda resignarme», pensó con desesperación.

Userhet, que no perdía detalle, advirtió la callada angustia de la viuda y en verdad que no le extrañó porque, francamente, si él tuviera por hija a semejante beldad, no se la entregaría a ningún soldado u oficial meritorio por muy valiente que fuera. Y es que, observando a la muchacha, se apreciaba que ésta no desmerecería ni un ápice en el mismísimo harén real. La vida del soldado era dura, la más dura de todas, como ya fue cantada mil años atrás en la «sátira de los oficios»*; eso lo sabía muy bien. Sólo aventureros, mercenarios o parias eran capaces de afrontar las calamidades que conllevaba la vida militar; y una mujer como aquélla podría aspirar a lo que quisiera antes de tener por marido a un guerrero que, probablemente, la haría enviudar antes de tiempo.

* Es una descripción que alguien llamado Duaf da a su hijo sobre la desgraciada vida que llevan quienes ejercen determinadas profesiones. Entre ellas, la del soldado es particularmente miserable. Dicha sátira data, aproximadamente, de alrededor del 2000 a.C.

Mas la misión del nubio aquel día no era la de comprender a Heret, ni tan siquiera el de compadecerla; él había ido a conseguir un compromiso para el muchacho, y esto era lo único que importaba.

Examinó fugazmente el rostro de Heret, que era de auténtica desolación, y pensó que había llegado el momento de jugar la baza que llevaba preparada.

En las actuales condiciones, la viuda no sería capaz de dar su beneplácito a aquella unión de buena gana. Era pues necesario darle muestras de buena voluntad, haciéndole una proposición con la que demostrar que el futuro de su hija al lado de Kasekemut no sería tan negro como ella pensaba.

—Comprendo perfectamente tus sentimientos, Heret —dijo Userhet adulador—, son lógicos tus temores de buena madre, pero como habrás podido advertir, los jóvenes no entienden de ellos cuando es el amor lo que les une. Créeme si te digo que no es nuestra intención el que la unión de estos dos enamorados signifique la desgracia para ti. Por ello, y como prueba de nuestra buena disposición, te haremos una propuesta que espero sea de tu agrado.

La mujer movió una de sus cejas en lo que no fue sino un acto reflejo; mas se limitó a mirar fijamente a Userhet sin decir nada. Éste cogió uno de los pastelillos que había sobre la mesa y se lo comió con cara de satisfacción.

—Están deliciosos —dijo chupándose los dedos con cierta parsimonia—. Mira, Heret —continuó el nubio mientras masticaba—, los dioses, a veces, hacen cruzar sus extraños caminos con los nuestros. El elegir uno de ellos no tiene por qué ser una equivocación; nunca se sabe dónde está la fortuna. Te diré algo más, nosotros te demostraremos que el camino que te proponemos puede llevar a ella.

Userhet adelantó su cuerpo levemente mientras miraba a ambos lados con cautela; luego bajando la voz, continuó hablando, empleando su tono más confidencial.

—Supongo que estarás al cabo de todos los rumores que, últimamente, corren por la ciudad. Qué duda cabe que la mayoría de ellos son descabellados; mas no por eso la situación es halagüeña.

Heret se envaró un poco mirándole sin decir palabra.

—Debes comprender que lo que voy a contarte es algo reservado que sólo los oficiales del faraón conocen —continuó con cierta afectación—. Y es por eso que espero que, como buena egipcia, no salga de esta habitación.

Al oír aquellas palabras, la viuda cambió su semblante al momento prestando la máxima atención, pues si había algo en esta vida que le gustara a Heret, eran los chismes.

—Ni la más segura de las tumbas protegerá tu secreto como yo —contestó con irreprimible ansiedad.

Userhet la observó un momento mientras reía para sus adentros. Aquella mujer era incapaz de callarse hasta la menor nimiedad; mas el nubio, con aire circunspecto, continuó hablando.

—Las noticias referentes a que las tropas invasoras se ciernen sobre nosotros son ciertas; y créeme, no se trata de un grupo de beduinos en busca de pillaje. Lo que se acerca, es un ejército en toda regla.

Heret abrió los ojos desmesuradamente a la vez que se pasaba la lengua por los labios.

—Son soldados libios —prosiguió el nubio bajando aún más la voz—. Buenos soldados y muy crueles. Huelga el que te diga lo que ocurriría a esta ciudad si no les detenemos.

—¿Qué ocurriría? —balbuceó apenas la viuda.

—Harían pillaje por doquier, sin respetar bienes ni almas. Y... siento tener que decirte esto, pero no creo que quedara mujer viva en Menfis que no fuera tomada por la fuerza.

Ahora Heret se sobresaltó mientras se llevaba una mano al pecho para sujetarse el sofoco que le venía.

—¿Nos violarían?

—Sin remisión —contestó Userhet mientras volvía a coger otro pastelillo.

Heret miró asustada a su hija y luego volvió sus ojos al soldado. Éste asintió levemente mientras degustaba el dulce.

—Son las reglas de la regla —dijo encogiéndose de hombros.

La mujer se levantó gimoteando y se abrazó a Kadesh impulsivamente.

—Después arrasarán la ciudad —continuó tranquilamente—. No dejarán en ella nada que no puedan llevarse.

Se hizo un súbito silencio mientras Heret continuaba abrazada a su hija. Viéndolas ahora, a Kasekemut le pareció que la mujer había perdido toda su arrogancia; juntas pintaban un cuadro de auténtica desolación.

Userhet por su parte se regocijaba, pues despojada de toda su petulancia, tenía a la viuda justo donde quería.

—Mas no todo está perdido, pues nuestro señor el gran Ramsés, a quien Osiris tarde en llamar, pondrá los medios para que nuestro país quede a salvo de tan bárbaras hordas. Esta misma tarde nos incorporaremos a nuestra división y saldremos de inmediato a su encuentro.

Kadesh, que había estado en silencio todo el tiempo, sintió un repentino estremecimiento.

—El combate será cruento —prosiguió Userhet con naturalidad—, y sin duda las bajas se contarán por millares.

De nuevo se hizo el silencio en el que Userhet volvió a mirar fijamente a la viuda. Después continuó.

—Mas no quisiera aburrirte, como de costumbre, con mis historias de soldado; así que vayamos directamente a lo que nos ha traído aquí. Esto es lo que te proponemos, Heret; si el muchacho vuelve convertido en héroe como «grande de los 50»*, accederás a darle a tu hija. El oro con el que el faraón recompensa a sus valientes será su dote. Si no fuera así, él renunciaría a ella y podrás casarla con quien te plazca.

La viuda miró a ambos mientras calculaba el alcance de la oferta.

—Creo que es una proposición generosa. Con ella, Kasekemut te demuestra que hará cualquier cosa por el futuro bienestar de Kadesh. Poco tienes que perder, Heret; o hay oro o no hay boda.

Aquello lo entendió a la perfección, y dadas las circunstancias, no le pareció mal pues, incapaz de hacer cambiar de opinión a su hija, la propuesta le abría una puerta a la esperanza; o había dote o no habría enlace. Por otra parte, el muchacho podía morir en combate, con lo que la cuestión quedaría zanjada.

—¿Qué me dices, Heret?, ¿aceptas?

Ésta miró por última vez a su hija, que con sus ojos le imploraba su beneplácito.

—Acepto las condiciones tal y como se han dicho aquí. El oro del rey es tu aval, Kasekemut.

—Bien; queda claro que, entretanto, guardarás a tu hija de otros pretendientes, Heret.

—Se hará con arreglo a nuestras más antiguas tradiciones.

—Me alegro de escuchar eso, pues el corazón que habla con doblez no merece latir —concluyó mirando muy fijamente a la mujer—. ¿Queda pues cerrado el trato?

—Queda cerrado, Userhet.

El guerrero lanzó un suspiro mientras se incorporaba e hizo un guiño al joven. Éste sentía su pecho henchido de gozo por el desenla-

---

* Se llamaba así al oficial al mando de un pelotón de cincuenta soldados.

ce de la negociación, que tan hábilmente había llevado su amigo. Nunca podría agradecerle lo suficiente lo que había hecho por él.

—Debemos irnos ya, Heret. Nos queda poco tiempo para preparar la partida.

Todos se levantaron y se dirigieron hacia la puerta de la casa. Antes de salir, Kasekemut se volvió hacia Kadesh.

—Cuídate de todos hasta mi vuelta —le dijo cogiéndola por los hombros—. Si no vuelvo como marido es que habré muerto.

Kadesh se sintió sobrecogida ante el poder que Kasekemut le transmitía. Nada parecía capaz de detenerle.

—Sé que volverás para desposarme —le contestó con fulgor en los ojos.

Kasekemut le regaló la mejor de sus sonrisas y luego, junto a su amigo, salió de la casa.

Aquella misma tarde, Kasekemut fue a despedirse de Nemenhat y a comunicarle la buena nueva.

Nemenhat se quedó de una pieza al escucharle.

—¿De veras que vas a casarte con ella?

Kasekemut movió la cabeza afirmativamente mientras sonreía.

—Pero, pero... es algo increíble.

—Te dije que lo conseguiría; Kadesh estaba predestinada para mí.

Nemenhat volvió a sentir aquella extraña mezcla de emociones que últimamente tenía cuando hablaba con su amigo. Recordó la conversación que ambos mantuvieron en el palmeral y, por todos los dioses, que Kasekemut la había llevado a efecto. Había asaltado la fortaleza de Kadesh y la había conquistado. No había duda que audacia no le faltaba a su amigo, mas había algo que le molestaba en todo este asunto. En todo el relato de aquella historia, Kasekemut no habló ni una sola vez de sus sentimientos; sus labios no pronunciaron ninguna palabra de amor hacia la muchacha. Ésta parecía que no era más que un trofeo; el más hermoso que ningún hombre pudiera conseguir; y aquello, francamente, era algo difícil de asimilar para Nemenhat. Simplemente había decidido que aquella muchacha le debía pertenecer; y le pertenecería. Eso era todo.

Luego, el cariño que verdaderamente sentía por su amigo, le hacía avergonzarse en cierto modo de aquellos pensamientos.

En el fondo, debía de admitir que su natural timidez nunca le permitiría actuar como él. Debía pues congratularse de la noticia y darle la enhorabuena.

—¿Y Heret accedió sin reservas?

—Userhet estuvo magnífico. Deberías haberle visto negociar con la vieja; hasta se comió sus pastelillos.

—¿Se comió sus pastelillos?

—No dejó ni uno; y mientras, le explicaba las bondades de mi futuro. Yo mismo me quedé con la boca abierta cuando le aseguró que regresaría convertido en «grande de los 50».

Nemenhat soltó un silbido de asombro.

—Está claro que fuerzas inexplicables obran a mi alrededor, ¿cómo si no podría ocurrirme todo esto? Es como si las aguas se abrieran a mi paso, Nemenhat, permitiéndome así, alcanzar mis anhelos. Fíjate, esta guerra se ha presentado justo cuando la necesitaba, y te aseguro que la aprovecharé. Estoy eufórico.

—¿Son ciertos pues los rumores que advierten de la proximidad de los Pueblos del Oeste?

—Están saqueando el corazón del Delta a su antojo; debemos salir a su encuentro o lo pasaremos mal —contestó con cierta mirada ausente.

—¿Tan grave es la situación?

—Me temo que sí, amigo mío. El dios nos ha llamado con urgencia para incorporarnos con el resto de las tropas en Pi-Ramsés. Juntos saldremos a su encuentro.

Nemenhat se quedó un momento pensativo mirando al suelo.

—Pero dime —siguió su amigo—. ¿Por qué no te unes a nosotros alistándote hoy mismo? Un brazo como el tuyo nos sería de gran ayuda; jamás vi arquero como tú.

—Ya sabes lo que opino sobre eso, Kasekemut.

—Bueno, quién sabe, quizá tengas que ir; si las cosas se ponen feas el dios hará leva. Uno de cada diez por circunscripción sería llamado a filas.

—Espero que no sea necesario; mas si tengo que ir, lucharía a tu lado con gusto.

Kasekemut le dio unas palmaditas en la espalda de agradecimiento.

—Hay otra cosa que quisiera pedirte, Nemenhat.

—Lo que quieras; sabes que haría cualquier cosa por ti.

—Gracias, amigo mío; se trata de Kadesh. Me gustaría que cuidaras de ella en mi ausencia; es un favor que te pido, ¿lo harás?

—De todo corazón, Kasekemut; haré cuanto esté en mi mano.

Éste abrió sus brazos invitando a su amigo a fundirse en un abrazo en el que, dando rienda suelta a sus emociones, ambos se estrecharon con fuerza.

—Ahora debo marcharme ya —dijo al fin despidiéndose—. El ejército no esperará por mí.

—Antes de irte quiero darte algo —dijo Nemenhat sacando una pequeña figura de entre el faldellín.

—¡Pero si es Sejmet!

—Toma, la hice yo mismo en el taller de mi padre; ella te dará fuerzas cuando desfallezcas.

Kasekemut la cogió apretándola con fuerza dentro de su puño.

—La llevaré siempre conmigo, te lo prometo. Adiós, amigo.

Dándole la espalda, Kasekemut se alejó calle abajo camino de los muelles.

—Adiós, *Hwnw Neperw* (nombre que se aplicaba a los soldados más jóvenes) —le gritó Nemenhat.

Al oírlo, su amigo se volvió mostrando su hermosa dentadura en una amplia sonrisa.

—Volveré hecho un *Menefyt* (veterano), te lo aseguro —le respondió mientras agitaba su mano en forma de despedida.

Luego, desapareció entre las múltiples callejuelas que llevaban al río.

Aquella misma noche, los cinco mil hombres que formaban la división Sutejh salieron de Menfis con rumbo a Pi-Ramsés. Allí les esperaba el faraón con el resto de divisiones para hacer frente al enemigo que se cernía sobre el país. Esta vez no hubo desfile militar que despidiera a las tropas, como era tradición. Éstas salieron apresuradamente en el silencio de la noche al único son del rumor de sus sordas pisadas.

La ciudad no fue ajena a todo esto, percatándose de inmediato del carácter de urgencia con el que se desarrollaban los hechos. Esto no ayudó a tranquilizar a la población que, siempre poseedora de un vago sentido, comenzó a hacer acopio de alimentos ante lo que pudiera pasar. Enseguida los precios empezaron a subir, lo que hizo que algunos productos alcanzaran costes escandalosos. La Administración real intervino de inmediato, suministrando grano a la población. La última cosecha había sido excelente, por lo que parte del excedente acumulado en los silos fue donado. Aquello calmó un poco los ánimos y evitó que el mercado negro comerciara con un artículo de primera necesidad como era aquél. Asimismo, los heraldos se repartieron por toda la ciudad, en un intento de tranquilizar a los ciudadanos, contando cuál era la situación real en ese momento. El dios había partido al frente de un poderoso ejército al encuentro del invasor y vaticinaban que regresaría victorioso y cargado de botín. No había motivo pues para la desesperanza; con la ayuda de los dioses, Egipto resultaría triunfante.

Shepsenuré había sido extremadamente hábil. Al trabar amistad con Seneb, enseguida se dio cuenta del peligro que representaba para él, ser portador de alguna de las joyas robadas; incluso de las que apenas si tenían valor, puesto que cualquier inscripción por pequeña que fuera, podría despertar las sospechas del embalsamador. Por otra parte, las casas de la cerveza eran los lugares menos indicados para exhibirlas por lo que, paulatinamente, comenzó a invitar a Seneb a frecuentar su casa; hasta que su visita se convirtió en asidua. Tenía razón Seneb al decirle que el vino que le ofrecía no se encontraría en ninguna taberna, por lo que al poco tiempo ninguno de los dos echaba de menos el acudir a ellas.

Por otro lado y desde hacía unos meses, Shepsenuré acostumbraba a visitar los muelles siempre que sus quehaceres se lo permitían. Elegía las mañanas claras que con frecuencia los dioses regalaban a la ciudad para caminar por las calles que llevaban a las dársenas. Allí gustaba de mezclarse entre el bullicio incesante que conllevaba la actividad portuaria, y ver el constante movimiento de barcos que arribaban o abandonaban el puerto rumbo a destinos lejanos. Le gustaba ver, sobre todo, la llegada de las naves de gran calado cargadas con toda suerte de mercancías venidas desde lejanas ciudades situadas a orillas del Gran Verde*. Aquellos buques de alto bordo, tan diferentes a los que acostumbraban a navegar por el Nilo, no dejaban de producirle cierto asombro; sobre todo cuando veía la gran cantidad de carga que eran capaces de transportar. Se imaginaba a aquellos monstruos de madera con sus bodegas repletas surcando el gran mar, y sentía fascinación. Había escuchado muchas historias acerca de los peligros que aquél entrañaba, por lo que se había hecho una composición de lugar muy personal al respecto; sobre todo porque él nunca había visto el mar.

Un día, mientras observaba cómo unos hombres descargaban uno de los barcos, conoció a Hiram, un comerciante de Biblos que llevaba muchos años en Menfis importando todos aquellos productos que fueran interesantes en el mercado. Para ello, fletaba naves desde cualquier lugar del mundo conocido que le pudieran proporcionar algún

* Así llamaban los egipcios al mar Mediterráneo.

beneficio. Cada mañana acudía a su oficina, en los almacenes de su propiedad, situados junto a los muelles donde se encargaba personalmente de su negocio; examinaba la mercancía que arribaba y controlaba su distribución para asegurarse que sus pedidos llegaban a su destino. Para ello, había creado una red de agentes comerciales que, diariamente, se encargaban de colocar los productos de forma adecuada a la vez que le informaban de las necesidades que de ellos hubiera en la ciudad.

Hiram no tenía mujer ni hijos; su única familia era su negocio, al que consagraba todo su tiempo cual esposo solícito. No era por tanto extraño el verle abandonar su oficina bien entrada la noche, absorto en alguna cuestión por resolver. Los guardias de los muelles le conocían bien, y a veces se brindaban a acompañarle hasta su casa situada no lejos de allí.

Hiram solía suministrar artículos de lujo a los notables de la ciudad, por lo que poseía una buena reputación en las altas esferas de Menfis.

Llevaba comerciando toda su vida, primero enrolado en barcos de cabotaje, con los que recorrió todo el Mediterráneo; así tuvo oportunidad de tratar con pueblos dispares y aprender el valor de las transacciones. Para ello, dispuso de buenos maestros, los mejores; pues nadie como los fenicios a la hora de establecer factorías o rutas que les aseguraran un comercio fructífero.

Cuando su juventud pasó, se asentó en Menfis. Eran los postreros tiempos del reinado del gran Ramsés y Egipto ofrecía buenas posibilidades de negocio. Allí se abrió paso lenta pero firmemente, por lo que cuando llegó la gran depresión económica en época de la reina Tawsret, Hiram no sólo no pasó apuros, como otros comerciantes que se arruinaron, sino que consiguió aumentar sus ganancias. Ahora disfrutaba de lo que podríamos llamar un período de madurez, en el que se beneficiaba de todos los conocimientos atesorados durante toda su vida.

En ocasiones, altos cargos de la Administración le pedían opinión sobre la conveniencia de alguna operación y él les aconsejaba con la máxima prudencia, con el fin de que no perdieran ni un solo deben.

Con los servicios aduaneros mantenía unas magníficas relaciones, tan convenientes para un negocio como el suyo. Por ello, Hiram tenía buen cuidado de que el *imira sesh* (el escriba director) de aduanas dispusiera de todo lo posible para su comodidad.

Para los funcionarios que trabajaban en los muelles supervisando la carga que entraba en el puerto, siempre tenía preparada alguna ánfora de preciado aceite o de vino chipriota, que tan exótico parecía a los egipcios*. Por ello, sus mercancías rara vez eran inspeccionadas por los escribas aduaneros que, por otro lado, solían ser bastante puntillosos. Como vivía sin ostentación y era sumamente discreto, no despertaba envidias; algo fundamental en una ciudad como aquélla.

Siempre alerta, su vista certera le hacía ver un negocio donde otros no podían. Calibraba a las personas en cuanto las veía y solía atender cortésmente a todo aquel que se le acercara con alguna propuesta; les escuchaba y prometía considerar el asunto. Luego, si no le interesaba, argüía cualquier tipo de argumento sobre la poca idoneidad del negocio, convenciendo a su interlocutor que, consternado, pedíale disculpas por haberle hecho perder su tiempo.

Su alma de comerciante y la sangre fenicia que corría por sus venas hacían que este comportamiento no fuera sino algo natural e intrínseco a su persona, no dándole mayor importancia; sin embargo, de lo que sí estaba orgulloso era de conocer el valor exacto de las cosas.

Hiram era capaz de saber el precio justo de un producto en cuanto lo veía; por eso, cuando aquel egipcio le mostró el brazalete, comprendió de inmediato lo preciso que era. Lo sopesó por un momento en su mano y luego miró a los ojos de aquel hombre que, fríos e inexpresivos, le mantuvieron la mirada; después, volvió a poner su atención en el brazalete. No había duda que maestros orfebres habían obrado aquella joya de un oro purísimo, que estaba jalonada de figuras representativas del dios Horus, magníficamente talladas.

Hacía más de diez días que había trabado conocimiento con él, y lo había hecho de forma casual, mientras supervisaba la descarga de un barco que transportaba madera de pino del Líbano. Aquel material era valiosísimo en un país que, como Egipto, andaba carente de madera de calidad. Esto fue precisamente lo primero que aquel extraño le dijo aquella mañana.

Claro que eso, ya lo sabía él de sobra, pues por ese motivo la importaba, por lo que al principio no le prestó demasiada atención y continuó comprobando que los manifiestos de carga estaban en regla. Mas aquel individuo se puso a deambular entre los troncos examinándolos con atención.

—Está toda vendida —le dijo Hiram mientras seguía revisando los formularios.

---

* Recordar que el vino que tomaban los egipcios era muy diferente al que conocemos, pues solían endulzarle con miel o dátiles.

El egipcio le miró, pero no abrió la boca y siguió inspeccionando los maderos.

—Lo siento, amigo —volvió a decir Hiram mientras dejaba a un lado la documentación—. Esta madera es un encargo del templo de Ptah y ha sido pagada de antemano.

—No me extraña —contestó aquél—, es de primera calidad; es difícil ver madera así por aquí.

—Por eso es tan cara. Tan sólo los príncipes o los templos me la encargan.

Aquel hombre dejó de observar los troncos y se le acercó con una extraña sonrisa.

—Bueno, yo no necesitaría mucha y además estoy seguro que nos pondríamos de acuerdo en el precio.

Estas palabras fueron suficientes para que Hiram prestara toda su atención al extraño, con el que enseguida llegó a un acuerdo.

Parecía ser que aquel hombre tenía un pequeño negocio de carpintería y tan sólo necesitaba la madera necesaria con que confeccionar sus encargos. Producción limitada, según él. Muebles que requerían de un buen material para su fabricación. A Hiram le pareció factible, puesto que siempre disponía de algún excedente en la carga que transportaban los barcos y que debido a su precio, era difícil de cobrar. Así, se la vendería a aquel egipcio y su negocio sería redondo.

Quedaron pues en que, una vez suministrados los encargos, pasados unos diez días, se volverían a ver en su oficina para cerrar el trato.

Dado el precio del producto, Hiram sentía cierta curiosidad por saber en qué forma recibiría el pago de los cinco deben de oro que costaba la madera requerida. Una cantidad respetable, casi lo que debía de pagar un nomarca* anualmente por ostentar su cargo. Mas lo que nunca pudo imaginar es que fuera a pagarle de aquel modo.

Volvió a examinar el brazalete entre sus manos y, al moverlo, la luz que entraba a raudales por un gran ventanal que daba al río centelleó al contacto con el metal. Hiram se levantó de su silla y dejando el brazalete sobre una mesa próxima, se acercó a aquella ventana con las manos a su espalda. Le gustaba observar desde allí el ajetreo propio del puerto y la ciudad que se extendía al otro lado del río. A menudo, aquella vista le invitaba a reflexionar.

Que el brazalete era una pieza extraordinaria, parecía indudable. No se veían joyas así por Menfis; además saltaba a la vista que era muy

---

* Así se llamaban los gobernadores de los nomos en el Antiguo Egipto.

antigua. Podía tener quinientos años o más, pues hacía tiempo que ya no se fabricaban alhajas con tal pureza. ¿De dónde la habría sacado?

No es que le importara demasiado su procedencia, pues hacía ya mucho tiempo que sus escrúpulos y él llevaban caminos diferentes. Pero era obvio que una pieza así podía llegar a comprometerle; y la prudencia, al contrario que los escrúpulos, siempre le acompañaría.

Fijó de nuevo su atención en el muelle, donde estaban descargando un barco que transportaba aceite. A uno de los costaleros se le cayó un ánfora estrellándose contra el suelo, cubriéndolo con su preciado líquido, y enseguida se oyeron los gritos del capataz, que se dirigía hacia el pobre obrero entre blasfemias y amenazas.

Hiram suspiró mientras contemplaba la escena. Que pudiera comprometerle no significaba que no fuera a aceptar el brazalete. No iba a dejar pasar de largo una joya así; mas tendría que venderla fuera de Egipto si no quería correr riesgos. Utilizando los cauces adecuados, aquello no representaría ningún problema; además, en los mercados del Mediterráneo podría llegar a doblar su precio.

Se apartó al fin de la ventana mostrando al egipcio la mejor de sus sonrisas, mientras volvía a sentarse.

—Bien —dijo cruzando las manos sobre su regazo—. Estoy conforme con la forma de pago; esta misma tarde te llevarán la madera a donde dispongas.

El egipcio permaneció en silencio en tanto miraba fijamente a Hiram.

—Ambos estamos satisfechos entonces —dijo al punto—, pero antes de marcharme quisiera proponerte algo.

El fenicio abrió los brazos a modo de invitación.

—Verás, Hiram, veo que eres un hombre que sabe apreciar la belleza en su justa medida —dijo con cierta ironía—, y es por eso que me gustaría saber si estarías dispuesto a hacer más negocios conmigo.

—¿Más madera?

—No; aceite, vino, especias, telas...

—Y todos de primera calidad, ¿no es así?

—Precisamente. Quisiera disponer de estos productos para uso personal por lo que sólo necesitaría pequeñas cantidades de ellos que no te serían difíciles de suministrar. El precio, como habrás podido observar, no sería problema.

Ahora el fenicio apenas si pudo disimular su sorpresa; no por el hecho de tener que reservar un par de ánforas de vino a aquel individuo, sino porque estaba dispuesto a pagarle con más piezas como aquélla. Nunca acababa uno de sorprenderse en este negocio, se decía para sí, incluso cuando, como ahora, fuese para bien. Mas enseguida sintió curiosidad por el tipo de retribución y se regocijó internamente.

—Bueno, a veces me es sumamente difícil poder atender a mis clientes como quisiera. Hay compromisos que me son del todo ineludibles, como los de la casa real. En ocasiones, la carga entera va a parar a Pi-Ramsés; algo de lo que, por otra parte, me siento muy honrado.

El egipcio le miró maliciosamente.

—Estoy convencido de que la atención no resultará un problema entre nosotros, pues una parte te la pagaría por adelantado.

Hiram sonrió suavemente.

—No hay duda de que los dioses ponen en tus labios palabras persuasivas. Y sería sumamente imprudente por mi parte afrentarles con una negativa; creo que podremos llegar a un acuerdo en todo lo que necesites.

Era cuanto precisaba escuchar. El egipcio se levantó, y cortésmente se despidió de él. Mas antes de abandonar la oficina se volvió hacia el comerciante.

—No quisiera irme sin que supieras por qué elegí hacer negocios contigo. No fue por tu reputación como buen comerciante, sino por tu afamada discreción. Ella es para mí tu mejor aval y no dudo que sabrás mantenerla.

Hiram hizo un leve movimiento con la cabeza dándose por enterado y luego Shepsenuré se marchó.

El fenicio volvió a la ventana para ver como aquel hombre se perdía entre el gentío que, a esa hora, llenaba el puerto.

—Curioso —se dijo—, parece saberlo todo sobre mí y yo en cambio...

En ese momento se dio cuenta que no conocía el nombre del egipcio.

Bueno, eso no le preocupaba y pronto lo averiguaría, pues siempre gustaba de saber con quién trataba. En cuanto a la joya, también acabaría sabiendo su procedencia.

—No me cabe duda que los dioses nos ayudarán si es necesario —aseguraba Seneb circunspecto

—Permíteme que te diga que tengo más confianza en las cuatro divisiones de Ramsés que en el inconmensurable poder de nuestros dioses —replicó Shepsenuré mientras devastaba un tablón de madera con su azuela.

—Suponía que dirías eso; a veces olvido lo creyente que eres —exclamó Seneb con cierto disgusto.

—¿Acaso supones que nuestro panteón atravesará los Campos del Ialu para combatir? Sí, ya se lo que vas a decirme; ellos guiarán a nuestros soldados para que la victoria caiga de nuestro lado.

—Te repito que los dioses no abandonarán a Egipto en este momento.

Shepsenuré sonrió a la vez que dejaba la azuela sobre su mesa de trabajo.

—¿De verdad crees que guiarán a nuestros soldados?

—Sin ninguna duda.

Shepsenuré se aproximó a un estante y escanció vino de un ánfora en sendas copas. Luego le ofreció una a su amigo.

—No deja de ser curioso —dijo en voz baja tras dar un sorbo de su copa—. Perdóname, pero que yo sepa la mitad de nuestro ejército está formado por mercenarios; gentes de otros pueblos. Supongo que cada uno hará votos a sus propios dioses, muy diferentes a los nuestros.

Seneb chasqueó la lengua mientras paladeaba el vino.

—Sólo los nuestros crearon el orden natural que nos rodea. Ellos nos protegerán —contestó mientras volvía a beber.

Shepsenuré lanzó una carcajada.

—En verdad, Seneb, que eres poseedor de una fe inquebrantable. Créeme si te digo que en ocasiones te envidio.

—Está bien, eres un caso perdido, lo cual no creas que no me disgusta. Sólo espero que Osiris sea benevolente con tus creencias para que podamos seguir disfrutando juntos de tu excelente vino en el paraíso.

—Confío en que la psicostasia* tarde en llegar, amigo mío; mas entretanto lo compartiremos siempre que quieras. A propósito, me gustaría que te llevaras un ánfora de este elixir. Es una cosecha excelente y muy difícil de encontrar.

—¿Me regalas un ánfora?

—De todo corazón. Qué menos podría hacer para con quien soporta paciente mi impiedad con nuestros dioses.

Ahora fue Seneb el que rió calladamente.

—Creo que con un vino así, hasta Osiris vendría a beber con nosotros.

Shepsenuré acompañó con su risa a su amigo. Se le veía alegre y quién sabe si hasta feliz; aunque esto fuera harto difícil de adivinar,

---

* Palabra con la que se definía al pesaje del alma.

puesto que no lo había sido nunca en su vida. Desde hacía varios meses se dedicaba por completo a su oficio de carpintero y por primera vez se sentía satisfecho.

Ambos amigos habían dejado de frecuentar las casas de la cerveza y preferían reunirse en casa de Shepsenuré. Cada tarde, al regreso del trabajo, Seneb se detenía camino de su casa, para tomar el excelente vino con que solía obsequiarle su amigo. Ni en la mejor taberna de Menfis se podía tomar un caldo semejante, por lo que el embalsamador estaba encantado de parar allí cada día lejos del bullicio que las tabernas habitualmente tenían y que en nada le agradaban. Además, si Shepsenuré no estaba muy ocupado en algún encargo, podían echar una partida al *senet*, juego al que era tan aficionado y que a veces le hacía perder el sentido del tiempo. En ocasiones, su propia hija había venido a buscarle preocupada, con las sombras de la noche cubriendo ya la ciudad. Min, sin embargo, prefería continuar disfrutando de todo lo que las tabernas podían ofrecerle, por lo que una vez finalizada su jornada laboral se despedía, a veces hasta el día siguiente.

Shepsenuré continuó devastando el tablón y cualquiera que le viera no dudaría en decir que disfrutaba con ello.

Ahora que disponía de una buena madera, tenía tal cantidad de pedidos que había tenido que negarse a aceptar más clientela.

Seneb saboreaba su enésima copa de vino mientras le observaba. Realmente se complacía al ver trabajar a su amigo.

—¡No hay trabajo que dignifique más al hombre ante los dioses, que el que se hace con las manos! —solía repetir—. Y he de reconocer que las tuyas son primorosas.

Se oyeron pasos y Nemenhat entró en la habitación. Sudoroso y cubierto de polvo, Nemenhat volvía de trabajar en las obras de reparación de la muralla, en la zona oeste de la ciudad. Como otros muchos jóvenes, se había alistado a un cuerpo de voluntarios destinado a mejorar las defensas o reconstruir las que ya había en Menfis; tal era la psicosis que se vivía, ante las noticias de la proximidad del ejército enemigo.

—Veo que al fin te has convertido en un *iqdw inebw** —exclamó el embalsamador con ironía en cuanto le vio**.

* Albañil de muros.
** La ironía venía marcada ante el hecho de que la albañilería era uno de los oficios más humildes en aquella época.

El muchacho le miró algo azorado.

—Bueno, dadas las circunstancias es el más loable de los trabajos —prosiguió Seneb—. Te felicito por ello.

Nemenhat sonrió y fue a la habitación contigua.

—Supongo que debes estar orgulloso de él —dijo Seneb dando otro sorbo.

—Esto ha sido decisión suya y poco tengo yo que ver, Seneb.

—Razón de más para que estés orgulloso. Bendita juventud; lleva siempre a cabo sus ideales con entusiasmo.

Shepsenuré, que seguía cepillando la madera, no dijo nada.

—Además —prosiguió Seneb—, he de reconocer que he cogido cariño a tu hijo. Es un joven con muy buenas cualidades que, a pesar de la terrible impiedad de su padre, es capaz de desarrollar.

—Sabes lo que pienso al respecto. Él será como quiera ser, y procuraré no influir lo más mínimo en ello.

—¡Eneada bendita!, eres imposible. ¡Qué obcecación!; creo que te equivocas. Deberías aconsejar a tu hijo en la forma apropiada en cada momento.

—Y así lo hago.

—¿Que lo haces? Renenutet* proteja nuestro destino, ¿y cómo?

—Mira, de nada vale que esté todo el día diciendo lo que debe o no debe hacer; él ha de experimentarlo por sí mismo. El día que ya no esté aquí, no creo que pueda ayudarle; así que es mejor que se valga por sí mismo.

—Pero esto no es óbice para que guíes sus pasos de forma conveniente.

—Sobre esta conveniencia podríamos estar una tarde entera hablando sin ponernos de acuerdo. Pero si quieres saber si le doy mi opinión sobre las cosas, te diré que siempre que me la pide se la doy; aun a riesgo de equivocarme.

Hubo un instante de silencio mientras Shepsenuré observaba el perfil del tablón.

—Respecto a los consejos que antes comentabas —continuó mientras volvía a pasar el cepillo en uno de los lados—, le di uno hace ya tiempo que espero le valga para toda su vida. Si alguna vez no sabes qué camino tomar, o tienes dudas sobre qué debes hacer, escucha a tu corazón; él te guiará.

---

* Diosa con formas de mujer y cabeza de cobra que controlaba el destino de toda la humanidad.

Seneb bajó los ojos hacia su copa quizás algo avergonzado por haberse inmiscuido en algo que no le correspondía.

Shepsenuré, que se dio cuenta de inmediato, continuó:

—Además te estás convirtiendo en un viejo gruñón, y los dioses que tanto veneras te lo reprocharán. No en vano ellos te han bendecido con una hija maravillosa, compendio de todas las virtudes que tú anhelas. No me extraña que se te caiga la baba ante ella —acabó soltando una carcajada.

—¡Ah!, tienes razón, amigo mío. Debe ser la vejez que está próxima; mas no hay don más preciado para mí que ella, y si me he equivocado en su educación habrá sido más por exceso de celo que por lo contrario. ¿Sabías que últimamente se ha aficionado a la recolección de todo tipo de plantas?

—¿De veras?

—Sí; sale al campo a recoger hierbas de lo más variadas con las que hace cosméticos, perfumes e incluso medicamentos.

Shepsenuré le miró algo sorprendido.

—No te extrañes, pues al fin y al cabo me ha visto preparar pociones y ungüentos desde muy pequeña.

—Había olvidado que los dioses te ungieron con la facultad del conocimiento —le contestó burlón.

Pero Seneb pareció no darse cuenta y continuó hablando de las habilidades de su hija, embobado.

—¿Quieres que te diga lo que mejor hace de todo? —preguntó alelado—. Las lentejas.

—¿Las lentejas?

Shepsenuré lanzó una carcajada.

—Sí, sí, no te rías; las lentejas. No he comido nada igual en mi vida. No sé cuál es su secreto, pero les añade algún tipo de hierba que las hace deliciosas; deberías probarlas.

—Estaría encantado.

—No hace falta que te diga que puedes venir a mi casa a comerlas cuando quieras; y tú también —le dijo a Nemenhat que volvía ya aseado.

Éste no dijo nada, pues no tenía mucho interés en comer con Nubet y menos probar algo que hubiera hecho ella. La sola idea le repelía, pues le parecía una persona de una pedantería insufrible. Mas procuraba no demostrar sus sentimientos y menos delante de su padre, al que apreciaba y respetaba.

Quizás indirectamente influenciado por él, se había enrolado en una de las brigadas que trabajaban en las defensas de la ciudad. Él nunca había sentido la llama del patriotismo pero dadas las circunstancias, había decidido ayudar en lo que pudiera ante el enemigo común.

El trabajo era muy duro, pues parte de las murallas se hallaban en un estado lamentable. Desde la época de Ramsés II, habían permanecido descuidadas por lo que la tarea era sumamente ardua. Sin embargo, no le importaba, y desde muy temprano se incorporaba a las obras. Allí descubrió cómo otros muchos conciudadanos suyos acudían como él, todos los días, a trabajar codo con codo unidos ante el peligro que les acechaba. Era un sentimiento nuevo el ver cómo gente que no se conocía unía sus esfuerzos con generosidad, haciéndolo por el bien general.

Aquello satisfacía mucho a Seneb que, inflamado de ordinario de un gran amor a su patria, animaba al muchacho a que continuara cooperando.

—Tu esfuerzo no será baldío y unido al de los demás, originará fuerzas que quizá no imagines. Los dioses te llenarán de su gracia por ello.

Mas para Nemenhat aquellas palabras poco significaban pues, al igual que su padre, no tenía confianza alguna por el prolífico panteón egipcio.

Desde que Kasekemut partió con los ejércitos del dios, Nemenhat no había vuelto a ver a Kadesh. No había olvidado la promesa que le hiciera a su amigo, mas pasaba la mayor parte del tiempo trabajando en las murallas y le había sido imposible cumplimentarla. Así pues, una mañana madrugó más que de costumbre y decidió visitarla por si necesitara algo.

Al verle, la muchacha le dirigió una mirada de reproche y le acusó de haberla tenido abandonada incumpliendo así la palabra que le había dado a su amigo.

—Kasekemut me aseguró que velarías por mí, y hoy es el primer día que te veo desde que se fue.

Nemenhat trató de disculparse haciéndole ver que tenía que trabajar todo el día en las fortificaciones; pero a ella aquello no le convenció. Observaba al joven con los brazos cruzados, dando nerviosos golpecitos con un pie en el suelo mientras oía sus explicaciones.

—Creo que a Kasekemut no le va a gustar nada cuando lo sepa —dijo al fin.

A Nemenhat aquello le pareció ridículo, pero no tenía ninguna gana de discutir, por lo que le preguntó si necesitaba alguna cosa.

—Aunque tarde, debo aceptar tu ofrecimiento pues mañana he de llevar algunos encargos a las afueras de Menfis, y no quisiera tener que atravesar sola los palmerales. ¿Podrías dignarte acompañarme?

Nemenhat accedió cortésmente, por lo que quedaron en encontrarse a la mañana siguiente.

No hay duda de que a veces los dioses parecen divertirse con los simples mortales empujándolos hacia caminos tortuosos cuyo final es, cuando menos, incierto. Acertaría quien dijera que, en ocasiones, hace que la vida parezca una burla de dudoso gusto. Claro que esto a Nemenhat jamás se le hubiera ocurrido en aquella mañana del mes de *koiahk* (finales de octubre).

Desde muy temprano esperaba a Kadesh en el sitio convenido, pues había decidido que, dado el humor que parecía tener la muchacha, era preferible esperar a ser esperado y así evitar problemas.

Había pasado la noche dándole vueltas al asunto y apenas había podido dormir; y es que la cita no le gustaba nada. No era el hecho de acompañarla lo que le disgustaba, sino la conducta caprichosa que le demostraba al reprocharle el que no la galanteara como antes. Esto no era fácil de entender para un joven como él, al que Kadesh continuaba encendiendo íntimamente su pasión. Pero ella era la prometida de Kasekemut y aquello, pensaba, era determinante; sería mejor mantenerse apartado de ella. Sin embargo, el juramente hecho a su amigo le obligaba, en cierta forma, a guardarla para él hasta su vuelta. Algo egoísta, bajo su punto de vista, pues lo que Kasekemut le pedía era que ignorara su pasión en aras de su amistad.

Ante el hecho inevitable de tener que volverla a ver, Nemenhat había decidido ser parco en palabras y prudente en su actitud para con ella, a fin de eludir conflictos.

Pero el problema no era su actitud, el problema era ella; y viéndola venir calle arriba, era insoluble para Nemenhat.

A pesar de su compromiso, continuaba tan provocadora como siempre; regalando su seductora mirada por doquier y regodeándose íntimamente de sus efectos.

—Al fin los dioses mostraron a tu corazón el significado de la cortesía —dijo ella a modo de saludo.

Nemenhat le contestó con un hola tan bajo, que al momento se arrepintió y volvió a darle los buenos días a la vez que la ayudaba a llevar los canastos del pan.

—Me habría irritado mucho el que no hubieras estado —refunfuñó Kadesh.

—Pero ya ves que estaba —cortó el muchacho sin mirarla.

La joven se estiró algo, y durante un tiempo ambos permanecieron callados.

Siguieron caminando por las estrechas calles cada vez más concurridas, donde la gente hacía su compra cotidiana. Como era usual, los ciudadanos regateaban los precios con los mercaderes hasta que ajustaban el importe. Viéndoles, nadie sospecharía que el país estaba inmerso en una guerra.

A Nemenhat le pareció extraño el que ella no hiciera la más mínima referencia de Kasekemut, ni al menos tan siquiera una escueta pregunta sobre su paradero; nada. Ella, como de costumbre, caminaba exagerando el contoneo de sus caderas a medida que las miradas de los hombres se hacían más lascivas; en ese momento Nemenhat la sentía disfrutar.

Aquellas miradas les acompañaron por el laberinto de calles que formaban aquel distrito y Nemenhat, con un cesto en cada brazo, las soportó lo mejor que pudo. Para él fue un gran alivio dejar el barrio de los mercaderes y entrar en la gran explanada que circunvalaba el recinto del templo de Ptah. La atravesaron dejando el palacio que construyó Merenptah a la izquierda, y se dirigieron hacia la puerta de las murallas, de donde partía la carretera a Dashur.

A medida que el gentío disminuyó, también lo hizo la cadencia en el andar de Kadesh.

—¿Vas a estar sin hablar toda la mañana? —preguntó al fin la muchacha en tono conciliador.

—Mejor que sí pues, como tú dices, no quisiera parecerte descortés.

Kadesh soltó una risa que al muchacho le pareció cautivadora.

—Vaya, no conocía en ti esa faceta, Nemenhat.

—¿Cuál?

—La del rencor, ¿estás molesto conmigo? —le preguntó apoyando una de sus manos sobre su brazo.

Aquel simple contacto le desazonó en extremo; mas prefirió callar y seguir caminando.

—Bien, sea como quieras; callaremos pues, mientras disfrutamos del magnífico paisaje.

Y en verdad que lo era, pues la carretera que llevaba a Dashur, atravesaba frondosos palmerales de una bellaza excepcional.

El camino, tan concurrido en las proximidades de Menfis, volvióse ahora solitario conforme se adentraban en el bosque. Tan sólo se veían algunos labradores entre los claros de aquella espesura que inspeccionaban el terreno después del descenso de las aguas para preparar una nueva siembra.

Nemenhat caminaba con su vista al frente, un cesto de pan en cada mano, y resoplando para sí. De vez en cuando miraba de reojo a la muchacha, que canturreaba una famosa canción.

—Oh, gentil Hathor, devuelve a mi amado junto a mí; pues de besos quiero cubrirle antes del alba.

Se la veía contenta y despreocupada mientras cantaba aquella canción en la soledad de la espesura; y en verdad que estaba solitaria. A Nemenhat no le extrañó en absoluto que le pidiera que la acompañase, pues aquel deshabitado sendero, cruzaba unos cuatro kilómetros de bosque. Y aunque la seguridad vial había aumentado considerablemente en Egipto con el nuevo faraón, no era prudente aventurarse por allí sola.

Después de una hora de andadura, la fronda terminó; y lo hizo tan bruscamente que no dejaba de causar perplejidad. Era un capricho más de los muchos con que los dioses se manifestaban en Egipto, cubriéndole a veces con sus más extrañas fantasías. Para cualquiera que lo viera, no habría sin duda una palabra que lo definiera mejor. La naturaleza creaba allí uno de esos contrastes que alguien, hace mucho tiempo, tildara de extravagantes. Porque aquel inmenso y frondoso palmeral daba paso a un desierto poco menos que infinito; y lo hacía mezclándose con él sin preámbulo alguno. El más magnífico de los paraísos se tornaba en un caos de yerma arena en el que sólo la cobra y el escorpión se aventuraban.

Ya en el monótono camino que deambulaba justo en el límite del desierto, volvieron a encontrarse con numerosos caminantes de todo tipo y condición, que iban o venían con singular diligencia.

Todos parecían tener prisa, y como en algunos puntos el camino se estrechaba más de lo debido, se llegaban a formar atascos en cuanto dos carretas se encontraban de frente. Eran entonces frecuentes las discusiones sobre los derechos de paso y sólo las protestas de los que esperaban detrás acababan con ellas.

Por fin llegaron a la única zona en la que la carretera se cubría de frescas sombras. Era un amplio recodo que se intrincaba en el palmeral, y que era aprovechado por los viandantes para hacer un alto y reponerse de las fatigas del viaje. Era por eso que, desde tiempo inmemorial, existía un puesto en el que mercaderes y aguadores ofrecían sus servicios a toda aquella gente.

Allí, Kadesh y Nemenhat descargaron sus bultos y decidieron aguardar. Debían esperar la llegada de los pastores que, desde Ijtawy, traían su ganado para venderlo en los mercados de Menfis. Desde hacía muchos años, Heret les proporcionaba pan recién hecho para el último tramo del camino, y era en este lugar donde solían aprovisionarse.

Resoplando, Nemenhat se tumbó en la fresca hierba mientras hacía señas a un aguador cercano.

—¿Cuánto cobras por el agua, hermano?

—Un quite de cobre.

—¿Un quite? Debes de estar loco —respondió incorporándose por el asombro.

—Ése es el precio. Verás, el agua no está cerca, por lo que me lleva mucho tiempo el ir y venir con ella; es clara, fresca y además podéis beber los dos por el mismo precio —dijo haciendo un guiño a Kadesh.

A regañadientes tuvieron que aceptar, y en pago le proporcionaron un rico pan con miel de los que llevaban, a condición de que pudieran repetir y beber cuanto quisieran.

—No hay problema —respondió el aguador mostrando su desdentada boca al sonreír—, el cambio me parece justo.

—Será ladrón —mascullaba Nemenhat mientras observaba al aguador alejarse.

—Él también tiene que vivir —intervino Kadesh mientras se llevaba el cántaro a la boca—, además el agua está muy fresca.

Nemenhat la miró pero no dijo nada. Tenía tanta sed que no le apetecía discutir lo más mínimo, así que bebió hasta saciarse. Casi ahíto, se recostó sobre un cercano tronco y entrecerró los ojos.

Se sentía totalmente a disgusto allí, lo que le hacía experimentar un humor pésimo al que no estaba acostumbrado. Observó por un momento a Kadesh con disimulo, y volvió a sentir aquel malhumor de nuevo.

La joven se desperezó como una gata, con movimientos lentos y estudiados, y finalmente se recostó junto a él con toda la voluptuosidad que le fue posible.

Aun con los ojos cerrados, Nemenhat era capaz de notar las miradas concupiscentes de los hombres clavadas en ella, y el chasquear de sus lenguas tras relamerse los labios lentamente. Él ya sabía que todo eso iba a pasar, y de hecho, el motivo de su compañía era el asegurarse de que aquellas miradas sólo se quedaran en eso y que la muchacha no fuera molestada. Mas al verla adoptar aquellas actitudes provocadoras, le daban ganas de marcharse y dejar a Kadesh a merced del deseo que ella misma alimentaba. Y es que, al verla allí reclinada con los ojos cerrados, sus carnosos labios entreabiertos e insinuantes y las gotas de sudor cayéndole por su grácil cuello entre sus hermosos pechos, era realmente milagroso que ningún hombre se sobrepasara con ella. Y para colmo, la muchacha había dejado sus senos totalmente al descubierto y había pintado los pezones de color carmesí; según la última moda fenicia. Nemenhat abrió los ojos desmesuradamente al recabar en ello; aquello era demasiado. Estaba seguro que si Kasekemut lo viera, no le iba a gustar nada; incluso a él mismo le parecía escandaloso. Luego pensó que lo peor podía estar por llegar; y se refería, naturalmente, a los pastores a los que venderían el pan. Éstos, ante aquel panorama, no tendrían los remilgos de las gentes que ahora acampaban junto a ellos. Estaba convencido que causarían problemas; sobre todo para él. Pensó en ello durante un tiempo hasta que decidió una solución.

Kadesh respiraba regularmente con los ojos cerrados. Parecía hallarse en un estado de sopor, así que Nemenhat pudo mirarla a sus anchas. Su pecho subía y bajaba acompasadamente, mostrando aquellos pezones que parecían dos enormes fresones en plena madurez. Ni el hombre más templado podría resistirse a aquella visión. No es que el egipcio se escandalizara fácilmente pues, desde los primeros tiempos, hombres y mujeres solían mostrar su desnudez sin pudor, siendo esto algo natural. Mas lo de Kadesh era diferente, pues adoptaba una moda extranjera de vestidos muy escotados que, para colmo, la muchacha había abierto más hasta mostrar la totalidad de sus senos. Y además había pintado sus aureolas con aquel color que ya de por sí llamaba la atención.

Unas risas cercanas le hicieron mirar hacia otro lado, y vio cómo unos hombres le hacían señas procaces invitándole a acariciar lo que tan ensimismado miraba. Ni Sejmet en sus peores días sintió la rabia que él sentía; así que se volvió a maldecir por enésima vez por estar allí.

Algo le llamó la atención a lo lejos, donde se perdía el camino. Era una nube de polvo que parecía aproximarse lentamente.

«Sin duda son los pastores arreando su ganado que se acercan —pensó—. He de disponerlo todo y acabar de una vez.»

En efecto, el rebaño que había partido hacía unos días de las tierras que, en otro tiempo, fueron capital del Imperio Medio, se disponía a hacer el último tramo del camino. Vacas, toros y terneros, serían vendidos en Menfis en mercados y templos; obteniendo buenos beneficios.

Custodiándolos venían gentes de todo tipo. Lejos quedaban los tiempos en los que el ganado era cuidado exclusivamente por egipcios a sueldo de príncipes o de los templos. Ahora no era inusual ver en el Bajo Egipto a extranjeros ocupándose, junto con egipcios, de estos menesteres. Sirios e individuos de las tribus del Negueb se asociaban con señores locales en este negocio; del que eran buenos conocedores.

Como era de esperar, hombres y bestias hicieron un alto en la fresca sombra que el camino les proporcionaba en aquel lugar, en el que se refrescarían reponiéndose del fuerte sol del camino. Nemenhat hacía tiempo que se encontraba esperándoles, con todos los cestos de pan dispuestos para su venta. Había aprovechado que Kadesh aún dormía para adelantarse y vender la mercancía sin la intromisión de la muchacha, evitando así, pensaba, mayores problemas.

Uno de aquellos zagales se le aproximó a grandes zancadas. Iba casi desnudo, pues tan sólo un taparrabos cubría sus partes pudendas, y al hablar lo hizo con un suave acento del sur.

—¿Es éste el pan de Heret?

—Así es, hermano —respondió Nemenhat imitando aquel acento de El-Khab, que le era tan familiar.

El mozo le sonrió al escuchar el gracejo y asintió con la cabeza; luego se volvió y llamó a uno de sus compañeros. Alguien le respondió, y al momento un individuo se separó del resto y se dirigió hacia ellos. Mas éste no era egipcio; vestía larga túnica de lana de colores ocres y lucía una espesa barba negra, como era habitual entre los pueblos que habitaban las tierras de Palestina. Al acercárseles, el olor que despedía dio un vuelco al estómago de Nemenhat.

—Bien, qué tenemos aquí; cinco cestos de pan variado... Bueno, creo que esto no es lo que habíamos convenido con Heret; ella nos prometió ocho cestos y aquí no los hay.

Nemenhat se quedó mirando sorprendido a aquel extraño que hablaba el egipcio con el acento propio de los habitantes de los desiertos del este.

—Que yo sepa cinco son los convenidos, y cinco los que hay —respondió con cautela.

—No, no —continuó el extraño—, ocho. Eran ocho los convenidos y de contenido variado.

—Y variado es su contenido; pero hay cinco, que son los que Heret dijo que tenía que traer.

—Qué extraño —dijo el pastor mientras se acariciaba la barba—. Bueno, es obvio que hay una equivocación; pero en fin, tendremos que arreglárnoslas con lo que hay. Aunque, claro está, el precio no será el mismo —concluyó con mirada ladina.

Nemenhat torció el gesto mientras le miraba fijamente.

—El precio es el que es, y ya quedó estipulado de antemano —respondió muy serio.

—Claro, claro —contestó el pastor mientras comprobaba el contenido de los cestos—, pero por ocho, no por cinco. Así que, por lo que traes, no te daré más de seis deben... de cobre, claro.

Nemenhat frunció el ceño a la vez que le dirigía su mirada más glacial.

—Me temo que el sol del camino te ha confundido algo el entendimiento; quizá deberías refrescarte un poco y luego podremos hacer negocios.

—No necesito refrescarme para hacer negocios contigo —dijo el extranjero con cierto desdén—, son seis deben por los cinco cestos.

—Sigues empecinado en tu error —replicó Nemenhat muy sereno—. El trato era de diez deben por los cinco cestos.

Enseguida el extraño se llevó las manos a la cabeza en señal de incredulidad.

—Estás loco —respondió con un claro tono de desprecio—. Ese precio es un insulto.

—No, el tuyo lo es; el mío es el pactado.

—Si quieres los diez deben —alegó mientras cruzaba los brazos—, tendrás que ir a por los tres canastos que faltan.

—Ni lo sueñes; yo no iré a ninguna parte. Cinco son los cestos, ¿los tomas o los dejas?

El rabadán empezó a vociferar en una lengua extraña y hacer aspavientos.

—¡Seis deben! —indicaba con el dedo índice extendido—. Seis deben es todo lo que te daré por tu pan. Mi oferta es más que generosa.

Ante aquel revuelo se aproximaron el resto de los pastores, así como los caminantes que por allí descansaban.

—Fijaos —gritaba con los ojos desmesuradamente abiertos—, pretende que le dé diez deben por su pan.

—Naturalmente, puesto que fue lo convenido.

Aquel tipo se quedó un momento pensativo mientras volvía a acariciarse la barba; luego se acercó al muchacho y comenzó a golpear suavemente el suelo con su largo cayado.

—Te diré lo que vamos a hacer. Tú me darás los cestos y yo los seis deben; y después te marcharás a casa.

Los pastores que le rodeaban rieron con estrépito.
—¿De dónde eres, amigo? —preguntó Nemenhat.
—Eso no importa —contestó tras unos instantes de silencio.
—Te equivocas, pues me gusta saber con quién trato.
Hubo un evidente momento de incomodidad antes de responder.
—Soy amorrita.
—¿Amorrita?; ahora lo entiendo. En tu tierra el precio del pan es el que dices, porque es malo; el peor según tengo entendido. En cambio aquí disponemos del mejor trigo, por lo que nuestro pan es bueno. Por eso es más caro, ¿comprendes?

Ahora fueron los curiosos los que rieron; mas aquello no gustó nada al mayoral que se encaró amenazador.
—Tu pan vale lo que yo ofrezca y me lo llevaré por seis deben.
—¡Mi pan vale diez deben! Es el precio acordado con mi madre —exclamó una voz cantarina.

Todos se volvieron en dirección a aquella voz y vieron cómo la escultural figura de Kadesh se abría paso altiva.

El amorrita no pudo reprimir un primer gesto de incredulidad ante lo que sus ojos veían, mas enseguida se repuso y su mirada se tornó pura lascivia.

Nemenhat, por su parte, hizo un mohín de disgusto al verla aparecer entre la gente. Lo único que faltaba a la discusión era la aparición de Kadesh medio desnuda. Era evidente que la cosa no acabaría bien.
—Diez deben, ni uno menos —volvió a decir colocándose a menos de un codo de distancia del amorrita.

Éste le miró sin disimulo los pechos que, incontenibles, se le salían de entre la túnica a la vez que se relamió sin pudor.
—Bueno —dijo al fin—. Podemos llegar a ese precio siempre que te incluyamos a ti.

Al decir esto las carcajadas fueron generales.
—Eso quisieras; pero no tendrías dinero para pagarme ni aunque vendieras todos tus rebaños.

Nemenhat creyó que la tierra se abría bajo sus pies. Era cuanto necesitaba tan desagradable litigio. Kadesh aparecía y se encargaba de echar más leña a un fuego que podría resultar difícil de apagar para él. Pero no le extrañaba en absoluto, pues nada había que hiciera disfrutar más a la joven que enardecer a los hombres. Y a fe que lo consiguió, ya que algunos de aquellos pastores empezaron a propalar toda suerte de barbaridades.
—Véndele el rebaño a ver si acepta —dijo alguien entre el público.

La gracia fue coreada de nuevo con carcajadas.

—No seas tacaño, la muchacha lo vale —gritó otro.

—Aquí no se va a vender nada que no sea el pan —cortó Nemenhat alzando la voz—, y se venderá por el precio acordado.

—¿Ah sí? ¿Y cómo piensas conseguir eso? Te pagaré seis deben y me llevaré cuanto me plazca —concluyó el amorrita mirando a Kadesh.

—Oyéndote hablar se ve que estás acostumbrado a vivir entre las bestias. Deberías volver a tu tierra; allí por ese precio podrías aparearte con las cabras que apacientas.

Esto fue el origen del tumulto; porque el pastor, dando un alarido de rabia, levantó el cayado descargando un terrible golpe sobre el muchacho. Éste, que lo estaba esperando, se apartó con agilidad con lo que el garrote cayó sobre uno de los muchos curiosos que les rodeaban. En un momento se originó tal pelea que los golpes llovieron a diestro y siniestro entre los pastores y los paisanos que habían seguido la discusión con interés, y Nemenhat acabó en el suelo pisoteado por unos y otros, en medio de un griterío ensordecedor.

Pensaba que moriría aplastado cuando, entre aquella algarabía, escuchó unos aullidos. Al principio le parecieron lejanos, sin duda ahogados por el ruido de aquella batalla campal, mas enseguida los oyó más claramente. Eran agudos como ladridos, y cada vez sonaban más próximos; y más parecían propios de un animal rabioso que de un hombre. Entonces, casi por ensalmo, el alboroto desapareció y Nemenhat vio cómo el bosque de piernas que había sobre él desaparecía dando paso a un enorme babuino.

El animal parecía enardecido y lanzaba chillidos a derecha e izquierda mostrando sus terribles colmillos.

Nemenhat, todavía en el suelo, vio como el simio se le acercaba lentamente hasta que quedó a escasos metros; le miró fijamente y pareció concentrar toda su atención en aquel cuerpo postrado ante él. Por su parte, el muchacho permaneció quieto, sin hacer ni un solo movimiento, ni tan siquiera un gesto que cambiara la expresión de su cara y que pudiera ser malinterpretado por el mono. Y es que el animal, que tenía enfrente, era de cuidado. Todo el mundo había oído historias acerca de la agresividad de los babuinos; se decía que incluso los grandes felinos se andaban con tiento con ellos. Lo mejor sería no moverse y esperar.

Algo llamó la atención del animal a su derecha y enseguida reaccionó ladrando de nuevo y enseñando sus terroríficos colmillos; luego otra vez volvió su cara perruna hacia Nemenhat con curiosidad. Siguieron unos instantes que parecieron eternos. El babuino, sentado sobre sus cuartos traseros, observaba fijamente al muchacho que seguía todo lo inmóvil que era capaz, hasta que por fin unas voces extrañas vinieron a sacar a ambos de aquel estado. El mono, que pareció reconocerlas, volvió su cabeza con cierta parsimonia, permaneciendo quieto. De nuevo sonaron las voces, ahora muy cercanas, y dos hombres aparecieron en escena; eran *medjays*.

Pocos nombres en Egipto imponían tanto respeto como éste. Su sola mención daba lugar a quién sabe cuántas historias. Relatos de increíbles proezas que el pueblo, a menudo, exageraba en el convencimiento de que así fueron.

En realidad, los *medjays* eran tan antiguos como el país, pues su nombre puede verse grabado en las estelas del rey Unas, gran dios de la V dinastía, en la que se cuenta la terrible hambruna que tuvo que soportar Egipto. En dichos relatos puede verse cómo unos hombres permanecen en cuclillas, escuálidos y decrépitos por el hambre; son *medjays*. Ya desde entonces aparece su nombre unido al sufrimiento al que hacían gala de despreciar. Mas no es sino hasta la XVII dinastía que estos hombres, procedentes algunos de las tribus beduinas y otros naturales de Nubia, entran a formar parte de las estructuras militares.

En la guerra de liberación contra el invasor *hikso**, el príncipe Kamose utilizó soldados *medjay* para derrotarlos.

Operaban como infantería ligera y eran muy diestros en la lucha cuerpo a cuerpo. Además eran magníficos exploradores, hombres habituados al inhóspito desierto en el que eran capaces de sobrevivir bajo las más adversas condiciones. Marchadores infatigables, formaron la columna vertebral de la policía creada por Amosis tras expulsar definitivamente a los hiksos, y fundar la XVIII dinastía. Con el tiempo, llegaron a distinguirse de tal manera que Tutmosis III, el gran faraón guerrero, construyó un templo en honor de Dedun, el Señor de Nubia, el dios patrono de las tropas de aquel lugar.

«Somos garantes del orden que el faraón impone sobre la tierra», solían decir con orgullo.

Mas éste se sumió en los tiempos oscuros. Aquel orden desapareció y los caminos, otras veces seguros, dejaron de serlo; por lo que

---

* Hiksos, mal llamados pueblos pastores; eran en realidad una etnia asiática, que se instaló en el Bajo Egipto gobernándolo durante algo más de un siglo. Ellos instauraron la XV y XVI dinastía. Fueron derrotados y expulsados de Egipto en el siglo XVI a.C. por los príncipes tebanos cuyo jefe, Amosis, sería el fundador de la XVIII dinastía.

aventurarse por ellos era arriesgado. Bandas de ladrones incontroladas campaban a sus anchas por el país, saqueando haciendas y caminantes impunemente. El Estado, tantas veces protector, se veía incapaz de garantizar la seguridad de sus súbditos, debido principalmente a las luchas internas por el poder que lo estaban descomponiendo.

Cuando el primer rayo de una nueva luz llegó al fin con la entronización de Setnajt, la policía estatal prácticamente no existía. Una de las primeras cosas que hizo el nuevo rey fue organizar de nuevo ese cuerpo, en un intento de instaurar el orden lo antes posible. Pero Setnajt ya era viejo cuando subió al trono, muriendo a los dos años sin poder completar la tarea que se había impuesto. Fue sobre su hijo, Ramsés III, sobre quien recayó la misión de tratar de arreglar aquel Estado, que hacía aguas por todos lados.

Sin duda estamos ante el último gran faraón de Egipto; un rey guerrero que había tomado como prototipo a su antecesor Ramsés II y que estaba decidido a llevar a su país hacia el camino de las glorias pasadas.

En poco tiempo la seguridad regresó a la tierra de Kemet, y los *medjays* volvieron a ser una garantía para todos los caminos del país.

Ramsés los organizó en parejas y los distribuyó por todos los nomos, de tal forma que pudieran abarcar la totalidad del territorio. Cada pareja solía ir acompañada por un babuino, que los *medjays* habían adiestrado concienzudamente.* Era sin duda un arma formidable, capaz de influir temor al más desalmado de los malhechores.

Por eso, cuando la gente les abrió el paso, se produjo un respetuoso silencio. Enseguida uno de ellos se acercó al papión, y le amarró una correa al collar de su cuello mientras el animal se dejaba hacer. El otro hombre se aproximó al variopinto grupo que hacía poco que peleaba, y lanzó una mirada desafiante en rededor que nadie osó mantener. Luego reparó en Nemenhat, que se levantaba a duras penas mientras se sacudía el polvo.

—¿Qué ha pasado aquí? —preguntó dirigiéndose a él.

La voz le pareció a Nemenhat profunda, aunque sonara tranquila y mesurada, y no exenta de firmeza; como la que aparentaba su dueño, un nubio delgado y nervudo cuan raíces de sicomoro.

—¿Me dirás qué ha pasado? —volvió a preguntar levantando su cabeza y apuntando a Nemenhat con su bastón.

—Disputas —contestó éste.

---

* El babuino era para los egipcios uno de los animales más fáciles de domesticar.

—¡No me digas! —dijo acercándosele amenazador—. Hasta el mono se ha podido dar cuenta de ello.

Hubo algunas risas que pararon cuando el *medjay* miró de nuevo al grupo.

—Disputas por precios.

Ahora el nubio enarcó una de sus cejas.

—Pues no debería —continuó—. Los precios están claros en nuestro país.

—Eso pensaba yo también, mas parece que no es así.

—Explícate.

Nemenhat contó lo ocurrido hacía unos instantes, entre los murmullos de aquiescencia de los paisanos presentes.

El *medjay* les mandó callar y gritó con voz potente.

—¡A ver, que salga el amorrita!

Éste salió de entre el público, con la cara tumefacta por algún golpe recibido durante la refriega.

—¿Qué tienes que decir? —le preguntó a su vez.

Éste, naturalmente, contó otra versión de los hechos que en nada se parecía a la anterior; mas enseguida se empezaron a oír voces que le recriminaron su actitud.

—El muchacho tiene razón —dijo alguien de entre los presentes.

Enseguida el amorrita, que era de naturaleza exaltada, se puso a vociferar e increpar al espectador, profiriendo todo tipo de amenazas.

El *medjay* volvió a imponer silencio.

—Ya veo —dijo quedamente—. Así pues —continuó—, tú tenías cinco cestos, de los cuales, parece que dos se han perdido en la pelea, ¿no es así?

Nemenhat asintió en silencio.

—Y tú —prosiguió mirando al amorrita— aseguras que eran ocho los pactados en la transacción.

—Ocho, sí, lo juro —respondió con vehemencia.

—Bien, ¿dónde está la dueña de los cestos?

Kadesh salió de entre los espectadores muy estirada.

—Así pues, tú eres el desencadenante final del enfrentamiento —murmuró el nubio al verla acercarse—. Aquí no habrá más peleas, así que, o te quitas la pintura de tus pezones u ocultas los pechos; si no, dudo mucho que pueda sujetar al babuino*.

---

* En clara referencia al hecho de que los babuinos son famosos por su gran potencia sexual.

Ahora la carcajada fue general.

—Silencio —continuó el nubio alzando la mano—. Me dan ganas de llevaros a todos a Menfis y daros una tunda de palos. Los precios de los artículos de primera necesidad son fijos. El país está en guerra y se dictó una orden para que éstos no subieran. ¿Hay alguien que desconociera esto?

Nadie contestó.

—Bien, en ese caso no hay mucho que discutir. Son cinco cestos con algo más de un *khar* de grano en cada uno. El valor del *khar* de trigo está estipulado en dos deben de cobre, por lo tanto diez deben es el precio. Eso es lo que deberás pagar —dijo mirando al amorrita.

Éste volvió a congestionarse.

—Pero... pero; ahora sólo hay tres cestos, los otros han sido pisoteados.

—Eso fue culpa tuya —cortó el nubio.

—¡Esto es un atropello! —estalló de nuevo el mayoral.

Aquello no gustó nada al *medjay*, que se le acercó despacio.

—Todavía no sabes lo que es un atropello —le susurró mientras le ponía suavemente su bastón sobre un hombro—. Mas si quieres que seamos buenos observadores de las leyes, primero tendré que detenerte por este alboroto y llevarte ante el juez para que juzgue tu caso. Obviamente tu ganado quedará retenido hasta que se aclaren todas las circunstancias que rodean a este incidente; y si el juez falla en tu contra, algo más que evidente, me encantará ejecutar la sentencia y molerte a bastonazos. ¿Satisface esto tus deseos?

La amenaza del *medjay* no era una broma, pues si detenía a aquellos hombres y los llevaba a Menfis, un tribunal local juzgaría sus quejas, y si fallaba a favor de Nemenhat, el amorrita debería pagar una multa por un importe del doble del valor de la disputa. Estos tribunales, constituidos generalmente por escribas, solían tratar casos menores; pero si consideraban que en el tumulto organizado se había cometido abuso de fuerza por una de las partes, como así había ocurrido, podían sentenciar con algún castigo corporal como bastonazos o golpes sangrantes.

También existía la posibilidad de que el asunto fuera aún más grave, pues si el *medjay* exponía el caso como un delito contra el Estado por intentar variar los precios que éste había fijado sobre alimentos de primera necesidad en caso de guerra, el tribunal estaría constituido por jueces y presidido por el mismísimo visir. Las penas de culpabilidad en tales casos podrían llegar a la mutilación de lengua, nariz, u oreja.

—Vamos, dale el dinero y vayámonos ya —dijo uno de los pastores acercándoseles.

El amorrita le miró sorprendido y luego dirigió una mirada llena de rabia contenida al *medjay*.

—Recoged todo el pan que podáis y luego pagad al mocoso —gritó a sus compañeros.

Éstos se afaenaron en recuperar los panecillos esparcidos por el suelo y dieron a Nemenhat un brazalete de cobre.

—Yo que tú no me fiaría —dijo alguien.

—Sí, pésalo, pésalo —corearon otros.

Enseguida apareció un hombrecillo con una pequeña balanza y comprobó el peso.

—Nueve deben y ocho quites —exclamó orgulloso.

—Faltan dos quites —volvieron a increpar.

Nemenhat hizo un gesto con la mano y le quitó importancia al asunto.

—Si la señora está de acuerdo, por mí no hay problema.

Todos miraron hacia Kadesh, que hizo un mohín que podía significar cualquier cosa; y como vio que continuaban mirándola, dio su beneplácito con un gesto afirmativo.

—Se acabó el espectáculo —dijo el *medjay* finalmente—. Volved cada uno a vuestros quehaceres y procurad no tener que hacerme intervenir en lo que queda del día, u os aseguro que la próxima vez no sujetaré al mono.

Los curiosos deshicieron el nutrido corro y se dispusieron a seguir camino. Los pastores arrearon de nuevo su ganado en dirección a Menfis entre insultos y abucheos de unos y otros, y Kadesh y Nemenhat cogieron el mismo camino de vuelta para evitar más problemas.

Los *medjays* con su papión continuaron su patrulla por la carretera del sur.

De regreso, Nemenhat marchaba sombrío y taciturno. Estaba tan molesto por todo lo que había pasado que decidió no abrir la boca por temor a mostrar su furia.

A su lado, Kadesh caminaba observándole en silencio. Sabía perfectamente lo que pensaba el joven, así que prefirió permanecer callada por el momento.

La tarde comenzaba a caer y la luz entre los palmerales creaba matices de ensueño; tornasoles sin igual. La muchacha se sintió poseída por una agradable sensación, pues aquel paisaje la subyugaba. La multitud de fragancias que emanaban de aquella tierra, la invadieron e invitaron a abandonarse totalmente. Con cada paso por aquel vergel, parecía sentirse volar, como si de un Horus vivo se tratara. Sus pies dejaron de existir para ella y sólo realizaron movimientos mecánicos de los que apenas era consciente.

Respiraba y respiraba; y con cada inspiración alimentaba aquella llama que los dioses encendieron dentro al nacer, y a la que no se podía sustraer. Notó cómo se expandía y el placer que esto le produjo.

Unas voces de labradores, allá junto a las acequias, le hicieron volver a la realidad. Miró a Nemenhat que caminaba junto a ella en silencio; y sintió de nuevo cómo la excitación la inundaba. Lo había sentido ya esa mañana cuando se produjo el enfrentamiento, y al ver el revuelo que sus pezones pintados habían causado. Aquello le había producido una íntima satisfacción, y al pensar de nuevo en ello notó cómo se humedecía por completo.

Volvió a observar a Nemenhat de soslayo. Era un buen muchacho, eso lo sabía de sobra, pero sin embargo jamás podría ser feliz a su lado. Lo que ella necesitaba no podía proporcionárselo un hombre bueno. Sin embargo, disfrutaba enormemente llevando a personas así hasta el límite; poniéndolas en las puertas de un lado oscuro que todos los humanos tienen, y que es capaz de originar su destrucción.

—Estoy fatigada; paremos un momento a descansar —dijo de repente.

Nemenhat, absorto como iba en quién sabe qué pensamientos, dio un respingo de sorpresa, pues las murallas de Menfis se podían ver ya cercanas; mas enseguida se dio cuenta de que no había nada que decir puesto que Kadesh se había sentado tras unos arbustos al lado del camino.

—Vamos, siéntate —apremió dando una palmada—, descansemos un rato entre las sombras que nos regala la tarde.

Él se acercó a regañadientes y se sentó junto a ella.

—¡Qué delicioso frescor! —suspiró ella cogiéndose ambas rodillas con las manos—. Sin duda nos merecemos un alto para disfrutarlas después de un día así.

Nemenhat respiró profundamente por toda contestación, y pensó que tardaría bastante en olvidar aquella mañana.

—Bueno, bien está lo que bien acaba —continuó ella—. Al final vendimos el pan por el precio estipulado, a pesar de los incidentes.

Él no respondió, pues todavía estaba pensando en las consecuencias de todo aquello si los *medjays* no hubieran aparecido.

Kadesh entrelazó las manos sobre su cabeza estirando los brazos con placer; luego se tendió sobre la hierba.

—Estuviste magnífico —dijo tocando suavemente la espalda de su amigo.

Éste se sobresaltó al sentir la mano.

—No estuve magnífico. Si no hubiera sido por los nubios, estaríamos sin pan y sin dinero.

—Te portaste cómo un hombre —continuó ella haciendo caso omiso de aquel comentario, mientras continuaba acariciándole.

Nemenhat sintió cómo ella le traspasaba con su llama abrasadora y se volvió para mirarla.

Tendida con los pechos al descubierto, mostrando aquellos pezones capaces de provocar la peor de las riñas entre los hombres, se encontraba la voluptuosidad en estado puro. Senos sin duda hipnotizadores, ante los que era difícil tragar saliva. Dirigió enseguida su mirada hacia su cara avergonzado por lo que estaba haciendo, y se encontró con una boca que era más tentadora todavía y por la que había suspirado tantas noches en silencio. Miró fijamente a sus ojos y advirtió cómo le absorbían la razón, apoderándose de su corazón por completo.

—Te parezco hermosa, ¿verdad?

Nemenhat, incapaz de articular palabra, se limitó a asentir con la cabeza.

—Sólo los verdaderos hombres la poseerán; ¿recuerdas que una vez hablamos sobre ello?

El joven apartó su mirada por fin y pudo contestar torpemente.

—Sí, lo recuerdo.

—Entonces puede decirse que ya eres un hombre, incluso te repito que hoy te portaste como tal.

Nemenhat volvió a mirarla confuso, pues estaba participando en un juego que no era capaz de controlar.

—Además has crecido mucho, tu espalda es fuerte y tus hombros hermosos; seguro que podrías satisfacer a cualquier mujer —prosiguió mientras hacía arabescos con las uñas sobre su piel.

—Eso no lo sé todavía.

Kadesh lanzó una breve carcajada.

—Ah, ya veo; todavía eres célibe. Seguro que por las noches perversos pensamientos consumen tu corazón. Estoy convencida que darías lo que fuera por poseerme, ¿verdad?

El muchacho sintió cómo los nervios se le cogían al estómago y se llenaba de desazón.

—¿Cómo dices eso? —preguntó al fin—. Eres la prometida de mi mejor amigo y...

—Y qué —cortó ella con un susurro—. Pronto descubrirás que tu alma puede caer al vacío si se acerca demasiado a él. ¿O acaso niegas que en la soledad de tus noches has pensado en tenerme una y otra vez?

Nemenhat quedó boquiabierto incapaz de contestar. Aquella mujer era como la más terrible de las drogas; y le manejaba a su antojo.

—¿Acaso no te gustaría acariciar mis pechos ahora? Sí, te volverías loco al hacerlo y luego pasarías la noche entera arrepentido por haber traicionado a tu amigo; así es, ¿verdad? —Volvió a reír suavemente mientras se incorporaba acercándosele—. Mis labios están sellados con los de Kasekemut y sólo a él pertenecen, sé que lo estás pensando; y tú te mueres de ganas de poner los tuyos sobre ellos, desde el primer día en que me viste. Aborrezco a los hombres dubitativos; deberían estar condenados a no poseer sino la miseria.

Nemenhat, incapaz de reaccionar, seguía mirando embobado aquella boca que se le ofrecía como la mayor de las tentaciones.

Ella se le acercó más y más, mientras se pasaba su lengua para humedecérsela; hasta que estuvieron tan próximos que él pudo sentir sus labios sin tocarlos. Sólo un leve movimiento fue necesario para fundirse con ellos, y al hacerlo, Nemenhat comprobó que eran la culminación de la creación de los dioses y que su voluntad desaparecía. Notó cómo sus manos se aferraban a aquel cuerpo con desesperación mientras la cubría de besos y cómo acariciaba aquellos pechos con los que había soñado tantas veces; en tanto Kadesh suspiraba de placer. Después sintió cómo la muchacha le empujaba suavemente hasta tumbarle en el suelo y cómo le pasaba la mano por su pecho. Él intentó incorporarse para abrazarla de nuevo presa de un incontrolable frenesí, pero ella enseguida deshizo su abrazo para volverle a tumbar, mientras trazaba dibujos imaginarios con sus uñas sobre su torso.

Nemenhat cerró los ojos y se dejó hacer; ya daba igual, era su esclavo y haría cuanto le dijese, y ella le llevó al paroxismo con mil y una caricias que, poco a poco, bajaron desde el pecho hasta el bajo vientre. Después se detuvo un momento y enseguida el muchacho abrió sus ojos suplicantes. Kadesh le miraba, a la vez que esbozaba la más maligna de las sonrisas. Sólo una boca como aquélla era capaz de expresarla así. Mas enseguida notó como unos dedos desabrochaban su faldellín quitándole el *kilt**, y cómo su miembro surgía erecto en toda su

---

* Palabra con la que se denominaba al taparrabos.

extensión henchido por la presión que más de cien titanes imprimían a la sangre que circulaba por aquellas venas y que parecían a punto de estallar. El glande, congestionado, le pareció desmesuradamente grande y adoptó un brillo peculiar.

Vio cómo al observarlo, Kadesh emitía un suave gemido y se apoderaba de él con su mano como si fuera su bien más preciado. Con el primer manoseo, Nemenhat pensó que el suelo se abría bajo su cuerpo y comenzaba a caer libremente por un pozo de placer absoluto. Caía y caía a cada movimiento, en un progresivo gozo del que no tenía control. A duras penas entreabría sus ojos para observar cómo Kadesh meneaba su pene arriba y abajo rítmicamente, y sentía que el pozo se convertía en abismo. Siguió bajando hasta que, con uno de aquellos movimientos, se sintió llegar al culmen del éxtasis y de inmediato, una explosión de fuego líquido brotó de aquel miembro sofocado haciéndole llegar al final de su viaje. Abrió los ojos y vio cómo Kadesh lanzaba un grito cuando su semen salió lanzado sobre su vestido y cómo, acto seguido, apartaba su mano totalmente empapada. Luego empezó a lanzar furiosos juramentos, mientras se limpiaba el esperma con gesto de asco.

—¡Cómo te atreves a mancharme con tu sucio *mu* (semen)! ¡Qué desfachatez, derramar tu repugnante semilla de *mertu** sobre mí. Me has llenado de impureza —continuó fuera de sí—. A mí y también a Kasekemut; nos has ultrajado a los dos. ¿Cómo has osado eyacular sin mi consentimiento?

Nemenhat apenas era capaz de pronunciar palabra ante aquella situación. Había llegado al fondo de aquel pozo súbitamente, y el suelo con que se encontró era más duro que el granito rojo de Asuán que los faraones empleaban para construir sus sarcófagos.

Era la primera vez que una mujer le acariciaba así y el resultado le había llenado de vergüenza.

La escena no dejaba de tener su comicidad, al ver a Kadesh despotricando furiosa a la vez que sacudía su mano en un intento de limpiarse el semen que la cubría. Entretanto, Nemenhat permanecía medio incorporado, mirando alternativamente a la muchacha y al miembro tumefacto, del que todavía goteaba aquella sustancia blancuzca, sin entender nada de lo que ocurría.

* Palabra despectiva utilizada comúnmente como sinónimo de siervo. *Mertu* era el nombre con que se denominaban a los campesinos en el Imperio Antiguo, que estaban ligados a la tierra de tal forma que cuando el faraón la regalaba iban incluidos ellos también.

Hubiera sido, sin lugar a dudas, motivo de chanza para cualquier paisano que lo hubiera presenciado. Todo Menfis haría chistes al respecto.

Pero desgraciadamente aquello tenía muy poca gracia para ella, que continuaba despotricando cada vez más encendida.

Nemenhat, pasados los primeros instantes, se repuso un poco y comenzó a sentir que su vergüenza daba paso a la indignación.

—Eres tan culpable de esto como yo —dijo al fin mientras se ceñía de nuevo el *kilt*.

Estas palabras fueron demasiado para la muchacha y no consiguieron sino llevar su furia hasta el límite.

—Eres un inmundo incontinente que ni tan siquiera es capaz de controlar sus excreciones —gritaba señalándole con su dedo acusador—. Has abusado de mi confianza y de la de Kasekemut. Pero esto no quedará así, pues él sabrá de tu deshonra, te lo aseguro —terminó amenazadora.

Después, tras incorporarse, salió a buen paso hacia el camino próximo desapareciendo al poco por él, en tanto lanzaba terribles improperios.

Nemenhat se quedó un largo rato sentado sobre la hierba. Un mar de confusiones crecía en su interior, mezcla de vergüenza, rabia e incomprensión. Después, cuando comenzó a poner en orden sus ideas, se sintió estúpido y despreciable. La imagen de su amigo abrazándole el día de su despedida mientras le pedía que cuidara de Kadesh, se apoderó de él e hizo parecerle doblemente estúpido y despreciable. Sabía las consecuencias que aquello podía tener; y no se refería sólo al final de la amistad con Kasekemut, sino al convencimiento de la influencia que aquello tendría para él.

«Hay un antes y un después del día de hoy», pensó.

Caía ya la noche cuando llegó a Menfis. Había hecho el camino sin saber por dónde andaba. Sus pies se movían rítmicamente, mas no era él quien tiraba de ellos, pues en su corazón, sólo había sitio para lo ocurrido. De vez en cuando, al mirar hacia delante, la visión de su amigo llegaba nítida atormentándole; y esto era lo que más le dolía.

Pensó de nuevo en lo despreciable y estúpido que era. Despreciable por haber traicionado la confianza que su amigo le brindó. Estúpido al no haber evitado aquella situación, y en lo fácilmente que había caído en el juego de la joven.

«Kadesh»; al pensar en su nombre no pudo reprimir un malestar en el estómago y un amargo regusto que le subía a la garganta.

Casi como un sonámbulo llegó a la puerta de la ciudad, mas enseguida salió de su ensimismamiento. La gente corría de acá para allá animándose a entrar apresuradamente, mientras las murallas se llenaban de antorchas que la iluminaban en toda su extensión. Había confusión por todas partes y Nemenhat agarró a un hombre que cruzaba ante él, como perseguido por los demonios.

—¿Qué pasa? —preguntó señalando todo aquel mare mágnum de gente corriendo en todas direcciones.

El hombre le miró confundido, como si tuviera una extraña aparición ante él.

—¿Cómo? ¿No te has enterado?

—¿Enterarme? ¿De qué?

—Los libios, los malditos libios, están a las puertas de Heliópolis; dicen que sólo quince kilómetros separan a sus avanzadillas de nosotros.

Nemenhat le miró extrañado.

—Pero entonces, nuestro ejército...

—Nada se sabe de él; estos malditos han estado jugando al gato y al ratón evitando un choque directo. Si nadie lo remedia, mañana los tendremos aquí y ni todos los dioses juntos evitarán el saqueo.

Luego se deshizo de su mano y continuó su camino como alma que lleva el diablo.

El muchacho cruzó a la carrera la explanada del gran templo de Ptah, y cogió la primera calleja abajo camino de su casa. Las calles estaban alborotadas, pues la noticia había corrido como el Nilo en la crecida; desbordándose. Por ello no tomó en consideración los innumerables disparates que escuchó a su paso. El nerviosismo se había apoderado de las calles, donde reinaba una gran agitación. Cientos de familias, con todos los enseres que eran capaces de llevar, se dirigían a los muelles para intentar coger un barco que les trasladara río arriba, lejos del temido invasor.

Se imaginó el alboroto que habría en el puerto con toda aquella gente histérica tratando de escapar de la ciudad. Barcos abarrotados, vendiendo un sitio al mejor postor.

Al entrar en su casa vio a su padre cómodamente sentado, bebiendo una copa de vino de El-Fayum.

—¡Padre! —exclamó algo excitado—. ¿Has oído? Parece que los libios se encuentran a las puertas de la ciudad.

—Sí, hijo, pero tranquilízate; todo cuanto oigas no hará sino alimentar tu confusión.

Nemenhat le miró sin comprender.

—No te dejes contagiar por el nerviosismo de los demás...
—Pero, si es cierto... deberíamos hacer algo.
—Yo por el momento lo hago; este vino es estupendo.

A Nemenhat aquello le irritó.

—Pues yo me voy a las murallas a ver en qué puedo ayudar.
—Me parece loable y encomiable eso que dices, hijo mío.
—Pero... y tú, ¿te quedarás aquí sin hacer nada?
—Tranquilamente. No pienso moverme de mi casa; ya he huido en mi vida bastante.
—Pero, padre, si esas gentes entran, arrasarán la ciudad; nuestra casa, todo lo que poseemos...
—Bueno, eso no ocurrirá —dijo socarronamente—. Tú estarás en las murallas para evitarlo.
—Cómo puedes hablar así —estalló el muchacho dando un fuerte pisotón.
—En momentos como éste, es cuando deberías demostrar tu temple. Trata de mantener la calma; si no lo haces, serás como ellos.

Pero Nemenhat ya no le escuchaba. Fue a uno de los arcones y sacó un magnífico arco que él mismo se había fabricado; luego cruzó la estancia con paso rápido encaminándose a la salida.

—Te espero para desayunar, hijo —dijo en voz alta su padre mientras le oía abrir la puerta.

Aquél salió a la calle dando un portazo.

Shepsenuré suspiró comprensivo. En el fondo, le enorgullecía el que su hijo se mostrara tan decidido a ayudar a sus paisanos en una hora así. Aunque, naturalmente, él no pensara que el asalto fuera inmediato.

Aquella misma mañana había visitado a Hiram en su oficina de los muelles. Era el fenicio un hombre que estaba al corriente de cuanto ocurría; máxime ahora, que existía un conflicto armado que podía tener serias repercusiones sobre sus negocios. Éste desmintió los rumores apocalípticos que tan insistentemente estaban circulando, dándole información de primera mano. Era cierto que se habían visto avanzadillas libias en Ausim, la antigua Khem, capital del nomo II, llamado por los egipcios Aa (el muslo); situada a unos quince kilómetros de Heliópolis. Mas, después de buscar infructuosamente, los exploradores de los ejércitos reales habían localizado, por fin, al grueso de las tropas invasoras, y en esos momentos Ramsés se dirigía a marchas forzadas para interceptarles. El encuentro entre los dos ejércitos era inminente.

Así pues, de momento no había por qué preocuparse; él seguiría al frente de sus negocios como todos los días.

—Los rumores son inevitables en casos así; incluso alimentados. ¿Ves esos cargueros del Nilo? —dijo señalando los típicos barcos mercantes fluviales situados a la otra orilla.

—Sí.

—Se están preparando para zarpar. Cuando caiga la noche, media ciudad estará corriendo hacia los muelles desconcertada, buscando un barco en el que huir. Darán lo que se les pida por ello. Los capitanes llenarán los barcos hasta las bordas de toda esa gente enajenada; y harán un gran negocio.

El egipcio le miró y sonrió pícaramente.

—Los negocios y la guerra, a menudo andan de la mano —concluyó Hiram.

Sin embargo, para Nemenhat, aquella noche quedó grabada para siempre como sinónimo de confusión. A la que se había apoderado de la ciudad, se unía la que él sentía por todo lo que había ocurrido. Y lo peor era que no podía sustraerse de aquellos pensamientos mezcla de culpabilidad e inocencia.

—Los dioses me han jugado una broma pesada —acababa diciéndose, sin acertar a comprender que los seres humanos nos bastamos para hacerlas.

Se dirigió a las murallas, al lugar donde había estado acudiendo los días pasados. Allí estaban todas las cuadrillas trabajando frenéticamente; recomponiendo los maltrechos muros lo mejor que se podía.

Le recibieron con alegría, y al verle con su arco al hombro, el jefe de su unidad le dio unos afectuosos golpes en la espalda.

El trabajo fue como un bálsamo para él, ayudándole a abstraerse; y se sintió mejor.

A veces cruzaba su mirada con la de algún otro hombre y pensaba que sabía lo que había hecho y le recriminaba por ello. Esa sensación de sentirse observado le acompañaba durante unos instantes, hasta que de nuevo se aplicaba en su tarea.

Aquella noche, miles de hombres aunaron sus esfuerzos ante la amenaza que se cernía sobre ellos. Perfectamente organizados en equipos, trabajaron hasta la extenuación intentando mejorar sus defensas. Cuando algún grupo se veía desfallecer, se entonaban viejas canciones en loor de la madre Isis, en las que solicitaban su protección. Entonces el ánimo se encendía de nuevo, contagiando de entusiasmo a aquellos hombres.

Nadie durmió esa noche en Menfis. Una parte de la población se apiñó, junto a los muelles, en busca de un barco que les sacara de allí; mas la mayoría ayudó cuanto pudo en preparar a la ciudad ante un posible ataque. Los hombres, trabajando y las mujeres y ancianos, llevando agua o provisiones.

Próximo al alba, Nemenhat vio a Nubet ofreciendo agua a una de las cuadrillas cercanas. Sus miradas se cruzaron un instante; mas la muchacha continuó con su tarea como si nada hubiera visto. Al poco, desapareció entre los trabajadores y no la volvió a ver.

Cuando las primeras luces del amanecer llegaron a la ciudad, los hombres se apostaron en las almenas intentando atisbar sobre las todavía dispersas sombras, cualquier indicio que les revelara la proximidad del enemigo. Se hizo el silencio y todos aguzaron sus sentidos; mas sólo oyeron los alegres trinos de los pájaros al despertar, saludando a la mañana ya próxima.

Ra apareció por el horizonte después de navegar toda la noche por el inframundo. Como cada día, el disco solar ascendió por entre las tierras del este, desparramando su luz, generoso.

Los hombres volvieron a mirar con ansiedad en busca de alguna señal que, en la lejanía, les pudiera alertar de la proximidad de las hordas del desierto. Mas todo parecía tranquilo y no se veía a nadie.

¡Gloria al Egipto, tierra de inmortales que con disfraz de dioses la bendijeron, sacándola del baldío olvido. Loa a ellos que mezclaron su semilla con los hijos de los hombres alumbrando una tierra que es custodia de ancestral sabiduría. Estirpe de semidioses que, desde tiempos remotos, hicieron de aquel valle réplica fidedigna de la morada celestial donde sus padres vivían!

¡Gloria a ti, Kemet, que desde el principio fuiste isla rodeada de toda barbarie la cual, celosa de tu grandeza, siempre ansió someterte para impregnarse de tu majestad. Pueblos que, desde la oscuridad de su noche, no pueden sino postrarse a tus pies, desconcertados ante tanto poder!

Estas u otras alabanzas parecidas bien podrían haber sido cantadas por los cientos de heraldos que recorrían la ciudad anunciando la victoria del faraón sobre los pueblos del oeste; invitando así al pueblo a presenciar la entrada victoriosa de los ejércitos del dios.

Todo Menfis bullía de alegría tras la angustia de los días pasados. Cada calle era una fiesta y la gente se abrazaba alborozada gritando sus bendiciones al cielo que, de nuevo, les había protegido.

El encuentro entre los dos ejércitos había sido brutal. Como más tarde Ramsés grabó en los muros de su templo de Medinet Habu, el enfrentamiento fue «en una sola vez», y en él tuvo lugar una terrible carnicería. El ejército *tchehenu* fue derrotado en una gran batalla, en la que los ejércitos egipcios dieron muerte a veintiocho mil enemigos. Una cifra espantosa, que Ramsés se encargó de transmitir a todos los puntos del mundo conocido, quedando grabado en sus anales como aviso de lo que era capaz. Además se apoderó de sus mujeres, hijos y todo su ganado, haciendo un gran botín, que luego se repartirían los grandes templos.

Era aún muy temprano cuando, aquella mañana, Nemenhat se dirigió a la gran explanada del templo de Ptah. Allí terminaría el gran desfile que, atravesando Menfis por una de sus grandes avenidas, desembocaría justo en aquella plaza.

La ciudad en pleno llenaría las calles del trayecto para agasajar al faraón y a sus soldados, y hacer escarnio del vencido.

Sólo muy de tarde en tarde se presentaba la posibilidad de presenciar un espectáculo semejante, así que ese día había que madrugar si quería coger un buen sitio.

Ya cuando llegó la gente pugnaba por los mejores puestos, por lo que tuvo que abrirse paso a codazos para llegar al lugar que había elegido; un punto desde el que vería la llegada del cortejo sin ser molestado.

A media mañana, la plaza se encontraba abarrotada de un público expectante que dirigía sus miradas hacia aquella avenida que daría entrada a la parada. En las puertas del gran templo, todo estaba dispuesto para recibir al faraón, que rendiría culto al dios local, el Señor de la Verdad, en acción de gracias.

La espera, como todas, se hizo tediosa. La gente no quitaba ojo a aquella avenida buscando alguna señal reveladora. Mas el primer signo de la proximidad del desfile fue el clamor lejano de las miles de gargantas que ya vitoreaban.

El griterío iba subiendo de volumen conforme se acercaban las tropas, hasta que al fin se las divisó a lo lejos; al fondo de la vía. Ya se oían claramente los tambores percutidos por orgullosos soldados y el agudo sonido de las trompetas que anunciaban el paso del faraón.

Sonaron con fuerza cuando el augusto cortejo llegó a la gran explanada. Ramsés III entraba en triunfo en la más antigua de las capitales del país, dispuesto a rendir homenaje a su dios.

Para Nemenhat, aquello resultó un espectáculo que perduraría en su memoria para siempre.

Entraron primero trompetas y tambores entonando marchas guerreras seguidos de los *kenyt nesw*, las tropas de elite del ejército; los valientes entre los valientes que, con paso rápido, cruzaron la explanada envueltos en aclamaciones. Llevaban un *siryon*, ligeras corazas de cuero con escamas de bronce, sobre las que el sol producía dorados destellos. Portaban escudos cimbreados en la parte de arriba y el *harpé*, espada corta y curva que era terrible en la lucha cuerpo a cuerpo.

Lo más granado del ejército estaba allí y Nemenhat agudizó su vista.

Reconoció al punto a Userhet, inconfundible por su estatura, al mando de su unidad. El más grande de los guerreros de Egipto, vencedor en mil combates, reencarnación de la fiera Sejmet, iba sólo precedido por su *uartu**, seguramente un miembro de la realeza. Tras él, marchaban el resto de los soldados moviéndose como si de uno solo se tratara.

A Nemenhat le dio un brinco el corazón al ver a uno de los soldados que marchaba tras el nubio.

Llevaba un aparatoso vendaje en la cabeza por el que caía una abundante cabellera negra; y sus andares le resultaron inconfundibles.

—¡Es Kasekemut! —exclamó entusiasmado.

No podía creerlo; Kasekemut formando parte de aquel grupo escogido. Aquello sobrepasaba, con creces, las mejores perspectivas de su amigo.

Sintió una inmensa alegría al verle desfilar y dio gracias a los dioses por los honores que le dispensaban. Pero enseguida, aquéllos parecieron también acordarse de él, porque un amargo regusto le subió desde el estómago. Bien sabía él a qué era debido; mas no tuvo demasiado tiempo para paladearlo, porque de nuevo sonaron las trompetas anunciando la llegada de Ramsés.

Precedido por el estandarte de Amón, el dios viviente entró en la explanada montado en su carro real. Como actuados por un resorte, el pueblo se postró mostrando su espalda al sol mientras pasaba el Horus viviente.

* General de división.

Nemenhat se apostó muy hábilmente de modo que pudiera observar sin llamar la atención.

Dos magníficos caballos, que formaban el «Gran Primer Tiro de Su Majestad conocido como Amado de Amón, tiraban de la regia carroza. Iban enjaezados con una belleza sin parangón. Hermosas mantas con los colores reales cubrían sus lomos con toda suerte de adornos. Bridas que relucían con fulgor en cabezas acicaladas con largos penachos de plumas rojas, amarillas y azules.

Nobles brutos que levantaban sus manos al paso con gracia sin igual, sabedores que transportaban al señor de aquella tierra. El carro del que tiraban era una obra maestra de la más exquisita orfebrería egipcia. De ligera madera, estaba chapado con láminas de oro, en las que se habían grabado toda suerte de filigranas. Brillaba de tal modo, que parecía que el faraón hubiera querido quitar un pequeño fragmento al sol, y sobre él, recorrer su tierra. Hasta las ruedas, de seis radios, relucían de igual manera. Luego sobre el pescante, varias fundas también doradas, donde guardar sus armas; aljaba para sus lanzas y un primoroso carcaj del que asomaban áureas flechas.

Sobre aquella espectacular biga iba el faraón. User-Maat-Ra-Mery-Amón* conducía el carro llevando de las riendas a sus caballos, ataviado con sus distintivos reales. Sobre la cabeza portaba el *kheprehs*, el casco azul electro que los faraones llevaban a la guerra.

El rey, que ya estaba en la cuarentena, irradiaba tal poder y majestad que, al verle, Nemenhat se sintió el más insignificante de los hombres.

El dios iba acompañado del Primer Auriga de Su Majestad, el *kdn*** que acompañaba al faraón cuando iba a la batalla. El auriga era su hijo, el príncipe Sethirjopshef que, en este caso, había cedido las riendas a su padre permaneciendo tras él, de pie en el pescante.

La carroza real iba flanqueada por los dos leones favoritos del rey, a los que acompañaban varios hombres que movían grandes abanicos de plumas.

Por último, y para que no quedara duda de la magnitud del espectáculo que Ramsés quería dar a su pueblo; avanzaba el drama.

Uncido a su carro con una larga cuerda, iba el rey de los vencidos. Themer, el rey *libu*, caminaba desnudo con los brazos atados por los codos a la espalda, y el nombre del faraón marcado a fuego en su piel.

---

* Nombre con el que gobernó Ramsés III.
** Conductor de carros.

Aquella escena impresionó vivamente a Nemenhat, que tardó mucho tiempo en olvidarla. Mas ése era el precio que había que pagar por haber osado levantarse en armas contra el faraón, puesto que una de las obligaciones de éste era defender a su pueblo, siendo común al regresar victorioso el mostrar al enemigo cautivo e implorando el perdón.

Los pechos del pueblo menfita estallaban de fervor patriótico y pedían a gritos toda clase de salvajadas para con el prisionero.

—¡Sácale los ojos, sácale los ojos! —se escuchaba como un clamor.

Mas el faraón continuó impertérrito su camino, como si nada oyese. Él era el dios y haría lo que más conviniera a su país.

Tras Ramsés, el ejército entero irrumpió en la plaza.

Primero venían los escuadrones de carros, formado cada uno con veinticinco unidades, que eran mandados a su vez por un Auriga de la Residencia. Cada carro iba tirado por dos caballos y transportaba a un conductor y un combatiente (*kr'w*).

Luego pasó la infantería. Las cuatro divisiones de Ramsés: Amón, Ptah, Ra y Sutejh, con sus vistosos estandartes y mandados cada una por su *uartu*, desfilaron en perfecta formación.

Entre ellos, los prisioneros enemigos se alineaban dispuestos en filas con los codos atados a la espalda y una larga cuerda que enlazaba cuello con cuello. Avanzaban arrastrando los pies como parias entre horribles sufrimientos, pues Ramsés había ordenado que les cortaran la lengua. A su lado, soldados con látigos, hechos de palmas trenzadas, les golpeaban inmisericordes cuando veían que alguno perdía el paso.

Ante aquella demostración de crueldad el pueblo se regocijaba, dando rienda suelta a oscuros instintos alimentados por la angustia vivida los días anteriores. Nadie tenía duda de lo que les hubiera ocurrido de haber sido vencidos por aquellas hordas del desierto.

Cerraban la marcha los arqueros nubios, los mejores del mundo, con sus arcos de doble curva que les hacían tan temibles. Luego, una procesión interminable de lamentos; mujeres, niños, animales...

Todo cuanto aquellas gentes poseían estaba ahora en poder del rey que lo donaría, en su mayor parte, al clero de los principales dioses.

Como era costumbre, el populacho vejaba cuanto podía a aquellos desgraciados que por allí pasaban, abrumados por el temor de su futuro incierto*.

---

* En general, los antiguos egipcios daban un trato correcto y humanitario a sus esclavos, los cuales disponían de derechos. Los soldados capturados eran, en ocasiones, admitidos posteriormente en el propio ejército del faraón.

Toda la comitiva se detuvo cuando Ramsés llegó a la entrada del Gran Templo. Allí, hombres vestidos de un blanco inmaculado aguardaban solícitos; entre ellos, los sacerdotes *Sem** con sus pieles de pantera.

Desde su posición, algo alejada, Nemenhat sólo acertó a distinguir cómo una figura, quizás el sumo sacerdote, se adelantaba de entre los demás invitando al faraón a entrar en el templo mientras se postraba ante él. Acto seguido, la sagrada comitiva desapareció tras los muros del santuario entre extraños cánticos. Ramsés se internaría en las profundidades del templo, hasta la sala donde habitaba el dios Ptah. Sólo el faraón, como reencarnación divina, y los sacerdotes encargados del culto diario del dios podían entrar allí. Los demás deberían esperar afuera, en la sala hipóstila, a que finalizara el acto de reencuentro con el dios.

Cuando la ceremonia finalizó, Ramsés apareció de nuevo por la puerta y el público volvió a aclamarle efusivamente. El pueblo vitoreaba así al último de los grandes faraones guerreros.

Finalmente, llegó la hora de los valientes; momento en el que el rey distinguiría públicamente a los soldados que habían sobresalido en la batalla.

Nemenhat no podía oír lo que Ramsés decía, tan sólo veía cómo se adelantaban los elegidos para ser ungidos por él. Pudo reconocer fácilmente cómo Userhet era abrazado por su majestad, ennobleciéndole así ante todo el país.

El acto continuó hasta que quedó enaltecido el último de los favorecidos. Éste se adelantó al ser llamado; tenía un aparatoso vendaje en la cabeza y caminaba orgulloso hacia el dios.

Al distinguirle, Nemenhat quedó sorprendido. Era Kasekemut el que se dirigía con paso marcial al encuentro del señor del mundo conocido, para ser a su vez honrado como hijo predilecto de su pueblo. Aunque Nemenhat supiera reconocer los valores de su amigo, no pudo por menos que admirarse por aquello. El ser condecorado por el faraón era un honor que muy pocos alcanzaban. Viejos soldados curtidos en mil campañas apenas llegaban a ser considerados ni con una simple mirada del rey. Sin embargo, Kasekemut, en su primera acción de guerra, entraba por el vestíbulo que conducía a los grandes hacia la gloria.

Recapacitando un poco, a Nemenhat tampoco le extrañó demasia-

---

* Eran clérigos del culto a Ptah, que vestían una piel de leopardo y tenían una trenza en forma de bucle. Realizaban labores religiosas y civiles, como la supervisión de obras.

do lo que veía, pues sabía de lo que su amigo era capaz; y él había marchado a aquella guerra dispuesto a todo. Se jugaría la vida tantas veces como fuera preciso con tal de llegar a la meta que se había trazado. Kasekemut era así.

Desde aquella distancia, Nemenhat no acertó a apreciar que la condecoración que recibía su amigo era una mosca de oro; preciado galardón otorgado en premio a la combatividad*. Mas a él le daba igual, pues una gran emoción le embargaba por lo sucedido y sólo ansiaba el poder abrazarle.

Fue un sentimiento espontáneo enseguida velado por la amarga realidad. Él jamás volvería a abrazar a Kasekemut, sencillamente porque su amistad se había quebrado para siempre. Ya nada podía hacer; sus caminos se separaban en este punto y él debía seguir el suyo solo.

Nemenhat no esperó a ver cómo el faraón y sus tropas marchaban hacia sus cuarteles. Ya nada le retenía allí, así que abandonó aquel lugar por una de las innumerables callejuelas camino de su casa.

Las siguientes jornadas pasaron monótonas para él, pues trabajó todo el día ayudando a su padre en la carpintería. Era un encargo hecho por Seneb para uno de sus futuros clientes; un ataúd de pino.

Ahora que Shepsenuré disponía de esta magnífica madera, podía hacer este tipo de trabajos para todo aquel que pudiera permitírselo, pues el pino era muy caro. Era un buen negocio, en el que participaba también el embalsamador. Éste ofrecía sus servicios al futuro finado, incluyendo el sarcófago de pino; el interesado pagaba por adelantado el precio estipulado por la caja, y Shepsenuré la fabricaba repartiendo con Seneb parte de la ganancia. El cliente recogía el encargo y su familia lo guardaba para usarlo cuando pasara a mejor vida.

Para Shepsenuré era un trabajo más sencillo y lucrativo que hacer muebles, así que acabó prefiriendo este tipo de servicios. Se sorprendió al ver el número de pedidos que le requerían, dado su precio, mas no había dinero mejor empleado para un egipcio que el de su funeral; por ello, la gente solía costearse el mejor que podía.

El trabajo absorbió totalmente al joven distrayéndole por completo de sus problemas. Pero era un mal ardid para aliviar conciencias, por eso, cuando por la noche se estiraba en la cama con las manos bajo

---

* El león de oro era una condecoración como premio al valor, y la mosca de oro se entregaba por la perseverancia en el ataque.

la cabeza, aquélla se removía. Si quería estar en paz con ella debería solucionar aquel asunto.

Así, una tarde se despidió de su padre argumentando una urgencia y se fue en busca de Kasekemut. Shepsenuré, que había notado a su hijo más taciturno de lo normal durante los últimos días, no dijo nada. Sabía que algún problema le acuciaba y lo mejor era que él mismo intentara resolverlo.

Era media tarde cuando Nemenhat llegó a casa de Nebamun preguntando por su hijo. Por el camino había estado pensando en cómo afrontar el problema, pero ello no hizo más que aumentar su confusión; nadie podría cambiar lo ocurrido.

—Kasekemut no está —respondió su padre mientras se protegía los ojos del sol de la tarde con una mano—. Últimamente anda muy ocupado con los preparativos de su boda. Seguro que le encontrarás en casa de Kadesh.

Nemenhat le dio las gracias y se marchó dejando al viejo sentado a la puerta de su casa.

Ir a casa de la muchacha era lo último que se le hubiera ocurrido hacer, por lo que estuvo deambulando por las calles cercanas a ésta, para ver si encontraba a su amigo.

En vista de su infructuosa búsqueda, decidió apostarse en una esquina próxima desde donde podía observar la casa discretamente. Esperó durante más de una hora infructuosamente, lo cual acrecentó su desazón; dentro de poco se pondría el sol, por lo que decidió desistir de su espera.

Se disponía a hacerlo, cuando la puerta que tan pacientemente había estado vigilando se abrió súbitamente dando paso a Kasekemut. Iba acompañado por Userhet y ambos salían con cierta prisa. Tomaron una de las calles que bajaban a los muelles y Nemenhat se dispuso a seguirles a prudente distancia. Kasekemut parecía eufórico y no cesaba de dar palmadas en la espalda del gigante, que reía de quién sabe qué ocurrencias.

Con ese estado de ánimo, Nemenhat pensó que seguramente se dirigían a alguna de las tabernas de moda en el puerto, a celebrar algo.

Nemenhat resolvió terminar de una vez con aquello, por lo que se adelantó rápidamente y le llamó por su nombre.

Al oírle, Kasekemut se volvió presto. Los últimos rayos de un sol, que ya moría, acertaron a darle de lleno en su cara iluminando la fea herida que le cruzaba su frente.

Ambos se aproximaron hasta quedar a menos de dos codos de distancia, observándose sin decir nada.

—No pensé que tuvieras el atrevimiento de venir a verme —dijo al fin Kasekemut.

—En realidad ya te vi cuando entraste en triunfo en la ciudad; y me alegré de tu ascenso.

—¿Que te alegraste? Hablas como el amigo que no eres.

—Entiendo que pienses así, mas créeme si te digo que te aprecio como tal.

—Nunca imaginé que tuvieras tal desvergüenza después de lo que hiciste.

—Admito que tuve parte de culpa en...

—¿Parte de culpa? —estalló Kasekemut colérico—. ¿Llamas parte de culpa a llevar a Kadesh por un solitario bosque e intentar abusar de ella aprovechándote de su confianza?

—Pero, pero eso no fue lo que pasó, yo...

—Tú eres una vergüenza para cualquiera que crea ser tu amigo. Cuando escuché lo que habías hecho no daba crédito a lo que oía; mas al saber los detalles...

—¿Los detalles? Te juro que yo no abusé de Kadesh.

—¿Ah no? Y entonces ¿cómo llamas tú al hecho de abalanzarte sobre ella? ¿Acaso niegas que estabas tan excitado que descargaste su simiente sobre su vestido mientras ella intentaba librarse de ti?

Nemenhat puso ojos de asombro ante aquello.

—Eso no ocurrió así —dijo con tono ofendido.

Kasekemut se acercó entonces quedando a un palmo de él.

—¿Qué es lo que insinúas? ¿Acaso dices que ella se ha inventado todo esto porque sí?

—Sólo te digo que yo nunca abusé de Kadesh.

—Debería cortarte el cuello aquí mismo por sólo pronunciar su nombre. Te confié a mi futura esposa y tú te aprovechaste de ella.

—Admito mi culpa en eso y me siento despreciable por haber cedido a la tentación de...

—¿Haber cedido a la tentación?

Al decir esto, a Kasekemut se le congestionó la cara. Nemenhat le miró la frente y le pareció que aquella herida estaba a punto de estallar.

—Desde luego eres un insolente.

—Siento que creas eso, y el que nunca sepas la verdad de lo ocurrido.

—Miserable —bramó Kasekemut escupiéndole a la cara.

Nemenhat ni tan siquiera pestañeó cuando sintió como la saliva le recorría el rostro. Sus ojos se limitaron a mirar fijamente a los de Kasekemut con toda la frialdad que les fue posible.

—Ya no somos amigos —dijo Kasekemut en un susurro—, y escúchame bien, Nemenhat, si te cruzas de nuevo en mi camino lo lamentarás.

Así acababa la amistad entre los dos muchachos, con un salivazo y una velada amenaza.

«Dioses que regís los destinos de todas las criaturas, decid si a veces vuestros designios no hacen de los hombres sino marionetas movidas por invisibles hilos; terribles en ocasiones. De nada vale lo que pensemos, pues nuestro entendimiento no es capaz de abarcar tales sutilezas; tumultos de emociones que tratamos de racionalizar y no podemos.»

Algo así sentía Nemenhat viendo alejarse al que, hasta ese momento, había sido su mejor amigo. Una inmensa pena le embargaba y, sin embargo, notaba que había aliviado su conciencia.

El sol se encaminaba ya a un inframundo que mandaba a su ejército de sombras a cubrir la tierra; su amistad, como el día, acababan al unísono. Las calles se llenaban de débiles candelas, cuyas tenues luces eran devoradas por la oscuridad; era ya tiempo de regresar a su casa.

Seneb se encontraba eufórico. La victoria sobre los pueblos del oeste había inflamado su inagotable llama patriótica hasta tal punto, que bien podría ocupar un cargo como responsable de la propaganda del Estado. Hasta Shepsenuré se sentía contagiado por su pasión.

—Eres un escéptico recalcitrante; ya te dije que nuestros dioses no nos abandonarían.

—Fueron las cuatro divisiones de Ramsés, Seneb —contestó moviendo negativamente la cabeza.

—¡Almas de Nejen!* —exclamó Seneb abriendo los brazos—. Jamás vi tanta obstinación.

—¿Obstinación? ¡Si nos salvamos por poco! Si las tropas tardan un día más en encontrarlos, a estas horas no estaríamos aquí hablando tranquilamente.

—¡Precisamente! Qué mejor prueba necesitas; los dioses nos protegieron en el último instante dirigiendo a nuestro ejército hacia el combate.

* Eran unas divinidades antropomorfas que tenían cabeza de chacal y que solían ser representadas con una rodilla en tierra y un brazo alzado formando un ángulo, con el puño cerrado; y el otro brazo también con el puño cerrado, sobre el corazón. Solía relacionarse con los cuatro hijos de Horus.

Shepsenuré lanzó una carcajada.

—No te rías por tener un corazón tan ciego.

—Perdóname, amigo mío; te aseguro que no me río de ti.

—Bueno, no pasa nada; ocurre que a veces no pierdo las esperanzas de poder hacer llegar un poco de luz a ese corazón duro que tienes.

—Duro como el granito, ¿eh?... Bien, bebamos un poco más para ablandarlo.

—Sabia decisión, este vino no podemos dejarlo aquí.

Bebieron durante toda la tarde en animada charla cantando las excelencias de este o aquel vino.

—Tengo que reconocer que los vinos que me has dado a probar, provenientes de las tierras lejanas que circundan el Gran Verde, eran magníficos. Aunque al principio mi paladar los encontrara algo extraños. No entiendo por qué no acostumbran a endulzarlos como nosotros.

—Cada pueblo tiene sus costumbres, pero has de reconocer que, una vez te habitúas a ellos, dejan en tu paladar los más exquisitos matices.

—Es cierto —dijo Seneb moviendo la cabeza—. Tienen una nobleza incuestionable, pero qué quieres; quizá sea un caso perdido pero siento debilidad por los vinos nacionales.

Shepsenuré le miró maliciosamente.

—No me mires así, te lo ruego; pero este vino que estamos bebiendo es para mí el más preciado de los néctares. Vino de Per-Uadjet (Buto), creo que no existe nada igual —dijo apurando su copa de un trago.

No había duda de que Seneb tenía sus razones al decir aquello; mas el vino de Buto tenía la propiedad de soltar la lengua y la del embalsamador hizo honor a aquella fama.

Ya al abrir la segunda ánfora, los dos amigos se desternillaban de risa por cualquier comentario y Nemenhat, que acababa de llegar, se sorprendió al verles tan contentos.

—Bebe con nosotros, hijo; hoy estamos de celebración.

—¿Qué celebramos?

—Seneb, el triunfo de nuestros ejércitos, y yo, bueno, yo, que estoy feliz.

Nemenhat sonrió a su padre pero rehusó la invitación.

—Vamos a brindar; una vez no te hará mal.

—No te molestes, padre, pero no me apetece.

—Deja al muchacho si no quiere —saltó Seneb—. Es mejor que no se aficione o le pasará como a Min.

Entonces el embalsamador tuvo un ataque de risa tan contagiosa que al punto los tres reían como dementes.

—Y es que no hay quien haga carrera de él —continuaba Seneb—. Es tal su afición a la bebida que su mayor felicidad sería regentar una taberna.

Los tres se agarraban el vientre encogidos por la risa.

—Aunque —intentaba continuar el embalsamador entre espasmos—. Aunque en realidad este hombre es un compendio de todos los vicios. Es un redomado sodomita.

Shepsenuré se retorcía entre carcajadas.

—¡Min *el Sodomita* debería llamarse —continuaba Seneb imparable en tanto las carcajadas estallaban dentro de la casa atronadoras.

»En realidad, la lujuria le reconcome —proseguía con los ojos llorosos por la risa—. Fijaos que está todo el día comiendo puerros y lechugas. Enormes cantidades de lechugas*.

Padre e hijo le miraban divertidos sin comprender.

—Sí, desde que ha oído que la lechuga aumenta la cantidad de semen, se pasa el día comiéndola.

Shepsenuré se daba palmadas en los muslos al volver a reír.

—A este paso voy a tener que comprar un pequeño huerto para las lechugas de Min. Es que no os podéis imaginar como es; no tiene medida. No me extraña que haya algunas tabernas donde no le quieran ni ver aparecer.

—¡Min *el Sodomita Insaciable*! —exclamaba Shepsenuré entre sollozos.

—Sí, y eso que le digo que, como siga cometiendo tantos excesos y no controle su lascivia, se le van a deshacer los huesos**.

El comentario hizo que las risotadas llegaran a su nivel máximo. Los tres reían a rabiar.

—A veces no sabemos nada de él durante días. Luego aparece en la tienda como si nada hubiera pasado. Le reprendo y me mira sin abrir la boca. Os digo que no hay nada que hacer con él.

»Bueno —prosiguió Seneb—. Me temo que hoy tampoco le veré. Mirad la hora que es y no ha aparecido a buscarme; y debo marcharme ya o mi hija se enfadará. Hoy hay lentejas para cenar.

---

* Creían que la lechuga producía semen porque al machacarla salía de ella un líquido blanquecino.

** Los egipcios creían que el esperma nacía en los huesos porque pensaban que los tejidos duros los adquirían del padre y los blandos de la madre.

El embalsamador se levantó y todos los vapores de los viñedos de Buto que había trasegado subieron al unísono a su cabeza haciéndole dar un traspiés.

—Creo que será mejor que te acompañe, Seneb —dijo Nemenhat amablemente.

—No es necesario, muchacho; podré llegar solo.

—Seguro que sí, pero las calles son algo oscuras hasta tu casa y es fácil tropezar. Te acompañaré gustoso si me invitas a cenar.

Aquélla fue una buena forma de que accediera Seneb sin sentirse humillado por tener que reconocer su estado.

—Trato hecho. Shepsenuré, me llevaré a tu hijo por una noche, si no tienes inconveniente.

—Olvidas que él es ya su dueño, amigo, y nada tengo que autorizar. En todo caso estará en la mejor compañía.

—Bien, bien. Entonces vayámonos ya, Nemenhat.

Se despidieron y salieron a la calle. La noche era agradable y en el cielo brillaban las estrellas con su fulgor habitual. Los últimos transeúntes se dirigían deprisa a sus casas para celebrar la comida más importante del día, la cena.

El silencio se iba apoderando del laberinto de callejas que era aquel barrio, roto en ocasiones por ladridos perdidos.

Seneb seguía hablando de todo tipo de cosas mientras caminaba. De vez en cuando daba un traspiés y Nemenhat le sujetaba para que no cayese.

—Me moriré sin ver arreglados los agujeros de estas calles —juraba malhumorado.

Siguieron andando despacio y, al doblar una esquina, les sorprendió un olor fétido.

—Ammit infernal, qué peste —dijo Seneb—. ¿Cuándo derribarán esta dichosa casa? No hay quien pase por aquí.

Nemenhat se tapó la nariz para evitar aquel olor nauseabundo, que venía de una casa hacía mucho tiempo abandonada.

Existía la mala costumbre de utilizar este tipo de casas como vertedero de basuras. La gente tiraba allí todos sus residuos que, bajo los efectos de las altas temperaturas que normalmente había, originaban unos olores espantosos a la vez que eran foco permanente de infecciones.

Por eso cuando pasaron por sus proximidades a ninguno le extrañó escuchar la risa de las hienas que devoraban los desperdicios.

Cuando quedaron libres de aquella fetidez, volvieron a respirar con toda la fuerza de sus pulmones.

Seneb, que había permanecido callado los instantes en que tuvieron que soportar los malos efluvios, se paró un momento mientras le señalaba el cielo.

—Mira qué hermoso, muchacho. No hay nada que se le pueda parecer.

Nemenhat asentía mientras le empujaba suavemente con su brazo para que continuara caminando.

—¿Sabías que hay hombres encargados de estudiar los cielos?

—Sí, he oído algo sobre ellos aunque desconozco los detalles —dijo Nemenhat mientras le obligaba a seguir andando.

—Se llaman «sacerdotes horarios», y en las noches claras están en las terrazas de los templos observando las estrellas y calculando el paso de las horas.

El joven tuvo que sujetarle de nuevo al dar Seneb otro tropezón. Éste se paró a lanzar otro juramento y luego retornó a su monólogo.

—Pues como te decía, estudian los cielos. ¿Sabías que existen otros planetas que, como el nuestro, reciben influjos del sol?

Aquello sí que sonaba a los oídos de Nemenhat como el dialecto de las tribus que habitaban al sur de Kush. En su vida había oído hablar de ello, y no supo si Seneb hablaba en serio o si era el vino que le estaba haciendo delirar.

—Claro que no —se contestaba Seneb a sí mismo—. ¿Cómo podrías saberlo? Sólo en los templos lo saben. Je, je, pero yo te lo contaré —continuó con un susurro—. Uno se llama *Sebegu* (Mercurio), pero no le podemos ver desde aquí. Otro en cambio sí lo vemos cada amanecer, es la Estrella de la Mañana (Venus). También podemos ver a Horus el Rojo (Marte). ¿Ves?, es aquella luz roja que se ve allí. A la Estrella Brillante (Júpiter) y a Horus el Toro (Saturno) tampoco los podemos ver hoy desde nuestra posición.

Luego acercándose confidencialmente, le susurró al oído.

—Al conjunto de todas ellas las llaman las estrellas que no conocen el descanso.

Acto seguido se puso el dedo índice en los labios y rió maliciosamente.

El camino hasta la casa de Seneb se hizo más largo que de costumbre; no sólo por los frecuentes traspiés de éste, en los que Nemenhat debía estar atento para que no cayera, sino por las constantes paradas que hacía el embalsamador para contarle esto o aquello.

Cuando al fin llegaron, el muchacho tenía la cabeza atiborrada del saber enciclopédico de aquel hombre.

Nemenhat se sorprendió al entrar. Aunque más modesta que la suya, la casa era, con mucho, más confortable y estaba impregnada de una sutil fragancia que transmitía una agradable sensación de limpieza. En ella podía adivinar la fumigación con incienso y la resina de terebinto; aunque estaba seguro que contenía otros productos que desconocía.

La casa estaba encalada tanto por dentro como por fuera, y a su vez se habían aplicado a las paredes una solución de natrón para ahuyentar a los insectos. Las ventanas eran altas y estrechas y estaban orientadas al norte para así poder recibir su fresca brisa en las noches de verano.

El suelo, de arcilla prensada, estaba cubierto por alfombras de junco que proporcionaban frescor y, además, dejaban pasar el polvo a través de ellas. La vivienda tenía una primera sala, tres habitaciones y una cocina con horno propio que, al estar separada, evitaba llenar las dependencias de humo; algo que ocurría en la mayoría de las casas, al encontrarse aquél en la sala de estar. También disponía de un patio trasero con un pequeño almacén y un sicomoro; el árbol sagrado.

Justo al entrar, Seneb dio el penúltimo tropezón que a duras penas Nemenhat pudo amortiguar. Cuando logró que al fin se incorporara, sus ojos se encontraron con los de Nubet.

Ésta no fue capaz de disimular su disgusto mientras ayudaba a sentarse a su padre.

—Vergüenza debería darte llegar así a estas horas —exclamó ella.

—¿Cómo? —preguntaba él extrañado—. Hoy es un día grande y los dioses me permitirán cualquier licencia.

—Sobre todo Bes*, pues bien parece que vienes de una de sus fiestas.

—No te enfades, Nubet —dijo el viejo resoplando mientras se sentaba—, y saluda a Nemenhat que se ofreció a acompañarme. Seamos hospitalarios e invitémosle a cenar.

Aunque algo distante, ella le saludó con cortesía y le dijo sentirse muy honrada al acompañarles en la cena.

—Hay lentejas, ¿te gustan?

—Mucho; además tu padre siempre está diciendo lo bien que las cocinas.

Ella hizo un gesto de agradecimiento y le invitó a que se sentara.

---

* En referencia a la afición del dios Bes por la bebida.

—Hoy no comerás lentejas —dijo a su padre mientras desaparecía en la cocina.

—¿Cómo que no?

—No o te sentarán mal —se oyó desde la otra habitación.

—Al menos déjame probar unas pocas, seguro que me harán bien —protestó—. Ayer no probé bocado. Ayuno cada tres o cuatro días, ¿sabes? —prosiguió Seneb mirando a Nemenhat—, y a veces me pongo un enema. La mayor parte de la comida que ingerimos es innecesaria y suele ser el origen de gran número de enfermedades. —Luego, haciendo un gesto de complicidad, concluyó pícaramente—: A veces tiene mal genio —dijo Seneb en voz baja— pero es muy bondadosa.

Nemenhat tuvo que hacer esfuerzos por no reír al ver la expresión de aquella cara de extrema delgadez, en la que los ojos bizqueaban caprichosamente.

Nubet regresó al poco con un puchero entre sus manos del que salía un delicioso olor. Luego trajo una jarra con leche de cabra y pan recién hecho.

—¡T-hedj!* —exclamó Nemenhat cuando vio el pan.

—Sí —respondió ella—. Tal y como se preparaba en la antigüedad.

Nemenhat reparó en la forma cónica de aquel pan blanco que era el preferido durante el Imperio Antiguo. Cogió el pan que le ofrecía y se lo llevó a la nariz aspirando con fuerza mientras cerraba los ojos. Pocas cosas le agradaban más que el olor de aquel pan recién horneado.

—El fruto del trabajo de nuestro pueblo está en ese olor —dijo Nubet mientras le servía las lentejas en una escudilla.

Él abrió sus ojos, pero no dijo nada; fue Seneb el que balbuceó unas palabras a modo de invitación a comer.

A Nemenhat la cena le pareció deliciosa. La fama de Nubet como cocinera estaba bien ganada, pues nunca había probado unas lentejas tan buenas como aquéllas. Estaban cocinadas con todo tipo de hortalizas y alguna especia que no pudo determinar.

—Ése es uno de los secretos que no puedo decirte —confesó Nubet sonriendo.

—Ni tan siquiera yo lo sé —exclamó Seneb, que llevaba un buen rato callado—. Pero reconocerás que están exquisitas.

El joven asintió mientras comía uno de los puerros con que estaban guisadas.

---

* Nombre con el que se denominaba al pan blanco de forma cónica.

—Ah —continuó Seneb—. Y ahora viene lo mejor, el postre; pastas con anís e higos de sicomoro.

—Uhm qué buenas —alabó el muchacho al comer las pastas—. Debo decirte que nunca comí mejor en mi vida.

—Gracias —contestó la muchacha—, pero no te creo.

—Pues deberías; si no, no te lo diría.

—Prueba los higos —animó Seneb—, son de nuestro árbol. El árbol sagrado de Egipto. ¿Sabías que los higos de sicomoro son una buena medicina?

El joven puso cara de desconocimiento y miró a Nubet.

—Sí —dijo ésta—. Ayuda a curar a la devoradora de sangre, una extraña enfermedad*.

—No lo sabía.

—Pues ella es una autoridad; recolecta todo tipo de plantas con las que hace medicinas para tratar las más diversas enfermedades.

—Padre, sabes que no me gusta que me alabes en público.

Nemenhat acababa de terminarse las pastas, cuando vio como Nubet traía un gran plato con higos que dejaba sobre la mesa.

—¿Acaso no es cierto? —respondió Seneb abriendo los brazos—. Casi todos los vecinos vienen a pedirte consejo para sus distintos males. Muchos médicos educados en la Casa de la Vida, quisieran tener tus conocimientos.

—No exageres, padre. Todo está escrito y ellos lo pueden leer mejor que yo.

—Hay cosas que yo te enseñé y que pocos médicos conocen. Secretos que escuché del Canciller del dios**, a los que la mayoría no tiene acceso.

Ella hizo un pequeño gesto de fastidio.

—En fin, qué le vamos a hacer, la modestia es una virtud que heredó de su madre; celebrémoslo.

Como buen observador, a Nemenhat le gustaba escuchar. De vez en cuando hacía algún tipo de comentario, mas permaneció la mayor parte del tiempo en silencio, pues experimentaba extrañas sensaciones. Aquella noche se encontraba rodeado de una atmósfera tan agradable como cualquier hombre hubiera podido desear. Se respiraba auténtica quietud en casa de Seneb.

La cena había sido magnífica, superando con creces cualquier ex-

---

* Se cree que era el escorbuto.
** Recordar que así se conocía al sumo sacerdote de los embalsamadores.

pectativa y, sin embargo, algo le impedía sentirse totalmente a gusto. Cada vez que su mirada se cruzaba con la de Nubet, se sentía irremisiblemente retraído. Los hermosos ojos oscuros de la muchacha, además de belleza, estaban llenos de poder, y del don más grande que los dioses podían conferir, inteligencia y conocimiento.

Por eso no era extraño que el joven se sintiera, en ocasiones, incómodo al no ser capaz de salvar aquel abismo invisible que les separaba.

Por otra parte, a Nemenhat no le avergonzaba en absoluto el hecho de no poseer tal erudición. Su padre había hecho cuanto había podido y él se sentía orgulloso por ello. El no saber leer era algo usual, pues la mayoría de la gente no sabía. Creía tener una concepción tan clara de la mayoría de las cosas, que no pensaba que ningún texto fuera capaz de hacérselas cambiar.

Por supuesto que nada de esto pasaba por la mente de Nubet, incapaz de hacer de menos a nadie. Vivía rodeada de un vecindario absolutamente ignorante, que en los últimos meses acudía a ella para aliviar sus males. Le complacía poder ayudar a los demás desinteresadamente, aunque lógicamente, hubiera enfermedades que no podía tratar. Pero los médicos eran caros, y mucha gente no podía permitirse el pagarlos; así que visitaban a Nubet que hacía lo que podía por ellos. Para la muchacha era gratificante ver cómo el vecindario le agradecía su ayuda.

El patio de su casa se encontraba siempre lleno de grano, legumbres, hortalizas... los vecinos le daban lo que podían como reconocimiento a su desinterés; y a veces no tenía más remedio que aceptar aquellos regalos, pues si no, se sentían ofendidos. Era por tanto absurdo el pensar que ella sintiera desconsideración alguna hacia Nemenhat, aunque sí curiosidad.

La polémica que habían mantenido hacía tiempo le creó alguna confusión. Era imposible para una persona educada en las más profundas tradiciones, el comprender los puntos de vista del muchacho. La discrepancia era inevitable, sin embargo la rebeldía de sus palabras ante el orden establecido, la desconcertó. Nunca en su vida había oído a nadie hablar así. Además había algo en él que no podía precisar y que le daba un sutil atractivo; algo misterioso sin duda. Por otra parte, le había agradado verlo aquella noche junto a las murallas trabajando con el resto de los hombres, ante el peligro que se cernía sobre la ciudad.

Conversaron sobre vanalidades, algo que suele resultar apropiado para distender el ambiente y que Nemenhat agradeció; pues no le apetecía hablar de cuestiones personales.

En una de las pausas, Nubet se levantó para traer un poco de natrita disuelta en agua y así poder realizar el *sen shem shem*; limpieza de boca y dientes. Se dio entonces cuenta Nemenhat de la extraordinaria limpieza que había en la casa y en el hecho de que las moscas, que tanto abundaban en Menfis, no les hubieran molestado.

—Supongo que será debido al natrón de las paredes —dijo.

—El natrón es efectivo, pero si quieres librarte definitivamente de ellas, lo mejor es el aceite de oropéndola.

—Curioso. Y dime, ¿cómo te las arreglas para ahuyentar a los roedores? Con todos los alimentos que guardas en el patio, será difícil evitar que se te llene de ratas.

—No hay ni una —contestó la muchacha sonriendo—. Para ello no hay nada mejor que poner sacos llenos de grasa de gato.

—¿Grasa de gato?

—Sí; al principio huele un poco, pero luego se pasa y es sumamente efectivo.

—Y si quieres que las serpientes no te molesten —intervino Seneb—, pon semillas de cebolla. Aunque lo mejor sería que las pusieras en el nido del reptil.

El joven asentía sorprendido pues nunca antes había escuchado nada de aquello.

Seneb bostezó y luchó con sus ojos para que no se le cerraran; pero enseguida su cabeza cayó sobre el pecho y acto seguido abrió los ojos sobresaltado.

Era el momento para marcharse y Nemenhat dio las gracias a padre e hija por la magnífica velada y su grata compañía.

—Siempre serás bienvenido a esta casa —decía Seneb mientras le acompañaba a la puerta—. Puedes venir a compartir nuestros alimentos cuando quieras.

—Gracias, Seneb; y gracias también a ti, Nubet, por la comida y por tus consejos. ¿Así que, grasa de gato?

—Sí, en sacos —contestó ella burlona.

El final del período de la inundación (Akhet) era el preferido de Nemenhat. Los días, menos calurosos, invitaban a disfrutar de todas las maravillas que el Valle regalaba magnánimo. Las aguas, que todo lo habían anegado, se retiraban ahora perezosas dejando multitud de charcas por doquier y una tierra negra que era una bendición para todos los habitantes; al haber sido fecundada por el limo. Las riberas bullían de vida, ya que todas las especies se beneficiaban de la crecida, que renovaba aquel valle por completo. Donde ahora había agua, en poco tiempo germinarían magníficas cosechas, motivo este de eterna alabanza al dios Hapy.

Nemenhat disfrutaba recorriendo las riberas y fundiéndose con el ancestral paisaje, que permanecía en comunión perfecta con la naturaleza desde tiempos remotos. Era la época preferida por los cazadores para capturar presas, puesto que el río se hallaba lleno de aves migratorias ante la proximidad del invierno; por eso era fácil verles tender sus redes para apresarlas. En Egipto había una gran afición por la caza; no sólo como fuente alimentaria, pues los egipcios eran gran amantes de los animales y gustaban de domesticarlos. Por ello era común el capturar las presas vivas y luego venderlas en los mercados.

Con la llegada al poder de Ramsés III también había proliferado la aparición de grandes cazadores. Éstos habían sido organizados en grupos por el faraón con la misión de capturar animales para sacrificarlos a los dioses. Gacelas, antílopes y sobre todo oryx eran presas codiciadas por estos cazadores que no dudaban en adentrarse en el desierto en su persecución, desafiando grandes peligros. Porque, además de inofensivos animales, Egipto estaba poblado por especies peligrosas. Cuando se caminaba junto a las orillas del Nilo convenía ser precavido, puesto que los cocodrilos estaban permanentemente al acecho y era mejor mantenerse a una prudente distancia del agua para evitarlos. También los hipopótamos eran peligrosos, sobre todo para las frágiles barcas de los pescadores que, a veces, eran volcadas por estos animales muy proclives a volverse irritables, y que podían partir en dos a un hombre con sus mandíbulas.

Si se abandonaba los fértiles márgenes del Nilo y se adentraba en el desierto, otros muchos peligros amenazaban a los incautos. Allí abundaban los leones, que solían mantenerse alejados del hombre y de las zonas urbanas, los chacales y las hienas. Por si esto fuera poco, había tal cantidad de cobras, víboras o escorpiones, que podía parecer un milagro que las gentes del país pudieran sobrevivir a tanta amenaza. Sin embargo, todos convivían en una extraña armonía. Los habitantes de aquellas tierras sabían que todos los animales estaban allí con ellos, desde el principio, desde que los primeros dioses visitaron Kemet; por lo que llegaron a aceptarlos como parte consustancial del país. Y no sólo eso; fueron capaces de estudiar sus hábitos y costumbres, alabando las cualidades que cada cual tenía y acabando por hacerles formar parte de su iconografía sagrada, llegando a divinizarlos.

Eso no significaba que no hubiera que tomar precauciones, y por ello, Nemenhat caminaba siempre acompañado de su arco al que se había aficionado. Era un arco magnífico que él mismo se había fabricado tomando como referencia el utilizado por los arqueros reales. Como el muchacho disponía de pulso firme y una vista muy aguda, hacía puntería con gran facilidad y pronto se convirtió en un extraordinario tirador.

Después de pasear por los frondosos palmerales que rodeaban la ciudad, solía dirigirse a su lugar preferido; un altozano situado en los lindes del desierto, desde el que tenía buena vista. Desde allí veía a los pescadores compitiendo por la pesca, por la que a veces llegaban a pelearse, y a los cazadores que gritaban alborozados al atrapar los pájaros en sus redes; aquello le gustaba. Mirar el Valle sentado sobre las primeras arenas del desierto, creaba el más grandioso de los contrastes; y él sentía su poder. El desierto le atrapaba con su enigmática belleza, hasta el punto, de experimentar por él un extraño hechizo.

Había pasado unos días algo melancólico desde que supo la noticia de la boda de Kasekemut. Arguyendo varios pretextos a su padre, salía por la mañana temprano para vagar por los campos sin rumbo, absorto en sus pensamientos. Al final, siempre acababa allí repasando una y otra vez lo que ya no tenía solución.

Kadesh y Kasekemut se habían casado, y se habían instalado en una casa situada al otro lado del río, próxima a los cuarteles militares.

La noticia le había entristecido, porque era la última línea del papiro de la gran amistad que con Kasekemut tuvo. Allí moría, de la peor forma posible que podía hacerlo, con traiciones y engaños. Pero el papiro se había acabado; aquella última línea lo cerraba y así debía quedar.

Su mente analítica decidió archivarlo en la más recóndita estantería de su corazón, como último vestigio de lo que jamás debería volver a hacer. Llegada la hora en que su alma fuera pesada, Osiris decidiría si debía ser castigado.

Aquella tarde se levantó del lugar con el ánimo renovado, dejando el peso que lo atormentaba abandonado junto a aquellas arenas. Estiró sus miembros desentumeciéndose mientras volvía su cabeza al desierto que, un poco más arriba, se extendía hasta los confines de la tierra conocida. Allí mismo comenzaba Saqqara, la mayor necrópolis que el hombre haya conocido. Reyes, reinas y nobles se habían hecho enterrar allí durante mil años y Nemenhat sintió de nuevo el deseo de explorarlo en busca de tumbas perdidas.

La carretera que salía de Menfis bordeaba la sagrada necrópolis en su dirección al sur. Por una extraña coincidencia separaba la región en dos territorios, la tierra negra (Kemet), que representaba la munificencia, y la roja (Deshert), yerma, baldía y dominio de Set. Era una obviedad para cualquiera de los caminantes, que de ordinario transitaban, el contraste entre aquellos parajes. De un lado la gran llanura de aluvión que llegaba hasta el río y en la que palmerales y cultivos cohabitaban juntos aprovechando la vida que ofrecía cada palmo de tierra fértil. Por otro, la altiplanicie calcárea sobre la que se asentaba el inmenso desierto. La vida y la muerte separadas por una carretera, como una clara advertencia a lo próximas que caminan las dos en la realidad.

Para los habitantes de Menfis aquella vía era el acceso natural a Saqqara, pues de ella nacían caminos que se adentraban en sus primeras arenas, para morir súbitamente engullidas por ellas.

Nemenhat se desvió en un punto donde antaño se alzó el templo del valle del faraón Unas. Allí existió un embarcadero, en lo que fue el lago sagrado de su complejo funerario. De todo ello sólo quedaban algunas columnas palmiformes en pie, y bloques de piedras esparcidas por los alrededores. El muchacho respiró con satisfacción a la vez que dirigía sus ojos entrecerrados al sol. Era un día de finales de otoño y la temperatura era tan agradable que invitaba a pasear a aquellas horas. Miró aquellas ruinas sin interés y siguió caminando. De la parte trasera de lo que una vez fue templo, salía una larga calzada. Era la vía procesional que unía aquel templo con otro, a setecientos cincuenta metros, adjunto a la pirámide en la que Unas se enterró. La vía alternaba partes comidas por la arena, con otras en buen estado en la que la calzada mantenía sus muros y cubierta intactos.

Caminó junto a ella por aquel terreno ascendente sintiendo los tibios rayos del sol como un elixir delicioso. Al principio, esto le hizo andar despreocupado, pero luego pensó que sería más prudente evitar a los vigilantes que, a veces, deambulaban por la necrópolis. Torció a la derecha entre las hondonadas de un terreno más escarpado y ascendió con cuidado deteniéndose de vez en cuando, para cerciorarse de que únicamente la soledad le acompañaba. Cuando llegó arriba, la planicie le mostró en toda su extensión su enigmática fuerza.

A Nemenhat el lugar le sobrecogía; y no porque allí estuvieran sepultados los más antiguos reyes de Egipto, no era eso. A él no le importaban en absoluto los reyes, por los que no sentía ningún respeto; mas las obras que habían erigido eran algo bien diferente. Lo que el hombre había sido capaz de crear para culminar el sueño megalómano de un dios, era algo que le maravillaba.

Clavó sus ojos en la imponente estampa que el complejo de Djoser le ofrecía: la primera pirámide concebida por el hombre en seis escalonados pedestales; para que el alma del faraón pudiera ascender por ellos a los cielos y unirse con los dioses en una comunión estelar.

Aunque la había visto con anterioridad, le seguía maravillando tanto como la primera vez. Para él, simbolizaba el poder, el auténtico poder sobre la tierra; no el que ejercía Ramsés actualmente.

Con toda la grandeza de la que se quisiera revestir, el poder de Ramsés estaba hipotecado en un equilibrio complejo con otras fuerzas políticas que ejercían su dominio en la sombra. Y aunque Nemenhat no era capaz de determinarlo, sospechaba que eran de una magnitud que iba más allá de lo imaginable.

Allí enfrente estaba la representación de la autoridad sin ambages. Todo el pueblo había trabajado para culminar aquella obra; y al terminarla, se habían sentido orgullosos del esfuerzo realizado. Lejanas épocas sin duda, en las que el poder del rey no había sido menoscabado todavía, por el clero y la nobleza.

Suspiró mientras se aproximaba. El recinto se encontraba en un estado de lamentable abandono. La muralla de caliza de Tura que lo rodeaba había desaparecido en algunas partes y en otras la arena casi la cubría. Tampoco la pirámide tenía muy buen aspecto, pues aparte de su ruinoso estado, el viento del desierto había ido acumulando arena sobre las terrazas durante casi diez siglos, haciendo olvidar la gracia que sus formas tuvieron en un principio. Pero a pesar de todo, aquélla seguía siendo la referencia de la necrópolis, pues no había ningún otro monumento que se le pudiera comparar en Saqqara.

Todo el mundo lo conocía en Egipto y sabían que pertenecía a Netjerykhet, el nombre con el que reinó el faraón Djoser III. Alrededor de aquellas quince hectáreas que componían el recinto, no había más que ruinas, escombros y cascotes; vestigios al fin de glorias pasadas. Sólo al suroeste, y muy próxima al recinto sagrado de Djoser, se encontraba un monumento en buen estado. Se trataba de la pirámide de Unas, cuya vía procesional había seguido en un principio y que, aunque más pequeña que la de Djoser, brillaba bajo los reflejos que los rayos del sol causaban sobre la piedra caliza que la cubría. Aquel brillo era como un reclamo, pensó el joven, que de inmediato se interesó por ella.

Nemenhat también había oído muchas veces ese nombre, pues no en vano, su calzada salía de la misma carretera general y era punto de encuentro para numerosos viandantes que la tomaban como referencia.

Djoser y Unas eran los únicos nombres que Nemenhat conocía.

Los demás restos arqueológicos que veía alrededor, no tenía idea de a quién habían pertenecido. Suponía que el amasijo de piedras que se alzaba junto al muro, al noreste, fue en otro tiempo una pirámide; mas no sabía que había sido construida por Userkaf. Se aproximó por curiosidad y sólo pudo admirar algunos fustes y capiteles caídos, donde en otro tiempo se alzó un templo funerario anexo a la pirámide

Mas allá se veían montículos de piedras sobre el suelo, que no eran sino los vértices de pirámides tragadas por la arena con pequeñas lomas de tierra a su alrededor que, con seguridad, ocultaban las mastabas donde se habían hecho enterrar los nobles servidores de aquel faraón.

Nemenhat se sonrió al pensar lo fácil que le parecía descubrirlas. Realmente no había más que localizar la tumba del dios para poder saber dónde estaban las de sus más inmediatos allegados; todos querían enterrarse cerca del señor de Egipto. Pero además, él parecía poseer un sexto sentido para ubicarlas.

—El terreno lo delata, no hay más que observar con cuidado —había escuchado muchas veces a su padre.

«Tiempos ya un poco lejanos», pensó durante un momento.

Ahora no tenían necesidad de robar y no era ése el ánimo que le había llevado hasta allí. Era la emoción de entrar en una tumba intacta lo que le atraía y recorrerla entre el rico ajuar funerario, alumbrando las paredes repletas de una simbología que le fascinaba. Sentir que él había sido el primero en entrar allí desde hacía quién sabe cuánto tiempo, burlando las trampas que a veces ponían para evitar que accedieran ladrones como él.

Era curioso el pensar que no se sintiera ladrón. Jamás había quitado nada a nadie, sólo las pertenencias de personajes principales muertos hacía mucho tiempo, que ya no las necesitaban y que les habían ayudado a vivir dignamente. Claro que a él jamás se le hubiera ocurrido pensar que no es sólo una violación el hecho de robar los ajuares de una tumba; que el simple acto de atravesar una puerta sellada para el eterno descanso ya supone en sí la mayor de las violaciones.

Aquel día Nemenhat vagó por la necrópolis sin encontrar a nadie. En medio de aquella soledad, parecía un ánima en pena buscando refugio en cualquiera de las tumbas que allí había.

Trazó un amplio radio tomando como referencia la pirámide escalonada, e inspeccionó el terreno yendo hacia el norte; hasta los pequeños acantilados que limitaban el área.

Allí halló restos de un muro de ladrillo que, a su vez, se encontraban diseminados por una amplia zona. Nemenhat los examinó con curiosidad comprendiendo enseguida que eran muy antiguos.

No se equivocaba, pues aquellos restos pertenecían a las tumbas más antiguas de Saqqara; tumbas de la I dinastía. Épocas arcaicas, sin duda, que se perdían en los albores de su civilización.

Si excavaba un poco, encontraría la estructura de las paredes de aquellas mastabas. La idea no le entusiasmó demasiado, pues creía que poco podría encontrar allí; a lo más alguna moldura con curiosas representaciones. Miró a su alrededor y suspiró, pues la mayor parte de los túmulos de aquella necrópolis debían de haber sido saqueados ya en la antigüedad. Podía tener suerte y encontrar algo interesante, mas el trabajo que debía emplear para ello no le compensaba; en ese momento no le extrañó el no ver vigilancia, pues nada había que vigilar.

Recorrió sin rumbo fijo el augusto cementerio, deteniéndose de vez en cuando para estudiar posibles emplazamientos. Había tumbas que se encontraban todavía a la vista, semienterradas, y que formaban pequeños montículos en aquel vasto mar de arena.

Nemenhat pensó que todo el Egipto de ultratumba se encontraba bajo sus pies, con cientos de mastabas con sus calles de acceso hundidas bajos las dunas que todo lo devoraban.

Puso una mano sobre sus ojos para protegerse del sol y miró hacia el norte. En aquella llanura que parecía no tener fin se veían unas pirámides; las pertenecientes a los faraones de la V dinastía, que se hicieron enterrar en Abusir.

Sahura, Niuserra, Neferefra y Neferirkara mantenían sus monumentos en pie aunque, desde aquella distancia, Nemenhat no pudiera adivinar en qué estado se encontraban.

El muchacho se acarició la barbilla, convencido de nuevo de que bastaría con excavar en sus proximidades para encontrar algún túmulo.

Volvió a fijar su vista en aquella dirección. Un poco más al norte se elevaban tres siluetas inconfundibles; tres gigantes que parecían surgir de las profundidades de la tierra, capaces de desafiar al tiempo y a los elementos. Moradas creadas para el eterno descanso de los grandes dioses que gobernaron Egipto durante la IV dinastía y que jamás fueron igualadas por ningún otro en toda la historia.

Nemenhat no había ido nunca a verlas aunque, como todo el mundo en Menfis, sabía de su existencia. Vistas así, a aquella distancia, le parecieron poseedoras de un sutil magnetismo y sintió deseos de visitarlas.

La tarde comenzaba a declinar cuando abandonó el lugar. Decidió hacerlo dando una vuelta por el oeste y así dirigirse hacia el complejo funerario de Sekemjet, situado al suroeste del de Djoser.

Era también una pirámide escalonada la que allí se había levantado, aunque ahora sólo se conservaran tres hiladas. Estaba rodeada de un muro de piedra caliza similar al que había construido Djoser, es decir, con molduras en fachada de palacio, que se encontraba en mal estado; alzado para mayor gloria de Horus Sekemjet, sucesor de Djoser III. Sin embargo, nunca se enterró allí, desconociéndose el paradero de su momia.

Nemenhat quiso inspeccionar el pozo donde su padre escondía gran parte del ajuar que encontró en la tumba de los sacerdotes de Ptah y que se hallaba muy cerca de esta pirámide. Así, aproximándose al lugar con mucha cautela, comprobó que todo se encontraba en su sitio, volviendo a cubrir después el escondite con cuidado.

En el camino de regreso hacia el Valle, volvió a pasar por la pirámide de Unas sorprendiéndose del buen estado que presentaba. Sus hiladas de piedra caliza lucían perfectas, como si hubieran sido terminadas hacía pocos años.

«Extraño», pensó. Pues sabía que era casi tan antigua como sus vecinas. Así que decidió que sería una buena idea visitarla algún día.

Por fin, con el sol casi poniéndose a sus espaldas, bajó por la calzada procesional de aquella pirámide hasta la carretera general que le conduciría a casa.

Durante meses, Nemenhat recorrió la necrópolis explorando todo aquello que llamaba su atención. La zona arcaica, el sector de la pirámide de Teti, el sector occidental, el de Unas...; todo fue inspeccionado por el muchacho, que parecía tener una inagotable curiosidad. Cada montículo que se alzaba sospechosamente en la zona era examinado por Nemenhat calibrando su naturaleza. Escrutó los alrededores de las viejas pirámides que, medio derruidas, todavía se alzaban en el lugar, a sabiendas de que altos dignatarios se habían hecho enterrar junto a ellas.

Así, entró en tumbas de una antigüedad que nunca hubiera podido imaginar. Colándose como un reptil por agujeros hechos en la arena, tuvo acceso a mastabas de una belleza extraordinaria. Relieves en los que se representaban todo tipo de imágenes de la vida diaria del difunto y su entorno.

Nada había que llevarse de allí, pues aquellos lugares llevaban más de mil años saqueados y, sin embargo, a Nemenhat no le importaba. Gustaba de sentir su quietud y disfrutar de las espléndidas representaciones grabadas en sus paredes. Eran escenas que rebosaban vida; una semblanza del valor que sus mayores daban a lo cotidiano. Sencillas manifestaciones de una vida, en las que creían que residía la felicidad. La naturaleza que les rodeaba y que tanto respetaban; obreros trabajando en los más diversos oficios, todos tan nobles que ni tan siquiera un visir dudaba de representarlos en su eterna morada; la familia... Ésta se veía por doquier, pues no había egipcio que no la amase sobre todo lo demás.

Ptahotep*, sabio entre los sabios, dijo en la antigüedad: «Si eres hombre sabio, construye una casa y funda un hogar. Ama a tu esposa como conviene, aliméntala y vístela; proporciona la felicidad a su corazón durante toda su vida.»

—¡Qué lugar tan magnífico para esperar la eternidad! —se decía Nemenhat.

Ni una imagen que reflejara tristeza o un tenebroso destino.

—Dichosos tiempos los de nuestros padres —suspiraba el joven.

Nemenhat se aficionó tanto a estas mastabas, que incluso llegó a tener preferencia por alguna de ellas. Éste fue el caso de dos tumbas situadas al sur, junto a la calzada procesional de Unas.

Una se hallaba en una zona algo elevada y su construcción parecía que había sido detenida súbitamente. El muchacho dedujo que las obras se habían parado a causa de la construcción de la calzada, por lo que sin duda, aquella mastaba debía ser anterior al reinado del faraón Unas. Esto produjo un íntimo goce a Nemenhat ante la posibilidad de averiguar quién estaba enterrado allí; pero pocas opciones más tenía. No podía descifrar los jeroglíficos y por tanto le sería imposible conocer el nombre del finado.

Lo que más le había llamado la atención de la mastaba era que poseía una pared entera decorada sólo con dibujos. Y dibujos bellísimos, que se extasiaba mirando con buen cuidado de que la combustión de su pequeña lámpara no los dañara. Él la llamaba la tumba de los pájaros**, puesto que había una representación en la que una gran bandada de pájaros revoloteaba alegremente; habiendo sido ejecutados en una variedad de colores ocres extraordinarios. Escenas de cultivos,

---

* Ptahotep fue visir de Dyedkare Izezi, penúltimo rey de la V dinastía.
** Esta tumba perteneció a Nefer-Her-En-Ptah, jefe de los peluqueros de la Gran Casa, y es conocida popularmente como la tumba de los pájaros.

jardinería, recolección y un bajorrelieve en el que se veía a una vaca junto a su ternero siendo ordeñada; y que le subyugaba por no haberlo visto antes.

La otra estaba situada algo más al este, también próxima a la calzada, y había sido excavada en el terreno rocoso que se extendía en esa zona. Se entraba por el norte y se accedía a una enorme sala en la que había diez estatuas policromadas que sobresaltaron a Nemenhat por su realismo la primera vez que las vio. Incluso notó cómo su corazón se aceleraba cuando las estudió detenidamente, pues a la débil luz de su candela parecían cobrar vida; tal era su realismo. Estaban dispuestas de pie, talladas en altorrelieve; dos en la pared norte y ocho en la este, dentro de unos nichos sobre los que se representaban escenas de matanzas de animales. Auténticos despieces hechos con enormes cuchillos que dio pie a que Nemenhat la bautizara como la tumba de los carniceros*. Aunque la mastaba perteneciera a un alto dignatario, allí habían sido enterradas al menos diez personas; seguramente familiares del propietario.

Al fondo del túmulo había cinco pozos que Nemenhat no se preocupó en explorar, sabedor de que nada interesante encontraría en ellos. En la pared oeste, únicamente había cuatro grandes estatuas sin pintar y junto a ellas, una falsa puerta que daba acceso a las almas de los difuntos al mundo de los vivos.

Nemenhat perdía la noción del tiempo en aquellos lugares, sorprendiéndole en ocasiones la noche al abandonar la necrópolis. Llegó a ser tal su asiduidad a ésta, que bien pudiera decirse que llegó a trabar amistad con los chacales que, de ordinario, merodeaban por los alrededores; y quién sabe, si hasta las serpientes y escorpiones le conocían.

Luego, de regreso a casa, una idea le rondaba la cabeza sin poder sustraerse a ella; el hallar una tumba intacta. De hecho, hubo momentos en los que llegó a convertirse en una obsesión. El encontrar una tumba perdida representaba para él su anhelo máximo. Mas por otro lado, bien sabía lo difícil de su propósito.

—Una quimera, sin duda —se decía. Pues era harto improbable que, aunque se pasara excavando entre aquellas arenas el resto de sus días, encontrara lo que buscaba.

Suspiraba de sana envidia al pensar en la suerte que tuvo su padre

---

* He utilizado este nombre porque así es como se conoce a esta tumba. Pertenece a Irukaptah, jefe de los carniceros de la Gran Casa.

al encontrar la magnífica tumba de los sacerdotes de Ptah; aunque supiera de antemano el lugar donde se hallaba. Quizá debiera cambiar de emplazamiento y buscar en la zona meridional de la necrópolis, donde Shepsenuré tuvo el hallazgo; quién sabe, puede que entonces su suerte cambiara.

Mas aquel mar teñido de amarillo ocre, que constituían las arenas del desierto, era poco proclive a dar facilidades ya que, con una acción lenta pero metódica, había ido engullendo cuanto le rodeaba en el transcurso del tiempo. Cuando Nemenhat lo observaba, sentía su poder fascinado.

«No deja de tener gracia —pensaba— el robarle un pedazo a esta tierra roja*, acostumbrada a engullir cuanto puede.»

Pero Nemenhat no pudo robarle nada. Recorrió el sector desde la pirámide de Pepi I hasta la de Mazghuna, sin más éxito del que había tenido hasta entonces.

—Sólo un golpe de suerte hará que la encuentre —se decía desengañado.

Una tarde, mientras regresaba a su casa caminando a través de las arenas de Saqqara, se sentó un rato en lo alto de la zona rocosa situada junto a la calzada de Unas, disfrutando de los tibios rayos del sol de invierno.

Reinaba un apacible sosiego, que le invitaba a entrecerrar los ojos en un íntimo goce de cuanto le rodeaba. Cuando los abría divisaba las mastabas situadas frente a él, que prolongaban sus sombras por el atardecer. Más allá, la pirámide de Djoser también alargaba su sombra amenazando a la cercana Casa del Sur**, próxima a ella.

Miró hacia su izquierda y recibió de lleno las caricias del sol cuyos destellos le cegaron. Se puso una mano en la frente para protegerse de ellos y su mirada se encontró con la cercana pirámide de Unas. El astro rey incidía de lleno sobre la arista noroccidental del monumento, haciendo que el reflejo se desparramara sobre la piedra caliza de la cara norte, creando un espejismo ilusorio.

A Nemenhat siempre le había llamado la atención la última morada de Unas, pero esa tarde sintió que aquella luz, que parecía salir del mismo centro del monumento funerario, le atrapaba sin remisión impulsándole hacia ella a visitarla.

---

* Al desierto, los egipcios lo denominaban la tierra roja.
** Edificio que simbolizaba al Alto Egipto y que estaba situado dentro del complejo funerario de Djoser.

Bordeó el complejo funerario situado al este de la pirámide, o mejor dicho lo que quedaba de él. Allí, un día, se alzaron templos funerarios, patios, almacenes, santuarios... pero ya nada quedaba excepto sus restos en piedra. Triste final del templo funerario de Unas que, sin duda, fue construido pensando en que sería imperecedero.

Sin embargo, su pirámide parecía recién erigida, algo que ya extrañó a Nemenhat la primera vez que la vio.

«Alguien debió de restaurar esta pirámide —pensó desde el principio» pues si no, estaría reducida a escombros, como la mayoría.»

Se aproximó a ella por la parte norte buscando su entrada. Ésta no se hallaba sobre su cara, sino bajo el pavimento de piedra calcárea. Se encontraba burdamente disimulada por un montón de cascotes, que el muchacho no tardó en quitar. Allí había un corredor descendente que se introducía en las profundidades de la tierra y era devorado por la oscuridad más absoluta.

Nemenhat echó un vistazo a su alrededor cerciorándose de que nadie le observaba, al tiempo que veía cómo el sol se ponía rápidamente; luego, encendió su pequeña lámpara y se introdujo con cuidado por el agujero.

Una vez dentro de la rampa se mantuvo quieto, en cuclillas, apoyando una mano sobre la pared mientras con la otra movía su lámpara suavemente. A su tenue luz, intentó escudriñar más allá de las cercanas sombras agudizando todos sus sentidos, intentando captar cualquier forma o movimiento dentro de ellas; pero todo estaba en calma. Casi de inmediato, comenzó a bajar deslizándose suavemente por aquella rampa que no medía más de metro y medio de altura y que enseguida desembocó en un corredor horizontal.

Al llegar a él, Nemenhat se irguió con cuidado permaneciendo un momento inmóvil. De inmediato volvió a poner a prueba sus sentidos en un intento por adivinar cuanto allí ocurriera. El hecho de que pudiera haber serpientes dentro le hacía extremar las precauciones, pues de sobra conocía la afición que tenían las cobras a anidar en estos lugares.

Mas lo único que escuchó fue su corazón bombeando con más rapidez que de costumbre; lo notaba impetuoso, agitado por la emoción ante lo desconocido.

Avanzó muy despacio, elevando un poco su lámpara con suavidad para que la llama no se apagara e iluminando el corredor en rededor.

Lo que allí vio, dejó a Nemenhat estupefacto. Paredes repletas de jeroglíficos dispuestos en hileras y separados por líneas verticales desde el suelo hasta el techo. Todos estaban pintados de azul y tenían una perfección de formas como nunca había visto*. Las paredes se hallaban llenas de ellos hasta donde la luz le permitía ver.

Pasados unos instantes, la sorpresa dio paso a la curiosidad y acercándose a ellos, no pudo reprimir el poner la yema de sus dedos sobre la escritura sagrada. Los notó fríos como la piedra donde se hallaban inscritos, mas al deslizar sus dedos por tan delicados símbolos, creyó que éstos le quemaban y retiró la mano incómodo.

Continuó adentrándose en el corredor contemplando ensimismado aquellas paredes rebosantes de jeroglíficos; buitres, ibis, lechuzas, lazos, manos, discos solares... advertían del poder abrumador de quien mandó inscribirlos. Y por todas partes un cartucho, en cuyo interior se hallaban grabados un conejo, el símbolo del agua, una pluma y un dibujo que vulgarmente decían simbolizaba la ropa tendida. Aunque Nemenhat no pudiera traducir los jeroglíficos, sí conocía el significado del cartucho. Sabía que dentro de éste se encerraba el nombre de un faraón por lo que, como la pirámide pertenecía a Unas, dedujo que aquélla era la forma en la que se escribía su nombre.

—Inscrito para la eternidad —susurró Nemenhat—. Todos buscan lo mismo, perpetuar su poder junto a los dioses.

Prosiguió por el pasadizo y súbitamente se encontró con los restos de lo que en su día debió ser una compuerta. Nemenhat la examinó con atención. Era de granito y en su momento bloqueaba el paso en aquel pasadizo. El joven siguió andando y se topó con lo que quedaba de otro bloque igual al anterior.

—¡Dos bloques! —se dijo.

Mas su sorpresa no tuvo límites cuando, un poco más adelante, comprobó las marcas inequívocas de una tercera compuerta en las paredes. ¡Tres sillares taponando la entrada a la antecámara de la tumba como un rastrillo de granito!

Nemenhat no había visto nunca nada igual. ¡Tres puertas de piedra para salvaguardar al faraón y su tesoro!

Se quedó impresionado pensando en la habilidad de sus colegas siglos atrás para atravesarlas y enseguida rió quedamente.

—Ni todas las piedras de Asuán hubieran podido evitar que entraran —se dijo en silencio.

---

* Eran los Textos de las Pirámides; textos mediante los cuales el rey difunto podía acceder, en el Más Allá, a un lugar junto a los dioses. Sólo fueron empleados durante el Imperio Antiguo en cinco pirámides.

Más allá, el corredor continuaba con sus paredes inscritas de arriba abajo hasta desembocar en una pequeña habitación; la antecámara. Nemenhat la iluminó lo mejor que pudo y vio cómo las paredes cubiertas de símbolos se unían en un techo a dos aguas de un intenso azul repleto de estrellas. Todo él se encontraba estrellado como si el universo entero gravitara sobre la sala.

—Fantástico, increíble —musitaba Nemenhat mientras caminaba hacia la derecha sin quitar la vista de aquella bóveda.

Enseguida se encontró con otra cámara igual de estrecha que la anterior, aunque más alargada, con el mismo cielo repleto de estrellas y en la que se hallaba el sarcófago del faraón.

Nemenhat dio la vuelta sobre sí mismo en busca de algún objeto; pero la sala parecía vacía. De los inmensos tesoros que debieron de llenarla en su día, ya nada quedaba.

Se aproximó despacio hacia el sarcófago mientras observaba de nuevo el techo; no había duda que Unas había dibujado allí su firmamento para la eternidad.

El ataúd era de basalto tallado en una sola pieza y ocupaba toda la anchura de la sala. Estaba situado junto a la pared posterior y tenía la tapa quitada. Al avanzar hacia él, Nemenhat vio el recipiente que contenía los vasos canopos en el suelo, a la izquierda, justo a los pies del féretro. Era lo único que había en la estrecha habitación, además del augusto sepulcro; y de nuevo no pudo sino imaginar el aspecto que debió de tener aquella sala con todo el ajuar funerario dentro.

Se asomó con curiosidad al interior del sarcófago, comprobando que estaba tan vacío como lo demás; después volvió a iluminar la sala y advirtió que la pared posterior, tan próxima al ataúd, era de alabastro y que en ella los azules jeroglíficos parecían haber sido grabados por celestiales manos.

—¡Soberbios! —se dijo el muchacho a la vez que comprobaba como en dicha pared se había dispuesto una falsa puerta.

Arrobado por aquellas imágenes, elevó su brazo cuanto pudo para alumbrar de nuevo el techo; y otra vez el cielo azul de una noche desbordante de doradas estrellas se exhibió sobre él haciéndole sentir insignificante. ¡Cuánta fuerza en una sala tan pequeña!

Nemenhat era capaz de sentirla. Cómo estaba presente en el aire que le rodeaba, que notaba pesado y con un olor extraño.

Un escalofrío le recorrió el cuerpo y percibió por un momento un leve hormigueo de sus manos; ¿sería el poder de Unas?

Aquel dios ostentó el poder absoluto sobre las tierras de Egipto cuando las gobernó, y ahora su *ba* parecía el encargado de transmitirlo a su tumba desde la nueva morada de Unas, allá en algún lejano lugar en las estrellas.

Sobrecogido, Nemenhat se pasó una mano por la frente y la notó llena de sudor; en realidad todo su cuerpo sudaba como en los tórridos días de verano.

El muchacho inspiró con fuerza varias veces y creyó que el aire le faltaba; así que, muy despacio, encaminó sus pasos hacia la antecámara abandonando la cámara mortuoria. Se sentó un momento en el suelo de piedra intentando robarle el oxígeno a la oscuridad.

Dando pausadas bocanadas, estabilizó su respiración al poco tiempo; mas de nuevo comenzó a sentir aquel hormigueo en las manos que tanto le había desasosegado anteriormente.

Se encontraba justo debajo del vértice de la pirámide, en el mismo centro geométrico de una figura, concebida como una escalera por la que el faraón se uniría a los dioses estelares.

Volvió a mover despacio su lamparilla y reparó en una pequeña entrada justo al otro lado de la antecámara. Encorvado, se introdujo por ella y accedió a una nueva sala con tres pequeñas capillas que parecían nichos en los que, seguramente, debieron hallarse estatuas del *ka* del faraón.

Retrocedió de nuevo a la antecámara sintiendo cómo sus pulmones le demandaban un aire que no existía, y cómo sus ojos buscaban el corredor que le conduciría a la salida. Apoyándose sobre una de las sagradas paredes y con una temblorosa y pálida llama, se dispuso a desandar el camino. Justo entonces, en el suelo, entre unos escombros de los que no se había percatado con anterioridad, creyó ver algo. Se aproximó titubeante sintiendo cómo sus párpados se abrían y cerraban cada vez más lentamente, y la luz se hacía más tenue. La acercó con cuidado, y al inclinarse sobre los cascotes, Nemenhat creyó que la sangre abandonaba su corazón y quedaba sin entendimiento. ¡Allí, entre aquellos escombros, había un brazo!

El muchacho retrocedió un momento impresionado, pero enseguida se aproximó de nuevo. Sí, era un brazo y al lado se encontraba también una mano. ¡El brazo y la mano izquierda de Unas!, y se encontraban tan bien conservados, que parecían recién amputados. Nemenhat los contempló con los ojos desmesuradamente abiertos intentando explicarse qué diablos hacían un brazo y una mano de Unas entre los escombros; aunque enseguida se imaginó los ultrajes a los que podía haber estado sometida aquella tumba. Mas aquello no era todo, había algo más entre las piedras y de nuevo las alumbró con mano vacilante. Entonces Nemenhat no pudo reprimir un ahogado grito de horror, pues entre aquellos restos se encontraba parte de un esqueleto humano con fragmentos de piel y vello.

Asustado, el joven dio un traspiés al retirarse y cayó sobre el duro piso de piedra perdiendo su lamparilla que se apagó.

Lamentándose por su estupidez, extendió ambos brazos moviéndolos frenéticamente en busca del candil, pero no lo encontró.

Permaneció entonces sin moverse durante un tiempo que no pudo precisar; respirando lo más pausadamente posible mientras intentaba reponerse. Pero de nuevo tuvo la sensación de que la pirámide trataba de engullirle en su oscuridad. Aquellos jeroglíficos, que por todas partes invocaban a los dioses, parecieron fijarse en él y... Nemenhat sintió un extraño escalofrío. Era algo nuevo que desconocía, pero que bien pudiera llamarse superstición; se sintió confuso. Debía salir de allí enseguida.

Cuán insignificantes se sienten los hombres cuando traspasan los límites de lo desconocido y se adentran en espacios que sólo son propicios a los dioses; en los que la vileza es señalada con el dedo acusador de una justicia divina, infalible e inexorable, para la que ni el arrepentimiento atenuará su demoledora sentencia.

Tales sentimientos padecía Nemenhat mientras que, con su cara pegada al suelo, trataba de sobreponerse a la impresión. Cuando la razón por fin volvió a él, su pragmática mente trató de situar la dirección a seguir ordenando sus actos.

Se incorporó lentamente pegando su espalda a la pared más próxima a sabiendas que los escombros se hallaban enfrente.

«Tan sólo tengo que ir hacia la derecha sin perder su referencia y seguir por el corredor que me llevará a la salida», pensó con lucidez.

Seguir la pared. Eso fue lo que hizo; seguirla en medio de la más absoluta oscuridad mientras su mano derecha rozaba los signos inscritos en ella. La fricción hizo que, de nuevo, creyera que aquellos símbolos le quemaban; y otra vez esa extraña desazón incomprensible para él que le hacía creer oír extrañas voces que cada vez llegaban más nítidas y a la vez inconexas.

A la mitad del corredor tuvo que detenerse un instante, tapándose los oídos con ambas manos, en un intento de alejar aquellos sonidos cada vez más cercanos. Pero fue inútil, pues parecían venir de su interior sonando tan fuertes como martillazos de cantero y tan claros, que su corazón los escuchaba desconcertado.

«Las bóvedas se estremecen, tiemblan los huesos del dios-tierra. Los planetas se quedan quietos cuando ven que Unas aparece en gloria, poderoso.»*

—No es posible —se decía Nemenhat mientras presionaba con fuerza sus oídos—. Es un delirio de mi corazón el que me hace escuchar estas frases.

Apretó las mandíbulas con determinación y siguió andando a ciegas con paso vacilante. Tropezó varias veces con ambas paredes, haciéndole comprender que iba caminando de lado a lado del pasillo. Hubo un momento en el que parecía haber perdido la noción del tiempo, pues creyó que llevaba deambulando allí toda una eternidad. Mas, de cuando en cuando, la luz de la razón le iluminaba ayudándole a situarse de nuevo en el camino correcto. Esto fue lo que pensó al tocar los restos de los bloques de granito que un día bloquearan el pasadizo.

«Ya queda poco», pensó.

Sin embargo, aquellas extrañas voces surgieron de nuevo como por ensalmo, profundas e imparables.

«Será él quien juzgue en compañía de Aquél cuyo nombre está oculto.»**

Juicios, veredictos, sentencias por acciones que el hombre, a veces, comete por sobrevivir y que le condenarán a los infiernos para siempre. Fue el peor de los momentos, pues creyó que algún súcubo o demonio impediría que saliera de allí.

Mas al cabo pareció que el aire se hacía más fresco y Nemenhat sintió como su consciencia se aclaraba. Extendió los brazos para evitar golpearse con la pared de la pequeña puerta que daba acceso a la rampa, hasta que por fin llegó al final del pasadizo y se inclinó para poder ascender por la pendiente.

Sus manos se apoyaron firmemente a ambos lados para poder trepar mejor, cuando otra vez las voces llegaron a él como una amenazadora despedida.

«Unas es un gran Poder que prevalece entre los Poderes. Unas es la imagen sagrada, la más sagrada de todas las imágenes del Gran Dios.»

---

* Este breve verso pertenece al «Himno Caníbal». Una extraña descripción de poderes y fuerzas mágicas incluidos en los Textos de las Pirámides.
** Ídem.

«A aquél a quien se encuentra en su camino, lo devora trozo a trozo.»

Horrorizado, Nemenhat sacó fuerzas de donde ignoraba y subió aquel desnivel con una agilidad que a él mismo sorprendió.

Por fin el aire fresco salió a recibirle, antes incluso de que su cuerpo estuviera fuera. Luego el cielo azul oscuro rebosante de estrellas y los murmullos de la noche le acogieron compasivos.

Quedó tumbado en la arena henchidos sus pulmones del aire frío de la noche del desierto, contemplando allá arriba aquellas estrellas; luces imperecederas en las que se habían convertido las ánimas de los mortales al abandonar este mundo. Allí estaría Unas, que sin duda le observaría con ánimo enfurecido por osar entrar en su sagrada pirámide, clamando venganza ante los dioses y pidiéndoles para él el peor de los castigos.

Mas el aire exterior había aclarado por completo el entendimiento del muchacho que escupió la saliva que, casi seca, se le había adherido a la garganta.

Unas, como el resto de reyes dioses de su tierra, poco significaba para él, y quién sabe si incluso puede que fuera el más pecador de entre los hombres y ni él mismo lo supiera.

Los chacales aullaron muy próximos obligándole a mirar en aquella dirección. Eran los sonidos de la necrópolis que le saludaban alborozados, como si de uno de sus hijos se tratara.

Desde su ventana, Hiram observaba los muelles. Como cada día, *kebenit** de los más diversos puntos atracaban en ellos repletos de las más variadas mercancías en espera de su descarga.

Toda la maquinaria burocrática del Estado se ponía entonces en marcha. Un escriba requería los manifiestos de carga, que eran entregados en la oficina del *sehedy sesh*, el escriba inspector superior, donde se tomaba nota de todos los datos pertinentes como: procedencia, tipo de carga, cantidad, etc. Todo quedaba registrado. Una vez realizados estos trámites, se determinaban las tasas aduaneras correspondientes y se daba autorización para proceder a la descarga del barco.

Los capataces, que estaban esperando dicha licencia, daban las ór-

---

* La palabra *kebenit* viene de *keben* (Biblos). Así llamaban los egipcios a los barcos que iban por el mar.

denes oportunas para que las brigadas de obreros se pusieran a trabajar. Se desembarcaba toda la mercancía, y un escriba constataba que ésta correspondía con la contenida en el manifiesto de carga. Se pagaban los impuestos pertinentes y finalmente se transportaban los productos a los almacenes para su distribución. Ése era el procedimiento rutinario que, cada día, se ejecutaba en el puerto de Menfis a toda embarcación procedente de cualquier ciudad extranjera.

Aquella mañana de invierno, Hiram contemplaba con atención uno de esos buques que acababan de fondear. Llegaba con más de una semana de retraso, lo cual le había tenido preocupado hasta el punto de llegar a temer por la suerte de la nave. Conocía de sobra los peligros que el mar entrañaba, por eso sintió un gran alivio cuando el buque entró en el puerto. Un gran alivio y sin duda alegría, pues la embarcación había navegado cargada con cobre desde la lejana isla de Chipre. Un cargamento que le reportaría grandes beneficios, debido a la gran demanda que había en Egipto de este metal*.

Suspiró de placer. La travesía desde Chipre hasta Egipto entrañaba un indudable riesgo, y no sólo por la posibilidad de un naufragio. En los últimos tiempos, aventurarse en el Mediterráneo implicaba la posibilidad de encontrarse con los piratas que infestaban su litoral, y que habían proliferado en demasía. Ello había traído consigo un aumento en los fletes que reducían las ganancias en cada porte.

Muchos comerciantes habían tomado contacto con determinados corsarios pagándoles un canon para que así no les molestaran. Pero a Hiram aquello no le parecía buena idea, ya que eran tantos y de tan diversa procedencia, que habría que emplear una fortuna para tener total seguridad.

Aquel negocio tenía un riesgo y él lo asumía. Había perdido muchos cargamentos en naves hundidas o apresadas con anterioridad y las seguiría perdiendo en el futuro; mas las contingencias no le arredraban, afrontándolas con determinación.

Por eso respiró tranquilo al ver el barco en el muelle tras su feliz periplo. La carga de aquel navío valía una fortuna. Toneladas de cobre, que harían de Hiram un hombre mucho más rico de lo que ya era.

La mañana era clara pero fresca, propia de la época en la que se encontraban y en la que los rayos del sol resultaban inusualmente tibios.

---

* Desde hacía ya tiempo, las minas de cobre del Sinaí no proporcionaban metal suficiente para atender las necesidades de Egipto.

En todo caso, a Hiram le parecía sumamente agradable recibirlos en aquella ventana, mientras el puerto bullía a sus pies.

Miró distraídamente hacia un lado y vio a dos figuras que le resultaron familiares aproximándose.

Habían venido en varias ocasiones a hacer pequeñas operaciones que pagaban de una forma, diríase que algo peculiar.

La primera vez, esta forma de hacer negocios le pareció curiosa por lo inusual. Hiram no conocía a nadie que hiciera transacciones utilizando joyas de más de mil años de antigüedad; y eso era exactamente lo que había ocurrido cada vez que habían venido a verle.

Al fenicio no le fue difícil averiguar la identidad de aquel hombre, cuyo nombre era Shepsenuré, y que parecía dedicarse a la carpintería.

—¡Extraña forma de pago para un carpintero! —se dijo al averiguarlo mientras observaba una de las piezas de oro que había cobrado de él.

Después investigó con mucha discreción sobre la antigüedad de aquellas alhajas y su posible origen, llegando la conclusión de que todas estaban, en cierto modo, relacionadas entre sí; o para ser más exactos, tenían una procedencia común. Una procedencia a la que, bajo ninguna circunstancia, podía acceder un carpintero a no ser que fuera mediante el robo.

Durante un tiempo estuvo pensando en la posibilidad de denunciarle a las autoridades, mas acabó llegando a la conclusión de que, de alguna manera, podría traerle complicaciones si lo hacía. Además aquellas piezas, algunas magníficas sin duda, acabarían en manos tan poco limpias como las de Shepsenuré, y el oro era siempre oro, viniera de donde viniese. El recibir oro contante y sonante como pago por un poco de aceite, vino o madera, era algo que ni en el mejor de los sueños ningún comerciante podría imaginar. Él tenía capacidad sobrada para limpiar toda la suciedad que aquel pequeño tesoro llevaba adherida. Aunque, naturalmente, debería ser extremadamente precavido para evitar complicaciones.

Últimamente, el tal Shepsenuré había venido acompañado por su hijo; un joven sumamente discreto que había despertado sus simpatías. A su natural reserva, se unían una buena capacidad de observación y una inteligencia despierta que le habían sorprendido; además poseía una gran facilidad para manejar cifras, algo impensable en una persona que no sabía leer ni escribir.

Les recibió con la amabilidad que acostumbraba a dispensar de ordinario, luego, sentado frente a ellos en una silla de tijera, Hiram escuchó con atención los pedidos que le demandaban. Nada extraordinario, por cierto; tan sólo artículos para el consumo personal, como casi siempre. Si acaso, esta vez parecía que necesitaban más madera de pino que de ordinario.

—Qué duda cabe que es mejor que la de sicomoro para tu negocio —dijo mientras apuntaba todo cuidadosamente.

—Tiene su mercado —respondió Shepsenuré.

—Sin duda —contestó el fenicio levantando la vista del papiro y mirándole fijamente—. Un mercado que reporta beneficios muy superiores, como seguramente ya has comprobado.

Shepsenuré asintió con una mueca que podría significar cualquier cosa.

—Todos debemos ganar algo con esto —respondió mientras le entregaba algo envuelto en una tela.

Hiram lo desenvolvió con cuidado y luego lo examinó con atención. Era una cajita de oro en forma de concha marina con la bisagra en su parte inferior. Un trabajo magnífico, que además no tenía ningún tipo de inscripción que pudiera delatar su procedencia.

—Cada día te superas a ti mismo —dijo Hiram sin levantar la vista del objeto.

—Tómalo como reconocimiento, digamos que a tu... discreción; y un anticipo para futuros encargos.

Hiram sopesó la caja en su mano mientras le escuchaba. Solamente por su peso podía sacar al menos seis deben de oro.

Se levantó y se acercó a la ventana en silencio. Allí volvió a mirar al barco que había estado esperando durante tanto tiempo.

Sin lugar a dudas había días en los que la fortuna, de ordinario esquiva, se empeñaba en llamar a la puerta las veces que fueran necesarias con tal de visitarnos. Luego, de inmediato, recordó la última frase del carpintero y la alabanza hacia su discreción. Con ella daba por hecho la posibilidad de que supiera la oscura procedencia de los objetos y demostraba una absoluta despreocupación por la suerte que corrieran.

Esto había provocado alguna discusión entre padre e hijo, ya que éste pensaba que era sumamente imprudente el realizar pagos periódicos a la misma persona con el botín encontrado.

A Sehpsenuré le sorprendió un poco la actitud de su hijo, pues era la primera vez que cuestionaba sus decisiones, lo que le hizo considerar el evidente cambio que éste había sufrido en los últimos meses. Mas tenía sus razones, y zanjó la cuestión sin dar opción a discusión alguna con el muchacho, aunque internamente se alegrara del buen juicio que éste le demostraba.

Para Hiram, la cuestión quedó diáfanamente clara mientras echaba el último vistazo a su barco. Shepsenuré le implicaba directamente con aquellas joyas, cubriéndose las espaldas de cualquier contratiempo que pudiera surgir. Se dio perfecta cuenta de la habilidad del egipcio al pagarle largamente por productos que valían mucho menos. Ello significaba que Shepsenuré poseía suficiente cantidad de alhajas, como para no preocuparse por aquilatar el precio de una transacción. Prefería la seguridad que le reportaba un comerciante que recibía mucho más por sus productos, que el andar buscando el mejor postor para sus artículos y así sacar mayores beneficios.

Al fenicio no le cabía duda que Shepsenuré no le había elegido al azar para hacer negocios. Se había decantado por él después de múltiples consideraciones. Un comerciante extranjero con un negocio sólido que, con magníficas conexiones, importaba y exportaba artículos a todo el mundo conocido y para el que, aquellas joyas, no supondrían ningún problema.

Sonrió mientras observaba cómo la primera brigada se aproximaba a su navío para empezar a descargarlo, pues era consciente que aquel hombre lo utilizaba en su provecho. ¡Hacía negocios con su negocio! Algo bien pensado, sin duda.

Se volvió de nuevo con las manos a la espalda tamborileando con sus dedos la dorada caja, a la vez que dirigía a sus invitados una irónica sonrisa.

—Nunca había recibido compensación alguna por mi discreción —dijo mientras se sentaba de nuevo—. Y si te soy franco, tampoco la pediría.

—Nada más raro en los tiempos que corren, que ser poseedor de tal virtud. Permíteme que te felicite por ello, Hiram.

Éste no pudo reprimir una carcajada ante aquellas palabras.

—Deberías trabajar en la Administración, Shepsenuré. Te aseguro que harías carrera.

—Lo dices porque me crees ambicioso, o porque me ves con pocos escrúpulos.

—No me malinterpretes —dijo Hiram, todavía riendo mientras alzaba una de sus manos en gesto conciliador—. Más bien he pretendido halagarte.

Shepsenuré levantó una de sus cejas como claro signo de sorpresa.

—¿De veras? Te lo agradezco infinitamente; mas si hay algo que detesto en Egipto es precisamente la Administración. Prefiero mil veces fabricar ataúdes con tu madera que vivir entre un ejército de burócratas al servicio del Estado.

—Así habéis querido que sea vuestro país —contestó el fenicio abriendo los brazos.

—Bueno, poco me han preguntado a mí sobre ello; las cosas han sido siempre así y seguirán siéndolo mucho después que nos reciba Osiris.

—He de reconocer que, en cuanto a la burocracia se refiere, tienes toda la razón. La sufro en mis carnes a diario pues los recaudadores de impuestos se toman muy en serio su trabajo.

—Claro, por eso están tan gordos. ¿No te has fijado los vientres prominentes y las piernas tan pequeñas que tienen?

Hiram volvió a reír de nuevo.

—Se asemejan a los chinches cuando están ahítos.

—No se me había ocurrido semejante símil, pero a fe mía que no te falta razón. En fin, Shepsenuré, te agradezco el buen concepto que tienes de mí; mas no nos engañemos, soy un hombre de negocios y por el momento me interesa el hacerlos contigo. Pero debe quedar claro que no existe mayor compromiso entre nosotros.

—No soy hombre al que le gusten los compromisos, Hiram.

—Mejor entonces. Tus métodos de transacción son, cuando menos, singulares. Ignoro cuál es su procedencia —continuó el fenicio sopesando de nuevo la concha—, y por el momento prefiero no saberla; mas bajo ninguna circunstancia pondré mi negocio en peligro por ello. Seguro que lo comprendes, ¿verdad?

—Ésa es mi mayor garantía —contestó Shepsenuré mirándole fijamente a los ojos.

—En ese caso, no queda sino confiar también en tu cautela.

—Descuida, es como tu discreción; me acompaña ya desde hace mucho tiempo —contestó con una mirada ladina.

Hiram sonrió mientras le mantenía la mirada.

—Hay otra cosa que quisiera tratar contigo —continuó Shepsenuré.

—Tú dirás.

—Es referente a mi hijo —dijo señalándole con el dedo—. Parece que tiene una natural facilidad para los números y había pensado que quizá fuera provechoso para él trabajar en tu negocio.

Hiram le miró sorprendido.

—Te ruego que no me malinterpretes; me refiero a la posibilidad de que lo emplees como un ayudante para cuanto necesites. Así él podría aprender del mejor de los maestros y yo te lo agradecería largamente.

Hiram observó al muchacho con curiosidad.

—Mi negocio no es una Casa de la Vida donde se enseñen asignaturas. Además, llevo las cuentas personalmente. Es la base de su buen funcionamiento.

—Aprenderé cuanto quieras enseñarme, trabajando sin recibir salario alguno —intervino Nemenhat de improviso.

—Ya veo... Pero ni tan siquiera sabes leer ni escribir, ¿no es así?

—Aprenderé lo que sea necesario —repitió el muchacho con determinación.

—Vaya —dijo el fenicio levantándose y dirigiéndose de nuevo hacia la ventana—. Esto sí que no lo esperaba. Por lo que parece, el negocio de carpintería de tu padre es próspero; ¿cómo es que no quieres continuar en él?

—El muchacho me ayuda a diario —dijo Shepsenuré— y además es diligente; pero lo hace por amor filial, no por gusto. Creo que el negocio desaparecerá conmigo.

—Triste perspectiva —exclamó Hiram con cierto disgusto—. Los esfuerzos de toda una vida no se deberían perder jamás.

—Sin duda, pero el destino no es de la misma opinión.

—El destino... —masculló Hiram mientras volvía de nuevo su mirada al puerto, para comprobar que la descarga de su navío continuaba.

Permaneció así unos instantes, como abstraído por quién sabe qué.

—El destino... —continuó mientras se volvía de nuevo hacia padre e hijo—. El destino en el que creo es el que nos forjamos día a día —sentenció con cierta severidad—. Por lo que a mí respecta, nada está escrito; nosotros ponemos las palabras cada jornada.

—Considera entonces las nuestras —contestó Nemenhat con voz pausada.

La contestación satisfizo a Hiram, que sonrió suavemente...

—Prometo hacerlo, mas ahora, deberéis disculparme pues tengo un barco justo enfrente que requiere de mi atención.

Nunca supo Hiram a ciencia cierta el motivo por el que accedió a contratar a Nemenhat. Sería por la simpatía que le tenía al joven; por una curiosidad puramente mercantilista y así averiguar más sobre ellos; o quizá simplemente porque se estaba haciendo viejo.

Sea como fuere, Nemenhat entró a trabajar en su negocio y lo hizo por el sueldo de un deben de cobre al año.

Salario simbólico sin duda, que sorprendió mucho a Hiram, pero que el joven se negó a discutir alegando que él iba allí a aprender y no a enriquecerse.

Curioso razonamiento para la mente de un fenicio y que, sin embargo, a Hiram le pareció muy inteligente. No eran bienes lo que buscaba Nemenhat sino conocimientos; y allí obtendría todos los que necesitara. No quería pasarse el resto de su vida fabricando mesas, sillas o sarcófagos, y no porque no lo considerara un oficio digno; era más bien que se había dado cuenta que el mundo no se circunscribía al barrio de los artesanos donde vivía, o a la forma de vida de sus paisanos, demasiado apegados a las tradiciones y para los que, fuera de Egipto, sólo existía el caos.

Pero la primera vez que vio todos aquellos barcos anclados en el puerto de Menfis, cargando o descargando cientos de toneladas de las más diversas mercancías provenientes o con destino a cualquier punto del mundo conocido, se percató de la estrechez de miras de sus compatriotas. Todos aquellos navíos llenos hasta las bordas de sus cargamentos producían una riqueza inmensa y, sin embargo, bastaba mirar a los alrededores del puerto para comprender que el negocio era controlado, en su mayor parte, por extranjeros.

Sirios, fenicios, chipriotas y hasta libios eran dueños de oficinas y almacenes desde los que dirigían sus industrias. Eso no significaba que no hubiera egipcios interesados en el comercio; los había, pero no disponían de una infraestructura comparable, por ejemplo, a la de los fenicios, quienes a través de una gran red de factorías distribuían sus mercancías con sus flotas.

El egipcio, siempre tan encariñado a su tierra, no solía establecer bases fuera de ella y por ello solía limitarse a ser un mero intermediario en el negocio.

Por su parte, el Estado se conformaba con que todos los productos que entraran en el país pagaran los aranceles pertinentes, algo en lo que eran muy puntillosos; favoreciendo el establecimiento de comerciantes extranjeros que se encargaran de que los transportes fueran regulares. A más movimiento de mercancías, más tasas que cobrar.

A Nemenhat este razonamiento le parecía estúpido. El comercio era una llave que abriría multitud de caminos y que, en su opinión, había que controlar. Circunscribirse únicamente al tráfico de las caravanas, ya no era suficiente en los tiempos que corrían. Había un mar allá fuera que los egipcios detestaban, que acabaría por asfixiar a su país si no se abría a él.

Cuando habló de ello con su padre la primera vez, éste apenas hizo caso del comentario pensando que serían cosas propias de adolescente. Mas ante la insistencia de su hijo, Shepsenuré comenzó a considerar la idea y no le pareció tan mala.

Él no tenía un interés especial en que su hijo ejerciera el oficio de carpintero. Disponía de bienes para estar sin trabajar el resto de su vida si quisiera. Así que, el día que él abandonara este mundo, Nemenhat no tendría por qué seguir en el negocio. Además, Nemenhat demostraba una buena capacidad para el cálculo y la empresa de Hiram podría ofrecerle buenas perspectivas. Si se afianzaba junto al fenicio, tendría posibilidades de desembarazarse de toda aquella cantidad de joyas comprometedoras; limpiaría esa riqueza y podría vivir como un hombre respetable sin levantar sospechas. Su hijo había elegido una buena opción.

Nemenhat comenzó a trabajar en los muelles cargando y descargando barcos bajo las miradas inquisitivas de los capataces. Allí vio por primera vez el insospechado mundo que se escondía en las entrañas de aquellos navíos tan extraños para los egipcios. Se sorprendió de la enorme capacidad que podrían llegar a tener y del gran negocio que representaba su carga, aprendiendo la importancia de la estiba y cómo afectaba ésta a los diferentes tipos de barcos.

Durante un año se esforzó cada día realizando cualquier labor que le encomendaran. Se levantaba muy temprano, de forma que el alba siempre le sorprendía sentado en la puerta de las oficinas de Hiram. Era el primero en llegar y en ocasiones el último en irse a su casa, lo cual no pasó inadvertido al fenicio que decidió aleccionarle en otras parcelas del negocio.

Nemenhat demostró enseguida la agilidad que poseía para los números. Con sus rudimentarios conocimientos matemáticos, era capaz de manejar cifras asombrosas, por lo que Hiram le puso junto a uno de sus escribas que le enseñó el fascinante mundo de los números y su correcta utilización. En poco tiempo, el muchacho fue capaz de entender las cantidades redactadas en los manifiestos de carga y la importancia de la contabilidad para la empresa; así tuvo contacto con la Administración y pudo apreciar su funcionamiento.

A diario coincidía con sus insufribles escribas, casi todos tan puntillosos, lo que hizo que Nemenhat desarrollara enseguida un sentimiento de antipatía hacia ellos. Pero a la vez, también aprendió la forma más conveniente de tratarles, y lo susceptibles que eran a determinado tipo de regalos. Esto, que duda cabe, facilitaba el camino a la empresa y ahorraba las tediosas inspecciones de aduana que tanto demoraban la distribución de las mercancías. Eso sí, había que ser muy cuidadoso en las formas del trato para así evitar malentendidos, pues todos se consideraban hijos del mismísimo Thot.

Nunca había llegado a imaginar la cantidad de gente que se movía alrededor de aquel negocio. Los agentes que convenían las compras; las navieras que fletaban sus buques; las tripulaciones que las transportaban y en cuyas manos se dejaba gran parte de las esperanzas de la empresa; los trabajadores de los puertos; los funcionarios aduaneros; los intermediarios que a veces distribuían los productos... Todo un ejército voraz que necesitaba su respectivo bocado.

Andando el tiempo, Nemenhat llegó a adquirir tal dominio en aquel medio, que era capaz de calcular la ganancia neta que le reportaría cualquier producto del mercado. La viabilidad del transporte de determinadas mercancías en función del margen del beneficio; el riesgo que implicaban los viajes por mar; el lugar donde se debía recibir o encargar la carga... Todo era considerado por su analítica mente, disfrutando a su vez al hacerlo como si de un juego de niños se tratara. Comprobó la crudeza de las reglas que regían la economía, y también que el oro no tiene corazón.

Pasó otro año entre comerciantes sin escrúpulos, ambiciosos escribas, rudos descargadores y capitanes que bien hubieran podido ganarse la vida como desalmados piratas.

Nemenhat se hizo un hombre. Dio el salto definitivo desde la siempre inestable adolescencia, hacia una realidad bien diferente de cuanto hubiera podido imaginar.

Hiram se sentía muy satisfecho con su labor, hasta el punto de confiarle los asuntos más delicados, seguro del buen tino que aquel joven le había demostrado. Y por encima de todo, estaba aquella discreción que Nemenhat siempre mostraba; algo intrínseco a su propia naturaleza que ya el fenicio había adivinado mucho tiempo atrás y por la que había apostado.

Discreción que, por otra parte, Nemenhat no circunscribía únicamente al ámbito personal, sino que extrapolaba a su trabajo en todo momento.

—Nunca creí encontrar a alguien así —se decía jubiloso el fenicio mientras, desde su ventana, observaba cómo el joven discutía con el inspector de turno junto a los muelles.

Verdaderamente sentía debilidad por aquel joven en quien creía ver al hijo que nunca tuvo y que ahora, en puertas de su vejez, tanto añoraba. Eso le hacía ver aumentadas las cualidades que aquél pudiera poseer; mas era inevitable para un hombre que, como él, sólo había tenido ojos para sus negocios. Por eso era irremediable que valorara, no sólo la discreción, sino la prudencia de que el joven hacía gala, y aquella asombrosa facilidad para el cálculo. En toda su vida, Hiram había conocido a nadie capaz de utilizar los números con tanta rapidez. Ello le hacía un negociador formidable, hasta el punto de que los mismos escribas del puerto reconocían tal capacidad sintiendo un indudable respeto por alguien que, como el joven, no había sido instruido en los misterios matemáticos en la Casa de la Vida.

En aquellas ocasiones, a Hiram le parecía frío como las serpientes del desierto, con unos ojos que se transformaban en dos bloques de hielo como los que de pequeño vio una vez en los montes del Líbano.

Durante aquellos dos años, Shepsenuré siguió haciendo sus cambalaches con Hiram. Claro que a estas alturas, éste ya sabía de sobra de dónde provenían aquellas joyas, mas nunca dijo nada; siguió proporcionando cuanto el carpintero necesitaba y colocando las alhajas adecuadamente.

El egipcio estaba verdaderamente orgulloso de su hijo, y se alegraba de que hubiera escogido una profesión tan diferente a la suya. Se había hecho un hombre y tenía motivos más que suficientes para no sentir ninguna inquietud por su futuro. Se sentía completamente feliz por primera vez en su vida; como si hubiera conseguido alcanzar una meta ardua y distante. El haber sobrevivido e incluso prosperado no era tarea fácil para un paria como él en aquel tiempo. Por eso el ver a su hijo convertido en un hombre respetable colmaba todos sus anhelos; aunque a veces tuviera que aguantar las monsergas que Seneb, como de costumbre, le daba cada tarde que le visitaba.

—Te digo que no hay nada más digno a los ojos de los dioses que el trabajo hecho con las manos.

—No empecemos de nuevo, Seneb; él ha elegido un buen trabajo pues es feliz con él.

—Uhm, feliz, feliz; ¿qué sabrán los jóvenes lo que es eso? Cuando descubren lo que les conviene, a veces ya es demasiado tarde. Además, nada tan hermoso como fabricar muebles; utensilios de utilidad para la gente o incluso sarcófagos. Ptah se enorgullecería por ello.

—Dejemos a Ptah por hoy en el templo, amigo. El comercio es tan honorable como cualquier otra actividad.

—¿El comercio, dices?, puaf; estás en contacto permanente con extranjeros; gente sin ninguna creencia ni moral. Nada bueno sale de sus corazones, donde sólo anidan la avaricia y la ambición.

—No exageres, Seneb. ¿Supongo que también habrá alguna persona decente?

—Te digo que acabarán corrompiendo el corazón del muchacho, y Amón el Oculto permita que me equivoque.

—Desde luego, cada día eres más cascarrabias. Los tiempos están cambiando; mira a tu alrededor. Esta ciudad está abierta al comercio como ninguna otra; nuestro pueblo, sin saberlo, empieza a depender de ello y su importancia es incuestionable. Creo que Nemenhat eligió muy bien y, además, ya no es un muchacho.

El embalsamador bajó sus ojos hacia la copa que tenía entre sus manos. Permaneció callado con la vista fija en ella, quizás observando los reflejos que la luz producía sobre el vino y sus cambios de tonalidad.

—¿De verdad crees que tanto han cambiado las cosas? —musitó al fin dirigiendo una mirada a su amigo.

—Más de lo que crees; y sobre todo aquí, en Menfis. En el Alto Egipto la presencia extranjera es escasa y constituyen comunidades más cerradas; la vida allí es diferente.

—Durante más de cien generaciones el pueblo se ha mantenido fiel a sus costumbres. Poco difería la vida de un hijo de la de su padre o de la del abuelo de su padre. Pero ahora fíjate —continuó abriendo los brazos—, la gente acepta las modas de esos extranjeros; incluso rinden culto a sus dioses como Astarté, Kadesh, Baal... No sé adónde vamos a parar.

—No te preocupes —intervino Shepsenuré sonriéndole—. El sol seguirá saliendo cada mañana; como todos los días.

Aquello no gustó nada a Seneb, que se llevó la copa a los labios como si fuera un refugio para su alma.

—Acéptalo y no le des más vueltas; los jóvenes deben abrirse camino en el tiempo en el que les toca vivir.

—Bah —dijo haciendo otro de sus típicos aspavientos—. Quizá tengas razón; a nuestros hijos les sobra el ímpetu que a nosotros nos falta. El mundo es de ellos y seguirán su camino aunque no les comprendamos. Fíjate si no en mi hija; tiene diecisiete años y todavía no ha pensado en formar una familia. ¡Es increíble!, las vecinas de su edad tienen al menos un par de críos; todo el mundo debe pensar que es algo rara.

—Déjales que piensen lo que quieran, ella elegirá en su momento.

—Sí, pero espero no ser demasiado viejo para entonces —respondió echando un trago.

—Ja, ja... ya veo; estás deseando ser abuelo, ¿no es así?

—¿Y qué si lo fuera? Nada como ver la continuidad de tu sangre, Shepsenuré. En realidad ése es el único motivo por el que estamos aquí.

—En verdad que estás empezando a chochear, Seneb. No te preocupes tanto que ya verás como tu hija te hará abuelo.

—Para eso tendré que buscarle un novio, porque ella no piensa más que en hacer medicinas con las dichosas plantas. Conoce las hierbas más extrañas con las que realiza fórmulas inimaginables que receta al vecindario; no vive sino para eso. Imagínate que hay días que ni viene a traernos algo de comer al mediodía —concluyó moviendo la cabeza.

—Confiemos en ellos y dejémosles caminar solos.

Ciertamente la vida de Nubet distaba mucho de la que hubiera deseado su padre; incluso no se parecía en nada a todo cuanto soñara en su infancia. Lejos quedaban sus deseos de entrar en los sagrados templos para servir a sus dioses. La mera idea de convertirse en Divina Adoratriz de Amón le parecía ahora una quimera imposible de realizar; añoranzas de un tiempo ya lejano.

Sin pretenderlo, se había introducido en un mundo que la había ido atrapando a medida que profundizó en él. Un vasto universo formado por los recursos que, tan generosamente, su tierra la daba y que no hacía sino estrechar aún más sus vínculos con Nubet. Acacias, cebollas, malvavisco, apio, perejil, ajenjo, cilantro, comino... todo se hallaba allí ofreciéndose munífico para su uso. Recorría los campos recogiendo todo aquello que necesitaba y que luego utilizaba para elaborar fórmulas antiquísimas recogidas en los viejos papiros de su padre. Todo estaba escrito desde tiempos inmemoriales.

De hecho, los médicos se atenían a rajatabla a aquellas normas escritas, no sólo para prescribir correctamente a sus pacientes, también para salvaguardarse de cualquier posible error. La ley era inflexible para esto; si un paciente moría por negligencia del médico al no haber intervenido conforme a las reglas, éste podía ser castigado con la muerte.

Esta estricta reglamentación trajo, sin duda, el alto grado de especialización que llegaron a tener los médicos egipcios y su renombrada fama en todo el mundo.

Adquirían sus conocimientos en las Casas de la Vida, verdaderos templos del saber de la época, donde aprendían su profesión especializándose después en cualquiera de las diversas ramas que componen esta ciencia; de tal modo que todos los médicos eran especialistas en alguna disciplina. El centro de enseñanza más reconocido se encontraba en Per-Bastet*, donde según decían, los tratados impartidos habían sido escritos por Thot.

Ni que decir tiene que aquella profesión se hallaba fuertemente jerarquizada, pues había médicos comunes, inspectores, supervisores y maestros. Todos se encontraban bajo la protección de la diosa Sejmet, que era su patrona, lo cual no dejaba de tener cierta gracia, pues sabido era por todos su energía destructiva; siendo considerada como la causante de plagas y enfermedades

Destructora de los enemigos de su padre Ra, cuando se enfurecía su cólera no tenía medida. Sin embargo, la Más Fuerte, que es lo que significa su nombre, poseía la misma facilidad para curar que para matar. Como Señora de los Mensajeros de la Muerte, otro de los terroríficos nombres con los que era conocida, nadie en la tierra ni tan siquiera el faraón estaba a salvo de sus calamidades. Mas si se la calmaba apropiadamente tenía la facultad de sanar a los mortales.

Para lograr que la diosa leona dejara a un lado sus iras y se mostrara benefactora, existían unos ritos llamados de Apaciguamiento de Sejmet, que eran realizados delante de sus estatuas en sus templos dos veces al día, por los *hery heb*, sus maestros sacerdotes. Todos estos actos litúrgicos no dejaban de contener un claro componente mágico. El hecho de que la diosa fuera capaz de transmitir enfermedades inducía a la posibilidad de que éstas pudieran ser combatidas con la magia. Por ello existían tanto médicos como personal eclesiástico especializado en todo tipo de rituales mágicos, que tenían como finalidad la liberación de todos aquellos «malos espíritus». Era corriente por tanto, que la gente acudiera al templo en busca de un médico mago que expulsara a los demonios causantes de su enfermedad.

A diario solían formarse largas colas de ciudadanos frente a los

---

* Esto fue durante el Imperio Nuevo. Durante la Época Baja y último período fueron famosos los de Sais y Abydos.

templos, con la esperanza de que su extraña dolencia fuera aliviada y terminasen por fin sus sufrimientos.

La mayoría de la gente tenía una fe ciega en aquellos magos que, con sus ceremonias, solían producir un efecto psicoterapéutico.

«He aquí una enfermedad que trataré.» Eran las palabras que, pronunciadas por el médico, anhelaban escuchar sus pacientes aferrándose a ellas esperanzados.

Los médicos egipcios conocían más de doscientos tipos de enfermedades, con cientos de prescripciones para cada caso concreto, siendo muchas de ellas de dudosa eficacia. Mas donde la medicina egipcia era realmente buena, era en la cirugía y en el tratamiento de lesiones externas.

Ni que decir tiene que los grandes médicos estaban adscritos a los templos, a la casa real, o atendían a los dignatarios capaces de pagar el alto precio que cobraban por sus consultas. El pueblo llano, sin embargo, tenía que conformarse con los médicos ordinarios que, en abundante número, atendían en sus pequeñas consultas a unos precios más moderados.

Pero en una ciudad tan grande como Menfis, no todo el mundo podía permitirse acudir a un *sunu* (doctor) cada vez que se sentía aquejado de alguna dolencia. Era por ello que proliferaban todo tipo de curanderos, sacamuelas o hechiceros que hacían su agosto entre la población, formulando las más extravagantes recetas*.

Nubet no pertenecía a ninguno de estos grupos aunque sentía un gran respeto hacia los médicos y ninguno por los segundos. Ella sólo se dedicaba a experimentar con los innumerables componentes que la tierra le daba, recopilando aquellas viejas recetas que no eran sólo médicas, sino que abarcaban también campos como el de la perfumería o la cosmética.

El cobertizo, situado en el patio de su casa junto a los graneros, se fue convirtiendo en un verdadero laboratorio donde la joven confeccionaba sus compuestos. Lo que había comenzado como una mera curiosidad o afición se había transformado en auténtica fascinación que llegaba a acaparar todo su tiempo.

Enseguida se dio cuenta que con aquella apasionante afición podía ayudar a los demás. Primero fue un remedio para las arrugas, luego otro para depilarse, después otro para el mal aliento... y así hasta que,

---

* En el Antiguo Egipto se vigilaba con celo el que los médicos que pasaban consulta fueran auténticos; estando muy perseguido el intrusismo.

sin proponérselo, dio el primer consejo médico a una vecina que tenía un herpes. Hizo una mezcla de miel fermentada, mirra seca y semillas de cilantro y la aplicó los sedimentos. Al poco tiempo, el herpes le desapareció a la mujer, que se deshizo en alabanzas hacia la joven. Esto, añadido al hecho de que no cobraba un solo deben por sus consejos, hizo que el nombre de Nubet corriera por el vecindario como si fuera una reencarnación de la divina madre Isis.

Así fue como empezó a recibir visitas a diario, de gente aquejada de dolencias comunes como dolores de cabeza, resfriados o estreñimientos. Nubet los recibía con amabilidad y trataba con atención su problema desinteresadamente. Pero los vecinos, que no por ser humildes eran desagradecidos, se obstinaban en hacerle algún tipo de obsequio por sus servicios. Legumbres, cereales, hortalizas; pronto el granero de Seneb no daba abasto para tanto regalo, que no tenía más remedio que aceptar por temor a que sus paisanos se enfadaran.

La vida cotidiana en el barrio de los artesanos de Menfis, como en cualquier otro de una gran ciudad, estaba expuesta a todo tipo de enfermedades e infecciones, que se manifestaban a diario en sus más diversas formas. Los egipcios eran asiduos comedores de gran variedad de verduras, frutas y hortalizas que, a veces, ingerían sin lavar o bien éstas habían sido regadas con aguas estancadas en las que proliferaban toda clase de parásitos, que les producían enfermedades tales como la bilarciasis, tenias, quistes amébicos o infecciones por lombrices intestinales, de las que prácticamente nadie estaba a salvo. Además existían enfermedades tan graves como la viruela, poliomielitis o la tuberculosis, muy extendidas entre la población y ante las que poco se podía hacer. «Ni tan siquiera los mejores magos de los templos podían expulsar del cuerpo a los demonios que causaban tales males.»

Por si todo esto fuera poco, había gran cantidad de individuos con deformaciones óseas como la acondroplastia, que producía enanos o las excrecencias marginales en las vértebras (osteofitosis marginal) muy frecuentes entre los hombres mayores de cuarenta años.

Ante un cuadro semejante, no era de extrañar que los enfermos acudieran a magos, curanderos o hechiceros que pudieran librarles de aquellas dolencias inexplicables, y que sólo podían ser producidas por entes malignos y poderosos. A ello ayudaba, sin lugar a dudas, la concepción que el egipcio tenía del cuerpo humano. Para ellos, el corazón era el centro no sólo vital, sino también de las emociones, sentimientos y de todo razonamiento. El cuerpo se hallaba lleno de canales llamados *metu*, que comunicaban todos los órganos entre sí y por los que circulaban, además de la sangre, el aire que respiraban, los alimentos, la orina, los detritus, el esperma, etc.* Por ello, cuando sentían alguna molestia en cualquier órgano, pensaban que el *metu* se encontraba taponado y no dejaba circular los diferentes fluidos que transportaba. Acudían entonces al médico, con la esperanza de que éste dejara libre de nuevo los canales internos y todo volviera a la normalidad.

Para los trastornos menores del aparato digestivo, conocían todo tipo de enemas y lavativas que solían aliviarles de ordinario, resolviendo el problema; pero en muchas ocasiones «los canales» se resistían a quedar libres y entonces, como se dijo anteriormente, sólo quedaba la magia.

En poco tiempo conoció Nubet el variopinto vecindario que tenía. Estaban las personas que acudían en busca de consejo para cualquier nimiedad, las que no querían acudir de ninguna manera, las que iban a regañadientes, las que cada día presentaban una dolencia diferente, o las que persistían siempre en la misma.

La señora Hentawy pertenecía a este último grupo y visitaba a diario a Nubet quejándose de dolores en el ano**. Al principio la joven no se extrañó pues eran muy corrientes los pacientes con trastornos en el ano. La recibió con amabilidad y deferencia y le puso un tratamiento que contenía vitriolo de cobre, hojas de cebolla y hojas de malvavisco en agua de rosas y que debía aplicarse cada día con una pluma de ibis.

Mas la señora Hentawy regresaba al día siguiente quejándose de nuevo de su ano, a lo que Nubet insistía en la necesidad de mantener el tratamiento durante un tiempo para notar sus efectos.

Pero era inútil, pues en los días sucesivos Hentawy volvía a visitarla.

—Créeme, Nubet, si te digo que no puedo soportar el dolor.

—Señora Hentawy, debe tener un poco de paciencia, ya verá cómo se le pasa —dijo intentando calmarla.

Pero la señora Hentawy no era fácil de calmar y poniéndose las manos a ambos lados de la cabeza, comenzó a moverla desesperadamente.

—Cálmese o se hará daño en su hermosa cabellera —trató de apaciguarla Nubet haciendo referencia a su pelo teñido que desprendía un olor desagradable.

---

* Los ojos se comunicaban con los oídos. La boca con el ano, etc.

** Es curioso la gran cantidad de problemas en el ano descritos en los papiros médicos egipcios (dolor, quemazón, etc.).

—¿De verdad te gusta mi pelo? —preguntó medio lloriqueando.

—Claro que sí. Tiene un pelo muy bonito.

—Es teñido, ¿sabes? —dijo Hentawy como si le confiara un secreto.

—Pues nadie lo diría —continuó Nubet tranquilizándola—. ¿Cómo lo ha conseguido?

—Bueno, es una fórmula confidencial que poca gente conoce, y a mi edad todos los trucos son pocos para parecer lozana.

—Vamos, señora Hentawy, usted todavía es joven.

—Eso quisiera yo, querida; pero me falta poco para cumplir los cuarenta*, y si no fuera por mi secreto mis cabellos lucirían totalmente blancos.

Hizo una pausa y luego continuó.

—Bueno, a ti te lo voy a contar. Tú eres muy joven y no tendrás necesidad de usarlo; pero debes prometerme que no se lo dirás a nadie, ni tan siquiera como receta.

—Sejmet me fulmine si lo hago.

—Ja, ja, bueno en este caso te lo diré; pero sólo a grandes rasgos.

Calló un instante mientras miraba fijamente a Nubet con ojos pícaros.

—Está hecho con hígado de burro putrefacto en aceite** —musitó en voz baja a la vez que apoyaba una mano sobre el brazo de la joven.

—¿Hígado de burro putrefacto en aceite?

—Sí —continuó con voz queda—, pero entiende que no te diga las proporciones. Sólo te confiaré que es mucho más efectivo que la sangre de buey negro cocida en aceite.

Nubet sonrió con la receta pues de sobra conocía todos esos tratamientos que a ella le parecían repugnantes y que, sin embargo, estaban muy extendidos entre la población.

—En cuanto a mi dolencia —continuó Hentawy cambiando de nuevo el semblante— creo saber a qué es debida.

Nubet enarcó una ceja en espera de la contestación.

—Es un dolor en el ano de origen demoníaco —dijo la señora al fin.

—¡Ah! —contestó la joven—. ¿Podría dejarme que se lo observara?

—Claro que sí querida —exclamó con aire festivo mientras se subía la falda y se ponía en posición.

La joven la auscultó, no observando ningún tipo de anormalidad.

---

* A los cuarenta años los egipcios eran personas viejas.
** Esta fórmula es absolutamente verídica.

—Creo que tiene razón, señora Hentawy, su dolencia va a ser de ese tipo; pero no se preocupe pues tengo la fórmula idónea para solucionarlo.

—¿De veras? —preguntó la señora alborozada.

—En cuatro días estará libre de la enfermedad; para ello deberá tomar un compuesto muy fácil de hacer.

—Pero ¿lo debo hacer yo?

—Naturalmente. Sus demonios deben de ser muy persistentes y es mejor que usted misma fabrique la fórmula para que no la vuelvan a molestar más.

—Pero...

—No se preocupe, yo le proporcionaré los ingredientes y usted sólo tendrá que mezclarlos.

—Ah.

—Primero pondremos $1/8$ de ajenjo —dijo mientras sacaba el componente de una bolsa, luego $1/16$ de bayas de enebro, después $1/32$ de miel. Todo eso ha de mezclarse con 10 *ro* de cerveza dulce y luego lo tiene que filtrar. Bébalo durante cuatro días y verá como los demonios dejarán su ano tranquilo*.

Con esto la señora Hentawy se marchó agradecidísima, dando loas a la Enéada Heliopolitana por la sabiduría de la joven.

Afortunadamente no todo el mundo era igual y por desgracia muchos se hallaban aquejados de males reales. Al principio Nubet se quedó sorprendida al comprobar la gran cantidad de vecinos que tenían parásitos intestinales. No había día en que no tuviese que recetar algún remedio para las lombrices. Así pues, se tomó la molestia de tenerlo preparado de antemano dado la gran demanda que existía.

Solía utilizar dos compuestos que daban buenos resultados, uno lo hacía moliendo 5 *ro* de hojas de planta acuática con 5 *ro* de ajenjo; luego lo mezclaba con 20 *ro* de cerveza dulce, lo filtraba y se lo daba a beber al enfermo.

El otro era un poco más complejo y en él la base eran las vainas de algarrobo; una planta muy usada en medicina como vermífugo y que no solamente era utilizada para tratar los gusanos, sino que mezclada adecuadamente con otros componentes, podía ser empleada tanto

---

* Las prescripciones egipcias usaban la unidad de 5 *ro*, y fracciones de otra medida de capacidad llamada *dja*, que era 4 veces mayor que 5 *ro*. La unidad *dja* solía representarse únicamente como 1, $1/2$, $1/4$, etc. Mientras que la *ro* se escribía siempre.

Como ejemplo he aquí algunas equivalencias:
1 → 320 ml, $1/2$ → 160 ml, $1/4$ → 80 ml, etc.

para vaciar los intestinos como para parar la diarrea e incluso para tratar las ampollas de las quemaduras.

Nubet mezclaba $1/8$ de pulpa de vaina de algarrobo con 2,5 *ro* de jugo de planta fermentada, $1/64$ de ocre rojo, $1/8$ de parafina, y 25 *ro* de cerveza dulce. Luego lo cocía y lo daba a tomar con magníficos resultados.

Fue tal el éxito de esta planta, que la joven se vio obligada a hacer acopio de ella ante el uso que tenía de las vainas y de las semillas.

Era por tanto frecuente ver a Nubet por la mañana bien temprano, deambular entre los puestos del mercado en busca de los más dispares ingredientes con los que elaborar sus fórmulas. Los mercaderes, que la conocían, le solían regalar muchos de ellos y a veces le proporcionaban encargos que eran difíciles de encontrar.

Luego, ya en su casa, se enfrascaba en la lectura de aquellos viejos papiros que su padre guardaba como un precioso tesoro, donde descubría cientos de recetas prescritas hacía más de mil años y que se apresuraba a preparar. A veces la sorprendía la tarde, absorta en aquellas vetustas escrituras, debiéndose apresurar en preparar la cena para que ésta estuviera lista cuando su padre y Min llegaran. También aprovechaba, siempre que podía, para adentrarse en los hermosos campos y palmerales que rodeaban la ciudad, y si disponía de tiempo, visitaba a su padre como antaño solía hacer para llevarle un tentempié.

Podría decirse que Nubet se sentía plenamente feliz con la vida que llevaba; y así, cuando su padre refunfuñaba reprobándola el que no tuviera novio, ella le dirigía la más furibunda de las miradas llamándole viejo chocho o cascarrabias.

A la joven le molestaba enormemente el que su padre le diera la monserga con el tema del noviazgo, y no es que ella tuviera nada en contra de los hombres, era que simplemente no tenía interés en formalizar relación alguna con nadie. Era dichosa haciendo lo que hacía y no tenía intención de complicarse la vida como el resto de sus vecinas. Con ellas mantenía la mejor de las relaciones, ayudándolas en lo posible a paliar todos aquellos males propios de la mujer. Menstruaciones demasiado abundantes, desórdenes en la matriz, provocación del parto o estimulación de la producción de leche materna.

Ellas, por su parte, la ponían al día de sus intimidades contándole las venturas y desventuras que sus matrimonios les hacían pasar.

Tampoco las solteras parecían poseer sosiego. Las que no tenían novio, la acosaban pidiéndole todo tipo de consejos para utilizar este o aquel cosmético; o acerca del maquillaje más adecuado para conquistar al hombre elegido. Por su parte, las que lo tenían, se preocupaban por el hecho de que la relación llegara a buen puerto o por la posibilidad de que pudieran quedarse embarazadas antes del matrimonio.

Esto le ocurría a Nubjesed, una bellísima muchacha algo más joven que ella, que se sentía obsesionada ante la posibilidad de un embarazo no deseado; y como tanto ella como su novio eran poseedores de una naturaleza más que fogosa, solía visitar a menudo a Nubet en busca de posibles remedios que evitaran la concepción.

—¿De cuántos días es el retraso esta vez? —preguntó Nubet mientras trituraba cominos al verla aparecer.

—De casi una semana —contestó Nubjesed mientras apretaba las manos angustiada.

—Bueno, eso es casi como todos los meses; no debes preocuparte, verás como te bajará pronto. ¿Tomaste el perejil?

Nubjesed movió negativamente la cabeza.

—Pues debes tomarlo, te ayudará a ser más regular.

—Es que esta vez creo que no es una falsa alarma —dijo afligida.

Nubet dejó los cominos y cruzó los brazos ante la muchacha.

—¿Ha eyaculado tu novio dentro de ti?

Ahora el movimiento de la cabeza de Nubjesed fue afirmativo.

—¿Cuántas veces?

—Sólo una vez, pero me temo que mi vientre se encontraba fértil ese día.

—Te dije que tuvieras mucho cuidado y no dejaras que tu novio pusiera su simiente en tus entrañas.

—Ya lo sé —contestó la muchacha ahogando un sollozo mientras se tapaba la cara con las manos—, pero es que no lo pude evitar; cada vez que tengo su miembro entre mis manos, mi voluntad se esfuma y no sé decirle que no.

—¿Sólo te penetró esa vez? —preguntó Nubet indulgente.

—¿Penetrar? No, si no me penetró —contestó la muchacha como extrañada.

—¿Que no te penetró? Pero ¿no dices que eyaculó dentro de ti?

—Claro, en mi boca; y yo sin querer me atraganté y me tragué parte de su *mu* —dijo de nuevo angustiada—, y ya sabes que la boca está conectada con la vagina; así que lo mismo da.

Nubet la miró con cierta recriminación, mas al ver el semblante descompuesto de la bella Nubjesed, se aproximó a ella cogiéndole las manos para calmarla.

—Bueno —le dijo con suavidad—, no debes preocuparte, trataremos de solucionarlo.

—¿Crees que tendré que someterme a una «desviación de la preñez»?*

—Conmigo desde luego que no —contestó Nubet claramente enfadada—. Jamás cometería un pecado semejante a los ojos de los dioses, y... además está prohibido.

—Perdóname —dijo la muchacha rompiendo a llorar—, pero es que no sé lo que digo y...

—Mira, Nubjesed, no creo que estés embarazada —continuó Nubet suspirando—, pero en prevención de ello vas a hacerte unas fumigaciones de trigo tostado en la zona genital y luego beberás una poción que te voy a dar.

—Gracias, gracias, Nubet —exclamó alborozada intentando besarle la mano que Nubet apartó de inmediato—. ¿De qué es la poción?

—Es una cocción de 5 *ro* de aceite, 5 *ro* de apio y 5 *ro* de cerveza dulce. Y deberás tomarla durante cuatro mañanas consecutivas en ayunas.

—¿Y tú crees que será efectivo?

—Totalmente.

Nubjesed no pudo reprimir su alegría y la abrazó jubilosa. Después cogió el recipiente donde estaban los ingredientes que debería cocer, y se despidió de nuevo exultante de la que era, sin duda, su salvadora.

—Nubjesed —dijo Nubet al despedirse—, conviene que aceleres en lo posible tu boda o un día de éstos el embarazo será real.

Cuando la muchacha se marchó, Nubet se quedó por un rato pensativa.

«No cabe duda que tener novio puede ser un buen problema», pensó maliciosa.

Afortunadamente no todos los vecinos tenían el problema de Nubjesed, que pasaba su vida entre mensuales sobresaltos; todo lo contrario, pues eran frecuentes las visitas que la reclamaban algún tipo de afrodisíaco para el decaído cónyuge. Para esto, nada como una fórmula que tenía como componente principal la raíz de la mandrágora y que Nubet preparaba con singular maestría poniendo mucho cuidado en las proporciones, pues la mandrágora es poseedora de efectos narcóticos.

---

* Nombre con el que se denominaba al aborto. Estaba prohibido.

Con el tiempo llegó a conocer las «particularidades» de sus parroquianos y cuáles eran sus necesidades más comunes llegando a sentir que formaba parte de sus vidas.

Seneb, aunque rezongaba a diario, se sentía orgulloso de su hija y de la labor que realizaba, sin reparar en alabanzas hacia ella ante los demás. ¡Ay si además le diera un nieto! Entonces su felicidad se vería colmada.

Pasaron dos años y Nubet floreció por completo convirtiéndose en mujer. Una mujer de exótica belleza, pues sus rasgos adquirieron esa singular particularidad. Todo en ella parecía tener la medida justa. Su pelo, negro como el azabache que caía en corta melena enmarcando una cara de facciones primorosamente definidas; su nariz; su boca; sus manos; aquellos pies que eran perfectos. Su grácil figura bien hubiera podido despertar la envidia de la mismísima Hathor como diosa del amor. Simetría de formas puras, que parecían sacadas de los papiros de los geómetras que tan celosamente guardaban los templos. Así era Nubet.

Tan sólo algo destacaba en desproporción entre tan armónico equilibrio, pues las imperfecciones, a veces, son dadas por los dioses como sello indeleble de la persona. Incluso en ocasiones, éstas podrían llegar a ser tan insultantes, que más bien pudieran ser tomadas como una irrealidad que como defecto. Así eran los ojos de Nubet, irreales por lo extrañamente hermosos. Desproporcionados, porque no era posible ver otros tan grandes y bellos; y dentro de ellos un color oscuro como las noches sin luna en las que se podía observar el fulgor de mil estrellas. Así era su mirada, llena de una luz que pudiera haber sido robada a aquellas estrellas, que parecían habitar en lo más profundo de sus ojos; porque sus ojos eran la noche de Egipto.

Sentado en su lugar favorito, Nemenhat disfrutaba de la tarde que la primavera le ofrecía. Las cosechas estaban a punto de ser recogidas y sus frutos saturaban el ambiente con naturales fragancias. La brisa que a esa hora le llegaba desde el río arrastraba aquellos aromas hasta él, invitándole a deleitarse con los olores que de su tierra brotaban. Los aspiraba con fruición intentando distinguir cada matiz que encerraban; mas eran tantos, que acabó por abandonarse, mientras sus pulmones se henchían, en un cierto estado de semiinconsciencia sumamente grato.

Casi no recordaba aquel placer al que tan aficionado había sido anteriormente y que no disfrutaba desde hacía demasiado tiempo. En realidad, hacía más de dos años que no había vuelto por allí; desde el día que entró en la pirámide de Unas y que tan desasosegador recuerdo había dejado en él.

«¡Dos años!», pensó.

Dos años en los que se había aventurado en un ámbito que, en un principio, ignoraba que existiese y que había acabado por transformarle en una persona bien distinta a la mayoría de sus compatriotas.

Los pilares sobre los que se sustentaba aquella sociedad habían sido puestos con sabiduría hacía más de mil quinientos años. Durante todo ese tiempo, los cimientos habían sido horadados poco a poco por una nobleza cada vez más influyente y por el insaciable ansia de poder de los templos. Su país se encontraba anclado sobre viejas estructuras carcomidas por poderes emergentes que no existían cuando fueron fraguadas y que se empeñaban en seguir manteniendo a Egipto, como si de una isla inaccesible se tratara.

En el puerto de Menfis, Nemenhat había podido comprobar la corrupción generalizada de la Administración y la existencia de un mundo allende las fronteras de su país, que surgía lenta pero inexorable en pos de nuevos espacios en un nuevo orden. Aquel gran mar, al que los egipcios siempre habían despreciado, era la llave que abriría el acceso a nuevos caminos que conducirían al progreso durante los próximos mil años; y Egipto se negaba a recorrerlos. Prefería que otros países surcaran el Gran Verde y comerciaran con todo cuanto necesitaban sin más complicaciones, sin reparar que sin el control de aquel mar, tarde o temprano, serían tierra conquistada. Para Nemenhat no había duda de que el país de Kemet se ahogaría en una lenta agonía.

Pero todo esto no significaba que no amara a su tierra. Al respirar aquella brisa, sentía lo mucho que la quería y una cierta aflicción ante lo que él consideraba inevitable.

«¡Dos años!», volvió a pensar mientras estiraba sus miembros perezosos.

En todo ese tiempo apenas había tenido días libres para solazarse. Ni en el décimo día semanal*, en que no se trabajaba; ni en los «cinco días añadidos»** al final del año, en los que conmemoraban el naci-

---

* Los egipcios utilizaban semanas de diez días y el último día se descansaba.

** El calendario egipcio se dividía en doce meses de treinta días, quedando por tanto cinco días más a los que ellos llamaban añadidos y que son conocidos como «Epagómenos».

miento de los dioses Osiris, Horus, Set, Isis y Neftis, había dejado de ir a la oficina de Hiram.

Demasiado tiempo, sin duda; y era tan agradable estar allí que se prometió que en lo sucesivo aprovecharía los días de asueto que pudiera.

Se incorporó un poco y miró a su espalda hacia donde comenzaba el desierto. A veces echaba de menos sus exploraciones por la necrópolis, aunque ahora le pareciera algo que había ocurrido en una época muy lejana.

Le vino a la cabeza la idea de encontrar la tumba perdida que siempre le había obsesionado y se sonrió con cierta indulgencia. Ideas descabelladas de un muchacho, que sin embargo no había olvidado.

—Bueno, no hay que perder la esperanza —musitó mientras se sentaba abrazándose las rodillas y observaba los palmerales.

La carretera que los circundaba tenía gran afluencia a aquella hora en la que, el atardecer, apremiaba a sus paisanos a regresar a la ciudad. Gentes de todo tipo, pero sobre todo campesinos que volvían de los campos, ahora que estaban prestos de nuevo para ser segados. Hombres y bestias de carga que iban y venían, como cada día, por el camino de Menfis.

Llevaba un rato mirándolos como abstraído por el trajín, cuando algo le hizo pestañear y volver de su ensimismamiento.

Allí, en el polvoriento camino, había una figura que le resultaba familiar.

Aquellos andares le recordaban a alguien que no acertaba a precisar, pues su posición se encontraba algo alejada para poder distinguir su cara. Puso toda su atención en adivinar su identidad según se aproximaba. Venía de regreso a la ciudad y llevaba lo que parecía un cesto sobre la cabeza que, sin embargo, no la hacía perder su compostura ni alterar el grácil movimiento de su esbelto cuerpo. Era Nubet.

Próxima ya a él, Nemenhat la examinó con interés. Hacía mucho tiempo que no la veía; si acaso un par de veces en que había acudido a su casa en busca de Seneb, en los últimos dos años. Entonces, todavía era una muchacha algo engreída; mas ahora, lo que se acercaba por el camino era toda una mujer, ¡y qué mujer! No le extrañó observar cómo los hombres se paraban al verla pasar, pues su figura era como la que a menudo representaba a Isis en las paredes de los templos; sólo que esta vez había cobrado vida.

Nemenhat se incorporó y bajó desde su altozano hacia el camino llegando justo cuando ella pasaba.

Aprovechando que todavía no había reparado en él, Nemenhat pudo explayarse mirándola a su antojo.

Nubet ya era una muchacha hermosa la última vez que la vio, mas Nemenhat jamás hubiera sospechado que pudiera convertirse en una mujer así. Nunca había visto a ninguna que se la pudiera comparar, ni tan siquiera Kadesh. Y es que las rotundas formas de ésta pertenecían al canon de belleza trazado por los hombres, que en nada podían equipararse con aquel cuerpo de exquisitas hechuras, perfilado según criterios que sólo a los dioses competían.

—¿Eres Isis reencarnada, o acaso me encuentro en los Campos del Ialu?

Nubet apenas reparó en aquellas palabras, que no significaron sino una frase más entre las muchas que la habían dicho aquella tarde; y pasó de largo.

Había aprovechado el día para ir a los campos cercanos en busca de algunos ingredientes con los que preparar sus fórmulas, y de paso disfrutar de un día de ocio rodeada de las plantas que tanto amaba.

—Eh, Nubet, regresa al mundo de los vivos; soy yo, Nemenhat.

La joven se detuvo y volvió la cabeza.

—¡Nemenhat! —exclamó sorprendida al escuchar aquella voz—, qué sorpresa.

Ambos jóvenes se aproximaron sonrientes saludándose amistosamente y enseguida Nemenhat se apresuró a coger el cesto que ella transportaba, prosiguiendo juntos el camino.

—Pero ¿qué llevas aquí? —preguntó él con curiosidad al ver lo que pesaba.

—Ruda, mirto, cilantro, granadas, amapolas e higos de sicomoro.

—¿En serio?

Ella asintió sonriente.

—No me digas que todo esto se lo darás para cenar al buen Seneb. ¿O acaso es para ese monstruo insaciable que se hace llamar Min?

Nubet rió con ligereza.

—No es un monstruo insaciable, es adorable. Y todo esto son hierbas y frutos que recojo para hacer potingues.

—Ah sí, ahora recuerdo que tu padre me lo mencionó en alguna ocasión. Y por lo que cuenta, creo que haces una misión encomiable.

—Ya conoces a mi padre lo exagerado que es. Pero dime, ¿qué haces por aquí tan lejos de tus muelles? Eres la última persona que hubiera esperado encontrar.

—Y en verdad que ha sido casualidad, pues hacía dos años que no venía por este lugar; antes gustaba de hacerlo siempre que podía. Me sentaba justo en la linde del palmeral con el desierto desde donde hay una buena vista.

—Comprendo, según dice mi padre te pasas el día entero trabajando en el puerto.

—Sí, y el bueno de Seneb me lo recrimina a veces; ya sabes que no le gustan mucho ese tipo de trabajos. Él quisiera que fuera carpintero, como mi padre.

—Conmigo pasa lo mismo, siempre lamentándose de esto o de aquello. Yo creo que se está haciendo algo viejo.

Nemenhat rió con suavidad.

—Es un buen hombre. ¡Si todos los hombres fueran como él!

Continuaron caminando en silencio durante un rato, en el cual Nubet le observó con disimulo. Le encontraba muy cambiado desde la última vez que le vio. Poco quedaba ya en él de los suaves rasgos de la pubertad pues ahora los trazos de su cara eran los de un hombre; líneas rotundas que le daban un aspecto atractivo y muy varonil. Además continuaba teniendo ese aire misterioso que a Nubet siempre le había parecido seductor. Volvió a mirarle con discreción mientras él caminaba con el cesto sujeto con una mano sobre la cabeza. Le pareció un joven alto y esbelto, con unos hombros anchos y desarrollados que relucían por efecto del sudor bajo los rayos del sol vespertino.

—¿Sigues haciendo aquellas deliciosas lentejas que probé en cierta ocasión? —preguntó Nemenhat de improviso.

—Sí; y aún me salen mejor; aunque no creo que te gustaran tanto pues nunca volviste para repetir y hace ya mucho tiempo de eso; ¿quizá más de dos años?

—¡Más de dos años! —exclamó el joven—, quién lo diría. Pero te aseguro que las lentejas me gustaron muchísimo. No he vuelto a probar nada igual desde entonces.

—Huelga el decirte que puedes venir cuando lo desees. Además darías una gran alegría a mi padre; él te quiere como a un hijo.

—Lo sé, y yo le correspondo como tal. Ya te dije antes que es el hombre más bueno que conozco. Me encantaría haceros una visita la primera noche que pueda.

Nubet se sonrió ante sus palabras.

—¿Son tus ocupaciones las que te lo impiden, o acaso otros quehaceres?

Nemenhat la miró sorprendido.

—Disculpa si te he parecido descortés pues te aseguro que nada me agradaría más que cenar con vosotros a menudo. Pero he de confesarte que el trabajo me absorbe de tal modo que hay noches que ni tan siquiera pruebo bocado. A veces pasan días sin que vea a mi padre, pues me levanto muy temprano y cuando vuelvo a casa él suele estar ya dormido.

—El trabajo es una buena forma de honrar a los dioses todos los días, mas también debemos disfrutar de tiempo libre para glorificarlos. A ellos les es grato.

—Seguramente —contestó Nemenhat lacónico—, mas recuerda el poco apego que les tengo; en eso poco he cambiado. Sin embargo, el trabajo me ha permitido el acceso a caminos que no sospechaba que existiesen y en los que aprendo a diario.

Nubet hizo un leve gesto burlón mientras sus miradas se cruzaban.

—Ya sé que piensas que la verdadera sabiduría se aprende en los templos —se apresuró a decir el joven—. Pero no es a ésa a la que me refiero, sino a la de la vida; la que hace al hombre avanzar desde sus principios.

—Los dioses crearon el orden establecido; lo que está bien y mal. Nosotros deberíamos limitarnos a seguirlo —contestó Nubet sin poderse contener.

—No quisiera polemizar contigo, pero creo que el principio que impulsa nuestra existencia no está en los templos. Para bien o para mal, los dioses que habitan en ellos están tan necesitados de él como nosotros.

—¿De qué me estás hablando? —inquirió Nubet mientras arrugaba levemente su frente.

—De ambición, de riqueza, de poder. Tres palabras que suelen ir siempre unidas y han sido deseadas por los hombres desde que el mundo es mundo. Hasta el último de los sacerdotes de los templos las buscan.

—Tus palabras me horrorizan, Nemenhat —exclamó Nubet escandalizada.

—Te aseguro que si vieras como nuestros jerarcas doblan a diario su espinazo ante ellas, tu escándalo sería de otra índole.

Se hizo un pesado silencio durante breves minutos mientras los dos jóvenes entraban por una de las puertas de la ciudad.

—No quisiera que pensaras que son estas premisas las que me animan. Aprendo a sobrevivir, pues te aseguro que ahí afuera hay más chacales que en todo el desierto occidental.

—El mundo que me muestras no me interesa. Si existe prefiero no conocerlo.

—Eso a él no le importa; sigue su camino. Mas es preciso conocer sus reglas pues no tiene piedad.

Otra vez se hizo el silencio entre ellos que enseguida Nemenhat rompió.

—Pero no quisiera que disputáramos por esto, Nubet. A pesar de nuestras diferencias créeme si te digo que me he alegrado de verte de nuevo; además, también he aprendido algunas cosas que seguro que te parecerán útiles.

—¿De veras? —respondió Nubet sin poder disimular su ironía.

—Sí. Aprendí aritmética y geometría.

Nubet abrió sus ojos sorprendida.

—¿Has aprendido aritmética y geometría en el puerto?

—Sí. Hiram y uno de los escribas de la aduana me enseñaron. Ahora puedo llevar la contabilidad de Hiram y le ayudo en todos los cálculos que necesita para el buen control de su negocio.

—¿Hiram? ¿Y quién es Hiram? Mi padre nunca me habló de él.

—Es un fenicio de Biblos que comercia con todo tipo de artículos. Tiene su base aquí, en Menfis, y hace negocios con todo el mundo conocido. Su nombre es afamado y respetado en todas partes.

La joven le miró extrañada.

—¿Tú trabajando a las órdenes de un fenicio? Admite que no pueda por menos que sorprenderme.

—Ya sé que a Seneb no le gustan nada los extranjeros pero, si te soy sincero, he de decirte que no puedo sino hablar bien de este hombre. Él me aceptó en su empresa sin tener por qué y me ha dado la oportunidad de aprender lo que, de otra forma, no hubiera podido. Entre nosotros se ha creado un fuerte vínculo y, francamente, me da igual que sea fenicio, libio o cananeo.

—No tengo nada contra esa gente —contestó la joven con la suavidad que la caracterizaba—. Todo lo contrario, y me alegro que hayas aprendido a manejar los números —terminó sonriéndole.

Sin darse cuenta ya casi habían llegado a casa de Seneb, donde una figura esperaba apostada junto a la puerta.

—Es la señora Hentawy —masculló incrédula Nubet.

—¿Quién?

—La señora Hentawy, la mujer de Aya el alfarero. Es una mujer que vive obsesionada con las enfermedades. Supone padecerlas todas y créeme si te digo, que está más sana que nosotros dos juntos.

Al verla aparecer, Hentawy comenzó a hacer aspavientos con los brazos mientras acudía a su encuentro.

—Isis benefactora, por fin te encuentro; si no hubieras llegado habría entrado en una completa desesperación.

—Cálmese, señora Hentawy, y cuénteme lo que le ocurre —dijo Nubet cogiéndola suavemente por el brazo.

—Verás querida, no soy yo esta vez la castigada por las iras de Sejmet; es mi marido el pobre Aya quien las padece.

—Tranquilícese y cuénteme lo que pasa.

—Es algo terrible y mucho me temo que también de origen demoníaco.

—¿Y por qué no ha venido su marido a verme?

—Porque es tozudo como un buey. Se niega sistemáticamente a seguir mis consejos y me asegura que se encuentra bien, pero no es verdad.

—Si se encuentra bien, no veo por qué deba seguir ningún consejo.

—Es que no se encuentra bien; por mucho que él lo quiera disimular —dijo Hentawy cerrando los puños como poseída de repentina furia.

—Está bien, ¿qué le ocurre a su marido? —preguntó Nubet rindiéndose al fin.

—Verás —continuó Hentawy acercándose y bajando la voz todo lo que pudo—, es un problema delicado pues se trata de su miembro.

Nubet la miró perpleja.

—Sí, del miembro, y creo que es grave.

—¿Tiene algún problema de erección?

—No, hija mía —contestó Hentawy sonriendo—, ése no es un problema para mí, pues ya hace mucho tiempo que no tenemos relaciones. Es otra cosa —dijo haciendo una nueva pausa.

La señora Hentawy se acercó de nuevo a la joven con gesto confidencial.

—En ocasiones, por la noche mientras dormimos, Aya se levanta a orinar y le oigo gemir mientras lo hace como si sintiera un gran dolor. Pero cuando le pregunto, él lo niega diciendo que no siente daño alguno sino alivio; mas estoy segura que algo ocurre y que siente desazón al orinar y no lo quiere reconocer. Quizá le he traspasado los demonios de mi ano.

Nubet suspiró mientras cruzaba su mirada con Nemenhat que, atónito, atendía a la escena.

La joven se acarició la barbilla unos instantes mientras pensaba.

—Creo que vamos a tener suerte de nuevo, señora Hentawy y si su marido sigue mi tratamiento, nos libraremos por fin de estos persistentes demonios.

—Sabía que me darías una solución, querida —exclamó abrazándola alborozada.

Nubet se deshizo de su abrazo mientras trataba de calmarla.

—Lo primero que tiene que hacer su marido es tomar todo el agua que pueda —dijo ante la posibilidad de que pudiera tener algún tipo de arenilla en el conducto urinario—. Pero asegúrese que sea pura y fresca. Después molerá mirto y lo mezclará con jugo de planta fermentada, y cuando haya terminado el compuesto se lo aplicará en el miembro a su marido.

La señora Hentawy pestañeó asombrada.

—Sí, no me mire así señora Hentawy, pues el problema es delicado y si queremos solucionarlo deberá seguir mis instrucciones al pie de la letra.

—¡Isis protectora! —exclamó Hentawy—. Ya sabía yo que mi marido tenía un problema grave. Pero haré cuanto sea necesario para curarle. ¿Dices entonces que debo aplicarle la receta en el miembro?

—Así es, y cada noche sin excepción. No deje bajo ningún concepto que se la aplique él, pues los demonios se los traspasó usted y por ello debe ser la que los expulse. Frótele bien en el miembro y procure durante el tratamiento ser complaciente con su marido. Dentro de un mes verá que Aya está curado.

—No sabes qué peso me has quitado de encima; llevaba ya varias noches sin poder conciliar el sueño, pues tal era mi preocupación.

Luego, como volviendo de nuevo a la realidad desde su singular estado, la señora Hentawy reparó en Nemenhat.

—Pero qué distraída soy —dijo mientras se arreglaba el pelo con ambas manos—. No sabía que tuvieras compañía; ¿acaso has decidido por fin tener novio? —continuó con picardía.

—Es Nemenhat, el hijo de Shepsenuré el carpintero, y no es mi novio. Tan sólo tuvo la gentileza de acompañarme y ayudarme con el cesto.

—Pues es una pena porque es bien guapo. Yo no me lo pensaría tanto, querida. En fin, te dejo, Nubet, pues estoy deseosa de empezar el tratamiento cuanto antes. La Enéada entera te proteja —terminó mientras cogía calle arriba camino de su casa.

—¿Son así todas tus pacientes? —preguntó Nemenhat lanzando una carcajada.

Nubet rió con él mientras negaba con la cabeza.

—Afortunadamente no —dijo entre risas—. La señora Hentawy es única.

—Ni que lo digas, buena le espera a su marido. Prométeme que me contarás cómo acabó el tratamiento —dijo de nuevo el joven.

—Espero que la mantenga ocupada durante un tiempo —respondió Nubet que a duras penas podía aguantar su risa—. Pero prometo contártelo.

La tarde, que había caído definitivamente, les sorprendió dando paso a las vecinas sombras que, desde la noche, llegaban a Menfis. Las primeras linternas fueron encendidas para dar algo de su tenue luz a las calles. Allí, entre claroscuros, los jóvenes se despidieron asegurando que no volverían a pasar dos años hasta la próxima vez que se vieran. Así, Nemenhat insistió en su deseo de acompañarla la próxima vez que fuera al palmeral en busca de plantas, y se comprometió a que buscaría tiempo libre para hacerlo. Ella accedió y deseándose buenas noches se despidieron.

Pero de nuevo oscuras ideas invadieron el corazón de Nemenhat. Como enviadas por malignas influencias, llegaron al joven sin ni tan siquiera pretenderlo para apoderarse de él y volver a hacerle sentir el deseo irrefrenable de visitar la necrópolis. El viejo anhelo de encontrar una tumba intacta le consumía por completo.

Se había dado cuenta de ello aquella tarde cuando, sentado en su altozano junto a los límites del desierto, pudo observar otra vez las ruinas de los viejos monumentos funerarios de Saqqara.

Por la noche apenas fue capaz de conciliar el sueño pensando en el hecho de hallar por fin un sepulcro inviolado.

Su vida había cambiado, o al menos eso creía él; mas al sentir de nuevo aquella inexplicable atracción dentro de sí, se dio perfecta cuenta que aún no había roto con su pasado. Necesitaba buscar aquella tumba, sin más razón que la de cerrar definitivamente la puerta a todas aquellas maléficas ideas que habían vuelto a atormentarle. Se juró a sí mismo, que éstas no volverían a hacer mella en su ánimo contaminándole así su espíritu. Iría por última vez en su busca, haciéndose la firme promesa de que, ocurriera lo que ocurriese, su corazón quedaría cerrado a tan diabólicos influjos con invisibles cerrojos que lo sellarían para siempre.

Aprovechó uno de sus contados días de asueto para salir en su búsqueda.

Aún no había amanecido cuando salió de su casa montado en su pollino, envuelto en la más absoluta oscuridad.

Los pasos del animal sonaban extrañamente ahogados en la tierra que cubría la calle, en tanto las débiles lámparas, que porfiaban en alumbrarla, creaban curiosos juegos de luces imposibles de definir.

La ciudad les tragó por completo con tan difusa claridad, al tiempo que les observaba curiosa, consciente de los intereses que les movían.

Faltaba todavía tiempo para que sus paisanos se levantaran para empezar su rutina diaria, así que abandonaron Menfis sin cruzarse en su camino con nadie. Después fueron engullidos por el espeso follaje que rodeaba los palmerales, y atravesaron éstos.

El alba comenzaba ya a anunciarse cuando el asno pisó las primeras arenas de Saqqara. Nemenhat desmontó sintiéndolas frías, sin duda por el efecto de la noche del desierto; sin embargo, la quietud que allí se respiraba, como tantas otras veces, le llenó de satisfacción.

Hacía ya tanto tiempo que no se adentraba en aquellos parajes, que aquel primer contacto le llevó a recordar con añoranza las épocas pasadas.

Durante días había estado pensando hacia donde dirigirse. Años atrás había recorrido casi por completo la necrópolis, quedándole tan sólo por explorar su sector meridional. Era el lugar más alejado de la ciudad y también el más solitario; en el que apenas se aventuraba nadie. Allí era donde su padre había encontrado la tumba de los sacerdotes de Ptah, y decidió que era el lugar adecuado donde dirigirse. Reyes y nobles de la VI dinastía se hallaban enterrados allí; tiempos distantes y a la vez propicios para que, con su antigüedad, cubrieran los viejos monumentos con el manto del olvido.

Los primeros rayos del sol incidían sobre su cara cuando llegó. Se detuvo un momento para observar cómo las tinieblas dejaban paso a la luz y después miró con atención la pirámide que tenía enfrente.

Estaba casi en ruinas, como todo lo que la rodeaba, mas a tenor de los restos de su base que aún estaban en pie, en su época debió tener al menos una altura de cincuenta metros, debiendo resultar hermosa. No tenía ni idea de a qué dios pertenecía, mas hubo de ser poderoso, a juzgar por la cantidad de vestigios de otras construcciones anexas que rodeaban la pirámide.

No tenía ningún interés en entrar en ella, convencido que nada encontraría que no hubiera sido hallado ya. Así pues, la circunvaló fijando su curiosidad en todo cuanto la rodeaba.

Allí se habían alzado, cuando menos, tres pequeñas pirámides más, pertenecientes a sus reinas y un templo funerario cuyos escombros todavía se encontraban junto a la cara este del monumento. Cerca del templo, se adivinaban las primeras hiladas de lo que pudo ser otra pequeña pirámide anexa, la cuarta, que Nemenhat adivinó de inmediato como los restos de lo que en otro tiempo constituyó su pirámide satélite.

Durante largo tiempo estuvo deambulando entre las ruinas totalmente abstraído, hasta que la fuerza del sol le hizo reparar en que la mañana avanzaba con rapidez. Si quería aprovechar el día, debía abandonar aquellos escombros que poco podían ofrecerle; así pues, cogió de nuevo las riendas de su pollino y dejó atrás aquella pirámide que él ignoraba había pertenecido a Pepi I.

Justo enfrente se encontraba la de Dyedkare-Izezi; un faraón que antecedió a Unas y que se había hecho enterrar en aquella zona, lejos de sus familiares que gobernaran durante la V dinastía.

Nemenhat la miró y pensó que no merecía la pena perder el tiempo junto a ella curioseando entre sus restos. Debía concentrarse en algún punto donde las posibilidades de hallar algo fueran mayores. Era absurdo creer que podía encontrar intacta la tumba de algún dios. Si había algún sepulcro por descubrir, éste pertenecería a algún noble o sacerdote; de esto estaba seguro.

Miró a su alrededor, y a la derecha, algo apartada, vio la solitaria silueta de la pirámide de Merenra. La observó con atención unos instantes y decidió encaminarse hacia ella.

Como las otras, ésta también se hallaba completamente destruida, y sin ninguna señal que pudiera parecer interesar al joven. Éste se puso un momento en cuclillas en tanto curioseaba toda la zona. Aquellas tres pirámides formaban un extenso triángulo donde, estaba convencido, debían hallarse enterramientos de nobles que sirvieron a aquellos faraones.

Al otro lado, hacia el oeste, la altiplanicie quedaba rota por pequeños farallones rocosos como los que había visto junto a la vía procesional de Unas. Ello le hizo cavilar un momento mientras recordaba las tumbas excavadas en aquel tipo de roca que había visitado tiempo atrás.

Se encaminó hacia el lugar observando el terreno con gran atención. Sólo arena y más arena parecían habitar allí, mas no se desanimó y se aproximó al lecho rocoso mientras dejaba que el pollino vagabundeara libremente por aquella área.

Durante horas, recorrió arriba y abajo el emplazamiento sin más resultado que el del más absoluto fracaso. Los dioses de nuevo no le eran propicios, aunque esto resultara natural.

Se sentó a descansar un rato recostado en aquella pequeña falda rocosa y cerró sus ojos resignado.

Se maldijo por su estupidez al pretender pensar que, el encontrar una tumba, pudiera ser algo tan sencillo como el ir de excursión en su busca. Sin embargo, su instinto le decía que allí existían sepulcros ignorados y que quizás él estuviera sentado sobre alguno.

Se hallaba entre estas disquisiciones, cuando los rebuznos del asno vinieron a sacarle súbitamente de ellas.

Abrió sus ojos y vio al burro con sus patas hundidas en la arena, quejándose lastimeramente.

La primera reacción de Nemenhat fue de sorpresa al ver al pobre animal medio tragado por las dunas, pero enseguida su corazón se aceleró al comprender que el asno había caído en un pozo*.

El joven se precipitó hacia el pollino y tras ímprobos esfuerzos logró sacarlo de allí. Luego cogió la azada que llevaba y se puso a cavar.

El pozo resultó poco profundo, apenas seis codos, y al terminar de excavarlo, Nemenhat se encontró con una puerta con los sellos intactos.

El joven sintió como el júbilo le invadía y su pulso se aceleraba incontrolable. Puso una mano sobre su pecho y notó al corazón galopar veloz como los carros del faraón.

No podía ser posible tanta suerte; y había tenido que ser nada menos que un burro, el origen del hallazgo.

Soltó una pequeña carcajada al pensar en ello que sonó extraña dentro de aquel agujero; luego fijó de nuevo su atención en aquella puerta.

El sol declinaba hacía ya tiempo cuando Nemenhat la derribó. Era el acceso a una antigua mastaba tragada por la arena hacía por lo menos mil años; vieja, sin duda, como el resto de monumentos que la rodeaban.

Permaneció un buen rato sentado en el fondo del pozo, esperando

---

* Aunque parezca inaudito, esto mismo fue lo que ocurrió en las inmediaciones del Oasis de Bahariya, lugar situado a unos trescientos kilómetros al suroeste de El Cairo cuando, en 1996, un asno se hundió en la arena dejando al descubierto cuatro tumbas con 105 momias, cuyos féretros se hallaban revestidos de una fina capa de oro. El Dr. Zahi Hawass fue el encargado de dirigir la misión que sacó a la luz semejante hallazgo.

que el aire enrarecido que le había abofeteado al abrir la puerta, se renovara; después entró en la tumba.

Sintió una irrefrenable euforia cuando encendió su lámpara y pudo observar la magnitud de su descubrimiento. No tenía palabras para expresar la belleza indescriptible de aquel lugar surgido de las entrañas de la tierra; ni en sus mejores sueños hubiera podido imaginar el encontrar una tumba semejante.

Ante él se abría un corredor, en cuyas paredes se hallaban representados los más maravillosos bajorrelieves policromados que había visto jamás. Hombres cargando con animales como motivos de ofrenda para el difunto. Porteadores con sus cestos de frutas y alimentos realizados con un realismo, como el joven nunca había visto antes; gacelas, antílopes, aves... todos arreados por los servidores que, en interminable procesión, recorrían las paredes del pasillo de aquella mastaba.

Próximo a la entrada, Nemenhat vio un estrecho pasaje que surgía a la derecha de la galería. Lo siguió lentamente y al instante entró en una sala. El joven alzó su lámpara con cuidado y miró en rededor.

Era una amplia habitación soportada por dos columnas, en la cual se encontraban apiñados todo tipo de canastos conteniendo los restos de lo que, en su día, fueran alimentos. Era como un gran almacén en el que el finado encontraría sustento para el resto de la eternidad. El joven movió su nariz al captar el desagradable olor que allí había y decidió salir al pasillo principal para continuar su camino.

Anduvo por él admirando extasiado cómo una fila de sacerdotes realizaban sus rituales de purificación ante el difunto, representado sobre un fondo azul acerado de inigualable belleza. Dirigió su lámpara de un lado a otro, y por todas partes surgieron maravillosas figuras labradas sobre las viejas paredes; aquel corredor era en sí mismo toda una obra de arte.

Continuó avanzando cautivado por todo cuanto sus ojos veían y paulatinamente su corazón comenzó a impregnarse de toda la magnificencia que le rodeaba. Una inexplicable sensación de respeto, como nunca había experimentado, se apoderó de él, haciéndole adoptar una cierta actitud de recogimiento totalmente nueva. Era todo tan hermoso, que enseguida tuvo el sentimiento de la infamia que cometía al estar allí. Pero sus pies se deslizaban mecánicamente por aquel corredor que parecía no tener fin, sumergiéndole en un mundo de ultratumba repleto de luz y armonía.

«Un lugar así es el que desearía para cuando muriera», pensaba en tanto sus ojos se deleitaban con las mil y una imágenes cargadas de una simbología que rebosaba felicidad.

Por fin, casi sin darse cuenta, su débil lamparilla alumbró una nueva puerta en el final de aquel pasillo. Daba acceso a otra cámara, en la que Nemenhat creyó sentirse desvanecer.

Miles de reflejos centelleantes le asaltaron cuando el joven movió su lámpara en aquella sala. Destellos dorados cuya pureza hizo contener su respiración por unos instantes, tratando de asimilar cuanto sus ojos veían. Oro; oro por todas partes. Oro en todas las formas imaginables que la mente humana pudiera concebir; la sala entera se encontraba repleta de él.

Nemenhat pasaba una y otra vez su tenue lucecilla negándose a creer cuanto veía. Joyas, adornos, abalorios, utensilios de la vida diaria... ¡hasta las jofainas eran de oro! Nunca sospechó que alguien pudiera ser capaz de acaparar tal cantidad del precioso metal en su vida. Y sin embargo allí estaba.

El propietario de aquella mastaba no se había conformado con construirse la más bella de las tumbas que ser humano pudiera imaginar, sino que además, la había llenado con el brillo de los dioses.

Nemenhat intentó abrirse camino entre aquel amasijo de objetos diseminados por la habitación. Sus pies sintieron el roce del frío metal que, de inmediato, le transportaron a un estado de euforia; pues nunca, que él supiera, había oído de nadie que hubiera caminado sobre el oro.

Observó una masa pétrea que se alzaba difusa en el centro de la cámara. Se acercó allí con cautela, hasta comprobar que estaba hecha de granito rojo de Asuán. Era el sarcófago.

Nemenhat avanzó una mano y la puso sobre la superficie de la tapa acariciándola con reverencia. La notó fría y ligeramente rugosa pero a la vez cargada de vida propia, como si aquella piedra se hubiera colmado de energía a través de los siglos. De inmediato, Nemenhat comprendió que no debía abrir aquel sarcófago. Sus manos no podían ir más allá de aquellas suaves caricias que le habían regalado. Dejaría todo cual estaba, sin tocar nada.

Imágenes de vértigo pasaron por su corazón mientras examinaba cuanto veía. Cientos de hallazgos frustrados junto a su padre que no les trajeron sino más miseria; y al fin el encuentro afortunado que cambió sus vidas y fortuna. Y sin embargo, ahora que se encontraba en el interior de la tumba más rica que hubiera podido desear, fue capaz de comprender que las circunstancias habían cambiado por completo. Nada necesitaba robar de allí para poder seguir subsistiendo. Poseía suficientes bienes para vivir, y si saqueaba aquella mastaba, estaba seguro de que la más terrible de las desgracias se cebaría en él. Si existía otro mundo gobernado por los dioses, como se decía; estaba convenido de que éstos le castigarían sin piedad si cometía aquel pecado. Todo era tan perfecto allí dentro, que decidió dejarlo tal y como estaba.

Retrocedió respetuoso hasta salir de nuevo al corredor dispuesto a abandonar la tumba, cuando reparó en otra nueva sala que se abría a su izquierda. Se encaminó hacia ella más por curiosidad que por ningún otro motivo, pues estaba dispuesto a irse de allí con aquel secreto guardado en su corazón para siempre.

Entró en aquella cámara y otra vez infinitas representaciones de un mundo feliz y perfecto irrumpieron en él abrumándole por completo. Era una habitación de regulares dimensiones construida para hacer las funciones de capilla para el difunto. Todos los hermosos frescos y bajorrelieves de las paredes así lo indicaban, y Nemenhat percibió de inmediato el misticismo de la atmósfera que le rodeaba. Avanzó por ella hasta llegar al fondo donde, la falsa puerta más magnífica que hubiera conocido, le cerraba el paso. Estaba grabada en tonos ocres y amarillos, con una elegancia y perfección tal, que nada tenían que envidiar a los jeroglíficos que había visto en las paredes de la pirámide del faraón Unas. Se extasió con ellos mientras pasaba su candil una y otra vez para observarlos en toda su belleza; y de nuevo el tiempo escapó de su control.

Volvió a la realidad al notar que respiraba con dificultad. Fue una sensación que le invadió paulatinamente hasta hacerle ser consciente de lo que ocurría. De inmediato se apartó de aquella puerta que daba acceso al alma desde la eternidad, para volver sobre sus pasos dispuesto a marcharse de allí. Al hacerlo, vio la negra figura del dios Anubis echada junto a la puerta que daba acceso a aquel habitáculo. Se extrañó de no haber reparado en ella al entrar; mas al verla ahora, su imagen le sobrecogió. Allí estaba el dios guardián de la tumba observándole con sus inexpresivos ojos, dispuesto a maldecirle hasta el final de los tiempos.

Nemenhat se le aproximó contemplándole un momento. Parecía ausente, como si su lugar en aquella mastaba fuera meramente ceremonial. Junto a sus patas delanteras, Nemenhat observó algo que le llamó la atención. Aproximó su vela con cuidado y vio un pequeño escarabajo, que de inmediato le subyugó; el joven lo cogió y lo examinó con cuidado. Era de cornalina y tenía su parte posterior repleta de diminutos jeroglíficos, tan perfectos como los que había contemplado con anterioridad. Le pareció extraordinario y sintió súbitamente la tentación de quedárselo, pues era de pequeño tamaño y no poseía incrustación de metal precioso alguno.

«Será el único recuerdo que conserve de mi descubrimiento», pensó convencido de que ningún mal ocasionaría con ello.

Se incorporó de nuevo y volvió a sentir como su respiración se hacía dificultosa. El aire allí dentro parecía extrañamente sutil, contaminado por siglos de quietud; mas enseguida recordó lo que tantas veces había oído decir a su abuelo.

—Si alguna vez te encuentras una tumba intacta, notarás que el ambiente que se inhala dentro es particularmente etéreo y se te hará difícil respirar. No te sientas extrañado por ello, pues no es aire lo que llega a tus pulmones, sino «el aliento de Anubis».

Nemenhat sintió un escalofrío al recordar las palabras de su abuelo Sekemut y enseguida creyó percibir la respiración del dios guardián de la tumba. Anubis le recordaba que su presencia quizá no fuera ilusoria.

Nemenhat apretó con fuerza el escarabajo en su mano y salió presto al corredor que le llevaría de nuevo a la salida. Lo recorrió con su vista fija en ella, sin reparar en las figuras que tanto admiró con anterioridad. Cuando por fin llegó al final, todavía fue capaz de sentir el tenue soplo de aire que parecía perseguirle desde el interior; «el aliento de Anubis».

Oscurecía cuando salió del pozo con un torbellino de emociones en su interior. Afuera, el pollino le esperaba mansamente casi en el mismo sitio donde le dejó. Nemenhat le observó un momento pensando en el asombroso hallazgo que el animal le había proporcionado; luego asió otra vez su azada, y se aprestó a cubrir de nuevo aquel pozo con la arena que lo había sepultado durante siglos. Cuando terminó, nadie hubiera sido capaz de decir que en aquel lugar se encontraba sepultada una mastaba. Allí quedaría su secreto, enterrado en las profundidades de Saqqara. Nunca más regresaría a aquel lugar; o al menos eso creía.

Shemu, la estación de la recolección, llenó al país de las Dos Tierras de su espíritu festivo a la vez que cubrió de esforzados campesinos todos los campos de Egipto. Labradores, peones, capataces, escribas, inspectores, bestias de carga... Todas las tierras fértiles eran un hervidero de gentes que se afanaban en recoger el fruto que aquella tierra, bendecida por las aguas del divino Hapy, les brindaba.

Nubet disfrutaba de esta estación como de ninguna otra pues, a su entender, era la culminación de todo un ciclo que los dioses les habían regalado con generosidad.

Respiraba aguantando el aire en sus pulmones, disfrutando aquella atmósfera cargada de los aromas de su tierra. Para ella no había nada igual.

Aquel año la cosecha sería magnífica; una noticia sin duda inmejorable para su pueblo, acostumbrado a tener que padecer de vez en cuando terribles hambrunas. Esta vez, habría trigo suficiente para almacenarlo en los silos y abastecer al pueblo en caso de necesidad en años venideros.

La joven había seguido viéndose con Nemenhat en varias ocasiones, teniendo oportunidad de conocerle un poco mejor. Sentía que una ilusión había nacido en su pecho, que le hacía estar jovial y dichosa como nunca antes. Una ilusión que por primera vez la llenaba de emociones no experimentadas y que, a duras penas, podía controlar. ¿Sería aquello lo que todas las muchachas de su barrio le aseguraban sentir por sus novios?

Nubet sólo sabía que disfrutaba estando junto a él, escuchando su punto de vista de las cosas, tan diferente en muchos aspectos al suyo, o simplemente caminando en silencio sintiendo su presencia a su lado. Aquel misterioso magnetismo, que en él siempre había notado, se había multiplicado con los años hasta el punto de haber llegado a convertirse en rasgo acusado de su personalidad.

La gustaba su carácter tranquilo y la sensatez con que solía tratar cualquier asunto. Siempre amable y considerado pero a la vez firme y decidido; acostumbrado a pensar las palabras antes de decirlas y por otra parte dispuesto en todo momento a bromear. Y luego estaba aquel porte tan varonil; sus labios sensuales, su hermosa sonrisa, su mirada serena que se tornaba pícara en tantas ocasiones, sus ojos que se volvían de un cautivador color verde cuando la luz incidía sobre ellos, sus negros cabellos siempre cortos, como se llevaban durante el Imperio Antiguo... ¡Le parecía tan guapo!

Nemenhat cumplió su intención de acompañar a la joven en sus paseos por el frondoso valle. Hacía uso de su día libre semanal, el décimo; y siempre que se lo permitía su trabajo aprovechaba para visitarla. Al contrario que Nubet, él sabía perfectamente lo que sentía; la irresistible atracción que la joven había despertado en él y que le hacía pasar las noches pensando en ella. Era tan hermosa que a veces se sorprendía a sí mismo embobado, absorto en su recuerdo; hecho este que le molestaba sobre manera.

Sin embargo, había otras cosas que el joven consideraba y que le parecía pudieran ser un obstáculo en su relación. Primero estaba ella misma, por supuesto, pues Nemenhat no olvidaba el hecho de que la joven hubiera sido educada de manera muy diferente a la suya. Sus conceptos de la vida y de la sociedad egipcia nada tenían que ver con los de Nubet; sembrándole de dudas respecto a cómo sería una convivencia entre ambos. Además ella era una persona muy apegada a su tierra, y él lo era cada vez menos. Aun siendo esto algo a considerar, no hubiera sido un serio impedimento si además ella no fuera la hija de Seneb. Nemenhat decía lo que sentía al asegurar la bondad del embalsamador, y era ese cariño y respeto que le tenía un indudable freno para dar un paso definitivo. Por último estaba su pasado, sórdido y deleznable para cualquier egipcio cabal; y Seneb y su hija lo eran. En ocasiones imaginaba el semblante que pondrían ambos si supieran a lo que se habían dedicado él y su padre durante años. Estaba seguro que les despreciarían para siempre. Y claro, luego estaba lo más importante, que era el que Nubet sintiera lo mismo que él.

Todo esto pensaba Nemenhat con los ojos clavados en el techo de su habitación, dándole vueltas y más vueltas y buscando una solución que veía difícil y en el que había implícito un juego cuyas consecuencias eran imposibles de calibrar. Cuando parecía que el problema se hacía insoluble, asomaba una luz en su interior y recordaba una de las máximas populares que el sabio Ptahotep escribió un milenio atrás: «En caso de duda sigue a tu corazón.»

Y su corazón le llevaba de nuevo junto a Nubet; sus ojos, su mirada, su sonrisa...

Un día se citaron para visitar la meseta de Gizah. Quedaba algo distante, pero al enterarse que Nemenhat no la conocía, Nubet insistió en ir.

Salieron muy temprano en el pollino. Era principios del mes Epep* (mayo-junio), en el que los días son hermosos y largos y los dioses invitan a disfrutarlos. La carretera hacia Gizah serpenteaba entre los bosques de palmeras atravesando magníficos campos con sus cosechas a punto de ser recogidas. Un recreo sin duda para la vista y una prueba evidente de que aquella tierra se encontraba bajo la protección divina. Cruzaron puentes trazados sobre los pequeños canales que, desgajados del padre Nilo, cubrían la región fertilizando la tierra a su paso para luego unirse de nuevo a él cuan hijos amantísimos, cerca de Heliópolis.

---

* El tercero de la estación de Shemu.

Ambos jóvenes avanzaban en silencio. Nemenhat caminaba sujetando de las riendas al borrico, sobre el que montaba Nubet, disfrutando de toda la belleza que aquellos parajes le ofrecían. Nunca se había aventurado tan al norte y le sorprendió la frondosidad de los extensos cañaverales repletos de papiros que crecían a las orillas de los riachuelos.

—Por algo son el símbolo del Bajo Egipto —dijo Nubet como respuesta al comentario del joven.

Plantas de papiro que, por otro lado, les acompañaron hasta el desvío de un nuevo camino que les llevaría hasta Gizah. Era un cruce que existía desde el Imperio Antiguo y del que surgían dos carreteras. Una a la derecha, que llevaba hacia la vieja Heliópolis y otra a la izquierda que se adentraba en el desierto y conducía a la necrópolis de Gizah.

«De nuevo el contraste», pensaba Nemenhat mientras hundía sus pies en la disparidad de un mal llamado camino.

Feracidad, infecundidad; desierto, edén; abundante, yermo. Así era su país, capaz de transformar la mayor de las exuberancias en extrema aridez en pocos metros, tan ambivalente como en ocasiones somos los humanos.

Tras un buen trecho, el intransitado camino llegó a los pies de un promontorio por donde zigzagueó haciéndose cada vez más empinado; últimos repechos que dieron pie a una planicie que se perdía en la distancia.

Jadeando aún por el esfuerzo que le supuso el tirar del burro con su grácil carga por aquella cuesta, Nemenhat se encontró de buenas a primeras ante lo inesperado. Hasta el aliento se le cortó ante tal grandiosidad.

En ocasiones las había visto en la lontananza, desde Saqqara, brillando bajo los rayos del sol como gemas surgidas del desierto. Había escuchado muchas historias acerca de ellas; leyendas de todo tipo que, sin duda, habían alimentado su curiosidad por conocerlas.

Ahora, al encontrarse ante ellas por primera vez, no pudo evitar el tener un sentimiento de insignificancia, pues la magnitud de aquellos monumentos le pareció demoledora.

El sol casi había alcanzado su zenit y proyectaba sus rayos sobre la blanca capa de piedra caliza de Tura que cubría la pirámide, haciéndola refulgir.

—Cuesta resistirse ante tanta magnificencia —oyó que decía Nubet a sus espaldas.

—¡Cómo pudo el hombre hacer algo así! —musitó el joven con voz queda.

—Más bien parece obra de seres portentosos, ¿verdad?

Nemenhat movió la cabeza afirmativamente sin decir nada.

—Pues te aseguro que fueron manos como las tuyas las que las erigieron. No creo que haya nada sobre la tierra que se le iguale.

Nemenhat permaneció mudo unos instantes ante aquellas palabras. Seguramente Nubet tenía razón al decir que nada en la tierra se le podía comparar, pues construir algo así no parecía estar al alcance de los mortales.

—No está mal como panteón familiar —dijo el joven al fin.

—Una necrópolis real para sólo tres reyes. Increíble, ¿verdad?

—Según tengo entendido sólo tres generaciones están aquí; Keops, su hijo Kefrén y su nieto Micerinos.

—Sí, pero podía haber al menos otro más, puesto que a Keops le sucedió su hijo Dyedefre.

—¿En serio?

—Sí, era hermanastro de Kefrén y muy devoto del culto heliopolitano a Ra. Fue el primero en hacerse bautizar como hijo de Ra y se construyó su pirámide muy cerca de la ciudad, en Abu Rawas. Murió muy joven y le sucedió su hermanastro. Mi padre dice que entre los dos hermanos hubo grandes diferencias; seguramente debido a disputas por la sucesión.

—¿Entonces sólo tres reyes están enterrados aquí?

—Sí, tres reyes e infinidad de reinas, príncipes y princesas. Hasta los obreros que construyeron las pirámides se hallan aquí sepultados.

—Todos buscando la protección del faraón —dijo el joven casi entre dientes, imaginándose la cantidad de tumbas que habría bajo la arena.

—¿Decías algo? —preguntó Nubet.

—Sólo pensaba en voz alta. Trato de comprender cómo pudieron erigirlas.

—En eso no te puedo ayudar mucho, pues los arquitectos son muy puntillosos con sus proyectos y el secreto de éstos se lo llevaron consigo a sus tumbas. Aunque podríamos preguntar a Hemon —dijo sonriendo—. Debe encontrarse enterrado en algún lugar de esta necrópolis.

—¿Quién era Hemon? —preguntó Nemenhat frunciendo el entrecejo.

—El maestro de obras de Keops; él seguro que podría decirte como las hicieron.

Nemenhat volvió la cabeza de nuevo hacia las pirámides y pensó de inmediato en los fabulosos tesoros que tuvieron que albergar en su día. No le cabía duda que habían sido saqueadas ya en la antigüedad, aunque sintió curiosidad de inmediato por saber el modo en el que entraron en ellas. Se abstrajo unos instantes con estos pensamientos regresando al poco, justo para escuchar las palabras de Nubet.

—Su nombre es el Horizonte de Khufu* —dijo la joven señalándola con el dedo— y es la más grande de todas.

—Pues a mí me parece más grande la segunda —objetó Nemenhat mientras cogía las riendas e iniciaban la marcha de nuevo.

—Es un efecto óptico. La pirámide de Kefrén es cuatro metros más baja, pero la meseta sobre la que se alza se encuentra a una altura de diez metros por encima del terreno en la que se levanta la de su padre; por eso parece más alta.

Se acercaron casi hasta el borde de la Gran Pirámide. Un muro de unos ocho metros de altura, la rodeaba en su totalidad. Era también de caliza y ahora se encontraba derruido en numerosos tramos. No se veía a nadie por los alrededores y Nemenhat se aproximó a las primeras hileras de piedras, algunas de las cuales habían perdido el revestimiento de caliza original.

Avanzó una mano hacia ellas con una mezcla de curiosidad, respeto y reverencia; aunque él no lo supiera. Fue un gesto mecánico ante la irresistible atracción que aquellos enormes bloques ejercían sobre él. Acarició las aristas con suavidad, sorprendiéndose del pulido perfecto de las ciclópeas piedras y reparando a su vez en las casi imperceptibles juntas que tenían unas con otras.

«Asombroso», pensó atónito al comprobar el trabajo que habían realizado los canteros en piedras más grandes que él, y que debían pesar al menos dos toneladas.

Elevó su vista por los sillares hasta encontrarse de nuevo con la pulida caliza blanca de Tura, que envolvía la estructura piramidal y subía y subía hasta un vértice que parecía que se adentraba en los cielos, y por donde el alma de Keops ascendió para reunirse con los dioses.

—Nunca los faraones tuvieron tanto poder como entonces —oyó que decía Nubet.

---

* A Keops los egipcios le llamaban Khufu.

—Sólo así hubieran podido construir algo semejante —contestó el joven sin apartar la vista de la pirámide.

Recordó entonces la última vez que estuvo dentro de una de ellas aunque fuera la de Unas, mucho más pequeña; y el desasosiego que sintió en su interior. Era obvio que aquella pirámide no podía compararse con éstas y se imaginó el laberinto de pasadizos y cámaras que debían albergar.

—Alguien que fue capaz de concebir algo así, tuvo por fuerza que idear las más sofisticadas trampas para evitar que los ladrones penetraran en ellas —reflexionó acariciándose la barbilla.

Mas estaba convencido que éstas no habían evitado el saqueo del monumento, pues sabía por experiencia que las trampas siempre eran sorteadas.

Sonrió para sus adentros al recordar lo que tantas veces había oído decir a su padre:

—¡Muchas veces, los mismos que las construyen las violan!

Suspiró a la vez que parecía volver de nuevo a la realidad. Su vista reparó entonces en todo lo que rodeaba a aquella pirámide; el muro exterior, el suelo de caliza sobre el que se hallaba y el templo mortuorio que se encontraba junto a la cara este de la pirámide, o más bien lo que quedaba de él. Desde allí salía la vía procesional que unía aquel santuario con el templo del Valle y que en su día debió de ser una construcción formidable. Aún quedaban restos en buen estado de conservación, pudiéndose observar cómo el suelo de basalto de la calzada estaba techado y flanqueado por altísimas paredes (40 metros) grabadas con bellísimos bajorrelieves.

Ambos jóvenes se dirigieron hacia aquella calzada en silencio, quizás algo sobrecogidos por tan solemne complejo. Al aproximarse vieron tres pequeñas pirámides situadas junto a la sagrada vía, al otro lado.

—¿A quién pertenecen? —preguntó el joven curioso.

—Son de familiares de Keops. Concretamente de su madre y de dos de sus esposas —dijo Nubet.

—Nada como preservar el amor de una madre y el de esposas solícitas junto a uno, por toda la eternidad —comentó Nemenhat jocoso.

—No te burles, quizás existiera una hermosa relación entre ellos en vida. La madre fue una gran mujer, la reina Hetepheres, esposa de Snefru, el dios que gobernó esta tierra antes de Keops. Él construyó otras dos pirámides en Dashur, una roja y otra romboidal.

—He visto esas pirámides. ¿Y dices que las dos las construyó él?

Nubet movió la cabeza afirmativamente.

—¿Y para qué dos?

—La primera que erigió tenía tanta inclinación*, que cuando llevaban casi los dos tercios de su construcción, los arquitectos encontraron fallos en la estructura interna y decidieron disminuir la pendiente de los ángulos en más de diez grados para aliviar las cargas**.

—Si no hubiera sido así habría tenido una altura enorme.

—Veintitrés metros y medio más de lo que tiene. Hubiera sido la mayor pirámide de Egipto.

—¡Un proyecto grandioso!

—Así es, pero el cambio no debió satisfacer a Snefru y decidió construir otra al norte con la misma inclinación que la de la parte superior de la romboidal. Allí es donde se enterró.

—Así que Snefru construyó dos pirámides... En cierta forma superó a sus predecesores, pues sus dos construcciones juntas son mayores que cualquiera de éstas.

—Mirándolo así, sin duda; incluso te quedarías corto si consideráramos también la de Meidum.

—¿Me hablas de la construcción de una tercera?

—Sí. La mayoría de la gente lo cree así, aunque mi padre dice que son sólo leyendas; que la pirámide de Meidum la hizo Huni y que, a la muerte de éste, su hijo Snefru se limitó a transformar su aspecto exterior.

—No hay duda de que la tierra en la que vivimos estaba gobernada por dioses bien distintos a los de ahora. Nadie podría levantar hoy algo semejante.

—Yo no lo enfocaría así; simplemente no sienten necesidad de hacerlo pues los criterios litúrgico-religiosos han variado en todos estos años. Nadie grabaría textos sagrados en las paredes de las tumbas hoy en día, pues escrito sobre papiros tienen la misma función***.

Nemenhat sintió un sobresalto al oír estas palabras, recordando de inmediato los cientos de símbolos que llenaban las paredes del monumento de Unas, que tanto le habían impresionado. Ahora se enteraba que su simbología era similar a la descrita en el Libro de los Muertos; textos sagrados para ganar la salvación eterna.

«Curioso —pensó—. Aunque puestos a elegir yo preferiría los jeroglíficos grabados en la piedra por ser indelebles.»

---

* 54° 27' 21".
** 43° 22'.
*** Es el caso del llamado «Libro de los Muertos».

—Bueno —dijo Nemenhat—, parece que no todo le sonrió a Snefru como hubiera querido.

—¿A qué te refieres?

—A su esposa. Hetepheres prefirió enterrarse junto a su hijo antes que en las proximidades de ninguna de sus pirámides. No debió de existir entre ellos un sentimiento demasiado profundo.

Nubet rió con suavidad.

—En ese caso Keops sí que fue afortunado, pues además de su madre, sus esposas Meritites y Hanutsen descansan a su lado para siempre. Ser querido por tres mujeres es algo difícil de igualar, ¿verdad?

Nemenhat también rió, a la vez que de nuevo animaba al pollino a moverse.

—Esto es enorme —exclamó mientras señalaba a las otras dos pirámides situadas hacia el oeste—. ¿Adónde vamos ahora?

—Vayamos a ver la Esfinge —contestó la joven haciendo un gesto con la cabeza en su dirección.

Cruzaron las doradas arenas que separaban la calzada procesional de Keops de la de su hijo Kefrén y siguieron ésta hasta la cercana Esfinge.

La primera impresión que tuvo Nemenhat cuando la vio fue ciertamente enigmática. Aquella figura era algo muy diferente a cuanto había visto antes y en nada se parecía a las otras esfinges que adornaban templos o palacios. Ésta, aparte de tener un tamaño considerablemente mayor, parecía poseer una fuerza interior, de la que sin duda carecían las demás.

Allí, echada sobre la arena con su mirada hacia el este, quizá para saludar al sol cada mañana y darle la bienvenida o simplemente vigilante del orden del país de las Dos Tierras, aquella imagen resultaba, cuando menos, misteriosa. Que otra cosa se podría pensar de una figura que, como aquélla, surgía de las entrañas del desierto cuan centinela alerta.

Nemenhat la estudió durante unos instantes y le pareció que sus formas eran desproporcionadas. Sus más de cincuenta metros de largo no parecían corresponderse con su altura aunque, bien mirado, la Esfinge se encontraba en gran parte cubierta por la arena y por tanto no se podía medir con exactitud. Mas su mente analítica siempre implacable, había hecho sus propios cálculos y había llegado a la conclusión de que el cuerpo y la cabeza no estaban hechos a la misma escala.*

---

* La escala del cuerpo es de 22:1, y la de la cabeza de 30:1.

Aun así, era poseedora de un indudable poder de seducción como el joven no creía haber visto en ningún otro monumento.

Ambos permanecieron un rato en silencio contemplándola hasta que parecieron percatarse de la fuerza de los rayos del sol a aquella hora. Desde lo alto, Ra hacía que el calor apretara de firme.

—Busquemos un lugar donde protegernos de sus rayos —dijo Nemenhat tirando de nuevo de las riendas.

—Su cabeza nos dará sombra —replicó Nubet señalando a la Esfinge—. Descansemos allí.

Nemenhat arreó al burro por las ardientes arenas hacia el lugar que Nubet le indicaba. La cabeza proyectaba una buena sombra sobre las patas delanteras y allí se acomodaron.

Frente a ellos se extendía un templo dedicado a la Esfinge que había sido abandonado y reabierto en numerosas ocasiones renovando su culto. Ahora parecía vacío y silencioso.

—Extraño lugar —dijo al fin el joven.

—Más bien diferente diría yo —continuó Nubet—. Pero cargado de un gran significado simbólico.

Nemenhat no contestó; su país se encontraba lleno de símbolos y él no sentía especial interés por ellos. Recordó entonces el escarabajo de cornalina que cogió de la tumba que encontró. Tenía curiosidad por saber a quién pertenecía, aunque sólo fuera por poner un nombre a su hallazgo. Decidió mostrárselo a Nubet, pues quizás ella arrojara alguna luz sobre el tema.

—¿Dónde lo has encontrado? —preguntó fascinada mientras lo tomaba entre sus manos.

—En la arena, por casualidad; un día que me senté junto a la pirámide de Unas.

Nubet le miró sorprendida.

—Qué sitio tan particular para descansar —continuó mientras observaba con detenimiento el escarabajo.

—Me llamaba la atención, al verla en tan buen estado comparada con las que la rodean; así que un día me acerqué a verla y al sentarme a su sombra lo encontré.

—Uhm, qué extraño; el propietario de este escarabajo nada tuvo que ver con Unas. Vivió algo más tarde, durante el reinado de Merenra; una dinastía después.

—¿En serio? —dijo Nemenhat.

—Sí; aquí dice que fue juez e inspector de la pirámide del faraón, su nombre era Sa-najt.

—Sa-najt —musitó el joven mientras miraba en dirección a Saqqara—. Nunca había oído un nombre semejante.

—Los nombres de los antiguos ya no están de moda —continuó Nubet devolviéndole el escarabajo—, aunque éste tiene un significado interesante.

Nemenhat hizo una mueca de ignorancia ante el comentario.

—Quiere decir «fuerte protección» —concluyó con un mohín.

»De todas formas —continuó— es raro que este escarabajo estuviera junto a la pirámide de Unas. Forma parte del ajuar funerario de Sa-najt y su tumba debería estar próxima a la de su señor Merenra, no allí.

Nemenhat abrió los brazos en un gesto que daba a demostrar su total desconocimiento de semejantes asuntos.

—¿Te sientes atraído por esa pirámide? —le preguntó al rato sin mirarle.

—Ya te digo que me llamó la atención al verla en tan buen estado. El sol se reflejaba en sus caras como en un espejo.

Ahora Nubet rió.

—Eso es porque la remozaron hace poco y la dejaron como nueva.

Nemenhat la miró perplejo.

—Fue un hijo de Ramsés II que se llamaba Kaemwase el que la rehabilitó. Un hombre muy sabio, según mi padre. Fue sacerdote de Ptah y reconstruyó muchos monumentos. En la cara oeste de la pirámide dejó una inscripción con su nombre.

El joven asintió y durante un buen rato ambos permanecieron en silencio.

Recostado sobre el pecho de la estatua, reparó en que las manos de la Esfinge estaban cubiertas por la arena y vio que un bloque de piedra sobresalía unos centímetros.

Despreocupadamente estiró sus miembros apoyando uno de sus pies sobre ella.

Nubet observó con disimulo como se desperezaba, como si fuera la diosa gata Bastet. El sudor que le cubría daba un brillo extraño a la morena piel del joven, remarcando sus poderosos hombros y los músculos del pecho. Ella sintió de repente unas irrefrenables ganas de acariciarle que se reprochó íntimamente haciéndole fruncir el ceño.

Él por su parte permanecía estirado, cuan largo era, con los ojos entrecerrados y ambas manos tras la cabeza, como en estado de ensoñación.

Nubet le volvió a mirar captando de inmediato aquella serenidad que parecía emanar del joven y que tanto la gustaba de él. Aquella calma de la que siempre hacía gala y que formaba parte de la extraña magia que poseía. Reparó en su perfil, su nariz, sus labios... allí junto a la Esfinge a Nubet le pareció el más hermoso de los hombres. Mas por nada del mundo permitiría que aquella indudable atracción que sentía por él se desbocara incontroladamente. Si había un juego en el que no estaba dispuesta a participar, era en el amor. Ella se entregaría por completo a su amado cuando llegara el momento, y lo haría para siempre; pero no quería equivocarse dejándose llevar por súbitos impulsos que luego podría lamentar, y mucho menos con Nemenhat, al que su padre adoraba. Por otra parte, ella era perfecta conocedora de su naturaleza y sabía que en lo más profundo de su ser yacía una pequeña llama que podía ser reavivada en cualquier momento, convirtiéndose en un fuego abrasador capaz de transportarla a la más fuerte de las pasiones.

Nemenhat parpadeó volviendo su cabeza hacia ella y sus ojos se encontraron. Ella apartó su mirada al instante y la perdió en el horizonte.

—Disculpa —dijo Nemenhat—, casi me quedo dormido. Esta sombra invita a sestear.

—No eres el primero al que le pasa —contestó ella sonriendo.

—¿Vienes a menudo aquí? —preguntó sorprendido.

Nubet rió.

—No, no me refería a eso; es que ilustres personajes han sentido lo mismo antes que tú.

—¿De verdad?

—Sí. ¿Conoces la historia del príncipe Tutmosis?

Nemenhat negó con la cabeza.

—Tutmosis era hijo del faraón Amenhotep II, y aunque tenía muchos hermanos, era el preferido de su padre. Como él, el príncipe era muy fuerte* y gustaba de salir a cazar leones al desierto con su carro. Un día se encontraba de cacería por aquí; era un día como hoy, muy caluroso, y al ver la Esfinge pensó que podía protegerse de los rayos del sol a su cobijo. En aquellos tiempos, la imagen se encontraba casi totalmente cubierta por la arena, y sólo la cabeza sobresalía de ella proyectando su sombra. Así pues, se apoyó en ella y al poco se quedó dormido. Entonces tuvo un sueño, en el que el padre Ra se le apareció en todas sus formas: «Hijo mío, soy Khepri, Horakhty, Ra y

---

* El faraón Amenhotep II ha pasado a los anales de la historia como un rey extremadamente fuerte y muy aficionado a los deportes.

Atum*. Soy Harmakis**. Escúchame y te ofreceré el reinado sobre Egipto y tu vida será larga. Para ello deberás apartar la arena que cubre mi cuerpo y dejarme libre de ella. Hazlo y serás faraón.»***

—¿Y qué ocurrió? —preguntó el joven divertido.

—Al despertarse el príncipe, presa de gran excitación, regresó a Menfis y al poco organizó una brigada para desescombrar la Esfinge y librarla de la arena. Harmakis, por su parte, cumplió con su promesa y al morir Amenhotep II, el príncipe Tutmosis subió al trono con el nombre de Tutmosis IV (Men-Keperu-Ra)****.

—¿En serio crees esa historia? —interrumpió Nemenhat riendo.

—Totalmente —dijo ella muy seria.

—¿No crees que sea una de las muchas leyendas que nos cuentan de niños?

—Mira a tus pies, Nemenhat. ¿Ves la piedra sobre la que los tienes apoyados?

El joven desvió la vista hacia el lugar.

—Esa piedra es en realidad una estela de tres metros y medio, casi cubierta por la arena. Se llama la Estela del Sueño y fue erigida por Tutmosis en el primer año de su reinado, en agradecimiento por su coronación. La historia es cierta.

Nemenhat se quedó sorprendido.

—¿Y tú cómo sabes tantas cosas? Parece como si vinieras a diario por aquí —preguntó admirado.

—Sólo he venido dos veces. Todo me lo contó mi padre; él conoce muchas historias ya casi olvidadas. Es un hombre muy sabio —concluyó orgullosamente.

El joven asintió levemente.

—Poder recoger las enseñanzas de nuestros mayores no tiene precio, ¿verdad?

—Sí, así podemos continuar el camino donde ellos lo dejan.

—Y dime, ¿entonces ese templo de enfrente está también dedicado a la Esfinge?

—¿El Setepet? Sí, aunque su culto ha permanecido, en ocasiones, cerrado durante siglos. Es hermoso, ¿verdad?

* En referencia a las diferentes formas del sol. Al amanecer, en la mañana, en el zenit y al atardecer.

** Literalmente significa: «Horus que está en el horizonte», que fue el nombre que se le dio a la Esfinge.

*** Extracto de «El Príncipe y la Esfinge».

**** Nombre de trono: Eternas son las manifestaciones de Ra.

—Sí. ¿El de la derecha también pertenece a la Esfinge?

—No, ése es el templo del Valle de Kefrén, una verdadera obra de ingeniería. Mi padre opina que no se construyó otro igual en el Imperio Antiguo.

Nemenhat se estiró de nuevo, relajándose después por completo. Le gustaba aquel lugar; captaba algo en el ambiente que le hacía sentir realmente bien, como si estando allí comulgara del orden cósmico que los constructores de aquella antigua necrópolis habían proyectado. Templos, pirámides, tumbas... curioso, cuando menos, el lugar elegido para pasar un día con Nubet.

La miró como se aproximaba al pollino y sacaba de sus alforjas varios paquetes.

—Tortas, queso fresco y miel —dijo ella al ver que la miraba—. Un pequeño tentempié; espero que te guste.

A Nemenhat le pareció delicioso y se deshizo en alabanzas, pues las tortas con miel eran su debilidad.

—Nunca pensé que este sitio fuera así —dijo él mientras masticaba con fruición—. No se parece en nada a otras necrópolis, como Saqqara.

—¿Conoces bien Saqqara? —preguntó ella.

Él enseguida se arrepintió de lo que había dicho.

—Bueno, sólo la parte que linda con la carretera del sur, pero ya allí se advierte que es un cementerio que en nada se parece a éste. Los monumentos que aquí se erigieron invitan a vivir.

Nubet calló mientras se llevaba un poco de queso a la boca. Nemenhat la observó un instante y, como en ocasiones anteriores, volvió a sentirse atraído por ella. Seguía pareciéndole la más hermosa de las mujeres, pero no era sólo eso lo que le gustaba de ella; había algo más que no era capaz de definir que le llegaba muy dentro, algo que parecía que le entraba por los poros de su piel, ¿o quizá por su nariz? No sabía qué pudiera ser pues nunca antes lo había experimentado, pero por momentos parecía capaz de olerlo. Dilataba su nariz imperceptiblemente intentando descubrir qué mágico olor podía hacerle sentir aquella sensación; pura química, sin duda.

Lo que sí que le llegaba, y claramente, era la suave fragancia que ella despedía. Un olor muy característico que Nemenhat no había observado en ninguna otra persona; un perfume que formaba ya parte de Nubet.

Volvió a cerrar los ojos. El frugal almuerzo y la atmósfera apacible le invitaban a abandonarse en una ligera modorra.

—¿Se repetirá la historia del príncipe Tutmosis? —oyó que le decían.

—Discúlpame —respondió despertándose sobresaltado—. Por un momento he sentido como si unas manos invisibles se aferraran a mis párpados cerrándolos sin remisión.

—La canícula invita a sestear —contestó ella quitándole importancia.

—Prefiero esta realidad que el sueño de un príncipe ambicioso —continuó Nemenhat incorporándose y apoyando su cabeza sobre la piedra caliza.

—Fue Harmakis quien le hizo el ofrecimiento.

—Bueno, a mí no creo que me ofrezca Egipto, y si lo hiciera no me interesaría.

—Los dioses conocen nuestras debilidades, quizá te tienten con alguna otra propuesta que sea de tu agrado.

A Nemenhat aquellas palabras le parecieron pronunciadas con el más seductor de los tonos; la miró y volvió a sentir de nuevo todo aquel laberinto de emociones que desarmaban su naturaleza pragmática. Se aproximó a ella como si su corazón, desbocado, tirara de él siguiendo las antiguas máximas del sabio Ptahotep.

Rozó uno de los brazos de la joven al mismo tiempo que notaba más intensamente su perfume, sintiéndose a la vez enardecido y embriagado.

—Sólo Hathor reencarnada puede propagar esta esencia capaz de llevarme a la ebriedad.

Nubet le miró seductora.

—Aceite de bálanos, mirra, resina y casia. Las proporciones y el orden de la mezcla son mi secreto.

El joven se aproximó más a ella y los rayos del sol incidieron en su cara un instante.

Nubet vio cómo sus ojos se volvían verdes por efecto de la luz, adquiriendo el color de la malaquita que tanto le gustaba. Le parecían tan hermosos que creyó no poder dejar de mirarlos.

—No es el reino de Egipto lo que le pediría a la Esfinge —dijo Nemenhat ya muy cerca de ella.

—¿Ah no? —preguntó Nubet alzando levemente la barbilla y manteniéndole la mirada.

El joven la observó a sus anchas en todo su esplendor; su mirada claramente desafiante y su pecho subiendo y bajando rítmicamente presa, quizá, de contenidas emociones.

—No —susurró mientras la cogía suavemente por un brazo—. Le pediría algo mucho más valioso que poderes o tesoros; le pediría tu amor.

Nubet notó como una oleada de calor se desbordaba repentinamente en su interior invadiéndola por completo y envolviendo su corazón en sofocos. Aunque pudiera esperar una declaración así, no por eso dejó de sentirse turbada unos instantes.

—Dejaría a la Esfinge libre de arena, aunque tuviera que trabajar en ello el resto de mi vida. Y lo haría solo, sin ayuda de brigadas como hizo Tutmosis; porque el amor que siento por ti no lo compartiría con nadie.

Ahora sí que Nubet creyó que la respiración de su pecho iba a romper la delicada túnica que llevaba, y su turbación inicial dejó paso a todas las emociones contenidas, creyendo sentirse perdidamente enamorada de aquel hombre.

—La Esfinge no te lo dará, pero yo sí; y no necesitarás apartar ni un grano de arena —dijo levantando más la barbilla hacia él, ofreciéndole claramente sus labios.

Lo que vino después fue un torbellino de pasiones encontradas en el más febril de los besos, que les hizo caer en un profundo vacío, aferrados el uno al otro cual si navegaran por los espacios estelares donde sólo los dioses moran, transformados en un único cuerpo con dos almas.

Por el camino de regreso se juraron amor para el resto de sus vidas, tal como sentían realmente; y la gente, al verles pasar radiantes al demostrar su amor, sonreía ante la irrefrenable alegría que aquellos enamorados derrochaban.

El crepúsculo se acercaba inexorable, cuando llegaron a la ciudad.

—Espero que la señora Hentawy no esté de nuevo esperándote como la última vez. ¿Fue efectivo el tratamiento?

Nubet lanzó una carcajada.

—Sobre todo para su marido. A las pocas semanas vino de nuevo la señora Hentawy quejumbrosa, como de costumbre, pero menos exasperada. Al preguntarle por el tratamiento de su marido Aya, me dijo que había ido estupendamente, pero que ahora el problema era de otra índole porque resultaba que, al aplicarle el ungüento cada noche a su marido en el miembro, éste se ponía excitadísimo y requería urgentemente de sus favores. Ella me dijo que accedió por miedo a que los demonios no quisieran marcharse, pero que Aya había cogido afición al asunto y la hacía el amor a diario y claro, ella estaba ya más que harta pues no la dejaba en paz.

Nemenhat rió divertido.

—Aya se está aprovechando bien de la situación. ¿Y qué pasó?

—Pues como la vi algo más calmada que de costumbre, la dije que debía continuar con el tratamiento, pues ese tipo de demonios eran muy persistentes, y que al fin y al cabo ella era la que se los había pegado. Además, debía poner todo su entusiasmo en las relaciones maritales pues haría mucho bien a ambos.

Nemenhat no pudo contenerse y lanzó una carcajada que enseguida contagió a Nubet que se desternillaba de risa.

—Y luego —intentó continuar la joven con lágrimas en los ojos—. Y luego le receté un enema...

Nemenhat se agarraba el vientre con ambas manos mientras reía descontroladamente.

—Le receté un enema cada cuatro días para vaciar bien el vientre —dijo Nubet todavía riendo.

—Desde luego que eres diabólica —intervino Nemenhat recuperándose—. ¿Y qué tipo de enema la recetaste?

—Una parte de leche de vaca, otra de fruto de sicomoro raspado, otra de miel; se mezcla y se hierve. Infalible, créeme. Con esto se completaría el tratamiento.

—Seguro que a la señora Hentawy no le quedarán fuerzas para pensar en demonios durante una larga temporada —medió de nuevo el joven.

—Espero que así sea; esta mujer parece infatigable —concluyó Nubet casi llegando a la puerta de su casa.

De nuevo la noche les sorprendía allí, y como de costumbre, se encendieron las lámparas aquí y allá como parte del ritual cotidiano.

Suspiros, cálidas palabras... Por primera vez se despidieron sin ganas de separarse, entre amarteladas miradas de las que parecían no cansarse.

De regreso a sus casas, los vecinos les miraban al pasar; seguro que al día siguiente habría comentarios en el barrio: «Parece que la hija de Seneb ya tiene novio.»

Nemenhat se encontraba eufórico. Nunca pensó que el amor de Nubet le hiciera desarrollar la actividad febril que fue capaz de desplegar. Acudía, como siempre, bien temprano a la oficina junto a los muelles, donde comprobaba diariamente el estado de la mercancía acumulada en los almacenes, y se ocupaba de que ésta fuera distribuida convenientemente según el orden de pedidos, siguiendo las directrices dadas por Hiram. Si arribaba algún barco, él se encargaba de resolver el papeleo con las autoridades portuarias y de la correcta descarga del navío para transportarla a los almacenes, comprobando con sumo celo que todo se cumplía como era debido. Además llevaba puntualmente la cuenta de los barcos que llegaban, faltaban, se retrasaban o perdían; así como de las necesidades de la compañía. El volumen de negocio de ésta era considerable, pero en los últimos meses Nemenhat se había dado cuenta de que podía ser mucho mayor.

El comercio en el Mediterráneo estaba creciendo imparablemente. Cada año se abrían nuevas rutas que unían los confines de aquel mar que, como era bien sabido, para la mayoría de los egipcios era poco menos que un lugar maldito. La compañía de Hiram tenía agentes en todos los puntos comerciales conocidos y una sólida red de distribución que funcionaba con seriedad y eficiencia; pero la demanda de la mayoría de los artículos había aumentado en un treinta por ciento en el último año, lo cual había supuesto problemas en la capacidad del servicio, y si Hiram no quería perder ese mercado que empezaba a surgir, tendría que reestructurar la empresa. Sin ir más lejos, Nemenhat estaba asombrado del incremento del consumo de artículos de lujo en la propia Menfis. Ya no eran sólo los grandes templos o la realeza la que disfrutaba de estos productos, ahora todo cargo de la Administración o prohombre que se preciara trataba de adquirirlos, poniéndose de moda el hacer una discreta ostentación de ellos.

El joven gustaba de cambiar impresiones con las tripulaciones de los barcos extranjeros, que solían tener un punto de vista muy diferente a sus compatriotas de la mayoría de las cosas; así fue como se formó una idea clara del mundo que le rodeaba. El Mediterráneo estaba sufriendo un cambio profundo, pues los cretenses habían impuesto la navegación de altura desbancando a la de cabotaje, que había sido la común hasta aquellos tiempos.

La primera vez que Nemenhat vio uno de aquellos barcos cretenses, comprendió inmediatamente lo que ello suponía. Barcos de quilla de alto bordo, con una eslora de unos treinta metros por siete de manga, y que podían transportar más de quince toneladas de carga*. Solían tener dos timones en la popa y un mástil con una vela cuadrada, más baja que las que solían utilizar los barcos egipcios; además llevaban instaladas vergas para poder orientarla en función del viento. Eran

---

* Lo que era bastante para la época.

barcos estables y rápidos que nada tenían que ver con los antiguos navíos de fondo de batea.

Al mando iban capitanes cretenses con gran experiencia, que habían desarrollado la capacidad de navegar observando las estrellas y que no les importaba adentrarse en el interior de un mar, sobre el que se contaban todo tipo de leyendas referentes a monstruos marinos o extrañas criaturas. Esto hacía que la duración del viaje se acortara sustancialmente y que disminuyeran las posibilidades de encontrarse con barcos corsarios, los *myparones*, naves con mayor número de remeros que los mercantes que hacían cabotaje y muy rápidos, pero que no solían adentrarse en alta mar.

El joven había ideado una estrategia en la que emplearía dichos barcos, y por la que aumentaría sustancialmente la comisión que, de ordinario, daba a los capitanes de los navíos, si éstos arribaban felizmente; además les garantizaba todos los fletes que fueran capaces de llevar al cabo del año.

Cuando Hiram escuchó la idea, se echó las manos a la cabeza pensando en el aumento de costes que supondría esa táctica. Pero Nemenhat le hizo ver con números en la mano, que podría doblar e incluso triplicar las frecuencias de los buques.

—Llevarán más carga y harán el viaje más rápido. Estoy seguro de que se perderán menos naves por causa del mar que por parte de los piratas —decía el joven entusiasmado.

Hiram pensaba que en eso el joven tenía razón. Sabía por experiencia que, en muchas ocasiones, los propios capitanes estaban confabulados con los barcos piratas para repartirse el botín. El mar no causaría tantas pérdidas.

—Podríamos probar durante un año y ver los resultados, sólo así seremos capaces de aumentar nuestra cuota de servicio —volvía a insistir el joven.

Hiram le miraba fijamente mientras se mesaba los cabellos. Se sentía gratamente impresionado por la labor que el joven realizaba en la compañía y por la agudeza que demostraba en los negocios; había sido un hallazgo que los dioses le habían mandado, sin ni tan siquiera pedírselo.

En algo tenía razón; el Mediterráneo estaba cambiando y había que situarse adecuadamente. Aunque a él, todo esto le pillaba ya un poco viejo y no sentía el ímpetu ni la ambición necesaria para acometerlo. No tenía hijos ni familiares a los que legar su negocio; demasiado esfuerzo el que habría que hacer, quizá para no ver los resultados.

Sin embargo, su alma de comerciante se emocionaba al escuchar a Nemenhat hablando de todo aquello.

—Debes buscar un nuevo lugar donde posicionarte, Hiram. Un punto estratégico desde donde centralices tu distribución de mercancías por el Gran Verde.

—Ya tengo a Biblos; es un lugar perfecto.

—Biblos está saturado. Debes encontrar un puerto en donde puedas crecer; Biblos no da ya más de sí.

—¿Sí? ¿Y en qué puerto habías pensado? Porque estoy seguro de que lo has hecho.

—En la misma costa hay un enclave que está empezando a desarrollarse y del que los marineros hablan maravillas, Tiro.

—¿Tiro?

Hiram lanzó una carcajada.

—Sólo las cabras habitan allí. Tardaríamos semanas en recibir las caravanas que transportan los cedros que luego traemos aquí. Biblos, en cambio, se encuentra junto a las montañas donde se cortan.

—Los capitanes me aseguran que Tiro posee una costa inmejorable para sus barcos, y que a no mucho tardar su puerto será más importante que el de Biblos; muchos negocios se están trasladando allí. No debes pensar sólo en la madera de cedro.

—El cedro me ha proporcionado grandes beneficios; él me hizo venir a Menfis. Mira a mi alrededor, ¿pretendes que renuncie a él? Aquí aprovechan desde su madera hasta el aceite balsámico que se extrae de él, y que usan para los embalsamamientos —replicó Hiram gravemente.

Nemenhat le miró fijamente unos instantes y luego se aproximó a unas estanterías donde guardaban diversa documentación.

—¿Sabes con cuántos productos negociaste el pasado año? —dijo mientras cogía varios papiros.

Hiram levantó ambas manos mostrándole sus palmas.

—Sé perfectamente con lo que negocié; que por cierto fue bastante —contestó cansino.

—Entonces no te las enumeraré. Sólo te recordaré —dijo mirando los datos— que necesitaste el triple de barcos para transportar madera, que para comerciar con el aceite y la resina de Palestina o los tapices de Mesopotamia; y los beneficios fueron similares.

El fenicio se levantó y se aproximó a su ventana desde la que tanto le gustaba observar el puerto, abriendo y cerrando nerviosamente las manos entrelazadas a su espalda.

—Todas las caravanas del Oriente pasan también por Tiro —oyó Hiram que le decía—. Las de Asur y Mesopotamia; las de Edom que vienen cargadas de telas bordadas y perlas, las que atraviesan el desierto con marfil y ébano...

El joven tenía toda la razón, y cualquier buen comerciante que se preciara tomaría en consideración sus palabras, pensó mientras veía cargar un mulo con fardos. Quizá con el paso de los años se había acomodado demasiado.

Hiram se volvió cruzando los brazos con una media sonrisa.

—Te crees capaz de controlar todo el comercio, ¿no es así? Supondría un esfuerzo descomunal.

—No se trata de monopolizar todos los productos. Comerciaríamos con cada uno de ellos en función de los precios del mercado, apostando por los valores seguros. El cobre o la madera seguirían siendo tu base. Escucha —prosiguió Nemenhat—, hace ya tiempo que al norte del Gran Hatti* extraen un nuevo metal al que llaman hierro, con el que forjan armas de una dureza nunca vista. Dentro de poco el bronce será historia y todos los pueblos tendrán el nuevo metal. Los mismos cretenses envían sus barcos a la lejana Anatolia a por él, para luego forjarlo ellos mismos. Si establecieras caravanas desde el Hatti, podrías transportar el material tú mismo al lugar que te lo demandara.

Hiram sonrió suavemente a la vez que sus ojos adquirieron aquella expresión de astucia que le era propia.

—Los pueblos seguirán combatiendo entre sí por los siglos de los siglos, ¿no es así? Las armas siempre serán un gran negocio; pero dime, ¿cómo crees tú que podrías hacerte con las rutas de las caravanas que llevan el metal? Éste es un bocado muy grande, incluso para mí.

—Ya hay una caravana que llega hasta Biblos desde el Hatti, y que transporta canela. Se podía intentar tratar con ellos para que llevaran pequeñas cantidades de este metal. Así te introducirías poco a poco en el negocio. Tus barcos transportarían así el hierro y la canela a la vez que, como bien sabes, está carísima.

Hiram rió con ganas.

—Has aprendido muy rápido, Nemenhat —dijo dándole una cariñosa palmada en la espalda—. No tengo más remedio que considerar todo lo que me has dicho; prometo darte una respuesta pronto.

---

* Así denominaban los egipcios al país de los hititas.

El fenicio consideró, en efecto, toda aquella conversación y decidió posicionarse como le había sugerido Nemenhat; aunque prudentemente. Sabía por experiencia que la solidez de su negocio se debía a años de esfuerzo y que era mejor dar pasos pequeños pero seguros, que aventurarse alocadamente en nuevos proyectos. Daría las órdenes oportunas para que todo se empezara a mover y luego iría viendo los resultados.

Por otra parte, decidió nombrar a Nemenhat inspector general de la compañía con un salario de cuarenta deben de oro al año; una fortuna para la época.

—Ahora que tienes proyectos de vida en común con una mujer, necesitarás riquezas para tratarla como corresponde. Este dinero te lo ganas con creces, créeme —le dijo un día en la oficina.

Nemenhat se emocionó mucho con este gesto. Nunca le habían movido ánimos de lucro al trabajar para Hiram; sólo tenía ansias de aprender. Disponía de medios suficientes para vivir dignamente durante toda su vida, mas el conocimiento... ése era el más preciado don al que un paria como él, podía aspirar. Gracias a su empleo había aprendido asignaturas que sólo en las Casas de la Vida hubiera podido estudiar, como la aritmética o la geometría, consideradas sagradas en aquel país; incluso podía leer y escribir el hierático* gracias a la ayuda recibida por algunos escribas de los muelles.

Se encontraba pues suficientemente pagado, y el interés que demostraba cada día en la compañía, no era sino el gusto que sentía por el trabajo bien hecho. Por eso sus ojos se humedecieron ante las palabras del fenicio y no pudo evitar fundirse con él en un abrazo. Así se transmitieron en silencio todos los sentimientos que albergaban desde hacía tiempo, fortaleciendo un vínculo de unión que había nacido años atrás.

Nemenhat procuraba encontrarse con su amada cada día, aunque sólo fuera para dar pequeños paseos por los alrededores cogidos de la mano. Luego, en su casa, pensaba en ella cada noche soñando con el momento en el que la haría suya. En ocasiones le venían a la mente las imágenes vividas con Kadesh, que le parecían formar parte de un pasado ya muy lejano. Indudablemente las dos jóvenes no admitían comparación, sin embargo Nemenhat tenía que reconocer la amarga huella que Kadesh le había dejado. Nada había vuelto a saber de ella ni de

---

* Forma cursiva del jeroglífico usada para los documentos oficiales por los antiguos egipcios.

Kasekemut, tan sólo rumores de terceras personas en los que aseguraban que tenían un niño. Antes que el sueño le venciera, zanjaba la cuestión con un suspiro, pues no permitiría que el rencor anidara en su corazón ni por un instante, por aquellos recuerdos.

Hiram paseaba nervioso de un lado a otro de su oficina, con las manos a su espalda y la cabeza baja, como siempre que le asaltaba alguna preocupación.

La puerta se abrió de improviso y apareció Nemenhat.

—¿Querías verme? —preguntó mientras cerraba la puerta.

—Sí, pasa y siéntate por favor —le invitó algo circunspecto.

—¿Ocurre algo? —inquirió el joven al ver el rostro algo demudado del fenicio.

—No sé, pero algo raro está pasando.

Nemenhat abrió los brazos invitándole a continuar.

—Esta mañana, mientras te encontrabas en el muelle, un *sehedy sesh* (escriba inspector superior) con una corte de burócratas del departamento de aduanas, se ha presentado en uno de los almacenes para realizar una inspección completa de toda la mercancía.

Nemenhat puso cara de extrañeza.

—Sí, eso mismo me pareció a mí; pero más me extrañó el que luego requirieran todos los libros de registro de mercancías del último año.

—Bueno, si hay algo que tengamos al día en la compañía, es la documentación oficial —dijo el joven con una media sonrisa.

—Precisamente, y no pararon de buscar algún indicio que les revelara la más mínima irregularidad. Anduvieron revolviéndolo todo, con muy malos modales.

—Ya veo —dijo Nemenhat acariciándose un momento la nariz—. Te aseguro que el *imira sesh* (director de aduanas) ha recibido puntualmente todos los artículos, como de costumbre, sin pagar un solo deben. Si hubieran denunciado alguna irregularidad nos habrían advertido.

—Eso es lo que me preocupa. En todos los años que llevo instalado en la ciudad, nunca había sufrido una inspección de este tipo. La orden no ha sido dada por el *imira sesh*, sino por alguien de más arriba.

—Entiendo.

—Pero ¿por qué? Los inspectores que vinieron esta mañana tenían un claro ánimo de molestar. Además, cuando les dije que haría una queja formal ante su director, el *sehedy sesh* lanzó una carcajada y me miró con desdén. Por algún motivo hemos invadido un terreno que no es nuestro.

Nemenhat miraba al fenicio mientras pensaba con rapidez.

—¿Cuándo fue la última vez que colocaste una de tus antiguas alhajas? —preguntó Hiram astutamente.

—Hace casi un año que no las tocamos. Ese asunto está definitivamente olvidado —contestó el joven.

—Quizá no para todos. Es posible que alguna pieza haya vuelto a la circulación —reflexionó el fenicio un instante—. No te quepa duda que esta ciudad posee ojos y oídos. Hasta que sepamos qué está ocurriendo, extremaremos las precauciones y seguiremos trabajando dentro de la más absoluta legalidad. Obra con suma prudencia.

Nemenhat asintió mientras le miraba, y su cabeza seguía pensando y pensando. La prudencia formaba parte esencial de su persona, y se daba cuenta de que, en efecto, había que extremarla.

Se despidió, intentando tranquilizar a Hiram, asegurándole que averiguaría lo que pasaba.

De regreso a su casa, ya entrada la tarde, Nemenhat tuvo sombríos presentimientos respecto a cuanto estaba ocurriendo.

Los pequeños sorbos de vino blanco se deslizaban suaves y frescos por la garganta de Ankh. Lo paladeaba una y otra vez, chasqueando a veces la lengua, e intentando encontrar nuevos matices que le hubieran podido pasar desapercibidos.

«Delicioso», pensaba entrecerrando los ojos, muy próximo al éxtasis.

Ankh se encontraba en condiciones de disfrutar de aquel néctar a sus anchas, sentado cómodamente en su hermosa casa y rodeado de todos los lujos a los que era tan aficionado. Porque, durante todos aquellos años, la vida no le había ido nada mal. Su antiguo cargo de Inspector Jefe de los Campos del Templo de Ptah le invitó a considerar la posibilidad de escalar puestos más altos dentro del clero del dios. La política era un medio donde Ankh podía desenvolverse perfectamente; así que, con las artes de que era poseedor, movió sus hilos con maestría siendo nombrado nada menos que Inspector de los Sacerdotes *Sem* de Sokar*.

* Sokar era un dios del área menfita, identificado con Ptah y Osiris. Guarda la puerta del Mundo Subterráneo y su reino son las arenas del desierto. Era dios de la necrópolis de Saqqara.

Aquel cargo representaba una de las mayores jerarquías dentro del templo. Mas la ambición del antiguo escriba no era sino un camino siempre ascendente, y tan pronto como ocupó la función, empezó a pensar en más altos destinos. Trabó múltiples contactos con la alta Administración del Estado de la forma que él tan bien manejaba, intentando colocarse en buena disposición para asaltar el máximo poder dentro de aquel clero; el del Gran Jefe de los Artesanos.

Príncipes reales habían ostentado ese cargo en la antigüedad, mas en los últimos tiempos, éste había pasado prácticamente a ser hereditario. Hijos que sucedían a padres, o nietos que reemplazaban a abuelos; algo, por otra parte, muy común en el resto de templos del país. Mas el actual sumo sacerdote, que gobernaba los intereses de Ptah, era un anciano que no tenía descendencia y a su muerte, algo que no parecía lejano, una nueva saga se haría con el poder. Ankh conocía de sobra lo que significaba, pues el clero de Ptah representaba, junto al de Ra, el poder sacerdotal del país después del templo de Amón, y sin poder compararse con éste, poseía sin embargo un gran ascendente sobre determinados estamentos públicos.

Era un culto antiquísimo, al que reyes y príncipes otorgaban largamente su favor. Esto se traducía en la regular donación de una parte sustancial de todos los botines obtenidos en las guerras, por los ejércitos del faraón. Además tenía amplios intereses en una ciudad que, como Menfis, estaba abierta a un extenso comercio interior y exterior.

Gobernar pues los asuntos del dios Ptah requería una política no carente de cierta habilidad y constituía una pieza codiciada para cualquier alto cargo del Estado.

Ankh sabía que habría que comprar algunas voluntades presentes y... futuras; y todo con la discreción absoluta que un asunto como éste precisaba. Además, debería aparecer limpio ante el pueblo de todo atisbo de irregularidad imaginable. Un ejemplo viviente de virtud sin mácula ante los ciudadanos.

Todo ello requería ejercitar una serie de reflexiones, no sólo sobre su futuro, sino también sobre un pasado en el que, como bien sabía, existían borrones que era preciso eliminar. A su debido tiempo se ocuparía de ellos, convencido de que no supondría mayor problema el destruir la práctica totalidad de dichas pruebas.

«La práctica totalidad.» Había estado pensando en esta frase durante algún tiempo considerando la cuestión, y por más vueltas que le daba más se arrepentía de no haberla solucionado con anterioridad. Claro que, su avidez había sido parte determinante para que ello no ocurriera, no en vano había obtenido pingües beneficios de aquellos negocios; pero ahora se daba cuenta de que ello sólo le reportaría problemas. Si llegaba a saberse que había estado en tratos con violadores de tumbas, no sólo su futuro se vería comprometido.

Hasta ese momento el tema no le había preocupado en absoluto, seguro de poder manejarlo sin dificultad, sin embargo, ahora las cosas habían cambiado, pues lo que estaba en juego no admitía el más mínimo error por su parte. Existían otras personas que, como él, también ambicionaban lo mismo y que no dudarían en sacar a la luz tan turbia operación para lograr sus objetivos.

«Un asunto feo de verdad», pensaba mientras posaba de nuevo sus labios en la copa.

A su lado, orondo como un hipopótamo, el sirio Irsw no quitaba el ojo de encima a una de las jóvenes del servicio que les atendían. Era muy alta y quizás extremadamente delgada, algo que atraía al sirio extraordinariamente. Por si esto fuera poco, la muchacha procedía del lejano sur; de los pueblos que habitan el lugar donde Hapy hace crecer las aguas del Nilo. Era por ello de piel oscura y pelo ensortijado, peinado en múltiples y largas trenzas que enmarcaban unas facciones bellísimas que parecían haber sido talladas en diorita por el mejor de los artistas.

Últimamente a Irsw le volvían loco las mujeres de pelo oscuro, casi hasta sentirse obsesionado por ellas, por eso al observarla efectuar sus quehaceres se relamía una y otra vez casi con glotonería.

Para el sirio, la concupiscencia no era sino uno más de sus muchos vicios.

Ankh, que se percataba de todo lo que su invitado pensaba, guardaba un absoluto silencio.

—Qué criaturas tan dispares nos regalan los dioses —dijo Irsw por fin sin poder reprimir un suspiro.

Ankh ni tan siquiera pestañeó ante el comentario y volvió a beber de su copa.

—¿Te das cuenta? Ahí tienes la prueba sin ir más lejos; tan grácil, tan esbelta, con esos pequeños pechos... y esa piel tan oscura. ¿No ves cuan diferente es a las demás?

El escriba volvió su cabeza hacia él.

—Lo sé de sobra; por eso la compré —dijo burlón.

—¡Dagon bendito! —exclamó Irsw mientras se pasaba una de sus gordezuelas manos por la frente para quitarse el sudor.

A Ankh le repugnaban los juramentos en los que se hacía mención a algún dios extranjero, pero principalmente le disgustaba ése, que tan frecuentemente usaba Irsw. Dagon era un dios que se adoraba en Siria* mitad hombre y mitad pez, lo que le repugnaba sobremanera**.

—Pero dime —continuó el sirio—, ¿acaso no le das de comer? ¿Cómo es que es tan delgada?

—Ella come cuanto le place —contestó Ankh apenas disimulando su disgusto—. El servicio, en mi casa, recibe el mejor de los tratos.

—Pues no deberías dejar que comiera cuanto quisiera, pues podría empezar a engordar y eso sería una irresponsabilidad. No sabes la joya que posees, deberías vendérmela.

El escriba rió entre dientes.

—Claro que lo sé, por eso no te la venderé.

—Eres un hombre sin la más mínima sensibilidad, ¿no te das cuenta lo feliz que me haría? ¿No serías capaz ni tan siquiera de prestármela por un tiempo?

—Mis esclavos no son ganado que venda al mejor postor. Ellos forman parte de mi familia, por así decirlo. Están bajo mi protección y me sirven con lealtad; estoy seguro de que ella prefiere continuar conmigo.

—Tienes el corazón duro como el granito de Asuán y una lengua peor que la de cualquier áspid —estalló el sirio colérico.

Ankh rió con suavidad, pues le era grato ver al sirio alterado.

—En verdad que me asombras, Irsw; tú, el comerciante más rico de la ciudad, clamando por las esclavas ajenas. Reconoce que me resulte cómico.

Irsw se revolvió incómodo en su asiento y adoptó el gesto más adusto que pudo.

El escriba hizo un gesto a la muchacha para que se acercara a ofrecer más vino y así disfrutar viendo mortificarse a Irsw.

El sirio, al tenerla tan cerca, tuvo que hacer ímprobos esfuerzos para no acariciar aquella piel.

Ankh consideró que ya era suficiente y despidió a la joven con una señal.

Irsw le miró malhumorado.

—No hay duda que consigues disgustarme cuando te lo propones. ¿Acaso me has invitado a tu casa para admirar estas joyas que posees, en silencio?

* Este dios también era adorado en Fenicia.
** Los sacerdotes del Antiguo Egipto tenían prohibido comer pescado por considerarlo impuro.

—Je, je, je —rió Ankh—. No sabía que te gustaran tanto las mujeres del lejano sur.

—Las que más —contestó el sirio casi atropellándose.

El escriba levantó entonces una mano, en lo que era un claro gesto conciliador.

—Bien, en ese caso, cuando solucionemos un pequeño problema, prometo conseguirte una como ella.

Fue ahora Irsw quien bebió de su copa recuperando su natural expresión ladina.

—¿Tienes un problema, Ankh?

—Yo diría que ambos lo tenemos.

—Uhm, y no hay duda que me necesitas para solucionarlo, ¿no es así?

—Es lo apropiado, pues ambos estamos comprometidos en él.

El sirio no pareció comprender sus palabras.

—Explícate.

—Con seguridad recordarás a aquel ladrón de tumbas que trabajó para nosotros —dijo Ankh bajando la voz.

—Perfectamente; se llamaba Shep... Shepse...

—Shepsenuré.

—Eso, Shepsenuré. Menudo negocio hicimos; yo gané una fortuna con aquella tumba.

—Sin lugar a dudas nos reportó buenos beneficios, pero ahora puede ser un problema.

—¿Qué quieres decir?

—Verás Irsw; han llegado a mis manos, por casualidad, un par de piezas de aquella tumba. Mis agentes las encontraron en una inmunda taberna del puerto; parece ser que un capitán de un barco chipriota, absolutamente borracho, pagó con ellas al sorprendido tabernero. ¡Imagínate qué atrocidad, pagar a la chusma con semejante tesoro!

El sirio le miró sin inmutarse.

—¡Pero no te das cuenta! —exclamó el escriba—. Hay piezas de esa tumba circulando por la ciudad. Si cualquiera de ellas cae en otras manos que no sean las de un ignorante tabernero, podemos llegar a tener problemas.

Irsw se acarició la cara un instante.

—Pensé que ese asunto lo habías solucionado ya hacía tiempo —dijo con tranquilidad—. Hace ya mucho de eso.

—Precisamente. Nunca hubiera podido producirnos ninguna incomodidad si no fuera porque la situación ha cambiado.

El sirio movió una de sus cejas con un signo interrogante.

—Sí, ha cambiado. No son tan estúpidos como pensé y han sabido progresar sin levantar sospechas.

—¿Han sabido? Creí que tratábamos con un solo ladrón.

Ankh le miró intentando decirle cuanta paciencia podría tener, y se pasó ambas manos por su cabeza totalmente tonsurada antes de continuar.

—El tal Shepsenuré tiene un hijo que acostumbraba acompañarle en sus particulares expediciones. Ya era así en la época en que le conocí en Ijtawy y continuó siéndolo hasta poco después de que nuestro hombre encontrara la tumba para nosotros. Después se dedicaron a esconder su parte en algún lugar de Saqqara sin que volvieran a actuar juntos. De hecho, Shepsenuré no ha vuelto a ser visto por ninguna de las necrópolis cercanas. Se ha dedicado exclusivamente a su oficio de carpintero, en el que ha adquirido una cierta reputación entre sus paisanos. Ha sido sumamente discreto, por lo que creí preferible no interferir en su vida; por lo menos... hasta ahora. Sin embargo, su hijo no ha parado de hacer ruido en todos estos años. Nemenhat, que así se llama, ha sido visto recorriendo las necrópolis como si fuera la reencarnación de Upuaut. Te sorprendería saber que ha entrado en la mayor parte de las mastabas de los nobles de la V y VI dinastía, que rodean el complejo de Djoser. Dentro de ellas ya no queda nada, a lo sumo los restos del sarcófago y sin embargo, a veces permanecía tardes enteras.

—Eso es tener afición, sin duda —interrumpió Irsw con una carcajada.

—No contento con eso —prosiguió Ankh haciendo caso omiso del comentario— llegó a entrar en la pirámide de Unas.

—¿En serio?

—Sí. Figúrate; esa pirámide fue saqueada a los pocos años de que se enterrara en ella al faraón. Bueno, como la mayoría —pareció reflexionar el escriba con una sonrisa.

—No permanecieron mucho tiempo intactas, ¿eh? —dijo el sirio con socarronería.

—¿No pensarás que somos los primeros a los que se nos ha ocurrido violar una tumba? Muchas fueron saqueadas por los mismos que las construyeron; no hemos inventado nada, Irsw.

El sirio volvió a reír mientras asentía con la cabeza.

—Como te decía, penetró en la última morada de Unas donde permaneció varias horas. No comprendo qué pudo hacer allí durante tanto tiempo; la última vez que la visité, sólo se hallaba en ella el sarcófago del rey y parte de su esqueleto.

—Ya te dije que el muchacho debe tener una afición desmedida por los monumentos funerarios —volvió Irsw a decir jocosamente.

—Sólo así podríamos explicárnoslo, ¿verdad?

Ahora Ankh lanzó una astuta risita.

—Anda cortejando a una joven, muy hermosa según parece; y ¿adivina dónde fueron a pasar un día de excursión?

El sirio hizo una grotesca mueca con su boca que indicaba su desconocimiento.

—¡A Gizah! —exclamó Ankh haciendo un aspaviento—. ¡A la necrópolis de Gizah; y pasaron parte de la tarde a la sombra de la Esfinge!

—Lo de este muchacho es patológico —explotó Irsw riendo con estridencia—. ¡Ir a Gizah con una muchacha a pasar el día! Inaudito. ¿Y dices que es muy hermosa la joven?

—Sí, pero créeme... a ti no te seduciría; tiene algún kilo de más para tu gusto.

—Ah...

—Pero no te lleves a engaño, pues no debemos subestimarle. El joven parece listo; se las arregló, no sé como, para entrar a trabajar en la empresa de un conocido tuyo, Hiram.

El sirio cambió súbitamente de expresión al oír aquel nombre.

—Ese fenicio es como las moscas en verano, un verdadero incordio. Aunque su volumen de negocio no pueda compararse con el mío, anda siempre picando aquí y allí, bajando los precios un poquito más que los demás. Ese hombre es un fastidio; pero tiene buenos contactos.

—Según tengo entendido, te hace la competencia con la madera —comentó Ankh malicioso.

—¡De ninguna manera! —exclamó el sirio airado—. Se limita a abastecer lo que yo le dejo. Son pequeñas partidas, que en nada me perjudican. Su verdadero negocio es el cobre.

Ankh sonrió y sirvió delicadamente un poco más de aquel vino a su invitado.

—Pues como te decía —prosiguió el escriba—, Nemenhat trabaja para él y según tengo entendido con la máxima eficiencia. En estos últimos años, el joven se las ha arreglado para salir de su analfabetismo, llegando a controlar incluso la contabilidad de la compañía. En el puerto todo el mundo le conoce y, según parece, tiene buena reputación. Al parecer, últimamente ha olvidado sus antiguas aficiones... en parte.

—¿A qué te refieres? —preguntó Irsw bebiéndose la copa de un trago.

Ankh le miró fijamente.

—¿No te das cuenta? El joven ha estado colocando durante todo este tiempo la parte de su botín en todas las transacciones que ha podido. Seguramente, todo ha debido ir a parar a los países con los que su compañía comercia. Para ellos ese tesoro es ahora un incordio, pues no lo necesitan. Dentro de muy poco, Nemenhat será un hombre tan rico, que se cuidará mucho de comprometerse con algo así.

—Entonces no veo por qué debemos preocuparnos.

Ankh se levantó de su asiento como impulsado por un resorte.

—¡A veces eres capaz de exasperarme, Irsw! —exclamó el escriba furioso—. Tú deberías saber mejor que nadie que las joyas van y vienen. Hoy están allí, mañana aquí. Con el gran número de piezas sacadas de la tumba que debe haber moviéndose por el mercado, es seguro que tarde o temprano, algunas reaparezcan por Menfis. Ya te dije antes que hemos tenido suerte dando con ellas, pero esto no siempre ocurrirá. Es mucho lo que nos jugamos, Irsw. Si logro alcanzar la máxima jerarquía dentro del templo, te aseguro que obtendrás la exclusiva de sus negocios. Ya hemos hablado de ello y espero contar con tu influencia para conseguirlo. No podemos pasar el resto de nuestra vida esperando que algún día aparezca un objeto que pueda comprometernos. Incluso ellos mismos pueden llegar a hacerlo en un momento dado. Debemos resolver este asunto de una vez para siempre.

—Bien, eliminarlos no es difícil...

—Te olvidas de una cosa —interrumpió el escriba—. Su parte del botín se halla escondido en algún lugar, cubierto por las arenas de Saqqara; estoy seguro. Pero sólo ellos saben donde se encuentra. No podemos renunciar a él, pues es posible que todavía tenga un valor incalculable.

—Ya, comprendo; y ¿qué piensas hacer?

—De momento, mi amistad con la más alta autoridad aduanera, me ha permitido que ésta se encuentre interesada en investigar posibles irregularidades en la compañía de Hiram. El otro día mandaron una brigada a inspeccionar sus almacenes y los libros de la empresa. Según parece todo estaba en regla, lo cual me alegró mucho.

—¿Te alegró mucho? —intervino Irsw desconcertado.

—Por supuesto. Ello significa que sus operaciones se realizan con arreglo a la ley y esto les hará pensar que la fiscalización de que han sido objeto es por otros motivos. Motivos que ellos pueden sospechar. Por si acaso, los inspectores les harán un par de visitas más para que no les queden dudas sobre el trasfondo del asunto. Te aseguro que no volverán a poner en movimiento ninguna de las piezas robadas, por el momento.

—Desde luego eres diabólico, Ankh. Urdes tus planes con la astucia del chacal —dijo el sirio riendo de nuevo—. Pero dime, ¿cómo harás para encontrar el tesoro que ocultan?

Ankh esbozó ahora la más maligna de sus sonrisas.

—Shepsenuré nos llevará hasta él. Conozco a la persona idónea para conseguirlo.

Seneb se encontraba entusiasmado ante tanta alegría. Por fin su hija, su amada Nubet, tenía novio y por si fuera poco el afortunado era nada menos que Nemenhat. ¡Gloria a Atum dios creador de la humanidad! Ni en sus más íntimos anhelos hubiera pensado en algo semejante. Poder casar a su hija con el joven, colmaba sus máximas expectativas. ¡Cuánta alegría!

—Los dioses me han escuchado —manifestó exultante señalando con el índice a Shepsenuré como si fuera el culpable de que ello no se hubiera producido con anterioridad—. No sé cómo te resistes a creer en ellos. Mira lo que la fe es capaz de lograr, ¿qué mayor prueba quieres?

Shepsenuré se reía ante la actitud de su amigo, que para algunos bien pudiera parecer grotesca y que él comprendía.

Él también se encontraba feliz por la noticia pues, aunque no había tratado demasiado a Nubet, conocía sus virtudes por boca de su padre, que no hacía más que propagarlas a todo aquel que estuviera dispuesto a escucharlas.

Tan respetuoso como era en cuanto a las elecciones de su hijo, consideró que era éste quien debía decidir en un asunto tan importante; independientemente de su opinión.

—Quizá nuestra sangre se una para la posteridad. ¿Has pensado en eso? —preguntó Seneb entrecerrando un poco los ojos.

—Si he de serte sincero, no. Aunque créeme cuando te digo que no desearía unión mejor.

—En ocasiones parece que tienes agua del divino Nilo en lugar de sangre. Imagínate, tener nietos y verlos crecer educándoles como corresponde en nuestras reglas ancestrales. ¿Porque supongo que no pretenderás que sean tan desarraigados como tú?

—Tengamos la fiesta en paz, Seneb. Todavía no tenemos nietos y ni tan siquiera boda, y tú ya estás pensando en su educación. Seguro que también habrás previsto a qué se dedicarán.

—Por supuesto que sí.

—Eres increíble —continuó Shepsenuré, ahora algo malhumorado—. No se te ha ocurrido pensar que sean sus padres quienes decidan lo que sea apropiado.

—¿Estás loco? Ellos poco saben de la vida para tomar una decisión así y...

Aquellas palabras sí hacían perder la compostura a Shepsenuré, que además no disimulaba su disgusto y se enzarzaba en una interminable discusión de la que más tarde se arrepentía. Los futuros consuegros acababan despidiéndose algo acalorados y jurándose que no se saldrían con la suya.

Cierto día, a la caída de la tarde, Shepsenuré recibió una visita bien distinta. Cuando abrió la puerta de su casa y se encontró con Ankh, no pudo disimular un gesto de sorpresa.

—Imploro humildemente el favor de tu perdón ante esta inesperada visita —dijo enseguida el escriba a modo de disculpa.

Con el más serio de los semblantes Shepsenuré le franqueó el paso, invitándole a pasar con un ademán.

—Espero no interrumpirte en tus quehaceres —continuó Ankh mientras se acomodaba en una de las sillas que Shepsenuré le ofrecía—. Pero prometo no robarte mucho de tu tiempo; conozco perfectamente su valor.

Shepsenuré no dijo nada y le sirvió una copa del vino de Buto que él estaba bebiendo.

—Veo que te has establecido bien —dijo el escriba mientras daba un pequeño sorbo—. Yo diría que incluso has engordado un poco, de lo cual me alegro*.

—Sigues sin perder tu facilidad de palabra para la lisonja —contestó al punto Shepsenuré.

Ankh rió con suavidad.

—Qué quieres —dijo abriendo un poco los brazos—, debe de ser

* Para los antiguos egipcios la gordura era símbolo de opulencia.

producto de los malos hábitos adquiridos durante el ya lejano aprendizaje de mi juventud.

—No pensé que la lisonja fuera materia que se enseñara en las Casas de la Vida.

—Y muy valiosa, por cierto. Te asombrarías de la cantidad de disciplinas que puedes llegar a aprender en esos lugares —cortó ahora Ankh cáustico.

—Uhm, no creo que me sorprendiera tanto —contestó Shepsenuré bebiendo un buen trago.

—Bien, no me ha traído aquí ningún deseo de polemizar contigo, ni siquiera el de pedirte algo determinado.

Shepsenuré le miró con toda la incredulidad de que fue capaz.

—Te hablo en serio, sólo me mueve el talante amistoso en mi visita. Atrás quedaron los tiempos en los que hacíamos negocios juntos. Ambos nos enriquecimos con ellos y espero que quede como una parte de nuestro pasado.

—Perdona que no te crea —dijo ahora Shepsenuré torciendo un poco el gesto.

Ankh se encogió de hombros.

—Cuánto hace que no nos veíamos, ¿cinco, seis años? La vida no sólo ha cambiado para ti; también la mía ha tomado nuevos derroteros. Ahora me encuentro prácticamente apartado de toda actividad pública y sólo me dedico a mi cometido dentro del clero de Ptah.

—¿Has sentido la repentina llamada del dios? —preguntó Shepsenuré burlón.

—No te rías y créeme cuando te digo que soy un hombre nuevo. Me siento feliz como nunca al haber roto con todas las ligaduras que me oprimían. Debo decirte que cuanto hemos oído respecto a que la verdadera felicidad reside en la paz del espíritu, es cierto.

Shepsenuré le observó unos instantes en silencio mientras volvía a beber. Encontraba al escriba mucho más delgado que en el pasado, hecho que acentuaba sus angulosas facciones aunque, eso sí, no había perdido ni un ápice de su calculadora mirada.

Suspiró profundamente mientras miraba distraídamente su copa.

—Dime entonces lo que deseas.

—Nada, te lo aseguro. Mi visita hoy a tu casa es para todo lo contrario, pues vengo a ofrecer.

Shepsenuré se quedó sorprendido.

—Mi dedicación en el templo va a ser absoluta y pretendo cortar con todos los lazos que me unen al exterior. Quiero dedicarme por completo al estudio de todos los Sagrados Misterios, sin ambages de ningún tipo. Pero antes pretendo dar un homenaje a todos aquellos que, de una u otra manera, han formado parte de ese pasado que deseo enterrar. Daré pues una gran fiesta en mi casa, a la que acudirá toda la alta sociedad de la ciudad y a la que estás invitado.

Ahora sí que Shepsenuré se quedó perplejo. Que Ankh viniera a hacerle semejante ofrecimiento después de tanto tiempo, no sólo le resultaba inesperado, sino también inaudito. Enseguida, un sentimiento de desconfianza le invadió de la cabeza a los pies. Conociendo como conocía al escriba, sabía que éste era capaz de tramar cualquier cosa.

—No pretendo intranquilizarte con mi ofrecimiento. Eres libre de ir o no y prometo no molestarme por ello —dijo Ankh que parecía leerle el pensamiento—. Pero te aseguro que me sentiría muy dichoso si acudieras. Creo ser sincero al decirte que me encuentro en deuda contigo y que me gustaría saldarla de alguna manera; permíteme pues que te agasaje junto al resto de amigos que también acudirán. Probablemente será la última vez que nos veamos.

Shepsenuré permaneció en silencio, incómodo por su desconfianza ante lo que parecía ser una invitación amistosa y que sin embargo le hacía recelar.

—No quiero molestarte más, Shepsenuré; decide lo que más te apetezca —dijo súbitamente Ankh levantándose de la silla—. Ahora perdóname, pero debo continuar camino para visitar a otros amigos a los que también quiero invitar; gracias por tu vino.

Shepsenuré le acompañó en silencio hasta la puerta.

—Sólo una cosa más antes de irme —dijo mientras su anfitrión le abría la puerta—. En caso de que acudas, deberás ir de etiqueta; no lo olvides. Espero verte.

El suave sonido del arpa intentaba abrirse paso en las estancias de la casa. El arpista interpretaba una vieja melodía que trataba de amores imposibles y que aún mantenía su vigencia después de tanto tiempo. Era tan hermosa, que cualquiera que la escuchara se sentía de inmediato capturado por su dulzura que, aquel artista, transmitía delicadamente. Pocos eran, sin embargo, los que le concedían su atención. Y era por ello que, tras fútiles esfuerzos, las notas terminaban por perderse entre los murmullos de cien conversaciones.

En aquella noche de verano, lo más granado de la sociedad menfita abarrotaba la casa de Ankh.

Situada al norte de la ciudad, la casa del escriba era, en verdad, una villa rodeada de espaciosos jardines en los que pequeños paseos se cruzaban junto a graciosos veladores, ideales para solazarse durante las tardes estivales. Al cobijo de las palmeras, los estanques salpicaban aquí y allá el cuidado jardín, reproduciendo fielmente la flora que comúnmente crecía en los márgenes del río; los macizos de papiro y las hermosas flores de loto.

Ankh en persona dio la bienvenida a todos sus invitados a la entrada de su casa. Vestía una túnica con mangas, amplia y suelta, de un blanco inmaculado, que ceñía a su cintura con un ancho cinturón bordado con fino hilo dorado. Del cuello, un extraordinario collar con la figura de Nefertem, en forma humana con cabeza de león sobre la que llevaba una flor de loto azul, pendía espléndido, como la obra maestra que era. Por último, alrededor de sus muñecas, sendos brazaletes de un lapislázuli purísimo rematoban su aderezo dándole un toque de primorosa exquisitez.

Al ver a Shepsenuré, sus ojos parecieron llenarse de satisfacción.

—Sólo el divino Ptah conoce el placer que siento al verte aquí. Me alegro que hayas aceptado venir; deseo que disfrutes de mi fiesta.

Éstas fueron sus únicas palabras de salutación antes de pasar al siguiente invitado.

Shepsenuré había pensado mucho el asistir a aquella velada. Era tal la desconfianza que el escriba le producía, que se resistía a creer que aquel festejo fuera puramente amistoso para él.

Cuando se lo dijo a su hijo, éste le puso al corriente de los extraños sucesos acaecidos en los almacenes de la compañía.

—Debes acudir a la fiesta, padre; sólo así sabremos si Ankh trama algo. De nada te valdrá el no ir, pues él te volvería a buscar de alguna manera. Creo que es mejor que piense que no tienes ningún recelo; así será más fácil descubrir si tiene alguna intención oculta.

Shepsenuré se mesó los cabellos mientras escuchaba.

—Tal vez tengas razón, de nada nos valdrá escondernos si él quiere encontrarnos.

—Puede que esté detrás de los registros que hemos sufrido —continuó Nemenhat—. En tal caso, es de vital importancia que lo sepamos. Hiram está preocupado.

—No tengo más remedio que dar la cara al destino, ¿verdad?

Nemenhat asintió en silencio.

—Está bien, iré. Al menos espero divertirme.

Y a buen seguro que lo haría a tenor del esplendor que la fiesta mostraba.

Shepsenuré deambuló de estancia en estancia curioseando sin rumbo mientras saboreaba el vino en una exquisita copa de loza vidriada. Era de sabor agradable, aunque algo ligero para su gusto si lo comparaba con el que bebía en su casa regularmente. Como todos los invitados habían llegado ya, la casa se hallaba abarrotada de gente. Shepsenuré se sorprendió al ver a tanta allí dentro, e inmediatamente pensó en el hecho de que, de alguna manera, todos tuvieran relación con el anfitrión. Él, por supuesto, no conocía a nadie.

Shepsenuré curioseó un poco por todos lados. Nunca en su vida había visto tantos *kilt*, camisas y túnicas plisadas juntas. Con mangas, sin mangas, con holgados puños colgando, con cuellos amplios; sujetos con tiras a los hombros, o sencillas túnicas ceñidas por debajo de los brazos que llegaban hasta las pantorrillas.

En cuanto a los abalorios, allí, entre cuellos y brazos, se hallaba representado el panteón entero del país, y no creía quedarse corto; aparte de los amuletos típicos en los que no valía la pena reparar. Todos estos adornos rivalizaban en brillo y esplendor, y Shepsenuré sonrió para sus adentros pensando en el magnífico botín que representarían algún día.

Esto en lo que se refería a los hombres, pues lo de las mujeres merecía mención aparte.

La moda femenina había sufrido muchos cambios en los últimos tiempos, quizás influida por las nuevas corrientes que llegaban desde Oriente Medio y a las que tan susceptible se había vuelto la ciudad.

Atrás quedaba la época en la que sólo el blanco era el color idóneo para una dama. Ahora imperaban los tonos pasteles en vestidos muy imaginativos. Trajes de dos o más piezas habían desterrado definitivamente al clásico de una, y seducían con variedad de formas y estilos. Túnicas ceñidas al cuerpo envueltas en sutiles chales, que dejaban adivinar cada curva. O bien, vaporosos tejidos en varias piezas, en los que nada había que adivinar. Vestidos recogidos sobre los hombros, o de mangas cortas que se juntaban sobre el busto o a veces bajo él. Cintas, ribetes, pliegues... y todo con una única misión, la de hacer a su portadora la más sensual de las damas.

En el apartado de joyería, la que llevaban sus maridos resultaba ridícula en comparación. Todo era poco para tratar de demostrar la mayor riqueza de unas sobre otras. Los collares *menat*, colgantes cilíndricos hechos de cornalina, lapislázuli o amatista, hacían furor en aquellos días y algunas mujeres llevaban tal profusión de ellos, que les resultaba sumamente incómodo el poderse levantar de sus asientos.

¡Todo fuera por ceñirse a la moda! Y si no, no había más que fijarse en las pelucas que las señoras llevaban. Parecía que se hubieran puesto de acuerdo para no repetir ningún modelo. De todo tipo, variedad y tamaño. Quizás en lo único que coincidían era en los conos de cera perfumada* que, regularmente, los sirvientes les ponían sobre su cabeza. Por otro lado, las señoras rivalizaban por exhibir el tono de piel más claro, signo inequívoco de que no se veían expuestas al rigor del fuerte sol egipcio, como correspondía a todo aristócrata que se preciara.

Entre tanto alarde de posición social, Shepsenuré no desentonaba en absoluto, pues a la tradicional túnica, agregaba un fino manto de cortas y anchas mangas confeccionado de un lino extraordinariamente delicado, que estaba de última moda y se importaba de Siria**. Nemenhat se la había proporcionado, así como unas bonitas sandalias de cuero con la puntera levantada, que dicho sea de paso, Shepsenuré no soportaba; acostumbrado como estaba a andar descalzo toda su vida.

Toda aquella gente debía relacionarse entre sí con cierta frecuencia. Seguramente, coincidirían en la mayoría de las fiestas privadas que se daban en Menfis, pues la práctica totalidad se saludaba amistosamente.

En aquellas fiestas de la alta sociedad, se solían hacer los contactos oportunos para intentar aumentar la influencia dentro de la Administración, conseguir algún puesto apreciado o simplemente hacer buenos negocios. Por ello, no era de extrañar ver allí, aquella noche, a todos los altos cargos de la ciudad hablando animadamente en grupos separados. Desde el nomarca *(heka het)* al general al mando de las guarniciones de la ciudad, pasando por toda una corte formada por jueces, médicos o arquitectos.

Desde su anonimato, Shepsenuré observaba divertido cómo la mayoría dominaba el arte del disimulo, fingiendo atenciones o forzando sonrisas. Y todo, para no perder sitio en la rueda que el poder del Estado movía inexorable. Mas al margen de todo aquel folclore que, cuando menos, a Shepsenuré le parecía curioso, la fiesta no podía estar mejor. Pequeñas mesas situadas por doquier con todo tipo de manjares, capaces de satisfacer al paladar más exigente, y todo cuidado hasta el último detalle. Hermosas muchachas que, semidesnudas, se ocupaban de que no faltara de nada a ningún invitado. Copas que se volvían

* En las veladas, se solían utilizar conos de resinas perfumadas sobre las cabezas que, al derretirse, enmascaraban cualquier mal olor que se pudiera tener.
** Se llamaba *byssus*.

a llenar; viandas que se volvían a reponer. Aquella noche, Shepsenuré comería y bebería hasta saciarse.

Y a fe suya que lo hizo pues, en su continuo deambular por las repletas estancias de la casa, se aproximaba a las pequeñas mesas donde se servía a su gusto de todo cuanto se le antojaba. Comió y bebió pues con largueza hasta sentirse ahíto; nunca en su vida había comido tanto como en aquella noche. Y sin lugar a dudas, no fue el único; pues tras los primeros saludos de cortesía a éste o a aquél, los invitados se habían situado junto a la mesa más cercana, donde hicieron gala del mejor de los apetitos. Qué duda cabe que, para ingerir aquellas cantidades de comida, necesitaron de la ayuda del líquido fermentado de la vid, y esta ayuda fue, con toda seguridad, generosa. Corrió el vino a raudales y, al avanzar la velada, sus efectos comenzaron a manifestarse entre la mayor parte de los asistentes.

A Shepsenuré le sorprendió ver a algunas de las grandes damas encopetadas, sentadas junto a las mesas bebiendo sin ningún tipo de medida y alardeando de ello; justo como había visto muchas veces a gente de la peor estofa en las tabernas de Menfis. Alzaban sus copas tambaleantes mientras gritaban:

—Llenadlas una y otra vez hasta que no pueda más. Esta noche me entregaré a los placeres del vino sin reservas.

Dicho y hecho, pues las hubo que bebieron sin tino o mesura ninguna, acabando a la postre, balbuceando palabras inconexas, caídas sobre el suelo.

Mas todo esto, que sorprendió en un principio a Shepsenuré, era práctica habitual en aquel tipo de celebraciones. Los invitados se desinhibían totalmente y se abandonaban a los excesos sin que ello estuviera mal visto socialmente.

Gritos, risas y conversaciones en voz alta para poder hacerse escuchar, se entremezclaban formando una atmósfera ruidosa que a Shepsenuré le pareció molesta. Así que, se encaminó hacia el centro de la casa donde había un hermoso patio rodeado de esbeltas columnas papiriformes. Aquel lugar también se encontraba concurrido pero, al menos, las palabras volaban libremente hacia el cielo de la noche estrellada, logrando que el ambiente fuera mucho más agradable.

Vio a Ankh en una de las esquinas, departiendo con el visir y otro individuo de aspecto sirio, animadamente. Por un instante sus miradas parecieron cruzarse, aunque el escriba no hizo gesto alguno de que así fuese.

También el patio se encontraba rodeado de mesas llenas de manjares, y Shepsenuré se acercó a una de ellas, sólo ya movido por la gula. Y es que tenían pasteles de hojaldre rellenos de miel y pasas, algo a lo que no era capaz de resistirse; así que cogió uno, aun sabiendo que ya no había demasiado sitio para él en su saturado estómago. Después, distraídamente, vagó entre las columnas con el pastel en la mano, hasta que llegó a una terraza de la que nacía una escalinata que conducía al jardín. Le pareció el más hermoso de cuantos había visto. Rodeado de una rica variedad de plantas, Shepsenuré pudo distinguir acianos, adelfillas y las altas malvarrosas con sus hojas acorazonadas de color encarnado y blanco; sin embargo, el olor que identificaba era el de los alhelíes, que llegaba claramente a su nariz, suave y fragante.

Cerró los ojos e inspiró profundamente aquel perfume sutil hasta casi quedar embriagado; luego lo expulsó suavemente a la vez que se llevaba aquel pastel a los labios y abría los ojos satisfecho. Fue entonces cuando vio a Men-Nefer.

Shepsenuré quedó hechizado la primera vez que sus ojos se encontraron. Fue como por casualidad, aunque naturalmente no lo fuese. Men-Nefer no hacía nada casual; todo en sí misma tenía un fin.

Mientras el egipcio se llevaba mecánicamente el bocado a la boca, sus ojos seguían fijos en aquella mujer; tan hermosa era, como nunca imaginó pudiera existir otra igual. Sus ademanes eran lánguidos y elegantes, y ejecutados con tal naturalidad, que ni la misma diosa Bastet hubiera podido superarlos. Rodeada por una corte que no cesaba de adularla y a la que dominaba inmisericorde, Men-Nefer les regalaba su risa que era el cielo mismo en el que Ihy tañía mil instrumentos*; y lo hacía en su momento, justo cuando debía.

Los constantes halagos los oía sin escuchar. De vez en cuando cogía con parsimonia su copa y se la llevaba a los labios lentamente hasta mojarlos dándoles todavía más vida. Éstos eran carnosos y sensuales, ni grandes ni pequeños, y cuando imperceptiblemente pasaba su lengua por ellos lucían plenos, perfectos. A veces, con gesto estudiado, se ajustaba el cono de cera perfumada sobre su peluca de una manera tan natural, como el mismo pestañeo.

—Cuesta resistirse, ¿verdad?

Shepsenuré volvió su cara con expresión de quien ha sido sorprendido, masticando el último pedazo de pastel.

—No, no debes incomodarte —continuó su interlocutor en tono

---

* Dios de la música. Conocido en los Textos de los Sarcófagos como «El Tocador del Sistro». Solía tocar para el resto de los dioses.

conciliador—. A todos nos pasa lo mismo; a veces dudo de hasta que sea mortal.

Hubo unos momentos de silencio mientras Shepsenuré tragaba el último bocado y miraba con curiosidad al extraño.

—Perdóname por no haberme presentado —dijo éste poniendo una expresión de despistado—. Mi nombre es Irsw y creo que, como tú, soy un rendido admirador de esa diosa.

—Soy Shepsenuré, y en cuanto a ella, es la primera vez que la veo.

—¡Cómo! ¿No conoces a Men-Nefer?

Shepsenuré negó con la cabeza.

—Bueno, sólo has necesitado un momento para notar su hechizo. Ese cuerpo tiene más poder que todos los altos cargos que hoy se encuentran aquí.

Shepsenuré le observó un momento. Era un hombre grueso de hinchados mofletes, adornados por una fina barba como la que usaban los sirios. Hablaba con una voz muy pausada y su tono era cordial y amable.

—¿Ves todos esos que la rodean como moscones? —preguntó haciendo un ademán con una de sus gordezuelas manos—. Son hombres que han perdido su alma ante ella.

Shepsenuré le miró con ironía.

—No, no te burles. Créeme si te digo que esa mujer es la más pérfida de las criaturas, capaz de convertir al hombre más cabal en su esclavo. En ningún lugar del mundo he conocido a alguien como ella.

Shepsenuré volvió a mirar a aquella mujer.

—Y todavía no la has oído hablar —oyó decir a Irsw—. Sus palabras penetran en tu corazón como el peor de los venenos, atenazándole e impidiéndole razonar.

—¿Y dices que allá donde va siempre la espera una corte de admiradores? —preguntó Shepsenuré.

—Así es, y te aseguro que ninguno es un cualquiera. Hasta el príncipe Parahirenemef la ha cortejado.

Shepsenuré puso una expresión de ignorancia.

—¿Tampoco conoces al príncipe?

—No.

—Es un asiduo en las fiestas de la ciudad, aunque hoy no haya venido. Es k_dn_* en la Gran Cuadra de Su Majestad Ramsés III, y un afamado galán. Él también sucumbió ante sus encantos. Dicen las malas

---

* Recordar que era conductor de carros.

lenguas —continuó acercándose para hablarle en voz baja— que hasta su padre, el divino faraón, tuvo que intervenir para quitársela de la cabeza.

—¿Tan obsesionado estaba?

—Obsesionado y lo que es peor, despilfarrador. Nunca hay suficiente riqueza para ella.

—Observo en tu tono cierto rencor.

—Es posible. Yo fui uno de esos hombres sin alma de los que te hablé. Con la primera mirada ya me embrujó y con el primer beso...

—¿Acaso tuviste amores con ella?

—Por supuesto, y casi me cuestan la ruina. Si dejas que esa mujer te acaricie, estás perdido. Por una noche de amor con ella estuve tentado de darle todas mis riquezas. Pero me cuesta creer que no hayas oído hablar de ella.

—La única Men-Nefer que conozco es nuestra ciudad.*

—Pues ella se llama igual; será porque su significado le va como anillo al dedo. Siempre se la ve igual de hermosa.

—¿Y es de aquí?

—Nadie sabe realmente de dónde procede, aunque es egipcia. Un día bailó en una celebración en el palacio del *Seshena Ta* (el comandante en jefe de la región) y desde entonces es asidua de la noche menfita. A propósito, te diré que nunca he visto a nadie bailar como ella.

Shepsenuré volvió a mirarla mientras pensaba en lo que aquel hombre le había dicho.

—¿Dónde vive? —le preguntó de repente.

—Tiene una pequeña villa junto al río, rodeada de altos muros, como si en cierto modo quisiera guardar celosamente su intimidad de los demás. Ella se muestra sólo cuando lo desea.

—¿Y vive sola?

—Je, je, je... ¿ya te estás haciendo ilusiones, amigo?

Shepsenuré hizo un mohín de disgusto.

—No te molestes —terció Irsw—, a mí también me ocurrió igual. Pero sólo por saciar tu curiosidad, te diré que vive con su servidumbre y dos esclavos nubios gigantescos que la acompañan allá donde va; ah, y aparte están sus gatos.

—Comprendo —dijo el egipcio.

—No estoy muy seguro. Al decirte gatos me refiero a toda una legión de ellos. Parece que fuera sacerdotisa de Bastet y su casa, su templo.

* Menfis viene de ese nombre. Men-Nefer quiere decir «belleza estable».

Shepsenuré iba a contestarle cuando, súbitamente, el sonido de la música se elevó invadiendo todas las dependencias de la casa casi con estruendo.

El arpa, que había sonado tímidamente toda la noche, fue devorada de improviso por una música trepidante. Flautas, gargaveros*, sistros y tambores se unieron en un ritmo frenético que de inmediato contagió a los asistentes.

Shepsenuré y su nuevo amigo se dirigieron a la gran sala donde se encontraba la orquesta. Casi no se podía entrar, pues todos los invitados habían acudido a ver el espectáculo. Los músicos eran muy buenos y se veía que llevaban mucho tiempo tocando juntos, pues se compenetraban perfectamente tanto en la música como en los movimientos que realizaban.

Con la segunda pieza salieron las bailarinas entre aplausos y aclamaciones. Eran muy jóvenes y comenzaron de inmediato a mover sus núbiles cuerpos al compás de aquella música. Mientras lo hacían, movían sus cabezas haciendo que el largo cabello, peinado en múltiples trenzas, pareciera querer volar en círculos. Bailaban con una gracilidad que a Shepsenuré le pareció asombrosa, mientras el ritmo de la música iba en aumento y sobre el que ellas, parecían cabalgar. Ensayaban movimientos inverosímiles, adoptando posturas inauditas y haciendo gala de una flexibilidad que sólo ellas parecían poder tener. Luego siguieron con acrobacias a las que tan aficionado era el pueblo egipcio, y que realizaban con una facilidad pasmosa, adecuándolas al ritmo que estaba sonando. Enlazaron pieza con pieza, cambiando su coreografía en función de la música, sin apenas dar muestras de agotamiento.

Al terminar tan exacerbada danza, las jóvenes desaparecieron por entre el público, y alguien gritó por encima de las aclamaciones.

—¡Que baile Men-Nefer, que baile Men-Nefer!

Enseguida su petición pareció hacerse eco entre los presentes que a su vez empezaron a corear su nombre.

Entonces la música cambió, haciéndose más lenta y cadenciosa.

—Men-Nefer, Men-Nefer —se oía en toda la sala—. Que venga Men-Nefer.

Al poco, parte de los invitados se movieron para dejar un pasillo de acceso al salón, y de inmediato surgieron varios hombres con los brazos en alto sobre los que, acostada, llevaban a Men-Nefer.

* Instrumento que consta de dos flautas unidas en una sola embocadura.

Esta vez los asistentes prorrumpieron en atronadores aplausos, de nuevo enardecidos ante lo que se avecinaba, mientras aquellos hombres, depositaban a la mujer con suavidad en el suelo.

Comenzaron a sonar entonces los tambores despaciosamente, acompañados por los sistros y las panderetas mientras, en el suelo, estirada y con el cuerpo ladeado, Men-Nefer levantaba lentamente una de sus piernas. La elevó hasta la posición vertical y luego continuó moviéndola hacia su tronco, muy pausadamente. Cuando parecía que aquella mujer corría el riesgo de descoyuntarse, volvió su cuerpo apoyándose sobre su nuca, abriendo por completo ambas piernas hasta quedar totalmente horizontales.

La gente rompió a aplaudir mientras ella se levantaba suavemente volteándose sobre sus manos. Entonces comenzó a contonearse moviendo cada curva de su cuerpo al son de aquellos tambores. Ella misma los acompañaba tocando los crótalos, haciendo gala de una maestría, sólo adquirida tras muchos años danzando. Todos los allí presentes empezaron a tocar las palmas al compás, uniéndose a la orquesta como si fueran un miembro más de ella, mientras los hombres devoraban con su mirada a la danzarina a cada movimiento que hacía.

«Si hay algo que defina la palabra magnetismo, sin duda debe de ser esto», pensó Shepsenuré al verla bailar.

Sus ojos la seguían embobados sin poder sustraerse de ella, ¿o acaso no querían? Al egipcio le daba igual, sólo se limitaba a seguir cada parte de su cuerpo, el cual movía con una sensualidad que surgía como una luz que luego dispersaba a su antojo por toda la sala.

Entonces fue cuando empezó a mover su vientre con oscilaciones que parecían convulsas agitaciones nacidas en lo más profundo de su ser. A su vez, sus manos abrieron levemente su túnica por la que asomó una pierna de formas perfectas, de muslo redondeado y terso, y en cuya parte interna, Shepsenuré creyó adivinar un tatuaje. Aquellas piernas debían poseer la solidez de mil columnas y Shepsenuré deseó de inmediato poder estar entre ellas.

Men-Nefer finalizó ofreciendo una demostración de dominio absoluto sobre cada músculo de su cuerpo, haciéndolos mover a voluntad; justo cuando ella quería.

Shepsenuré empezó a notar que se sofocaba. La temperatura en la sala había subido, sin duda debido a la cantidad de gente que allí se encontraba, y por si fuera poco, los múltiples perfumes provenientes de los conos derretidos de las señoras llegaban a él en desagradables vaharadas que le hicieron sentirse algo mareado; y además, estaba Men-Nefer.

Cuando ésta dio por terminada su danza y todos los presentes prorrumpieron en una estruendosa ovación, Shepsenuré ya estaba loco por ella, pero tan indispuesto, que se abrió paso para salir al cercano jardín a respirar un poco de aire fresco.

Irsw le vio abandonar la sala apresuradamente y sonrió enigmáticamente.

Sentado en la escalinata que bajaba desde la terraza, Shepsenuré recuperó poco a poco su ánimo. Muchas emociones en una noche, para quien no estaba acostumbrado más que a discutir cada tarde con un viejo gruñón como Seneb. Él jamás pudo imaginar que un mundo tan diferente al que conocía habitase en la misma ciudad, y mucho menos que cada noche, en algún lugar de ella, ocurriera algo parecido a cuanto había visto.

Se recostó unos instantes apoyando ambos codos en el escalón superior a la vez que echaba un vistazo a un cielo, como siempre, pletórico de pequeñas luces.

El tenue sonido de apagadas pisadas le sacó de su ensimismamiento. Miró hacia la terraza de donde provenían, y creyó que el corazón se le paraba. A unos pocos pasos, recostada sobre la balaustrada se encontraba Men-Nefer.

Nunca supo como sus piernas pudieron levantarle con tanta presteza, ni de donde sacó el coraje para hacerlo, pero cuando se quiso dar cuenta se hallaba casi junto a ella.

Le extrañó verla sola, pues semejante diosa tenía todo el derecho de tener a sus pies cuantos hombres implorantes deseara. Quizás en aquella hora, ya casi de madrugada, había decidido transformarse por unos instantes en mortal, dando un respiro a su habitual corte de esclavos.

Daba igual; ahora Men-Nefer se encontraba a sólo unos pasos abanicándose lentamente, con su cabeza ligeramente levantada y sus ojos cerrados. De cerca, a Shepsenuré le pareció mucho más hermosa todavía.

—No creo que te alivie del calor, pues hasta el aire que te rodea tiene celos de tu belleza —dijo suavemente el egipcio.

Ella abrió los ojos sorprendida y miró a aquel extraño con curiosidad.

—Sheu no creo que se pare en tales consideraciones. A fin de cuentas es magnánimo con todos nosotros y nos permite respirar —contestó mientras continuaba abanicándose.

Shepsenuré sintió cómo aquellas palabras le envolvían por completo. Su voz era como la risa que, con anterioridad, ya había escuchado y que sólo Ihy podía crear. Se aproximó un poco más, dispuesto a embriagarse de ella.

—La opinión que tenía de Shu hasta esta noche era simplemente inexistente. Pero estoy dispuesto a cambiarla si, como parece, él permite que respires.

Men-Nefer lanzó una pequeña carcajada que al egipcio le pareció deliciosamente cristalina.

—Oh, déjame adivinar. Eres un devoto convencido de los dioses.

Nunca le había sonado aquella palabra mejor en su vida. Incluso en ese momento decidió que estaba dispuesto a creer en ellos, si era Men-Nefer quien se lo pedía.

Aquella mujer tenía una particular forma de hablar, pues arrastraba las _kh_ de forma singular; además, poseía un fuerte acento del sur que trataba de enmascarar, lo que la hacía dar a las frases una seductora entonación.

—Sin duda lo sería si me lo pidieras —contestó él al fin.

De nuevo ella rió como antes.

—Eres galante, pero te advierto que no soy dada al proselitismo.

—Podrías hacer algo mejor; declara directamente tu divinidad y tendrás cuantos adeptos te propongas. Yo mismo te seguiría, Men-Nefer.

—Ah, veo que me conoces. Pero el caso es que no creo haberte visto antes.

—Puedes estar segura, si no, el que no hubiera podido olvidar habría sido yo.

Ahora fue ella la que se paró a prestarle un poco más de atención, mirándole con calculado disimulo.

—Y sin embargo sabes mi nombre. En cada frase me siento halagada por ti...

—Shepsenuré.

—Shepsenuré. Extraño nombre, aunque me gusta.

Al oír su nombre por primera vez en sus labios, le pareció que nadie lo había pronunciado igual en su vida. Así debería sonar en boca de los dioses si alguna vez visitaba el paraíso.

—Es originario del sur, de Coptos. Tú también eres del sur, ¿verdad?

—¿Qué te hace pensar eso? —contestó ella endureciendo algo el semblante.

—Tu acento. Casi consigues enmascararlo, pero yo lo noto; al fin y al cabo soy de allí.

—Yo no soy de ninguna parte y soy un poco de todas —replicó ella enigmática—. Da igual.

—No lo dije con ánimo de molestarte. Creo que el acento del sur es el más bonito de todos.

—Tú desde luego no tratas de disimularlo.

—¿Para qué? La gente con la que normalmente trato no le da importancia a ese hecho.

—¿Y con qué gente tratas? —preguntó enseguida divertida.

—Con la que nunca viene a fiestas así.

—¿Y por qué lo has hecho tú?

—Por extrañas circunstancias —dijo con cierto tono misterioso.

—Pues yo las frecuento, ¿sabes? A ellas suelen acudir personas muy ricas e influyentes.

—Entiendo.

—No estoy tan segura —cortó sin apenas énfasis.

—Te equivocas. Conozco lo tortuosos que son los caminos. Pero debo reconocer que el venir aquí, ha sido una experiencia agradable.

Ella le miró un instante muy fijamente a los ojos, con una expresión que Shepsenuré no pudo determinar, pero que le hizo sentir desasosiego.

—Al principio resultan interesantes, pero acabas cansándote de ellas; suele acudir siempre la misma gente. La alta sociedad de Menfis es un círculo muy cerrado, siempre restringido para todos los que no son como ellos.

—Según parece tú eres bien recibida.

—En el fondo son como la gente que tú conoces. Ellas envidian mi belleza y ellos se vuelven locos por disfrutarla. Yo no pertenezco a más círculo que al mío y les utilizo en mi provecho tanto como puedo.

—Hablas como si tu corazón fuera duro como las piedras de nuestras estatuas.

Men-Nefer rió otra vez.

—¿Corazón? Yo no tengo. Doy y quito mis favores cuando me place. Nunca hago promesas, y menos en el amor. Quien quiera conocerme deberá estar dispuesto a darme lo que yo exija —dijo regalándole la más acariciadora de las miradas que Shepsenuré había recibido nunca—. Déjame tus manos —continuó con voz dulce.

Shepsenuré se las ofreció en un gesto mecánico. Men-Nefer las cogió entre las suyas acariciándolas con suavidad. Shepsenuré recordó al instante lo que el tal Irsw le había dicho tan sólo unas horas antes.

«Si dejas que esa mujer te acaricie estás perdido.»

Lo que sintió era indefinible. Unos dedos que le tocaban con sus yemas deslizándose, casi imperceptiblemente, pero que le transmitían la más placentera de las sensaciones. Le recorrían sus manos lentamente, difundiéndole una especial calidez.

«Éste es el refugio donde desearía dejarlas para siempre», pensó, notando que le costaba tragar saliva.

Ahora estaba tan cerca, que al mirarla a los ojos creyó sentir su respiración; suave, como todo lo demás.

Aquellos ojos oscuros e insondables, dominadores de todo cuanto contemplaban, recordaban a Shepsenuré esos pozos cuya superficie es difícil de adivinar, y en los que su profundidad es un misterio. Algo así ocurría con Men-Nefer, dueña de unos ojos que parecían esconder más de cien vidas y toda su experiencia.

Al pensarlo, Shepsenuré sintió un incómodo escalofrío. ¿Qué edad tendría esa mujer? Nadie lo sabía a ciencia cierta, y aunque lucía joven y lozana, parecía formar parte de Egipto desde hacía mucho tiempo.

—Posee el poder de los antiguos magos —se dijo el egipcio volviéndola a mirar a sus misteriosos ojos.

Reparó entonces en que éstos no iban maquillados con la usual línea negra de *mesdenet*, comúnmente conocido como *khol*, que rodeaba los ojos de los egipcios, sino con malaquita verde del Sinaí, el llamado *udju*; una sombra de ojos muy habitual durante el Imperio Antiguo pero que cayó en desuso después de la IV dinastía, hacía mil trescientos años.

—Me gustan los hombres que trabajan con sus manos —dijo ella melosa sacando a Shepsenuré de su abstracción—. ¿A qué te dedicas?

—Soy carpintero.

—Tu oficio es honorable y además formas parte del gremio de los artesanos, cuyo patrono Ptah es dios tutelar en esta ciudad.

—Vivo más que dignamente de él.

—Ya veo; no es muy corriente encontrar carpinteros invitados a este tipo de fiestas. De hecho es la primera vez que conozco a uno en ellas.

—¿Te sorprende el hecho, o sólo sientes curiosidad?

Ella rió suavemente.

—Ni lo uno ni lo otro —contestó—. Como te dije, es simplemente poco habitual. En fin —suspiró—, me agradas, Shepsenuré, es una lástima que no puedas permitirte una mujer como yo.

—¿Estás segura de eso? —preguntó él.

Men-Nefer se acercó un poco más hasta situarse en el límite que el decoro permitía y que le obligó a aspirar la delicada fragancia que salía de su piel.

—¿Acaso puedes? —inquirió mientras le miraba a los labios.

—Hagamos la prueba —respondió él aproximando los suyos hasta quedar tan próximos como era posible sin tocarlos.

Ella recorrió su cara hasta los ojos, con una mirada que parecía perezosa. Los dejó allí durante unos instantes, los suficientes, y después los volvió a bajar lentamente hasta su boca.

Shepsenuré sintió que su voluntad le abandonaba tan rápidamente que no dispuso de tiempo para poder controlarla. En tan sólo un momento, su boca había salvado la minúscula distancia que les separaba llevado de un impulso del que no era dueño; entonces sintió sus labios y él creyó enloquecer.

Sus brazos la rodearon atrayéndola con fuerza contra sí, sintiendo la peculiar tersura de su piel y la firmeza de sus formas, a la vez que notaba como los pechos de Men-Nefer se aplastaban contra él duros como arietes. Casi instantáneamente sintió cómo su miembro intentaba abrirse paso por debajo de su *kilt*, en una erección de todo punto incontrolable.

Men-Nefer se apretó ligeramente y acto seguido se deshizo de aquel beso separándose con habilidad.

Quedó entonces frente a un Shepsenuré que, enardecido, respiraba con dificultad.

—Sería de un pésimo gusto continuar, ¿no te parece?, y una ofensa para la casa de nuestro anfitrión.

Shepsenuré era incapaz de articular palabra, así que no contestó, concentrándose en recuperar su pulso normal.

—Khepri se abrirá paso dentro de poco —dijo ella señalando el horizonte— y deseo saludarle desde mi casa antes de ir a dormir. Ya es hora de que me marche.

Shepsenuré la agarró por una de sus muñecas.

—Espera, al menos dime si puedo verte otra vez.

—Quién sabe —contestó ella—. Los dioses son caprichosos con nuestro destino.

—De ninguna manera creo en eso.

—¿De veras? —dijo riendo otra vez—. Pues haces mal.

—Dime solamente si puedo visitarte —continuó él con la voz todavía afectada por el ardor que sentía.

—Eres directo, Shepsenuré. En verdad que me agradas, quizá pudiera...

—Pídeme lo que desees —cortó él.

—Ja, ja, ja. En eso no puedo ayudarte Shepsenuré, pues nada te pediré. Deberás ser tú quien me sorprendas. Sólo entonces te amaré.

Con un movimiento de su brazo se deshizo de la mano del egipcio dedicándole de nuevo la más acariciadora de sus miradas. Después atravesó la terraza con el suave movimiento que imprimía a sus curvas al andar y desapareció en el interior de la casa.

Shepsenuré se sentó en los cercanos escalones todavía con la respiración entrecortada, observando el cercano jardín. Nunca en su vida pensó en que algo así pudiera ocurrirle. Su corazón era un torbellino de pasiones que él mismo desconocía; pero le daba igual, pues esa noche había conocido a una diosa. Si el paraíso existía debía estar habitado por seres así, por tanto estaba decidido a recibir un anticipo; tenía serias dudas respecto a que si los Campos del Ialu fueran reales, él fuera admitido en ellos.

Miró hacia la línea del lejano este por donde ya clareaba. Ra anunciaba de nuevo su llegada y los primeros trinos comenzaron a escucharse cuan jubiloso saludo. Shepsenuré se quitó las molestas sandalias y se incorporó dando un suspiro. Bajó por la escalera que daba al jardín, y lo cruzó por el camino que llevaba a la puerta exterior convencido de que amaría a aquella mujer al precio que fuera.

Cuando salió a la calle, las sombras desaparecían; dentro, en la casa, todavía sonaba la música.

Al día siguiente, a la caída de la tarde, Shepsenuré abandonó la ciudad camino de Saqqara. Eligió las calles más concurridas para mezclarse entre la gente y así pasar desapercibido. A aquella hora la carretera principal que conducía al sur se encontraba muy transitada, por lo que no le fue difícil confundirse entre aquel ajetreo.

El crepúsculo le sorprendió junto a todos aquellos caminantes que, en su mayoría, regresaban a la ciudad, y aprovechó la creciente oscuridad para, en un recodo del camino, dejar éste y encaminarse hacia la cercana necrópolis. Ascendió por las todavía cálidas arenas hasta los cercanos farallones, y allí se detuvo durante un buen rato. Era ya noche cerrada cuando continuó su camino, convencido de que nadie le seguía, en dirección al escondrijo. Hacía mucho tiempo que no se aventuraba por allí y, sin embargo, volvió a sentir la extraña familiaridad de antaño al caminar por aquellos parajes.

Tardó en encontrar el lugar, aunque después se sintiera satisfecho al ver que todo estaba tal y como lo dejó en su día. Tras cerciorarse de nuevo que se hallaba en la más completa soledad, quitó la arena que tapaba el acceso al viejo pozo y se introdujo en él. Encendió su lamparilla, y su tenue luz se esparció por el lúgubre agujero. El egipcio se extasió durante unos instantes con el brillo del oro y las piedras preciosas.

«Todavía hay oro suficiente como para amar a Men-Nefer durante toda mi vida», pensó satisfecho mientras recreaba su vista entre aquellos tesoros.

Una verdadera fortuna que ya casi había olvidado y que mantenía oculta bajo las arenas de aquel desierto.

Se movió despacio entre tanta riqueza, eligiendo las joyas que le parecieron más adecuadas. Piezas de gran valor pero pequeñas, para así facilitar su transporte. Cogió las suficientes como para contentar a la más exigente de las princesas, y las guardó en unas alforjas que había traído para ello. Luego apagó su candela y salió como había entrado, sigiloso como una cobra. Todo quedó conforme estaba, borrando cuidadosamente las huellas que sus pies habían dejado; seguidamente desanduvo el camino de regreso a su casa. Era todavía de noche cuando llegó a ésta tras cruzar discretamente las silenciosas calles de Menfis. Puso las alforjas junto a su cama y se tumbó con ambas manos bajo la nuca suspirando complacido. Toda una retahíla de imágenes desfilaron por unos ojos cada vez más entrecerrados, dando a su cara la más dichosa de las expresiones; adelanto de prohibidos goces que hicieron sumirle al fin en un sueño de anhelos.

Cuando se despertó, Ra-Horakhty* hacía ya bastante tiempo que caía sobre Menfis. Tras desperezarse, se aseó concienzudamente y comió queso con miel, dátiles y un tazón de leche fresca. Luego se puso una camisa de fino lino con unas amplias mangas que llegaban hasta los codos, y un faldellín plisado que le cubría las rodillas y que estaba de última moda. Después se calzó aquellas odiosas sandalias, a las que no estaba acostumbrado, y empaquetó discretamente las alhajas que consideró oportunas en un amplio lienzo, que luego plegó sujetándolo con finas cuerdas.

Al salir de su casa sintió una emoción que le recordó a sus tiempos de adolescente, en los que cada descubrimiento que le ofrecía la vida le producía un efecto similar; sin duda estaba exultante. Mientras cami-

---

* En referencia a que era ya mediodía. Recordar que Ra-Horakhty representaba al sol en aquel momento.

naba calle abajo, le vino a la memoria la vieja canción que escuchó en casa de Ankh y se puso a silbarla jubiloso como un muchacho.

La tarde declinaba de nuevo creando juegos de luces en las calles que cruzaba, difíciles de imaginar para quien no viviera allí. Se sentía tan contento, que aquella tarde estaba dispuesto a admitir que, en efecto, aquella luz era un regalo de los dioses a su pueblo.

Como ya empezaba a refrescar, el paseo fue muy agradable. Bajó casi hasta los muelles disfrutando de todo cuanto sus ojos veían; del olor de las especias, del alegre bullicio en que se convertía la calle según se aproximaba al río... Un poco antes de llegar a él, torció por una callejuela que discurría paralela, hacia el sur. Anduvo un largo trecho por ella hasta que las casas dejaron de apiñarse y la calleja se convirtió en un camino que transcurría entre altos cañaverales. Cruzó un pequeño puente que sorteaba uno de los brazos que salían del río, y enseguida vio la casa. Le pareció enigmática y solitaria, pues sólo se hallaba rodeada de frondosos bosques de plantas de papiro; además, había un extraño silencio que parecía envolver el paraje, haciéndole aún más misterioso.

El camino le llevó junto a un alto muro que rodeaba la casa, y Shepsenuré lo siguió hasta encontrarse con una puerta de dos hojas. Era de madera de cedro reforzada con múltiples chapas de cobre, que el egipcio acarició con cierta devoción. Al hacerlo, comprobó que una de las hojas cedía al contacto de su mano; la puerta se encontraba abierta.

Shepsenuré la empujó con cuidado, y lo que vio excedió con creces cuanto esperaba encontrar. Ante él se abría el más hermoso jardín que nunca hubiera visto, con tal variedad de plantas, que la mayoría le eran desconocidas.

Había un camino de losas de barro cocido que, desde la puerta, invitaba a adentrarse en aquel vergel y que serpenteaba en dirección a la cercana casa. A ambos lados del estrecho camino, y junto a la puerta, se alzaban dos grandes estatuas de la diosa gata Bastet. Estaban erigidas representándola con figura de mujer con cabeza de gata, en una de cuyas manos mantenía un sistro y en el otro brazo sujetaba un cesto*. Pero lo que más sorprendió al egipcio, no fueron las plantas ni las estatuas, sino los gatos. Sí, los gatos que le observaban con su felina cu-

---

* Esta diosa es representada bajo múltiples aspectos. Es guardiana del hogar, simbolizando la dulzura y la fecundidad y, asimismo, se puede transformar en leona si se encoleriza.

riosidad y que se encontraban por todas partes. Nunca en su vida había visto tal cantidad de gatos juntos, ni de tan distintos tamaños y colores. Parecían haber salido de cada rincón oculto de aquel jardín, para interesarse por el intruso que entraba en él. Shepsenuré permaneció inmóvil un momento contemplando tan inusual escena. Ellos a su vez, le seguían mirando atentamente, muy quietos; como calibrando la naturaleza de aquel extraño que se entrometía en su territorio. Poco después, un gato mucho más grande que el resto se abrió paso dirigiéndose hacia él. Era de color negro y su pelo lucía tan lustroso que parecía recién cepillado. Al aproximarse, Shepsenuré comprobó que era una hembra.

El animal se situó junto a él rozando suavemente sus pantorrillas y después dio una vuelta sobre el egipcio sentándose justo enfrente. Alzó su cabeza y miró directamente a sus ojos. Shepsenuré se sintió fascinado por los ojos de la gata. Eran grandes y de un extraño color verde, como nunca había visto con anterioridad en ningún minino. Además, el animal le miraba tan fijamente que cualquiera pudiera pensar que intentaba leer en el fondo de su corazón.

Súbitamente la gata se irguió estirándose perezosa, y dando la vuelta se alejó con paso silencioso, desapareciendo al punto entre unos arbustos de alheña. El resto de gatos, entonces, se dispersó como por ensalmo sin emitir un solo maullido, dejando el camino expedito al extraño.

Shepsenuré lo siguió a la vez que empezó a experimentar una insólita sensación de bienestar. Conforme se adentraba, el aire se llenaba del embriagador perfume que todas aquellas plantas exhalaban para él. Llegó a una pequeña rotonda y se encontró con varias mujeres que estaban encendiendo lámparas que iluminaran aquel jardín, pues ya la noche galopaba imparable hacia Menfis. Le sonrieron amablemente y continuaron aplicándose a su tarea sin decir una palabra.

«Qué extraño silencio señorea en este lugar —pensó Shepsenuré mientras seguía caminando—. Ninguna de estas mujeres me ha preguntado por mi visita, y ni siquiera conversan entre ellas.»

El final de aquel sendero le vino a sacar súbitamente de su cavilación, pues justamente enfrente se alzaba la casa.

Era una gran casa de piedra desgastada por el tiempo y que, sin embargo, conservaba intacta toda la gracia que el arquitecto que la había diseñado le confirió. Al verla, Shepsenuré se quedó algo perplejo, pues las viviendas se hacían con adobe o ladrillos, dejando la piedra sólo para los templos y monumentos. De hecho, la entrada principal le recordaba a los kioscos; las pequeñas capillas que, a veces, los faraones levantaban en honor de algún dios.

«¡Una casa de piedra! Ni los faraones construían sus palacios con ella», pensó mientras ascendía por los peldaños de la escalinata que daba acceso a la entrada.

La puerta, como le sucediera anteriormente, también se encontraba abierta y al empujarla, sus goznes hicieron un suave chirrido.

Shepsenuré vaciló un momento; mas fue entonces cuando el insólito silencio que todo lo parecía ocupar se vio roto por el dulce sonido de una lira. Se oía lejano, pero a Shepsenuré le pareció la mejor de las invitaciones, y entró en la casa.

Se halló entonces en una amplia sala iluminada con múltiples lamparillas, que otorgaban una tenue luz al ambiente, haciéndolo muy acogedor. En un rincón se quemaba incienso en un gran pebetero que enseguida Shepsenuré aspiró con satisfacción, pues su olor le era muy grato. Atravesó la estancia respirando profundamente y salió a un gran patio columnado, que de nuevo le sorprendió. Estaba lleno de plantas de las mismas extrañas variedades que había visto en el jardín y que producían, entre todas, aquel perfume sin igual. Las columnas que lo rodeaban eran también muy hermosas y al acercarse, Shepsenuré comprobó que eran palmiformes; un tipo de columna de fuste cilíndrico que tenía un capitel formado por nueve hojas de palma atadas por sus tallos. Sin duda un tipo de columna ya en desuso, y que Shepsenuré recordaba haber visto entre los restos del templo de Unas en Saqqara.

«¡Una columnata como las construidas por los faraones de la V dinastía, en una vivienda privada de la XX!», volvió a pensar admirado. Todo le resultaba cuando menos insólito.

Cruzó el patio siguiendo los acordes de aquella lira ahora cercanos, y volvió a entrar en una habitación parecida a la anterior en cuyo extremo pendían unos grandes visillos que permitían adivinar difusas imágenes suavemente iluminadas, justo al otro lado.

Al apartar aquellos sutiles velos con una mano, Shepsenuré abrió la puerta a un sueño que ni tan siquiera en la más feliz de sus noches, hubiera podido concebir.

Dioses inmortales que guiáis mordaces los inseguros pasos de los hombres. Dedos invisibles que mueven los hilos de destinos inciertos, invitándoles a participar en la gran representación en la que cada alma debe encarnar su papel sin saber el fin que les deparan.

He aquí a Shepsenuré, el ladrón de tumbas, hijo y nieto de ladrones, que movido por inexplicables resortes, ha sido inducido a participar en un juego cuyo resultado no es capaz de controlar, aunque él aún no lo sepa.

¿Era la irrealidad la que le daba la mano al traspasar aquellos velos, o su pasado fue un sueño del que acababa de despertar?

Shepsenuré sólo era capaz de percibir todo aquello que añoramos y a la postre perseguimos durante toda nuestra vida; paz, sosiego, bienestar y felicidad. Parecía que hubiera dejado su pesada carga en la habitación contigua sintiéndose ahora libre de opresiones, angustias o recelos. ¿Sería aquélla la entrada a los Campos del Ialu?

No recordaba que su alma hubiera sido pesada, ni que los cuarenta y dos jueces de los muertos hubieran juzgado sus pecados en el tribunal de Osiris. Pero sin embargo estaba allí, rodeado de todo lo hermoso que cualquier hombre pudiera desear; plantas exóticas, aire fragante, el murmullo de las aguas del cercano río que parecían arrullarle, la suave brisa, las notas de aquella lira y... Men-Nefer.

La vio extender un brazo invitándole a pasar, sonriéndole como sólo había visto hacer a ella; ligeramente recostada sobre un diván, representaba la sublime exquisitez.

Shepsenuré tuvo entonces consciencia de todo cuanto le rodeaba. De la hermosa terraza donde se encontraba, de la gran variedad de flores que por doquier le hacían llegar su oloroso aroma, de la escalinata que, un poco más allá, descendía hasta sumergirse en las aguas del Nilo, de la joven arpista que con sus gráciles dedos arrancaba aquellas notas a su instrumento, del diván de Men-Nefer situado justo en medio del mirador, y de la primorosa mesita de ébano con pequeñas incrustaciones de marfil, sobre la que había una bandeja repleta de grandes racimos de uvas y rojas granadas.

También advirtió la existencia de otras personas en las que no había reparado al entrar. Eran dos hombres de color, de gran estatura, poseedores de una formidable musculatura que brillaba voluble al capricho de las lámparas. Permanecían de pie junto a la pared, vestidos tan sólo con un pequeño *kilt*, que cubría su masculinidad.

—Sé bienvenido a mi casa, te estaba esperando —oyó decir a Men-Nefer.

El egipcio volvió la cabeza y se aproximó hacia ella.

Levemente inclinada, la mujer iba vestida con un sencillo traje de tirantes muy escotado que, debido a su posición, dejaba al descubierto uno de sus pechos. No llevaba pulseras ni collares, ni tan siquiera un anillo y sin embargo al verla de nuevo, Shepsenuré pensó que era la más rutilante de las estrellas.

—¿Cómo sabías que te visitaría esta noche? —preguntó al aproximarse a ella.

Men-Nefer rió, como siempre, cautivadora.

—Siéntate a mi lado y descansa; el camino desde tu casa no es corto —dijo mientras hacía una seña a la arpista para que se retirara—. ¿Quieres un poco de vino?

Shepsenuré asintió sentándose junto a sus pies, subyugado de nuevo por aquella voz.

—Te he traído un obsequio —dijo él haciendo un esfuerzo por salir de su mutismo.

Ella volvió a reír de nuevo.

—Te doy las gracias; puedes dejarlo sobre esa mesa —contestó mientras escanciaba el vino en una copa de traslúcido alabastro.

—¿No quieres saber qué es? —preguntó él sorprendido.

—No hace falta, sé que no serías capaz de visitar mi casa sin un presente propio de una reina —dijo ofreciéndole la copa.

—¿Reina dices? Ni a una diosa la agasajaría con más largueza que a ti. Aunque tú bien pudieras serlo; Hathor reencarnada no sería más bella.

Ella torció el gesto a la vez que endurecía apenas su mirada.

—Hathor, Hathor; debes saber que no es diosa de mi devoción, y los hombres la nombráis a cada momento.

—En ese caso no la mencionaré más, ¿quizá prefieres que cite a Bastet?

Ella le miró ahora con cierto fulgor en sus ojos.

—Bastet simboliza el principio de la variabilidad; algo inherente a mi naturaleza. Puede ser maternal y protectora o transformarse en una leona llena de cólera. Así soy yo.

—¿Por eso tienes el jardín lleno de gatos?

—Ja, ja, ja, ¿no fuiste tú el que habló de diosas reencarnadas? Comprendo que te resulte extraño.

—En realidad, todo aquí me resulta extraño; los gatos, este silencio...

—¿No te gusta el silencio?

—Suelo buscarlo en ocasiones.

—Pues en mi casa lo encontrarás siempre.

—No hace falta que lo jures. Ni uno solo de tus sirvientes abrió la boca cuando llegué.

Ella le miró de nuevo fijamente sin tan siquiera parpadear.

—Claro —dijo suavemente—, no pueden hablar.

—¿Tus sirvientes son todos mudos? —preguntó perplejo.

—No, es que no tienen lengua —contestó ella mientras se llevaba la copa a sus labios.

Shepsenuré sintió como un escalofrío le recorría la espalda.

—Ja, ja, ¿se te eriza el vello? No creerás que yo se la corté, ¿verdad?

El egipcio bebió un largo trago, pero no contestó. Ella le sirvió de nuevo más vino y después se reclinó voluptuosa.

—Decías que todo en mi casa te parece extraño. ¿Acaso yo también te lo parezco?

—Sí, extrañamente hermosa.

Otra vez aquella risa flotó en el ambiente.

Men-Nefer estiró una de sus piernas apoyando el pie sobre el faldellín del egipcio. Éste la miró algo azorado, pero ella lo introdujo por dentro de la falda y lo deslizó por su muslo.

Shepsenuré apenas pudo disimular un leve gemido a la vez que notaba cómo su miembro se desperezaba. Ella le miró implacablemente seductora adentrándose de nuevo en su alma como sólo ella sabía hacerlo.

Shepsenuré sintió aquel pie que acariciaba su muslo lentamente cada vez más cerca de su entrepierna, e introdujo sus manos bajo su falda cogiéndolo y situándolo sobre su *kilt*. Mas enseguida reparó en los dos hombres que seguían junto a la pared como estatuas de basalto.

Ella movió los dedos de aquel pie sobre la tela que cubría su miembro y sintió cómo se hinchaba al instante.

—No te inquietes por ellos, no se moverán de ahí —susurró Men-Nefer.

Él dejó salir un sonido gutural a la vez que asía aquel pie entre sus manos y se lo llevaba a sus labios. Era suave y perfecto, y lo empezó a besar con delicadeza a la vez que la miraba. Ella le observaba con complacencia mientras humedecía su boca voluptuosamente.

Shepsenuré entrecerró sus ojos y se introdujo aquellos dedos en su boca mordisqueándolos excitado. Ella se dejaba hacer a la vez que movía sus piernas agitada. En ese momento, él vio cómo la túnica se abría dejando al descubierto sus muslos torneados; Shepsenuré renunció entonces a aquellos dedos y ascendió con sus labios por las piernas que la diosa le ofrecía. En un interminable camino, subió y subió por ellas besando cada centímetro de aquella piel que le quemaba. Sus manos, nerviosas, levantaron un poco más la túnica, mostrando unos muslos fuertes y turgentes, en uno de los cuales había un pequeño gato tatuado. Shepsenuré hundió su cabeza entre ellos besándolos enardecido, casi frenético. Luego aquellas manos empujaron todavía más el vestido dejando al descubierto sus partes más íntimas.

El egipcio permaneció quieto durante breves instantes con su vista fija en ellas. Naturalmente, no era la primera vez que veía el sexo a una mujer, aunque sí a una deidad inmortal. Aquel pubis de un color claro como el del traslúcido alabastro, en el que no se adivinaba la menor existencia de vello, se le ofrecía como el más exquisito de los manjares que probar pudiera; era como un premio final a una vida llena de dificultades y aflicciones, o al menos así lo pensó, pues se abalanzó sobre él como el beduino del desierto hubiera hecho al encontrar un pozo de vivificante agua fresca.

Luego su corazón sólo fue un torbellino alimentado únicamente por pasiones descontroladas. Su boca se apoderó de aquella hendidura de color suavemente sonrosado, que lamió con desesperación a la vez que aspiraba con fruición su olor ligeramente almizclado, que le embriagó más que todos los jardines de Egipto juntos.

No supo cuánto tiempo estuvo allí, pues unas manos tiraron suavemente de su cabeza separándole de tan divino deleite.

«Cuán fugaz me parece mi gozo», pensó en un pequeño instante de lucidez.

Pero enseguida vio que aquella diosa jadeaba entre ahogados gimoteos y empujaba su cabeza hacia sus labios, uniéndose ambos entonces, en un beso en el que sus esencias quedaron fundidas en una sola.

En un momento de respiro, Shepsenuré se incorporó levemente despojándose de su falda. Luego, torpemente, se quitó su pequeño *kilt*, sintiendo de inmediato un inmenso alivio al desaparecer la opresión que ya le era insoportable.

Al hacerlo surgió su órgano enhiesto en toda su extensión. Shepsenuré se quedó sorprendido al ver como la sangre hinchaba las venas que lo recorrían y lo volvían tumefacto.

Miró a Men-Nefer y ella mostró una sonrisa de satisfacción al contemplarlo. Acto seguido, su delicada mano se apoderó de él y lo dirigió sabiamente hacia aquella secreta abertura símbolo de excelsos goces. Lo animó a entrar dulcemente a la vez que elevaba un poco sus caderas, y él notó cómo se deslizaba suavemente hacia su interior mientras unas piernas se entrelazaban en su cintura.

Ambos comenzaron entonces una alocada carrera sin ninguna dirección. Un paso suave que va creciendo paulatinamente hasta convertirse en un frenético galope, y que ninguno de los dos estaba dispuesto a abandonar hasta llegar a la lejana meta.

El oculto animal que Shepsenuré llevaba dentro corría desbocado por los abiertos campos de lo desconocido. Éstos sí eran los Campos del Ialu; éste sí era el paraíso, ya no le cabía ninguna duda, allí era donde quería acabar sus días. Si no había podido elegir su principio, ¿por qué no podía elegir su final? Al egipcio ya no le importaba nada, sólo quería prolongar aquel placer para siempre.

Mas nada tan efímero como eso. Al final unos cuerpos que se arquean, gritos mal contenidos e incontrolados espasmos; la espiral del placer que dejó tendido a Shepsenuré sobre ella, exhausto y jadeante todavía entre convulsiones.

Unos dedos acariciadores le recorrieron entonces la espalda haciendo mil arabescos sobre su piel; cálidos dibujos que él antes ignoraba que existiesen.

—Démonos un baño.

Aquellas palabras sacaron de su semiinconsciencia al egipcio que entreabrió los ojos remolón.

Ella le empujó con suavidad animándole a levantarse.

—A estas horas el agua está deliciosa; vamos a bañarnos.

Shepsenuré se incorporó con cierta desgana y enseguida ella se puso en pie. Mirándole afectuosamente, dejó caer su vestido al suelo y luego se dirigió a la escalinata que bajaba hasta el río. Él la vio alejarse, todavía amodorrado, contoneando sus firmes nalgas.

—Vamos, no seas perezoso, o ¿acaso pretendes dejarme sola en el agua? —oyó que le decía.

Por fin se irguió y caminó hacia aquella voz que le llamaba y a la que ya nunca podría negar nada.

Su cuerpo todavía chorreaba de sudor cuando se sumergió en el agua. Ciertamente estaba deliciosa; la sintió regeneradora y refrescante, como si insuflara instantáneamente fuerzas renovadoras en su sofocado cuerpo. Allí, el Nilo formaba una pequeña ensenada de aguas tranquilas, donde se podía nadar lejos de las fuertes corrientes del río.

Ella le llamó una vez más mientras chapoteaba, y él nadó presto hacia su voz.

—Eres un buen nadador —dijo recibiéndole entre sus brazos.

—En Coptos, pocos son los niños que no aprenden a nadar. Casi todos nuestros juegos los hacíamos en el río.

—Conoces bien el río, entonces.

—Un poco.

—¿Puedes sentir su poder?

—Claro, en él reside la verdadera fuerza de este país.

Ella le pasó los brazos alrededor de su cabeza y le besó.

—Hapy bendice la tierra de los faraones, ¿no es así? —dijo casi en un susurro—. Pero también puede ser peligroso y destructivo; es en cierta forma variable. Ésa es la esencia de la que te hablé antes y la que se halla en mí misma.

Shepsenuré la miró sin hacer mucho caso a sus palabras, sujetándola con sus brazos como si tuviera miedo a que desapareciera como un espejismo. Hasta la noche acompañaba aquel momento de máxima felicidad, con una luna completamente llena, que rielaba sobre el río con destellos plateados.

—Isis vela por tu felicidad esta noche —dijo ella leyéndole el pensamiento.

Luego más besos y caricias, miradas, suspiros...

Salieron del agua con las manos entrelazadas riendo como jóvenes enamorados y con sus cuerpos aún mojados se tumbaron de nuevo en el diván. Volvieron a acariciarse sin prisas, pues el tiempo se había detenido extrañamente para ellos. Un regalo más que Shepsenuré recibía aquella noche de su enigmático destino.

Fue ella ahora la que le cubrió el cuerpo de besos y hábiles roces que hicieron de nuevo despertar su virilidad, hasta sentirse poseído otra vez por la misma desesperación que antes.

Ahora fue Men-Nefer quien se sentó a horcajadas sobre él, acoplándose con destreza en el cuerpo del egipcio. Él puso ambas manos sobre sus caderas siguiendo el movimiento circular que la diosa empezó a imprimir con ellas. Otra vez la puerta de los sublimes goces se abría de par en par. De nuevo la sensación de liberación de todo cuanto de negativo había tenido su existencia; flotaba.

Se dejó llevar por Men-Nefer con aquel ritmo lento y acompasado hasta donde ésta quiso; al éxtasis absoluto. Próximo al paroxismo final, ella unió sus labios con los de él en el más apasionado de los besos imprimiendo una mayor cadencia a sus caderas. Cuando el cuerpo de Shepsenuré se estremeció agitado por los espasmos, Men-Nefer introdujo la lengua en su boca succionando con frenesí. El egipcio sintió claramente cómo una fuerza que le sobrepasaba se apoderaba de él y absorbía su esencia vital a través de aquellos labios. Era como si le despojaran de su voluntad y él asistiera impotente, sabedor de que nada podía hacer. Su *ka* surgía de lo más profundo de sus entrañas para abandonarle.

Tumbado en aquel diván con el cuerpo de aquella criatura todavía sobre él, se vio invadido por un irresistible sopor. Hizo vanos esfuerzos por mantener los ojos abiertos, mas éstos no obedecieron y sus párpados se hicieron cada vez más pesados. La última imagen que pudo retener fue la de Men-Nefer inclinada sobre él, mirándole fijamente con una luz que parecía no ser de este mundo, mientras gotas de agua de su mojado cabello caían sobre sus mejillas.

Era ya bien de mañana cuando Shepsenuré se despertó. El sol incidía directamente sobre sus ojos con toda la fuerza propia de las proximidades del verano. Se los protegió con una mano mientras trataba de incorporarse con dificultad. Regresaba de un sueño tan profundo, que tardó unos instantes en tomar conciencia de la realidad. Se sentó en el diván restregándose los ojos con ambas manos, y enseguida miró a su alrededor buscando a Men-Nefer; pero allí no había nadie más que él y el silencio.

Se levantó y se encaminó a la escalera que daba al río zambulléndose en sus aguas. Permaneció un buen rato sumergido mientras recuperaba una clara visión de cuanto había sucedido; reviviendo una noche que había sido quizá parte de un sueño. Después, salió del Nilo y se tendió un rato al sol para secarse. Se encontraba como nunca en su vida, descansado y libre de temores, pues una celestial criatura se los había quitado, creía que para siempre, haciéndole sentirse eufórico y vivificado.

Cuando sus miembros se despojaron de la humedad, se vistió y echó un vistazo en derredor. Pero a nadie vio, sólo al silencio levemente transgredido por el cercano murmullo del agua. La casa parecía deshabitada.

El egipcio abandonó el lugar como entró, solo. Las puertas, al igual que la noche anterior, estaban abiertas; mas esta vez ningún gato le despidió en el jardín.

Nemenhat y Nubet habían tenido su primera disputa. Todo se debía a la elección de la futura morada que ambos deseaban compartir, pues habían decidido casarse. Nemenhat había apalabrado una magnífica casa con amplios jardines, situada no muy lejos del emplazamiento del antiguo palacio de Merenptah; un lugar idílico sin duda, y que sin embargo no era del agrado de Nubet.

Ella se negaba a abandonar su barrio, aduciendo que no pensaba dejar de ayudar a los vecinos por el hecho de casarse.

—Los vecinos me necesitan a diario, y para algunos de ellos soy su única opción. Si me voy a vivir a esa casa, no podré atenderlos.

—Es la casa de nuestros sueños. Desde sus terrazas se puede ver el río, y allí la brisa del norte llega suave al atardecer. Tiene tantas habitaciones, que no tendremos que preocuparnos por el espacio cuando vengan los hijos. Además, los jardines que la rodean son muy hermosos, y hasta tiene un estanque.

—Te digo que aunque se tratara del mismo palacio del faraón, no lo desearía. Debes comprender que aquí hago una labor que nadie podría realizar si me marcho.

—Pero piénsalo, jamás tendremos una oportunidad como ésta. Una casa así no es fácil de encontrar.

—No hay nada que pensar, tienes que entender que nuestra vida no nos pertenece por completo. Esta gente me necesita, Nemenhat.

A partir de allí, la discusión se hacía interminable. Que si entonces es que no me quieres de verdad; que si antepones las necesidades de los demás a las de tu familia; qué pasará entonces cuando tengamos niños...

El enfado duró algunos días, pero a la postre ambos se reconciliaron pues se sentían profundamente enamorados. Nemenhat cedió y decidió que lo mejor sería que fuera ella la que eligiera la casa.

En otro orden de cosas, el joven estaba un poco preocupado. Había habido otra inspección en los almacenes de la compañía, en la que los funcionarios habían demostrado los mismos malos modos que la vez anterior. No hubo ninguna irregularidad que les pudieran imputar, pero la advertencia que alguien les mandaba, era diáfana.

Hiram, por su parte, movió sus influencias con mucha prudencia para hacer sus averiguaciones; pero en principio, en ningún estamento del Estado existía denuncia alguna contra él. Todo parecía ser obra únicamente del inspector jefe de aduanas del puerto; departamento con el que, por otra parte, Hiram siempre había mantenido buenas relaciones. Eso le hizo pensar que, seguramente, había otras personas detrás del asunto con oscuros intereses. Intentó hacer sus pesquisas, mas no obtuvo resultados pues aparentemente nadie sabía nada.

Alerta a cuanto ocurría, Nemenhat obraba con la máxima prudencia. Intuía que todo se debía al comercio de aquellas joyas, pero después que su padre le dijera que durante la fiesta no intercambió con Ankh más que saludos de bienvenida, se hallaba un poco desconcertado. Prefirió por tanto no hablar a Hiram de su antigua relación con el escriba, hasta que tuviera algún indicio sobre si él estaba detrás de la cuestión.

Por si esto fuera poco, había otro hecho que pesaba sobre su conciencia como la más incómoda de las cargas; era su oscuro pasado. Nemenhat nunca había imaginado que pudiera llegar a preocuparle tanto, y sin embargo así era. La proximidad de su boda con Nubet había despertado en él este sentimiento. No quería ni pensar en lo que ocurriría si la joven se enteraba que su futuro marido había sido un profanador de tumbas. Ni todo el amor que ella pudiera sentir le salvaría de la desgracia. Él, por su parte, había decidido ocultárselo para siempre, pues estaba convencido de que aquello formaba parte de un pasado que ya nada tenía que ver con él. Pero en su interior era consciente de que, en cierto modo, traicionaba a la muchacha encubriendo aquel pecado; era por eso que se sentía incómodo y malhumorado. Mas había tomado una decisión y no pensaba revocarla. Llevaría su pecado él solo y viviría con él durante el resto de sus días. Era, al menos, parte de la penitencia que sin duda algún día le impondrían los dioses.

Pero a pesar de todas estas inquietudes, Nemenhat se sentía desbordado de ilusión ante las perspectivas que se abrían en su vida. El casarse con Nubet y fundar una familia era su anhelo máximo en aquel momento y estaba convencido de que todos los problemas serían superados al compartir el amor de la joven.

Por otro lado, su trabajo con Hiram le proporcionaba más satisfacciones de las que nunca hubiera podido imaginar. Gracias a él había salido del extraño aislamiento que había significado su vida anterior, y le había proporcionado unos conocimientos, de otro modo imposibles de alcanzar, y de los que se sentía orgulloso.

Cada día cumplía sus obligaciones con el fenicio como si de su propia empresa se tratara; mas a la caída de la tarde, se despedía apresuradamente e iba en busca de su amada.

La encontraba siempre enfrascada en la preparación de algún compuesto o atendiendo a algún vecino aquejado con cualquier tipo de trastorno. Los intestinales resultaban ser los más frecuentes, y a Nemenhat le sorprendió ver el elevado número de parroquianos que eran portadores de parásitos.

Nemenhat la intentaba rescatar lo antes posible y daban un paseo como cualquier pareja de enamorados, haciendo planes para su futuro y llenando de promesas de amor imperecedero sus corazones; convencidos de que juntos serían felices para siempre.

Una tarde, mientras iba de camino a casa de Nubet, Nemenhat se encontró con Min. No fue un encuentro casual, pues el hombre de color llevaba un rato esperándole y así se lo hizo saber.

Hacía mucho tiempo que Nemenhat no le veía, aunque sabía de

sus andanzas por Nubet y por los comentarios que Seneb solía hacer de él. Su futuro suegro se enojaba muchísimo por lo que él llamaba falta de disciplina personal, y se resignaba por no poder hacer carrera de él.

—Es poseedor de todos los vicios —volvía a repetir cuando se le soltaba la lengua a causa del vino.

Y aunque exagerado, no le faltaba parte de razón, pues de sobra era conocida la afición por la bebida, el juego y las mujeres, del gigantesco africano.

Cuando, a menudo, regresaba casi al amanecer de sus juergas nocturnas, Seneb le reprendía con dureza amenazándole incluso con encadenarle, para evitar que se escapara en busca de aquellos placeres concupiscentes de los que, en ocasiones, hablaba el viejo horrorizado. Min solía aguantar la reprimenda mirándole con cara compungida y los ojos desmesuradamente abiertos sin decir una palabra. Luego su boca se abría mostrando la mejor de las sonrisas y Seneb quedaba desarmado por completo, pues sabía que detrás de aquel libertino se encontraba la bondad personificada. Aquel hombre les quería más que a nada en el mundo, y estaba seguro de que sería capaz de dar su vida tanto por él como por su hija, a la que adoraba. Además, se tomaba muy en serio su trabajo y le era de gran ayuda a la hora de practicar los embalsamamientos; aunque dicho sea de paso, su trabajo le había costado.

Atrás quedaban los tiempos en los que era mejor estar pendientes de él, como cuando cambió dos momias de lugar y se entregaron equivocadamente a sus familiares, o como aquella vez que al finado le habían fabricado un sarcófago de un tamaño algo más pequeño que él, y para solucionarlo, Min le quebró las piernas y le encajó en el ataúd lo mejor que pudo. Qué duda cabe que esto no era la primera vez que ocurría, incluso en las Casas de la Vida, a veces se hacían arreglos semejantes; pero a pesar de ello, esta práctica, a Seneb le horrorizaba.

—¿Dices que llevas un buen rato esperándome? —preguntó Nemenhat—. Pues sí que es una sorpresa, aunque me alegro de verte.

—Yo también me alegro —contestó Min con su voz grave mientras le echaba una de aquellas miradas, como de hermano mayor, que solía dirigirle.

—Voy hacia tu casa, ¿me acompañas? —continuó Nemenhat levantando la cabeza para poder mirarle.

El africano asintió y juntos comenzaron a caminar calle arriba.

Permanecieron en silencio durante un tiempo, en el que Nemenhat le observó con curiosidad. A su lado, el egipcio parecía un pigmeo, pues escasamente le llegaba a la altura de sus hombros, por otra parte, hercúleos, como todo lo demás.

Min cogió una cantimplora que llevaba y bebió un largo trago. Nemenhat vio el epiglotis del poderoso cuello moverse al dar paso a aquel líquido y cómo el sudor le corría por su rapada cabeza.

—¡Ah! —exclamó Min al terminar de beber.

Luego al ver que el joven le observaba, le volvió a mirar con cierta autosuficiencia.

—Es para los testículos, ¿sabes? —dijo al fin.

—¿De veras? —preguntó sonriendo Nemenhat—, no sabía que estuvieras enfermo de ellos.

—No estoy enfermo —dijo algo incómodo—. Es por el ajetreo.

Nemenhat lanzó una carcajada.

—Te ríes porque todavía no eres consciente de las necesidades reales de un hombre —exclamó con retintín.

Al joven le divertía escuchar a Min hablando en ese tono.

—Cuando se sufre tanto desgaste hay que ser precavido —continuó presuntuoso.

—¿Por qué?

—Los jóvenes de hoy en día no sabéis nada de la vida. Yo a tu edad ya te daba mil vueltas. ¿Acaso ignoras que la fuente de la que brota la vida puede secarse?

—¿Te refieres al *mu* (esperma)?

—A qué si no.

—Vamos, Min, todo el mundo sabe que el *mu* procede de los huesos.

—En eso estáis equivocados.

Nemenhat hizo un gesto cómico.

—Creéis que lo sabéis todo y no es así. En el pueblo del que procedo, cualquier chiquillo te explicaría que el semen viene de los *ineseway* (testículos).

Nemenhat le miró perplejo.

—Si dejas que la fuente se seque, se acabó; serás un hombre sin simiente.

—Pero por lo que veo, tú no tendrás ese problema.

—No —dijo torciendo el gesto malicioso.

—Y todo gracias al contenido de esa cantimplora que llevas. Bueno, dime al menos qué contiene.

—Eso no puedo hacerlo —contestó dándose ciertos aires de importancia—. Es una poción mágica y por tanto secreta. Me la recetó Nubet.

—¿Te la recetó Nubet?

—Sí, y a propósito, de ella quería hablarte.

Ahora el egipcio le miró extrañado.

—Según tengo entendido pensáis casaros.

—Así es.

—Te diré entonces que Nubet es para mí mucho más que una hermana; es una hermana a la que siempre cuidaré. Jamás permitiré que nadie le haga daño; ella sólo merece el bien. Quiero que sepas, que al casarte con ella contraes ciertas obligaciones conmigo; como por ejemplo, ser el mejor de los esposos.

—En eso te equivocas, amigo. Las obligaciones las contraigo yo conmigo mismo, pues nada hay más importante para mí que la felicidad de Nubet. Haré todo lo que pueda para lograrlo, te lo aseguro.

—Espero que seas un marido solícito y Nubet esté atendida como se merece.

—Ni una princesa estará mejor.

—Bueno, tampoco exageres. Sólo quiero que te portes con ella como un hombre.

Nemenhat levantó una de sus cejas.

—¿Crees que no seré capaz de satisfacerla?

Ahora fue Min quien lanzó una estruendosa carcajada.

—Me caes bien, Nemenhat; siempre me has sido simpático —exclamó cogiendo otra vez la cantimplora y bebiendo de nuevo—. Espero que tengáis hijos pronto.

—Al menos a mí nunca se me secará la fuente —contestó el joven.

De nuevo Min rió con estrépito.

—En realidad eres un hombre afortunado, aunque no creo que sepas todavía cuánto. Quizá no importe que te diga lo que contiene mi cantimplora; dentro de poco ya no será un secreto para ti —dijo ladino.

Nemenhat le sonrió sin decir nada.

—Te diré que el brebaje está hecho con ramas de sauce y ruda fresca machacadas con vino, aunque no puedo confesarte las proporciones. Confío en que sabrás guardarme el secreto ahora que vamos a ser hermanos.

Hacía ya tres años de la victoria sobre los «pueblos del oeste», cuando de nuevo inquietantes noticias llegaron al valle del Nilo. Rumores sobre gentes extrañas venidas de todos los lugares del Gran Verde, que parecían dispuestas a asolar todo el mundo conocido.

En el siglo XI a.C., una confederación de pueblos que habitaban los más diversos puntos del Mediterráneo, inició una ola migratoria que cambió por completo el mapa de aquel tiempo.

No era una agrupación de ejércitos la que se movía, sino pueblos enteros con sus mujeres, hijos y enseres, que invadieron el Asia Menor, arrasando todo a su paso como una horda imparable, haciendo desaparecer de la faz de la tierra todo vestigio de las naciones que, hasta ese momento, allí habitaban. Su destino final no era otro que el país de la abundancia por excelencia, Egipto.

Corría el octavo año del reinado de Ramsés III, cuando aquellas inquietantes noticias llegaron a oídos del faraón. Dada su gravedad, parecieron increíbles para el dios, pues hablaban de la desaparición de estados tan poderosos como el del Gran Hatti (hititas), enemigos ancestrales del pueblo egipcio a la vez que grandes guerreros; pero lamentablemente, el rumor resultó ser cierto. Como una enorme ola humana, aquellos pueblos invasores habían pasado por encima del Hatti, arrasándolo por completo; y ya nada quedaba de él.

Sus espías le habían informado que aquella enorme marea de extrañas gentes se desplazaban a través de Anatolia con destino a las tierras de Canaán; y que su meta final no era otra que el país de Kemet.

Otra vez los vientos de la guerra soplaban por Egipto impulsados ante el anuncio de inquietantes amenazas. La diosa Sejmet escuchaba colérica en sus templos las noticias que sus divinos heraldos le daban, a la vez que hacía crecer su terrible ira, transformándola en la más sanguinaria de las divinidades. Ella pondría en pie a todo el ejército de Egipto y le insuflaría su furia inaudita para acabar con semejante peligro; enjambre inconexo de gentes de las más distintas procedencias que avanzaban en tropel, con la idea de acabar con el país que un día crearon los dioses. Naciones que nadie había escuchado antes y a las que todos llamaban los Pueblos del Mar.

En aquel clima de creciente tensión, Nemenhat y Nubet celebraron su boda. El que debía ser el día más feliz de sus vidas, decidieron festejarlo rodeados de familiares, amigos e incluso vecinos, pues Nubet había invitado a todo aquel que lo deseara. El acto se celebró en la vivienda de los novios, una coqueta casa que Nubet había elegido no lejos de la de su padre, con un pequeño jardín en el que había dos sicomoros. El hecho de que el árbol sagrado creciera en el jardín fue determinante para su compra; «el mejor de los augurios», según dijo Seneb.

Nemenhat no tuvo nada que objetar; la casa era espaciosa y si bien no podía compararse con la que a él le gustaba, era una morada más que digna en la que esperaba poder ser feliz.

El que no podía disimular su felicidad era el padre de la novia que, eufórico, daba y recibía abrazos por doquier. También Shepsenuré estaba feliz de la unión de su hijo con la joven. Era necesario que Nemenhat rompiera por completo con su pasado, y nada mejor que aquella boda para empezar una nueva andadura junto a Nubet y crear su propia familia. Su sangre y la de su viejo amigo Seneb se unirían en nuevos vástagos; y eso le emocionaba. Incluso Hiram, que por supuesto había sido invitado, daba muestras de su alegría en aquel día tan señalado. A él, empedernido solterón, le pirraban las bodas, aunque no supiera si era por simple curiosidad o por ocultos anhelos nunca satisfechos.

Fue una fiesta entrañable en la que los asistentes comieron y bebieron hasta hartarse. Nemenhat había ordenado al efecto los más ricos manjares que pudieran degustarse, y que no hubieran desentonado en la mesa de ningún principal.

Nubet, que lucía especialmente hermosa, estaba feliz al recibir de todo aquel barrio al que ella amaba, sus bendiciones y deseos de la mayor de las venturas.

El novio, en presencia de los testigos, tomó a la novia y penetraron juntos en el que sería su hogar cogidos de las manos y en medio de jubilosas aclamaciones. Dentro, se hicieron el más hermoso de los regalos que hubieran deseado, y que no era sino ellos mismos, entregándose el uno al otro en la más excelsa de las comuniones, en la que ambos amantes quedaron unidos para siempre*. Después se unieron con el resto de los invitados para disfrutar de una fiesta en la que la música sonó hasta la madrugada y donde los novios sintieron las muestras del cariño que todo un barrio les brindó con alborozo.

Cuando, con la llegada del alba, los músicos se retiraron y el resto de los invitados se despidió, una enorme figura continuó solitaria en el jardín de la casa. Era Min que, tras su enésimo brindis, velaba por los enamorados decidido a ofrecerles su protección para siempre.

---

* En el Antiguo Egipto no existía ninguna liturgia especial para celebrar una boda. Era suficiente que los novios tuvieran la voluntad de casarse ante testigos, y entraran en su casa y yacieran juntos.

Después de aquella noche en casa de Men-Nefer, Shepsenuré continuó visitándola regularmente durante casi un mes. La imagen de la mujer permanecía tan vívida en él, que enseguida se convirtió en su obsesión hasta el punto de que en su corazón no había más cabida que para ella. En los momentos de lucidez, Shepsenuré se daba cuenta que se había convertido en un esclavo de las pasiones que sentía, mas le daba igual; una leve caricia de sus manos o un simple beso de sus labios eran suficientes para entregarse a ella por completo. El hecho de que su hijo se hubiera casado había aumentado todavía más su estado de ansiedad por Men-Nefer. Sería porque Nemenhat ya no le necesitaba, o porque había descubierto una droga mil veces más poderosa que el más fuerte de los licores y a la que no se podía resistir; o quizás ambas cosas a la vez.

Su dependencia de aquella mujer llegaba a extremos insólitos, pues tenía la sensación de no saciarse nunca de ella. Incluso cuando sus hermosas piernas le rodeaban la cintura haciéndole desbordarse en su interior, notaba que sus ansias no se calmaban. Cada noche que pasaba con ella, crecía más esa impresión de insatisfacción que le llevaba a entrar en una espiral de frenética pasión hasta quedar exhausto entre sus brazos.

Y al despertar, siempre la misma sensación de soledad y vacío, y la necesidad imperiosa de volver a poseerla una vez más.

Ella parecía adivinar todo esto y con habilidad le conducía una y otra vez a una efusión delirante que él no podía controlar y que a Men-Nefer le satisfacía.

Durante aquel tiempo, Shepsenuré visitó a menudo el escondrijo de Saqqara. Siempre aprovechando la llegada de la noche, vagaba por las arenas del desierto bajo la atenta mirada de una miríada de estrellas. Como siempre, cauteloso, se aseguraba que sólo ellas fueran testigos de sus actos. Llegaba, desenterraba cuanto consideraba oportuno, y regresaba siempre alerta con un nuevo botín entre sus manos.

Cuando se lo ofrecía, ella ni tan siquiera lo miraba. Simplemente lo aceptaba haciendo un gesto a uno de sus sirvientes para que lo cogiera. Nunca le hacía ningún comentario sobre los regalos y a él, por su parte, tampoco le importaba, pues estaba dispuesto a entregarle una tumba entera si así podía pasar el resto de su vida entre sus caricias.

Mas esa impaciencia que día a día le devoraba, le hizo ser menos prudente y, una tarde, decidió ir antes a la necrópolis con el fin de poder disfrutar esa misma noche de su amada con nuevos presentes.

Tomó las mismas precauciones que de costumbre dando caprichosos rodeos hasta adentrarse en el desierto. Una vez allí, observó cauteloso, cerciorándose de que no había nadie en las proximidades. El sol, aunque bajo, todavía permitía ver con claridad todo cuanto le rodeaba. Allí, no parecía haber nadie más que él.

Se sentó a la sombra que la decrépita pirámide de Sekemjet le proporcionaba en aquella hora, haciendo un último esfuerzo por esperar la presencia de la anochecida.

Recostado sobre una de sus piedras, la sombra de la pirámide se alargó más y más, y entonces Shepsenuré oyó un ruido. Fue casi imperceptible, pero lo oyó, y de inmediato su cuerpo se puso tenso y agudizó todos sus sentidos. Se mantuvo así durante un tiempo recogiendo cualquier sonido que la necrópolis le entregara y que tan bien conocía. Pero no escuchó nada. Se incorporó con cuidado y rodeó el monumento con sigilo en busca de algún intruso; sin embargo, no parecía que hubiera nadie más que él y la creciente oscuridad que ya empezaba a extenderse. Decidió que debía marcharse de inmediato, pero enseguida y como impulsada por artes extrañas, la imagen de Men-Nefer apareció de nuevo en su corazón tan real como si estuviese allí mismo. Shepsenuré cerró sus ojos a la vez que estiraba uno de sus brazos para acariciar a aquella diosa que se le presentaba tan vívidamente. Al volver a la realidad, el egipcio sintió un tormento insoportable.

Esa noche no estaba dispuesto a renunciar a ella bajo ninguna circunstancia, así que cogería cuanto pudiese y correría junto a Men-Nefer implorando otra vez los mil goces que sólo ella era capaz de ofrecerle, y que él quisiera que fueran eternos.

De nuevo afinó su oído, mas nada escuchó.

—Habrá sido alguna cobra saliendo de su nido en busca de caza —se dijo autoconvenciéndose de que estaba solo.

Decidió no perder más tiempo y sin más dilación desenterró el acceso al pozo y sacó de él cuanto se le vino a las manos. Luego, casi apresuradamente, volvió a dejar todo como estaba regresando sobre sus pasos mientras borraba cualquier huella. Entonces sintió un extraño escalofrío y tuvo el presentimiento de que no estaba solo. Se acurrucó intentando traspasar con sus ojos la oscuridad que ya era dueña del lugar, pero ésta no le permitió ver más allá de unos pasos. Se levantó y salió del lugar tan rápido como pudo hundiendo sus pies en una arena que, aquella noche, parecía tener unas manos que lo sujetaban e impedían ir más deprisa.

Escuchó aullar a un chacal muy cerca y notó cómo su vello se erizaba. Pensó que era Upuaut, el guardián de la necrópolis, que le inculpaba por toda un vida de ultrajes cometidos en sus dominios.

Shepsenuré abandonó Saqqara apresuradamente tomando la cercana carretera que conducía a Menfis. Después se dirigiría sin dilación a casa de su amada a la que se entregaría por completo.

Desde la necrópolis, los ojos de la noche le vieron alejarse cual alma perdida, hasta que la profunda oscuridad se lo tragó.

Aquella misma noche, Shepsenuré acudió a casa de Men-Nefer como el hombre del desierto lo hacía a los oasis. Era mucho más que un refugio para él, pues sólo allí sosegaba su espíritu, aunque sólo fuera durante unas horas. Acurrucado entre los hermosos pechos de la mujer, se abandonaba completamente a ella sin importarle apenas que su voluntad fuera ya sólo un recuerdo. Poco quedaba del hombre que durante años había arrastrado su existencia por el polvo y los cementerios, forjando un carácter indomable que le había conducido siempre por los caminos de la sensatez.

La amó desaforadamente, como tantas veces, hasta quedar exhausto y sentir de nuevo el extraño sopor que siempre se acababa por adueñar de él. Su cuerpo quedaba inerte y su discernimiento se diluía en abstractos conceptos que nada tenían que ver con él.

Los tres hombres hablaban animadamente en el cenador del jardín. El calor del día había dejado paso al liberador atardecer, que aliviaba los ardores de toda una jornada haciendo aquel lugar muy agradable. A los pies del kiosco, un pequeño estanque cubierto de nenúfares ayudaba a gozar un poco más del incipiente frescor que anunciaba la proximidad del crepúsculo.

El anfitrión, Irsw, sentado en un mullido sillón, estiraba sus rollizas piernas moviendo los dedos de sus pies como animándoles a desperezarse para disfrutar de aquella hora.

Como de costumbre cuando estaba de buen humor, no paraba de hacer chistes o comentarios jocosos sobre todo aquello que era tema de conversación.

Junto a él, la delgada figura de Ankh se solazaba asimismo en el delicioso jardín, aspirando sus aromas mientras trataba de identificarlos. Él también se encontraba de buen humor aunque, a diferencia de su amigo, no fuera proclive a demostrarlo con la misma facilidad.

El tercer hombre era también delgado y de expresión un tanto huraña, y se limitaba a asentir o negar con su cabeza o como mucho, a usar un monosílabo. Se llamaba Seher-Tawy* y era un conocido juez famoso por su severidad, que tenía desde hacía ya tiempo una estrecha relación con el escriba en la que existían oscuros intereses de por medio. Era un hombre con conexiones en las altas esferas de la Administración, pues su familia llevaba detentando cargos de importancia desde hacía varias generaciones. Su abuelo había sido *heka het*, es decir, gobernador del nomo de Menfis durante mucho tiempo, lo cual aprovechó debidamente para tejer un buen entramado de influencias que sus vástagos supieron aprovechar adecuadamente.

Él, sin ir más lejos, estaba adscrito al Gran Tribunal de Justicia para el Bajo Egipto, con sede en Heliópolis**, que le había conferido competencias en los Tribunales de Justicia locales.

Era, como se dijo antes, muy riguroso en los procesos y ostentaba la hazaña, por todos conocida, de ser el magistrado que más orejas y narices había mandado cortar en Menfis.

Los tres se habían reunido aquella tarde para tratar un asunto que les atañía directamente y que era necesario resolver.

—Me prometiste proporcionarme una muchacha y todavía no veo que vayas a cumplirlo —dijo Irsw recriminatorio.

—Debo reconocer que cuando te obsesionas por algo me agotas —respondió Ankh moviendo una mano con fastidio.

—Bueno, ya sabes que la paciencia no se encuentra entre mis virtudes.

—Ni la templanza.

Irsw rió con ganas.

—En eso he de darte la razón, pienso disfrutar de mis apetitos tanto como pueda.

Ankh sonrió suavemente ante el cinismo del sirio.

—No es mi deseo cambiarte esos hábitos; pero respecto a la muchacha deberás resignarte, al menos durante unos días.

—¿He oído bien? —replicó Irsw poniendo una mano junto a su oreja para escuchar mejor—. ¿Has dichos días?

—Así es. Puede que antes de lo que te piensas. Digamos que será

---

* Significa propulsor de la paz en las Dos Tierras (fue nombre de Horus del faraón Inyotef I)

** Durante la época del Imperio Nuevo, existían dos grandes Tribunales de Justicia. Uno para el Alto Egipto, con sede en Tebas, y otro en el Bajo Egipto constituido en Heliópolis. El visir supervisaba personalmente ambos. Luego existían Tribunales de Justicia locales, confiados a notables con competencia provincial.

mi presente por el éxito de esta operación. La trampa ya está lista para ser cerrada sobre una presa que debe ser cobrada de inmediato.

—Nunca dejas de sorprenderme, Ankh; eres implacable. Seher-Tawy debería considerar la posibilidad de utilizar tus servicios —continuó con su natural ironía.

El juez le miró con su habitual gesto agrio e ignoró el comentario.

—Aunque debo reconocer —prosiguió el sirio— que en esta ocasión alabo tu diligencia para acabar con esto cuanto antes.

—No sería justo vanagloriarme yo solo por ello. Todos sabemos muy bien quién ha sido el artífice del plan; incluso tú mismo te encargaste de acercar el cebo.

Irsw rió reservadamente.

—Al final todo salió tal como habíamos planeado —dijo Ankh—, y a la postre, cometió un descuido.

—Ya te dije que eso ocurriría —exclamó Irsw riendo—. Esa mujer les vuelve locos. A veces me pregunto si no será en realidad de otro mundo.

El escriba le miró enigmáticamente antes de proseguir.

—Sabemos donde guarda el botín de sus robos.

Irsw puso un gesto de sorpresa.

—Es más listo de lo que imaginábamos —continuó el escriba—. Lo ha tenido escondido durante todos estos años justo delante de nuestras narices. Nunca hubiéramos dado con el lugar si él no nos hubiera llevado. Eso fue lo que ocurrió hace un par de noches, cuando uno de mis hombres logró al fin seguirle sin ser visto.

—¿Y dónde es? —preguntó Irsw.

—En un pozo olvidado cercano a la vieja pirámide de Sekemjet. Os sorprenderíais si supierais la cantidad de alhajas que tenía allí guardadas.

Hubo un breve silencio antes de que Ankh continuara.

—Este hombre escondía no sólo la parte que le correspondió en el expolio de las viejas tumbas de los sacerdotes; también tenía cientos de objetos producto de sus antiguos robos en Ijtawy. Hay una considerable fortuna en ese pozo que, evidentemente, debe pasar a manos más apropiadas.

—Un paria dilapidando semejante tesoro, ¡qué blasfemia! —exclamó Seher-Tawy abriendo la boca por primera vez.

—Un tesoro que debe regresar a los dominios del divino Ptah al que por derecho pertenece, y donde será debidamente empleado.

Irsw soltó una de sus habituales risitas.

—Indudablemente —prosiguió Ankh sin hacer caso—, el templo no olvidará la inestimable ayuda recibida para la ocasión de dos conspicuos ciudadanos como vosotros; de tal suerte, que dará una generosa recompensa a tan insignes vecinos.

—¿Cómo de generosa? —preguntó Irsw distraídamente.

—Lo suficiente como para satisfacerte —contestó el escriba con cierta frialdad.

—¿Y cuándo piensas actuar?

—Todo está dispuesto. Esta misma noche ese hombre será detenido. Seher-Tawy se hará cargo de él sin dilación, ¿no es así? —inquirió Ankh.

—Me ocuparé de su interrogatorio personalmente —dijo el juez.

—Recuerda que no es conveniente que hable demasiado.

—No te preocupes por eso; no tendrá oportunidad de comprometer a nadie —dijo Seher-Tawy con un tono que a Ankh le pareció gélido.

—¿Qué harás con el muchacho? —preguntó Irsw.

—Je, je. Todo está preparado también para él. Deberá hacer frente a un destino que sin duda ignora.

—Lo tienes todo pensado.

—Todo se ejecutará con arreglo a la ley —continuó el escriba mirando a Seher-Tawy—. Mañana mismo, la compañía de Hiram sufrirá una nueva inspección en la que uno de los funcionarios hallará una joya comprometedora que, obviamente, él mismo habrá puesto y por la que el fenicio tendrá que responder. El juez se ocupará de él con la rectitud y severidad que le caracterizan, cerrando su empresa y confiscando sus bienes. Hiram será sometido a juicio sumarísimo. Podría decirse que éste es otro presente que te ofrecemos, Irsw. Te librarás de un colega, cuya considerable cuota podrás absorber. Mañana serás todavía más rico.

—Hiram tiene buenos contactos cerca del visir y...

—Hiram no tendrá tiempo de mover ningún hilo —cortó Ankh—. No hay posibilidad de defensa para él.

—Ya veo —musitó el sirio mientras miraba pícaramente a su amigo.

—En cuanto a ti, Seher-Tawy, tu prestigio, al ver desarticulada tan vil trama, subirá a los ojos de todos los notables de Menfis. El propio templo de Ptah estará tan orgulloso de ti, que te propondrá ante el Alto Tribunal de Justicia de Heliópolis para que entres a formar parte de tan elevado organismo, a las órdenes directas del visir.

Irsw aplaudió el final de la alocución.

—Espero gozar siempre de tu amistad, Ankh; te prometo mi devoción —dijo Irsw con sorna.

—Eso espero, pues necesito de tu influencia para la consecución del alto objetivo que pretendo —le contestó con la mirada más fría de que fue capaz—. Recuerda que una vez iniciada la partida, ésta debe jugarse hasta el final.

Dicho esto, Ankh y Seher-Tawy se levantaron de sus asientos y se despidieron de Irsw agradeciéndole su hospitalidad. Faltaba poco para el crepúsculo, y aquella noche tenían mucho por hacer.

Hiram recorría febrilmente cada rincón de su oficina recogiendo objetos y documentos, e introduciéndolos en bolsas. No podía ocultar su ansiedad, por lo que el suelo se hallaba cubierto por papiros y legajos que él mismo había desechado. De vez en cuando acudía a su ventana y se asomaba durante unos instantes inspeccionando la calle. Luego regresaba de nuevo a su tarea revolviendo estanterías y cajones.

La puerta se abrió de improviso y apareció Nemenhat. El fenicio le miró un momento, pero continuó con su faena.

—¿Qué ocurre? —preguntó Nemenhat observando todo aquel revuelo.

—Parece que los dioses han decidido despojarnos de sus venturas —dijo el fenicio mientras seguía buscando por todos lados—. Una gran amenaza se cierne sobre nosotros.

—¿Amenaza? No comprendo. Sería mejor que te calmaras y me explicaras qué está ocurriendo.

—¿Calmarme? Muchacho, estoy tan sereno que no pienso perder ni un solo instante, y tú deberías hacer lo mismo. Durante mi vida he naufragado lo suficiente como para saber cuándo he de abandonar un barco, y te aseguro que éste está a punto de hundirse.

—¿Abandonas la empresa?

—Los dos la abandonamos —contestó Hiram mientras paraba un poco en su febril rastreo—. En realidad no sé cómo no me he dado cuenta antes, debe ser que la soberbia es capaz de nublar las entendederas a los hombres más sabios. A veces creemos poseer un poder que nos hace inmunes a los peligros que siempre nos acechan, y no es así. La soberbia es mala compañera.

Nemenhat se recostó en la pared y cruzó sus brazos mientras le observaba.

—¿Recuerdas que te dije que había iniciado algunas averiguaciones a raíz de los registros que sufrimos? —preguntó el fenicio mientras volvía a revolver de nuevo.

—Sí.

—Pues las pesquisas han dado resultado, y te aseguro que éste no es halagüeño.

—Eres un hombre con muchas influencias, no creo que el inspector jefe de aduanas, tenga poder para hacerte abandonar tu empresa así.

—¿El inspector jefe? Ja, ja, ja. No sabes lo que dices; jamás se atrevería a hacer algo semejante. Él sólo se limita a sellar la orden de registro y nada más. Hay alguien tras él que ha urdido todo esto.

—¿Y supongo que sabrás quién es?

—Claro que lo sé —dijo Hiram deteniéndose de nuevo un instante mientras volvía su cabeza hacia él—. Nada menos que el templo de Ptah; un tal Ankh es quien parece manejar los hilos de este asunto.

—¿Ankh?

—Sí, ¿lo conoces?

Nemenhat no pudo ocultar su sobresalto y miró a Hiram con el rostro demudado.

—Sí, le conozco. Será mejor que te sientes, pues debo contarte una historia.

Nemenhat le contó todo lo que, con anterioridad, no se había atrevido. Cómo su padre conoció al escriba en una taberna de Ijtawy y de qué forma, directa o indirectamente, éste había entrado a formar parte de sus vidas. Le habló, por supuesto, de la sórdida existencia que habían llevado y de cómo Ankh había sacado provecho de ella. Cuando el joven terminó su relato, los ojos de Hiram eran como dos ascuas.

—Quizá debí contarte todo esto con anterioridad, pero debes comprender lo delicado que era este asunto. Además hace ya mucho tiempo que dejamos esa vida —se apresuró a decir el joven.

—¿Delicado dices? —intervino el fenicio aguantando a duras penas su rabia—. Ahora es cuando la situación es delicada. Si me hubieras hablado de ello antes, nada de esto habría ocurrido. Hubiéramos obrado con prontitud y ahora estaríamos a salvo; pero ya no hay tiempo. Nos imputarán el haber comerciado con las joyas, ¿sabes lo que ello significa?

Hubo unos momentos de silencio en los que ambos se miraron.

—Nunca debí haber entrado en semejante juego —prosiguió el fenicio.

Nemenhat bajó la cabeza apesadumbrado.

—Lo han llevado todo con sigilo —continuó Hiram— porque no les interesaba hacer un caso público con esto. Ellos desean recuperar las alhajas y después se desembarazarán de nosotros. ¿No pensarás que dejarán que cuentes en público lo que ocurrió? Lo tienen bien planeado. ¿Sabes quién instruirá la causa?

—No.

—Pues no es otro que Seher-Tawy. ¿Has oído hablar de él?

El egipcio negó con la cabeza.

—En la judicatura le conocen como «el carnicero», porque no hay ningún juez en el país que haya ordenado cortar mayor número de orejas y narices que él. Así que, si tienes apego a las tuyas, conviene que espabiles.

—¿Tú que vas a hacer?

—Irme de Menfis lo antes posible. Esta noche sale una nave para Biblos y pienso embarcarme en ella. Esto está perdido.

Nemenhat se sentó en una de las sillas desolado.

El fenicio, que le miraba de reojo, se acercó y se sentó junto a él.

—Escucha —dijo poniendo una mano sobre su hombro—. Ocurre que, en ocasiones, hacemos las cosas con nuestra mejor voluntad y sin embargo, éstas se nos acaban escapando como el agua entre los dedos. El destino es tan frágil, que cualquier decisión por simple que parezca puede cambiarlo por completo. No te apenes más; debemos afrontar lo inevitable para poder regresar al camino de nuevo. Gracias a este oscuro asunto te conocí, y he de confesarte que ello ha significado una alegría para mi corazón. Este viejo te quiere como al hijo que nunca tuvo.

Nemenhat le miró con los ojos velados por unas lágrimas que se resistían a salir, y se abrazó con el fenicio como si en verdad se tratara de su propio padre.

—Ahora debes obrar con presteza —dijo Hiram al separarse—, pues tu familia corre un grave peligro. Ve en busca de los tuyos; coged lo imprescindible y volved aquí. Tráelos a la fuerza si es necesario; os estaré esperando en el muelle a bordo de un barco de nombre *Cabires*. Todo está dispuesto; el capitán nos sacará de la ciudad esta misma noche.

Nemenhat se incorporó, todavía confundido por la gravedad de cuanto Hiram le había dicho, y enseguida pensó en su mujer y en su padre. Su padre... él sí que corría el mayor de los peligros; tenía que encontrarle de inmediato, antes de que fuera demasiado tarde.

—No pierdas un instante Nemenhat; y recuerda que os estaré esperando. Mas si no llegáis antes de que se anuncie el alba, tendré que partir sin vosotros.

—Gracias, Hiram —dijo el joven luchando otra vez con sus lágrimas mientras le volvía a abrazar.

Nunca le costaría al joven separarse tanto de un abrazo como en aquella ocasión. Sentía su corazón abrumado por infinidad de emociones imposibles de dominar, que le hacían continuar estrechando al hombre que, en cierto modo, había dado sentido a su insólita existencia.

Cuando por fin logró zafarse de él, fue incapaz de mirarle de nuevo a la cara. Ni una sola palabra pudieron pronunciar sus labios, simplemente porque no podía articular ninguna. Sólo tuvo fuerzas para darle la espalda y salir de la habitación apresuradamente.

Una vez en la calle, aligeró el paso sorteando las mercancías que, como de costumbre, se apiñaban en la dársena listas para ser embarcadas. Los muelles eran un hervidero aquella tarde. Por todas partes se veían a los trabajadores afanarse en su rutinaria tarea cubiertos de sudor, después de un día de duro trabajo. Asimismo, numerosos grupos de soldados confluían desde todos los puntos de la ciudad, marchando hacia los cuarteles situados en las afueras de ésta. El río también era testigo de la afluencia de miles de soldados que, desde el sur, arribaban en naves de transporte. Y en la calle, ese ambiente de inquietud similar al vivido apenas hacía tres años, que Nemenhat tan bien conocía.

Era extraño; Egipto estaba preparándose de nuevo para la guerra y, sin embargo, el joven apenas tenía conciencia de lo que se avecinaba. Los últimos acontecimientos le habían hecho perder la noción de cuanto le rodeaba, confundiéndole hasta el extremo de que sólo era capaz de pensar en el peligro al que estaban expuestos los suyos.

Mientras se dirigía a buen paso, calle arriba, a casa de su padre, trataba de poner un poco de orden dentro de toda aquella confusión. Las consecuencias del asunto se le escapaban, aunque era capaz de adivinar que serían, cuando menos, nefastas.

«¿Cómo reaccionará Nubet cuando sepa que he sido en realidad un vulgar saqueador de tumbas? Mejor no imaginarlo», se decía Nemenhat que ahora sí sentía su culpabilidad por no haberle confesado su pasado.

Pero, aun siendo éste un problema de envergadura, no podía ni compararse con el que planeaba sobre su padre. Ankh mandaría a sus hombres contra él lo antes posible; de eso estaba seguro, y no le cabía ninguna duda de cuáles serían sus intenciones. Si no le encontraba antes que ellos, Shepsenuré sería hombre muerto, pues el escriba jamás le daría una posibilidad para que pudiera involucrarle.

Esta idea le hizo sentir un escalofrío, y se llenó de temor ante la posibilidad de que su padre ya hubiera sido detenido. Se apresuró entonces cuanto pudo, mas la gran aglomeración de gente que había a esa hora en las calles le impidió caminar todo lo rápido que hubiera deseado. Soldados y más soldados saliendo de todas partes que se abrían paso a empujones si era necesario, ante la mirada temerosa de los vecinos que cuchicheaban sin parar sobre el nuevo peligro que se cernía sobre Egipto.

Las sombras ya eran pronunciadas cuando, por fin, Nemenhat llegó a casa de su padre. Entró apresuradamente en ella llamándole a voces repetidamente, pero nadie contestó. Sintió entonces cómo la angustia se apoderaba de él, y cómo se le formaba un pesado nudo en el estómago. Volvió a llamarle asustado mientras recorría las habitaciones en su búsqueda; pero no recibió respuesta alguna. Se llevó ambas manos a la cara presa de la desazón y emitió un gemido de desaliento.

«Debo encontrarle como sea», pensó mientras se encaminaba de nuevo hacia la salida.

Entonces, al pasar por la pequeña sala que daba acceso a la puerta de la casa, escuchó el sonido inconfundible de los pasos de unos pies descalzos que se aproximaban por su espalda. Se volvió de inmediato, justo para ver a un hombre que no conocía levantar un grueso garrote y descargarlo sobre su cabeza. Fue como si los abismos por los que Ra navega cada noche en su barca lo engulleran súbitamente, haciéndole formar parte de su oscuridad. Y sin embargo, durante el más infinitesimal de los instantes, fue capaz de darse cuenta de ello y de cómo el mayor de los vacíos se instalaba en él. Luego cayó al suelo pesadamente y enseguida la sangre que manaba de su cabeza empapó el piso de tierra prensada volviéndolo extrañamente oscuro.

Aquel día, Shepsenuré abandonó su casa a media tarde. Durante toda la jornada había estado pensando en Men-Nefer obsesivamente y no se creyó capaz de esperar al crepúsculo para ir a visitarla. Llevaba dos noches sin verla, y su ausencia le resultaba completamente insoportable. Sentía por ella la mayor de las dependencias y sólo por la mañana, después de haberse abandonado durante toda una noche, su *ba* parecía encontrar la paz necesaria.

Recorrió su camino de costumbre, sin apenas reparar en los soldados que, aquel día, iban y venían por las calles. Él ya no pertenecía a aquella tierra, su mundo era Men-Nefer y lo demás poco o nada le importaba.

Como en anteriores ocasiones, sentía ese punto de ansiedad que le subía desde lo más profundo de su ser y que no le abandonaba hasta que yacía, ya saciado de ella, bien entrada la madrugada.

¡Men-Nefer! Ni la mejor amapola* de Tebas podía tener un efecto comparable con ella.

Dejó atrás, por fin, las últimas construcciones de la ciudad y se dirigió por el camino que cruzaba el pequeño puente, en dirección a la casa. En ese momento sintió su corazón latir con mayor fuerza ante la proximidad de su amada. ¿O acaso no la amaba? Era curioso, pero nunca se había parado a pensar en ello. ¿Sería quizá porque ella se había convertido en una necesidad?

Caía ya el sol, cuando llegó junto a su puerta; la empujó y, como siempre, la encontró abierta.

Le recibió el silencio de costumbre, aunque esta vez no viera a ningún gato ni sirviente en el jardín. De nuevo aquella enigmática soledad que parecía envolver la villa y que tan incómoda se le hacía al egipcio, se mostraba claramente patente. Ni una sola voz, ni un solo sonido, ni tan siquiera la suave brisa del norte que agitaba las hojas de los palmerales parecía producir ruido alguno. Shepsenuré miró a las palmeras *dum-dum***, y el hecho le pareció curioso. Mas continuó por el sendero que le llevaba a la puerta de la casa, dispuesto a no perder ni un momento en abrazar a Men-Nefer.

Oyó la puerta chirriar sobre sus goznes exageradamente al abrirla y le pareció raro, pues no recordaba que lo hiciera así con anterioridad. Ya dentro de la casa, le extrañó aún más la oscuridad que allí reinaba. Abrió una de las ventanas situada junto a la puerta, y su perplejidad fue absoluta al ver que la estancia se encontraba vacía. Ni un solo mueble, ni tan siquiera los pebeteros que, de ordinario, se hallaban en ella siempre encendidos; nada. Avanzó mirando incrédulo a su alrededor como si hubiera entrado en una especie de sueño inesperado para el que no estaba preparado.

Entró en la estancia contigua que, habitualmente, tenía abiertas las puertas que daban a la terraza. Aquéllas se encontraban también ce-

---

* Las amapolas de Tebas eran famosas porque de ellas se extraía un opiáceo.
** Son unas palmeras típicas de Egipto que suelen medir hasta treinta metros de altura.

rradas; y en la total oscuridad en que se hallaba, el egipcio sintió un aire raramente viciado que le recordó al de las tumbas. Se apresuró a abrir las grandes puertas que comunicaban con el cenador, y cuando la luz del crepúsculo iluminó la escena, Shepsenuré quedó boquiabierto.

La gran sala se encontraba completamente vacía, pero además parecía que la casa se hallase deshabitada desde hacía mucho tiempo, pues todo se encontraba cubierto de una espesa capa de polvo. Miró al suelo y vio claramente sus pisadas resaltadas en él; algo imposible de entender, toda vez que él había pasado por allí hacía tan sólo dos noches.

Casi corriendo, salió al mirador sin dar crédito a todo cuanto veía, gritando el nombre de Men-Nefer. Pero su sorpresa no hizo sino aumentar al ver que, aquella terraza, que había sido el escenario de su desbordada pasión, estaba también vacía.

Shepsenuré volvió a gritar una y otra vez presa de una creciente desesperación hasta quedar casi ahogado en su propio sofoco. Creyó que todo giraba a su alrededor y que el nombre de Men-Nefer llegaba devuelto por las paredes de la casa, como un eco cargado de estrepitosas risas. De hecho, su cabeza pareció llenarse de carcajadas que, ni tapándose los oídos, dejaba de escuchar. Cayó al suelo presa de la locura quedando hecho un ovillo mientras musitaba una y otra vez el nombre de aquella mujer.

Imposible saber cuánto tiempo pudo pasar así antes de que la luz de la razón volviera a él para sacarle del estado de histeria en el que se encontraba, pero ya era de noche cuando se levantó como el más vencido de los hombres.

Casi arrastrando los pies fue hacia la escalinata que daba al río, por la que sus cuerpos desnudos habían pasado noches atrás chorreando todavía agua del sagrado Nilo. Allí se sentó en silencio con el ánimo quebrantado, mientras miraba las oscuras aguas del río fluir bajo sus pies.

«¿Cómo es posible?», se preguntaba una y otra vez moviendo la cabeza con consternación. ¿Estaría sufriendo el más espantoso de los sueños? ¿O quizás estaba saliendo de él?

Volvió la cabeza hacia la oscura silueta de la casa recortada en la noche, y reparó en los hermosos setos primorosamente cortados que la rodeaban antaño, y que ahora lucían desatendidos. Daba la impresión de que todo aquello había sido abandonado hacía ya mucho tiempo. Pero era imposible, él mismo había disfrutado de ello durante noches enteras.

«¿Qué clase de hechizo obré en este lugar?», se preguntó incapaz de razonar explicación alguna.

Abatido y humillado metió la cabeza entre sus rodillas mascullando frases inconexas y lamentándose de su estupidez.

Aquella mujer le había embrujado por completo y él se había entregado a ella sin reservas, aun a sabiendas que nunca sería suya por completo.

—Nunca perteneceré a ningún hombre —le había dicho la primera vez que se vieron.

Había buscado la felicidad con quien nunca podría dársela. Men-Nefer no ofrecía; tomaba. Y él se había obcecado creyendo lo contrario.

El sonido de unos pasos vino a sacarle de todos aquellos pensamientos. Al principio pensó que quizá formaran parte de aquel patético espejismo en cuya representación había tomado parte; pero enseguida oyó cómo las pisadas se acercaban gradualmente.

Volvió su cuerpo todavía sentado en uno de los peldaños, y vio luces de antorchas que se le aproximaban. Enseguida distinguió a varios hombres armados dirigiéndose hacia donde se encontraba.

En ese momento la lucidez, que de ordinario siempre le había acompañado, volvió de nuevo a él restituyéndole la clarividencia que, desde hacía un tiempo, había perdido, comprendiendo claramente que todo lo que había ocurrido había sido una farsa, y que le habían tendido la más sibilina de las trampas.

Se incorporó tan rápido como pudo y bajó por los escalones dispuesto a sumergirse en el río, en cuyas orillas podría esconderse con facilidad. Mas en el último instante, justo cuando sus pies entraban en el agua, unas manos surgieron de la oscuridad aferrándose a su cuerpo con una fuerza extraordinaria.

Shepsenuré trató de zafarse de aquel abrazo sabedor de que le iba la vida en ello, y haciendo un esfuerzo sobrehumano, logró caer sobre las escaleras con aquel hombre que se abrazaba a él con tanta firmeza. Se oyó el sonido de los cuerpos al caer y un lamento proferido por su captor al golpearse contra un peldaño. Enseguida le soltó y Shepsenuré se levantó dispuesto a lanzarse a las aguas salvadoras, apenas a un metro de distancia.

Pero al incorporarse, vio una de las antorchas justo sobre su cabeza y cómo un puño se estrellaba sobre su cara con una fuerza descomunal; luego, de nuevo, sólo hubo silencio.

Lo primero que vio Shepsenuré al abrir los ojos fue el débil haz de luz que entraba a través del ventanuco que apenas daba claridad a la estancia. Al habituarse un poco a la oscuridad, comprobó que estaba en un lugar lóbrego desprovisto de todo mobiliario y en el que no había nadie más.

Intentó incorporarse un poco y enseguida notó un dolor insoportable. Llevó mecánicamente una mano a su nariz y al tocarla, el dolor se agudizó todavía más haciéndose tan inaguantable que creyó que se desmayaría. Se tumbó de nuevo sobre el frío suelo de caliza intentando no mover mucho la cabeza para soportar mejor su desazón. Miró al tragaluz observando cómo los rayos del sol entraban a duras penas por él, a la vez que trataba de poner orden en sus pensamientos. ¿Dónde estaba? ¿Cuánto tiempo llevaba allí?

Enseguida recordó la escena en las escalinatas de la casa de Men-Nefer, y cómo un puño fuerte como una maza había impactado contra su cara. El resultado lo sentía vivamente, pues parecía que aquel puñetazo le había roto la nariz. Pero a continuación, otros pensamientos le hicieron sentir un desasosiego mucho mayor que el que le producía el golpe.

¡Su hijo! Corría un grave peligro y debía avisarle de alguna manera, mas ¿cómo? Esta vez intuía que todo se había acabado; estaba atrapado, atrapado gracias a su estupidez. ¿Dónde estaba la prudencia de la que había hecho gala toda su vida? La había ignorado durante apenas un mes, y aquéllas eran las consecuencias.

Al final Ankh había sido más listo que él, ganando la partida. Una partida que había comenzado a jugar muchos años atrás en aquella taberna de Ijtawy y en la que nunca debió participar.

Hizo una mueca de resignación; las cosas eran como eran y de nada valía lamentarse ahora. Si había llegado el final, lo afrontaría con la dignidad que nunca había podido tener; pero al momento, volvió a pensar en su hijo y se angustió de nuevo. Sólo tenía veintidós años; su camino no podría detenerse allí. Todo, absolutamente todo, lo había hecho por él; para evitar que pasara por la vida como un paria, como él mismo había sido, y como también lo fue su padre y el padre de éste.

—Los parias siembran de miseria los campos que comparten —masculló amargado—. Todas las desgracias parecen cebarse en ellos. —Y recordó las penurias que su abuelo y su padre habían hecho pasar a sus familias.

Suspiró, pues sabía de sobra las consecuencias que acarreaba el haber cometido un crimen como el suyo; no en vano su abuelo fue ajusticiado por ello ante sus propios ojos, siendo todavía casi un niño. No las temía, pero su hijo... Debía advertirle de alguna forma.

En ese momento, el ruido de un cerrojo que se corría le sacó de sus pensamientos. Varios hombres entraron en la habitación portando antorchas y se le acercaron.

—Parece que ya ha despertado —dijo uno alumbrándole directamente.

—Entonces no perdamos tiempo. ¡Levántate perro!, el juez te está esperando.

Shepsenuré se incorporó sintiendo de nuevo aquel terrible dolor en la nariz, y al hacerlo, unas manos le sujetaron los brazos obligándole a caminar.

Atravesaron un largo pasillo en el que no había más luz que la que producían las teas de sus guardianes, y de inmediato, subieron por una estrecha escalera que daba a un amplio patio sobre el que el sol caía de plano. El egipcio hizo un acto reflejo intentando llevarse las manos a sus ojos para protegerlos de tanta claridad, pero se encontró con aquellos brazos que le amarraban más fuerte que cualquier grillete.

Los guardias rieron por ello.

—Los gusanos como tú preferís la oscuridad de las mazmorras, ¿no es así? —dijo uno.

Los otros rieron la gracia a la vez que le zarandearon con brutalidad.

—Bueno no te preocupes, seguramente volverás a ellas antes de lo que crees —comentó otro de ellos con sorna.

Los demás volvieron a reír, y esta vez con cierto alboroto.

—Chssss, callaos ya —ordenó el que parecía tener mayor rango—. El juez espera impaciente y ya sabéis lo poco que le gustan las bromas.

Así era, sentado en una hermosa silla de tijera, Seher-Tawy aguardaba expectante. Llevaba toda la mañana esperando que aquel hombre volviera en sí, y hacía ya tiempo que había empezado a impacientarse. Debía obrar con prontitud para dejar aquel caso zanjado, o si no éste podría llegar a complicarse.

La acusación que recaía sobre Shepsenuré representaba uno de los crímenes más graves que se podían cometer en Egipto, hasta el punto, que el visir en persona era el encargado de juzgar los casos de violaciones de tumbas.

Él, como representante legal de la justicia del visir en Menfis, debía tomar declaración al reo e instruir un proceso que, por último, llegaría al Gran Tribunal de Justicia de Heliópolis, donde el visir dictaría sentencia.

Su competencia por tanto era relativa, mas contaba con un cierto margen de maniobra para poder manejar el asunto a su conveniencia. El hecho era que la demanda no había sido interpuesta directamente por el Estado, como solía ocurrir en estos casos, sino por el templo de Ptah, que no dejaba de ser un organismo autónomo. Era por tanto una acusación particular, la que había acudido directamente a él a hacer la denuncia y el Estado y, por tanto, el visir nada sabían aún de ella.

Indudablemente, el juez debía informar de un caso como éste al más alto organismo de justicia, pero pasaría algún tiempo hasta que la pesada burocracia egipcia hiciera llegar el proceso correctamente formalizado al Gran Tribunal.

Seher-Tawy sería absolutamente escrupuloso en que la instrucción de aquel caso llegara adecuadamente a su destino; pero no estaba dispuesto a que el acusado le acompañara. Para ello la ley le daba algunas alternativas, sobre todo en la forma de obtener las declaraciones.

Shepsenuré fue llevado ante la presencia del juez. La primera impresión que éste le causó fue la de encontrarse frente a un hombre de mediana edad, delgado, con la tez amarillenta y el gesto amargo, y unos ojos de mirada fría e inexpresiva; en suma muy desagradable.

Shepsenuré sintió su mirada inquisitiva durante unos minutos en medio del más completo silencio.

—¿Eres tú Shepsenuré? —preguntó por fin con una voz tan desagradable como todo lo demás.

El egipcio le miró fijamente a los ojos y no contestó.

—Bien, sabemos que eres Shepsenuré —repitió el juez haciendo una mueca repulsiva que podría significar cualquier cosa—. Y también conocemos los negocios a los que te dedicas. Muy lucrativos y que, por otra parte, atentan contra la esencia misma de nuestro pueblo. Nada tan sagrado para cualquier ciudadano, como su legítimo derecho a garantizar su vida en el Más Allá, que tú te has dedicado a transgredir sustrayendo de las tumbas todo cuanto ellos necesitan para su vida de ultratumba.

Shepsenuré continuó sin decir nada, limitándose a desviar su mirada hacia un escriba que, sentado en el suelo junto al juez, parecía anotar cuanto éste decía.

—Saquear tumbas es un delito muy grave castigado con la muerte; sabías esto, ¿verdad?

Shepsenuré continuó en silencio.

—Ya veo —prosiguió el magistrado—, desprecias a este tribunal con tu pertinaz silencio. Tienes suerte de que este caso lo juzgue en última instancia el visir, si no, ahora mismo te haría cortar las orejas.

Shepsenuré apenas se inmutó.

—Luego te cortaría la nariz, y si continuaras empecinado en no hablar te arrancaría la lengua, pues según veo no la necesitas demasiado. Pero el respeto que a ti no te tengo, se lo debo al visir y no quisiera que te presentaras a él sin tus apéndices.

Ambos se mantuvieron la mirada durante breves instantes.

—Ahora te diré lo que haremos —continuó el juez sin apenas parpadear—, el escriba te entregará una declaración en la que te haces responsable de los crímenes que se te imputan y la firmarás... aunque, al no saber escribir, podrás hacer una marca y el escriba lo hará por ti. Esto nos ahorrará tiempo y molestias; ¿y bien?

Shepsenuré le miró con todo el desprecio de que fue capaz y siguió sin decir nada.

—Ah, he aquí a un hombre duro; duro de verdad, ¿no es así? Me gustan ese tipo de hombres —continuó volviendo la cabeza hacia otros dos individuos que se encontraban de pie tras él.

»Los inspectores adscritos a este tribunal —prosiguió el juez señalándoles con una mano— llevan algún tiempo tras tus pasos y han elaborado un detallado informe con los pormenores de tus actividades. Son tan exhaustivos en los detalles que, al leerlos, nadie en su sano juicio dudaría de su veracidad. En él queda claro que tú, Shepsenuré, no eres más que un vulgar violador de tumbas. Qué duda cabe que sería de gran ayuda a este tribunal el que nos hablaras de tus cómplices, añadiendo algún nombre a los que ya poseemos. Según parece trabajabas en estrecha relación con alguien de nombre Nemenhat, y...

Al escuchar aquel nombre, Shepsenuré soltó un quejido que pareció salir de lo más profundo de sí mismo.

—¡Dejadle en paz! Él nada tiene que ver en esto —exclamó mientras trataba de zafarse inútilmente de las manos que le sujetaban.

Seher-Tawy le miró burlón.

—Parece que ese nombre te ha soltado la lengua, no hay duda de que lo conoces bien —dijo el juez.

—El muchacho está al margen de esto —exclamó Shepsenuré con evidente exasperación—. Él no ha cometido ningún crimen.

—Me gustaría creerte, pero desgraciadamente no son esos nuestros informes —replicó Seher-Tawy mientras chasqueaba sus dedos hacia uno de sus ayudantes.

Éste le entregó un papiro que el juez desenrolló con parsimonia.

—Veamos —prosiguió éste con una voz que parecía carente de todo sentimiento—. Según consta en las pesquisas, el tal Nemenhat se ha dedicado a vender parte del botín indiscriminadamente, despreciando, aún más si cabe, el significado que todos esos sagrados objetos tienen para nosotros. ¡Figúrate, un escarabajo sagrado en manos de un comerciante de vinos chipriota! Inconcebible.

—Te repito que él es inocente. Mi hijo trabaja honradamente en las oficinas de Hiram —saltó Shepsenuré furibundo.

—¿Tu hijo? Ah sí, casi lo olvidaba. Entiendo tu postura pues no hay nada como el amor paterno, pero las pruebas son tan abrumadoras que, qué quieres, se me hace difícil creerte.

Shepsenuré volvió a forcejear en vano.

—Alguna de las piezas que vendió —prosiguió el magistrado— forman parte del mismo ajuar funerario al que pertenecen varias de las joyas que llevabas contigo la otra noche. Comprenderás que tanta casualidad es inconcebible, sobre todo cuando estamos hablando de objetos con casi mil quinientos años de antigüedad. Como te decía, él es parte directa del crimen que habéis cometido y, obviamente, será castigado por ello.

Shepsenuré no pudo evitar un gruñido de desesperación.

—Je, je, je —rió Seher-Tawy—. Sé razonable Shepsenuré; firma la confesión y acabemos con esto de una vez.

—No declararé en contra de mi propio hijo —gritó con rabia—. No seré yo quien te ayude a detenerle.

—No te necesito para eso —contestó el juez con suavidad—. Él ya está detenido.

Shepsenuré sintió entonces que toda la sangre se agolpaba súbitamente justo detrás de sus ojos, velándole por completo la razón. Los lamentos anteriores se volvieron bramidos, y revolviéndose como una fiera enjaulada intentó desembarazarse de sus captores.

—Debes cooperar, Shepsenuré; sé juicioso. Tu hijo y el tal Hiram son cómplices flagrantes...

—Hiram es un honrado e influyente comerciante de esta ciudad; nadie creerá que se dedica a vender objetos robados —replicó Shepsenuré.

—¿Honrado? Es mucho más listo que vosotros, pues anoche mismo desapareció. Seguramente abandonó Menfis en alguno de los barcos que se dirigían al Gran Verde.

Shepsenuré bajó la cabeza apesadumbrado.

—Firma la confesión y terminemos con esto.

—No tengo nada que decir —dijo levantando la cabeza y mirando al juez con rabia contenida—. No será mi mano la que denuncie a su propio hijo.

—Sabía que dirías eso —intervino de nuevo Seher-Tawy con su imperturbable tono—. Pero no te preocupes, dispongo de los medios adecuados para que lo hagas; todo está preparado.

Hizo una señal a los guardias y al instante éstos abandonaron la sala llevando a Shepsenuré casi a rastras.

—Yo te maldigo. Maldita sea tu simiente por veinte generaciones —se oyó decir al reo mientras salía.

Inmutable, Seher-Tawy hizo un gesto al escriba.

—Que le den *badjana, nadjana o manini**, según convenga.

Al recibir el primer bastonazo, Shepsenuré supo que iba a morir. Fue tal el golpe que recibió en la espalda, que de inmediato sintió como sus pulmones se quedaban sin aire, y su cuerpo pareció partirse en dos. El siguiente le golpeó en las piernas haciéndole perder el equilibrio, derribándole al frío suelo de la mazmorra. Acto seguido, una lluvia de golpes cayó sobre él con una furia tal, que ni la misma Sejmet lo hubiera superado, obligando al egipcio a llevarse las manos a la cabeza para protegerse de la brutal tunda que estaba recibiendo.

Al cabo de unos instantes, imposibles de precisar para él, la paliza se detuvo, y en la pesada atmósfera de aquel sótano se fundieron sus lastimeros quejidos y las entrecortadas respiraciones de sus verdugos, que se reponían del esfuerzo.

Vio como un papiro y un cálamo aparecían junto a él pobremente iluminados por la fantasmagórica luz que había en la celda, y oyó la voz gangosa del escriba invitándole a firmar.

—Firma aquí.

Él volvió la cabeza con desprecio hacia el otro lado, y enseguida sintió como los palos volvían a caer, esta vez sobre sus pies.

Hizo un acto reflejo para cubrírselos con las manos, pero enseguida recibió un bastonazo en la cabeza que le llevó a esconderla de nuevo entre sus brazos mientras aullaba de dolor.

Cuando de nuevo cesó el apaleamiento, Shepsenuré apenas sentía

---

* Con estos nombres se conocían los tres tipos de apaleamientos que se utilizaban; aunque no se sabe cuál era la diferencia.

sus pies. Los movía imperceptiblemente, sin saber siquiera que lo hacía; con una especie de temblor que no era capaz de controlar. Debía tener tantos huesos rotos, que le hubiera sido imposible el darse la vuelta en el suelo. Ya sólo tenía fuerzas para respirar, y al hacerlo, sentía un dolor agudo en sus pulmones que le hacía padecer un terrible sufrimiento.

Notó un líquido espeso en su boca y, al abrirla, expulsó una bocanada de sangre. Aquello le hizo toser y aumentó el insoportable dolor que sufría.

Su vista, ya nublada, creyó ver de nuevo el papiro y el cálamo, y sus oídos parecieron escuchar la voz del escriba.

—Es una mera formalidad; firma.

Sus ojos se cerraron mientras se concentraba en seguir respirando a duras penas.

Otra vez Sejmet pareció desatar su proverbial enojo inmisericorde contra él. ¿Sería quizá debido al sacrilegio cometido en la tumba de los servidores de su esposo el divino Ptah?

Mientras los bastonazos le quebraban el cuerpo, pensó que aquellos nombres continuaban sin significar nada para él. No era la ira de Sejmet, sino la venganza de Ankh la que le apaleaba. Cuán tétrico se presentaba el final de su azarosa vida.

La imagen de Nemenhat le vino repentinamente llenando su corazón de zozobra. ¿Qué sería de él? ¿Correría su misma suerte?

Tuvo un instante de lucidez y se convenció de que Ankh no se atrevería a acabar con él, y que quizá le castigaran trabajando en las minas del Sinaí. Pero la esperanza le duró muy poco y enseguida pensó que Ankh podría hacer lo que quisiera. Esto le aumentó el sufrimiento; su hijo, su bien más preciado...

Entró en una semiinconsciencia en la que ya no notaba los golpes. Era cada vez más placentera e invitaba a abandonarse en ella. Shepsenuré percibió cómo se liberaba de un invisible lastre ayudándole a experimentar una extraña sensación de bienestar, en la que creyó ver en un solo instante, todos sus días pasados en el país de Kemet; Kemet, la Tierra Negra, la elegida de los dioses. Por fin se acercaba el momento de saber si éstos le pedirían rendir cuentas.

Seneb, su viejo amigo, la persona más honrada que había conocido; por su amistad, su vida había valido la pena, qué lástima que todo lo hubiera estropeado al final. Pero quizás el viejo embalsamador tuviera razón cuando decía que todo estaba escrito y que los dioses manejan los hilos de nuestro destino con sus invisibles dedos.

Men-Nefer; la visión más hermosa que sus ojos nunca vieron. Ella formaba parte trascendental de aquel drama y sin embargo, no sentía ningún rencor hacia ella. Men-Nefer le había ofrecido los más felices momentos de su existencia, aun cuando fueran efímeros; y también le había conducido de la mano hacia su inminente final. No le importaba, pues no todos los hombres tienen la oportunidad de haber amado a una diosa.

Uno de los bastones le golpeó en la cabeza, aunque no sintió dolor y, de repente, todo él se llenó de luz; la luz más pura que sus ojos nunca hubieran visto, y dentro de ella, una figura que se le acercaba brillando como una estrella refulgente en la noche.

Shepsenuré fue a su encuentro, y al aproximarse reconoció a Heriamon, la esposa que había perdido hacía tanto tiempo. Lucía hermosa y resplandeciente como en los días de su juventud. Se quedaron frente a frente unos instantes y ella le sonrió ofreciéndole su mano. Shepsenuré la cogió gozoso y al momento sintió que el contacto con aquella mano le redimía por completo llenándole de una felicidad como nunca había sentido. Luego, cogidos de la mano, caminaron hacia aquella luz hasta que al fin desaparecieron.

El cuerpo sin vida de Shepsenuré fue llevado hasta la necrópolis de Saqqara donde, arrojado sobre la arena, quedó abandonado a merced de los chacales que merodeaban por allí y que a buen seguro darían cuenta de él.

En cuanto a la confesión de culpabilidad, el escriba mismo la firmó; en realidad, daba igual, pues Shepsenuré no sabía escribir.

A Nemenhat le dolía terriblemente la cabeza, sentía náuseas, y tenía restos de sangre seca que le cubrían parte de la cara. Sentado en el suelo del gran patio con los brazos rodeándose las rodillas, esperaba su turno en la larga fila para que el *sesh neferw*, el escriba de los reclutas, tomara sus datos y le asignara la unidad a la que se incorporaría.

Su ánimo se encontraba sumido en el más profundo de los abismos; estaba desorientado y además era incapaz de poner un rayo de luz en la confusión que le embargaba.

De la noche a la mañana, toda su existencia se había hundido en el caos. Sin noticias de lo que le hubiera podido pasar a su padre, ni a su esposa y su familia, su mundo simplemente no existía. Sólo recordaba como en la atropellada búsqueda de su padre alguien le golpeó en la cabeza; y por el dolor que sentía, bien hubiera podido ser la coz de alguna acémila.

Al despertar, se hallaba ya en aquel patio del Cuartel General de Menfis, junto con cientos de hombres que, como él, habían sido traídos como escoria. Toda una mañana soportando los demoledores efectos del sol menfita sin más sombra que la que su cuerpo proyectaba.

Sin embargo, la larga espera le ayudó a tomar conciencia de cuál era su situación y lo que le esperaba.

—Estamos listos, compañero —le dijo el hombre situado detrás de él—, la mayoría seremos enviados a la división Sutejh como combatientes de primera línea. Maldita sea mi carne.

Nemenhat volvió levemente la cabeza mirándole de soslayo, pero no dijo nada.

—Se supone que aquí está reunida la peor canalla de Egipto —continuó aquel hombre— y ten por seguro que harán buen uso de ella.

Luego, como haciendo uso de información confidencial, se adelantó para hablarle en voz baja al oído.

—Sé de buena tinta lo que te digo, compañero. Nos mandarán a la división Sutejh, la verdadera sección de choque del ejército.

Nemenhat, que en un principio no había hecho ningún caso a aquel extraño, sintió curiosidad.

—¿Tú como sabes eso? —preguntó también en voz baja.

—Tengo información de primera mano —dijo el extraño dándose importancia—. Gran parte de esa división está formada por los peores rufianes del país; todos hermanos míos —continuó con sorna.

Nemenhat iba a contestar, cuando vio como alguien se acercaba blandiendo uno de aquellos terribles látigos de palma trenzada.

—Silencio perros —le oyó bramar— u os aseguro que os despellejaré vivos.

Durante el resto de la tarde, Nemenhat se limitó a ver la fila avanzar en silencio hasta que, cuando el sol comenzaba a declinar, por fin le llegó su turno.

Frente a él, el *sesh neferw* se aplicaba en su tarea de copiar nombres y repartir destinos sentado bajo la única sombrilla que allí había. Detrás de él, dos hombres movían unos grandes abanicos, en un vano intento de aliviar en lo posible el insoportable calor que allí hacía. Al menos, al agitar el aire, ahuyentaban las pesadas moscas que importunaban sin desmayo con una perseverancia asombrosa.

—¿Nombre? —preguntó el funcionario con voz cansina sin levantar la vista del papiro.

Nemenhat permaneció callado.

El escriba le dirigió una mirada huraña.

—¿Prefieres que sean ellos quienes te pregunten? —dijo haciendo una seña con el pulgar hacia dos de los soldados que montaban guardia—. No debes sentir vergüenza por ellos —prosiguió indicando a los demás reclutas—, aquí todos formáis parte de la misma hez, ¿y bien?

—Mi nombre es Nemenhat —contestó al fin con desdén.

—Nemenhat —repitió el escriba mientras transcribía el nombre—. ¡Ah sí! Aquí hay una referencia tuya; valiente bribón estás hecho. Eres un truhán de la peor especie. Bueno, bueno; donde te voy a enviar estarás rodeado por los de tu misma calaña. Tu destino será la división Sutejh, allí te encontrarás como en casa.

La división Sutejh, conocida también con el sobrenombre de Arcos Poderosos, era una unidad de combate de primerísimo orden. A diferencia de las otras tres que completaban el resto del ejército, esta división de infantería estaba formada mayoritariamente por soldados egipcios. En tiempos de guerra, gran parte de ellos provenían de levas, y otros muchos eran convictos a los que se les daba la oportunidad de redimirse luchando a las órdenes del faraón. En dichos tiempos, cualquier brazo dispuesto a combatir era bien recibido, por lo que, en general, se solían conmutar las penas de muertes o las condenas a trabajos forzados en las minas, por la incorporación a filas. Para todos estos guerreros, era preferible la posibilidad de una muerte en el campo de batalla, a las infrahumanas condiciones de vida que se llevaba en los yacimientos del Sinaí.

Como consecuencia de todo ello, esta división era muy combativa, puesto que los soldados reconocidos por su valor en la lucha eran tomados en alta consideración, hasta el punto, que el mismo faraón otorgaba tierras en donde establecerse a los soldados que se habían destacado por sus servicios castrenses.

Era siempre la primera en entrar en combate por lo que sus bajas, en general, solían ser cuantiosas. Pero estos soldados, que luchaban bajo las insignias del dios Set, se sentían orgullosos de ello y de la gran ferocidad que demostraban en las contiendas. Junto a ellos peleaba la única facción de mercenarios que tenía esta división, los *qahaq*, soldados profesionales libios muy aguerridos y temidos por su extremada crueldad.

Éste era a grandes rasgos el nuevo hogar de Nemenhat, algo muy diferente de lo que había conocido y que, a pesar de cuanto le dijera el escriba, en nada se podía parecer a su casa.

Les recibieron con malas maneras, incluso con cierta brutalidad, pues no había cosa que más regocijara a los *menefyt* (los veteranos), que dar la «bienvenida» a los nuevos reclutas escarneciéndoles cuanto pudieran.

Una serie de escribas volvieron a tomarles el nombre y les adjudicaron las armas; lanza, escudo rectangular de madera forrado de piel con la parte superior ovalada y la espada curva, el famoso *herpe*.

Fue destinado, junto con otros reclutas, a uno de los pelotones de cincuenta hombres*, cuyo jefe, el «grande de los 50», decidió que comenzaran el período de instrucción esa misma mañana.

Por la tarde, Nemenhat pensó que el fin de sus días estaba próximo ante la poca habilidad que demostró en el manejo de las armas; los dioses no parecían aventurarle una larga vida como guerrero. Sin embargo, su natural serenidad comenzó a volver a él gradualmente ayudándole a examinar la situación con mayor frialdad. Nada sabía de los suyos; su padre tanto pudiera estar muerto como no y su esposa... no le era difícil imaginarse la desesperación en la que se encontraría, máxime cuando ella se le había entregado ignorante de la existencia de semejante delito. A cada hora que pasaba en aquel lugar, más se convencía de la necesidad de sobreponerse a tanta adversidad. Sobrevivir empezó a convertirse entonces en su auténtica obsesión; debía sobrevivir, sobre todo por ellos.

La división embarcó en vetustas gabarras abandonando Menfis rumbo a Pi-Ramsés, la capital construida por Seti I y Ramsés II, donde los ramésidas tenían su residencia oficial durante gran parte del año. La ciudad, situada junto al brazo oriental del delta del Nilo conocido como «Las Aguas de Ra», era el verdadero cuartel general de las fuerzas armadas. Allí se ubicaban los regimientos de carros reales, la auténtica elite del ejército del faraón, junto con las yeguadas. Cerca de quinientos caballos se alojaban en las enormes cuadras reales donde un sin número de cuidadores se encargaban de su atención diaria. Junto a ellas, se alzaba el gran palacio de Ramsés y las casas de los oficiales y altos mandos de su ejército; asimismo, las armerías, almacenes y edificios anexos eran utilizados para todo cuanto el ejército pudiera necesitar. Una ciudad pensada para la guerra, que el gran Seti (Seti I) desarrolló percatándose de la estratégica situación que tenía, pues desde ella se podía controlar gran parte del Delta y sobre todo hacer frente a cualquier invasión que viniera del Próximo Oriente.

---

* Recordar que cada división constaba de 5.000 hombres al mando de un general. Ésta tenía 20 mandos con 250 hombres cada uno, al frente del cual iba un portaestandarte; y estos 250 hombres se dividían a su vez en 5 pelotones de 50 soldados cada uno.

La flota arribó al puerto de Pi-Ramsés una tarde, en medio de una pavorosa tormenta. Los relámpagos iluminaban el tenebroso cielo precipitándose caprichosamente sobre algún lugar cercano. Luego, de entre los negros nubarrones, un sonido espantoso se abría paso una y otra vez, atronador.

—Es Set que nos da la bienvenida a sus dominios —dijo alguien en la cubierta.

Pero nadie osó contestar, pues se hallaban sobrecogidos.

Nemenhat nunca había visto una tormenta semejante. Los cielos descargaban su cólera contra hombres y animales con una furia como él nunca creyó imaginar; aquellos rayos parecían fustigar toda la tierra. Luego una torrencial lluvia de gruesos goterones, que le obligó a acurrucarse lo mejor que pudo, les envolvió inmisericorde golpeándoles con una violencia inusitada. El viento parecía cabalgar salvajemente por la cubierta fustigando con el aguacero, que le acompañaba, cuanto encontraba a su paso.

Los quejidos de los infelices que abarrotaban los barcos quedaron ahogados por el tremendo estrépito de la tromba de agua que se les vino encima, y quien más y quien menos pensó que aquél era un mal augurio para la empresa que estaban a punto de acometer.

Cuando al fin la tormenta pasó y el fuerte chubasco dio paso a un cielo despejado, aquellos hombres se incorporaron entumecidos y temblorosos sin apenas poder disimular el castañeteo de sus dientes, mientras desembarcaban en el puerto de Pi-Ramsés.

Aquella noche, Nemenhat durmió bajo el cielo estrellado junto al fuego del campamento; para cuando entró en calor, las luces del alba ya se anunciaban.

Todo el ejército de Ramsés se encontraba en la ciudad. Cuatro divisiones completas (20.000 hombres), más numerosas tropas auxiliares a punto de salir al encuentro de la mayor amenaza que se cernía sobre el país desde la invasión de los hiksos, mil años atrás. Tal era la magnitud del problema, que la división Ra, llamada la de «los numerosos brazos», había abandonado las tierras de Kush, al sur de Egipto, donde estaban acantonadas, para unir sus fuerzas al resto de las tropas contra el cercano invasor. Un enemigo del que llegaban los más atemorizadores rumores, magnificados, como de costumbre, por los propios soldados egipcios.

—Dicen que nada queda de los pueblos que habitaban las tierras de Canaán —comentaban en voz baja como si se tratara de un informe confidencial—. Lo han devastado todo a su paso.

—¿Y son numerosos? —preguntaba alguien sentado junto a uno de los numerosos fuegos.

—Tantos como los granos de las arenas del desierto occidental —se apresuró a contestar el que parecía enterado de todo.

—¡Los dioses nos amparen!

—Si no les detenemos —continuaba el más informado—, dentro de poco estarán en casa durmiendo con nuestras mujeres.

Aquello era suficiente para que todos se miraran cabizbajos y asintieran en silencio.

Nemenhat les observaba taciturno sin abrir la boca apenas. Su lucha no estaba tanto en lo que se avecinaba, como en lo que dejaba atrás. Durante todo el día, las imágenes de sus seres queridos venían a él irremediablemente, sumiéndole, en ocasiones, en una angustiosa desazón. El no saber de ellos le llenaba de un desaliento que se esforzaba en superar los Pueblos del Mar, poco significaban para él, pues siendo un criminal para su pueblo, era con éste con quien, en definitiva, debía saldar sus cuentas. Por todo ello, cada mañana, en su rutinario período de instrucción, daba muestras de una gran desgana en el uso de la espada.

—No pasarás del primer día —solía decirle con desprecio su oficial al mando.

Él se limitaba a callar y mirar hacia el lejano horizonte mientras pensaba en cómo salir con vida de aquella aventura.

Un día, poco antes del inicio de la campaña, tuvo una visita inesperada.

Un oficial con los distintivos que le acreditaban como perteneciente a los *kenyt-nesw*, el cuerpo de elite por antonomasia de la infantería egipcia, se aproximó a su pelotón mientras se ejercitaban. Enseguida, el «grande de los 50» que lo mandaba, salió a recibirle mostrándole gran respeto, pues el oficial que tenía enfrente era «un valiente del rey»; un valiente entre los valientes.

Estuvieron un rato hablando y después hizo una seña con el dedo en la dirección en que se encontraba Nemenhat. Éste, que intentaba parar como podía los ataques de su oponente con el escudo, no reparó en el oficial hasta que oyó su inconfundible voz.

—Dejad de luchar —dijo autoritario.

Al instante ambos dejaron la pelea mientras Nemenhat volvía su cabeza hacia aquella voz que tan bien conocía.

—¡Kasekemut! —exclamó vacilante.

Éste hizo una indicación al otro soldado para que se marchara.

—¿Sorprendido? —dijo con el tono burlón que Nemenhat tan bien conocía.

Éste se limitó a mirarle, pero no contestó.

—El ejército es grande —continuó Kasekemut—, pero a la vez es como una familia en la que todo se sabe. Se interesa por los nuevos hijos que llegan a ella.

—Aún recuerdo tu saliva sobre mi rostro —dijo Nemenhat—, no creo que tengas ningún interés por mí.

—Te equivocas; supe al instante que te habían reclutado, pero han sido mis obligaciones las que han evitado el que te visitara antes.

—Aun así me resulta extraño. Pensé que no querías volver a verme.

—Y así es. Pero he de reconocer un interés... en cierto modo malévolo al hacerlo.

—Entiendo. Como oficial superior seguramente esperas humillarme en lo posible.

Kasekemut cambió su irónico semblante por otro mucho más serio.

—Te equivocas de nuevo. Deseo que éste sea el último día en que nos veamos, aunque confieso que tengo curiosidad por preguntarte algo.

—Pregunta.

—Verás, es algo a lo que al principio no daba crédito, pero como te dije antes, en una familia como ésta se acaban sabiendo los chismes de todos sus hijos; aunque en este caso el escriba me asegurara que no se trataba de ninguno. Según él, estás aquí al haber sido condenado por ladrón.

—El escriba no te ha contado toda la verdad, Kasekemut. Yo no he sido condenado por nada pues, que yo sepa, para ello hubiera debido celebrarse un juicio y yo no he asistido a ninguno. Alguien me golpeó en mi cabeza y al despertar ya estaba en el ejército. Quizá fuera Sejmet, la poderosa, la que me golpeó con su báculo para incorporarme en la lucha contra el invasor.

—No es eso lo que me dijeron y, francamente, sabiendo lo mentiroso que eres, tus palabras me suenan huecas. Corre por Menfis el rumor que tú y tu padre os dedicabais a turbios negocios. ¡Quien lo hubiera podido imaginar, el bueno de Shepsenuré y su hijo violando tumbas en la cercana necrópolis! —exclamó con sorna.

Al escuchar el nombre de su padre, Nemenhat sintió como se le aceleraba el pulso.

—Nada sabes de mi padre, así que no vuelvas a mencionarle jamás —dijo claramente alterado.

—Esto sí que es bueno —exclamó Kasekemut riendo—. Por esta vez pasaré por alto tus palabras, aunque te recomiendo que no tientes a la suerte. ¿Acaso ignoras dónde te encuentras? —preguntó ahora con patente desprecio—. Creo que no hace falta que te diga que soy un oficial superior y si quiero puedo hablar de tu padre cuanto y como me plazca, y luego hacerte azotar hasta que tu espalda se quede sin piel; y pensar que un día fui tu amigo. Eres un criminal de la peor especie, ¿acaso lo niegas?

Nemenhat le dirigió una de sus miradas glaciales que tanto desconcertaban, y permaneció callado.

—Tu silencio es elocuente —prosiguió Kasekemut mirándole ahora con ira—. Aquí cumplirás tu penitencia en espera del juicio que dices no haber tenido, sólo que esta vez será Osiris en persona quien te juzgue.

—¿Piensas matarme?

—Soy un oficial del faraón —dijo Kasekemut claramente alterado—, no ensuciaré mis manos con un vulgar *jahdja**, pero tu destino está trazado. Según parece no eres demasiado diestro con la espada, lo cual es una lástima pues yo te aseguro que serás el primero en entrar en combate.

—Estoy convencido que te encargarás personalmente de ello —replicó Nemenhat impasible.

Ambos se mantuvieron la mirada durante unos instantes.

—Adiós, Nemenhat —dijo Kasekemut casi escupiendo las palabras—, la próxima vez que vea tu nombre, será en la lista de los muertos.

Por fin, una mañana muy temprano, el ejército del dios se puso en movimiento. Cuatro divisiones de infantería, diez escuadrones de carros, tropas auxiliares y un enorme contingente de carromatos con los abastecimientos, salieron de Pi-Ramsés dispuestos a hacer frente a un enemigo que había cambiado por completo el mapa del mundo conocido.

Ramsés III, el gran Horus viviente, salía al encuentro de aquella confederación de pueblos que había arrasado todo el Próximo Oriente como la más terrible plaga de langostas.

El servicio de espionaje egipcio le había dado cuenta detallada de la situación real; una auténtica ola devastadora de pueblos de los más

* Saqueador.

diversos lugares confluía con el propósito de acabar con la única nación civilizada que quedaba sobre la tierra.

La situación era muy grave, puesto que algunos de estos pueblos habían acabado con potencias legendarias, como era el caso del Gran Hatti. La noticia de su caída, había llenado de estupefacción al faraón, puesto que el Hatti siempre había representado para los egipcios un enemigo de mucha consideración y su ejército siempre fue tenido como temible. Al principio, Ramsés no dio crédito a las noticias que le llegaban, mas el servicio de información fue concluyente; el Gran Hatti, ya no existía. El ejército de los *tchequeru**había acabado con él, y no conforme con eso, había devastado también Chipre y hasta la lejana Ugarit.

Enseguida supo Ramsés que otros ejércitos se habían unido a los *tchequeru*. Los *denenu*, los *peleset*, los *shardana***, los *usheshu****, los *lukka*, y los *teresh* que presionaron desde el oeste de Anatolia. Una fuerza formidable que había asolado Arzawa, Karkemish, Alashia y hasta Amurru y cuyo destino final era el fértil país de la Tierra Negra****.

Ramsés III, que era un soldado profesional, se dio cuenta inmediatamente de la magnitud del problema y comenzó a preparar a su país para la guerra, mucho antes de que los amenazadores rumores llegaran a su pueblo.

Asimismo, el faraón tuvo noticias de que una gran flota de barcos de dichos pueblos, se proponía entrar en Egipto por las bocas del Nilo, con la intención de subir posteriormente por él y apoderarse de sus ciudades. Ante tales perspectivas, Ramsés reunió a toda su marina de guerra en Per-Nefer, para que estuviera lista para zarpar cuando él lo ordenara.

Era una invasión en toda regla, a la que Ramsés decidió enfrentarse con decisión. Combatiría primero a las hordas terrestres que avanzaban por el Asia Menor con la vista puesta en su sagrada tierra. Ellas representaban la mayor amenaza para Egipto; debía vencerlas y luego

---

* Los tkrw, también llamados *sikalaju* en los textos ugaríticos y que, probablemente, dieran su nombre a Sicilia.

** Un pueblo que tenía mercenarios en el ejército del faraón.

*** Venían de algún país al otro lado del mar.

**** Arzawa era probablemente Cilicia. Alashia era Chipre. Karkemish estaba en el lejano Éufrates. Amurru era el país de los amorritas bíblicos. Recordar que la Tierra Negra era el nombre con el que se conocía a Egipto.

dirigirse al delta del Nilo, junto con su marina, para hacer frente a la poderosa escuadra que invadiría su país.

Por las informaciones que poseía, el faraón disponía de cierto margen de maniobra para poder acometer ambos frentes. Sin embargo, para que el plan de Ramsés fuera posible, el ejército, que aquella mañana abandonaba Pi-Ramsés, debería avanzar a marchas forzadas al encuentro de un invasor que se encontraba en algún punto de la tierra de Canaán. Un esfuerzo enorme, sin duda, que el mismo dios en persona sufriría con ellos.

En filas de a siete, los soldados marcharon con su impedimenta a cuestas; armas, una manta y una cantimplora con agua era cuanto necesitaban. Abría la comitiva la división de Amón con los estandartes del dios, en la que marchaba el propio faraón, luego venía la de Sutejh, «el heraldo del combate», siempre protector de los soldados leales; tras ellos, los escuadrones de carros junto a las otras dos divisiones, y por último las tropas auxiliares y los carromatos tirados por bueyes encargados de transportar los abastecimientos.

Se dirigieron hacia el Camino de Horus, la antigua carretera que atravesaba el actual istmo de Suez, y que luego corría paralela a la costa de Palestina. Una ruta utilizada desde tiempos inmemoriales y que comunicaba Egipto con sus vecinos de Oriente.

Caminaban todo el día, con su carga a cuestas, sus pies cada vez más hundidos en el polvoriento camino, y su vista fija en la encorvada espalda del soldado que marchaba delante.

Nemenhat recordó entonces la famosa Sátira de los Oficios que en ocasiones había oído relatar a Seneb de esta manera:

—«Ven que te describa los males del soldado... Los levantan cuando aún es la primera hora de la mañana. Están encima de sus costillas como sobre un asno, y trabajan hasta el ocaso, con la oscuridad nocturna. Está hambriento, su cuerpo está lastimado, está muerto mientras está todavía vivo... Son largas las marchas sobre las colinas, y bebe agua cada tres días pero es fétida, con sabor a sal...»

«Cuánta razón la que tenía el viejo embalsamador, y qué sabios aquellos versos que recitaba.»

Al llegar la noche, se tumbaba rendido junto al fuego envuelto en su pestilente manta contemplando el cielo de estrellas sin fin que parecía que todo lo abarcaba. Robaba entonces unos instantes al cansancio que, dueño y señor, se empecinaba en cerrar sus párpados, y pensaba en los suyos; en Nubet, su dulce Nubet, su último pensamiento antes de caer bajo el pesado sopor.

Abandonaron el Bajo Egipto por la ruta que, al norte de los Lagos Amargos*, enlazaba con el Camino de Horus. Las últimas fortalezas, situadas en la frontera, abastecieron cuanto pudieron a las huestes del faraón antes que se adentraran en el Sinaí. A partir de aquel momento, sus pies deberían marchar atravesando aquel desierto en el que los dioses parecían abandonarles a su suerte. Desde ese instante habría que racionar las provisiones y sobre todo el agua que, en aquella tierra, era tan valiosa como el oro de sus minas.

Qué voluble puede resultar el sino de los hombres, cambiante, a veces, por hechos puramente casuales aunque la casualidad sea para algunos otra broma de los dioses. Bien pudo ser eso lo que le ocurrió aquel día a Nemenhat mientras se protegía, junto a sus compañeros, del calor del mediodía a la sombra de unos toldos. Porque, ya fue casualidad el que ese día los arqueros nubios decidieran elegir el lugar donde Nemenhat descansaba para hacer sus prácticas diarias. Estos arqueros, tan antiguos como el propio ejército en Egipto, eran sumamente orgullosos y les gustaba hacer constantes alardes ante el resto de la tropa. Así, tras la agotadora marcha iniciada al amanecer siempre portando sus arcos de doble curva y con sus carcajs al hombro, aprovechaban el descanso del ejército durante las horas de más calor, para hacer prácticas de tiro ante ellos, despreciando el sol abrasador del desierto que hacía que el aire que les rodeaba pareciera el aliento sofocante de mil hornos.

Altivos, miraban de reojo a los soldados cobijados bajo las improvisadas sombras, disparando indiferentes sus dardos contra los lejanos blancos. Sus oscuros cuerpos, cubiertos por el sudor, brillaban resaltando los contornos musculosos de sus tonsurados miembros.

Lanzaban una y otra vez sin apenas mirar a los blancos, ufanándose de ello ante el resto de la tropa.

Algunos de los soldados que descansaban en la sombra, les increparon por su presunción.

—Haz alabanzas a Montu** para que guíe mi brazo certero en la batalla —replicó altanero uno de los arqueros—, sólo así podrás salvar tu miserable vida.

---

* Serie de lagos situados al norte del golfo de Suez por los que actualmente discurre el canal del mismo nombre.

** Recordar que era un dios guerrero.

Los soldados le abuchearon mientras los nubios reían la gracia.

—Tendremos suerte si no nos aciertas a nosotros —contestó alguien haciendo prorrumpir al resto en carcajadas.

Uno de los nubios escupió al suelo con desprecio mientras les miraba, y sin apartar su vista de ellos disparó su arco alardeando de su habilidad.

Pero como esta vez no dio en el blanco, provocó la algarabía general.

—Compañeros, tiene razón, vayamos de inmediato a venerar a Montu, o tendremos los días contados —volvieron a decir desde el grupo provocando de nuevo las carcajadas.

Nemenhat, recostado sobre sus codos bajo el parasol, observaba interesado la escena. Las bravatas entre unos y otros le tenían totalmente sin cuidado, sin embargo, sentía curiosidad por los arcos que manejaban los nubios. Eran de doble curva y algo más grandes que el que él solía utilizar pero, enseguida, sintió deseos de probar uno.

—No sois más que carne para el combate —oyó Nemenhat que decía un arquero—, quizá no malgaste mis flechas con vosotros.

Los soldados se burlaron de nuevo.

—Es lo mejor que puedes hacer, así evitaremos que nos asaeteéis el trasero.

Otra vez las risas corearon la ocurrencia.

Entonces el nubio disparó volviendo a fallar.

—Sejmet nos proteja, hermanos —exclamó uno de los soldados—, a partir de ahora deberemos poner nuestros escudos en la espalda.

Se originó entonces un gran jolgorio con todo tipo de chanzas y bufas, que no hicieron más que desconcertar aún más a los tiradores más próximos haciéndoles fallar repetidamente.

—Uh, uh... —hostigaban desde el grupo—, dejadnos algún arco para que podamos practicar desde mañana.

—Eso, dame a mí uno —gritó otro—, os aseguro que os apuntaré a las posaderas.

El revuelo se generalizó entre estrepitosas risotadas, lo que obligó al oficial que mandaba a los arqueros a aproximarse.

—Tenéis la lengua muy suelta, perros —gritó para hacerse oír entre aquel jaleo—, sujetadla u os aseguro que antes de que llegue la noche la perderéis.

El tumulto se fue acallando hasta que los soldados quedaron en silencio.

—Sois de la peor especie —continuó el oficial, un nubio alto y nervudo—, chusma que ni tan siquiera merece estar aquí. Dad gracias al dios, vida, salud y fuerza le sean dadas, que os ha perdonado la vida y ha permitido que glorifiquéis su nombre. Os ha dado la oportunidad de redimiros, algo que yo nunca hubiera hecho por vosotros.

Ahora el silencio era total.

—Cómo osáis hablar así a un cuerpo de elite que, como éste, se ha distinguido durante miles de años. Truhanes, rezad porque estos hombres —dijo señalando a sus arqueros— os allanen el camino, porque si no, os aseguro que no duraréis mucho. En sus brazos se halla Montu; vosotros seríais incapaces de acertarle a un burro a veinte codos.

Se hizo un breve silencio, que alguien de entre la soldadesca rompió inesperadamente.

—Quizá trescientos codos fuera una distancia más conveniente —dijo una voz.

El oficial se volvió de inmediato hacia ella.

—Ammit devore mi corazón si hoy no doy un escarmiento. ¿Quién se atreve a hablar así?

—Yo —contestó Nemenhat levantándose.

—Desde luego, el sol del desierto os ha quitado la razón a todos. ¿Quién eres tú que profieres tales impertinencias?

—Mi nombre es Nemenhat, y te decía que la distancia ideal para acertar a un burro son trescientos codos. Ésa es la que usaban los muchachos de mi barrio.

Los soldados volvieron a reír mientras el oficial se le acercaba.

—Te aseguro que me dejas estupefacto —dijo éste—, nunca en mi vida pensé que encontraría a alguien tan estúpido.

—Tus arqueros no tiran mal, oficial, aunque no son tan buenos como crees.

—¿Acaso tú lo harías mejor? —replicó el oficial desafiante.

—Probemos —contestó Nemenhat lacónico.

El oficial se le aproximó hasta quedar a apenas dos palmos de distancia y le miró fijamente a los ojos.

—Bueno —dijo suavemente—, tenemos aquí a un arquero en potencia y a lo que se ve muy bueno, o quizá simplemente insensato. Pero ya que, según parece, ardes en deseos de que te azoten, te diré qué haremos. Te permitiré tirar, pero si fallas, yo mismo te quitaré la piel de tu espalda a latigazos.

—Me parece bien —dijo Nemenhat impasible.

El oficial le volvió a mirar incrédulo.

—¿Estás seguro?

Nemenhat asintió con la cabeza.

—Muy bien —dijo el oficial haciéndole un gesto para que le acompañara—, ¿qué blanco deseas utilizar?

—El mismo que tus hombres.

Aja, que así se llamaba aquel oficial, sonrió levemente.

—Te doy dos posibilidades para acertar.

—Tres —contestó Nemenhat al instante—. Te pido tres, puesto que nunca he utilizado un arco como los vuestros.

Aja permaneció en silencio mientras se aproximaba al lugar donde se encontraba el resto de sus hombres; entretanto, los soldados habían prorrumpido en gritos de ánimo ante el inminente desafío y se frotaban las manos entusiasmados por el espectáculo que les iban a brindar.

—Está bien —dijo Aja situándose en la línea de lanzamiento—. Te concedo tres disparos, pero si fallas ya sabes lo que te espera.

Hizo una señal a uno de sus hombres, y éste entregó su arco a Nemenhat. El joven lo notó algo más pesado que el que solía usar y lo sopesó durante unos instantes en su mano mientras observaba el blanco, un pequeño poste de madera que se encontraba a unos cien metros. Nemenhat cogió su primera flecha y levantó el arco suavemente; luego lo tensó firmemente y disparó el proyectil entre el griterío de los soldados.

La flecha cayó sobre la arena apenas diez codos antes del blanco, lo que provocó algunas risas entre los tiradores nubios.

Nemenhat se quedó mirando fijamente al poste mientras balanceaba el arco.

—Vamos, Nemenhat, aciértale —oyó que le gritaban sus compañeros.

Pidió otra flecha, y volvió a levantar su arco con suavidad. Esta vez permaneció unos momentos con el arma tensa antes de soltar la saeta. Al hacerlo, ésta salió con un silbido peculiar rozando uno de los lados del blanco, para perderse después mucho más allá.

Otra vez sus camaradas volvieron a rugir dándole ánimos.

Nemenhat pidió la tercera flecha.

—Es la última —advirtió Aja amenazador.

El joven le miró sin pestañear y luego volvió a levantar el arco tensándolo lentamente. Fijó su vista en el poste con toda la atención de que fue capaz, conteniendo su respiración mientras aguantaba la cuerda tirante. Cuando al fin la soltó, el dardo salió vertiginoso rumbo a la diana y al momento se oyó cómo la madera crujía.

—¡Ha acertado! —exclamó uno de los arqueros—. ¡Ha acertado!

Los soldados prorrumpieron en vítores al oírlo.

Aja hizo un ademán a Nemenhat, y se encaminaron junto a algunos de sus hombres hacia el blanco. Al llegar, uno de ellos exclamó incrédulo.

—¡Fijaos, casi ha atravesado el poste por completo!

Aja se acercó y comprobó que la flecha se había clavado justo en el centro atravesando la madera más de dos palmos. Miró a Nemenhat que parecía indiferente de cuanto le rodeaba, y finalmente le sonrió.

—Sé bienvenido a los *pdity nesw* (arqueros del rey) —le dijo al fin incorporándose y palmeándole la espalda.

Así fue cómo Nemenhat pasó de ser un simple *meshaw* (soldado de infantería) condenado a una muerte segura al primer envite, a convertirse en un arquero real, un cuerpo de elegidos que gozaba de gran consideración en el ejército. Aquella misma noche el joven devolvió sus armas al *sesh mes* (escriba del ejército) y le fueron entregadas las que correspondían a su nuevo destino. Desde ese momento, su vida dentro del ejército cambiaría por completo.

Ahora marchaba en una unidad que se había cubierto de gloria en múltiples ocasiones en la milenaria historia de Egipto. Nemenhat palpaba ese orgullo que le rodeaba y que emanaba directamente de cada uno de sus nuevos compañeros. Una sensación nueva, sin duda, pero que él no compartía. No se sentía arrogante por el hecho de ir a la lucha junto a ellos, pues su guerra era otra bien distinta y debería librarla solo.

Mas si en algo ayudó a Nemenhat su nueva situación, fue en tomar conciencia del regalo que le enviaban los dioses allá donde estuvieran, permitiéndole atisbar un horizonte esperanzadoramente más claro. De sobra conocía Nemenhat la poca propensión a la prodigalidad que de ordinario mostraban las divinidades en Kemet, así como la necesidad de aprovechar la que a bien tuvieran mandarle; con ellos nunca se sabía, pues eran capaces de pasar de comportarse como auténticos canallas a ser unos venerables benefactores.

Nemenhat se tomó muy en serio su nuevo destino, esforzándose cuanto pudo por resultar ser el mejor de los camaradas para el resto de su compañía. No era tarea fácil, pues desde antiguo las compañías de arqueros solían estar compuestas, en su mayoría, por nubios, a los que no les agradaba el hecho de admitir extraños entre ellos.

Pero Nemenhat había nacido con un don especial. Un don que parecía venir directamente del mismísimo Montu; una gracia que el dios extrañamente concedía y que sin duda el joven poseía. No era fácil encontrar a alguien que detentara tantas cualidades para el tiro y sin embargo él las tenía; un pulso firme e inalterable, una vista extraordinariamente aguda que le hacía ver claramente los blancos allá donde los demás no podían, y una habilidad para hacer puntería tan asombrosa, que el verle disparar parecía la cosa más sencilla del mundo. Con semejante llave, no hubo ningún corazón entre aquellos nubios que no se le abriese de par en par, y a los pocos días su nombre ya era pronunciado con respeto por todos ellos. Mas con todo, Nemenhat poseía una cualidad más; una virtud que nadie más allí tenía y que le hacía verdaderamente magnífico, su potencia. Sólo los elegidos podían disponer de una potencia semejante a la suya, pues Nemenhat lanzaba las saetas con una fuerza descomunal. Nadie desde los tiempos de Amenhotep II, doscientos años atrás, recordaba algo parecido. Incluso como ya hiciera el faraón atleta en su tiempo, Nemenhat también disparó sobre blancos formados por gruesas planchas de cobre, que atravesó emulando así al antiguo dios.

—¡Jamás vi a nadie tirar así! —exclamaba Aja alborozado mientras le daba palmadas en la espalda—, los dioses nos sonríen al mandarnos a alguien como tú. ¿Qué señal más clara que ésta? Ellos están con nosotros.

Nemenhat se limitaba a sonreírle y agradecer los cumplidos que todo el mundo le hacía, dispuesto a sacar provecho de la oportunidad que se le había presentado. Ahora tenía fundadas esperanzas de salir con bien de aquella aventura a la que oscuros intereses le habían empujado.

Pronto su nombre se hizo famoso en el pequeño universo que constituía el ejército de Ramsés en campaña y así, cuando marchaba junto con sus compañeros a sus prácticas rutinarias, los soldados de infantería acudían a verle disparar entusiasmados.

Ra parecía haberse fijado en aquel joven proscrito proyectando sobre él sus divinos rayos; ¿cómo si no entender las casualidades que el azar quiso que acaecieran?

Aunque, para cualquier egipcio devoto, aquello no fuera sino una manifestación más del poder omnímodo del dios solar; incluso Nemenhat, algún tiempo después, tuvo que pararse a considerar la cuestión ante lo que ocurrió.

Una tarde, cuando las tropas se detuvieron por fin tras una nueva jornada de marcha, Nemenhat tuvo una visita del todo inesperada. Se hallaba tendido sobre una manta con los codos apoyados en el suelo, observando distraídamente cómo algunos hombres se aplicaban a la tarea de encender los primeros fuegos, cuando uno de los carros del faraón pasó como una exhalación junto a él yendo a detenerse un poco más allá, justo junto a un grupo de oficiales. Nemenhat los miró con curiosidad, y vio cómo éstos hacían señas al auriga en su dirección. Éste giró el carro y se aproximó lentamente.

—¿Eres tú, Nemenhat, el que dicen es Akheprure* reencarnado? —oyó que le preguntaba desde el carro alguien que vestía los atuendos propios de la realeza.

Nemenhat se levantó de inmediato sorprendido por tan principal visita, apenas acertando a contestar afirmativamente a la primera parte de la pregunta, pues el nombre de Akheprure era la primera vez que lo oía.

—Los dioses quieran que seas la solución a mis problemas —continuó el auriga—. Si así fuera les haré ofrendas gustoso.

Nemenhat le observó muy serio, aunque interiormente el extraño le produjera gran curiosidad. Hablaba con cierta afectación, aunque su tono era inequívoco. Estaba acostumbrado a hacerse obedecer, y ello le hacía adoptar una actitud que parecía le era natural.

Al ver a Nemenhat mirándole como una estatua, hizo una seña con su látigo señalando el piso del carro.

—Vamos, sube o la noche se echará encima, y no deseo esperar a mañana para averiguarlo.

Ahora sí que Nemenhat no pudo disimular su perplejidad y pareció vacilar.

—¿Acaso no sabes quién soy? —preguntó el extraño dándose cuenta de su azoramiento.

—No —contestó Nemenhat.

—Soy el príncipe Parahirenemef; coge tu arco y sube al carro. Desde este momento serás mi acompañante.

El oír aquel nombre confundió aún más al joven. Ni que decir tiene que era la primera vez que le veía, aunque ya había oído hablar de él. El príncipe Parahirenemef era hijo de Ramsés y de su gran esposa real Isis, y el segundo en la línea de sucesión al trono de las Dos Tierras por detrás de su hermano el príncipe Amenhirkhopshef. Era k_dn de la Gran Cuadra de Ramsés III en la residencia del Rey y jefe de uno de los escuadrones de carros del faraón. Tenía merecida fama de valiente y también de audaz y temerario, pues era el primero en lanzar su

---

* Nombre con el que reinó el faraón Amenhotep II.

carro al combate con gran arrojo, y un desprecio absoluto del peligro. En Menfis, ciudad donde residía durante la mayor parte del año, era muy popular. Mujeriego empedernido y gran aficionado a los excesos, sus juergas eran proverbiales, siendo un asiduo de la noche menfita. No había sarao que se preciara que no contara con su presencia, ni persona principal que, al organizar alguna fiesta, no intentara que el príncipe acudiera a ella.

Mas Parahirenemef solía declinar cualquier invitación que no le asegurara verdadera diversión, pues le aburrían enormemente todas aquellas cenas sociales que, para él, no dejaban de ser focos de intrigas para acceder a determinados puestos dentro de la Administración; incluso la corte le repelía, prefiriendo vivir en Menfis alejado en lo posible de ella. La política y las maquinaciones palaciegas le importaban un diantre; él era un hombre de acción que gustaba de vivir la vida intensamente y al que la posibilidad de gobernar algún día el país le tenía sin cuidado. En esto no se parecía a alguno de sus hermanos, tan proclives a maniobrar en la sombra para su provecho cerca de su augusto padre, y siempre atentos al más mínimo gesto que pudiera significar un trato de favor que esclareciera su futuro en palacio.

Como auriga de la real cuadra de Ramsés, cumplía con presteza sus obligaciones y estaba siempre dispuesto a acudir en la defensa de los intereses de Egipto sin que fuera necesario el solicitárselo. Ramsés III, que conocía bien a sus hijos, le amaba profundamente perdonándole su alejamiento de la corte y comprendiendo que, al no tener ninguna doblez, estuviera incómodo en ella. El príncipe, que profesaba un gran respeto por su padre, acataba su voluntad sin cuestionarla en ningún momento. Ni tan siquiera cuando el faraón nombró como Primer Auriga de Su Majestad a su hermano Sethirjopshef, cuarto en la línea sucesoria, el príncipe se molestó por ello. Fue el primero en felicitar a su hermano delante de los demás oficiales y ante la atenta mirada de Ramsés, que se llenó de satisfacción.

Sin embargo, no todo eran virtudes en el príncipe. Próximo a la treintena, Parahirenemef tenía un lado oscuro que a veces le sobrepasaba y sobre el que no ejercía ningún control. Era incapaz de saber cuándo llegaba el momento de retirarse en cualquier fiesta o cuál era el límite de su medida. Por eso, no era extraño el que, en muchas ocasiones, tuvieran que llevarlo a su casa en total estado de embriaguez después de una noche de total desenfreno.

Así era Parahirenemef, el hombre que desde su carro instaba a Nemenhat encarecidamente a acompañarle en una nueva empresa.

El príncipe volvió a señalar con firmeza el carro para que subiera, y Nemenhat pareció salir repentinamente de su ofuscación, pues cogió con presteza el arco y saltó sobre el pescante. Apenas había puesto un pie encima, cuando la biga salió disparada como si fueran muchos más los caballos que tiraban de ella.

—Agárrate al pasamanos o te perderé en el primer bache —oyó que le decía el príncipe.

Nemenhat obedeció y trató de acostumbrarse al extraño movimiento del carro; al poco, creyó ser capaz de mantener el equilibrio con cierta dignidad.

—Supongo que es la primera vez que montas —volvió a oír que le decían.

—Así es.

—Deberás acostumbrarte a las aceleraciones, pues los caballos, en ocasiones, suelen dar fuertes tirones.

Ahora el carro corría por la árida estepa de los confines del Sinaí, más allá del campo egipcio. Los guijarros saltaban despedidos por las ruedas de seis radios con una fuerza sorprendente. Nemenhat, más asentado en el carruaje, comenzó a disfrutar de aquella desenfrenada carrera saboreando una sensación totalmente nueva para él, que le pareció extrañamente gratificante. Aquel aire sobre su rostro le hizo percibir un efecto de auténtica libertad que le invitó a llenar sus pulmones con él, sintiéndose casi regenerar.

—Lo importante es adelantarse al terreno por el que vamos a pasar —volvió a escuchar que le decían—, sólo así se puede sacar el máximo rendimiento del carro.

Nemenhat no contestó y se limitó a mirar de reojo al príncipe que parecía concentrado en lo que hacía. Al poco, éste comenzó a tirar de las riendas, y los caballos se fueron frenando hasta que el vehículo se detuvo.

—Me han dicho que eres un magnífico arquero, vayamos a comprobarlo. ¿Ves aquella vieja rueda de carromato sobre la arena?

—Sí.

—Son restos del ejército de User-Maat-Ra-Setpen-Ra cuando pasó por aquí para combatir al Hatti hace cien años. Los derrotó en Kadesh... bueno al menos eso dicen los anales, porque entre tú y yo te diré que Ramsés II era un poco mentiroso.

A Nemenhat, el príncipe le pareció muy campechano, y de inmediato sintió simpatía por él.

—Quiero que dispares tres flechas lo más rápido que puedas y que trates de agruparlas —dijo el príncipe señalando el blanco.

—¿Dónde quieres que las agrupe?

Parahirenemef le miró divertido.

—¡Vaya, he aquí a un virtuoso arquero! Ya que te crees capaz, en el buje.

Nemenhat le dirigió una breve mirada y enseguida cogió su arco y tres flechas del carcaj. Luego fijó su vista en la lejana rueda y volvió a mirar al príncipe.

—Cuando quieras —dijo éste haciendo una invitación con su mano.

Nemenhat asió el arco con una mano en la que tenía sujeta las otras dos flechas y apuntando con cuidado lanzó el dardo hacia el objetivo. Apenas salió aquél, puso la segunda flecha volviendo a lanzar, y acto seguido también la tercera.

Parahirenemef observaba en silencio.

—Has tirado bastante rápido, veamos si acertaste.

Azuzó los caballos de nuevo, y se aproximaron a la vieja rueda a un trote suave.

—Sooo —dijo el príncipe deteniéndolos a la vez que saltaba a tierra.

—¡Reshep* bendito! —exclamó al acercarse—, las has clavado en el centro, y todas juntas.

Parahirenemef permaneció un momento en silencio acariciándose la barbilla.

—Probemos ahora desde el carro en marcha —dijo subiéndose a él—. Comprobarás que es muy diferente disparar desde una biga a gran velocidad; a veces quedas suspendido en el aire mientras tiras. Te haré una demostración.

El príncipe puso sus caballos al galope y se ató las riendas a la cintura, luego cogió su arco y varios proyectiles.

Nemenhat le observó con interés. El arco era de cuernos de orix con una pieza de madera en el centro que los unía, y parecía muy robusto. Parahirenemef apuntó a la rueda y disparó en sucesión sus flechas mientras el carro no paraba de dar saltos. Cuando se acercaron, Nemenhat vio que las saetas habían hecho diana, aunque estaban muy separadas.

—Como verás no es nada fácil desde un carro a toda velocidad. Prueba tú ahora.

El príncipe volvió a poner a correr a sus caballos, y en un momento dado ordenó a Nemenhat disparar.

---

* Dios de origen sirio bajo cuya tutela peleaban los soldados de carros.

Éste notó cómo su equilibrio se hacía inestable al dejar de sujetarse al pasamanos y su cuerpo se movía descontroladamente; aun así, lanzó los dardos tan rápido como pudo.

—No está mal —dijo el príncipe al aproximarse de nuevo al blanco—, no has dado en el centro, pero has agrupado los tiros. Con un poco de práctica mejorarás. En cuanto te acostumbres a los movimientos de la biga, tendrás mayor precisión —continuó sonriendo—. Eso espero al menos, pues mi vida ha de estar en tus manos.

Ya estaba oscuro cuando el príncipe entró en el pabellón real. Allí se encontraban las tiendas del dios y las de los príncipes y generales que estaban en campaña. Las carpas lucían los gallardetes propios del rango, y se veía una gran actividad alrededor de ellas.

Nemenhat aún no entendía por qué se encontraba allí y nadie, al parecer, parecía dispuesto a explicárselo; aunque obviamente supiera cual iba a ser su nuevo cometido.

Se sorprendió al ver las insignias que representaban a Reshep junto a la entrada. El dios tenía el aspecto de un sirio con el tradicional *nemes** egipcio y una gacela en lugar del ureus en la frente. Extraño sin duda para todo aquel que no estuviera acostumbrado a la vida castrense, pues la mayoría de oficiales tenían a la puerta de sus tiendas la misma imagen. Reshep era, por así decirlo, el patrono de los soldados de carro; a él rezaban pidiendo su protección durante la batalla, e invocaban su poder para darles fuerzas suficientes en ella.

«Algo sin duda ha cambiado en Egipto, cuando un dios de procedencia siria tiene semejante ascendente —pensó Nemenhat—. ¡Como si no hubiera suficientes dioses en Egipto!» Incluso la pagana diosa del amor y de la guerra Astarté era visible en el campamento. Según supo más adelante, era la encargada de proteger el equipamiento de los caballos reales. ¡Inaudito!

—Dáles de comer y de beber; sin duda hoy se lo han ganado —dijo el príncipe bajándose de un salto, entregando las riendas a un palafrenero.

Luego se acercó a sus caballos y puso su cabeza entre las suyas a la vez que les musitaba todo tipo de palabras cariñosas.

—Se llaman *Set* y *Montu* —dijo acercándose a Nemenhat—. Ambos tienen corazón de guerrero, como los dioses que les dieron nombre, y te aseguro que son capaces de leerme hasta el pensamiento.

Luego, dando una palmada a Nemenhat, le invitó a entrar en su tienda.

---

* Pieza típica de tela con la que se cubrían los egipcios la cabeza.

Por un momento, éste vaciló.

—¿Acaso prefieres pasar la noche fuera?

Nemenhat desorientado, no supo qué responder.

—¿No serás como Geb, que con su pene erecto pretende levantarse por la noche para poseer a Nut, la bóveda celeste?, ¿verdad?* —dijo lanzando una risotada—. Mientras estés conmigo, vivirás con arreglo a tu nuevo rango —continuó— y nadie que me sirve pasa la noche al raso.

»Dadme un poco de vino que alivie el ardor de mi garganta —pidió el príncipe a voces mientras lanzaba su casco sobre el alfombrado piso y se desabrochaba su coraza—. A propósito, a partir de mañana te agenciaremos una —dijo señalándola con un dedo—. Si quieres montar junto a mí, no puedes hacerlo de cualquier manera

Nemenhat asintió respetuosamente.

—Pareces de pocas palabras —prosiguió Parahirenemef, sumergiendo acto seguido su cabeza en una jofaina llena de agua—. Apenas has hablado desde esta tarde. ¿Acaso sientes temor?

—Ninguno —contestó Nemenhat muy tranquilo—, simplemente es que no comprendo cuanto me está ocurriendo.

—Bueno, eso es fácil de explicar —replicó el príncipe mientras se secaba—. Por una extraña casualidad, los dioses te han designado para que seas mi acompañante.

Nemenhat le miró sin comprender.

—Verás, ayer, mientras hacíamos maniobras, Rehire, mi acompañante habitual, se cayó del carro con tan mala fortuna que se fracturó un brazo y, aunque no es grave, tardará al menos un mes en volver a poder moverlo. ¡Imagínate, un mes! La batalla está próxima y yo necesitaba otro hombre para poder reemplazarle, así que, alguien me habló de ti. Ése es el motivo de tu presencia aquí. Será difícil reemplazar al bueno de Rehire, pues él no sólo tiraba con el arco, también manejaba la lanza y hasta el boomerang.

—Yo también sé manejarlas, alteza.

—¿En serio? Bueno, quizás al final deba dar loas a los dioses por no haberme dejado abandonado en semejante trance —suspiró mientras le ofrecía una copa de vino.

---

* Geb fue separado de su esposa Nut por orden de Ra, que colocó al aire, Sheu, entre ellos para que nunca pudieran estar juntos. Por ese motivo, Geb es representado como un hombre tumbado con el falo erecto, que intenta por todos los medios unirse con su esposa Nut, la bóveda celeste.

Nemenhat la cogió y sorbió un poco mientras que el príncipe la apuraba de un solo trago.

—Ah —dijo relamiéndose y escanciándose otra—. ¿No te gusta el vino? —preguntó sorprendido al ver los remilgos de Nemenhat.

—Tu vino es magnífico, mi príncipe, pero si no te incomoda preferiría beber agua; mantiene mi vista más clara.

—Ja, ja, ja. Tu vista es magnífica, de eso no hay duda; mantengámosla así entonces. De ella depende buena parte de nuestro éxito. ¿Tienes hambre?

—Desde hace casi un mes, alteza.

El príncipe se desternilló de risa.

—¿De verdad? —dijo aguantando a duras penas las carcajadas—. No me digas más; lentejas bañadas en agua con gorgojos y cebollas que, últimamente, también tienen gusanos. ¿Acierto?

—De pleno, alte...

—Déjate de altezas ni zarandajas, cuando estemos solos me llamas por mi nombre. Odio los protocolos.

—Como ordenes.

—¿Te gustan los pichones?

—Sólo los probé una vez y estaban duros como piedras.

El príncipe volvió a soltar otra carcajada.

—Seguramente te darían alguna cría de buitre. Los que te ofrezco son tiernos y deliciosos, pruébalos.

Parahirenemef y Nemenhat cenaron opíparamente. El joven se distendió un poco y participó algo más de las continuas chanzas que el príncipe decía. Mas no por ello dejó de estar sorprendido por encontrarse allí aquella noche.

—Pero dime —dijo el príncipe mientras volvía a hablar de nuevo—. ¿Cómo fuiste a parar con los arqueros nubios? Quisiera saberlo todo sobre ti.

Nemenhat se retrajo prudentemente poniéndose imperceptiblemente en guardia, e inventó una historia en la que su familia era una de tantas de las que trabajaban las tierras de los templos, y en la que él había sido reclutado por leva.

—Son tiempos difíciles en los que todos los brazos son pocos para la defensa de nuestra tierra, pero si salimos con bien, el dios, mi padre, te lo recompensará.

Luego estiró sus brazos y bostezó.

—Esta noche estoy algo cansado y me retiraré pronto a dormir. Te aconsejo que hagas lo mismo, pues mañana, el amanecer nos sorprenderá ya montados en el carro. Pasaremos el día practicando hasta que te acostumbres, pues no disponemos de mucho tiempo. Parece que el enemigo no está lejos y debemos estar preparados para entonces. Dormirás junto a la entrada.

El día siguiente, Nemenhat y el príncipe lo pasaron prácticamente sobre el carro. Tiraron con el arco, la lanza e incluso con el boomerang. Practicaron todas las maniobras propias del combate una y otra vez, hasta que Nemenhat dio muestras de haberse acostumbrado a los caprichosos movimientos de la biga. Nemenhat hizo alarde, una vez más, de su asombrosa puntería con cualquier tipo de arma, entre las exclamaciones de júbilo de un Parahirenemef que se entregaba a su tarea con gran entusiasmo. Nemenhat nunca había visto a nadie manejar los caballos de semejante manera. El príncipe se ataba las riendas a su cintura mientras disparaba, y susurraba a sus caballos extrañas palabras que éstos parecían comprender, pues hacían lo que el príncipe deseaba en cada momento. A Nemenhat aquello le pareció magia.

—Me leen el pensamiento —decía Parahirenemef alborozado—. Créeme si te digo que ellos siempre saben lo que deben hacer.

Cuando, bien entrada la tarde, regresaron al campamento, Nemenhat apenas podía moverse para bajar del carro. Sentía que le dolían todos los huesos y que sería incapaz de llegar por sí mismo a la tienda.

—Posee el vigor de User y la habilidad de Seped* —gritaba el príncipe exultante—. Acierta a todo lo que se propone, y a distancias increíbles.

Los otros oficiales de carros se acercaron a felicitarle mientras se bajaban.

—Creedme, nuestro padre Amón nos ha mandado una bendición con este hombre. Es sin duda una señal del Oculto**.

Nemenhat descendió del carruaje haciendo claros gestos de que cada paso era un martirio para su magullado cuerpo.

Todos los presentes se rieron al verle caminar con tal dificultad.

—No seáis crueles con él —exclamó el príncipe jubiloso— y no le contéis a mi padre sus excelencias, o me lo quitará.

* El dios Ra era poseedor de catorce *ka*, una de ellas era User, el vigor, y otro Seped, la habilidad.

** Nombre por el que también era conocido el dios Amón.

Aquella noche, Nemenhat apenas pudo cenar, pues hasta masticar le costaba. Cuando se tumbó sobre su estera, cayó en un sueño tan profundo que, cuando le despertaron, ni tan siquiera había cambiado de posición.

En los siguientes días, Nemenhat se acostumbró paulatinamente al carro, aprendiendo a adelantarse al terreno para mantener estable su equilibrio y disparar sus flechas como si no estuviera en movimiento. Incluso los caballos parecieron aceptarle de buen grado, y no recelaron de él en ningún momento.

Al príncipe ya no le cabía duda que poseía el mejor acompañante que se pudiera desear, y no cesaba de hacer alabanzas en público por ello.

Nemenhat, por su parte, adquirió un gran cariño por Parahirenemef, quien se mostraba muy considerado con él en todo momento. En pocos días se creó entre ellos un vínculo, que en ningún caso era el de un príncipe y su lacayo y que Nemenhat comprendió muy bien. Dentro de aquel pequeño cajón tirado por los dos briosos caballos, no había alcurnia que valiera, puesto que la vida del príncipe dependía en gran medida de la habilidad que él pudiera tener para protegerle, o bien para eliminar a sus enemigos. Ambos formaban un equipo que saldría airoso o sucumbiría sin remisión.

Conocer a Parahirenemef tampoco le fue difícil, pues él se mostraba en todo momento tal como era.

Aunque el príncipe fuera mayor que él, se mantenía en muy buena forma, pues era un gran aficionado a los deportes, la vida al aire libre, y sobre todo a la caza. Gustaba de emular a sus augustos ancestros adentrándose en el desierto para cazar leones, y no precisamente por ganar fama en la corte; era que, simplemente, su naturaleza apasionada vibraba con semejante actividad produciéndole el más embriagador de los efectos.

Por otra parte, enseguida el príncipe le dio muestras de su desmedida afición por la bebida, y en concreto por el *shedeh*, el fortísimo licor capaz de nublar el entendimiento más despierto. No era extraño encontrarse, cercana el alba, a Parahirenemef con la cabeza sobre los brazos apoyados en alguna mesa, después de haber trasegado cuanto había querido. Sin embargo, cuando subía de nuevo a su carro bien temprano, lo hacía tan envarado como siempre, sin que nada hiciera sospechar los excesos de toda una noche.

Ante la sincera amistad que le demostraba el príncipe cada día, Nemenhat comenzó a sentir cierta desazón. Le reconcomía el hecho de ver el corazón de Parahirenemef abierto sin ambages, y que a cambio, no hubiera sido sincero con él. El terrible secreto que parecía acompañarle durante toda su vida no había causado más que desgracias a su alrededor, y por lo que parecía, las seguiría causando quien sabe si por toda la eternidad de su alma.

Una noche, después de otra dura jornada de marcha, Nemenhat decidió abrir también su alma al príncipe para así corresponderle mostrándole su lealtad.

Parahirenemef se quedó algo sorprendido al principio, mas ante los encarecidos ruegos de su acompañante, escuchó su historia con atención de principio a fin. Cuando Nemenhat terminó, apenas podía mirar a los ojos del príncipe por la vergüenza que sentía y a continuación, toda la desesperación que permanecía escondida en lo más profundo de su ser afloró incontenible, como en ocasiones hicieran las crecidas del Nilo.

Tras escucharle, el príncipe permaneció en silencio con su copa entre las manos observándole atónito. Aquélla era, con diferencia, la mejor historia que le habían contado jamás, y estaba fascinado.

—Perdóname, oh príncipe, por haberte mentido; sin duda no soy merecedor de tu consideración, pero temo por la suerte que haya podido correr mi esposa y mi padre.

—¡Vaya historia! —exclamó encantado el príncipe—. No hay duda que tu padre vivía rodeado de buenos amigos... Ankh.

—¿Le conoces?

—¿Que si le conozco? Naturalmente. Es uno de los reptiles más viles que puedas encontrar en Menfis. ¿Sabías que aspira a ostentar el título de «Gran Jefe de los Artesanos»?

—¿En serio?

Parahirenemef asintió mientras se llevaba la copa a sus labios.

—Como te lo digo —dijo chasqueando la lengua con deleite—, y para conseguirlo sería capaz de vender al mejor postor a sus próximas generaciones. Tiene muchas conexiones entre la alta sociedad menfita, aunque yo me abstengo de acudir a sus fiestas. No cabe duda que se trata de un tipo muy listo, pues te aseguro que no es nada fácil para alguien de tan oscura ascendencia como la suya, escalar los puestos por los que ha ascendido en la Administración.

—Comprendo.

—No estoy muy seguro de eso, amigo mío. Tú no conoces el tipo de gente que prolifera ahí dentro. Burócratas empedernidos que no paran de intrigar para hacer negocios del más oscuro pelaje. Todo el que ostenta un cargo que se precie, pertenece a tal o cual familia cuyos antepasados fueron visires, nomarcas, arquitectos reales o Ptah sabe qué. Todos juntos detentan el poder del día a día en esta tierra; te aseguro que son como una plaga para Egipto.

—¿Y el dios conoce todo esto?

—De sobra —dijo Parahirenemef volviendo a beber—. Pero hazme caso cuando te digo que está atado de pies y manos. Desmontar el entramado de este país supondría una empresa poco menos que imposible. Lejos quedan los tiempos en que el faraón era el señor de todo cuanto habitaba en la tierra de Kemet.

—Pero él es un gran guerrero, su ejército le obedecería sin vacilar; podría...

—No podría hacer más de lo que ya hace, créeme. Puede que estemos ante el último gran faraón en la historia de nuestro pueblo.

—No entiendo, él ostenta el poder, la fuerza...

—¿El poder? —Parahirenemef soltó una carcajada—. Qué poco conoces acerca de la realidad política en Egipto. Mi padre es poderoso, no en vano es el faraón; pero el auténtico poder no se encuentra ya en la realeza, se halla en los templos. Es un poder formidable, y mi padre lo sabe bien, por eso mantiene buenas relaciones con ellos.

—No puedo creer que el faraón se doblegue ante el clero.

—No se trata de doblegarse sino de respetar sus intereses. ¿Sabías que el templo de Amón controla la mayor parte de las tierras de Egipto? Es un poder que ha sido alimentado a través de los siglos y con el que mi padre no puede acabar.

Nemenhat hizo un gesto de incredulidad.

—Hace siglos hubo un dios que quiso enfrentarse a ellos —continuó el príncipe al ver la cara que ponía—. Era un faraón algo místico que elevó el culto a Atón como dios nacional, por encima del todopoderoso Amón. Incluso cambió su capital a Amarna, para estar lejos de su influencia; mas todo fue en vano. Los sacerdotes de Karnak urdieron todo tipo de estrategias para acabar con él. Cuando el faraón Akhenaton murió, la sangre de sus seguidores cubrió los suelos de sus templos. Fue una persecución implacable, te lo aseguro, y a la postre, Amón volvió a convertirse en el primer dios nacional y su clero no ha dejado de enriquecerse desde entonces. Escucha, la batalla no está lejos; si vas a la tienda de mi padre, encontrarás a alguno de sus profetas merodeando por allí. Sin decir una palabra, recuerdan al faraón que esperan ser generosamente recompensados con parte del botín del vencido.

—Sombrío es el cuadro que me pintas.

—No más de lo que era un siglo atrás. Como te dije, mi padre sabe tratar bien con ellos, no interfiere en sus asuntos y a cambio Amón le bendice por doquier. Al fin y al cabo, el país necesita de su figura para que el equilibrio que otorgaron los dioses primigenios a la Tierra Negra, no se rompa.

Nemenhat movió la cabeza testimoniando que lo entendía.

—Nunca pensé que fuera tan complicado para el faraón mantener su poder.

—Pues ya ves que sí, y la nube de burócratas, de la que te hablaba antes, no le ayuda en absoluto. En fin, Nemenhat —dijo el príncipe estirando sus brazos y sonriéndole—, espero que mi hermano mayor viva por muchos años para ahorrarme el sacrificio de subir al trono. Te aseguro que no tengo el más mínimo interés.

Hubo un momento de silencio mientras el príncipe se servía más bebida.

—¿Te apetecería que nos divirtiéramos esta noche? —preguntó de repente a Nemenhat—. Si quieres te puedo proporcionar una mujer.

Nemenhat le miró y vio como al príncipe le brillaban los ojos de concupiscencia.

—Me haces un gran honor, mi príncipe, pero no tengo el corazón para tales ánimos. Sólo ardo en deseos de saber de los míos, de mi esposa... No hay noche que pase que no piense en ella.

—¿La amas?

—No pensé que pudiera amarla tanto.

—¿Y ella a ti?

—Estoy seguro que sí.

—Eres afortunado entonces, aun dentro de tu infortunio. ¿Cómo se llama tu esposa? ¿Es hermosa?

—Se llama Nubet, y nunca vi mujer más hermosa que ella.

—Nubet... Magnífico nombre. Seguro que es tan hermosa como dices. Bueno, amigo mío —continuó dándole unas palmadas en el hombro—, no hay duda de que despiertas todas mis simpatías, nunca había conocido a un saqueador de tumbas, y en el fondo te aseguro que me divierte el que despojaras a todos esos egoístas de cuanto acapararon en vida.

—Pero es un pecado que va contra las creencias más profundas de nuestro pueblo.

—Sin duda, el peor si me apuras. Mas qué quieres, siento debilidad por los pecadores —replicó haciendo un gesto cómico.

El príncipe se levantó y volvió a estirarse emitiendo un placentero gruñido.

—Te dejo; creo que yo no renunciaré a un poco de diversión esta noche. Descansa y no pienses en lo que no puedes remediar. Te prometo que intentaré averiguar cuanto pueda del asunto.

En las siguientes jornadas el ejército forzó la marcha cuanto pudo, avanzando más de lo ordinario. Atrás quedaron las desoladas tierras del Sinaí para adentrarse en las más prósperas de Canaán. Los exploradores se adelantaron para reconocer el terreno e intentar localizar a un enemigo que se sabía próximo. Los veteranos, que intuían la inminencia del combate, hacían correr todo tipo de rumores, totalmente inventados, que intimidaban a los más bisoños y contagiaban de un cierto nerviosismo a los demás. Ya en la noche, los *shemesu*, soldados correo a caballo, llegaban al cuartel general del faraón con las últimas informaciones, partiendo poco después con nuevas órdenes a sus destinos. Dichos soldados eran los únicos que montaban a caballo en el ejército egipcio, pues éstos no utilizaban la caballería como arma; sólo los escuadrones de carros lo hacía.

A Ramsés no le quedaba demasiado tiempo, pues sabía de la cercanía de la flota enemiga a las costas de Egipto. Debía encontrar a las tropas invasoras cuanto antes si quería tener tiempo suficiente para dirigirse a la desembocadura del Nilo, y organizar la defensa contra los buques que le amenazaban por mar. Por eso se encontraba algo nervioso y más irascible de lo normal. De nada habría servido el esfuerzo al que había sometido a su ejército, si no regresaba a tiempo al Delta.

—Mi padre está absolutamente insoportable —protestaba Parahirenemef mientras se acomodaba sobre unos almohadones—. Cree que al enemigo se le ha tragado la tierra y se siente agobiado; y cuando el faraón se agobia te aseguro que es mejor no andar cerca.

—Pues los soldados parecen convencidos de que estamos muy próximos.

—Cierto, pero ellos desconocen que para ganar esta guerra habrá que librar dos batallas. El faraón lo tiene todo calculado y desgraciadamente no puede variar sus planes.

Nemenhat asintió en silencio.

—Bah —continuó el príncipe—, siempre ocurre lo mismo. Cuando menos lo esperemos, un heraldo aparecerá por la puerta de la tienda aprestándome a acudir al consejo urgentemente para prepararnos para la batalla.

—¿Cómo se librará?

—Eso mi padre lo decidirá. Es un gran estratega, te lo aseguro. En cuanto las avanzadillas les localicen, el faraón acudirá a espiar al adversario. Situará nuestro ejército de manera adecuada y combatirá donde más le convenga.

—¿Y él participa en la lucha?

—¿Que si participa? En ocasiones nos hace sumamente difícil el poder seguirle y protegerle. Lucha como una fiera, no en vano es el «Toro poderoso grande en victorias»*, aunque quizás esta vez se reserve, pues el destino de nuestro pueblo depende en gran medida de él. Debe conservar la vida para poder continuar la lucha en nuestro territorio.

Nemenhat volvió a mover la cabeza indicando que lo entendía.

—Olvidaba que para ti será tu primera batalla. En cuanto lance mis caballos al galope, los nervios se te pasarán.

—No creo estar nervioso por ello —dijo Nemenhat mostrando su natural calma—. Luchar no me causa temor.

—Desde luego —contestó el príncipe con una carcajada—. Ellos serán los que deban cuidarse de tu arco. Ya sé que son otros los temores que te consumen.

Nemenhat le miró, cambiando de inmediato su expresión. Luego, hubo unos instantes de silencio en los que ambos mantuvieron la mirada expectantes.

—¿Recuerdas la conversación que mantuvimos hace días? Yo te prometí intentar averiguar algo con respecto a tu familia —dijo Parahirenemef levantándose para escanciar vino en dos copas.

—Lo recuerdo —contestó Nemenhat, sintiendo cómo se le formaba un nudo en el estómago.

—Toma —dijo el príncipe ofreciéndole una copa.

—Sabes que no suelo beber —replicó Nemenhat mientras la cogía.

—Hoy beberemos juntos —prosiguió Parahirenemef desviando su mirada—. Quiero que comprendas —continuó— que nos hallamos lejos de Egipto y nada sé de lo que ahora pueda ocurrir, aunque esté enterado de lo que pasó.

Nemenhat le miró entre angustiado y suplicante, mientras hacía esfuerzos por no derramar el contenido de su copa.

---

* Frase característica entre los apelativos de los faraones.

Parahirenemef bebió un largo trago antes de continuar.

—Siento tener que decírtelo, pero tu padre ha muerto.

Nemenhat sintió cómo un sudor frío le recorría de la cabeza a los pies. Su semblante se puso lívido y quedó convertido en una estatua, sin atisbo alguno de vida en su mirada.

El príncipe se acercó a él y le cogió las manos entre las suyas acercándole después la copa a los labios.

—No todas son malas noticias, también sé que tu esposa se encuentra bien. Bebe un poco, te ayudará.

Pero Nemenhat parecía petrificado, y sólo la pertinaz insistencia del príncipe le obligó a pestañear y a abrir la boca mecánicamente para dar un sorbo.

—Lamento ser yo el que te dé tan mala noticia, amigo mío; ojalá todo hubiera ocurrido de otro modo, pero... habéis sido víctimas de una conjura.

Nemenhat levantó sus ojos hacia el príncipe muy despacio, como intentando asimilar sus palabras.

—Ankh tejió una red tan tupida a vuestro alrededor, que era poco menos que imposible que escaparais.

Nemenhat le observó abrumado; luego se llevó las manos a la cabeza en un vano intento de estrujársela para entender algo.

—Como comprenderás, hay algunos detalles en esta trama que se me escapan.

—Una conjura —murmuró Nemenhat mientras mantenía su mirada perdida—. Advertí a mi padre que tuviera cuidado —continuó lamentándose—, pero...

—Vuestra única opción hubiera sido abandonar Egipto —cortó el príncipe—. De nada vale ahora arrepentirse si nunca lo considerasteis.

Nemenhat bajó de nuevo sus ojos mientras se mesaba los cabellos.

—¿Quieres decir que Ankh no estaba solo en esto? —preguntó al poco volviendo a levantar su vista.

—Para llevar a cabo su plan, necesitaba algunos cómplices —respondió Parahirenemef cruzando los brazos.

—¿Les conoces?

Parahirenemef afirmó con la cabeza.

—¿Has oído hablar de Seher-Tawy?

—No, nunca.

El príncipe esbozó una extraña sonrisa.

—Es uno de los tipos más siniestros de Menfis. El juez Seher-

Tawy siente debilidad por cercenar orejas; ten por seguro que has tenido suerte al conservar las tuyas.

Nemenhat se llevó las manos a ellas en un acto reflejo.

—Él es una muestra palpable de cómo alguien sin escrúpulos puede escalar puestos en la Administración hoy en día. Su trato es desagradable, y sólo el mirarle a la cara me repele. Deberías ver su cara Nemenhat, es como una máscara, siempre inexpresiva. Ese hombre parece no tener emociones. Además carece de moral y la dignidad no es para él más que una palabra sin significado. ¡Figúrate que utilizó a su esposa para conseguir ascender en la judicatura!

Nemenhat le observaba perplejo.

—Sí, la dama Nitocris, una mujer hermosísima que ha sido amante de los más poderosos dignatarios de Menfis. Seher-Tawy la animaba a acostarse con todo aquel que pudiera ayudarle a subir un nuevo peldaño, y como ella resultó muy bien dispuesta, el juez llegó a estar muy bien establecido.

Parahirenemef apuró de un trago su copa y se levantó a servirse otra.

—Es un individuo muy cruel, lo que a veces ocurre entre los cornudos, aunque también abundan los tontos —pareció reflexionar mientras se escanciaba el vino—. Él ha sido el brazo ejecutor en este drama —continuó volviendo a beber—. Ambiciona ser nombrado parte del «Alto Tribunal de Justicia del Bajo Egipto», y si Ankh accede a la jefatura de los dominios del templo de Ptah, recomendará con seguridad su nombramiento. No olvides que el Gran Jefe de los Artesanos tiene un considerable poder en el Bajo Egipto.

—¿Crees que Ankh lo conseguirá?

—No me extrañaría; a juzgar por todo cuanto ha ocurrido, Seher-Tawy parece estar convencido de ello. Ignoro cuáles son todos sus valedores, aunque creo conocer a alguno.

Nemenhat le atendía apesadumbrado.

—El primero que se me ocurre es Irsw, el hombre más rico de Menfis. Son íntimos amigos, y el gordo Irsw siempre saca tajada de todo. Por lo pronto se ha apropiado del negocio de tu amigo el fenicio.

A Nemenhat se le demudó el rostro.

—Canallas... —dijo apretando los dientes.

—Esa palabra les va muy bien. Como te decía, Irsw es riquísimo, y la riqueza y el poder suelen formar inseparables lazos. Irsw podría conseguir a Ankh lo que desea.

—Malditos sean —juró Nemenhat con rabia—, Hiram es un hombre bueno. Te aseguro príncipe que él es inocente de todo.

—Eso ahora de nada vale. Ellos han resuelto este asunto a su conveniencia.

Nemenhat volvió a mover la cabeza entre sus manos desesperadamente.

—No es posible tanta crueldad —dijo al fin con pesar—, puede que haya algún equívoco...

Parahirenemef le sonrió amargamente.

—No hay equivocación posible, la información es fidedigna. Mis cauces son seguros. No te quepa duda que las calles de Menfis tienen ojos. ¿Comprendes ahora el que no tuvierais escapatoria?

La imagen de Shepsenuré le llegó repentinamente vívida desde su memoria, y Nemenhat apenas pudo sofocar un sollozo.

—Entonces, ¿por qué no han acabado conmigo?

—Ankh no puede ir sembrando Menfis de cadáveres. Todo este proceso ha sido muy irregular; ellos de sobra lo saben. En primer lugar, es el visir el que, en última instancia, debiera haber juzgado las pruebas y emitido la sentencia oportuna. Pero como bien puedes comprender, ello no podía suceder so pena de verse imputados. Tu padre no podía llegar vivo ante el gran tribunal.

—Por eso le mataron...

—Le debieron matar durante el interrogatorio, una vez firmada su declaración.

—Pero mi padre no sabía leer, ni mucho menos escribir.

—Eso no era problema, alguien firmaría por él.

Nemenhat notó como la sangre se agolpaba en su cabeza, mientras que por las venas de sus sienes parecían galopar todos los escuadrones del ejército del dios.

—A ti no podían matarte también; así que lo mejor era hacerte desaparecer. La guerra que se avecinaba les vino como anillo al dedo; te enrolaron como leva entre otros criminales con orden de que te mandaran a luchar a primera línea.

—Pero, no entiendo. ¿Y si regreso al acabar la guerra?

—Creo que no has comprendido bien —dijo el príncipe mientras acariciaba su copa—. No puedes volver; es el final que han pensado para ti.

—Pero siempre existe una posibilidad de salir con vida, a no ser que...

Parahirenemef le miró asintiendo.

—Es fácil armar un brazo dispuesto a matarte, o incluso varios. En el tumulto que se origina en la lucha cuerpo a cuerpo, cualquiera puede hundirte una espada por la espalda.

Nemenhat se incorporó ansioso hacia el príncipe.

—Entonces soy hombre muerto.

—Desde luego sería imposible saber quién de entre los veinte mil soldados de mi padre es el elegido para matarte. En cualquier caso esperarán hasta el final, por si el enemigo les ahorra el trabajo.

El joven volvió a recostarse en su asiento e intentó serenarse.

—Mientras estés conmigo nada tienes que temer —continuó Parahirenemef tranquilizador—. Seguro que Ankh nunca contempló esta posibilidad.

—Es una trama diabólica —musitó el joven casi para sí.

—Propia sin duda de una mente tan retorcida como la de Ankh. Pero como te dije antes, ellos no son la ley en Egipto. El plan fue trazado a espaldas de ella, al controlar los cauces que evitarían la intervención del visir; se creen seguros de poder manejarlo todo. Sin ir más lejos, la apropiación del negocio de Hiram por parte de Irsw es una irregularidad más. Si el fenicio hubiera sido declarado culpable y el Estado hubiera embargado sus bienes, sólo mi padre, el faraón, o el visir en su nombre hubieran podido disponer de ellos otorgándolos si ese hubiera sido su deseo, o cerrando la empresa para siempre.

—Entonces es una apropiación ilegal —intervino Nemenhat.

—Totalmente. Ignoro el procedimiento empleado por Irsw, pero no debemos olvidar que el sirio es el centro de una enorme red de influencias; todo el mundo en Menfis le debe favores. De seguro habrá movido los hilos oportunos para satisfacer sus intereses.

—Entonces se podría reclamar ante el visir para que obrara en consecuencia —dijo Nemenhat algo más animado.

—Uhm, no te lo recomiendo. Dudo mucho que tengas el poder necesario para que tu demanda llegue al *Ti Aty* (visir). Jamás prosperaría, y de seguro que no vivirías para verlo.

—Entonces me encuentro en una indefensión absoluta.

—Me temo que sí; por eso debes ser prudente. Recuerda que Ankh no espera volver a verte nunca —dijo Parahirenemef dirigiéndole una mirada astuta.

Nemenhat se acarició la barbilla mientras sus ojos se clavaban en el príncipe. Pensaba con rapidez respecto a todo cuanto Parahirenemef le había dicho, asimilando definitivamente la conspiración de que habían sido víctimas.

—Un mayúsculo enredo para un pobre carpintero como Shepsenuré —se dijo para sí.

Su terrible pesar acabó abriendo paso a pensamientos mucho más analíticos, propios de su verdadera naturaleza. Así, su semblante fue también cambiando a medida que cambiaban éstos, y sus ojos acabaron transformando su mirada en la más glacial que el príncipe Parahirenemef recordaba haber visto nunca.

—Al menos Nubet está a salvo —dijo con tono inexpresivo.

—Debes mantenerte vivo por ella —intentó animarle el príncipe.

—Por ella —repitió Nemenhat—. Soy una deshonra para un corazón sin mácula como el suyo. Debí haber sido sincero con ella, pero no me atreví.

—No te tortures ahora por eso. Si ella te ama, te perdonará.

Nemenhat juntó ambas manos y permaneció unos instantes absorto. Luego parpadeó y pareció volver en sí.

—Discúlpame, príncipe —dijo al fin mientras se levantaba—, pero necesito estar a solas con la noche.

Aquella noche, Nemenhat la pasó al raso. Tendido sobre una manta, contempló en silencio el cuerpo de Nut* cubierto de estrellas. Su padre ocupó la mayor parte de sus pensamientos, recriminándose una y cien veces el no haber vigilado sus pasos durante los últimos meses. El hecho de saber que no le volvería a ver, le condujo a una situación de extraña melancolía. Algo nuevo que nunca antes había experimentado y que le produjo una congoja indescriptible. Cuando sus ojos, velados por el llanto, se secaron, vagaron por el oscuro cielo cananeo, allá arriba. ¡Eran tantas las estrellas! Quizás alguna de ellas fuera el alma de Shepsenuré. Quizás Osiris hubiera sido finalmente magnánimo con él; quizás en la «Sala de las Dos Verdades»**, los grandes dioses del Tribunal de los Muertos, sentados en su trono con sus cetros *was**** en la mano, intercedieran por él. O quién sabe si Anubis, al controlar el perfecto equilibrio de la balanza donde se había pesado su alma, se apiadara finalmente, venciendo el plato a su favor al escuchar las palabras que Schai, el destino, con seguridad le habría dicho haciéndole ver que la vida de aquel difunto no había sido nada fácil. Sólo

---

* Recordar que representa la bóveda celeste.

** Representación de la parte superior del Libro de los Muertos donde se encuentran los grandes dioses del Tribunal de los Muertos. En aquella sala se efectuaba el pesaje el alma.

*** El cetro *was* representaba al símbolo del poder.

así era posible que Shepsenuré se hubiera salvado, pues Thot, el insobornable, tomaría buena nota del resultado del pesaje del alma.

Sin embargo, al examinar lo azarosa que puede llegar a ser la vida de cualquier mortal, a Nemenhat aquella escena de la psicostasia, la ceremonia del pesaje del alma en el Juicio Final de Osiris que todos los egipcios conocían desde temprana edad, le parecía la última injusticia por la que había que pasar.

Se imaginó después, que todo aquel proceso no fuera en realidad así, y que el alma de su padre fuera considerada al margen de lo que a veces éste se vio obligado a hacer, o de lo que hizo de buen grado llevado únicamente por el amor hacia su hijo. Es posible que entonces quedara al descubierto la bondad que Shepsenuré poseía, pues al fin y al cabo, Nemenhat no recordaba que su padre hubiera hecho nunca mal a nadie.

Si las almas vagaban en forma de estrellas recogidas en el cuerpo de Nut en forma de bóveda celeste, no le cabía duda de que su padre estaría entre ellas; allá arriba, siempre velando por él, como había hecho en vida.

Cuando las primeras luces que anunciaban el alba aparecieron entre las manos de la diosa que se apoyaban en el Oriente, Nemenhat ya había llorado todo cuanto su corazón le había permitido, y tenía conciencia exacta de cuales deberían ser sus pasos a partir de aquel momento.

Todo sucedió tal y como el príncipe había predicho. Una tarde, un heraldo entró en su tienda para requerir su presencia ante el dios de forma inmediata. Como Nemenhat supo después, los exploradores egipcios habían dado por fin con el ejército enemigo, que se encontraba a dos días de marcha de su actual posición; un correo había cabalgado hasta casi reventar su caballo, para informar de su hallazgo.

El faraón, en persona, se puso en camino para tomar un primer contacto con el invasor, a fin de preparar convenientemente la batalla. Junto con un reducido grupo, salió aquella misma noche en su busca rodeado del mayor secreto, con la esperanza de poder utilizar el factor sorpresa en su favor. Así fue como, casi al siguiente atardecer, tras una ardua cabalgada, pudo observar a sus anchas a su rival, escondido tras unas colinas cercanas. Sin lugar a dudas el dios quedó perplejo de cuanto vio, pues no era un ejército lo que avanzaba por las tierras de Canaán, sino un conglomerado de pueblos; naciones enteras que se desplazaban con todas sus pertenencias tranquilamente, por la todavía fértil campiña del país de Retenu*. Ramsés se asombró al ver la magnitud de aquel gentío y enseguida la comparó, con sus allegados, a las temibles plagas de langosta que a veces asolaban el Valle.

«Si esto llega a Kemet, no quedará ni una piedra que recuerde nuestra cultura a la posteridad», pensó convencido.

Era una riada humana en la que se mezclaban los soldados, las mujeres y los niños, junto a sus carretas y bestias de arreo. *Tchehenu* junto a *peleset*. *Peleset* junto a *shardanas*, y éstos junto a los *denenu*. Una verdadera confederación de pueblos, algunos de lugares que el faraón ni conocía, y que avanzaban como una horda hambrienta en busca de su definitivo asentamiento.

Los estuvo espiando hasta que las sombras casi lo cubrieron todo, y aquellos miles y miles de nómadas montaron su campamento cubriendo la noche de infinitas lucecillas que parecían un ejército de luciérnagas.

Ramsés regresó aquella misma noche hacia su campamento dispuesto a sacar ventaja de cuanto había visto, y con una idea clara de cuanto iba a hacer. La amenaza que se cernía sobre Egipto era la mayor hueste de harapientos que jamás hubiera podido imaginar.

«Dioses que elegisteis Egipto para crear toda sabiduría y vida en donde nada había, libradnos de semejante plaga», se dijo Ramsés notando cómo el vello se le erizaba tan sólo de pensar en lo que se convertiría su país si aquella marea humana penetraba en él.

Debía detener aquel avance como fuera y para ello era fundamental elegir bien el terreno en el que librar la batalla. El faraón había podido comprobar la lentitud con que marchaba el adversario y el total desbarajuste en el orden que llevaba. Esto le proporcionaría tiempo para posicionarse adecuadamente y planificar la estrategia que utilizaría en el combate

Cuando llegó a su campamento, el dios puso en movimiento a su ejército y lo acampó en un lugar cercano, donde había agua y abundantes pastos, para que descansara. Luego llamó a sus generales y les explicó el plan que había concebido discutiendo todos los pormenores. Ramsés no permitiría veleidades de ningún tipo y todo se haría sincronizadamente, conforme a lo que se esperaba de un ejército profesional como el suyo.

Así fue como una mañana muy temprano, Nemenhat se encontró subido en el carro de Parahirenemef escuchando la arenga del dios.

* Nombre con que los egipcios llamaban a Canaán.

Nunca hubiera podido soñar, que algún día se hallaría a escasos metros del señor de las Dos Tierras atendiendo a su proclama en medio del más absoluto silencio. Pero así era, junto al resto de los escuadrones de carros, Nemenhat no perdía ninguna palabra de cuanto decía el dios. Situado un poco a su derecha, el joven pudo examinar a sus anchas al faraón que, de pie sobre su carro dorado, parecía querer transmitir todo su poder a sus soldados. Su figura, que se recortaba entre los primeros rayos que llegaban desde el este, le pareció soberbia; y no por el resplandor del oro de su ceñida cota, o por los magníficos brazaletes de lapislázuli en los que se hallaban grabados su cartucho real, ni tan siquiera por el efecto que el *kheprehs* daba a su persona, no, no era eso; la majestad de Ramsés salía de sí mismo.

Su imponente estatura, mucho mayor que la de la mayoría. Aquella posición de su cabeza, siempre erguida, con su poderoso mentón permanentemente altivo; sus ojos maquillados de negro *khol* que parecían acostumbrados a ver todo cuanto el resto de los hombres ignoraba, sabedores de los más profundos secretos y de todos los misterios ocultos que atesoraban los templos desde tiempos inmemoriales, y a los que sólo unos pocos elegidos habían tenido acceso. Esa mirada, tan profundamente conocedora de la identidad de su pueblo, era la que paseaba Ramsés entre sus tropas infundiendo respeto y a la vez seguridad. El dios, Horus reencarnado, se encontraba allí, entre ellos, para conducirles a la victoria, y no había ni un solo soldado que dudara de ello.

Nemenhat, que desde su privilegiada posición podía escuchar cuanto decía, sintió el magnetismo que irradiaba del faraón y que difícilmente podía definir. No sabía decir si eran sus palabras, su tono, su prestancia, su majestad, o aquellos ojos oscuros y dominadores que daban la sensación de encontrarse tan lejos de nuestro mundo terrenal; imposible en todo caso para Nemenhat dar respuesta a ello. Quizá fuera una mezcla de todo o simplemente la manifestación de la esencia que cualquier dios posee; más el magnetismo del faraón les envolvió a todos por igual, con el poder propio de quien verdaderamente ha sido enviado por los dioses.

Cuando pudo sustraerse, en parte, del embeleso que le producían sus palabras, Nemenhat miró con disimulo a su cara, alargada y cubierta de arrugas y con una nariz aguileña. Sus labios eran finos, y al hablar mostraban una dentadura que parecía perfecta. Su rostro, aun no siendo agraciado, era poseedor de una fuerza indiscutible, ante la cual era imposible sentir indiferencia. En realidad, todo su cuerpo transmitía esa sensación de fuerza, y no porque Ramsés fuera un hombre musculoso. El faraón era más bien delgado, pero sumamente nervudo, sin un ápice de grasa y con unos brazos en los que se resaltaban, generosamente, las venas que lo recorrían. Aquel hombre era, sin duda, pura fibra.

Nemenhat no pudo evitar el compararle con Parahirenemef. ¿Cuánto de él habría en el príncipe? Imposible para él contestarse, pues poco sabía acerca del dios, aunque como éste, Parahirenemef también era alto y membrudo, e incluso parecía tener sus mismos ojos. Mas el príncipe era hermoso, y su cara en nada se asemejaba a la arrugada faz de su padre.

Entonces oyó cómo el faraón alzaba fuertemente la voz y volvió a atender a sus palabras.

—Porque sabed que nuestro padre, Amón el Oculto, ha acudido a mi llamada sabedor de que el destino de Egipto depende, hoy más que nunca, de la comunión más íntima entre nosotros y nuestros dioses. Aunando nuestros esfuerzos libraremos a nuestra tierra de la más terrible amenaza que sobre ella se ha cernido desde los lejanos tiempos de la invasión de los pueblos pastores. Tiempos de oscuridad que tardamos siglos en eliminar y que tanta aflicción nos produjo. Pues os aseguro que aquello no fue nada comparado con lo que se nos viene encima. Ahí, esperándonos, se encuentra la mayor horda incivilizada de que se haya tenido noticia desde el principio del mundo. Cuan la peor de las plagas, lo ha arrasado todo a su paso, destruyendo incluso al Hatti.

El faraón hizo un paréntesis mientras su mirada recorría sus tropas.

—Ahora —prosiguió Ramsés—, vagan en busca de la tierra civilizada, la que nos donaron los dioses hace millares de años. Van a ella como la langosta, dispuestos a asolar nuestros campos de principio a fin; a apropiarse de nuestras mujeres e hijos, de todo cuanto en verdad tiene sentido para la idiosincrasia de nuestro pueblo. Sería la mayor de las vergüenzas y un ultraje hacia los dioses, el no defender hasta nuestra última gota de sangre lo que ellos tan generosamente nos donaron, casi en épocas remotas. Pero yo os digo que, en tan crítico momento, nuestro padre Amón no nos abandonará. Él nos ha enviado a su hijo Montu, «fuerte de brazos», dios guerrero sin igual para que acompañe a cada uno de vosotros y no desfallezcáis en la lucha; no temáis, pues él os dará fuerzas. Sabed que Sejmet está enfurecida y es tal su ira, que anda vagando por las tierras de Canaán en busca de toda esa gentuza que, con el nombre de los Pueblos del Mar, pretende cambiar el mapa que tan sabiamente fue creado. Cuando los encuentre, tened por seguro que la diosa llenará su campo de muerte y desolación.

Estas palabras produjeron un clamor entre los soldados que, enardecidos, hicieron entrechocar sus armas contra los escudos.

El dios levantó una de sus manos y continuó arengando a las tropas con su potente voz, de nuevo en medio de un respetuoso silencio. Fue entonces cuando Nemenhat tuvo la extraña sensación de que alguien le observaba. Miró distraídamente a su alrededor, y de inmediato se fijó en los *kenyt nesw*, la compañía de elite por excelencia, que se encontraba próxima a él. Allí se encontraba Userhet con el estandarte en la mano y un poco más atrás Kasekemut, que le observaba fijamente.

Nemenhat notó claramente aquella mirada sobre él y se sintió incómodo, mas no desvió su vista del que antaño fuera su amigo. Así permanecieron durante largos instantes hasta que Nemenhat creyó ver en la cara de Kasekemut una vaga mueca de desprecio. El joven parpadeó regresando de su momentánea abstracción, al tiempo de ver cómo, junto a Kasekemut, Aker, el kushita, también le observaba con atención. Al dirigir su mirada hacia él, Aker esbozó una siniestra sonrisa que le dio a su cara una expresión que a Nemenhat le pareció feroz. Pensó en todo cuanto el príncipe le había dicho, y la sombra de la duda se apoderó de él, pues nunca había considerado el tener que guardarse de ellos.

—Atum, tú que creaste toda vida de la colina primigenia, ayúdanos a mantenerla para tu mayor gloria —oyó decir a Ramsés, al tiempo que volvía a la realidad.

De nuevo se escuchó el estruendoso griterío que saludaba las palabras del dios, junto a las armas entrechocándose y las voces enardecidas que se alzaban con frases como: «Horus divino condúcenos a la victoria», o aquella otra de «Hijo de Ra, toro poderoso, tuyo será el triunfo final».

El faraón hizo una señal a su hijo Sethirjopshef, el Primer Auriga de Su Majestad, para que se pusiera en movimiento, y a todos los generales para que sus unidades estuvieran preparadas de inmediato; después, seguido de todos los escuadrones de carros, se dirigió al frente de sus tropas.

Como había previsto, Ramsés escogió con cuidado el lugar de la batalla. Eligió para ello una extensa planicie conocida como la llanura de Dyahi, donde sus escuadrones de carros dispondrían de espacio suficiente para maniobrar y así poder desarrollar todo su potencial sin quedar atascados en ningún momento. Al sur de dicha llanura, había unas suaves colinas donde el faraón escondió sus divisiones para usarlas convenientemente conforme se desarrollara el combate, manteniendo siempre la división Ra como reserva. Los *har-shemesu*, los mandos de las unidades de correos a caballo, serían los encargados de transmitir las órdenes entre las distintas unidades para que éstas actuaran conforme a las órdenes recibidas, y así sincronizar el ataque.

El enemigo sabía de la presencia egipcia desde el día anterior, en el que se habían producido algunas escaramuzas sin importancia entre las avanzadillas; ahora marchaban por aquella planicie, seguros de su potencial y confiados en la magnitud de su número. Por ello, cuando vieron aparecer sobre las colinas los primeros carros egipcios, no se inquietaron lo más mínimo, continuando su marcha con aparente indolencia.

Cuando el príncipe Parahirenemef condujo su carro colina abajo al frente de su escuadrón para situarse en la llanura, a la derecha de su padre, Nemenhat vio por primera vez al enemigo de Egipto. Aquella visión le quedó grabada a fuego para siempre, pues nunca pudo imaginar que tal cantidad de gente pudiera desplazarse atravesando llanuras, montañas o valles, en busca de un idílico asentamiento. Eran tan numerosos que quedó boquiabierto y al mismo tiempo impresionado, porque allí no sólo había guerreros, eran pueblos enteros; hombres, ancianos, mujeres y niños que marchaban con sus pertenencias sobre miles de carretas de tosca madera tiradas por famélicos bueyes o encorvados pollinos, en busca de un incierto edén donde establecerse, huyendo de quién sabe qué fantasmagórico pasado. Miles y miles de seres avanzando penosamente por aquella llanura, envueltos en una espesa polvareda que añadía sufrimiento a su desesperación.

Cuando todos los escuadrones de carros tomaron su posición en la explanada, los arqueros nubios salieron de entre las colinas y se situaron detrás. Nemenhat pudo observar entonces cómo aquella inmensa horda que se encontraba frente a ellos detenía súbitamente su marcha, y cómo parecía originarse cierto revuelo en ella. Era evidente, que por fin aquella multitud se había percatado que el faraón no estaba dispuesto a permitir que avanzaran ni un codo más en dirección a su tierra, por lo que los hombres de armas se situaron en vanguardia, seguros de que su inmenso número les daría una ventaja imposible de vencer. ¿Acaso no habían acabado con el orgulloso Hatti; un imperio con el que los egipcios nunca habían podido? ¿Qué tenían que temer de unos cuantos carros o arqueros? Nada en absoluto; ni cien divisiones que Ramsés les mandara, les detendría en su avance hacia el país del Nilo. Allí se establecerían con sus mujeres e hijos, como tenían pensado, sin importarles quién estuviera, ni sus costumbres. Sobrevivirían allí o sucumbirían en el intento.

Cada uno de los distintos pueblos que formaban aquella masa migratoria, formaron su orden de combate; el mismo que tan buenos resultados les había dado y que les había hecho arrollar a todos los pueblos del Asia Menor. Era curioso el pensar que, algunas de aquellas naciones, como los *shardana* o los *tchequeru*, tenían soldados enrolados como mercenarios en el ejército del faraón. Sangre de una misma tierra a la que se suponía debían hacer frente en una lucha poco menos que fratricida.

«Hermanos contra hermanos, en suma», pensaban aquellos pueblos sin dar crédito a que ello pudiese acontecer.

Error mayúsculo sin duda, pues de nada sirven los lejanos vínculos cuando el hombre tiene asentadas nuevas raíces.

Ése era el caso de los mercenarios que luchaban para Ramsés, pues el faraón les había proporcionado tierras donde establecerse, asegurándose así su lealtad durante los tiempos de paz. Allí, en las orillas del Nilo, aquellos soldados habían dejado esposas e hijos que, en gran número, ya eran egipcios y que nada tenían que ver con aquella hueste de desarrapados que pretendían compartir las tierras que ellos poseían, por iguales que fueran sus orígenes. Lucharían contra ellos tan encarnizadamente como si se tratara de un ejército venido del mismísimo Amenti.

Nemenhat nunca olvidaría el instante en que Ramsés elevó su cetro y el cielo de Canaán se oscureció de repente.

Nubes formadas por miles de proyectiles lanzados desde los poderosos arcos de las divisiones nubias, se cernieron sobre los Pueblos del Mar como la peor de las tormentas. Las saetas cayeron unas tras otras sobre aquella masa que, en medio de la llanura, se cubrió como pudo de ellas. Muy hábilmente, los arqueros dispararon sobre la zona media del ejército enemigo, que a duras penas pudo protegerse con sus escudos.

En medio del agudo silbido de las flechas, Ramsés levantó de nuevo su báculo y todos los carros se pusieron en movimiento. Nemenhat quedó un poco sorprendido, al ver como el faraón en persona avanzaba al frente de su ejército encabezando el ataque. Junto a su carro, y con trote corto, marchaban *Sejmet* y *Nefertem*, sus dos leones, a los que había bautizado con tan singulares nombres, pues no en vano eran madre e hijo*; ambos mantenían su mirada fija en la muchedumbre que tenían delante.

Ya próximos a ellos, el faraón volvió a mover su bastón de mando enérgicamente, poniendo sus caballos al galope seguido por el resto de sus tropas. El Gran Primer Tiro de Caballos de Su Majestad, llamado Amado de Amón emprendió veloz carrera contra el centro mismo del enemigo. A su izquierda, Nemenhat pudo oír el terrible rugido de los leones apenas apagado por el ensordecedor estrépito de la carga de los escuadrones de carros del faraón, mientras las flechas de los arqueros nubios seguían cayendo incesantemente, protegiendo así su avance ante el enemigo. Luego, ya próximos, vio cómo Parahirenemef se ataba las riendas a la cintura y cogía su arco de cueros de oryx dando la orden de disparar. Nemenhat comenzó a lanzar sus flechas tan rápido como podía, mientras el resto de carros hacían la misma operación; después, cuando ya se encontraban sobre la primera línea, el joven cogió su escudo para proteger al príncipe en su embestida.

Los carros de Ramsés atravesaron el frente enemigo como lo hiciera un cuchillo en un queso tierno. Entraban con fuerza inusitada arrollando todo a su paso, y luego rompían hacia uno de los lados para volver grupas y recuperar la posición para iniciar una nueva carga. Nemenhat sentía los cuerpos caídos sobre su carro mientras protegía a Parahirenemef lo mejor que podía. Éste daba mandobles a diestro y siniestro profiriendo salvajes gritos que no podía entender mientras los caballos, por su parte, pisoteaban cuanto tenían por delante abriéndose paso hacia donde el príncipe les ordenaba.

Cuando los carros se retiraron tras su último ataque, las divisiones Sutejh y Amón ya estaban encima. Atrás habían dejado un campo cubierto de cuerpos y lamentos y la más terrible de las confusiones. Las líneas enemigas habían quedado separadas por la gran cantidad de bajas causadas por los arqueros, y la retaguardia no tenía capacidad para maniobrar, por lo que la infantería egipcia arremetió casi sin oposición contra el frente enemigo.

Los *kenyt nesw*, como siempre, iban a la cabeza. Allí estaban Userhet, Kasekemut, y Aker luchando cuerpo a cuerpo con furia desmedida contra el invasor. Desde la excelente posición que le daba su carro, Nemenhat fue testigo de toda la barbarie que la naturaleza humana encierra; el tumulto de miles de cuerpos buscando arrancarse la vida para poder avanzar sin un final inmediato, pues siempre hay al-

---

* Recordar que Nefertem era hijo de la diosa Sejmet.

guien más contra quien luchar. Gritos, jadeos, lamentos, agonías... ésos eran los espectrales acordes que la orquesta de la guerra tocaba para él aquel día en los campos de Dyahi. Nunca olvidaría aquella interpretación en la que él también participó.

Estaba claro que Ramsés ganaría aquella batalla, pues la única dificultad estribaba en saber si los soldados egipcios tendrían fuerzas suficientes para aniquilar a tantos seres humanos como allí había. Sin lugar a dudas se fajaban en el cuerpo a cuerpo sin concesión alguna a un enemigo que luchaba encarnizadamente, poniendo de manifiesto que preferiría morir allí que dar la vuelta y regresar a su lejano hogar.

Los *shardana*, con su característico casco adornado con una media luna, peleaban contra sus propios hermanos, raíces de un mismo lugar ya olvidado por ellos quizás hacía demasiado tiempo.

La brisa comenzó a soplar suavemente limpiando el ambiente de la enorme polvareda que aquellos aguerridos cuerpos formaban, y durante unos momentos pudo distinguir claramente a Kasekemut. Luchaba como una fiera acorralada dando tajos por doquier con su curva espada, mientras golpeaba con su escudo a cuantos se le oponían. Junto a él, Aker, el kushita, se movía como un felino con una agilidad inaudita derribando a sus adversarios con sus precisos golpes. A Nemenhat le dio la impresión que aquel hombre tenía ojos en la nuca, pues era capaz de volverse como un leopardo acorralado. Ver a aquellos dos hombres luchando codo con codo con tal denuedo, le pareció un espectáculo sobrecogedor, el más horrendo que cabría imaginar, la perfección en la técnica de matar; especialistas consumados en dar muerte, en suma. ¿Era posible que los dioses hubieran podido crear hombres con semejante habilidad?

Vio cómo Kasekemut forcejeaba con un guerrero enorme, que llevaba un casco con penacho, como los que acostumbraban a utilizar los filisteos; por su espalda, alguien le golpeó con una maza y Kasekemut se desplomó en el suelo perdiendo su escudo en la caída, quedando así totalmente desprotegido. Nemenhat vio entonces como el enorme filisteo levantaba su espada sobre su cabeza dispuesto a descargar el golpe definitivo sobre el que fuera su gran amigo. Pudo incluso hasta distinguir la mirada de odio de aquel soldado instantes antes de asestar su golpe de gracia, y entonces, sin pensarlo dos veces, como si de un acto mecánico se tratara, puso tan rápido como pudo una flecha en su arco y apuntó presto al *peleset*.

Su enorme espada bajaba ya sobre el caído, cuando el filisteo sintió un punzante dolor que le atravesaba el pecho. El arma pareció resbalar de entre sus manos incomprensiblemente a mitad de su caída, y sus ojos se dirigieron justo hacia los correajes de cuero, cerca del corazón. Tuvo el tiempo justo para mirar en la dirección adecuada y ver a Nemenhat blandiendo todavía su arco, expectante. La extraña mueca que le dirigió, le hizo entender que al menos sabía quién le enviaba la muerte. Después, cayó fulminado.

Kasekemut se levantó raudo cogiendo de nuevo sus armas mientras sacudía su cabeza intentando espabilarse. Observó cómo el filisteo yacía a sus pies con una flecha atravesándole el pecho y miró enseguida a su alrededor. Su mirada localizó al instante el carro del príncipe, y cómo Nemenhat le observaba con el arco en su mano. Comprendió inmediatamente que de él había partido aquella flecha salvadora, y el incipiente sentimiento de gratitud se transformó de inmediato en una furia desmedida ante el hecho de deberle la vida. Arremetió rabioso contra todo cuanto encontró a su paso, y Nemenhat le perdió de vista.

Era ya mediodía cuando Ramsés decidió que las otras dos divisiones entraran en la lucha, y lo dispuso de forma que penetraran por ambos flancos de un confuso enemigo al que de nada había servido su superioridad numérica. Las divisiones Ptah y Ra atacaron con renovados bríos, mientras el centro del ejército del faraón se retiraba para dejar paso a una nueva carga de los carros de Ramsés. A su vez, éste ordenó a los mercenarios libios que estuvieran prestos para entrar en la lucha en cuanto las bigas se retiraran; los *qahaq* se relamieron entonces ante la proximidad de su intervención. Ramsés les enviaba para terminar el trabajo; una función que cumplían como nadie, pues además de su reconocida valentía y ferocidad, eran conocidos en el ejército como los «carniceros».

Así pues, el dios User-Maat-Ra-Meri-Amón* lanzó por última vez a la carga, aquel día, a sus escuadrones de carros sobre el enemigo en las llanuras de Dyahi. Su tiro de nobles caballos, los «Amados de Amón» galoparon sabedores de la gloria con la que serían recordados sus nombres grabados en piedra** para la posteridad.

El enemigo, desconcertado, apenas tenía capacidad para soportar un nuevo ataque de los carros del faraón, y ya sólo luchaban intentando salvar sus vidas, pues todo estaba perdido. En su desesperación, hi-

---

* Recordar que era el nombre con el que gobernó Ramsés III.
** Ramsés edificaría su «Castillo de Millones de Años» en Medinet-Habu, en cuyas paredes quedaron grabadas los nombres de estos animales.

cieron frente a las tropas con todo cuanto tuvieron a su alcance, y así fue cómo al entrar entre las filas enemigas, una enorme piedra lanzada, seguramente, por algún hondero *shardano*, impactó de lleno en el casco de Parahirenemef.

Nemenhat escuchó claramente el sonido inconfundible de la piedra sobre el metal, y acto seguido vio cómo el príncipe se desplomaba sobre el piso del carro. El joven lo agarró para impedir que cayera a tierra, mientras el carruaje, incontrolado, daba botes al pasar sobre los cuerpos caídos. Enseguida desató como pudo las riendas que Parahirenemef llevaba atadas a su cintura, y puso al príncipe en el suelo, entre la parte delantera del cajón y su propio cuerpo; después, él mismo cogió las riendas e intentó sacar el carro de allí.

Cuán soberbia puede llegar a ser la naturaleza humana al despreciar a las demás criaturas; al tenerlas por inferiores sin comprender que éstas pueden ser capaces de llegar a poseer, en ocasiones, una capacidad de conocimiento que nos es difícil de explicar. ¿Cómo si no describir lo que aquel día ocurrió en Dyahi?

Nemenhat no tenía ninguna habilidad para guiar bigas, y mucho menos conocía de caballos; pero esto ya lo sabían los nobles brutos desde el momento que sintieron sus riendas sobre aquellas extrañas manos. *Set* y *Montu* se dieron cuenta inmediatamente de que algo raro ocurría; de que sus bridas recibían tirones inadecuados, imposibles de obedecer, y que la voz que de ordinario les hablaba, y que ellos entendían y tanto amaban, había dejado paso a los gritos de angustia del desconocido que desde hacía poco les acompañaba, y que era claramente incapaz de gobernar aquel carro.

Haciendo caso omiso de las inconexas órdenes que les daban las bridas, los animales giraron bruscamente saltando por encima de cuantos cuerpos encontraron en busca de una salida a campo abierto. Cómo fueron capaces de hallar un hueco entre la aglomeración de soldados que se apiñaban por doquier, Nemenhat nunca lo supo. Él bastante tuvo con mantenerse sujeto a las riendas con una mano, mientras con la otra se cubría con el escudo de todo cuanto le caía. Pero *Montu* y *Set*, sí lo supieron, pues tras embestir a cuantos les cerraban el paso, salieron a la llanura, libres como el viento, y no pararon de correr hasta ganar la posición del campo egipcio.

Cuando detuvieron su vertiginosa carrera, ya las asistencias acudían en ayuda del príncipe que, desvanecido, fue inmediatamente llevado a su tienda con el rostro bañado por la sangre.

Allí acabó la batalla de las llanuras de Dyahi para Nemenhat, que quedó junto a su príncipe mientras el médico del faraón curaba la tremenda brecha que aquél tenía en la cabeza, y que le mantuvo inconsciente hasta bien entrada la noche. Quizá fuera mejor, pues así no tuvo que presenciar el cruel final de la contienda.

Eran las leyes de la guerra; el vencido tan sólo podía esperar la clemencia que el vencedor estimara oportuna para él y los suyos, como asimismo hubiera ocurrido si ellos hubieran ganado, y aunque Ramsés no fuera un hombre despiadado en absoluto, tampoco podía evitar lo que la victoria final traía consigo.

Miles y miles de cadáveres cubrían la llanura cuando el sol declinaba por el oeste. Lloros, quejidos y estertores sonaban aquí y allá mientras los *sesh mes** hacían recuento exhaustivo de las bajas. Para ello, los soldados apilaban montones enteros de manos cortadas al enemigo, para así contar las víctimas. Los escribas las contabilizaban y anotaban los nombres de los soldados que les habían dado muerte, para que así pudieran acceder a las recompensas o condecoraciones que el faraón solía dar por número de bajas. Era una forma siniestra, sin duda, de registrar los muertos en el campo enemigo, que sin embargo se venía utilizando en el ejército egipcio desde los inicios de su historia, y que constituía un método de contabilidad fiable e incluso civilizado, si se comparaba con el utilizado por otros pueblos. Sin ir más lejos, los mercenarios libios tenían por costumbre emascular a los enemigos caídos de tal forma que acumulaban todos los miembros de éstos en montones, haciendo gran escarnio, hasta que el escriba terminaba de contarlos.

Manos y falos, por tanto, se amontonaron al atardecer en aquella llanura olvidada de las tierras de Canaán. Junto a ellos, filas interminables de hombres vencidos, atados con los codos a su espalda, y con una soga al cuello que iba de paria en paria hasta donde la vista alcanzaba. Los escribas trabajaban a destajo haciendo una cuenta exhaustiva tanto de los vivos como de los muertos. Los funcionarios enviados por los templos se frotaban las manos ante el inmenso botín que habrían de repartirse. Ancianos, mujeres, niños..., familias enteras con todas sus pertenencias, quedaban a merced del vencedor aquella tarde. Miles de carretas tiradas por bueyes o asnos, rebaños de cabras, piaras de cerdos... todo, absolutamente todo, sería repartido en los próximos días a nuevos dueños.

Pero, si hubo alguien que vio aumentar sus riquezas de forma sus-

---

* Recordar que eran los escribas del ejército.

tancial, ese fue el clero de Amón. Las arcas del dios fueron llenadas a reventar por decisión del faraón, que concedió a los sacerdotes de Karnak más de la mitad de todo el botín conseguido en aquella batalla. Animales, enseres, y un incalculable número de hombres y mujeres entraron a formar parte, como esclavos, de los bienes que poseía «el Oculto». Aquel día, sin duda, Ramsés ayudó definitivamente al clero de Amón a ser inconmensurablemente poderoso.

El resto de los templos también se llevaron su parte en la pitanza, más nada comparable con la que obtenía el dios tebano. Además, los astutos escribas adscritos a su templo utilizaron su enorme influencia, para elegir lo que más les conviniese. Animales más robustos, mujeres más jóvenes, hombres más fuertes...

El faraón, por su parte, estaba entusiasmado por tan grandiosa victoria, que nada tenía que envidiar a la alcanzada por el Gran Ramsés en Kadesh, cien años atrás. Se sentía tan enfervorizado, que decidió mostrarse benévolo con los vencidos; así, dispuso que sólo los marcaría a fuego con su sello, antes de pasar a ser de su propiedad. Incluso en su infinita indulgencia, se inclinó a ser generoso con aquellos valientes soldados y les ofreció la posibilidad de que formaran parte de su ejército donde serían tratados como los demás. Ni que decir tiene que todos cayeron de bruces ante el dios, alabando su misericordia al conservarles la vida y admitirles como nuevos hijos en su familia. «Vida, fuerza, poder y estabilidad» le fueran dados al gran faraón por su clemencia.

Ramsés sacrificó bueyes en honor de los dioses protectores de Egipto para que sus tropas celebraran así la borrachera del triunfo.

El campamento egipcio fue una fiesta aquella noche, en la que el faraón había destruido por completo a la barbarie que había amenazado la esencia de toda civilización y conocimiento que en el mundo había.

Desde el interior de la tienda, Nemenhat escuchaba los cánticos y risas de los soldados ebrios, que habían devorado hasta quedar ahítos toda la suculenta comida que el dios les había dado. ¡Carne de buey!, manjar que raramente comían y que aquella noche degustaron hasta reventar.

—¡Larga vida al todopoderoso, hijo de Ra, señor del mundo! —oía que gritaban por doquier.

Nemenhat se imaginaba a las pobres gentes que aquel día habían perdido su libertad, y que se encontrarían en algún lugar de aquel campamento, acurrucados los unos junto a los otros, temerosos por cuanto pudiera ocurrirles. Todos pensarían en lo que podría ser de ellos, aunque supieran de sobra cual sería su destino. Los hombres abrazarían a sus esposas y éstas a sus hijas, conteniendo su angustia cada vez que algún soldado les increpase; pues no en vano se encontraban a su merced.

Pero también sabía, que nada malo ocurriría a aquellas mujeres que, aterrorizadas, se estrechaban las unas a las otras, temerosas de ser tomadas a la fuerza por cualquier soldado. El ejército de Ramsés era en eso una excepción, y nadie se propasaría con ellas. Si el dios hubiera tenido conocimiento de ello, sin duda hubiera mandado ajusticiar al responsable allí mismo. Nada hubiera repugnado más al faraón que el estar al mando de un ejército de violadores. Cuando los dioses alumbraron a Egipto donándole su sabiduría, advirtieron de la necesidad de tener el máximo respeto por la mujer, y todos los egipcios lo aprendían desde niños.

Parahirenemef se sujetaba una gasa de lino sobre su cabeza. Contenía una cataplasma de una cocción a base de cera, grasa, miel, pulpa de vaina de algarrobo, cebada cocida y aceite de moringa, que el médico de su padre le había recetado para parar la hemorragia y secar la herida cuanto antes. El príncipe también tenía un terrible dolor de cabeza que había decidido paliar a base de una generosa ingestión de vino.

—Todos los demonios andan sueltos en su interior —maldecía una y otra vez señalándose la cabeza.

—Deberías hacer caso al médico y tomar el sedante que te recomendó —dijo Nemenhat suspirando.

—¿Estás loco? —contestó el príncipe abriendo desmesuradamente los ojos—. No probaría las hojas Špn* ni aunque me lo rogase mi augusto padre.

—No creo que sea para tanto.

—No sabes lo que dices —exclamó haciendo una nueva mueca de dolor—. Éstas son amapolas de Tebas; una vez las probé y estuve semiinconsciente durante días. Nunca me he sentido peor.

—Pues el vino no te ayudará.

—¿Tú crees? Dentro de un rato estaré durmiendo como un bendito. Escucha, estos médicos aprovechan cualquier ocasión para fastidiar, si lo sabré yo.

—Pero si te emborrachas, mañana te dolerá aún más.

* Éste era el nombre con el que los egipcios conocían a la amapola tebana, de donde se sacaba el mejor opio de Egipto.

—Ya veremos. Conozco bien estos casos en los que te golpeas la cabeza; lo que ocurre, realmente, es que el cerebro produce más cantidad de mocos de lo normal y por eso duele. El vino es mano santa para ello, sobre todo este que es de los viñedos que tiene mi padre en el Delta.

Nemenhat asintió sonriéndole.

—¿De donde has sacado semejante historia?

—Me lo contó Hapu, un viejo soldado que fue camarada de mi abuelo el divino Setnajt. Le abrieron la cabeza varias veces y sabía mucho sobre estos asuntos.

—Comprendo.

—¡Ah, Setnajt! ¿Te he hablado alguna vez de mi abuelo? —preguntó el príncipe mientras se quitaba el emplasto y observaba si ya no tenía sangre.

—No, nunca.

—Es el hombre con más valor que he conocido nunca —dijo casi reverente mientras se volvía a poner la venda en la cabeza—. Gente de otro tiempo, ¿sabes? Claro que tú hoy —continuó tras dar un nuevo sorbo— has demostrado que tampoco te quedas corto. El faraón debe agradecerte el no tener a estas horas un hijo menos.

—Más debiera agradecérselo a *Set* y *Montu*, tus caballos. Ellos sí son valientes, y fueron los que en verdad nos libraron del peligro.

—Lo sé, lo sé —suspiró volviendo a beber—. ¿Sabes?, los quiero más que a la mayoría de la gente que conozco, incluso más que a alguno de mis insufribles hermanos.

—Nunca vi nobleza igual, príncipe. Debías haberlos visto embestir a cuanto se les ponía por delante buscando un camino para sacarnos de allí.

—Debió ser magnífico, sin duda. Fue una pena que me lo perdiera. ¿Sentiste miedo?

—Si te soy franco, te diré que no. Estaba tan preocupado con que no cayeras del carro, que no tuve tiempo de pensar en la proximidad de la muerte. Sólo al encontrarme libre de peligro, me di cuenta de lo que hubiera podido ocurrir, y entonces reconozco que me temblaron las piernas.

—Esa sensación la he tenido yo varias veces y reconozco que es difícil de dominar.

—Y tanto, sólo cuando los médicos me dijeron que tu corazón todavía latía, se me pasó.

Parahirenemef permaneció un instante en silencio; luego continuó.

—Espero poder devolverte algún día lo que hiciste por mí. Ya sé que no sabes nada de caballos, y que ellos buscaron nuestra salvación. Pero fuiste tú el que me protegiste mientras estaba tendido en el fondo del cajón. Tú solo, en medio de un mar inhóspito de feroces guerreros, dispuesto a tragarnos. Incluso el faraón se encuentra admirado de lo que ocurrió. Quizá te ha llegado el momento de recuperar tu fortuna.

Nemenhat le miró muy serio.

—No entiendo.

—Pues te aseguro que lo vas a comprender enseguida —replicó el príncipe—. Hoy has salvado a un príncipe de Egipto de una muerte cierta. Mi reconocimiento hacia ti será de por vida.

—Me honras con lo que dices...

—Eso no es suficiente, ni creo que fuera lo adecuado. Has soportado la desgracia, y la injusticia de Egipto se cebó con los tuyos. Ya es momento que sepas de la otra parte; aquella que desconoces y que rebosa saber, gratitud, magnanimidad y justicia, y que hicieron grande a Egipto. ¡Más grande que cualquier otro país sobre la tierra! Todo eso existe, créeme, aunque tú no lo hayas encontrado. Mi padre representa la manifestación de todo lo bueno que pueda existir en el país de Kemet. Su corazón es generoso como ningún otro. Yo mismo le pediré que te conceda cualquier cosa que le pidas.

Nemenhat observó al príncipe con expresión, cuando menos de sorpresa.

—No hace falta que me mires así, hombre —dijo apurando otra vez la copa—. Hoy los dioses están contigo, aprovéchalo; pues créeme que, por lo general, tardan demasiado en favorecernos. Ve y disfruta de la alegría del campamento esta noche; yo me voy a dormir antes que los mocos me revienten la cabeza.

La noche, serena y estrellada, era mudo testigo del júbilo que se vivía en el campamento egipcio. Miles de hogueras brillaban por todas partes con su característico crepitar, a la vez que creaban un curioso efecto en la oscura campiña cananea. A su alrededor, los soldados se reunían exultantes contando mil y una hazañas del feroz combate que habían sostenido. Algunos restañaban sus heridas junto al fuego felices, al fin y al cabo, de haber salido con bien de aquella empresa. Muchos habían sufrido terribles amputaciones, pero conservaban la vida, el bien más preciado que pudieran poseer, y una eternidad por delante para contar a sus descendientes lo que ocurrió en aquella batalla.

Habían comido cuanto habían querido, y bebido hasta abotargar su entendimiento, por lo que, con los estómagos repletos, acababan estirándose plácidamente al confortable calor de las llamas, esperando la llegada del sueño que les daría un descanso sin duda merecido.

Nemenhat vagó sin rumbo por entre las fogatas disfrutando a su manera del triunfo. Los cánticos, las bromas y las risas le contagiaban la alegría de aquellos guerreros. Él también se sentía feliz, aunque no por el hecho en sí de haber conseguido la victoria, sino porque todo parecía haber terminado y atisbaba la posibilidad de un pronto regreso a su hogar. Sintió ansiedad al pensar en ello, y más aún cuando lo hizo en Nubet.

Su esposa, quizás el único ser querido que le quedaba en Egipto, resultaba ahora su única esperanza de felicidad futura. Pero su corazón se hallaba plagado de sombras que le eran difíciles de apartar. Temores que le angustiaban y pesaban sobre su conciencia como losas de granito. Si Nubet no le absolvía de ellos, sabía que los tendría que soportar durante toda su vida.

—¡Salve al salvador de reyes! —oyó de repente a alguien gritar, muy próximo.

—¡Un nuevo héroe ha nacido, honrémosle! —volvió a escuchar a su lado.

Nemenhat vio entonces una figura recortada por la luz de una hoguera cercana que le resultó familiar. Llevaba una pequeña ánfora en una de sus manos y ladeaba levemente su cabeza al observarle; era Kasekemut.

—Brindo por ti —dijo éste dando un largo trago y limpiándose luego la boca con el dorso de la mano. Después dio un pequeño traspiés y a duras penas consiguió mantener el equilibrio—. Quién sabe, quizá tu nombre quede grabado en la piedra por orden del faraón. Entonces serías inmortal.

Nemenhat permaneció callado.

—¡Imaginaos! —continuó Kasekemut haciendo aspavientos—. El criminal que se redime y perpetúa su nombre por los siglos de los siglos.

A Nemenhat aquello no le pareció gracioso y se dispuso a continuar su camino, pero Kasekemut se interpuso.

—¿Crees que porque estoy borracho no sé lo que digo? —dijo aproximando su cara hacia él—. Estoy absolutamente borracho, pero tú te has redimido, ¡y por dos veces!

—Yo no tengo nada que redimir.

—¡Escucháis! —exclamó mirando hacia el grupo que, sentado alrededor del fuego, le acompañaba—. A veces los hombres se vuelven héroes. Son como semidioses que ven las cosas de otra manera.

—Estás borracho —replicó Nemenhat intentando marcharse.

—¡Borracho por la gloria del faraón! —gritó Kasekemut sin poder ocultar su furia.

—¿Qué es lo que quieres? —suspiró Nemenhat incómodo.

—¿Que qué es lo que quiero? Si algo me encoleriza, son tus aires de salvador; protector de príncipes. Actos sublimes que sirven para exculpar tu pasado como saqueador de cadáveres. Pero no solamente eso —continuó señalando de nuevo al grupo—, también protege a la mujer que su amigo le confía, abusando de ella como un canalla, y luego vuelve a liberar su alma salvándome la vida.

Al decir esto, Kasekemut dio un violento pisotón y Nemenhat vio como el rostro se le congestionaba de ira.

—¡Le debo la vida! —exclamó sin poder ocultar su furia—. Debo mi vida al más infame de los valientes. ¡Que Set me arrastre a los infiernos si esto puede ser verdad! Ningún castigo peor que éste me podían haber mandado los dioses.

—Tu rabia te ciega, Kasekemut. Nunca abusé de Kadesh, aunque tú no me creas.

—¡Nunca pronuncies ese nombre! —gritó fuera de sí como un energúmeno—. Nunca, ¿me oyes? Te advertí que si lo hacías te mataría.

—Quizás hayas pensado ya en hacerlo —contestó Nemenhat fríamente.

Kasekemut le miró a los ojos y luego volvió su cara hacia sus compañeros esbozando una extraña sonrisa. Aker, que se encontraba acurrucado junto al fuego, se la devolvió misteriosamente.

—Dime, Kasekemut. ¿Hubieras sido capaz de matarme, o acaso lo habría hecho alguno de tus hombres?

—Eso nunca lo sabrás —contestó despectivo.

—Pero tú sí. ¿Y ahora qué piensas hacer? ¿Mandarás a Aker tras de mi sombra para cumplir tus propósitos? ¿O quizás haya alguna otra persona interesada en ello?

Kasekemut demudó su rostro al oír aquello y miró de nuevo a Aker. El kushita no dijo nada.

—Esta noche nuestros caminos se bifurcan para siempre, Kasekemut, y te digo que no me pasaré el resto de mis días temiendo por mi vida; haz lo que tengas que hacer. Nada me debes pues lo que ocurrió hoy en Dyahi fue mi mejor acción; ahora espero no volver a verte jamás.

Después, dándole la espalda, se marchó.

Allí quedó Kasekemut, viendo al que en otro tiempo fuera su amigo desaparecer en las oscuras sombras que habitaban más allá de la hoguera, colmado por su inagotable ira y reconcomido por extraños sentimientos de culpabilidad de infames maquinaciones. Nunca se volverían a ver.

El faraón no tuvo tiempo de celebraciones, pues casi de inmediato abandonó a su ejército victorioso.

Había neutralizado la amenaza que aquella inmensa horda representaba para su país, y además había capturado un fabuloso botín, logrando una victoria total. Mas el trabajo se hallaba aún incompleto, pues una poderosa flota estaba a punto de entrar por la desembocadura del Nilo dispuesta a saquear el país de Kemet.

Mientras se dirigía a toda prisa, junto con su pequeño contingente, hacia el Delta, Ramsés recibía diariamente, por medio de sus correos, información de cuál era la situación. Bajo su punto de vista, el peligro de una invasión para su pueblo se había visto desbaratada con su triunfo en las llanuras de Dyahi. Egipto se había salvado de nuevo de la eterna codicia que los países extranjeros sintieron por él, desde casi la noche de los tiempos, pero ello no significaba que estuviera seguro. La armada de barcos que lo amenazaban no tenía capacidad por sí sola para conquistarlo, pero sí podía saquear las ciudades de las Dos Tierras hasta llegar, al menos, a la primera catarata. Eso significaba que podrían reducir a cenizas, capitales como Heliópolis, Menfis, Abydos, Tebas... Poblaciones que no sólo atesoraban riquezas, sino también miles de años de sabiduría y conocimientos, que no podían caer en manos bárbaras y desalmadas. Porque, dentro de aquellos buques que pretendían llegar hasta el corazón de Egipto, iban los más implacables bandidos que poblaban el Gran Verde. Piratas sanguinarios, acostumbrados a perpetrar saqueos y violaciones en todo el litoral y que habían unido sus fuerzas por tierra y mar para cambiar las fronteras del mundo conocido.

El faraón marchó pues a reunirse con su armada que le esperaba en un lugar estratégico situado en las Aguas de Ra, el brazo pelúsico del gran Nilo*. Con él, sólo marchaba un pequeño contingente de tropas, sus escuadrones de carros y los arqueros nubios, dejando que

* El ramal más oriental del Delta.

el grueso de sus divisiones se dirigieran, junto con los vencidos, a Egipto.

Fue un viaje agotador en el que Ramsés demostró claramente lo bien que sabía cuanto hacía.

El real destacamento apenas se detuvo lo imprescindible para descansar, reanudando su viaje, cada día, antes que el sol apuntara por el horizonte.

Parahirenemef, ya recuperado de su herida, rezongaba sin parar ante Nemenhat.

—Parecemos *medjays* persiguiendo furtivos —se quejaba una noche en su tienda.

—Los *medjays* son tipos duros —replicó Nemenhat—. No es un mal símil.

—Bah, a este paso acabaremos horneando el pan en las dunas del desierto, como hacen ellos.

—¿En serio?

—Sí, colocan las tortas entre la ardiente arena y así las cuecen. ¿No me digas que no lo sabías?

—Pues no; sólo una vez traté con los *medjays* y me impresionaron vivamente. Recuerdo que les acompañaba un mono.

—Babuinos; aunque a veces llevan perros. Por cierto que son muy feroces.

—Eso me pareció —dijo Nemenhat recordando la mañana en el palmeral.

—Son capaces de seguir rastros por el desierto, allá donde las alimañas no se atreven a adentrarse. Ya te digo que son implacables, además pueden pasarse días sin beber ni una gota de agua. Mi padre les tiene en gran estima, dice que si el resto del ejército fuera como ellos, toda la tierra le pertenecería.

—¿Y para qué querría toda la tierra?

—Ya sabes. ¡Gloria al Egipto! —exclamó el príncipe mientras se arrellanaba entre los cojines—. Aunque no me imagino a nuestros soldados lejos del Valle de forma permanente. No creo que haya en el mundo pueblo al que le disguste tanto estar lejos de su tierra como a nosotros*.

Nemenhat sonrió sin decir nada.

—Mañana a estas horas habremos contactado ya con nuestra ma-

---

* De hecho los egipcios acostumbraban a dejarse la barba en señal de luto cuando permanecían fuera de su tierra.

rina, y al fin dormiré plácidamente en mi barco. Te aseguro que lo necesito, pues tengo el cuerpo molido por el ajetreo de esta campaña. Quizá ya sea mayor.

Nemenhat soltó una carcajada ante la ocurrencia, y el príncipe le miró divertido.

—No te rías, dentro de poco llegaré a los treinta, y ya seré casi un anciano. Entonces quizá me llamen venerable príncipe.

Ahora los dos rieron estrepitosamente.

—¿Sabes? —continuó Parahirenemef mientras lloraba de la risa—. Cuando acabe esta guerra pienso disfrutar de cada fiesta que se haga en Menfis sin límite ni medida, antes que sea demasiado viejo para ello. Espero que me acompañes.

Nemenhat cambió de expresión y se puso algo melancólico.

—Comprendo, comprendo —dijo el príncipe al ver el gesto—. Eres un esposo fiel y considerado; a veces creo que todo el mundo es tan crápula como yo. Además, a tu regreso, tendrás asuntos que resolver... Pero dime, ¿has pensado en lo que te dije en Dyahi?

—¿A qué te refieres?

—A lo que hablamos aquella noche en mi tienda. Te prometí que mi padre te recompensaría por lo ocurrido, ¿no lo recuerdas?

—Sí, pero sabes bien que no es necesario que...

—Eso no debes decidirlo tú. Mi padre está entusiasmado por lo que pasó; no hay nada que más le guste que las heroicas historias sobre guerreros. Conoce todo lo que ocurrió al dedillo y me ha asegurado que nunca ha visto disparar a nadie como a ti.

—¿En serio? —exclamó Nemenhat sin poder ocultar su asombro.

—Totalmente. El faraón no deja de sorprenderme a mí también; parece saber todo cuanto sucede a su alrededor.

—Entonces sabrá quién soy —murmuró Nemenhat apesadumbrado.

—Perfectamente. Pero te aseguro que yo no le he contado nada. La otra noche se encontraba de un humor excelente e hizo algunos chistes sobre ti, aunque eso sí, considerando la seriedad del asunto.

Nemenhat no supo qué responder.

—Te diré —prosiguió el príncipe— que le eres muy simpático y me ha asegurado que te concederá cualquier cosa que le pidas.

—¿Cualquier cosa?

—Lo que quieras; el dios no se anda con ambages. Si dice que te concede algo, lo hará. Así pues, pídele lo que desees.

Nemenhat se recostó pensativo mientras miraba a los ojos del príncipe. Aunque recordaba perfectamente las palabras de éste y su promesa de que sería recompensado, no había vuelto a pensar en ello. Sólo hubiera querido pedirle una cosa, que ni el dios podría darle. Nadie le devolvería a su padre, ni tan siquiera Osiris accedería a semejante ruego. Eso era lo que más hubiera deseado, mas ya sólo era una quimera.

Parpadeó imperceptiblemente mientras carraspeaba.

—Dices que el dios me concederá un deseo.

El príncipe asintió en silencio.

—En ese caso me gustaría que devolvieran a Hiram su negocio y le liberaran de toda culpa.

—¿No pides nada para ti? —preguntó el príncipe extrañado.

—Ese hombre me ayudó, y mi pecado le salpicó de la forma más vil. Resarcirle significaría hacer justicia y yo me sentiría feliz.

—Se lo diré al faraón, aunque te aseguro que se sorprenderá.

—Si me lo concede, me hará una gran merced.

—Comprendo. Al menos tendrás planes para ti, cuando todo esto acabe.

—Ignoro cuál será mi destino inmediato, aunque mi deseo sería regresar junto a mi esposa; es posible que tengas razón y sepa perdonarme. En todo caso, los dioses decidirán cuál será mi castigo.

—Quizá no pase mucho tiempo para que lo sepas.

Ramsés tenía pensada su estrategia hasta el último detalle. Conocía a la perfección los pormenores de la flota que se disponía a invadir su país, y sabía de su propia incapacidad para hacerles frente en mar abierto. Los egipcios siempre habían aborrecido el mar, al que consideraban poco menos que residencia del mal. Por ello, no disponían de barcos de altura para navegarlo, ni mucho menos de una flota capaz de combatir en él. Así que, decidió que lo mejor sería dejar que el invasor entrara en el río y hacerle frente en él, donde sí poseía las embarcaciones apropiadas. Decidió también que el Delta era la zona idónea para ello; un laberinto de canales rodeados de extensas zonas pantanosas, donde los bajeles enemigos de alto bordo, difícilmente podrían maniobrar. Aprovechó, a su vez, la extensa vegetación que crecía en esta zona, para esconder sus propias naves, y tendió a su adversario la más colosal trampa que se pudiera imaginar.

Una mañana, toda la flota egipcia se puso en movimiento. El faraón, en persona, les condujo río abajo en busca de un enemigo que se sabía muy cercano. Descendió con su nave real por la corriente del brazo oriental acompañado por sus mejores oficiales, hasta llegar a uno de los lagos naturales que se formaban cerca de la desembocadura, junto a los que crecía un espeso follaje. Allí detuvo sus naves, escondiendo innumerables barcos de carga por los canales que afluían y circunnavegaban el lugar, y que posteriormente se volvían a unir al brazo principal del río, cerca de la desembocadura. Luego bajó a tierra disponiendo a todos sus arqueros en las orillas, quedando éstos a cubierto entre la espesa vegetación; después esperó.

Los buques enemigos entraron por el ramal oriental de las bocas del Nilo sin ninguna oposición, y navegaron dicho brazo favorecidos por el habitual viento que, desde el norte, solía soplar. Vencieron la corriente del río sin dificultad, y dispusieron sus barcos en una formación en línea que se perdía en el horizonte. Cientos de barcos entraban en el país de los faraones, confiados en sus fuerzas y sin temor alguno a sus hombres ni a sus dioses.

Ramsés, que estaba al corriente de todo cuanto ocurría, les dejó adentrarse hasta alcanzar el lugar donde había decidido presentarles batalla.

Así, una mañana muy temprano, la vanguardia enemiga llegó a aquel paraje, donde el río parecía ensancharse, al tiempo de ver como algunas embarcaciones egipcias entorpecían su avance en mitad de las aguas.

Enseguida se hicieron varias señales y comenzaron a perseguirles río arriba, eufóricos ante la perspectiva de entrar en combate.

Los navíos egipcios, construidos específicamente para navegar por el Nilo, se desplazaron velozmente por sus aguas manteniendo una prudente distancia con los pesados barcos de sus perseguidores. Así, toda la flota enemiga entró por completo en aquel ensanchamiento natural del río, entusiasmados ante la perspectiva de conseguir los primeros botines.

Cuando Ramsés vio que todos los buques se encontraban donde quería, dio las órdenes oportunas y cerró la trampa que tan hábilmente había tramado.

Las naves invasoras que iban en cabeza se dieron cuenta de lo que pasaba cuando ya era demasiado tarde, justo cuando el río volvía a tener su anchura normal, al ver cómo varias gabarras les cortaban el paso obstaculizando su avance. Al encontrarlas livianas, los barcos enemigos de vanguardia las embistieron con sus poderosas proas abriéndose paso a viva fuerza a través de ellas. Mas un poco más adelante, nuevas gabarras permanecían ancladas en el río, atravesadas, impidiendo el paso de cualquier navío. Aquellos curtidos navegantes, hombres bragados y acostumbrados a las calamidades propias del mar, se sonrieron al ver los frágiles bajeles que se les oponían, y en su soberbia, se dispusieron nuevamente a embestirlos, demostrando así el ancestral desprecio que sentían por la navegación fluvial.

El faraón, obviamente, contaba con ello y así, cuando la nueva acometida estaba próxima, hizo la señal convenida y cientos de arqueros salieron de las orillas cubriendo el cielo de saetas encendidas que cayeron sobre los navíos que parecían encontrarse a la deriva. Éstos, repletos de aceite, se convirtieron instantáneamente en inesperadas teas, justo cuando los primeros barcos enemigos chocaban contra ellos.

Todos los buques invasores que iban en cabeza les embistieron irremisiblemente propagándose, al poco, el fuego por todos ellos. El resto de la flota, al ver lo que ocurría, arrió de inmediato las velas aprovechando de este modo la desfavorable corriente del río que les ayudaría a frenar sus embarcaciones, evitando así una nueva colisión.

En ese momento, decenas de barcos de transporte egipcios cargados con material combustible, surgieron de entre la espesa vegetación cubiertos por las llamas, cerrando así la retaguardia enemiga y dejando a su enorme flota hacinada en el ancho río.

Los capitanes que iban a la cabeza se percataron de inmediato del ardid, e intentaron romper el frente de barcos que se les interponía confiando en sus fuertes quillas. Pero lo único que consiguieron con ello fue crear un atasco monumental, un tapón imposible de quitar y sobre el que el cielo parecía escupir un incesante fuego. Sin margen de movimientos al no haber espacio suficiente para que una flota de tal magnitud maniobrara, los buques enemigos quedaron casi apiñados unos con otros en medio de la corriente del Nilo, conscientes de la terrible trampa en la que habían caído.

Desde una de las orillas, junto al príncipe Parahirenemef, Nemenhat fue testigo directo aquel día, de una de las mayores matanzas que recordarían los anales de la historia de Egipto.

Multitud de gabarras y barcos de transporte que tan sólo cargaban combustible se desplazaban convertidos en antorchas contra una flota enemiga que, indefensa, contemplaba como sus barcos ardían unos junto a otros sin opción alguna de avanzar o retroceder.

Desde las riberas, los arqueros hacían puntería con aquellos rudos hombres de mar, con la mayor tranquilidad, lanzando durante horas sus proyectiles contra unos soldados que, aquel día, cayeron sin apenas poderse defender.

Con gran parte de su flota en llamas, los marineros se lanzaban al agua dispuestos a ganar la orilla y al menos poder morir combatiendo. Pero los que lograban llegar a ella, eran derribados de inmediato por las flechas de un enemigo invisible que salía de entre la floresta. Los que no fueron capaces de alcanzar las márgenes del río tuvieron si cabe un final más espantoso, pues ante la gran cantidad de cuerpos que bajaban por el Nilo, éste se llenó de cocodrilos, que, fieles a su naturaleza, se encargaron de devorar a cuantos encontraron a su paso.

—Es la mejor ofrenda que mi padre podría hacer a Sobek —fue el lacónico comentario del príncipe.

En medio de aquel terrible caos, el faraón vio llegado el momento de que su flota fluvial saliera al encuentro del invasor, y así, los rápidos barcos egipcios, surgieron de improviso de entre los innumerables canales que confluían en el río en un perfecto orden de ataque, maniobrando con facilidad y eliminando cuanto quedaba de la flota enemiga.

La desesperación ante una muerte segura hizo que alguno de aquellos buques pudieran ganar la orilla y entablar al menos un digno combate antes de morir. Mas no fueron sino simples espejismos, pues al caer la tarde, el escenario tan sólo era un amasijo de barcos que se hundían aún humeantes, mientras miles de cuerpos flotaban a la deriva a la espera de ser engullidos por los cocodrilos.

Allí acabó la aventura errante de aquel extraño pueblo. Así fue como Ramsés III acabó con los Pueblos del Mar.

Nemenhat, como el resto de arqueros, participó aquel día en la masacre perpetrada en las bocas del Nilo, y nunca durante el resto de su vida se sintió orgulloso por ello. Para él, aquello resultó más sencillo que el hacer puntería en los palmerales de Menfis en las doradas tardes de verano. Bien a su pesar, intentó hacer el mejor de los blancos para que, cuando llegaran los cocodrilos, al menos ya estuvieran muertos.

Ramsés no quería más prisioneros, pues ya tenía bastante con los apresados en Dyahi. Como todos sus antepasados, odiaba el mar y no sentía ninguna simpatía por los hombres que lo recorrían; nada le empujaba por tanto a ser clemente con aquellas gentes que, por otra parte, tampoco lo hubieran sido con su pueblo.

Para cuando las fuerzas del faraón abandonaron los pantanosos parajes, nada que recordara a los guerreros que vinieron del mar, quedaba con vida. Sólo la memoria que el dios grabó en la piedra de su palacio en Medinet-Habu, recordaría a la posteridad, miles de años después, que el Horus viviente destruyó de raíz a tan bárbara amenaza.

Aquella noche, la campaña del año octavo del reinado de Ramsés III contra los Pueblos del Mar había terminado. La victoria había sido completa, y en el campamento del faraón había algo más que una indescriptible alegría. Ese día, el dios había subido a lo más alto; había alcanzado la cúspide de los grandes faraones guerreros. Su nombre, a partir de ese momento, sería equiparable al de los reyes conquistadores; Tutmosis III, Ramsés II, él... Se sentaría junto a ellos, entre los dioses, cuando alcanzara los Campos del Ialu. «Gloria eterna al último gran faraón de Egipto.»

Parahirenemef, como el resto, se hallaba también eufórico; sobre todo por la perspectiva de su pronto regreso a casa. Verdaderamente, estaba un poco cansado de dormir cada noche en su tienda y de las fatigosas marchas que había tenido que soportar estoicamente. Añoraba las comodidades de su residencia menfita, el frescor del agua de sus estanques, el suave perfume que, desde su jardín, parecía envolverlo todo, y naturalmente se acordaba de sus salidas nocturnas y de las magníficas fiestas a las que concurría. Pensaba en sus innumerables amantes y se frotaba las manos ante la proximidad de su vuelta a casa.

Parahirenemef siempre había vivido el tipo de vida que le gustaba; y no por el hecho de ser príncipe y tener la posibilidad de hacerlo, sino más bien porque lo que a él le atraía era todo lo contrario al modo de vida que se suponía debía llevar un aspirante al trono. Era impensable, por ejemplo, que el segundo aspirante a la sucesión, no tuviera esposa e hijos; y sin embargo así era. El príncipe estaba soltero, y a una edad en la que algunos de sus hermanos eran ya abuelos. La vida de crápula tenía también sus desventajas, y él las asumía.

—Esta noche es imposible que te niegues a beber conmigo —dijo el príncipe mientras llenaba las dos copas—, nuestra gran victoria merece al menos un brindis.

Nemenhat sonrió mientras levantaba la copa que le ofrecía.

—Por mi augusto padre, que hoy ha demostrado a todos que es rey entre los reyes —exclamó el príncipe.

Bebieron el contenido de un trago y dejaron las copas sobre una mesa.

—Ah... delicioso, no hay mayor elixir para mi paladar. Y dime, Nemenhat, ¿qué piensas hacer ahora?

El joven hizo un gesto ambiguo.

—No sé. Si la guerra ha finalizado, supongo que el dios licenciará a sus tropas; aunque desconozco cuál es mi situación con respecto a la justicia.

—Como te dije aquella noche, nada tiene el Estado, oficialmente, contra ti, aunque se iniciaran procedimientos que bien podríamos calificar de arbitrarios.

—Entonces...

—Recuerda que el faraón se divirtió mucho cuando le conté tu historia; se sintió fascinado por el relato que le hice de la trama, aunque le pareciera escandalosa. Pero como te anticipé, no piensa intervenir personalmente en el caso. Es un asunto feo, en el que se han cometido tantas irregularidades, que ordenar al visir que abra una investigación al respecto, podría llegar a poner en entredicho al propio sistema judicial. Mi padre está decidido a limpiar de corruptos la Administración, pero ello le llevará tiempo y paciencia. Ya te dije que hasta él debe ir con cuidado.

—En ese caso —balbuceó Nemenhat— tú dirás cuál será mi destino.

—De eso precisamente quería hablarte. Tengo una propuesta que hacerte y me gustaría que la consideraras.

Nemenhat hizo un gesto invitándole a continuar.

—Rehire, mi viejo acompañante, se recupera de su fractura, pero la edad no perdona y el pobre está ya para pocos trotes. Fue un gran guerrero y se ha ganado un retiro digno junto a su familia. Mi padre, que le aprecia mucho, le regalará una *seshat** de tierra fértil para que viva una vejez feliz. Si quieres, tú podrías ser mi nuevo acompañante; te garantizo que, tanto tú como los tuyos, recibiríais un trato principal. Pasarías el resto de tu vida libre de toda amenaza. ¿Qué me dices?

Nemenhat movió la cabeza dubitativo.

—Me haces un inmerecido honor con estas palabras, pero bien sabes el poco apego que tengo por la vida militar. Sólo una suma de increíbles circunstancias han hecho posible el que nuestros caminos se cruzaran.

—De todas formas me gustaría que lo pensaras, no tienes por qué contestarme ahora.

—En cuanto sea posible debo acudir en busca de mi familia, o al menos de lo que me quede de ella. Hay asuntos que debo tratar —concluyó con una mirada extraña.

* Unidad de superficie, llamada por los griegos *arura*, equivalente a unos 2.700 m².

El príncipe pareció comprender.

—Antes de que se me olvide —dijo chasqueando los dedos—. Tengo algo para ti.

El príncipe se acercó a un pequeño arcón y sacó un rollo de papiro.

—Toma —dijo entregándoselo—. El faraón siempre cumple sus promesas.

Nemenhat le miró sorprendido mientras estiraba tímidamente su mano.

—Vamos, cógelo; es lo que deseabas. Dentro están escritas las órdenes oportunas para que le sean devueltas a Hiram cuantas posesiones tuviera en Egipto de forma inmediata. Está firmado por el dios. ¿Reconoces su sello?

Nemenhat vio como el príncipe desenrollaba el papiro y le mostraba el cartucho real.

—Gracias —apenas acertó a decir Nemenhat, no pudiendo ocultar una expresión de felicidad—. Es el mejor regalo que me podían ofrecer. Es mucho más que un obsequio, es... En verdad que el dios ha obrado en justicia con este hombre. No sé cómo expresarte la alegría que esto supone para mí.

—No hace falta que digas nada, brinda conmigo de nuevo —intervino el príncipe llenando ambas copas.

Volvieron a beber y, esta vez, a Nemenhat el vino le supo como nunca antes en su vida.

—Aún tengo otra cosa que decirte —continuó Parahirenemef tras apurar su copa.

—Te escucho.

—Lo que pediste a mi padre, he de confesarte que me sorprendió. Él incluso se extrañó que no solicitaras ninguna ventura para ti. Has de reconocer que es un poco inusual encontrar personas así en las épocas que corren. Pedir el favor del faraón por un amigo, cuando tantas desgracias se han cebado en tu persona, te honra y te ennoblece, créeme. Por ello, el dios me dio licencia para que te dispensara la gracia que creyera oportuna.

Nemenhat pareció desconcertado.

—He decidido ayudarte para que vuelvas a tu casa y... soluciones tus viejos problemas.

El joven le miró con ansiedad.

—Para ello he dispuesto un plan que es necesario que aceptes.

Nemenhat se aproximó al príncipe, exultante.

—Lo que quieras, príncipe. Haré cuanto sea preciso.

—Es muy sencillo —continuó Parahirenemef—. Hoy entre las pocas bajas que hemos sufrido se encuentra la tuya.

—¿La mía? No comprendo.

—Sí, hombre, la tuya. Cuando el escriba fue tomando nota de nuestros caídos en combate, uno de los nombres que apuntó fue el tuyo. Yo mismo se lo indiqué y, como comprenderás, el *sesh mes* no iba a dudar de mi palabra. Así que, oficialmente estás muerto.

Nemenhat movía sus ojos de un lado a otro entendiendo de inmediato lo que aquello suponía.

—La lista se hará oficial mañana y se publicará en todo el país. Mañana, Nemenhat ya no existirá.

—Entonces, mi nombre...

—Deberás olvidarte de él; al menos durante algún tiempo. Tu nueva identidad es la del soldado que realmente murió.

—¿Y cómo se llamaba?

—Dedi.

—¿Dedi?

—Sí, ya sé que no suena a nombre de rancio linaje; el tuyo me gustaba mucho, pero qué quieres que le haga, el muerto se llamaba así. De todas formas, ahora que lo pienso, hubo un gran soldado que se llamaba igual, y llegó a ser comandante en jefe del ejército en tiempos de Tutmosis III.

—Dedi —murmuró Nemenhat disconforme.

—Lo siento, amigo, pero no es tan fácil enmascarar una cosa así. Un soldado caído al que nadie espera que regrese... Surgió la oportunidad y hubo que aprovecharla. Desde ahora te llamarás Dedi; si estás de acuerdo, claro.

Nemenhat levantó su mirada llena de inmensa gratitud hacia el príncipe.

—Me parece bien.

—Magnífico; todo está preparado. Esta misma noche saldrás para Menfis en uno de los barcos de carga que parten hacia allí. Sé cauto y recuerda que, desde mañana, nadie espera volver a verte nunca; eso facilitará tus propósitos.

Nemenhat asintió en silencio.

—No me interesa saber cómo solucionarás tus problemas, pero te aconsejo que, cuando lo hagas, abandones Menfis durante una larga temporada. Sal del país, o si lo prefieres dirígete al sur. En Tebas te encontrarías a salvo, instálate allí y sé discreto. Si me necesitas, acude a la residencia que tengo allí y habla con Kheruef, mi mayordomo. En ese caso, muéstrale esto —dijo dándole una pulsera de malaquita que tenía unas extrañas inscripciones—. Él sabrá entonces cómo ayudarte.

Nemenhat apretó la pulsera entre sus dedos mientras creía que el corazón se le salía del pecho.

—Nunca pensé recibir semejante presente —dijo con los ojos velados por la emoción.

—No es ningún don; es la ayuda que prestaría a un hermano. Has demostrado lo que, para ti, representa la amistad y también tu generosidad.

Nemenhat se acercó al príncipe y ambos se abrazaron emocionados.

—No disponemos de mucho tiempo —balbuceó Parahirenemef al separarse.

—Donde quiera que me encuentre te llevaré en mi corazón. Nunca te olvidaré, príncipe.

Éste sintió un pequeño nudo en la garganta y luchó por evitar que alguna lágrima surgiera de sus ojos.

—Recuerda mi ofrecimiento, y todo cuanto te dije. Espero volverte a ver. Ahora, debes marchar.

Atardecía cuando la gabarra atracó en uno de los muelles de Per-Nefer. Éste mostraba la actividad típica de aquellas horas en las que los trabajadores se preparaban para regresar a sus casas. La noticia de la victoria del faraón se le había adelantado y pudo palpar de inmediato la alegría de la gente, en cuanto saltó a tierra. Respiró con deleite al sentir de nuevo el suelo menfita bajo sus pies, y su recién estrenada libertad. ¿O tal vez era nueva?, pues Nemenhat era, aquella tarde, más libre de lo que nunca había sido. No tenía ningún pasado por el que preocuparse, aunque sí tuviera un futuro, y esto le hacía tener la impresión de que, en cierta forma, acababa de nacer.

—Ahora soy Dedi —se dijo socarrón.

Anduvo entre el gentío que discurría por los aledaños del puerto hasta que se hizo de noche. No quería que nadie descubriera su llegada, y prefirió esperar a la oscuridad, para dirigirse a su casa y así evitar ser reconocido. Se cubrió con un chal de lino y caminó por las calles del barrio que tan bien conocía, sin poder evitar melancólicos recuerdos. Sin proponérselo, sus pies le llevaron a la casa en la que, durante tantos años, había vivido con su padre. Estaba extrañamente silenciosa; sin huella alguna de que, en un tiempo, hubiera habido vida.

La imagen de Shepsenuré se le apareció entonces sin pretenderlo; llenaba la casa, la calle... su corazón. ¡Cuánta miseria! Nemenhat abandonó el lugar de inmediato con la congoja oprimiéndole desde lo más profundo de su ser; apretó los dientes luchando contra ella, con la firme determinación de no verse arrastrado por la aflicción con que, la nostalgia, parecía siempre perseguirle. Ello le hizo avivar el paso por las solitarias callejuelas, huyendo de lo que amenazaba con convertirse en desconsolada pena.

Era ya noche cerrada cuando Nemenhat llegó a su casa. La calle, como de costumbre, estaba solitaria a aquella hora, y el absoluto silencio que parecía envolver al barrio, tan sólo era roto por los ladridos lejanos de algún perro.

Se aproximó hasta la puerta, asegurándose que nadie le veía, y permaneció unos instantes frente a ella. Aguzó el oído intentando captar alguna voz en su interior mientras sentía que su pulso se aceleraba; mas nada oyó. Sombríos pensamientos se apoderaron de él unos momentos, llenándole de desasosiego ante la posibilidad de que no hubiera nadie dentro.

«¿Y si las cosas no son tal como me las dijo el príncipe?»

Sintió cierto desasosiego ante esta posibilidad que, de inmediato, desechó. Solo había una manera de comprobarlo.

Volvió a mirar a su alrededor cerciorándose de que estaba solo, y acto seguido golpeó la puerta con su mano.

A Nemenhat, el ruido le pareció espantoso, y enseguida pensó que los vecinos se asomarían molestos para ver quién era el causante de tal escándalo a aquellas horas. Pero todo continuó igual de silencioso y ninguna puerta se abrió; ni tan siquiera la suya. Volvió a llamar de nuevo con más fuerza a la vez que movía el pestillo por si la puerta estuviera abierta. Pero fue inútil, pues ésta se encontraba bien cerrada; así que la golpeó con decisión repetidamente.

Al poco, Nemenhat creyó oír ruido dentro. De nuevo puso atención y creyó escuchar el sonido de unos pasos en el interior que se acercaban. Las pisadas se hicieron más nítidas paulatinamente hasta resultar cercanas y, al momento, una voz que le era bien familiar, salió de la casa.

—¿Quién anda ahí? —preguntó aquella voz que parecía haber sido despertada de un profundo sueño.

—Soy yo —contestó Nemenhat casi en un susurro.

—¿Quién es yo?

—Soy Nemenhat, abre la puerta de una vez antes que despierte todo el barrio.

—¿Nemenhat? No es posible —contestó de nuevo la voz con incredulidad.

—Sí que lo es. Abre o tendré que tirar la puerta abajo.

Oyó entonces como unas manos descorrían el cerrojo de la puerta, y luego ésta se abrió dejando asomar una cabeza a través de ella; era Min.

—Por todos los genios del Amenti, Min, ¿vas a dejarme pasar o no?

Éste, que no daba crédito a cuanto veía, abrió desmesuradamente sus ojos, haciéndolos destacar aún más en la oscuridad reinante.

—¡Nemenhat! —exclamó incrédulo al tiempo que abría un poco más la puerta y acercaba la lámpara a su rostro.

Nemenhat empujó con suavidad ayudándole a abrirla del todo, y luego entró.

—¡Hathor bendita, no puede ser! —dijo Min mientras le miraba con unos ojos como platos—. ¡Eres una aparición!

—No digas tonterías —replicó Nemenhat molesto—. No soy ninguna aparición, ni un espíritu ni nada por el estilo. No seas estúpido.

—Pero, es imposible. Te dábamos por desaparecido y...

—Pues he regresado; pero dime, ¿dónde está Nubet?, ¿y Seneb? —preguntó con ansiedad.

—Seneb ha muerto —se lamentó Min bajando sus ojos hacia el suelo.

—¿Que ha muerto?

En ese momento oyó el sonido de otros pasos y vio la débil luz de un candil que se acercaba.

—¿Qué ocurre, Min, quién es?

Al escuchar aquella voz a Nemenhat le dio un brinco el corazón; era Nubet.

—Pero... —apenas acertó a decir mientras se aproximaba.

Luego no pudo reprimir un grito a la vez que se llevaba una mano a su boca.

—¡Eres tú, Nemenhat! ¡Estás vivo!

Apenas dicho esto, sintió como su vista se nublaba y sus piernas apenas fueron capaces de sostenerla, cayendo desvanecida sobre la estera.

Cuando volvió en sí, lo primero que vieron sus ojos fue el rostro de su esposo. Creyó que se encontraba de nuevo en una de las numerosas pesadillas que, con tanta frecuencia, había sufrido durante aquellos últimos meses. En ellas, siempre estaba presente Nemenhat cubriéndola de besos y atenciones como el más solícito de los maridos; colmándola de felicidad. Mas al despertar, se encontraba de nuevo con la soledad de una cama que apenas había podido compartir con él, y con la terrible perspectiva de que jamás lo volvería a hacer. Entonces, Nubet volvía al reino de la desesperanza en el que se había convertido su corazón.

En sólo un día había perdido a su esposo y a su padre, y un mundo sórdido y oscuro, para el que no estaba preparada, la había engullido por completo mostrándole una cara bien distinta de todo cuanto había conocido. Vivía instalada en la aflicción; triste y desorientada, y sin saber cómo darle sentido a una vida que ya no tenía ningún interés en vivir. Pasaba la mayor parte del tiempo recluida en su casa, sin apenas atreverse a salir, por miedo a las increpaciones de los vecinos que tanto había querido.

La noticia de que Nemenhat y su familia no eran más que vulgares saqueadores de tumbas había sido extrañamente extendida por todo el vecindario. Un vecindario, que había pasado de una suma adoración, a sentir el mayor de los desprecios por la muchacha, hasta el punto de ser insultada siempre que se cruzaban por la calle con ella. De nada valió la ayuda que Nubet, desinteresadamente, les había prestado durante años. Sus antiguos pacientes dejaron de visitarla, y sólo Min, el fiel compañero de su padre, permaneció incondicionalmente a su lado, haciéndose cargo, en lo posible, de todas sus necesidades.

Por eso, al ver a Nemenhat inclinado sobre ella sosteniendo una de sus manos entre las de él, parpadeó varias veces incrédula temiendo encontrarse de nuevo en uno de aquellos sueños.

Nemenhat, que la miraba dulcemente, sentía que su corazón se desgarraba en infinitas partes, observando el lamentable estado en que se encontraba su esposa. Aquellos ojos, hermosos como ningunos otros, apenas representaban un vago remedo de su antiguo esplendor. Hundidos y rodeados de oscuras ojeras, eran el espejo más fiel del terrible sufrimiento que Nubet había padecido.

—Nubet, soy yo, Nemenhat —le dijo casi en un susurro—. He vuelto para estar junto a ti para siempre.

—¡Nemenhat! —exclamó ella casi sin fuerzas—. Estoy de nuevo en un sueño.

—No es ningún sueño, amor mío. He regresado; ya no tienes nada que temer.

Ella trató de incorporarse un poco y extendió débilmente sus brazos hacia él. Nemenhat se inclinó más sobre ella y sintió cómo aquellos brazos le rodeaban la nuca; luego se fundieron en un abrazo en el que sus cuerpos se transmitieron todo cuanto necesitaban decirse, sin pronunciar una sola palabra.

—Ya no me quedan lágrimas —musitó ella en su oído rompiendo el silencio.

—Lo siento, Nubet, lo siento muchísimo. Sé que soy la causa de tu sufrimiento. Nunca pensé que algo así pudiera ocurrir; has sido víctima inocente de mi desgracia.

—Víctima inocente —repitió ella casi en un murmullo.

—Te quiero, Nubet, eres mi bien más preciado...

—Nuestros padres han muerto —cortó ella.

—Lo sé —contestó Nemenhat mientras notaba como las lágrimas le corrían por ambas mejillas incontroladamente.

—¿Por qué, Nemenhat? ¿Qué hemos hecho?

Nemenhat, incapaz de articular palabra, la apretó más entre sus brazos.

—Mi padre era un hombre justo que te quería como a un hijo.

—La culpa ha sido mía —acertó por fin a decir Nemenhat sobreponiéndose a su congoja—, sólo mía. Debí haberte hablado de mi pasado antes de casarme contigo, pero no tuve valor, temí que si lo hacía me rechazarías de inmediato; fui un egoísta al no hacerlo. Perdóname, Nubet.

—He rezado cada noche a nuestra madre Isis pidiéndole por ti, allá donde te encontraras. Ella es capaz de obrar cualquier milagro. ¿Acaso no devolvió la vida a su esposo Osiris? Isis vela por nosotros en todo momento y al fin ha atendido a mis plegarias —dijo como si estuviera a punto de entrar en trance.

Nemenhat sintió cómo los brazos de su esposa se desprendían de su cuello y caían laxos; luego la ayudó con cuidado a tumbarse de nuevo sobre la cama.

—Es mejor que la dejes dormir —oyó que decía Min a su espalda—. Debe recuperarse de la conmoción que ha sufrido al verte.

Nemenhat asintió mientras la arropaba con una manta. Luego salió de la habitación y acompañó a Min a la sala apenas alumbrada por débiles candiles.

—¿Quieres vino? —le ofreció Min mientras cogía un ánfora.

El joven hizo un ademán de conformidad mientras se sentaba sobre unos almohadones.

—Es del que nos regalaba tu padre, ¿sabes? Ya nos queda poco —dijo mientras le ofrecía la copa.

Nemenhat apuró su contenido de un trago y tendió de nuevo la copa para que se la volviera a llenar.

—Sea cual fuere el lugar donde has estado, parece que te has aficionado —dijo el africano con su habitual socarronería.

Nemenhat no hizo caso al comentario y se llevó de nuevo el vaso a la boca para dar un sorbo.

—Ahora cuéntame lo que ha ocurrido aquí —dijo Nemenhat bruscamente.

—Más bien deberías ser tú el que comenzara a hablar. ¡Quién iba a pensar que fuerais saqueadores de tumbas! —exclamó Min de nuevo con sarcasmo.

—Tienes razón, amigo mío. Sin duda debería dar mil explicaciones para que al menos comprendáis como he traído la miseria a vuestra casa.

Nemenhat contó entonces a Min su historia, su niñez y su oscuro pasado buscando tumbas olvidadas junto a su padre. Le habló de Ankh y de la relación que éste entabló con ellos y que a la postre traería tan funestas consecuencias. El africano abrió los ojos sorprendido al escuchar como el escriba les empujaba a robar tumbas en Saqqara, pero permaneció callado durante todo el relato. Cuando terminó, Min estaba perplejo.

—Mi padre disponía de riquezas suficientes para que vivieran holgadamente varias generaciones. No tenía necesidad de robar más, y eso fue precisamente su perdición.

—¿Y todas esas riquezas, las conservas?

Nemenhat hizo una mueca burlona.

—Ankh es ahora el dueño de todo. No dudes si te digo que todo ha sido un complot. Hemos sufrido la más diabólica de las confabulaciones.

—¿Estás seguro de lo que dices?

—Completamente; el príncipe Parahirenemef me lo contó en persona.

—¿El príncipe Parahirenemef? ¿Le conoces?

—Somos buenos amigos. Gracias a él, esta noche me encuentro entre vosotros.

Min le miró sin comprender.

—He combatido junto a él en la guerra.

—¿Te refieres a la guerra contra los pueblos invasores que venían del mar?

—Así es. Esta misma tarde llegué al puerto de Menfis desde el Delta después de vencerles en la última batalla.

Min, que no daba crédito a cuanto oía, apuró su copa y corrió a ponerse otra.

—Más tarde te contaré los detalles que quieras, pero ahora te ruego que me relates todo cuanto aquí ocurrió.

—De repente, los demonios se conjuraron para maldecirnos —dijo Min supersticioso—. Salieron de su inframundo dispuestos a que su maldad invadiera todo cuanto había en esta casa.

—Déjate de demonios y cuéntame lo que pasó —cortó Nemenhat bruscamente.

—La noche que desapareciste, apenas pudimos dormir. Estábamos muy preocupados por tu tardanza, sobre todo por el hecho de que nunca acostumbrabas a llegar tarde. Nubet vino, ya cerrada la noche, muy nerviosa por tu tardanza y aunque tratamos de tranquilizarla, fue ella la que al rato, nos contagió su angustia. Decidí entonces ir a la casa de tu padre para ver si él sabía algo sobre tu paradero. Pero al llegar, encontré la puerta cerrada a cal y canto, y nadie respondía a mis llamadas. Aquello me pareció muy extraño, pero pensé que quizás estuvieras con tu padre en alguna taberna. Créeme que aquella noche me las recorrí todas; mas como bien puedes suponer, mi búsqueda resultó infructuosa. Al día siguiente os buscamos por todas partes, pero no fue sino al ver que la oficina de Hiram estaba cerrada, que empezamos a preocuparnos. La empresa del fenicio estaba embargada y mientras llamábamos a su puerta, la gente nos miraba con cara rara. Volvimos a casa de tu padre y forzamos la puerta. Dentro no había más que silencio y multitud de objetos tirados por el suelo; como si allí se hubiera cometido gran violencia.

»Regresamos con Nubet —prosiguió Min— con la esperanza de que quizás ella tuviera alguna noticia vuestra, pero no fue así y al anochecer, estábamos seguros que algo grave os había ocurrido. Por la mañana, Seneb salió muy temprano dispuesto a revolver la ciudad entera en pos de vuestro paradero. Preguntó aquí y allá, pero sin obtener ningún resultado; la tierra parecía que os había devorado. Por la noche, tu esposa fue todo desconsuelo y sollozos, y no hubo forma de insuflarle un poco de ánimo a su desesperación. Al día siguiente, Seneb se encontró con un viejo amigo que trabajaba en los juzgados y al que había hecho grandes favores hacía tiempo, cuando su padre murió. El viejo embalsamador se había ocupado de su preparación, y apenas le había cobrado por sus servicios. Cuando Seneb le contó lo ocurrido, su amigo se acarició la barbilla extrañado y prometió investigar al respecto quedando en comunicarnos cualquier cosa que supieran. Esa misma tarde, regresó muy agitado a casa de Seneb y nos contó que tu padre había sido detenido por profanador y que estaba siendo interrogado por el juez. En cuanto a tu paradero, nadie parecía saber nada. Puedes imaginar la cara que puso el viejo al escuchar semejantes palabras. Juró y perjuró ante todo el tribunal de Osiris que aquello era imposible. Que tales acusaciones sólo podían ser producto de algún error descomunal.

Nemenhat bajó la vista avergonzado al oír aquello.

—Por tanto, ante tal imputación, decidimos ir a la corte donde, tu padre, parecía estar detenido, para abogar por él. Allí nadie aparentaba saber nada del asunto, pero ya sabes como era Seneb; insistió invocando a todas las fuerzas divinas y humanas, amenazando con acudir al templo de Ptah donde aseguró tener las amistades suficientes como para desenmascarar todo aquel embrollo. Ante sus amenazas, el funcionario nos invitó a entrar y esperar en una fresca sala hasta que pudiera traernos alguna noticia sobre el caso. A mí, francamente, todo aquello me empezó a oler mal. Los escribas iban y venían pasando por nuestro lado, mirándonos con forzado disimulo y cuchicheando entre sí; pero permanecí callado, prefiriendo no comentarle nada a Seneb. Por fin, cuando la tarde declinaba, el funcionario regresó acompañado por un individuo que dijo ser inspector judicial.

»—¿Sois vosotros los que preguntáis por alguien de nombre Shepsenuré? —nos inquirió con la típica petulancia que emplea esa gente.

»Seneb movió la cabeza afirmativamente mirándole fríamente a los ojos.

»—¿Que lazos os unen con él? —volvió a preguntarnos con desdén.

»—De amistad —contestó Seneb secamente.

»—¿No serán quizás otros los vínculos? Bien pudierais ser cómplices del...

»Seneb no le dejó terminar la frase —dijo Min interrumpiendo su relato—. Su cara se congestionó por la ira dando rienda suelta a una cólera, como yo no le había visto jamás. Te aseguro, Nemenhat, que daba miedo verle, y hasta el funcionario se sorprendió por su reacción.

»—¿Crees que hablas con uno de tantos patanes con los que acostumbras a tratar? —recuerdo que le preguntó—. Pero conmigo tocas en hueso, inspector, porque sé tanto de Egipto, de sus dioses, de sus hombres y de sus leyes, como tú en diez vidas que vivieras. Conozco muy bien los derechos que me asisten y llevo a Maat en la Sala de las Dos Verdades grabada a fuego en mi corazón, y has de saber que mi santo patrono, al igual que debiera ser el tuyo, es el divino Thot*, sabio entre los sabios. Por él rijo mi conducta, como muy bien me enseñaron en la Casa de la Vida, desde mucho antes que tú nacieras.

---

* Thot era el patrono de la Casa de la Vida y de los jueces.

»—La persona por la que preguntas es un reo de la peor especie —contestó el inspector envarándose.

»—¿Reo? ¿Reo de qué?

»—Del peor de los crímenes que un hombre puede cometer en esta tierra; saquear tumbas.

»—Son acusaciones graves, sin duda, que me resisto a creer y que en todo caso deberá ser el visir quien las juzgue.

»—No creo que haya que molestar al *Ti Aty* por esto —dijo el funcionario mirándose distraídamente las uñas de una mano.

»—Disculpa, pero creo no entenderte. Una acusación como ésta no supone ninguna molestia para el visir, sino una obligación.

»—El juez instructor no opina lo mismo.

»La cara de Seneb volvió a ponerse roja con aquellas palabras.

»—Eso supone una arbitrariedad inaceptable —dijo alzando la voz.

»—Si crees que se ha cometido alguna irregularidad, eleva una protesta al juez —contestó el funcionario con una media sonrisa.

»—Por supuesto que lo haré —exclamó Seneb que notaba cómo se agolpaba la sangre en sus sienes.

»—Pues ya te adelanto que no te servirá de nada.

»Los ojos de Seneb brillaron como ascuas.

»—¿Qué quieres decir?

»—Que ha ocurrido una desgracia durante uno de los interrogatorios rutinarios. Parece que el tal Shepsenuré dio un mal paso cayendo al suelo y golpeándose en la cabeza, con tan mala fortuna, que se mató.

»Seneb perdió entonces los nervios y se abalanzó sobre el inspector, originándose un gran revuelo. Yo mismo le tuve que sujetar para evitar males mayores —dijo Min—. Mas enseguida, todos los funcionarios que estaban por allí acudieron para poner orden mientras Seneb no paraba de llamarles criminales, asesinos e incluso cosas peores.

»—¡Echadles a la calle! —recuerdo que gritó el inspector lleno de rabia—. ¡Fuera, echadles a los perros, que es con quien deben estar, antes de que me arrepienta y les detenga por complicidad!

»Se presentaron entonces varios de los soldados que acostumbran a montar guardia en las dependencias y nos echaron a empujones; de muy malas maneras —continuó el africano.

»Si queréis ver a vuestro amigo id a Saqqara a buscarle; allí le arrojaron anoche, como es costumbre hacer con los criminales. Quizá tengáis suerte y encontréis algún resto que no se hayan comido ya las alimañas —dijo el funcionario lanzando una carcajada—. Después desapareció por el pasillo.

Nemenhat se llevó ambas manos a los cabellos tirando de ellos a la vez que movía su cabeza de un lado a otro. Luego volvió a mirar a su amigo animándole a continuar.

—Ya era casi de noche —dijo Min— cuando encontramos a tu padre tirado sobre la arena, no muy lejos de la pirámide que llamáis escalonada. Al principio nos costó reconocerle, pues tenía la cara desfigurada por los golpes que le habían dado, mas tras examinarlo detenidamente, no tuvimos duda que se trataba de él. Vi a Seneb llorar sobre su cuerpo, mientras le cogía la cabeza entre sus manos; después me hizo una seña para que le ayudara a levantar el cadáver y así poder llevárnoslo para embalsamarlo decentemente.

Nemenhat le miraba ahora sin pestañear con los ojos cubiertos de lágrimas.

—Pero entonces —prosiguió Min— escuchamos unas voces que nos increpaban, y vimos a unos hombres que se acercaban a la carrera. Eran *medjays*; policías del desierto que a veces vigilan la necrópolis, que se abalanzaron sobre nosotros como hienas, sin darnos tiempo apenas a reaccionar. Vi como uno de ellos golpeaba a Seneb con una de sus mazas, y acto seguido algo pesado, como el granito, cayó sobre mi cabeza sumiéndome en una total oscuridad. Ignoro cuánto tiempo pude permanecer en tal estado mas, de repente, algo me hizo recuperar la consciencia. Al principio sentí como un suave pellizco en una de mis piernas, tan ligero, que apenas me dolió. Pero enseguida, el dolor subió de intensidad hasta llegar a resultarme insoportable. Fue en ese momento cuando abrí los ojos para presenciar la escena más espeluznante que pudiera imaginar. ¡Chacales, Nemenhat! Chacales por todas partes; una jauría que devoraba los cuerpos de Seneb y tu padre. Te juro que durante un instante no di crédito a lo que veía convencido de que todo aquello sólo formaba parte del más horripilante de los sueños. Entonces mis ojos se encontraron con los de uno de aquellos animales que me miraban fijamente mientras mordía una de mis piernas. La bestia clavaba sus dientes con tal ahínco, que lancé un grito que más pareció salir de la garganta de una alimaña que de la de un hombre; el mismo animal se asustó ante el alarido, pues soltó su presa un momento. Yo me levanté enfurecido y, agarrándole por el cuello, lo estrellé contra el suelo con todas mis fuerzas. Los otros pararon de comer un momento y me observaron sorprendidos. En ese instante enloquecí por completo y una cólera terrible me enajenó. ¡Me transformé en una fiera! Cogí al animal que yacía a mis pies y lo lancé contra aquella jauría que me miraba con los hocicos ensangrentados. Luego, cargué contra ellos con toda la violencia que fui capaz, propinando golpes por doquier. Uno de los animales me asió la pantorrilla con sus mandíbulas, pero me logré deshacer de él y le di tal patada que creo que lo reventé, pues lanzó un lamento tan quejumbroso, que el resto de la manada se retiró prudentemente a una distancia segura. Enseguida me acerqué a los dos cuerpos postrados sobre la arena...

En ese momento, Min calló mirando angustiado a su amigo.

—Les habían devorado las entrañas, Nemenhat —exclamó casi entre sollozos—. ¿Qué final puede ser peor para un hombre tan justo como Seneb, que ser pasto de las fieras?

Nemenhat apenas pudo reprimir un grito de dolor mientras apretaba sus puños con fuerza.

—Cargué sobre mis hombros lo que quedaba de sus cuerpos y me dirigí al lugar donde Seneb solía embalsamar los cadáveres. La luna llena iluminaba Saqqara con particular claridad aquella noche, mas no volví a ver a ningún vigilante en la necrópolis. Los *medjays* nos dieron por muertos, sin reparar en que mi duro cráneo africano necesita algo más que una maza para poder ser quebrado. Cuando abandoné el lugar, todavía creía escuchar los tristes aullidos de los chacales lamentándose por no haber podido terminar su festín.

—¿Y luego? —preguntó Nemenhat descorazonado.

—Hice lo que pude por ellos, que no fue mucho, pues estaban destrozados. Les rompí el etmoides y extraje su cerebro, que era el único órgano que les quedaba. Les lavé con vino de palma y sumergí sus cuerpos amputados en natrón durante treinta y seis días. Como comprenderás, no tenía sentido realizar las operaciones para administrarles los ungüentos apropiados, que sin duda se merecían, pero te aseguro que les vendé con el mejor lino de Sais, como tantas veces había visto hacer a Seneb, y al acabar, puse entre el vendaje, sobre sus corazones, un escarabajo. Cuando todo estuvo terminado, Nubet procedió a efectuar el rito de la «apertura de la boca»* y demás liturgia que ella aprendió de su padre. Dada la situación, poco más podíamos hacer.

—Entiendo. ¿Y dónde los enterrasteis?

—Deambulé durante unos días por la necrópolis disimuladamente, tratando de encontrar un lugar discreto y poco vigilado donde sepultarles; y después de mucho buscar, elegí la zona meridional de Saqqara, pues está casi abandonada. Nadie suele aventurarse por allí, así

---

* Era una ceremonia que se efectuaba al difunto, con el fin de devolverle el uso de la boca y los ojos, para que así pudiera recuperar las facultades que tenía en vida.

que me pareció que sería un buen lugar. Una noche puse los cuerpos momificados sobre el asno, los cubrí adecuadamente, y me dirigí hacia aquellos parajes. No encontré un alma en mi camino, por lo que les pude enterrar con toda tranquilidad. Lo hice muy cerca de los restos de una de las pocas pirámides que allí se alzan.

—¿Cuál de ellas? —preguntó Nemenhat con curiosidad.

—La primera que encontré, pues aunque no vi a nadie por los alrededores, tampoco era cuestión de ponerme a dudar entre ellas. Nubet me dijo que pertenecía a un dios que gobernó esta tierra hace más de mil años. Creo que me comentó que se llamaba Merure (Pepi I) y que fue faraón de la VI dinastía, allá por el I. Antiguo.

Nemenhat movió su cabeza aseverando y recordando lo cerca que se encontraba la tumba de Sa-Najt.

—¿Conoces el lugar? —preguntó Min.

—Sí.

El africano iba a hacer un comentario jocoso pero prefirió callar.

—Elegiste un buen emplazamiento, Min; al menos allí recibirán todas las buenas influencias que la proximidad del faraón les dará.

—Eso mismo me dijo tu esposa.

Nemenhat miró a aquel hombre con toda la gratitud que le fue posible.

—Has hecho más de lo que nadie hubiera sido capaz. Me avergüenzo al darte las gracias, porque antes debería pediros perdón más de mil veces. Todo se me fue de las manos como si fuera agua del Nilo.

—No te atormentes más; ya nada podemos hacer. Seneb y tu padre están muertos, pero tú al menos estás a salvo. Los dioses han considerado su castigo por vuestro pecado y en cierto modo se han mostrado generosos.

Nemenhat le miró frunciendo el entrecejo.

—Son las manos de unos canallas las que han hecho todo esto —dijo.

—Escucha —continuó Min—. Tu esposa se encuentra muy afectada. Ha estado llorando durante días enteros sin que ninguna de mis palabras fuera capaz de aliviarla. Además, todo el barrio está al corriente de cuanto pasó y no hemos sufrido más que desprecios. Hasta ahora yo me he ocupado de que no la faltara nada, aunque ya casi no tenemos ni un deben.

—Eso no es ningún problema —dijo Nemenhat mientras su mirada parecía perdida—. Lo único que me importa es Nubet; su amor es mi principal anhelo. Si lo pierdo, todo habrá terminado para mí.

—No te preocupes —dijo Min acercándose a él—. Ella te quiere; por eso sufre. Sus lágrimas no han sido sólo por su padre; estaba desesperada ante la perspectiva de tu muerte. Pero deberás ser paciente con ella y contarle toda la verdad, pues sabes mejor que yo que, de alguna manera, la has traicionado. No olvides nunca que tiene un corazón tan bondadoso como el de Seneb.

Durante los días siguientes, Nemenhat permaneció junto a su esposa sin apenas separarse, consolándola y a la vez reavivando la llama de su esperanza, que se hallaba casi apagada. A veces la sentía desfallecer al comprender que todo su mundo se había desmoronado. La concepción que tenía de la justicia, del orden, del hombre, o de los mismísimos dioses había sufrido una transformación que le era imposible asimilar.

Una mañana, en la que la vio más animada, le contó todo aquello que desconocía. La historia que le ocultó por miedo a perderla y que nunca pensó revelarle.

Ella le escuchó muy atenta, sin ninguna interrupción; captando el sufrimiento de su marido al rememorar su miseria.

—Formaba parte de un pasado tan lejano, que nada tenía que ver con nosotros —aseguró él—. Desde que llegamos a Menfis quisimos vivir honradamente, pero nuestro destino ya no nos pertenecía.

Luego narró todo cuanto ocurrió después; la trama urdida sobre ellos y el fatal desenlace.

—Nunca creí que tanta maldad fuera posible —musitó Nubet bajando los ojos.

—Nos acecha y casi siempre sorprende. Desgraciadamente, muchos corazones la albergan.

Hubo un largo silencio durante el cual él tomó sus manos mirándola con ansiedad.

—Todos hemos sido víctimas de la desgracia, no hagamos todavía más profundas nuestras heridas. Yo te quiero, Nubet; imploro tu perdón pues todo lo que callé fue para poder tenerte.

Ella le miró con una expresión de dulzura que hizo poner a Nemenhat un nudo en su garganta. Luego se abrazó a él con la fuerza de todo el cariño que sentía.

—Eres mi amor —le susurró suavemente al oído—. La magia de Isis te ha devuelto a mí y nunca más te dejaré marchar.

Se besaron apasionadamente dejando que sus emociones se explayaran, felices de verse arrastrados por ellas. En aquellos instantes ambos sintieron renacer unas ilusiones que creyeron perdidas para siempre.

Cuando por fin se separaron, él la miró con ternura mientras le susurraba.

—Nunca más nos separaremos, te lo prometo.

Aquella noche, después de cenar, se sentaron los tres, más animados, junto al hogar. Nemenhat les relató sus aventuras en el ejército del dios y todo cuanto había sucedido en la guerra librada contra los lejanos pueblos provenientes del mar.

Min quedó impresionado con la narración de las batallas, abriendo sus ojos exageradamente, como solía hacer cuando algo le asombraba.

—Entonces, ¿estuviste cerca del faraón? —preguntó admirado.

—Casi tan cerca como ahora de ti.

—¿Y cómo es? Dicen que de su cuerpo surge una luz de una pureza cegadora.

Nemenhat sonrió.

—La misma que puede brotar de ti. Te aseguro que es un hombre como los demás, aunque su cara lleve marcadas sus innumerables preocupaciones. No envidio a Ramsés.

Min puso una expresión algo estúpida al no poder comprender lo que le decía.

—De cualquier modo, brindaré por él cada día —continuó Nemenhat levantando su copa—. Su magnanimidad sí que es propia de un dios.

—Aunque durante el resto de tu vida tengas que llamarte Dedi —intervino Nubet—. ¡Qué nombre tan horroroso!

—Él me trajo de nuevo a vosotros. Quizá también brinde por él.

Min lanzó una carcajada.

—Set me lleve si no te has aficionado al vino. El príncipe Parahirenemef ha hecho una buena labor contigo.

—Me dio sabios consejos, y me deseó encarecidamente que hiciera lo posible por conservar tu amor —dijo mirando a su esposa.

Ésta se sorprendió.

—¿Hablaste de mí al príncipe?

—Cada noche; y él no cesaba de decirme cuánto me envidiaba. Estaba prendado de tu nombre.

Nubet se ruborizó.

—En la ciudad tiene fama de mujeriego —intervino Min.

—Está lleno de nobleza y siempre le llevaré en mi corazón. Espero volver a verle algún día.

Nubet ocultó un bostezo con su mano, y al poco se disculpó para ir a dormir.

—No tardes, Nemenhat —dijo dulcemente al despedirse.

—¿Y ahora qué piensas hacer? —preguntó Min cuando se quedaron solos.

—Debemos marcharnos de aquí. Menfis ya no es un lugar seguro para nosotros. Pero antes hay algunos asuntos que debo resolver. ¿Me ayudarás?

Min enarcó una de sus cejas.

—No hay nada que desee más. ¿Qué debo hacer?

—Te contaré mi plan.

El *khamsín*, «el que dura cincuenta días»*, llevaba ya varias semanas soplando con fuerza. Era un viento que llegaba del suroeste alimentado por todo lo que el desierto era capaz de darle, y que azotaba inmisericorde Egipto en el mes de *parmute* (febrero-marzo). Durante este período, el país entero quedaba envuelto por las constantes tormentas de arena que descargaban sobre él y que lo cubrían por completo. Nada se libraba a la furia de aquel ardiente viento, surgido de las entrañas de *Deshret***; ni tan siquiera el Nilo, que veía como sus riberas se cubrían de la espesa capa de arena que el aire transportaba.

Menfis parecía entonces vivir una ilusión y se transformaba en una ciudad espectral en la que los habitantes que osaban transitar sus calles, parecían ánimas vagando sin rumbo cierto, o quizá simples apariciones surgidas de entre una insondable espesura de polvo anaranjado.

Los ciudadanos conocían bien aquel fenómeno desde que Egipto existía, y durante los casi dos meses que solía durar, se amoldaban a él lo mejor posible. Evitaban recorrer las calles durante las horas diurnas, pues en ese período el viento aumentaba su intensidad, limitándose a hacerlo sólo cuando les era del todo indispensable.

La vida en la ciudad, por tanto, se ralentizaba notablemente, permaneciendo la mayoría de los vecinos dentro de sus casas con las puertas y ventanas cerradas para evitar que el finísimo polvo que había

* Con este nombre era conocido por los egipcios.
** Nombre con el que los egipcios llamaban al desierto. Significa «la tierra roja».

en el ambiente los invadiera. Mas aquél se colaba por los resquicios más inverosímiles, recordando al hombre su impotencia ante fenómenos de tal magnitud. Cuando, más adelante, la primavera trajera de nuevo el viento del norte, el fresco «aliento de Amón» haría desaparecer aquella situación, y la ciudad surgiría entonces prisionera por los extensos arenales, que sus habitantes se apresurarían en liberar.

Próximos a las últimas horas de la tarde, Nemenhat y Min erraban por las calles de Menfis rodeados de abrasadoras tinieblas. Cubiertos por largos lienzos de la cabeza a los pies, forcejeaban con el inhóspito viento intentando abrirse paso a través de él. Debido a su efecto, las túnicas se adherían a sus cuerpos perfilándolos en la difusa atmósfera. La visibilidad era tan reducida, que parecía cosa de magos el que los dos hombres pudieran caminar por aquel laberinto de callejuelas sin perderse. De vez en cuando, se detenían precavidos intentando adivinar si alguien les seguía. Mas la soledad era tal, que las calles parecían abandonadas, por lo que, al poco, se convencieron de que su única compañía era el aullido del vendaval.

Llegaron a la zona norte de la ciudad justo cuando la noche ensombrecía aún más las nubes de polvo; se sentaron junto a un muro próximo, y esperaron. Cuando la oscuridad fue total, las ráfagas de viento comenzaron a disminuir paulatinamente y la tormenta pareció cesar. Enseguida ambos empezaron a notar el aire más claro y a reconocer cuanto les rodeaba.

Nemenhat pasó los dedos por sus párpados frotándoselos suavemente para limpiarlos de arena. Le escocían desagradablemente, así que los mantuvo unos instantes cerrados intentando que no le entrara polvo mientras se los restregaba. Cuando los abrió de nuevo, volvió a explorar el entorno que ahora se distinguía con mayor claridad, a la vez que en su rostro se dibujaba una vaga sonrisa al comprobar que se encontraba frente a la casa de Seher-Tawy.

Acurrucados junto a aquella pared que les encubría de cualquier mirada, Min y Nemenhat permanecieron cuan si fueran esfinges de piedra; inmóviles y silenciosos.

Ambos dejaron transcurrir un tiempo, imposible de precisar, tras el cual vieron cómo se abrían las ventanas en las casas del vecindario, aprovechando que el viento parecía haberse calmado, observando cómo una débil luz iluminaba el dormitorio principal de la casa del juez a través de las persianas entreabiertas.

Durante noches, Nemenhat había vigilado discretamente aquella casa, haciéndose una clara idea de cuáles eran las costumbres de sus habitantes. El juez resultó ser un hombre de hábitos rutinarios. Todas las noches encendía la lámpara de su habitación a la misma hora y tras un período de tiempo regular, la apagaba. Su esposa, la señora Nitocris, podía decirse que llevaba una vida bien distinta, y ambos dormían en dormitorios separados, algo muy usual entre la clase acomodada egipcia.

Como en noches anteriores, la luz se apagó a la hora prevista y la casa quedó a oscuras. Los dos amigos esperaron durante un tiempo prudencial, hasta que los últimos ecos de las voces de los sirvientes se apagaron y de nuevo el silencio pareció gobernar el lugar.

Se incorporaron con cautela y se aproximaron a la pequeña valla de adobe situada al otro lado de la calle permaneciendo unos instantes junto a ella, asegurándose que nadie les había visto; seguidamente la saltaron.

Atravesaron el pequeño jardín como dos sombras furtivas dentro de la más absoluta oscuridad, luego, al llegar junto a la casa, Min se agachó y Nemenhat subió sobre sus poderosos hombros; acto seguido, el africano se levantó y su amigo se alzó de pie sobre él asiéndose a la balaustrada del balcón que daba al dormitorio del juez. Antes de tomar impulso para saltar, Nemenhat extendió uno de sus brazos para coger la pequeña bolsa que Min le ofrecía; después se encaramó con agilidad a la barandilla y, tras franquearla, se encaminó hacia la habitación.

Entró con facilidad por la ventana entreabierta y se mantuvo muy quieto, intentando atisbar en la penumbra. Todo estaba en calma y enseguida escuchó claramente la regular respiración de Seher-Tawy mientras dormía. Avanzó muy lentamente, con cuidado de no tropezar con algún pequeño obstáculo que pudiera delatarle, hasta que se encontró con el borde de la cama donde descansaba el juez. La rodeó con precaución hacia su izquierda, hasta quedar situado justo a los pies de ella.

Acarició las sábanas con suavidad; eran de lino, cuyo tacto tanto le agradaba, y tras deslizar sus manos por ellas, asió uno de sus extremos y lo levantó levemente. Acto seguido, cogió la pequeña bolsa que llevaba y aproximándola al lecho la abrió con sumo cuidado mientras la sujetaba por su parte trasera. Notó entonces como unos cuerpos se movían ansiosos al encontrar, al fin, una salida a su desagradable encierro. deslizándose suavemente a través de aquel hueco al interior de la cama; después, Nemenhat volvió a remeter las sábanas de nuevo dejándolas tal y como estaban. Enseguida retrocedió con la misma precaución con que había entrado hasta llegar a la ventana; acto seguido, salió de la habitación

Abajo, un ansioso Min le recibió entre sus brazos, y ya en el jardín, saltaron de nuevo la tapia y desaparecieron sin intercambiar ni una palabra.

Tardaron más de media hora en llegar a la casa de Irsw. El viento casi se había encalmado y, aunque la visibilidad había mejorado sensiblemente, el ambiente se hallaba espesamente cargado por el polvo en suspensión que gravitaba sobre Menfis.

—Al amanecer volverá a arreciar —indicó Min lacónicamente.

Nemenhat no dijo nada, limitándose a resguardarse tras una solitaria palmera que había junto al camino. Desde allí intentó divisar la casa del sirio, pero las cortinas de polvo creaban imágenes difusas.

—Hay que saltar la empalizada y aproximarse más. Desde aquí es imposible ver nada —susurró Nemenhat.

Min apenas hizo un leve movimiento con la cabeza mientras los dos se situaban junto al muro; un instante después, ambos se encontraban dentro. Caminaron por el enorme jardín de la villa de Irsw, bordeando uno de los estanques repleto de nenúfares en dirección a la borrosa forma que aquella noche ofrecía la casa. Ya cercanos a ella, se escondieron tras unos arbustos de alheña y vigilaron los alrededores. Aquella atmósfera pesada parecía provocar una extraña calma en el lugar, y no se oía nada. Pasaron los minutos y una luz se encendió en una de las habitaciones del piso superior; acto seguido, parecieron descorrerse unas cortinas y una grotesca figura salió a la terraza. Se apoyó un momento en la barandilla, pero enseguida se dio la vuelta entrando de nuevo en la habitación con andar cansino; era Irsw.

Desde hacía algún tiempo, Irsw estaba teniendo problemas con sus erecciones. Al principio no le dio demasiada importancia, atribuyéndolo al abuso que, por lo general, hacía del alcohol, y que solía producirle frecuentes estados de ebriedad. Un hombre como él, tan aficionado a los apetitos carnales, consideró la situación, dejando de beber con aquella asiduidad durante unos meses. Pero el resultado no fue todo lo bueno que hubiera deseado, así que, enseguida buscó otro motivo que fuera el causante de tan molesto problema.

Tras mucho cavilar, llegó a la conclusión de que debía cambiar a todas las muchachas que trabajaban en su casa, pues si ninguna le proporcionaba placer, no le servían para nada. Estaba aburrido de ellas y su libido seguramente se lo agradecería.

Llenó entonces su mansión con las jóvenes más adorables que se pudieran poseer en Menfis. Un hombre que, como él, poseía tan inmensa fortuna, no tuvo reparos en encargar doncellas de todos los puntos del mundo conocido, llegando a formar en su casa un gineceo de un exotismo del que carecía el mismísimo faraón. Mas el problema continuó.

La núbil adolescente llevaba manoseándole el miembro durante casi una hora. Era una hermosa muchacha, natural de uno de los pueblos del sur próximos a la lejana Kush, poseedora de un cuerpo de ensueño; como el sirio nunca había visto en su vida. Tenía una piel tan suave, que su solo tacto ya era capaz, por sí solo, de enervar el miembro más alicaído. Nunca Irsw había tocado nada que se le pudiera parecer y sin duda resultaba el más exquisito de los bocados... incluso hasta para los dioses. Sus rasgos eran tan bellos, que el sirio se pasaba a veces horas mirándola embobado, recreándose en cada facción de su cara, en sus enormes ojos que le recordaban a los de las hermosas gacelas, y en aquella boca por la que se volvía loco. Le gustaba verla caminar, siempre envarada, con su largo cuello manteniendo erguida su cabeza mientras iba de acá para allá. Su oscura piel, propia de las razas que habitaban tan lejanas regiones, la hacía parecer todavía más esbelta de lo que de por sí ya era y al incidir sobre ella los rayos del sol, creaban en ocasiones efectos tornasolados que emocionaban al sirio.

Ahora, mientras sentía su pene flácido entre las manos de la joven, Irsw se vio de repente cara a cara con la mayor de las catástrofes. Hizo un esfuerzo sobrehumano intentando concentrarse mientras acariciaba tan gráciles pechos, e incluso la empujó suavemente su cabeza para que se introdujera el glande en su boca, pero todo parecía inútil. La joven hizo acopio de todos sus recursos para intentar que aquel falo cobrara vida, pero no hubo forma.

Irsw estaba aterrorizado; si una diosa como aquélla no era capaz de hacerle reaccionar, significaba que su situación era absolutamente desesperada.

Apartó bruscamente a la joven gruñendo de impotencia, y la despidió de muy malos modos. Acto seguido se sirvió vino en la copa que tenía sobre su mesilla y bebió largamente. Permaneció unos instantes muy quieto, sentado sobre la cama con los ojos en blanco. Luego se miró su pequeño miembro y lo toqueteó un poco arriba y abajo, pero aquello no debió resultarle grato, pues lanzó un bufido levantándose después para encaminarse a la estancia de al lado que hacía las veces de retrete.

Nemenhat, en cuclillas junto a la puerta que daba acceso a la terraza, había sido mudo testigo de la escena. Con aquella frialdad de la que solía hacer gala, su penetrante mirada no había perdido detalle de cuanto allí había ocurrido, sin hacerle cambiar el gesto. Cuando, tras despedir a la chica, observó a Irsw salir de la habitación, vio llegada la oportunidad que desde hacía rato esperaba.

Casi de puntillas, se introdujo en el dormitorio dirigiéndose hasta la mesita situada junto a la cabecera de la cama. Permaneció un momento con todos los sentidos alerta, oyendo claramente cómo la orina de Irsw golpeaba en el orinal. Sacó un pequeño recipiente de entre sus ropas y vertió su contenido en la copa que había sobre la pequeña mesa, revolviéndolo con el poco vino que quedaba. Acto seguido, volvió a aguzar su oído, justo para escuchar cómo Irsw acababa de orinar y lanzaba una sonora ventosidad.

De nuevo de puntillas, Nemenhat abandonó el dormitorio saliendo otra vez a la terraza donde se volvió a esconder. Vio a Irsw entrar en la estancia y sentarse sobre la cama pensativo. El sirio se rascó un momento la cabeza y volvió a levantarse para tomar la copa que tenía sobre la cercana mesa; se la llevó a sus labios, y la apuró de un trago. Debió sorprenderse desagradablemente al ver la poca cantidad que quedaba, pues asió de nuevo el ánfora y se sirvió más vino. Esta vez lo bebió con aparente deleite y pareció sentirse satisfecho cuando depositó de nuevo la copa, ya vacía, sobre la mesilla. Luego se tumbó en la cama estirándose mientras bostezaba, y apagó la luz.

Una siniestra sonrisa cruzó el rostro de Nemenhat mientras se descolgaba por el balcón y caía de nuevo al jardín. Min le miró un instante y ambos abandonaron el lugar.

La cara de Ankh se encontraba desencajada por el sufrimiento. Aquellas tormentas de arena le afectaban de una manera atroz pues desde pequeño sufría de problemas en las vías respiratorias, siendo para él un suplicio el poder respirar. Todo aquel polvo que se suspendía en el ambiente como sujeto por infinitos hilos, se le pegaba a la garganta haciéndole padecer terriblemente sintiendo, en ocasiones, que se ahogaba.

Abrió las persianas de su habitación al ver que el aire se había aclarado un poco, intentando así renovar la atmósfera del interior. Todavía había el suficiente polvo como para que le resultara sumamente molesto, pero el tiempo parecía haber mejorado y decidió dejar entreabierta la ventana.

Después de haber pasado varias noches sin poder conciliar el sueño, se tendió sobre su cama y al rato se quedó dormido. Cayó en un inexplicable sopor, algo extraño para una persona que, como él, solía tener el sueño ligero; pero quizás el cansancio de noches anteriores pudo más que su naturaleza, produciendole un profundo letargo. Tuvo un sueño desagradable, repleto de situaciones inconexas que resultan indefinibles cuando uno despierta. Sombras que se desplazaban por la habitación, susurros de voces extrañas, y luego una luz; la débil luz de una pequeña bujía que creaba distorsionadas formas al proyectarse sobre la pared.

Pero había alguien más en el dormitorio velando su sueño, vigilando su acompasada respiración, suave y callada. Inexplicable fantasía aquella que percibía, y que sin embargo parecía tan próxima.

De repente la luz pareció hacerse más fuerte y, en su sueño, esto le obligó a parpadear deslumbrado por su proximidad; incluso se protegió un momento los ojos con el dorso de la mano. Luego, unos extraños le hablaban casi en un murmullo.

Él se incorporaba en su cama a la vez que intentaba preguntar lo que ocurría, mas ninguna voz salía de su garganta; después, la lámpara se apartaba por fin de él y se situaba junto a uno de los intrusos alumbrando de lleno su cara. Una cara que le era conocida y que recordaba bien; mas no era posible, ¿o acaso sí?

De inmediato el sueño se desvaneció como por ensalmo y aquella cara se hizo tan real como el resto de cosas que le rodeaban.

Ankh se frotó los ojos nerviosamente y volvió a mirar al intruso a la vez que ahogaba una exclamación de sorpresa.

—¡Tú! —balbuceó torpemente.

Aquel rostro le sonrió malignamente mientras le hacía un gesto afirmativo.

—Pero... no es posible. ¡Tú estás muerto! —volvió a exclamar alzando ahora un poco más la voz.

Enseguida sintió como una enorme mano le tapaba la boca y como un objeto afilado le oprimía la garganta.

—Si levantas la voz te corto el cuello —oyó que le susurraba alguien al oído.

Con las manos temblándole descontroladamente hizo desesperados ademanes con los que aseguraba que permanecería callado.

El extraño volvió a sonreír de nuevo, e hizo un gesto con la cabeza y la mano que le cerraba la boca desapareció.

—¡Esto debe de formar parte de un sueño! ¡Eso es, sin duda estoy soñando! —dijo el escriba con voz trémula.

—A veces resulta difícil separar el sueño de la realidad, ¿no es así, Ankh?

Éste tragó saliva mientras trataba de volverse hacia el hombre que le oprimía la garganta.

—Ni se te ocurra —oyó que le decía aquella voz con marcado acento, propio de las gentes originarias del lejano sur—. Te aseguro que lo que hay junto a tu cuello es auténtico.

—No puede ser —gimió Ankh desesperado—, tú estás muerto. Caíste en combate; todo el mundo lo sabe.

—Cierto, Nemenhat ha muerto. Cayó en la lucha para mayor gloria de Egipto. Es su espíritu el que, esta noche, viene a visitarte para saldar cuentas contigo.

Ankh dio un respingo, y enseguida notó como el cuchillo le presionaba de nuevo.

—No pretenderás que crea eso —dijo recuperando el tono astuto que empleaba de ordinario.

—Da igual lo que creas. Tus crímenes son tan grandes y tu maldad de tal magnitud, que el mismo Osiris, horrorizado, ha consentido en dejarme venir a visitarte.

—Sé que quizás he hecho cosas que no debiera; que van contra las sagradas leyes que los dioses nos legaron, pero todo puede arreglarse, Nemenhat. Tengo riquezas; una fortuna que estoy dispuesto a compartir contigo como compensación por todo lo ocurrido.

Nemenhat rió con suavidad.

—Olvidas que los espíritus no necesitamos de ninguna riqueza, Ankh.

—Entonces, ¿qué es lo que quieres?, ¿qué pretendes? —preguntó ahora asustado.

—Ya te lo he dicho. Osiris me ha enviado a buscarte; la Sala de las Dos Verdades se encuentra lista para recibirte.

—¿Piensas matarme aquí mismo? —exclamó el escriba a duras penas mientras volvía a notar el afilado cuchillo.

—Eso sería difícil para un espíritu como el mío. No temas, será Ammit, la devoradora, la que acabe contigo. Tu alma está tan cargada de pecados, que no hará falta ni pesarla.

Ankh se sobresaltó y estuvo a punto de gritar, pero la mano de Min le tapó de nuevo la boca antes de que pudiera hacerlo.

—No debes intranquilizarte —susurró Nemenhat acercándose a

él—, todos debemos pasar por ese trance antes o después. Recuerda que hemos de afrontarlo con arreglo a nuestras más antiguas tradiciones.

Ankh le miró con los ojos desorbitados mientras el sudor brotaba de su calva cabeza, cayendo por su cara.

—Ahora debes tomarte esto —continuó Nemenhat mostrándole un pequeño frasco de alabastro—. No temas, no es ningún veneno; si hubiéramos querido matarte, Min te habría degollado ya hace rato.

Éste aflojó su mano de la boca del escriba que parecía respirar con dificultad.

—Debes bebértelo, Ankh —dijo acercándole lentamente el frasco.

Ankh emitió un débil sonido gutural de desesperación a la vez que movía su cabeza de un lado a otro.

—¡Bebe! —exclamó Nemenhat autoritario mientras Min clavaba de nuevo el cuchillo en la piel del escriba.

—Está bien, está bien —dijo éste extendiendo la mano para coger el recipiente.

—No; yo te lo daré —susurró el joven mientras le obligaba a abrir la boca y vaciaba el líquido dentro.

Ankh notó cómo el amargo brebaje bajaba por su garganta dejándole un gusto desagradable.

—¿Qué es? ¿Qué me habéis dado? —preguntó aterrorizado.

—No temas, es sólo una droga. Una poción elaborada por mi esposa a partir de las flores de una variedad de loto. Es un poderoso narcótico, ¿sabes? Él te dejará preparado.

—¿Preparado? ¿Para qué?

—Para rendir visita a mi padre.

Próximos al amanecer se escuchó un gran escándalo en casa de Seher-Tawy. Las voces provenían de las habitaciones del juez y propagaban con toda nitidez su desesperación. Enseguida se personó el servicio armado con palos, pensando que quizás había entrado algún malhechor en la casa. Los gritos del juez eran estremecedores, así que abrieron la puerta de un empujón y entraron en el dormitorio con los garrotes levantados; pero allí no parecía haber ningún ladrón.

Encendieron todas las lámparas iluminando claramente la estancia y vieron a Seher-Tawy sentado en un rincón con ambas manos apretándose uno de sus muslos, presa de histéricos lamentos.

—¡Estoy muerto, ayuda! ¡Estoy muerto! —repetía una y otra vez.

Los criados se acercaron a socorrerle y enseguida repararon en los dos reptiles que serpenteaban perezosos entre las sábanas.

—Son víboras cornudas —dijo uno de los criados reconociendo su color amarillento y los dibujos característicos de su lomo.

—Si te pican, estás listo —intervino otro—. Son muy venenosas.

Al decir esto, el juez dejó de gritar y adoptó una expresión estúpida mientras los demás se miraban entre sí desconcertados.

Uno de los sirvientes reaccionó entonces y acercándose a la cama asestó varios bastonazos sobre los áspides hasta matarlos.

—¡Socorredme! —volvió a gritar Seher-Tawy—. No veis que me han mordido.

Los criados se aproximaron prestos y le ayudaron a tumbarse de nuevo en la cama mientras uno le examinaba.

—Le han picado varias veces en el muslo, muy cerca de la ingle —dijo por fin mirando a los otros con cierta autoridad.

—Eso ya lo sé, estúpido —bramó el juez que no daba crédito a cuanto pasaba—. ¡Llamad a un médico; pronto. Que venga el mejor de Menfis!

Tras un instante de duda, uno de los lacayos salió corriendo de la habitación a la vez que, en ese momento, entraba la señora Nitocris.

—Se puede saber qué griterío es éste —exclamó enfurecida mientras se componía como podía su desgreñado cabello.

Todos la miraron con los ojos muy abiertos, incapaces de encontrar las palabras adecuadas para explicar lo ocurrido.

—¡Maldita sea! —gritó otra vez Seher-Tawy—. Me han picado unas serpientes; que alguien me ayude de una vez.

Nitocris sintió un sobresalto y se quedó mirándole muy seria.

—¿Que te han picado unas serpientes? Imposible —dijo con su acostumbrado desdén.

—Sí señora, han sido dos áspides —intervino un criado, a la vez que levantaba a los pequeños reptiles muertos, por la cola.

—¡Isis nos valga! —exclamó Nitocris llevándose las manos al pecho—. Pero eso... eso significa que...

—Estas serpientes son extremadamente venenosas —volvió a decir otro criado.

El juez miraba la escena asombrado al comprobar cuán poca esperanza por su vida demostraban los presentes. Aquella gente ni tan siquiera guardaba las formas más elementales de compasión por él.

—¡Rezad porque sane! —volvió a rugir el juez—, u os juro que volveré desde mi tumba para cortaros las orejas.

Ataron fuertemente un vendaje de lino para que hiciera las veces de torniquete, en espera de que llegara el médico lo antes posible

—Las mordeduras están muy arriba. Ahí va a ser difícil evitar que el veneno fluya —comentó el mismo criado de antes mientras observaba la operación.

—¡Llevaos a ese imbécil de aquí! —explotó otra vez el juez—. ¡Fuera o aquí mismo le desorejo!

Nitocris pareció al fin darse cuenta de las posibles consecuencias de todo aquello, y endureció su rostro manifestando al instante un estado de total crispación.

—¡Ni se te ocurra! ¿Me oyes? ¡No puedes morir así! —gritó la dama hecha un basilisco—. Ahora que estabas a punto de ser admitido en la más alta jerarquía de la justicia del país, no te puedes morir. ¡Imagínate los comentarios de todo Menfis! ¡Un juez que muere por una picadura de serpiente en su propia casa, justo cuando tenía el nombramiento en la mano! ¡Seré el hazmerreír de la gente! No se hablará de otra cosa durante años, incluso estoy convencida que harán chistes al respecto. ¡No puedes hacerme esto, me niego!

El juez la miraba boquiabierto considerando el que quizás aquello sólo fuera un mal sueño. Movió su cabeza de un lado a otro viendo cómo todos le observaban con un gesto más estúpido que el suyo. ¡No podía ser! Sin embargo...

Una leve convulsión le devolvió a la realidad; el veneno estaba empezando a hacer efecto y el juez comenzó a sentir los primeros dolores. Dentro de unas horas estaría muerto.

Para cuando llegó el médico ya nada se podía hacer. Tras una tarde de insoportables dolores, Seher-Tawy se sumió en un estado de convulsa inconsciencia y antes de llegar la noche había fallecido.

Bien entrada la mañana el servicio de Irsw se encontraba preocupado. Era extraño que, a aquella hora, el sirio no se hubiera levantado ya, pero no se atrevieron a despertarle por miedo a recibir algún castigo por su parte. Mas según avanzaba el día, empezaron a temerse que algo malo pudiera haberle ocurrido, así pues, fueron hasta su habitación y pegaron sus oídos en la puerta intentando captar los habituales ronquidos de su amo; pero nada oyeron.

El silencio parecía total en la estancia, por lo que se armaron de valor y abrieron la puerta. Dentro, la luz entraba a raudales por entre las descorridas cortinas que daban a la terraza, y el polvo del desierto invadía el habitáculo impulsado por el viento que de nuevo había empezado a soplar con fuerza.

Sobre la cama, Irsw parecía ajeno a todo permaneciendo tumbado boca arriba con una expresión absolutamente beatífica. Los criados se taparon la cara como pudieron para protegerse de aquella infernal polvareda y corrieron a cerrar las persianas del dormitorio; luego, con cierta timidez, llamaron a su señor. Primero lo hicieron suavemente y luego con mucho más brío, pero fue inútil. Por fin se atrevieron a moverle y, al hacerlo, comprobaron que aquel cuerpo se encontraba frío e insólitamente rígido. El amo estaba muerto.

También el mejor médico de Menfis se personó en casa del sirio, no extrañándole en absoluto el estado en que encontró a su paciente, pues llevaba años advirtiéndole de las consecuencias que sus excesos podían acarrearle. Consejos de los que se reía el sirio, asegurándole que disfrutaría de la vida cuanto pudiera y que de algo había que morir.

«Soberana estupidez, sin duda», pensaba el médico mientras le auscultaba.

El cuerpo no presentaba signo alguno de violencia, ni tampoco observó vómitos ni ningún otro tipo de fluido junto a la cama que delataran el sutil veneno que Nubet había preparado. Tocó su hígado sintiéndolo todavía inflamado y reparó en el ánfora situada junto a la mesilla. Se acercó a ella y se llevó su contenido ligeramente a los labios. Lo saboreó un momento y dejó de nuevo el ánfora en el suelo. El vino era excelente; al menos Irsw había fallecido como él deseaba.

También esa misma mañana se originó un gran revuelo en casa de Ankh. Nadie comprendía qué había ocurrido, pues al escriba parecía habérsele tragado la tierra.

Nada, ni el más mínimo rastro de él fue encontrado por el asombrado servicio.

Sólo cuando abrieron su habitación y hallaron los ventanales que daban a la terraza abiertos de par en par, parecieron preocuparse. El ardiente viento del sur entraba furioso sacudiendo los visillos mientras llenaba la estancia con toda suerte de remolinos de arena.

Nadie supo explicar jamás qué pudo ocurrirle al escriba, pues su cuerpo nunca apareció; aunque hubo quien asegurara que Ankh fue engullido por el viento del desierto aquella noche, como ofrenda para aplacar al mismísimo Set.

Durante todo el día, Min y Nemenhat habían estado trabajando en el lugar donde Seneb embalsamaba los cadáveres. Como predijo el africano, el viento había vuelto a arreciar durante la mañana, y su monótono silbido les había acompañado casi toda la jornada.

Nemenhat observaba admirado cómo Min desarrollaba su labor a conciencia. Éste exhibía una pulcritud y un orden encomiables que aquél sólo era capaz de reconocer dentro de su absoluta ignorancia. Por eso, se limitaba a obedecer a su gigantesco amigo, y a admirar su obra.

Aceites, resinas, vino de palma, ungüentos; metros y metros de vendas de lino de diferentes calidades. Todo se hallaba dispuesto en la forma pertinente, listo para su uso.

Nemenhat no pudo evitar el alabar la habilidad demostrada por el hombre de ébano.

—Esto no es nada comparado con la pulcritud con que Seneb hacía su trabajo. Te aseguro que no vi nunca manos tan hábiles como las suyas para desempeñar este oficio. Siempre haciendo la incisión en el lugar oportuno, poniendo la cantidad adecuada de natrón en la lavativa, extrayendo los órganos enteros... No como esa chusma de advenedizos que prolifera hoy en día por ahí, y que sólo son capaces de sacar las vísceras a pedazos. ¡Escoria! —juraba Min escupiendo en el suelo—. Deberías haberle visto extraer los cerebros por la nariz. ¡Qué precisión!, y sin vanagloriarse en absoluto por ello. Era un hombre digno hasta para desarrollar este trabajo.

—El más digno de cuantos conocí —intervino Nemenhat mientras atendía a la labor del africano.

—Qué duda cabe que a veces era un poco rígido, pues llevaba su ideal de la justicia a límites difíciles de entender para los que no teníamos sus conocimientos. Pero te aseguro que fue para mí el mejor padre, pues nunca conocí al verdadero. Él me enseñó lo poco que soy capaz de comprender.

—Su sabiduría nos sobrepasaba a todos.

Min movió su cabeza afirmativamente conteniendo a duras penas las lágrimas.

—Él nos ha dejado —continuó Nemenhat—, pero quedará en nuestro corazón para siempre. Allá donde se encuentre, seguro que se sentirá dichoso si permanecemos juntos; como la familia que somos. Tú eres nuestro hermano, Min, y siempre estarás a nuestro lado. Esa es sin duda la última voluntad de Seneb.

Min miraba al joven con aquella expresión tan suya de niño grande en la que sus ojos mostraban una inocencia difícil de imaginar en un hombre de su tamaño. Acabó sonándose los mocos con gran estruendo, pues era de lágrima fácil, como la más sensible de las matronas de Menfis.

Embalsamaron con gran cuidado el cuerpo inconsciente de Ankh, aunque, lógicamente, sin extraer ninguna de sus vísceras ni órgano alguno que pudiera ocasionarle la muerte.

Min se empeñó que sería conveniente ponerle una lavativa y vaciarle el vientre antes de embalsamarle, pero Nemenhat se negó haciéndole ver que no era ése el propósito que les movía. Por tanto, se tuvo que contentar con lavar bien su cuerpo con vino de palma y embadurnárselo con aceites y resinas antes de vendarlo.

Como es natural, utilizó lino de una calidad inferior, pues no estaba dispuesto a utilizar el de Sais en semejante canalla. Aun así, tuvo que emplear más de cincuenta metros de tan noble lienzo; era lo mínimo que debía hacer si quería terminar bien el trabajo.

A la mitad del proceso, Ankh despertó de su letargo. Tenía la parte inferior de su cuerpo vendada y al no poder moverlo se incomodó; de tal suerte, que se incorporó levemente para ver lo que ocurría. Como se encontraba todavía un poco atontado debido a los efectos del fármaco, no acertó a comprender lo que pasaba, y se limitó a mirar con cara de tonto las vendas que le cubrían de cintura para abajo.

Nemenhat le sonrió y volvió a sacar otro recipiente, éste un poco más grande, y se lo acercó para que lo tomara.

El escriba le observó mientras luchaba por mantener sus párpados abiertos, sintiendo cómo una mano le ayudaba a abrir su boca y cómo de nuevo aquel líquido amargo bajaba por su garganta hacia sus entrañas. Al poco rato, la inconsciencia volvió a apoderarse de él y ya no se despertó más.

Cuando Min acabó su labor nadie hubiera podido asegurar que, bajo el vendaje de lino, se ocultaba la figura de Ankh. Metros y metros de tela envolvían por completo aquel cuerpo en su totalidad como si de un cadáver más se tratara. Sólo un pequeño detalle le diferenciaba de éstos; eran las dos aberturas que Min había dejado en el vendaje, sobre los ojos del escriba, y las pequeñas incisiones en el lino para que pudiera respirar.

Aquella noche el viento no amainó y siguió soplando con fuerza. Dos hombres avanzaban casi encorvados para protegerse de la furia de los elementos mientras a su lado un pollino les seguía. Sobre éste, un fardo de considerables dimensiones se bamboleaba de un lado a otro azotado por la arena. Iban por la vieja carretera del sur como tres figuras espectrales procedentes de las tinieblas del Amenti sin más compañía que la suya, pues ningún mortal se hubiera atrevido en semejante noche a salir de su casa.

Anduvieron por aquel camino que tan bien conocían hasta pasar la antigua calzada que, mil años atrás, había ordenado construirse Unas para llegar a su pirámide. Nemenhat la reconoció a pesar de las ráfagas de arena que se empeñaban en anegarla, e hizo un gesto inequívoco a Min para que la siguieran. De inmediato, ambos se introdujeron en la necrópolis.

Los dos amigos no olvidarían en su vida aquella noche, en la que atravesaron Saqqara camino de la zona sur de la necrópolis en medio de una tormenta de arena como no habían visto jamás.

Cada paso que daban, era como subir un peldaño más de una escalera que parecía conducirles a la demencia. Sólo dos locos podían aventurarse en una noche como aquélla en las arenas del desierto, pues nadie en su sano juicio hubiera sido capaz ni tan siquiera de pensarlo. Incluso el pollino, demostrando con creces su mayor cordura, lo consideró un disparate, negándose a seguir avanzando en un momento dado. Pero aquellos dos hombres estaban resueltos a continuar, por encima de cualquier temporal que se les interpusiera; siendo su determinación mucho más fuerte que su sentido común, puesto que estaba movida por el potente resorte de la venganza.

Hundidos hasta las pantorrillas en el arenal, tiraban del pobre asno mientras el vendaval ululaba a su alrededor con un silbido espeluznante. Si cualquiera de ellos se hubiera detenido a escuchar, no habría tenido ninguna dificultad en reconocer en semejante aullido, el clamor de los miles de cadáveres que vociferaban desde las tumbas sobre las que caminaban.

Cómo Nemenhat pudo encontrar el lugar en medio de tal tempestad es un enigma. Quizá la respuesta estuviera en el hecho de que el joven formara ya parte indisoluble de la necrópolis, y que aquel mar de arena que lo cubría resultara para él como un libro abierto.

Min quedó muy impresionado cuando ambos llegaron al lugar donde había enterrado a Seneb y Shepsenuré. Había permanecido muy callado tratando de localizar el sitio exacto donde deberían estar los cuerpos, pues los restos de la cercana pirámide de Pepi I se adivinaban más que se veían en medio de semejante polvareda. Nemenhat le hizo signos inequívocos de que aquélla era la pirámide, y el gigantesco africano pudo entonces orientarse encontrando al poco el emplazamiento.

Excavó durante un buen rato mientras Nemenhat trataba de protegerle del viento lo mejor posible. La arena se acumulaba constantemente como si fluyera, incontenible, por un río cuya corriente creara el mismo desierto; pero Min continuó cavando tenaz, convencido de que, en cualquier momento, daría con ellos.

Por fin la herramienta se topó con uno de los cuerpos y, enseguida, las momias de sus viejos amigos aparecieron entre la arena.

Nemenhat le ayudó ahora presa de un incontenible frenesí, hasta liberarlos por completo. Miró a Min, y éste le hizo una señal con la cabeza indicándole quién de ellos era su padre. El joven se arrodilló y, cogiendo aquel cuerpo cubierto por su eterno sudario, lo abrazó, dando rienda suelta al torbellino de emociones contenidas desde hacía muchos meses, en su interior.

A través del silbido del viento, Min pudo oír los inconsolables lamentos de su amigo abriéndose paso, desgarradores, en medio del temporal. Tras unos minutos se acercó a él, por fin, ayudándole a levantarse, haciéndole ver que no podían permanecer por más tiempo allí. Nemenhat, limpiándose la sólida mezcla de polvo y lágrimas con el dorso de la mano, se incorporó prisionero de su rabia al tiempo que ayudaba al hombre de ébano a colocar los dos cadáveres sobre el pollino.

La macabra comitiva se puso otra vez en marcha con paso cansino y decaído aliento. La tumba de Sa-najt se hallaba muy próxima, junto a la cercana pirámide de Merenra; pero por primera vez, Nemenhat se sintió desfallecer. El encontrarse con los restos de su padre había desencadenado en su interior poderosos sentimientos imposibles de explicar. Experiencias de toda una vida pasada junto a él, que amenazaban con deshacerle el corazón en mil pedazos a cada paso que daba. Advirtió la imposibilidad de tragar saliva, pues su garganta parecía negarse a ello, a la vez que pensamientos de toda índole se extraviaban a su control. Sintió como la enorme mano de Min le aferraba con fuerza uno de sus hombros dispuesta a levantar su ánimo, y le zarandeaba invocándole para que regresara de nuevo; justo en ese momento, los restos de la pirámide de Merenra aparecieron como por ensalmo.

El monumento funerario donde se había hecho enterrar el faraón era pequeño, como también lo había sido su reinado*, y desparramaba

---

* Este faraón sólo reinó cinco años.

sus milenarias piedras alrededor de su perímetro, incapaz de sostenerse solo. Nemenhat le rodeó por su derecha y se dirigió hacia la zona rocosa cercana a la pirámide. Se detuvo de improviso y dio varias vueltas sobre sí mismo antes de proseguir su camino. A los pocos metros se detuvo e hizo una inequívoca seña a Min para que se acercara. Ambos se inclinaron y empezaron a apartar con las azadas la espesa capa de arena que cubría aquel paraje.

Cuando por fin el área quedó despejada, aparecieron los tablones que Nemenhat había dejado para tapar el pequeño pozo que daba acceso al lugar. Los retiraron con presteza, y Nemenhat dispuso que Min esperara arriba con las sogas, junto al asno, para ayudarle a bajar los cuerpos.

El joven descendió por el oscuro agujero y de inmediato se sintió aliviado al verse libre del espantoso viento. Encendió su lámpara y miró a su alrededor comprobando que todo estaba tal y como lo había dejado un año atrás, luego la movió suavemente haciéndole una señal a Min, e instantes después los tres cuerpos, uno tras otro, bajaron por el pozo atados por las cuerdas que Min sujetaba. Una vez abajo, Nemenhat asió el cadáver de Seneb y lo introdujo con cuidado por la abertura de la puerta hasta el interior de la tumba. El joven se incorporó entonces desplazando con cuidado su lámpara de un lado a otro mientras volvía a percibir la emoción que sintió el día que la descubrió. Enseguida recordó el largo corredor en el que se encontraba y los extraordinarios bajorrelieves que lo decoraban y que tanto le admiraron.

—Son los más maravillosos que he visto nunca —se dijo sin poder evitar el disfrutarlos de nuevo.

Pero de inmediato volvió a la realidad y se concentró de nuevo en la misión que le había llevado allí, cargando el cuerpo del embalsamador sobre sus hombros.

Caminó por el pasillo dejando la primera estancia hasta llegar a la segunda, desde donde el corredor doblaba a la derecha desembocando en la capilla para las ofrendas de Sa-najt. Nemenhat depositó la momia de Seneb en el suelo con delicadeza, junto a una pared donde podía verse representado a un sacerdote que realizaba ritos de purificación para el difunto.

—Éste es el sitio apropiado para ti —susurró mientras tocaba con su mano el corazón de Seneb.

Regresó a por el segundo cuerpo, el de su padre, y realizó la misma operación. En un principio, Nemenhat había pensado dejar los cadáveres en estancias diferentes, pero en ese momento cambió de idea y decidió que los dos amigos descansaran juntos para siempre.

Sintió un pesar indescriptible cuando se separó del postrer abrazo con su padre, mas al incorporarse y observar los muros de la habitación repletos de imágenes que rebosaban vida, pensó que aquél era un buen lugar donde reposar durante toda la eternidad.

—Mucho mejor que cualquier otro que hubieras podido tener —dijo el joven casi en un murmullo—. Aquí estaréis en paz.

Después sacó el pequeño escarabajo de cornalina que en su día robó a aquella tumba y lo dejó suavemente en el suelo. Era el mundo al que pertenecía y del que nunca debió salir.

Nemenhat abandonó para siempre la capilla sobreponiéndose a su abrumadora pena y caminó de nuevo por el corredor, ahora con paso decidido. Al llegar junto a la puerta agarró el tercer cuerpo y lo arrastró dentro, esta vez sin miramientos.

Para Ankh había elegido el pequeño patio cuyo techo se hallaba soportado sobre dos pilastras y al que se accedía a partir de la primera cámara situada a la derecha. En aquel patio que hacía las veces de almacén, se habían depositado alimentos y todo tipo de utensilios pertenecientes al finado para que pudieran serle útiles también en la otra vida.

Al depositar sobre el suelo la momia de Ankh, Nemenhat pasó su lámpara por la vendada cara un instante sintiendo tal sobresalto, que a punto estuvo de que el candil se le cayera de las manos. A través de las aberturas que Min había dejado al embalsamarle, se veían los ojos abiertos del escriba que le miraban horrorizados.

El narcótico había dejado de surtir efecto y Ankh se iba recuperando poco a poco de su inconsciencia. Éste hacía ímprobos esfuerzos por mover sus labios, pero los músculos de su cara no le obedecían todavía y sólo era capaz de mirar muy fijamente al joven.

—Tu viaje toca a su fin —dijo Nemenhat con voz glacial.

El escriba apenas pudo parpadear.

—Te dije que te llevaría ante el tribunal de Osiris. ¿Recuerdas?

Ankh intentó moverse bajo su coraza de lino, pero fue inútil.

—Maat, como no puede ser de otra forma, vio enseguida la maldad que anida en tu corazón y tu alma pesó más que su pluma.

Ankh comenzó a proferir los primeros sonidos inconexos a través de sus vendas.

—Por tanto fuiste condenado. Pero Osiris decidió que no sería suficiente castigo para tu alma el ser devorado por Ammit. Así que, me ordenó que te trajera a este lugar. Una tumba olvidada y solitaria que ni siquiera tú conocías y en la que quedarás enterrado para siempre.

El escriba lanzó un grito que apagado por su mortaja sonó extrañamente distorsionado. Nemenhat se inclinó lentamente sobre él, mirando fijamente a los ojos que surgían por entre aquellas dos aberturas del vendaje. Los vio suplicantes; seguramente implorando mil perdones que él no estaba dispuesto a ofrecer, ni en esta vida ni en ninguna de las siguientes que pudiera tener.

—Digno final para ti, Ankh —dijo el joven levantándose—. Aquí te redimirás por toda la eternidad.

El escriba prorrumpió entonces en angustiosos gritos amortiguados por los metros de lino que le amordazaban sin piedad, mientras observaba aterrorizado como Nemenhat le daba la espalda y desaparecía, dejando la cámara en la que se hallaba postrado en la oscuridad más profunda; una oscuridad que ya nunca le abandonaría.

Desde el corredor, Nemenhat oyó los gemidos del escriba cada vez más lejanos; formaban parte de un pasado que dejaba atrás y al que nunca volvería a mirar jamás. Se deslizó por última vez por el hueco de la puerta de la mastaba, asiéndose con fuerza a la soga que colgaba laxa en el pozo. Antes de ascender por ella miró por postrera vez la entrada del viejo túmulo, después subió a la superficie donde Min le esperaba ansioso.

El viento les volvió a gritar en los oídos mientras cubrían el pozo con la fina arena. Con cada paletada, les traía las lúgubres súplicas de las ánimas sin descanso que aquella noche recorrían Saqqara. Seres que habían perdido su nombre y nunca serían recordados, vagando sin esperanza hasta el fin de los tiempos*.

Al terminar, Nemenhat se quedó un momento examinando el lugar. Nadie podría nunca imaginar que bajo sus pies un océano de apelmazada tierra ocultaba por completo el antiguo foso.

Una ráfaga de sofocante viento les abofeteó de lleno el rostro. Era el hálito de Set, señor de los desiertos, que daba así su espectral testimonio por tamaña venganza.

Se alejaron del lugar devorados por las tinieblas que el *khamsín* alimentaba. El desierto bramaba, sin embargo, ambos jurarían durante toda su vida haber escuchado entre el fragor del viento los espantosos lamentos de Ankh desde su tumba.

---

* Para los antiguos egipcios el hecho de perder su nombre significaba no haber existido nunca. Si esto ocurría sus almas nunca obtendrían el descanso eterno.

La luna se alzaba espléndida exhibiéndose en su plenilunio, mientras rielaba sobre el río formando un curioso espejo de luz en el que parecía que se miraba. Su reflejo se mecía entre el suave oleaje de las aguas iluminando el cauce del Nilo. En sus orillas se recortaban los bosques de palmeras dibujando enigmáticas formas que le daban un aspecto misterioso. Todo Egipto se hallaba envuelto en él; estaba por todas partes. Allí la vida y la muerte se daban la mano desde sus orígenes en una extraña comunión con la que aquel pueblo estaba habituado a vivir. La tierra más fértil daba paso a la más yerma en tan sólo unos codos recordando permanentemente la proximidad del tránsito; el misterio de los misterios.

Quizá por ello, Nemenhat observaba subyugado las caprichosas sombras que se recortaban en la ribera y que creaban aquel exótico entorno con el que el Nilo se abrigaba. Luego reparó en aquel olor que parecía impregnarlo todo y que llegaba tan nítido hasta él. Mezcla de mil esencias que se fundían en un único aroma, un perfume sin igual y cuyo nombre era Egipto.

Nemenhat sintió entonces el silencio que le rodeaba, tan sólo roto por el murmullo del agua al pasar junto a la proa del navío, y por la suave brisa del norte que henchía la vela apenas lo suficiente para poder remontar la corriente del río. Sin duda la magia de ese momento era patente hasta para alguien como él.

Miró en rededor sólo para darse cuenta que únicamente él parecía permanecer despierto. A su lado, Nubet dormía hecha un ovillo sobre la cubierta con una respiración tan pausada como su propio espíritu. Más allá estaba Min, tumbado boca abajo, quizás inmerso en algún sueño singular que le llevara de nuevo a su niñez junto a su lejano pueblo. El resto de los pocos pasajeros que les acompañaban se encontraban diseminados por la cubierta envueltos en sus mantas sin hacer ruido alguno. En la popa, la figura del timonel se alzaba silenciosa con la caña entre las manos observando con atención el río. Lo conocía lo suficiente como para saber de los peligros que albergaba, de los ocultos bajíos o de las fuertes corrientes que a veces se originaban; por ello su mirada escrutadora no perdía detalle de cada tramo de aquel río que tanto amaba.

El barco era uno de los muchos que de ordinario hacían la ruta desde Menfis a Tebas. Pequeños navíos que transportaban todo tipo de mercancías y a algunos pasajeros que no les importaba pagar el precio, un poco caro, de aquel viaje.

Al pensar en ello, Nemenhat miró inconscientemente la bolsa que contenía todos sus bienes, situada junto a él. Se tumbó suspirando complacido al verla y puso ambas manos bajo su nuca. Entonces sus ojos se encontraron sin querer con el majestuoso cielo de Egipto. Miríadas de estrellas desparramadas por un firmamento que no parecía querer acabar nunca. Luceros de un brillo desigual que se unían en ocasiones formando curiosas formas geométricas. Sus ojos vagaron a sus anchas, caprichosos, por entre la bóveda celeste formada por el vientre de Nut, una vez más la diosa lucía magnífica.

Observó, por casualidad, dos pequeñas estrellas que muy juntas titilaban con manifiesta timidez. ¿Serían las almas de los difuntos llegadas hacía poco tras el último juicio del benevolente Osiris?

Recordando inevitablemente a su padre y a Seneb, imaginó la posibilidad de que fueran ellos y las estudió con mayor atención. Estaban tan juntas que, quién sabe, igual pertenecían a los dos amigos que les bendecían con su suave luz desde allá arriba.

El incierto futuro que restaba por recorrer se abría en un camino de esperanza en el que su amada esposa iría de su mano para no separarse jamás. Les esperaba Tebas, la ciudad donde se concentraba el omnímodo poder del dios Amón y en cuyas proximidades muchos faraones habían decidido construirse su última morada. Allí nadie les conocía y podrían iniciar una nueva vida, pues la cuenta contraída con los dioses la consideraba sobradamente saldada.

Su esposa se movió a la vez que emitía un suave murmullo. Nemenhat la miró sintiendo una ternura hasta entonces insospechada y acarició con una mano sus negros cabellos. Era la joya más preciada que había tenido nunca, mayor que la que ningún faraón pudiera lucir; y ahora era todavía más valiosa, puesto que llevaba un hijo suyo en las entrañas. Ella estaba segura que sería niño y hasta tenía pensado qué nombre ponerle. Se llamaría Hotep, sinónimo de esperanza*, pues en él depositaban las suyas después de haber sufrido tan grandes desgracias. ¡Hotep! Le gustaba el nombre. Él llenaría sus corazones de nuevo de alegría hasta sentirse desbordados, como hacía cada año el Nilo.

Miró de nuevo al cielo buscando anhelante las dos estrellas, y cuando al fin las encontró, creyó ver las caras de Shepsenuré y Seneb que a través de su débil fulgor le sonreían.

---

* Es lo que significa su nombre.

Epílogo

Ramsés III fue el último de los grandes faraones. Gobernó Egipto durante más de treinta años en los que hizo cuanto pudo por apuntalar el ruinoso edificio en el que se había convertido el Estado. Sin embargo, fue incapaz de contener el creciente poder acaparado por el templo de Amón, contribuyendo incluso a acrecentarlo, pues tras su gran victoria sobre los Pueblos del Mar, la mayor parte del enorme botín capturado fue a parar a las arcas del dios, haciendo a su clero inmensamente rico.

La bonanza de su reinado fue, en suma, un espejismo que terminó cuando murió. Al final de sus días, fue víctima de una conjura tramada por una de las reinas menores de su harén, Tiy, para asesinarle y poner en el trono a su hijo, Pentaure. La intriga fue descubierta y en ella resultaron estar involucrados numerosos funcionarios y altos cargos de la Administración, no estando muy claro si consiguieron su propósito o si el faraón murió poco después, durante la causa que se celebró para juzgar a los criminales.

De cualquier forma, el espejismo se esfumó con él y durante los siguientes ochenta y un años, ocho faraones gobernaron el país hasta que Ramsés XI, el último rey de la XX dinastía, murió y el trono fue ocupado por Herihor, sumo sacerdote de Amón. Tras siglos de acoso a la realeza, por fin el clero se hizo con el poder.

El príncipe Parahirenemef no llegó a ser faraón, pues como sus tres primeros hermanos, no sobrevivió a su augusto padre. Fue el quinto hijo del rey el que tuvo ese honor, bajo el nombre de Ramsés IV.

En cuanto a Kasekemut, fue ascendido a portaestandarte del ejército durante la siguiente guerra que Ramsés libró contra los libios en el año once de su reinado, y en la que realizó un cruel escarmiento. El futuro se adivinaba próspero para el joven guerrero y había quien sostenía que podía llegar a general en breve. Pero durante una expedición de castigo en las fronteras orientales, una maza siria le partió el cráneo, muriendo en el acto. Dejó mujer y tres hijos, que lloraron por él amargamente. El dios no les abandonó y les otorgó una pequeña pensión para que pudieran vivir. Pero la viuda consideró que aquello no era suficiente para vivir dignamente el resto de sus vidas, y volvió con su aflicción a Menfis.

Su madre, Heret, la cobijó durante un tiempo hasta pasar el luto. Aunque todavía hermosa, Kadesh se encontraba en una edad en la que, a no mucho tardar, empezaría a marchitarse, por lo que Heret obró con astucia y gran habilidad consiguiendo un nuevo pretendiente para su hija. Éste no fue otro que Siamún, el comerciante que antaño había intentado cortejarla sin éxito, y que permanecía soltero. Esta vez, Kadesh no hizo ascos al rico mercader y a la seguridad que éste suponía para ella y sus hijos. Al final, la vieja Heret se salió con la suya y Kadesh se casó con él. ¡Quién lo hubiera dicho!

Por su parte Hiram, el fenicio, recibió alborozado la buena noticia que Nemenhat le envió y regresó a Menfis para recuperar de nuevo su negocio. Decidió incluso ampliarlo y montar una sucursal en el puerto fluvial de Tebas, punto estratégico para todas las mercaderías que, cada vez con más frecuencia, llegaban del continente africano. Puesto que Nemenhat vivía en la ciudad, le puso al frente del negocio, floreciendo éste en pocos años. Ya a avanzada edad y sintiendo la proximidad de la muerte, Hiram decidió que era hora de abandonar sus empresas y marchar a su Biblos natal para pasar su vejez. Todas sus posesiones en Egipto se las dejó a Nemenhat; él las cuidaría mejor que cualquier hijo que hubiera tenido. A Nemenhat, los dioses le cubrieron de fortuna y fue muy dichoso hasta el fin de sus días. Su mujer, Nubet, le dio tres hijos, volviendo a su antigua afición de ayudar a sus vecinos con este o aquel remedio. Fueron tan felices que cuando Nubet partió en su último viaje hacia el Tribunal de Osiris, a una edad extraordinariamente avanzada, Nemenhat no pudo soportar su ausencia y murió poco después, aunque esta vez fuera con el nombre de Dedi. El fiel Min permaneció junto a ellos toda su vida, pues nunca se casó; según él porque no era hombre al que una sola mujer pudiera satisfacer. Mas la verdad era que les amaba tanto que no hubiera podido vivir apartado de ellos ni un instante. Su vida estaría junto a Nemenhat y la bella Nubet por la que siempre velaría, manteniendo así vivo el recuerdo de Seneb.

En cuanto a la tumba de Sa-najt, miles de años cayeron sobre ella sumiéndola de nuevo en el olvido. El desierto invadió el lugar con su habitual voracidad invitando a la arena, que todo lo cubre, a esparcirse por doquier. La tumba de Sa-najt nunca se encontró.

Bibliografía

Nota del autor: Para agilizar la lectura de esta novela, se han eliminado aquellas notas al pie de página en las que se recogía la referencia bibliográfica a citas textuales, terminología o conceptos incluidos en el texto narrativo. La inclusión de la bibliografía que se detalla a continuación espera cubrir cualquier hueco que esa supresión haya podido ocasionar.

ANDREWS, CAROL, *Amulets of Ancient Egypt*, British Museum Press, 1994, Second University of Texas press, 1998.
BAINES, J. y MALEK, J., *Egipto, dioses, templos y faraones*, Folio, 1992, Barcelona.
BARRET, C., *Dioses y diosas de Egipto. Mitología y religión del Antiguo Egipto*, EDAF, 1994, Madrid.
BLÁZQUEZ, J. M., MARTÍNEZ-PINNA, J., PRESEDO, F., LÓPEZ MELERO, R. y ALVAR, J., *Historia de Oriente Antiguo*, Cátedra, 1992, Madrid.
BRESCIANI, E., *A orillas del Nilo*, Paidos Ibérica S. A., 2001, Barcelona.
BRIER, Bob, *Secretos del Antiguo Egipto mágico*, Robinbook, 1994, Barcelona.
—, *Momias de Egipto, las claves de un arte antiguo y secreto*, Edhasa, 1996, Barcelona.
BUNSON, M., *A Dictionary of Ancient Egypt*, Oxford University Press, 1991.
CASTEL, ELISA, *Diccionario de Mitología Egipcia*, Alderabán Ediciones, 1995, Madrid.
—, *Egipto, Signos y Símbolos de lo Sagrado*, Alderabán Ediciones, 1999, Madrid.

—, *Los sacerdotes en el Antiguo Egipto*, Alderabán Ediciones, 1998, Madrid.
CIMMINO, F., *Vida cotidiana de los egipcios*, EDAF, 1991, Madrid.
CLAYTON, P. A., *Crónica de los faraones*, Destino, 1996, Barcelona.
DE RACHEWILTZ, B., *Los antiguos egipcios*, Plaza & Janés, 1987, Barcelona.
DONADONNI, S. y otros, *El hombre egipcio*, Alianza Editorial, 1991, Madrid.
DU PORTAL, F. E., *Los símbolos de los egipcios*, Obelisco, 1987, Barcelona.
EDWARDS, J. E. S., *The Pyramids of Egypt*, Penguin Books, 1885, Gran Bretaña.
EGGEBRECHT, A., *El Antiguo Egipto*, Plaza & Janés, 1984, Barcelona.
Egipto, Manual de simbolismo y arqueología, Nueva Acrópolis, 1989, Madrid.
GARDINER, A., *Egyptian Grammar*, Griffith Institute Ashmolean Museum, Oxford, 1927-50-57-64-66-69-73-76-78-79-82-88, Gran Bretaña.
GRIMAL, N., *Historia del Antiguo Egipto*, AKAL, 1996, Madrid.
HARRIS, G., *Dioses y faraones de la mitología egipcia*, E. Anaya, 1988, Madrid.
HART, G., *A Dictionary of Egyptian Gods and Goddesses*, Routledge & Kegan Paul Inc., 1990, Londres.
HUSSON, G. y VALBELLE D. E., *Instituciones de Egipto*, Cátedra, 1998, Madrid.
IKRAM, S. y DODSON, A., *The Mummy in Ancient Egypt*, Thames & Hudson Ltd, 1998, Londres.
KEMP, B. J., *El Antiguo Egipto, anatomía de una civilización*, Crítica, 1992, Barcelona.
KMT, A Modern Journal of Ancient Egypt, volume 12, n.° 4; Winter 2001/2002, KMT Communications, Inc., USA.
LAMY, L., *Misterios egipcios*, Debate, 1989, Madrid.
LEHNER, M., *The Complete Pyramids*, Thames & Hudson Ltd, 1997, Londres.
LURKER, M., *Diccionario de dioses y símbolos del Egipto Antiguo, Manual del mundo místico y mágico de Egipto*, Índigo S. A., 1991, Barcelona.
MANNICHE, LISE, *An Ancient Egyptian Herbal*, British Museum Press, 1989. Third University of Texas Press, Austin, 1999.
MEEKS, D. y FAVARD-MEEKS, C., *La vida cotidiana de los dioses egipcios*, Temas de Hoy, 1994, Madrid.

MONTET, P., *La vida cotidiana en Egipto en tiempos de los Ramsés*, Temas de Hoy, 1990, Madrid.

MOREL, H. V. y MORAL, J. D., *Diccionario de Mitología Egipcia y de Medio Oriente*, Kier S. A., 1987, Buenos Aires.

PEDEN, A. J., *The Reign of Ramsés IV*, Aris & Phillips Ltd, 1994, Warminster, Gran Bretaña.

RACHET, G., *Diccionario de civilización egipcia*, Larousse, 1995, Barcelona.

REEVES, N. y WILKINSON, R. H., *Todo sobre el Valle de los Reyes*, Destino, 1998, Barcelona.

SERRANO DELGADO, J. M., *Textos para la Historia Antigua de Egipto*, Cátedra, 1993, Madrid.

SILIOTTI, A., *Guía de las pirámides de Egipto*, Folio, 1998, Barcelona.

STROUHAL, E., *La vida en el Antiguo Egipto*, Folio, 1994, Barcelona.

TRELLO, F., «Las guerras de Ramsés III», *Boletín de la Asociación Española de Egiptología* (BAEDE), 2000, Madrid.

TRIGGER, B. G., KEMP, B. J., O'CONNOR, D. y LLOYD, A. B., *Historia del Antiguo Egipto*, Crítica, 1995, Barcelona.

WILKINSON, R. H., *Cómo leer el arte egipcio. Guía de jeroglíficos del Antiguo Egipto*, Crítica, 1995, Barcelona.

WILSON, J. A., *La cultura egipcia*, F. C. E., 1988, Madrid.